U0827671

江山如画

JIANG SHAN RU HUA

上册

【四叶铃兰】著

百花洲文艺出版社
BAIHUAZHOU LITERATURE AND ART PRESS

江山如画

目录

第一卷

公子翌的保镖

第一章

初当保镖

方若兮离家出走已有月余，盘缠几乎用尽，荷包里大概只剩下几文钱了。她在大街上无聊闲逛，四下张望，心中感慨，这京城真是大呀，连路边刚出笼的包子个儿都大。看看，这街上人来人往摩肩接踵穿着打扮就是不一样，果然是全国最繁华、最讲究的京城啊。

女人家胭脂水粉那些玩意儿她不喜欢，她最喜欢逛兵器铺，见到利刃或精巧的兵器就爱不释手，但因囊中羞涩，往往也只能看，不能买。每次都万分后悔为何当初离家时没多带点儿银子。

又从一个兵器铺里面出来，方若兮蔫头耷脑地向前走着，心中再次恨自己没多带些银两离家，刚刚看中了一套精致的匕首，垂涎不已，可惜天价呀，天价！

走着走着，就听到前面有人大声呼喝。她抬头望去，见前方有个擂台，上面有人正在比武过招，擂台上挂着横幅，凝神看去，上写：聘请保镖一名，月银一百两。

月银一百两？！方若兮满眼都是那个月银一百两，又一个天价！京城人不是普通的大方和阔绰，一个保镖也能月银一百两。

擂台下被人群围得水泄不通，方若兮硬挤了进去，抬头望去，只见擂台之上，一个青衣中年男子正在和一个和尚比试拳脚。中年男子掌风凌厉，和尚内力充盈，二人正打得难分难解，看样子一时半会儿也分不出个输赢来。方若兮瞥了一眼，心中不屑地冷哼，暗道：不知道比赛的规则是什么，对付这等货色，自己绰绰有余。

她问了问身旁的看客，比赛规则是些什么，看客答："只要连胜三人，再赢了神拳赵大侠，就行了。"

神拳赵复青？！听到这个名字方若兮暗暗思忖少许，眉头紧皱，片刻复又展开。

台上二人过了百招仍不分胜负，她一皱眉，不耐烦继续等待下去，趁着二人难分难解之际，突然跃至台上，左手急点和尚天池穴，逼得和尚收手跃至一旁，右手化拳成指连点中年男子身上天突、中庭、灵墟三处大穴，中年男子猝不及防，连连倒退。

和尚站稳身形，一看她是个女子，忙道了声："阿弥陀佛。"

方若兮忙双手合十，接口道："善哉善哉。"

和尚一时愣怔，方若兮却已出手，袖中一枚银针飞出，悄无声息。而后，衣袖翻飞，身体快速旋转，只三招，和尚便已被她束缚在银针、银线中，无法动弹。

片刻寂静之后，台下一阵骚动。

方若兮一抬手，银丝线与银针一同收回袖中。

和尚神色微微一变，口中连声阿弥陀佛，跃下台去。

方若兮站在擂台中央，抱拳对一侧神色微惊的中年男子施礼道："小女子刚刚多有得罪，还望大侠海涵。"

中年男子上下打量了她一番，斥问道："我们正在打擂，你为何突然上台来搅局？"

方若兮道："小女子不才，见二位大侠打得难分难解，一时技痒，扰了二位切磋的雅兴，是小女子之过，还望大侠多多包涵。"

中年男子眉头一挑，道："既然如此，小姑娘，出招吧。"

方若兮当下并未客气，一抬手银针射出。

方若兮的武功远在中年男子之上，中年男子狼狈闪躲过几招后，终败下阵去，悻悻然离开。

方若兮站在台上，不看台下众人，只回头看向头顶横幅。

"月银一百两"，只要一两个月，赚够了盘缠，她就可以走人了。为了这个，今天就算出些风头也心甘情愿了。她已易过容，应该不会被人轻易认出，如今只希望不要有人认出她的武功路数来。否则被爹爹抓住，逼着她与那个什么唐门公子成婚，说不定新婚当天她会忍不住杀了那个素未谋面满身是毒的丈夫。不过，听说那人擅长使毒，似乎很不好对付。

这时，场中有人喊道："还有人上来与这位姑娘比试吗？只要连胜三人，再与神拳赵大侠比过，获胜者，便可成为我家二公子的保镖。还有何人要上来与这位姑娘比试的？"

话音刚落，就见一人轻巧地跃上擂台，一看就知此人轻功甚好。来者眉眼轻浮，皮笑肉不笑地瞥了一眼方若兮，道："在下不才，愿与姑娘切磋切磋。"

“请！”方若兮当胸抱拳客气道。

“看招！”那人也不客气，一招双龙探珠就向方若兮胸口袭来。

方若兮眉目一皱，侧身避开。

那人仗着轻功好、动作快，见方若兮躲开了第一招，第二招龙戏游虾随后而来，方若兮再次躲过那人有意的轻浮调戏，那人接二连三竟用些下流招数，方若兮目光渐冷。

打斗间，方若兮看准时机，身形一转，双手同时甩出银针，眨眼间忽又收回，动作迅捷，悄无声息，而后，纵身跃出圈外冷眼看着场中那人。

那人身形一顿，神色甚为得意地看向方若兮，似乎认为她这样跳出圈外已经是认输了。

不料，方若兮神色轻蔑地说道：“我不跟屁股漏洞的人比武，烦请大侠回家把洞补好再来吧。”

台下众人闻言哄笑，台上男子面色骤红，下意识地用手捂住了屁股，果然摸到了两个洞，一侧一个，狠狠地瞪了一眼方若兮，临走前抛下狠话道：“小姑娘，你等着，大爷我一会儿回来，定叫你好好看看本大爷的厉害！”

“不必了，我已经看够了。”方若兮神色不变，瞥了一眼他的屁股，意有所指。

那人听后一怔，而后听到台下众人大笑，方才反应过来，一时怒气冲天神色狠厉，却因屁股后面的洞而不能施展，又狠狠地瞪了方若兮好几眼，悻悻然就要纵身跃下擂台，却听方若兮又道：“大侠的屁股上长了痔疮，最好趁轻医治，否则后患无穷。”那人身形一滞，脸色突然大变，捂着屁股，极速仓皇离去，徒留下身后一片爆笑声。

而场内，方若兮神态清冷，自始至终面无表情，只眸中闪过一抹灵动笑意，转瞬即逝。

“姑娘好身手！”后面一个精壮的汉子此刻笑道。

方若兮回过头去，目露尊敬，这人她识得，正是神拳赵复青。

赵复青道：“在下神拳赵复青，姑娘只要胜过在下，便可成为大名府二公子的保镖，月银一百两。”

方若兮道：“赵大侠，晚辈不才，得罪了！”言罢，衣袖一甩，突然出手……

“公子，此人正是今日赢了赵大侠的女子。”陈总管恭敬地说道。

方若兮闻声，收敛了四下逡巡的目光，转头向前望去……

突然看清了迎面而来的那人，方若兮忽觉口干舌燥，喉咙不由自主地咽下一口口水。

面前之人，是个……是个……顶级的……美……

这时，少年正上下打量着她，见她是个女子，微露疑惑，再看她此刻的样子，目光闪过轻蔑，但微一沉吟，目光流转间似又想到了什么趣事，手中折扇一指方若兮道："就是她了！"

陈总管立刻恭恭敬敬应是，扯了方若兮一下，方若兮方才回过神来，忙有些心虚地低下头去。陈总管道："花小姐，请随在下来。"

方若兮此刻易名为"花无多"。

花无多木偶似的点了点头，跟着管家离去，可刚走出去几步，脚步突然一顿，蓦地转过身来，对着正要离去的身影喊道："你站住！"

陈总管闻声脚步一顿，回身看她，还以为是在喊自己，当看清她叫的是另外一人时，心中一惊，刚要制止就听到花无多理直气壮地指着少年大声道："你叫什么名字！"

前方少年闻声亦回过头来。

陈总管在后面呵斥道："放肆！

花无多当下却更昂首挺胸，目光在看到那美少年后，不由自主地涣散片刻，而后又坚定凝聚，再次无礼地不屑道："胆小如鼠之辈，连个名字都不敢说。"

"不是不敢！"美少年闻言笑道，眸中闪过一抹慧黠，手中折扇轻摇，更显潇洒，而后轻声诱惑道，"如果你能顺利成为翌的贴身保镖，我自会让你知道我的名字。"言罢，折扇轻摇，悠然而去。

翌？花无多疑惑片刻，转身面对微微愣怔的管家道："请管家带路。"

陈总管轻声一咳，神色恢复了正常，道："姑娘请。"

"请。"

陈总管边走边道："姑娘，如果一会儿见到二公子请千万谨言慎行，姑娘如若真想留下来，言语须多收敛些。"

花无多一瞥管家，心中颇不以为然，她是来当保镖的，又不是来当丫鬟的。

陈总管似感受到了她的想法，又道："姑娘武艺高超，自不是平凡人等，但大名府也有大名府的规矩，姑娘仍须遵守。"

“嗯。”花无多敷衍地应道。

几个辗转，二人来到大名府的后院。

后院，满园的菊花盛开，芬芳袭人。

园中，一人斜靠在亭下，一边品酒一边看着书，神情悠闲自在，心情似乎极好。

花无多到时，看到的只是此人的背影。她心中已知，这人就是大名府的二公子，公子翌。

听到脚步声，公子翌放下手中的书籍，转过头来，向花无多看去。与此同时，花无多也看清了公子翌。

清风拂过……

那一年，菊花满园——

公子翌收回了目光，懒散地开口道：“我要找的是保镖，不是丫鬟，陈总管，你难道年老糊涂了？这个女人给我当丫鬟的资格都不够，样子太丑，个头儿太高，本公子一向喜欢娇小型美女。陈总管你应该知道，像这种货色，连给本公子提鞋都不配。”

陈总管尴尬地回道：“公子，这位是为您新找来的保镖，赵大侠也甘愿自认败在这位花姑娘的手上。”

公子翌闻言，神色微敛，片刻，忽然冷哼一声道：“还花姑娘，本名不会是叫花骨朵吧？”

闻言，陈总管看着身旁女子杀气越来越浓的眼神，不禁面色一阵青一阵白。

而后听到陈总管犹豫迟疑吞吞吐吐地说道：“回公子，这位姑娘叫……叫……花无多。”

陈总管话音刚落，就听亭内公子仰天大笑道：“果然叫花骨朵！还真被本公子猜了个正着！哈哈！真够俗气！哈哈！”

那一刻，花无多真想用袖中银针缝住他那正在哈哈大笑的嘴巴。

可目光流转间，她又改变了注意。与其用武力，不如……

花无多不待他“哈哈”完，一个纵身跃过院中千姿百态的菊花，在空中一个翻身，看好方向以迅雷不及掩耳之势坐在了公子翌的怀里，整个过程一气呵成。陈总管只觉眨眼间，就见那位姑娘坐在了公子的怀里，神态暧昧，不禁大惊之后又微微尴尬。

公子翌最后的“哈”声陡然变成了“嘎”声。

看着怀里的女子，公子翌一脸的嫌恶，但突然窥见了她眼里的得意，神色又渐渐地变了。公子翌不慌不忙开口道："花骨朵姑娘，你的眼角有眼屎，本公子看了心里很不舒服。另外，姑娘实在太重了，几乎将本公子压死，烦请花骨朵姑娘高抬尊臀，放过本公子吧。"

花无多闻言，眼里的得意之色尽去，取而代之的是一抹痛恨，而后渐渐压抑，复又开口说道："我偏不！"

花无多的神色变化公子翌看在眼里，闻言，要笑不笑道："你确定？"

花无多淡定地点头，神色丝毫不惧，在他耳边吹了口气，道："你以为我会怕吗？一个中了'无声无息'之毒的病人，还笑言喜欢娇小型美女。恐怕这世间最最娇小的美女，脱光了匍匐在你的脚下，你此刻也无能为力了吧。"

公子翌闻言，脸色已变。

花无多一笑，一跃而起，道："这保镖我不当了，你另找他人吧。"言罢，正欲离去，就听身后公子翌沉声道："大名府不是你说来就来说走就走的地方。"

花无多停步，侧目瞥向公子翌，道："你待如何？"

公子翌目光一转，拿起手中书籍，似又认真地看了起来，道："陈总管，带她下去签生死契。"

陈总管立刻应道："是！"又对花无多道："花姑娘，请您随在下去签生死契，从今日起，你就是二公子的保镖了。"

花无多心中微感疑惑，却仍旧不动声色，凝视公子翌片刻，却见他继续一脸悠闲地看着书，似乎根本忘记了她这个人，心道，不管怎么说，既来之则安之，谅他也不敢怎样。她刚想跟陈总管而去，目光却忽然瞥见公子翌身旁放着的一摞书，当中最上方的那本，因被风吹起，掀开了几页，花无多恰好看见，并且看清了书上所画的内容——一幅春宫图！

花无多眼角不受控制地微微抽搐了几下，忙跟随陈总管大步离去，似乎后面有什么不干净的东西。

公子翌瞥向一旁被风吹开的书籍，嘴角向上一挑，似笑非笑，一甩手丢开了手中书籍，望天轻叹道："最近的日子真无聊啊。"而后，望着陈总管和自称花无多的女子消失的方向，若有所思地一笑。

花无多边走边想：他怎么会中了这"无声无息"之毒？这时，已经走远的花无多，耳朵蓦地一动，似听到了什么，微一思量，心中暗暗打定了主意。

生死契上明确规定：两个月内，二公子在，她在，二公子亡，她亡。

花无多摁下手印后，心里突然莫名其妙地一跳。似乎有什么重要的事情漏掉了，而后，听到陈总管言道："花姑娘从今日起，就是二公子的保镖了，必须全天十二个时辰寸步不离二公子。"

花无多尚未开口，就听陈总管继续大声说道："从今日起，二公子的饮食起居沐浴更衣还有读书习字，花姑娘都要随侍在侧。"

沐浴更衣……吗？！花无多不由得一怔。

公子翌洗澡的时候，花无多就站在一旁，目光呆滞，锁定一角，无视眼前诱人风景。

公子翌故意高高扬起池内的洗澡水，花无多依旧面无表情，甚至发梢上的水抹都不抹一下。公子翌低叹一声，"无趣。"

闻言，花无多眼中晃过一抹得意之色，稍纵即逝。

公子翌外出，在大街上走着走着忽然喊走不动了，前呼后拥的奴仆他不使唤，偏要花无多背他。花无多暗暗隐忍，面无表情地站到了他的前方，刚抓起他搭过来的两条胳膊，就突然发觉他两条腿已经盘上了自己的腰肢。若不是戴着面具，花无多此刻的大红脸定然会让公子翌得意忘形。可惜，花无多此刻面不改色的一张平凡到过目即忘的脸，公子翌看了就觉得无趣。他心中不禁暗暗奇怪，明明那天这个花骨朵很容易激动的啊，怎么自那以后就变呆了呢？

漫天繁星的夜晚，夜风吹过，花无多守在茅房边，鼻端嗅到异样的味道，忍耐几乎就要到了极限。在茅房外发泄似的打了一套拳，终于平息了体内因情绪不稳定而疾走的气息后，暗暗指天发誓，她绝不让这里的任何人知道她的真实身份！绝不！两个月后她定要……想了好长时间，忽听茅房内公子翌伸个懒腰语气懒散地叹息道："啊……好舒服！"

花无多的气息再次微微紊乱。

第二章

南书书院

日子似乎过得极慢，好不容易挨过了三天。

花无多的忍耐也终于到达了极限，最终痛下决心：忍无可忍就无须再忍了。所以她开始明里暗里地与公子翌对着干，公子翌似乎注意到了她的转变，竟然收敛了一些，日子反倒好过了许多。

两日后，卯时，天方破晓。

公子翌带着保镖花无多与书童杜小喜一同起程赶往南书书院。

南书书院位于大名府南侧的奇峰山顶。

南书书院举国闻名，不只是因为这里有闻名天下的许夫子，更因“天下第一美女”杨逸欣正是南书书院院长的夫人。而她的女儿，也就是很有可能即将继承娘亲声名成为未来的“天下第一美女”的齐欣，自然而然地成了南书书院众位学子的师妹。光提起这一点，南书书院出身的学子都要比其他书院的高昂半个头。

南书书院历史悠久，与朝廷关系甚密，当朝许多士族都出身南书书院，来此读书的公子也各个身份不凡，身后都有显赫的家世，甚至不乏王孙公卿之子。

因此，南书书院的各项设施配备也是全国最齐全、最好的。

书院屹立于奇峰山顶，奇峰山景色秀美，山中空气清新，鸟语花香。下雨天，山下雾气蒸腾而上，南书书院仿佛伫立在云端，犹如仙境。

所以，世间有赞云：奇峰山顶书院聚士族，人杰地灵之宝地也。

奇峰山脚下，学子们正迎着晨曦赶往山顶，公子翌几人也正在其中。

书院允许每个学子带书童日常服侍，但书童的身份不能时刻保护公子翌，所以，花无多在大名府的安排下，扮成男子，以公子翌表兄弟的身份与公子翌一同到南书书院读书。

三人骑马到了书院入口，下了马。公子翌当先入门，花无多随后，书童将缰绳交给了书院的杂役，三人先后进了大门，沿路拾阶而上。

清晨日光掩映，两侧苍松挺拔，林荫翠绿，不由得令人神清气爽。

正在这时，后方传来一阵急促纷杂的马蹄声。

公子翌回头一看，不由得低道了声："刘修。"

花无多亦转身看去，只见，大门口来了一队人马，各个神态傲慢，众人簇拥着当中一个衣着华贵的少年公子。这位公子骑在马上，神情冷漠，似拒人于千里之外，身姿挺拔，后背黑白羽翎弓箭。最引人注目的是他一身白色束腰锦衣，肩膀到腰间白衣上泼墨似的绣着一只展翅的雄鹰，乍看之下便觉此人身份必定不凡。

刘修……花无多心中暗暗揣测，他可是当今刘皇后的胞弟公子修？

公子翌低声道："此人少惹为妙。"

花无多闻言看向公子翌，公子翌神情淡漠，看不出是何用意，忽又转头对她说道："不过，你除外。"神情促狭。

花无多当下不明所以，只以为他又在戏弄她，也没在意。

三人继续拾阶而上，直至到了平坦的前院。前院十分宽广，青石铺地，两旁苍松翠柏环立，中间有几位夫子正在登记前来报到的学员。

二人拿着入学的帖子，每人交给书院束脩十两金子后，花无多与公子翌一同顺利地成了南书书院当期的新学子。

书院每两人一间屋舍，花无多自然以公子翌表弟的身份与公子翌同住在一间房。

新学期的第一天，所有新学子被通知于辰时在前院集合，花无多和公子翌到时，院长齐然已站在廊下。前院整齐地站满了求学的子弟，左上方为首的，正是当日初入大名府时，花无多遇到的那名少年公子，第二个却是刘修。

少年公子看到公子翌，微笑颔首，目光瞥向她时，闪过一抹了然，亦是一笑。

花无多趁机问公子翌道："那人是谁？"

公子翌瞥了她一眼，没有回答。

花无多低声道："我问你话呢！"

公子翌又瞥了她一眼，还是不回答。

花无多也学他的样子瞥了他一眼。

他蓦地瞪了回来，道："无颜女。"

花无多却道："请注意你的用词，翌公子，在下目前是你的表兄弟。"

公子翌闻言，目光流转，忽而抬臂搭在她的肩头，微一使力将她拉向自己，附在她耳边吹着气，皮笑肉不笑地说道："表弟，这两个月里，表哥会好好关照你的。"

花无多忽地伸出一只手，从后面揽住了公子翌的腰身，用十分欣慰的语气回道："谢谢表哥。"

公子翌身体一僵，目光闪烁，嘴角却向上一挑。

见此二人众目睽睽之下勾肩搭背，书院管事季夫子重重咳了一声，道："来者可是吴翌和花无多？"

公子翌不慌不忙地放开了搭在花无多肩上的手臂，向季夫子施了一礼，道："正是学生。"

花无多依样施礼回道："学生花无多见过夫子。"

季夫子"嗯"了一声道："吴翌站在第三位，花无多站在第二十四位。"

二人同时答道："是。"便各自寻了自己的位置，站定。

花无多刚笔直地站好，目光扫向站在排头的少年，只见少年笔直地站着，身姿修长挺拔，清风拂过，吹起了他的鬓发，恍惚送来淡淡的花香，花无多忽然觉得有点儿热。

花无多刚要移开自己的目光，这时，站在少年身旁的刘修突然回头看了她一眼，她亦看了回去。刘修眼角向上一挑，冷漠的目光中闪过一抹若有若无的不屑，而后转过了头去。

院长齐然当众公布了南书书院的十八条规矩戒律，当中有一条：凡有世俗不容之癖好者，一律赶出书院。说到这条戒律时，他的目光有意无意地扫了一眼花无多和公子翌。

花无多昂首挺胸，面无表情，神色镇定且毫无愧色。

公子翌目光微扬看向一隅，神情专注，似乎根本没听见也没注意到院长齐然的意有所指。

花无多顺着公子翌的目光看去，只见，一棵松树的枝干上两只松鼠正在那里交配……

花无多当下觉得更热了。

院长齐然虽年过不惑，但仍风姿俊朗，气度雍容，也难怪会让"天下第一美女"倾心。花无多当下胡思乱想着，只不知这"天下第一美女"和未来的"天下第一美女"都长成什么样子。姐姐方若薇对"天下第一美女"的称号志在必得，如果有机会，她很想替姐姐判断一下，到底哪个更美一些。花无多胡思乱想间，把院长齐然和管事季夫子的训话全都当成了耳边风，时间倒过得极快。

当听到季夫子言：“明日正式开始上课，今天大家先回房整理下行李，四处熟悉一下，全都散去吧。”

众人齐声应是，渐渐散去。

花无多走向公子翌。

公子翌未曾离去，正和少年说着话。

花无多听到少年道：“翌，你是怎么让侯爷同意你来此读书的？”

公子翌哂然笑道：“我自有办法。”

少年笑道：“你是冲着齐欣来的吧？”

公子翌毫不掩饰地点点头，道：“未来的‘天下第一美女’，怎么也要先看看，如果正合我意，自要先下手为强，免得被你占了先机。”

少年笑道：“翌，你知道的，我一向不喜欢比我还要美的女人，再说，这次恐怕你要失望了。”

公子翌一皱眉头，问道：“此话怎讲？”

少年道：“听说齐欣昨天已去了北玉书院读书。”

公子翌闻言惋惜道：“唉……可惜了。”

后面的花无多也轻轻一叹，是挺可惜的，只差一天，就失之交臂。又听公子翌无比感慨地说道：“她错过了我这等翩翩佳公子，她运气真不好。”

这时，一旁的少年也叹道：“她运气确实不够好。连我也错过了。”

花无多险些被自己的口水呛到，可转念一想，不禁暗道：的确是齐欣运气不够好，连她也错过了。

三人很有默契地同时叹息一声，闻声不禁面面相觑，忽而相视一笑。

这时，少年向花无多一笑，抱拳道：“在下吴琪。”

花无多回了一礼，道：“在下花无多。”

“幸会。”少年道。明知道她是女人神情却丝毫不变。

“幸会。”花无多道。明知道他知道自己是女人却丝毫不曾慌乱。

公子翌在一旁审视了一番二人，不以为然地笑道：“别告诉我，你们今天是第一次见面。”

二人只笑不答，公子翌当下了然，叹息道：“唉，果然是物以类聚。”

那一年的春天，青松翠柏间，几位少年挺拔而立，言谈举止风度翩翩……

尚未离去的季夫子，远远看着他们的身影，与院长齐然同时感慨万分道："年轻真好。"

南书书院中，除了院长夫人及其丫鬟，其余全是男子，其中还混进来一个假男人：花无多女侠。

公子翌在书院待了两天后，哀号无聊的时间和次数与日俱增。与他同屋的花无多也感同身受，每次公子翌喊无聊的时候，她都有打几套拳的冲动。

南书书院所教课程甚为繁杂，主要分文、武两班。

文班的学生主要学习：琴棋书画和诗书礼仪。

武班的学生主要学习：骑射武功、排兵布阵和奇门遁甲。

文、武两班课余之时，夫子还会教习一些夜观天象、易经周易等技能。

南书书院，夫子共有十五人之多，分别教习：琴艺、棋艺、书法、绘画、药理、星象学、礼仪、诗书、骑射、武功、排兵布阵和奇门遁甲。全都是此行业顶尖的人物。

公子翌因身体原因不甘不愿地选了文班，花无多自然而然地跟随。公子琪也在文班，而公子修却在武班。公子琪和公子修同住一个房间，公子翌因此从不去找公子琪，如有事情，也只派书童杜小喜去请公子琪过来。久而久之，花无多不禁对公子修好奇起来。到底是什么样的人物，竟然能让公子翌不敢招惹？

不知道是不是老天爷感受到了她那么一点点好奇，好心地安排了一场她与公子修的偶遇。

天空晴朗，绿草茵茵，公子修从一旁的茅房出来，看到花无多老实地守在另一侧的茅房旁，不屑地冷哼道："你们两个不止吃、住在一起，连上茅房都形影不离吗？"

花无多看着自己一身男装，无语凝噎。

公子修上下打量了她一番，语不惊人死不休地说："长相一般，但身材很好，不如甩了公子翌，跟着本公子吧。"

啥？！

一向很能控制情绪的花无多第一次露出了傻傻的惊讶。

公子翌这时推开了茅房门，冷冷地说道：“修，连我的表弟你也想染指？”

公子修神色冷漠地瞥了一眼公子翌，公子翌冷冷地注视回去，毫不退让。

花无多感受到了二人暗中的剑拔弩张，忽道：“翌，你总算出来了，茅房被你霸占这么久，我都快憋不住了。”花无多忙提着裤腰带进了茅房。

茅房外，公子修道：“这么呆傻的表弟，留给你自己用吧。”

噗……茅房内有人适时地放了个屁。

公子修神色微变，忙讪讪地离去。

知道公子修离去，花无多出了茅房，只见公子翌笑得一脸灿烂。公子翌说道：“你的口技不错，险些把我也给骗了。”

花无多瞥了一眼公子翌，淡淡说道：“谁说是口技？我今天中午吃了些炒黄豆，所以刚刚一时未忍住……”

公子翌忙捂住自己的鼻子，嘟囔道：“你还是个女人吗？”脚步仓皇而去，也不嫌现下已经太迟了。

花无多目光闪过笑意，随后而去。

夜晚，轮到张夫子教习星象学。因天气原因，难得两班同聚，一同爬上星象台，依次肩并肩地仰躺其上，望着星空，指指点点。

武班的公子讵看着星星，突然提出了一个很有讨论性的问题。

公子讵望着星星，半梦半醒地呢喃道：“如何才能得到一个女人？”他似乎被这个问题困扰着，只是一时有感而问。

这个问题，恰好被张夫子听到，感兴趣地问：“是怎样的女人？”

公子讵知道自己失言，见夫子兴趣盎然，当下不好再隐瞒，忙恭敬地回答：“是个江湖女侠。”

夫子捋着山羊胡，夜色下，笑得有点儿贼贼的，幽幽道：“江湖人行踪不定，不拘小节，最快最有效的一招，自然是：霸王硬上弓。”

全场哗然。

那晚，花无多注意到了身旁公子翌看她的眼神中带着若有似无诡异的笑，花无多不自觉地出了一身汗，要不是知道他中了“无声无息”之毒，不能对她怎么样，那一晚还真不敢睡觉了。

自从那一晚之后，公子翌尤为喜欢星象学。

第三章

溪畔偷衣

日子过得平静，转眼又过了三日。这么舒坦的日子，花无多越发不明白为何公子翌要重金聘请她做保镖，察觉到他身上“无声无息”的毒在慢慢散去，一则喜，一则忧。喜的是，公子翌的功力在慢慢恢复；忧的是，这“无声无息”之毒时刻提醒着自己，事情绝不会这么容易和简单。

今日恰逢踏青节，书院放假一日。

一早，公子翌就命杜小喜收拾妥当，带着花无多，一同下山去。

路上遇到了公子琪，四人骑马下山，一路有说有笑。言谈间，公子翌和公子琪同时提起了雨林后山，彼此相视一笑，心有灵犀地不再言语，似乎一切尽在不言中。

花无多不明所以，只觉二人笑得有些……淫荡，也就无心多问了。

下了山，公子琪言明自己有事，先行一步。公子琪离去后，公子翌与花无多一同进了山下小镇。

山下小镇不大，今日却异常热闹。一路上，碰到三三两两的南书书院的学子，公子翌却无心多做停留，只带着花无多和杜小喜过了集镇，骑马向东奔去。

花无多问公子翌这是要去哪里，公子翌回答，要去雨林后山，一脸的急不可耐。

花无多不知这雨林后山是何地方，只得跟随公子翌快马加鞭地向东奔去。

拴好了马，命杜小喜看顾着，公子翌则带着花无多绕小路爬到了山顶，山下水声阵阵，似有清泉从山上流下。公子翌爬到一处岩石上，偷偷向下张望，花无多也学着他的模样向下看去，只见山下溪水浅滩处，一群女子正在沐浴……

花无多神色怪异地看着公子翌，只见他一脸兴奋，看得目不转睛。花无多不由得轻轻一叹。

趴了一会儿，公子翌见下面的女子只是泡在水里也不上岸，不由得着急起来，下套诱惑花无多，让她下去偷一件衣服就给她纹银十两。

花无多不吭声。

公子翌接着劝道，反正她也是女人，女人偷女人的衣服算不上什么大事。

花无多仍旧不动声色。

公子翌又退让道，只偷一件衣服，就给她纹银二十两！

花无多终于还是心动了。

溪水边，花无多正头戴杂草，匍匐在一块岩石上，居高临下地用树枝勾着下方岩石上距离最近的一件绿色绸衫。

突然一个女人大声尖叫起来，花无多当下一惊，后脚勾着的岩石脱开，一下子扑到了泉水里。紧接着一群女人扑了上来，不由分说就对她一顿狂扁。

花无多当下抱头大喊道："各位姐姐饶命，我是女人！"

一位女子立刻扯开了花无多的衣衫，看后惊讶地点了点头，忙道："姐妹们，误会误会，她只是女扮男装而已。"

众人释然。

这时，一女子指着山坡上正一脸兴奋看着热闹的公子翌问道："那他呢？"

花无多回道："是我姐姐，都是女人。"

因为相隔尚远，她们也只看到一个男装打扮的人，看不清样貌。

一女子高声问道："你们为什么鬼鬼祟祟地偷看我们洗澡？！"

"是啊，同是女人，为什么不大大方方地出来呢？"有人问道。

原来他们的行踪早被发现了，难怪这些女人都不上岸，只泡在水里。

花无多答道："因为我们姐妹女扮男装，本打算也来此沐浴，但看到各位姐姐在此沐浴，担心有所惊扰，所以才想着在那里等一会儿，等各位姐姐洗完之后，我们再出来，没想到被各位姐姐发现了我们……"

"那你为什么偷我们衣服？！"又有人质问道。

花无多垂下头去，回道："我们等了好久，见各位姐姐也无心离去，心想，偷了各位姐姐的衣服，兴许能吓得你们速速离去。"

一女子道："原来如此，姐妹们，也是我们霸占这小溪时间太久了，眼看也快到午饭的时间了，我们收拾收拾走吧。"

其他女子点头道："好。"

一番问话，众女子见花无多答得爽利，又是一脸的忠厚老实相，也就不再多加追问了。

当下也没了顾忌，女子们全都赤裸裸地起了身，毫不扭捏地穿戴了起来。

这时，花无多看着山坡上，一双贼亮贼亮的眼睛目不转睛地盯着这许多姐妹，脑袋不禁有些晕眩。

她很想告诉各位姐妹山头上有一只大眼癞蛤蟆，可终究还是没那胆量。

女子们穿戴整齐，不多理会花无多，自嬉笑着离开。

见众人走远，山顶的公子翌兴奋地跑了下来，边跑边喊："花骨朵，你真厉害，竟然能让她们当着我的面毫无羞愧地赤裸裸，今天真没白带你来啊，拿着，这是本公子赏你的。"

花无多接过公子翌塞给她的二十两银子，暗道：这算不算助纣为虐？

公子翌仍旧兴奋无比地道："可惜这次琪没跟来，下次我一定把琪、讵、语他们都叫上。"

下一回？还有下一回？

花无多忽然想到一幕，她面对一群裸体女人，指着山上几个名副其实的男人，厚着脸皮，指鹿为马道："他们都是我的姐姐，大家都是女人！"

离开雨林后山，花无多用内功片刻烘干了自己的衣服，三人骑马赶往大名府。

路上，再次途经小镇，市集已经散去，有点儿冷清。三人骑马而过，公子翌道："花骨朵，两个月后，你继续留在我身边当保镖吧。"

花无多道："两个月后再说吧。"

公子翌哼了一声，神色有些不悦，道："花骨朵，不是我说你，你这人太高傲了。"

"公子，你可不可以不要叫我花骨朵。"花无多隐忍地说道。

"不可以。"公子翌痛快地回答。

大名府快到了，远远地，花无多就注意到一个探头探脑的奴才奔进了府门。

他们才到门口，陈管家就带着几个奴才和美婢风风火火地奔了出来，殷勤地伺候着公子翌下马。

当初公子翌的确没有夸大其词，伺候他的婢女果然个个美貌，姿色动人，花无多往当中一站，幸好穿着男装，要是穿女装根本没法看，真有点儿连提鞋都不配的感觉。不过，这也是她会被留下来当公子翌保镖的缘由。所有人都认为，即便她与公子翌全天十二个时辰黏在一起，也不用担心他们之间会发生什么事，因为就她这个样子，根本不可能！

公子翌回了大名府，好吃好喝，还有美婢伺候，过着神仙般的生活。

一身男装的花无多，在不远亦不近的地方守着，水果和茶点也有专人伺候，其实，公子翌对她还不错，一点儿也不曾亏待过她。

夕阳西下，用完了晚膳，公子翌才不情不愿地离开了大名府。

三人一路上悠闲地慢慢行去，天色渐渐暗了下来。

此刻的奇峰山脚下，人烟稀少，清风拂面，本来心情很好的花无多忽然感觉到了一股潜藏的杀气。猛然足下用力，一跃而起扑向了前面的公子翌，大喊道："小心！"

这时，三枚飞镖从不同方向向他们射来，杜小喜一低头躲了过去，花无多一挥马鞭击落了其他两枚，同时抱着公子翌跃下了马，躲在马后。

随后而来的暗器齐齐没入马腹，骏马嘶鸣，倒地不起。

这时，杜小喜已从怀中掏出一物，向空中射去，在暗夜中轰然炸开，发出耀眼的红色光亮。

与此同时，五个黑衣人无声无息地向他们袭来。

杜小喜以一敌二，花无多护着公子翌，以一敌三。

三人当中，二人使剑，剑法凌厉，一人使掌，内功深厚。

若论单打独斗，这三人谁也不是花无多的对手，但三人联手，花无多一时竟找不出破绽，身后又有公子翌碍手碍脚，一时竟无法施展。幸好袖中银针在黑暗中颇占优势，对方一时也占不到便宜。对方似未料到会遇上这么强的对手，心知时间紧迫，互相一使眼色，变换了招式。

黑衣人略过花无多，招招攻向她身后的公子翌，花无多一时顾此失彼，连连倒退。这时，一个黑衣人暗中一掌偷袭公子翌，公子翌向后躲闪竟脚下一绊向后跌去，黑衣人一掌跟进，这时花无多的银丝线却被另外两人的兵刃缠住无法收回。眼看那一掌就要击到公子翌的身上，花无多情急之下，突然俯身过去，硬生生地替公子翌受了那一掌，一口鲜血吐在了公子翌的身上。与此同时，身后一掌双剑齐至，花无多不容多想，回身一挥衣袖，银针穿过当先而至那名黑衣人的手掌，射向了两名使剑黑衣人的咽喉，竟是同归于尽的招数。

后方突有三枚暗器射向黑衣人。黑衣人回身挥落并急速倒退，花无多得以喘息片刻。

这时，树林中急速飞出三个锦衣人，与黑衣人斗在了一处。

被压在下面的公子翌挣扎着扶起了花无多，问道："你没事吧？"

花无多当下急稳住气息，摇了摇头，表示没事。抬头看了看四周的情形，公子翌道："我们先走，小喜自会善后。"

花无多点头，当下抱起了公子翌，一跃至马上，二人纵马向山上奔去。

马背颠簸，公子翌平生第一次被一个女子紧紧地拥在胸前，很强烈地感受到了她的执着和守护，不禁微微失了神。

她胸前的温暖若有似无地摩擦着他的后背，可却是第一次这么暧昧摩擦没有让他升起任何私欲。

公子翌轻轻地说道："你受伤了……你刚刚明明可以……"

花无多的声音从头顶传来，声音低沉，"你的命是我的。"

公子翌心中一动，闭上了眼睛，掩去一抹连他也不曾熟悉的陌生感觉。再睁开时，却已变得平静无波，他哼了一声，继续说道："笨女人，你刚刚明明可以用内力震开他的，偏偏用后背去硬接。你功夫是不错，可惜临场应变能力实在是太差了。"

花无多一怔，身体不由自主地一僵，公子翌感觉到了，后听花无多叹道："被你说中了，我从没遇到过这种情况。"声音中掩不住地有那么一点儿自卑。

公子翌闻言，不禁偷偷地笑了，实在想不到这个女人也会自卑啊。

"不过，关心则乱，这也正说明了，你在关心我，本公子这次原谅你了。"公子翌又道，难掩得意。

"是啊，为了我的月银一百两，还有那份生死契约，我自然是关心你的。"花无多无奈地回答。

沉默片刻，公子翌忽然道："回去我给你上药吧，你受伤不轻。"

"不必。"

又沉默片刻，公子翌道："你的银针从哪里射出来的？能给我看看吗？"

"不能。"

"你这是暗器还是武器？"

"都是。"

"花骨朵，你到底是谁？"

"花骨朵好像不是我，所以，我也不知道花骨朵是谁。"花无多淡淡回答。

公子翌闻言，蓦地哈哈大笑道："花骨朵，你聪明到可恨。"

花无多眸中闪过笑意。

刚到书院不久，杜小喜也跟了上来，三人未惊动他人，与往常一样若无其事地回了屋。

花无多回屋调息，她受伤并不严重，休息个两三日即可。公子翌说得对，她的确缺少临战经验，当时黑衣人在手掌上注入了凌厉的真气，她明知道却因一时着急没运好内力去抵抗那一掌，才吐了一口血。

夜半，她调息完毕，看到对面床上的公子翌已经睡着了，见他睡得极为香甜，也不知在做什么好梦。公子翌似乎一点儿也不为今日突然遇袭而烦恼，即便是方才命悬一线之际也丝毫没有露出一点儿害怕的神色。

他到底过着怎样的生活，他又到底是怎样的一个人？

方才运功调息之时，她感受到了他的凝视，今天他突然问她是谁，不知，是不是已经开始怀疑她了？

转念又一想，不管那么多了，她的目的是银子。只要赚够了银子她就可以四处逍遥去了。

仔细想想，今天之所以这么拼命，是因为这可是她平生第一份工作，也是她平生第一次凭自己的本事赚钱。想想，还真是兴奋啊！将来回家去可要和姐姐炫耀炫耀！

她扯下了帷幔，脱去了外衫，摸索着去了脸上的面具。

为免被公子翌发现，每天天亮之前，她都会提前醒来再戴上面具。

面具戴久了总有些伤皮肤，所以，她每晚都要在脸上涂抹一些药泥，药泥颇厚，而且是黑色的，这样一来，不仅能保养皮肤，还能避免晚上被公子翌看到。不仅如此，还有吓人的功效。

有一次她半夜起来上茅房，就惊扰到了公子翌。公子翌翻身醒来，就着月色一看到她那个样子，险些失声大叫。那一声“鬼啊”几乎就在嘴边了，幸好她反应快堵住了他的嘴。

事后她解释道：“这个是保养肌肤的圣药。”公子翌当下轻蔑道：“你保不保养都好看不到哪里去。”

她知道他半夜被吓到心情不好，也不和他多作计较。

在黑暗中，花无多摸索着涂上了药泥，明早醒来的时候，这个药泥就干了，很容易剥落下来。

其实，她是很爱美的。若不是这一次生怕被爹爹抓回去和那个全身是毒的人结婚，以她的性子，倒真希望自己用真实的身份和面貌行走江湖，不知道会不会在江湖上引起一场轰动呢？就像姐姐一样，被江湖人誉为“叮铃仙子”。

姐姐每次行走江湖时，腰间都挂着铃铛，走起路来，甚至与人动武都会发出叮叮当当悦耳的声音，甚是好听。所以，江湖人才给姐姐起了这么一个称号，后来听说，有许多江湖女侠也学姐姐戴铃铛呢，可惜怎会有姐姐那般风情呢！姐姐可是立志要当“天下第一美人”的，所以她立志要当天下第二，至于齐欣呢……就天下第三吧。

姐姐当初行走江湖时，可是风波不断，后来惹到了杀手组织的“无音”才被爹爹硬招回家中。不过姐姐的真实身份还是被无音查到，险些引得江湖一片腥风血雨，想想，姐姐当年真是酷啊！

可反观她……唉……给一个色坯当保镖，实在是，好窝囊。

所以绝不能被人知道她是谁，绝不，否则就太丢人了。

姐姐行走江湖时，后面跟着一堆名门公子，而自己呢？却反其道而行，跟在一堆公子的后面。

不过，似乎也不算太差，想起了优雅而高贵的公子琪。那个公子琪，相貌真是俊美，只是可惜了，竟然与公子修同屋，也不知道有没有被公子修染指……

想着想着，花无多渐渐地睡着了。

第四章

入室弟子

第二日，如常。

上午第一节课是学习琴艺，教习琴艺的是许夫子。

许夫子是个有点儿仙风道骨的人物，喜欢临崖教习。

此刻山风呼啸吹过，许夫子盘膝坐在山崖边一块延伸出去的岩石上，神情飘忽，长袍被风吹得呼呼飘动。他闭上双眼，感受着山风迎面吹来，手指一动，极有兴致地先弹奏了一曲他最近的新作。

曲谱已经发至每个人的手中，花无多瞥向一旁的公子翌，见他看得极为入神。再看公子琪，一边看曲谱，一边手指已经轻轻地抚摸在了琴弦上。而她，看了一眼曲谱，轻轻地叹了口气，很抱歉，看不懂。

这时，许夫子眼睛忽然一抬，像支箭一样射向了花无多，问道："无多，你为何叹气？"

花无多有点儿心虚，忙起身，恭敬答道："回夫子，无多听了夫子的曲子，下意识地就叹了口气。"

"哦？说说，你听出了什么？"夫子极有兴致地问道。

花无多颇为不好意思地支支吾吾道："夫子，真的要无多说吗？"

"你说，一定要说出你心中真实的想法。"夫子鼓励道。

花无多只好硬着头皮，小声地说道："我……我听了夫子的曲子，那个……那个有点儿……想跳崖。"

众人闻声大笑。尤其是公子翌笑得极为夸张，整个身体都歪了过去。

夫子听后面色大变，神情极为激动地站了起来，双脚就踏在悬崖边，只要后退一小步，就掉下悬崖去了。

花无多十分担心地盯着夫子的脚，刚要大喊一声：夫子我错了，你不要想不开啊！就听夫子激动地说道："无多，你可愿当老夫的入室弟子？"

啥？

花无多有一刻没反应过来，底下众位弟子也没反应过来。就听夫子捋着胡须道："这首曲子，名为《临渊》。"

众人恍然大悟，都极为羡慕和佩服地看着花无多。

花无多神情尴尬，当下还真不知该如何作答了。她只得小声地说道："夫子，那个，我其实不懂音律的……"

话音刚落，许夫子已脚步踉跄地向她扑了过来，扣住她的双肩，更加激动地说道："没学过音律竟能这么轻易就听出老夫曲子的意境，果然是天赋啊！"

啊？！

花无多颇为无奈地垂下头去，正看见一旁已经快笑得背过气去的公子翌，不得已小声道："夫子厚爱，学生自当遵从。"

夫子当即大笑道："好！从今往后，你就是我许云天唯一的入室弟子了，哈哈！"

许夫子仰天长笑，花无多却想长歌当哭，竟然还是唯一的啊，夫子你为啥不早说啊！我这不是害了你吗？！

这时，许夫子一脚踢向了公子翌，呵斥道："笑什么笑，你这个不长进的！"

公子翌当下抱着小腿哀号不已。

一旁的公子琪看着花无多哭笑不得的神情，终于明白是怎么回事了，也忍不住笑了起来。而其他学子还奇怪地看着公子翌，不明白他为什么笑得那么离谱，该不会是受了什么刺激吧？

没人会怀疑当世最有名、最精通音律的曲者许云天的眼光，当许云天要收花无多为入室弟子时，这个消息立刻传遍了整个南书书院，很多人都以为花无多的确有天赋，恭贺声不断。

许云天收入室弟子，排场可不小，花无多当晚在众位夫子和同学的见证下，当众向许云天行了三拜九叩的拜师大礼，奉上拜师茶。许云天喝了茶之后，送了她一把琴，名为锦瑟，花无多收下，拜师大礼才算完成，从今往后她就是许云天的入室弟子了。不过，她真心实意地等着哪天许夫子嫌弃她，把她赶出门去也就罢了。

日子照旧。

文班，十天方有一堂武学课程。

这是文班入学以来的第一次武学课。

教习武学的午夫子课前要求大家各自显露一手。因为这些公子自幼都学了些武功，所以教习武功的午夫子也必须按照各种层次，分组教习。

公子翌因中毒原因，不能使用内力，只有谎称自己没学过武功，午夫子便派了他去扎马步。

公子语在花无多前面把一只茶杯拍入了石桌而不碎，而之后的花无多却从石桌下方把茶杯又拍了出来，亦是丝毫未损。

午夫子看后私下劝导花无多道："你骨骼清奇，不练武功可惜了，还是弃文从武吧。你要是学武，夫子愿意倾囊相授。"

花无多看了看一旁场地上顶着太阳扎马步的公子翌，谢绝道："谢夫子赞赏，无多更喜欢学文。"

午夫子大叹了一口气，惋惜道："实在是可惜了。"

花无多笑而不语。

第二日，公子修却突然找上门来，要与她比试武功。

第二日午饭后，花无多与公子翌刚爬上床，门突然被人一脚踹了开来。

花无多下意识地严阵以待，却见公子修背着黑白羽翎箭，身姿挺拔，逆着阳光站在门口，要求她与他比试武功，那一脸冻死人的冷漠，似乎完全不容拒绝。

花无多看着门口的公子修，微微皱眉，忽而目光流转，上前柔声说道："修，我今天有点儿不舒服，就算与你比试，你赢了，以你的性格也会不高兴，不如改天，如何？"

花无多的声音温柔婉转，公子修听后，微微一怔，却仍然冷声道："你今日身体既然不适，我赢了你也是胜之不武，改天。"公子修言罢，转身大步而去。

这时，屋内公子翌笑道："你这招美男计，修倒是很受用。"

花无多却感叹道："我最近是走了什么霉运了！"接二连三地被人看中。

公子翌笑道："告诉你个秘密。"

"什么？你也会有秘密？"

公子翌不满地一翻白眼，道："什么叫我也会有秘密？！不过，这次不是说我的秘密，我说的是琪的。"

"怎么？"

“你知道他为什么会选文班吗？”

“不是因为适合或者喜欢吗？”

“都不是，他选文班，是因为许夫子，琪很想当他的入室弟子，向他学习琴艺和各种音律。”

“是吗……”

“没想到，却被你误打误撞成了许夫子的入室弟子，唉……最近琪心情很不好啊。”

“是吗……”

“是啊。”公子翌心情很好地点了点头。

良久，花无多忽然道：“你知道自己扎马步的样子像什么吗？”

公子翌不明白为什么她会突然说到这个，直觉知道她后面肯定没好话，果然听她一本正经地说道：“很像个癞蛤蟆在那里蹲马步。”

公子翌惊讶得半晌说不出话来，花无多正在那里得意扬扬，就听公子翌附耳神秘兮兮地问道：“知道我自幼练的是什么功夫吗？”花无多疑惑地看向公子翌，只见公子翌一脸骄傲加得意地说道：“蛤蟆功！”花无多闻言，仰面栽倒。

难怪他每次上茅房都要那么久……说不定就是边蹲着边练蛤蟆功。

这时，公子翌伸过脑袋，俯瞰着花无多，道：“这你都相信？真够笨的。”

花无多推开他，从床上直起身子眨了眨眼，正儿八经地道：“这也不能怪我，实在是你太像……那啥了。”

下午，轮到杨夫子上药理课。

杨夫子为人十分随和，才为大家上过两堂课就已经和众人打成了一片。这节课，杨夫子开场便很随和地问道：“各位公子，大家今天想学些什么呀？”

公子翌首先举手道：“杨夫子，教我们配春药吧！”

杨夫子听后了然一笑，一点儿也不惊讶，很显然不是第一次听到学生这么提议了。

众人哄堂大笑，却仍纷纷赞同公子翌的提议。

杨夫子道：“春药可以教你们配制，但你们配置出来的药有没有效却要试过才知道，如果你们每一个人都有以身试药的决心，我就教你们。”

众人闻言，面面相觑，都不吭声了。

这可不是闹着玩的，整个南书书院只有夫人和她的两个丫鬟，一共三个女人，如果自己配的春药过分有效，自己该怎么办呢？这实在是大问题啊。众人开始退缩了，而花无多早就退缩了，当即带头说道："夫子，我们学些别的吧，请问'无声无息'这种毒夫子能配出解药来吗？"

杨夫子闻言，目光有意无意地扫过公子翌，叹息道："老夫配不出'无声无息'之毒的解药，'无声无息'之毒，无色无味，中者毫无症状，自己也很难发现，唯有眼底有一抹淡淡的黄线，不仔细看根本发现不了。这'无声无息'之毒主要针对有武功的人而下，但凡有武功者，只要中了此毒，一使用内力或者遇到外来内力激发就会立刻变得神志不清、发狂甚至变成疯癫，迄今为止，此毒根本没有解药。"

有学生问："中了这种毒不就等于武功全废了？"

杨夫子摇了摇头道："此毒也没那么可怕，只要能发现，在两个月内避免使用武功，此毒自动可去。"

公子琪道："但能发现此毒又谈何容易。"

杨夫子接口道："是啊，迄今为止，江湖当中凡中此毒者几乎全部死于非命。"

花无多问道："夫子，此毒就只有等两个月了吗？没有其他方法可解吗？"

杨夫子笑道："有，天下间有一人可解此毒。"

"谁？"花无多、公子翌、公子琪同时问道。

杨夫子道："唐门四公子，唐夜。"

"唐夜？是毒王唐夜？"公子琪问道。

杨夫子点头，道："只有他能解此毒。"

公子翌闻言低低叹息了一声，让唐夜救他，他还是宁愿再熬一个半月。

花无多闻言，却暗暗地发起呆来。

唐夜，江湖人称：毒王。正是她指腹为婚的丈夫。

小时候，常听爹爹说起他。唐夜，是唐门几百年来最有资质的传人，唐家长辈对他寄予厚望，将来唐门百年基业也要全部传给他。知道这些后，她还曾向往过快快长大嫁给唐夜。可是没想到，姐姐自外一番游历回来，却偷偷告诉她，唐夜，人称"毒王"，性格阴晴不定，全身是毒。擅使毒药也擅长解毒，甚至还擅长治病，但此人绝不是什么大善人，凡求他解毒或医病者，须挨到将死不死的最后一刻他方会出手解救。

她听后大为震惊，后来多方求证才知此言非虚。以前爹爹告诉她的都是唐夜好的一面，而唐夜真正的为人，爹爹从来都让人瞒着她。

自从那时起，她只要一想到唐夜，就会想到面目可憎的恶鬼，这么残忍可怕的人，她不明白为什么爹爹非要把她嫁给那个毒人，也不怕她哪天不小心被他毒死，难道真是因为那可笑的指腹为婚？

所以前不久，当唐门突然派了人来上门送聘礼为她和唐夜定日子时，她才急急地逃了婚。

也难怪，公子翌听到只有唐夜能解此毒时，宁可不解了。

这堂药理课由于大家一个接着一个的问题，最终变成了江湖毒药排行榜的讲解课。

杨夫子仔细地讲了每一种毒药的施毒方法和中毒症状，以及毒发之时的恐怖惨状，排行榜上的十种剧毒，基本都无药可解。而"无声无息"这种毒药，虽然很难被察觉且死亡率较大，但因它使用范围有限制——必须是有武功的人，又因为一经发现后可避免毒发，两个月内又会自动消散，所以根本榜上无名。

一堂课，众人听得津津有味，钟声敲响就要下课时，杨夫子突然补上一句："天下间最毒辣的十种剧毒，全都出自毒王唐夜之手，也只有他本人能解。"

一句话，众人哗然。

花无多听后，心中一片冰凉，只觉得唐夜是个冷心无情的家伙，竟然能制出那么多种可怕的毒药。她越发觉得自己逃婚是正确的，也越发坚定绝不能被爹爹抓回去被逼与唐夜成婚，如果跟这样的人结婚，她非得疯了不可。

直到晚上就寝时，仍听见有人在议论。大多数都在感叹，唐夜是个用毒天才，无愧"毒王"之名之类的话题，言辞中难免盲目崇拜。

而花无多和公子翌很有默契地绝口不提唐夜。

花无多是因为与他有婚约，而公子翌却是因身中"无声无息"之毒。他二人睡觉前也有一句没一句地聊着，就在花无多蒙蒙眬眬的时候听到公子翌突如其来的大喊声，吓得花无多一个鲤鱼打挺从床上跳了起来，一下子跳到了公子翌的床上，顶着一脸的药泥，鬼一样四下防备着。

花无多边四下警惕边低声问道："怎么了？"

身后公子翌答道："邓夫子要求抄写的文章我忘记写了……"

花无多一下子泄了气，向后伸出手道："给我十两银子。"

公子翌的功课一向是她帮忙做的，每次收十两银子。天价啊，天价，但一个愿打一个愿挨，谁管得着呢。

烛光下，她低头抄写着文章，公子翌裹着被子在旁边看着，她临摹他的笔迹有八九分像，就连邓夫子也分辨不出来。公子翌道："花骨朵，你是不是很缺银子？

这么努力赚钱。”

花无多叹道：“是啊，我家穷着呢，小时候我连裤子都是打补丁的。”

公子翌闻言，大大叹息了一声：“唉，花骨朵小时候过得这么可怜啊！”

花无多道：“是啊，我小时候为了一口在垃圾里刨出来的又冷又硬又臭的饼，还和乞丐打过架呢。”

公子翌吸着鼻子道：“你小时候那么凄惨啊！”公子翌用袖子擦了擦眼角。

花无多叹了口气道：“是啊，你以为人人都像你自幼衣着华贵，奴仆前呼后拥的呀。”

公子翌道：“那你怎么会武功，会写字？”

花无多道：“唉！此话就说来话长了，我十岁那年被一个江湖人收做童养媳，答应长大了要嫁给他的傻儿子，他教我读书习字，还传授了我武功，想让我将来好好保护他的儿子，再给他生个孙子。可惜我长大了，那傻公子却死了，江湖人说是我克死了他的儿子，一怒之下，就把我赶了出来。你知道吗？一个女人孤身在外可不容易了，更别提赚钱了，所以我一定要赚很多很多钱，今后可以买间房子，买亩地，自给自足。”

公子翌闻言，感叹道：“花骨朵的憧憬真美好啊。”神往了一会儿，又道，“花骨朵，要不两个月后，我帮你实现你的愿望，好不好？”

“不好。”花无多摇头拒绝道，“我要用我自己的努力和双手打拼到自己的天下！”花无多说得信誓旦旦。

公子翌目光闪烁，当中闪过一抹奸诈笑意，心道：花骨朵，你定有事隐瞒我，你以为你这番说辞，我会信吗？你那身功夫，岂是平常人家教得出来的？还有你的言谈举止和天不怕地不怕的自信，见到公子琪和公子修也不动声色的功夫，岂是一个自幼和乞丐打架穿破裤子的女人会拥有的？花骨朵，你肯定和我是同一种人。

公子翌忽然想到一个问题，当下急不可耐地问道：“花骨朵，你是怎么洗澡的？”她整天守在自己身边，其他的都可以同做，唯洗澡除外，所以他很好奇她是怎么洗澡的。

花无多闻言，十分奇怪地看了他一眼，道：“我没洗过澡啊。”

什么！公子翌瞪大了眼睛，刚开始还不太相信地审视了半晌，后来渐渐信了起来，她似乎真的从未离开过自己，难道……她这十几天真的从来都没洗过澡？！此种想法刚在脑海里成形，立刻惊得他抱紧被子连连后退，用被子一角捂住了鼻子，一脸怪异地看着她。

“你竟然十几天都不洗澡，你还是不是个女人啊。”每天都洗澡的公子翌毫不留情地指责道。

不料，花无多毫不介意地冷哼了一声道：“这算什么，我小时候一年不洗澡也很正常。”言下之意，公子翌根本是少见多怪。

公子翌在床角战栗不已，开始有点儿相信，她的确自幼贫困潦倒了。

暗夜中，仍旧伏在案上奋笔疾书的花无多用眼角余光瞥见公子翌的样子，忍不住偷偷地笑了。

天气一天天热了起来，有人吵着去游泳，来叫花无多和公子翌一同去。花无多劝公子翌不要去，如果他去游泳，她就不能就近守着他了。公子翌却全然不在意，说在书院里不用那么小心，花无多无可奈何，只得叫杜小喜去守着公子翌。

花无多推说自己不会游泳，自然没跟去，可心中又有些担心，就在山后徘徊。

正在闲逛，无意中，她遇到了正在槐树下读书的公子琪。

花无多信步走过去，见他正在看医书，便坐在了他身边。

山风吹过，槐树的叶子齐齐迎风飞舞，发出簌簌的声音，像是在唱歌，花无多的心情忽然变得很好。

花无多轻轻地问道：“琪，你是不是想当许夫子的入室弟子？”

“谁说的？”公子琪疑惑地问道。

“不是吗？”

“是翌说的吧？”公子琪放下手中的书，懒散地靠在槐树上，笑着说道。

花无多点头。

“别听他乱讲。”公子琪笑道。

“你不是？”

“当然不是，琴艺我自幼就学，虽然很有兴趣，但我毕生的目标却不是那个。”

“你的目标能和我说说吗？”少女轻声问道。

山风吹过，吹起了少年鬓边的发丝，少年沉默良久，淡淡道：“我想当神医，超过毒王唐夜，可解天下所有毒药，能治天下所有疾病的神医！”

那一年，春风拂面。老槐树下，少女的心突然热了起来。他要当一名神医，一个超越“毒王”唐夜，解救天下间所有人痛苦的神医！

第五章

美人来袭

文班半个月才有一次的骑射课程却要和武班同上，武班的不愿意，文班的也不乐意。一番明里暗里的争斗、唇枪舌剑后，一场射箭比赛被迫展开。

不是所有人都比，双方各选出一人做代表比试。

公子翌那个大嘴巴，首先推举花无多，公子翌话音刚落立刻招来一片鼓掌呐喊声，公子翌鞠躬退场，好似英雄，而花无多却一脸无奈，只得郁闷地带着所有人的期望上了场。

当花无多和公子修同时展臂开弓搭箭时，四周只有吹过耳畔的山风成了仅有的声音。似乎场外其他人比场内的两人更加紧张。

公子修道："我总算有机会与你一较高下了！"

花无多道："在下十分荣幸能与公子修一较高下。"

公子修闻言，冷哼一声，竟丝毫也不得意，仍全神贯注地注视着前方。

花无多一向无往不利的攻心之计，头一次在这个眼睛长在头顶上的贵公子身上失败了。

第一箭，单箭，二人同时正中红心，平手。

第二箭，双箭，二人同时两箭命中红心，还是平手。

四周欢呼声雷动，公子修侧目看向花无多，花无多亦侧目看着公子修。

公子修道："你是第一个，与我同样速度，同样两箭命中红心的人。"

花无多道："要换成三支箭吗？"

公子修道："不，我们换一种比法。"

"怎么比？"

"我们三支箭同射，却必须依次到达，第一支箭必须射中红心，第二支必须射穿第一支箭，第三支必须射穿第二支箭及红心。"

看到公子修胸有成竹的模样，花无多沉默不语。

“我们增加个赌注如何？”公子修又道。

“什么赌注？”花无多问道。

“你，和我。”公子修一字一顿道。

“我不赌。”花无多笑答。

“你不敢。”

花无多一笑，道：“的确不敢，其实，三支箭我根本无法同时命中红心，更别提依次命中了。”言罢，花无多向公子修躬身施礼道，“我认输，还是你厉害。”

公子修伸手虚扶起了花无多，在她头顶低声道：“其实我也做不到。”

什么？！花无多立刻看向公子修，只见他嘴角微微向上一挑，而后又恢复了一贯的冷漠，转身扬长而去。

一向自以为聪明无比的花无多第一次觉得自己真的有点儿笨。

花无多讪讪归队，文班所有人都不明白她为什么这么轻易就认输了，花无多怅然解释道：“我心里先胆怯了，没有胆量比下去，所以不管后面的三箭能不能射中，我都先输了。”

公子翌闻言，大骂她没种。

公子琪在一旁劝道：“她本就没种的，你乱骂些什么？”

花无多听着这话怎么这么别扭，真不知道公子琪是来帮她的还是来损她的。

日子过得太安逸，险些让花无多忘记了自己的职责。

一个月后，南书书院突然来了一个令众学子群情激奋的消息。

北玉书院向南书书院下了邀请帖，请南书书院所有的学子到大明湖畔一聚，说是要以文会友。

天哪，那一晚，无数的南书书院的学子都失眠了。

北玉书院可是当今闻名天下的女子书院，出来的全是淑女而且各个能歌善舞、才华横溢，最重要的是：美貌多姿！

且，未来的“天下第一美女”齐欣此刻也正在北玉书院读书。

那一晚，公子翌梦中高喊了无数声：美人，我来了。

花无多因此被惊醒了无数次。无奈之下，她披上外衣出了门去。施展轻功来到了书院后山的泉水旁，她不是不洗澡，只是不能像以往那样奢侈地经常洗，慢慢洗。

脱下衣物，她快速地清洗后，再穿上衣服，一边往回赶，一边用内功烘干了全身。一来一回，只不过用了一盏茶的时间。

以文会友，听听，正是他们文班显山露水的好时机啊！

文班人各个摩拳擦掌，精神抖擞，每日里吟诗作画，互相比赛对对子。

再看武班，各个恶补诗词，有几个实在太差的还高价聘请了好几个文班的高才生做辅导。

文班人不由得感叹，文班终于要扬眉吐气了！

这几个晚上，公子翌也在恶补诗词之列，师父自然是与他一向形影不离的花无多。

这一天对文班的人来说，来得太慢了。

这一天对武班的人来说，来得太快了又太慢了。

武班人带着一颗忐忑不安的心，甘愿由文班人打头阵一同骑马去了大明湖畔。

这么多贵公子同时骑马下山，真是壮观，刚入小镇就吸引了所有人的目光。

只见马上众位公子昂首挺胸，穿着南书书院标志性的衣袍，一个个表情高傲，目空一切地骑着高头大马扬长而去。

有妇人挎着菜篮子在路边感叹道："南书书院的学子看着就是不一样啊，瞧这神情，各个都像是去迎接新娘子的新郎官。"

带队的季夫子一路上左交代右嘱咐，这不许那不准婆婆妈妈的，连花无多这个女人都听到开始心烦了，更别提这些公子了。

这时，公子修突然一挥马鞭，纵马疾驰在了前面。季夫子大叫起来，公子修根本不管不顾，其他人一看，也纵马随后狂奔，独留下季夫子在后面大喊大叫，捶胸顿足。

众人骑马穿过林间小道时，清晨的日光穿过枝丫，暖暖地照在身上。清晨的空气极好，鸟儿也在树上叽叽喳喳地叫个不停，众位公子不由得缓下了马速，只觉得心旷神怡。

这时，公子琪在前面带头高声唱道："凡夫俗子，转眼即逝，千古永存……"众人闻声，同时高声唱和道："凡夫俗子，转眼即逝，千古永存，唯有风流人物。大浪东去，浪花淘尽，依稀可见，那西边故地周郎赤壁。浪花朵朵，翻腾卷起，千堆万座，砌成这江山如画，如画江山。"

一时间，林间小路激荡着少年们的热情和对未来的满腔抱负。

大明湖畔，风景如画。

穿着北玉书院衣衫的少女们早已在大明湖上泛起了轻舟。

有人打着油伞，风儿吹到岸边，带来一阵阵笑语嫣然，远远望去，只觉美人多娇，风景美不胜收。

南书书院众位公子到时，见到的正是这样一幅美景，一群人迫不及待地下了马，情不自禁地望着湖中少女们衣衫轻扬、巧笑倩兮的容颜，俱是痴迷了。

花无多自然例外，当下看着身旁一群几乎不顾形象流下口水的公子哥儿们，突然一挥手中马鞭，啪的一声，响厉地抽打在了地上，大喊了一声道："兄弟们，我们还等什么！"

一句话，如醍醐灌顶，众人当下扔了手里的缰绳，哄的一声如潮水般冲下了堤岸。

而刚刚呼哧气喘赶到的季夫子，看着四处溜达、没有被拴住的一匹匹骏马，哭丧着脸仰天长叹道："为什么每次都这样？！"

原来，这并不是第一次了，南书书院的师哥们当年也曾这样过……可怜的季夫子啊。

季夫子虽如此感慨，随后还是认命地把马匹一个个地拴了起来。

众人冲下堤岸，站在大明湖旁，望着水中打着花伞游船的姑娘们，姑娘们这时也看到了他们，纷纷捂嘴笑了起来，当真个个千娇百媚。

就在众位公子心摇神迷、想入非非，站在岸边本来个个看着人模人样，此刻却都有点儿傻里傻气的时候，武班的公子紫阳突然情不自禁地大喊道："小姐们，在下不才，可否到船上一坐？"

有小姐回道："有本事就自己上来呀。"

其他女子闻言，手中绸扇掩在嘴角，嬉笑了起来。

公子紫阳早已心猿意马，立刻施展轻功，燕子抄水般飞上了姑娘们的小舟。

众位公子一见，也全都待不住了，一个个使用各式各样的姿态，展示自己的轻功，纷纷跃向了离岸不远的一只只轻舟。

唯有公子翌在岸边左转右转像热锅上的蚂蚁一样干着急。花无多在一旁看着公子翌，暗道：如果他此刻武功已恢复，轻功不会是蛤蟆纵吧？

花无多在一旁好心提议道："要不，我背你过去？"

公子翌恨恨道："不用，如果要你背，我多没面子。"

花无多哼了一声，道："你留在这里就有面子了？"

公子翌一瞥一旁的公子修。

此刻公子修正坐在岸边远眺着水天连成一线的远方，神情如常冷漠，似乎根本就不打算上船去。

公子翌目光流转，当下便学公子修坐了下来，道："我才不像他们，看见女人立刻就贴上去。"

花无多心中暗笑，也坐了下来，守在他身边。

公子翌开始装模作样起来，不看湖上的美人，只看四周的风景。

不久之后，太阳渐渐地升起，照得水面波光粼粼。

大明湖畔杨柳青青，风景宜人，就这样举目望去，只见几只轻舟泛于其上，各色油伞随船轻荡，犹如花儿一样，偶尔风夹杂着少女的轻笑飘过岸边，恍惚带来了几抹诱人的芬芳。

花无多闭上了眼睛，听着风声、水声还有那隐约的笑声，只觉天大地大，心宽地广。可就在这时，风中夹杂了一抹厉声突然向她和公子翌的后背袭来。

花无多猛然睁开眼睛，来不及回头，听声辨位突然向后一挥衣袖，金丝线缠住了两柄剑。

可随后而来的四柄剑，花无多再也无能为力了，就在这时，不远处的公子修突然一跃而起，抽出腰间佩剑，挡了上去。

这一次，幸好公子修在。

这时，季夫子和北玉书院的张夫子一同去了西边的凉亭内乘凉叙旧，他们离此较远，并未注意到这里的情况。

而其他在轻舟上的同学，因为小舟已经远离了岸边，即便有人注意到这里的情况，也很难及时赶回。

这一次来者一共六人，武功比上次的要高，而且招招攻向公子翌，似乎目的只有一个，下手毫不留情。

花无多渐感吃力，就在这时，公子琪却从水上赶了过来。

他手上拿着数把油伞，每一纵，便向水中扔下一把，脚下微一借力，几个纵身，终于到了岸上。他飞身护在公子翌的身边，对花无多和公子修喊道："我护着翌，你们只管杀！”

他二人再无后顾之忧，片刻……

“留下……”花无多“活口”二字尚未说出，公子修的剑已经收回，剑光冷冽刺眼，红色的鲜血顺着剑身一滴一滴地落入泥土。

公子修冷冷地道：“我的剑下从不留活人。”

花无多一怔，公子修却已收剑转身离去。

不知何时，一只轻舟靠向了岸边。

花无多听到小舟上有一女子道：“他好帅。”

另一女子问道：“你在说谁？”

女子道：“我在说公子无多。”

啥？！

花无多侧目看去，还以为自己听错了，可目光转向轻舟之上说话的那位姑娘时，花无多明显看到那位圆脸姑娘脸红了。

花无多忙收回了目光，心中不禁暗忖：这些女人都受过训练吗？看到死了人都不害怕，竟然还有心评论到底哪一个更帅！这些大家小姐还真不能小看了。

这时，又听一女子道：“那个公子翌长得倒不错，可惜却是个软脚虾，只能让人保护着。”

花无多一听立刻看向公子翌，而公子翌闻言，竟面色如常。

一女子又道：“就是说，不过一个绣花枕头，中看不中用罢了，险些被他的外表骗了。”

花无多心里忽然升起了怒气，转身怒视不远处说话的几个女子。几个女子看到了花无多的眼神，当下转过头去，不再言语。

花无多转头看向公子翌，只见这时的公子翌目光深沉，嘴角竟挂着一抹嘲讽的笑。这一刻，花无多忽然觉得这样的公子翌很陌生。

兴许刚刚那几个是相对胆子比较大的。其他游船渐渐靠近了岸边，女子们见岸上死了人还是会怕，都不敢上岸了。

这些公子倒似抓着了显示的好机会，各个昂首挺胸英雄似的发了威，一边安慰着小姐们，一边英勇地舍身为她们挡住血腥的画面。

这下子，游玩、泡妞、吟诗的兴致全因这场意外给打扰了。官府的衙差来了一大堆，因知他们是南书书院的学生，全都非富即贵，对他们也算客气。几番问话后，本来还要带花无多等人去衙门问话按手印的，但公子修一亮随身所带金牌，衙差立刻说所有事情他们都会一手处理，不用花无多等人去了，还殷勤地以最快的速度清理了现场，一群人方才离去。

当今皇上体弱多病，皇后刘氏暗中把持朝政，外戚刘家权倾朝野，公子修的金牌比什么都管用。

众人心知肚明，却不点破。

这么一耽搁，已经到了下午，大家都没用午膳，全都饥肠辘辘。有人提议打些野味烤来吃，立刻得到一众人的响应，就连最多规矩的季夫子也不反对。当下，一群男男女女忙活起来。什么吟诗饮茶早就被抛之脑后。此刻填饱肚子才是要事。

花无多、公子修还有公子琪自刚刚的事情后，四周时而有女子有意无意地靠过来与他们搭话，尤其是公子修，身边围着好几个美貌女子。

唯有公子翌始终无人理会，大概是因为他受保护的窝囊样儿令其在众女子心中形象大跌。

公子翌为此很是郁闷，看着不解风情躲躲闪闪的花无多，气就不打一处来，突然展臂抱住了花无多，道："表弟，你不喜欢我了吗？她们比我好吗？"

这一句话的声音不大也不小，却足以炸得所有人面目全非。花无多微微一怔后，道："不，还是表哥最好。"

一句话，碎了无数芳心，再也没有人过来和花无多搭话了，花无多乐得清净。

公子翌一脸诡异的笑，放开了花无多又走向公子琪，突然抱住了公子琪的后腰，脸颊暧昧地在公子琪身后磨蹭道："琪，你也是，都不理我，她们比我好吗？"

公子琪目光流转，温柔道："翌，我最喜欢你了。"

啊……正和公子琪脸红搭话的女子完全不能接受现实地跑开了。

公子翌放开了公子琪，彼此相视一笑，同时看向了被一群姑娘围着，却始终冷漠无视的公子修。两人不怀好意地一笑，同时露出一口阴森白牙。一旁的花无多看得头皮发麻，直觉告诉她，这两个公子这种笑法准没什么好事。果然，随后就见他们二人立刻换上了一副十分正经的样子，肩并肩地走向了公子修，却不靠近，只不远不近地站在一旁。

公子琪对公子翌道："修外表看着很冷的样子，其实内心可狂野了，是不是啊，翌？"

公子翌回答："是啊，修最喜欢看春宫图了。上课的时候，封面上虽然是论语，可内容全是春宫图。”

花无多看到围在公子修身边的女子们神色已经开始僵硬了。

公子琪又道：“不仅如此吧，还记得雨林后山吗？”

公子翌哈哈大笑道：“当然记得啦，不就是修偷看人家良家妇女洗澡的地方吗？他还说要带我们一起去呢，可惜我们不好这口儿。”

花无多看到公子修身边的女人越来越少了。

公子琪又道：“还记得杏花春雨吗？”

公子翌“哎呀”了一声，道：“当然记得啦，修说啊，杏花春雨的杜芊芊不愧是京城第一花魁，细皮嫩肉的，用鞭子抽打之后，啊……那种滋味，真是销魂啊。”

花无多看到公子修身边已经彻底没人了。

公子修的神情如常冷漠，似乎并没有因他二人的栽赃陷害而生气。

见人都走光了，公子翌和公子琪互使了一个眼色，向公子修走去。

花无多在一旁纳闷，他们也敢碰公子修吗？

只见，公子翌和公子琪分站公子修两边，同时出手，一人扯住公子修的一只胳膊，公子修竟然很老实，丝毫也没挣扎，任由他二人架着走向了火堆。公子翌对花无多道：“无多，去拿几坛子酒来，我们今天喝个痛快！”

花无多道：“好！”

此刻，大明湖畔点燃了几个火堆。

文班的人分作两队，一队人负责生火，一队人负责快马去附近的集镇买酒，此刻，火已生好，酒已买到。

武班的人自然也没闲着，借此机会大显了一番身手，从树林中捉来许多野鸡和野兔，经过他们一番洗劫，很可能树林里的生物几近灭绝。

一番忙活，一应俱全，男男女女几人一组围坐在一起，边烤肉，边有说有笑，好不热闹。

公子翌、公子修、公子琪还有花无多，四人十分奢侈地占据了一个火堆。三位公子现下都有些饿了，却都不动手烤肉，只盯着花无多火上烤着的肉，在一旁咽着口水。

花无多边翻着火上的肉，边心里不平衡地四下张望，见其他火堆旁都是男子在殷勤地烤肉，女子在一旁甜笑地等着吃，偏她这一伙是颠倒的，难怪其他人宁可和一群人挤着、抢着吃，也不来和他们一组。面对这三个饭来张口、衣来伸手的大少爷，花无多十分无奈，认命地烤着肉。

肉刚烤没多久，公子翌就突然伸出了手，拿过一只正在火上烤着的兔子，在嘴边随便吹了吹，一口咬了下去，只见他立刻满嘴是血，情形十分诡异。花无多见状目瞪口呆，公子琪见状立刻缩回了已经伸出去抢肉的手，公子修见状，嫌弃地转过了头去。

公子翌也发觉了不对，吐掉了嘴上的肉，把咬剩下的又丢给了花无多，手捂着嘴道："我试了一下，还没烤好，继续烤。"

"哦。"花无多继续拿到火上烤了起来。

公子翌去水边清洗。

见公子翌走远了，花无多、公子琪忍不住笑了起来。公子修的眼中也闪过一抹笑意。

片刻，肉终于烤好了，这一次，公子翌很老实地没有急着抢，花无多先留了一份给自己，其余的分给了三人，接着一边吃一边继续在火上烤剩下的肉。

四人都饿了，当下毫不顾忌地吃了起来。

花无多也实在是饿了，吃得满嘴满手都是油。

一旁的公子翌看到她的吃相，很不客气地嗤之以鼻，公子琪吃相文雅，看着花无多的样子大摇其头。花无多就当没听见也没看见仍然大吃大喝。在她看来，行走江湖就应该大口吃肉，大口喝酒，这样才显得豪气，像个江湖人。

几人当中唯独公子修看她的眼神中带了抹异样，花无多看见了也当作没看见。

有肉垫底，公子翌当下举起手上的酒坛子，道："喝！"

公子琪举起了酒坛子，公子修也举了起来，花无多随后，四人没有什么多余的话，仰头喝下。

抱着酒坛子喝酒，感觉十分爽辣，灌了一大口酒，公子翌大声道："好酒！"

公子琪笑道："上好的状元红，窖藏足有六年，定是语亲自去买来的。"

公子修没有接话。

花无多擦了下嘴角的酒渍笑道："不错，此酒定是在六石镇张家酒窖买的。"

公子琪目光看向花无多，道："你倒很会品，看来也是个酒痴。"

花无多一笑，道："我平生最大的愿望便是尝遍天下美酒佳肴，收集世上所有稀世兵器。"

"什么酒痴，她根本就是贪吃。"公子翌断章取义道。

花无多尚未发作，公子修忽道："能吃也是福。"

公子修突如其来的一句话，令其他三人齐齐看向了他，三人脸上同一个表情，仿佛在质疑公子修：你原来也会说话的？

而至于他到底说了什么，为谁说的，似乎已经变得不再重要了。

酒过三巡，几人眼中俱有些蒙眬醉意，公子翌身体微微倾斜附在公子修耳畔道："修，谢谢。"

公子修闻言，目光暗敛。

耳朵很灵敏的花无多偷偷瞥向了公子翌，她刚刚没有听错吧？抬头看了看渐渐西落的太阳，她疑惑道：那应该是西方吧。

而一旁的公子琪，脸上却露出了淡淡暖暖的笑，自顾自地喝了一口酒。

众人都已吃饱喝足，就在这时，筝声忽起，人群中一女子起身，随乐而舞，那女子身段婀娜，不用看长相就知道定是个大美人。就在这时，花无多听见有人惊道："齐欣，是齐欣在跳舞！"

花无多突然一惊，她竟然把齐欣给忘了。

她来此目的之一就是想要亲眼见见这个未来的"天下第一美女"，可这么重要的事，她竟然给忘了。不过，幸好还来得及，她立刻瞪大了眼睛，紧紧地盯住场中跳舞的女子，试图找出尽量多的瑕疵。

齐欣不愧是齐欣，这么多大眼色狼在这里虎视眈眈，她竟然还可以这么优雅地跳舞给他们看，花无多不禁暗暗佩服起来。可就在这时，花无多隐约听到公子翌道："无多，谢谢你。"

花无多心中一颤，以为自己听错了，第一个念头便认为公子翌这时候应该流着口水目不转睛地盯着美女，不可能有心……可还是忍不住小心翼翼地转过头来试图求证一下。她看向公子翌，看清他的样子，一颗提着的心终于放了下来。他果然在流着口水目不转睛地看美女呢，方才肯定是自己听错了，又若无其事地看向了齐欣。

齐欣的舞华彩飘逸，停则轻盈妩媚，动则飞扬如燕。

只听公子琪在一旁轻轻吟道：

飘然转旋回雪轻，嫣然纵送游龙惊。

小垂手后柳无力，斜曳裾时云欲生。

烟蛾敛略不胜态，风袖低昂如有情。

上元点鬟招萼绿，王母挥袂别飞琼。

齐欣的舞，轻盈之极、娟秀之极、典雅之极。

可就在这时，齐欣突然像是失去了重心，嘤咛一声，蓦地倒在了一人怀里。只见扶住她的那人赫然是公子修，花无多大为奇怪，公子修什么时候跑到那里去站着了。

这时，就见齐欣与公子修的目光相对，齐欣似突然害羞了起来，脸红着仓皇地在公子修怀里一旋身，衣袖拂过公子修的面颊，仿佛留下了一抹余香，飘然消失在众人的眼前。她竟忘了拿走掉落在公子修身上的手帕，公子修瞥了一眼齐欣消失的方向，面无表情地把手帕收入了袖中，转身反方向离去。

花无多脑中突然出现了一个念头，刚刚是公子修在勾引齐欣，还是齐欣在勾引公子修？可转念一想，或许是她多想了，这也许真的只是巧合。

心中把齐欣和姐姐暗暗比较了一番，最终认定还是姐姐更美！

一抬头，她竟然发现原本在身边的公子翌不知什么时候不见了。她正四处张望寻找，便听一旁的公子琪适时解释道："追齐欣去了。"

什么？花无多立刻起身就要追去，却被公子琪拦住，公子琪笑道："不急。"

花无多心中也有些犹豫，公子翌去追美女，她跟去的确不太好，可心中还是有些担心，那家伙如果死了，她可是要赔命的。

公子琪似看出了她的想法，道："你看，这不回来了吗？"

这么快？花无多顺着公子琪所指方向看去，果然看见公子翌一脸笑容地向他们走来。

第六章

醉论平生

曲终，人散。

堤岸上，南书书院的学子与北玉书院的学子们依依不舍地惜别。

花无多百无聊赖，偷眼看着身旁从刚刚一直窃笑到现在的公子翌，奇怪他到底得了齐欣什么好处，这么开心，像是熊瞎子偷吃了蜜一样。

这时，季夫子踱着小方步走近了他们，季夫子站在花无多身边感叹道："唉，每次都这样。"

花无多听出了夫子的无奈，刚想安慰几句，就听季夫子十分讨好地对她说道："无多，能不能麻烦你一件事？"

花无多一听夫子有求于她，立刻说道："夫子客气了，夫子只管吩咐，只要学生力所能及的一定为夫子办到。"

季夫子笑道："你能不能留下来清理一下。"季夫子一指后方水边沙滩上东倒西歪的酒坛子，还有那扔得到处都是的骨头……

季夫子和善地看着她笑，花无多却怔了又怔，搜肠刮肚怎么也找不出一个合适的理由拒绝，不禁看向了公子翌，却见公子翌还在那里窃笑，根本指望不上了。她又看向一旁的公子琪，公子琪看到了她求救的目光，对她暖暖一笑，当下对季夫子道："夫子，学生同翌，还有修也愿一同留下，帮无多清理。"

花无多闻言感激涕零。

季夫子略一犹豫，道："也好，不过你们要快些赶上来，不许贪玩。"季夫子似早已看透了公子琪的心思，公子琪一笑，抱拳施礼道："是，尊夫子令。"

季夫子一笑，大喊了一声："都上马，走了！"

人都走了，公子修被公子琪强硬拖住，不知公子琪对公子修说了什么，公子修还是留了下来。公子翌回过神来一听说要打扫人家玩剩吃剩的东西，好大的不乐意。公子琪却说这有何难，花无多闻言刚兴奋了一小下，就见公子琪骑上马跑了……

花无多欲哭无泪。

太阳的余晖洒落在岸边，夕阳映得大明湖波光粼粼一片金色，懒洋洋的，似多了几分暖意。

花无多认命地胡乱打扫着。

公子翌在一旁看着她，还时不时用脚踢一块骨头到她眼皮子底下，大声道："这里还有。"

公子修坐在岸边看着大明湖不知正想着什么。

花无多如今已不求什么了，他们二人没跑已经很给面子了。

可就在这时，忽闻堤岸上马蹄声声，公子琪骑着马在上面喊道："翌、无多、修，我回来了！"

花无多当下好惊讶：他不是跑了吗，怎么又回来了？

却见堤岸上冲下来四五个汉子，各个身强体壮，二话不说就开始帮花无多收拾，花无多立刻明白过来，公子琪不是逃跑而是去找帮手了。

花无多当下高兴起来，一跃上了堤岸，向公子琪走去。

公子翌向堤岸上大喊了一声："算你还有良心！"也随后上了堤岸。

水边的公子修转头看了看，复又转过了头去。

公子琪大笑道："我不只有良心，看看，我还带来了什么！"

公子琪一指身后马车，花无多立刻瞪大了眼睛，两眼仿佛放出光来。目光直直地盯住车上放着的几个酒坛子，花无多几步冲过去抱起了其中一个，在鼻端嗅了嗅，而后突然跳起来大喊大叫道："天哪，十八年的女儿红！琪，你实在太厉害了，太厉害了！"花无多抱着酒坛子围着公子琪兴奋地跳了一圈。

公子翌见状轻蔑地道："酒鬼。"眼中却闪烁着若有似无的笑。

公子琪似乎被她的热情感染，笑道："不止有酒，还有一只小羊，我们今晚就在这里烤羊吃吧。"

花无多闻言面色微微一变，公子琪笑道："不用你动手，他们来烤。"伸手一指堤岸下他带来的人。

闻言，花无多抱着个酒坛子突然仰天大笑了起来，立刻把公子翌吓离了原地数步，见鬼似的看着她。

夜色袭人，明月当空，他们四人围坐在火堆旁喝酒吃肉，相当地舒服，这次不用再抱着酒坛子喝酒了，公子琪方方面面想得周到，酒杯都带来了。

酒过三巡，公子翌道："花无多，你也给我们跳个舞吧。"

花无多斜眼看向公子翌道："我只会动武，不会跳舞，如果你想看'项庄舞剑'，我可以试试。"说着，抬起一只手臂朝向了公子翌，明摆着要向他射银针。

公子翌当下不以为然道："你还是省省吧，这里有两大高手在，你讨不到便宜。"

公子琪笑道："我可没说要保护你。"

公子翌惊道："琪，我们这么多年的交情，你才认识她几天，不会就倒戈相向了吧。"

公子琪只笑不答。

公子翌又道："单是公子修你也打不过！"

公子修淡淡开口道："你自求多福吧。"

花无多得意地大笑起来。

公子翌闻言大大惊讶了一下，不禁有些垂头丧气。片刻，忽又变得神采奕奕，道："你们三人到底哪个武功最高？"见他三人面面相觑，很显然也在疑惑，公子翌不怀好意地笑着提议道，"不如现下比试比试？"

花无多道："如何比试？动刀动枪的太伤感情，我不干。"

公子翌道："武斗不行那就文斗，那里有船，你们每人用内功驾驭一艘，谁先到达湖中的明月岛，谁赢，我当裁判。"

花无多道："好主意，我很想知道我们三人到底谁武功更高些。"

公子琪懒散地笑道："反正闲着也是闲着。"

公子修道："我也想知道，到底谁武功最高。"言罢，当先站了起来。

三人各选了一艘船，迎风立于船头，明月当空，湖上夜风吹来，少年们衣衫飘飘，酒后姿态各有风流。

船头，三人神情倨傲，互相对视一眼，眼中都有着毫不掩饰的势在必得。

船后，公子翌一抬腿毫不愧疚地坐到了花无多的船上，花无多回头看了他一眼，明知道他有意拖自己后腿，却丝毫不以为意。反而高高昂起了头，神情仿佛在说，即便这样，我也不会输于你们。

公子翌道："行。"

三只船同时乘风破浪而去。

公子翌手拿酒杯，边饮边道：

何人舣舟昨古汴，千灯夜作鱼龙变。

曲折无心逐浪花，低昂赴节随歌板。

青荧灭没转山前，浪风回岂亦复坚。

明月易低人易散，归来呼酒更重看……

明月岛上，太阳冉冉升起，水天连于一线，金黄色恍惚在一瞬间染遍了大地，四人肩并肩立在岸边看着初升的太阳。

公子琪道："我们四人，即便将来天各一方，也要记得，明月岛上我们曾肩并肩一起看过日出。"

公子翌忽道："那如果死了呢，如何记得？"

公子琪微笑道："那活着的人就帮他记住。"

闻言，花无多拍着胸口豪气万千地道："我帮你们记住，你们都死在我前面吧。"

公子修忽道："别太得意忘形了。"蓦地一纵跳上了轻舟，先行而去。

花无多看着公子修的背影，带着骄傲感叹道："修定是因我赢了他而耿耿于怀了。"

公子琪笑道："修让你的。"

花无多不以为然，道："你这是嫉妒我。"因为琪也输了。

公子琪笑而不语。

公子翌轻蔑地接口道："别人有意让着你，你并不可悲，可悲的是人家分明让着你，你却一点儿也没察觉。"

这句话狠狠地伤了花无多，回去的路上，花无多闹脾气，拒绝用内功催动船只，公子琪也拒绝用内功催动船只，带着两个吃闲饭的，最后互相妥协的结果成了三人一同划船回去。由于三人都不会划船，又不互相配合，各划各的，致使船在水中绕了数圈也未离开明月岛，三人用船桨恶斗一番后，终于浑身水渍狂笑着倒在了船上。

太阳悠哉地挂于天空，天空湛蓝，白云浮动，风儿吹过，大明湖上一片波光粼粼，远望其上，有一只小船正在随波逐流……

没人知道，此刻小船上躺着的三个人，正在互相耻笑，且言语恶毒。

当他们上岸时，公子修已走了多时。

此刻已近午时，他们昨晚一夜未归，上午又没去上课，回去之后恐怕不会好过，三人心中忐忑，骑马急急赶回书院。

到了书院，正好碰见牵着马要下山的公子语和公子巡，公子语一见他们三人忙迎了上来，道："你们怎么到现在才回来！"

花无多问："怎么了？"

公子语道："院长已经知道你们昨夜未归今早又缺席的事了，严斥了季夫子，季夫子要我和巡立刻寻你们回来，你们快去见季夫子吧，公子修已经先去了。"

公子琪道："好，我们这就去。"

三人忙把缰绳交给他二人，一路小跑着去见季夫子。

贪玩是要付出代价的，季夫子对他们四人念了近一个时辰后，最终责罚他们每人抄写《诗经》二十遍，花无多刚长吁了口气，就听季夫子道："另外，花无多负责打扫茅厕十日。"

什么？！花无多当即大声喊冤，为啥只有她要去打扫茅厕十日啊？！

季夫子闻言上下打量了她一番，直打量到她手脚冰凉，方和蔼可亲地问道："不够吗？！"

花无多立刻毛骨悚然，忙垂下了头去，道："够了，太够了。"

季夫子满意地点了点头，一挥袖，四人依次退出。

临跨过门槛时，花无多故意长长叹息了一声："唉……这就是等级差别待遇呀。"尚未等季夫子发作，花无多已跑得不见了踪影。

当晚，花无多拎着刷子和盛满水的木桶出现在了茅房旁，公子翌跟在后面。

花无多心情别提多郁闷了，公子翌却刚好相反，心情别提多好了。

花无多捏着鼻子闷不吭声地打扫着茅房。

公子翌却悠闲地靠在远处的树下，吹着口哨看着她忙碌。

花无多认真地刷洗了一番，终于干完了活，正要收拾离去，就见公子争急急忙忙地向这里冲了过来，花无多还没来得及给他让路就被他很不客气地推了开去。花无多心中有气，还没来得及发作，就见公子争急切地一头扎进了茅房，随后就听见茅房里发出一阵惊天动地的响声，花无多来不及多想就忙捂着鼻子仓皇地离去了。

傍晚闲暇时大家聚在一起谈论昨日大明湖的事情，话题总是绕着谁最美，齐欣如何如何，不愧是天下第一美女，等等。

花无多听后颇不以为然，齐欣长得虽美，却没有姐姐的万种风情，姐姐那般风流媚惑的姿态，齐欣根本比不上。在花无多心里，即便齐欣再美也是要打个折扣的，她早已认定姐姐方若薇才是未来的“天下第一美女”。

而一旁的公子翌却出乎意料地一晚上什么都没说，只在一旁听着大家闲聊，偶尔私下里诡异地窃笑一番，忽而又装出一本正经的样子，可惜怎么也掩饰不住眼中的得意扬扬。两旁的公子琪与花无多不禁暗暗打量着他，二人对视一眼，眼中充满了疑惑，不知道公子翌到底在想些什么。

到了晚上，花无多吹熄了灯，二人先后上了各自的床铺。

公子翌忽道：“明日下午我要下山，你陪着我去。”

花无多问道：“去干吗？”

公子翌道：“齐欣约我明日长坡树林中相见。”

齐欣约他？齐欣竟然约他？花无多心里好大的诧异，难怪今天他总是神不守舍地偷笑，当下问道：“我们怎么下山？明天下午是邓夫子的课，我可不想刷一个月的茅房。”

“这倒是个问题。”公子翌道，“这个问题交给你处理了。”

花无多干脆说道：“我不去。”

公子翌道：“明天下午我一定要下山。”言下之意，你不去也得去。

花无多却不以为意地说道：“如果你敢私自下山，我就向季夫子揭发你，让你下不了山。”

黑夜中传来闷哼声，片刻之后。

“十两！”

“不去。”

“二十两。”

“不去！”

“五十两！”

“不去！”花无多第一次很有骨气地没有在金钱面前动摇。

公子翌气息一滞，似乎没料到花无多这次竟然这么能坚持，叹息一声，道：

"唉，那就算了。"

良久……

黑暗中传来花无多的声音，"至少八十两！"原来是嫌钱太少了。

公子翌闻言立刻兴奋起来，激动地道："好！就八十两。你打算怎么办？"

花无多听他这么干脆地答应，立刻有些后悔了，早知道要一百两了。她沉默了一会儿，方道："还没想好。"

公子翌一听泄了气，半晌方道："算了，我花些银子雇个人帮你扫茅房吧。"

啊呀，对呀，她怎么就没想到呢？

第二天一大早，季夫子派人把她叫了去，花无多心中惴惴，不知道自己又犯了什么错。不料，季夫子把她叫去，竟然指责她昨天偷了懒，茅房没有打扫干净！为此又训斥了她半个时辰。

花无多大感委屈，一边听训，一边想着昨晚在茅房内惊天动地的公子争，暗道：肯定是他干的好事！

下午邓夫子讲解《诗经》，公子翌和花无多早早地就到了课堂，拿着书装模作样地看着。邓夫子一向去得很早，见他二人来得更早，不禁目光赞许地多看了二人几眼，他二人俱摆出一副谦虚好学的样子，邓夫子暗暗点头。

邓夫子有个习惯，每次上课时一定要沏壶好茶摆在一旁，授课时随时会喝上一两口。沏茶是很讲究的，文班当中茶沏得最好的便是公子争，所以邓夫子的茶一向由他来沏。

今天公子争与往常一样，先到了学堂内，沏好了茶放在邓夫子触手可及的地方，邓夫子闻茶香四溢，拿起来便浅尝了一口。

花无多与公子翌偷偷相视一笑，一切尽在不言中。

不一会儿，其他学子陆陆续续地赶来，上课的钟声刚响起，就见邓夫子面色苍白，手捂着肚子道："你们先自行看书，老夫去去就来。"

学生们一见夫子的模样，心中会意夫子定是内急，自不敢多言，按夫子的吩咐读起书来。

邓夫子匆忙离去。

众人读了会儿书，邓夫子方才赶回，可学子们刚看到夫子的身影，就见夫子又表情痛苦地捂住肚子往回跑去。这时，有人笑了起来，说夫子不知道吃了什么好东西，这么折磨人，众人闻言俱笑。

这一来一往，邓夫子竟然一口气跑了五六趟茅房，待邓夫子第六次从茅房赶回来时，到了学堂门口已经是手扶着门框拖着进来的，险些跌倒在不高的门槛处，看来像是快虚脱了。邓夫子脸色苍白，额头冒汗，手指颤抖着指着公子争咬牙切齿地道：“你留下来，今日老夫身体不适，其他人先下课。”

只听学堂内哄的一声，众学子们立刻兴奋地作鸟兽散。

唯有花无多和公子翌不像其他学子那般急切，二人慢慢地收拾着书本，一副极为依依不舍的样子最后离开了学堂，临走前看见邓夫子揪住不知所措的公子争的衣领毫无力气地呵斥道：“你在我的茶里下了什么！”

门外公子琪目光流转，看着刚从学堂里面出来、一脸贼笑的二人，问道：“你们做了什么好事？”

公子翌与花无多闻言，笑而不语。公子琪当下会意一笑，转身悠然而去。

下午没有课，自然可以自由活动，但私自下山离开书院却是不被允许的，他二人只有偷偷地离开，为不引起注意便只能步行下山不能骑马。二人绕过了看门的守卫，顺利地出了院门，刚出院门公子翌就对花无多道：“时间快来不及了，你用轻功背着我下山。”

这不是把她当马使唤吗？花无多心中十分不乐意。

可公子翌却不顾她的挣扎，径自爬上了她的背，两条腿已熟练地圈在了她的腰上。

花无多强忍住把他直接扔下山的冲动，咬牙忍耐地问道：“你确定？”

公子翌却不耐烦地回道：“别废话了，快走，快走吧！”

花无多一咬牙，道了声：“好！”就突然如箭一般飞了出去，眨眼间便消失了，而后山风送来一人的惊呼：“啊……”听声音似乎十分凄厉，不知受了什么折磨。

大约半盏茶的工夫，花无多背着公子翌已到了山脚下。花无多放下公子翌，公子翌瘫软地靠坐在一棵大树上，口齿不清地嘟囔了一句：“你真行……”

花无多却没理会他，先掸了掸身上的衣尘，又撑了撑褶皱的衣角，方才回头，一回头看见公子翌，不禁惊讶得半晌说不出话来。

半晌，被颠得眼冒金星的公子翌终于缓过神来，先瞥了一眼面前神情呆滞的花无多，没什么力气地道：“你那是什么表情，见鬼啦？！”刚说完，就感觉不太对劲，顺着花无多的目光，手摸上了自己的头发，手上的触感，明明白白地告诉他，如今他的头发就像是一个倒插在脑后的扫把，每一根都直挺挺地立在脑后。入手的触觉让他顿感无力，不禁虚弱地伏在地上，欲哭无泪地哀戚道：“我这个样子，可怎么去见美人啊……”

之后，公子翌狂抓了一通头发，试图镇压它，可惜在一番搏斗后，头发却越发倔强起来，全然变成了鸟窝状，公子翌不得不颓然放弃了。无奈之下，他很不乐意地听从了花无多的建议，“我们还是先去附近的小镇上买把梳子吧。”

与早就在山下等候他们的书童杜小喜会合后，三人一同上了路。杜小喜瞥了一眼公子翌的头发，没有什么特殊表情，只是嘴角微微张了张，欲言又止。

公子翌顶着一头乱发大摇大摆地走进了小镇，一路上，小镇上的各位朴实的哥哥、姐姐、大娘、大婶们凡是看见了他，无不侧目，有些甚至停下脚步，对公子翌的后脑勺儿指指点点起来。

路上有女子指着公子翌的后脑勺儿对身旁一女子道：“看着外表倒是像模像样，可惜脑袋有问题。”

闻言，公子翌面色微微发青，却越发摆出一副理所当然的姿态昂首挺胸走了过去。

花无多强自控制住笑意，深吸几口气后，与公子翌一样大步走了过去。

一旁有人见公子翌这副打扮还敢明目张胆理所当然地穿街过市，又穿着南书书院的学子服饰，不禁奇怪道：“看样子不像是有病啊，难道这是南书书院学子最新流行的发式？”

闻言，花无多一个踉跄，故意夸张地整了整头上的方巾，表示自己虽身为南书书院的学子，但，绝不与旁边那个同流合污！

三人终于在小镇上寻到了卖梳子的小摊，公子翌随便抓了个梳子，命杜小喜付钱，忙自寻了处水源，打理起来。

公子翌打理完毕后，三人方又上路，一路上公子翌臭着个脸，花无多知道他还在为方才的事情不痛快，只含笑不语。杜小喜亦是没什么表情地跟在他们后面。

当三人匆忙赶到长坡树林时，已过了与齐欣约定的时间。

远望，树林深处有座小亭，隐约有名少女的身影，似已在那里等候多时了。

花无多见齐欣竟然还在等公子翌，不禁暗道：齐欣好脾气，要换作是她或者姐姐，所约之人迟到，恐怕早被气走了。

公子翌看到齐欣正在亭内等候，眸中掩过一抹深沉，对花无多和杜小喜二人丢下一句，“在这里候着。”便立刻换下面上的不悦神色，摆出一副风流倜傥的模样大步向齐欣走去。

花无多百无聊赖，一个纵身飞上了一旁大树，向四下里张望，感觉四周鸟鸣清幽，暗忖：这里果然是约会的好地方。

杜小喜也一跃上了树来，二人并未多话，只注意着四周。

亭内齐欣与公子翌不知在说些什么，似乎有说有笑，如果花无多凝神去听也能听得一二，但花无多不屑为之。

花无多偶然看到公子翌的手轻拂过齐欣的鬓发，齐欣却不躲不避，反而含羞带怯，不禁暗道：这两人看似郎有情妾有意呢。只是不知，齐欣到底喜欢公子翌什么，要说齐欣喜欢公子修她倒是相信，可喜欢公子翌……花无多大摇其头。

这时，坐在树干另一端的杜小喜忽然开口道："姑娘为何摇头？"

花无多道："只是奇怪，为何齐欣会看上你家公子。"

杜小喜问道："我家公子如何？"

花无多笑道："恕我直言，你家公子不学无术，贪图享乐，而且好色败家，实在没什么优点可言。"

杜小喜轻笑，道："姑娘心直口快，为人爽快，难怪公子会让姑娘这等来历不明的人留在身边。"

她来历不明？细想，是啊，她的确来历不明，他们肯定已经怀疑她当初胡乱给自己编排的身份了，花无多一笑，问道："那你们怎么还肯相信我，让我留下？"

杜小喜道："不是我们相信你，而是公子相信你。"

"他？为何？"

"公子说，你很有趣。"

"这么简单？"

"就这么简单。"

"你家公子很容易相信人呢。"

"不，只有你除外。"

"为何？"

"这要问公子。"

"你为什么告诉我这些？"

杜小喜一笑，道："因为我也相信你。"

嗯？花无多越发奇怪，问道："为什么？"

"因为你很简单。"

我很简单？这是褒还是贬呀？花无多无语了。

杜小喜却笑了，道："你的确很有趣。"

这是什么主仆啊！花无多皱眉。

花无多问道："你跟着翌多少年了？"

杜小喜道："我与公子自幼一起长大。"

花无多又问："你可知是什么人要杀翌？"

杜小喜沉默片刻，答道："公子自幼多灾多难，我们做奴才的只求拼死护他周全，其他的，不是我们该知道的。"言下之意，你这个奴才就别多问了。

花无多再次无语，暗叹：保镖其实是很没地位的……

夕阳西下，不知道是不是上天在帮这双小儿女，公子翌与齐欣的约会进行得很顺利，这一次不需要轻功渡江也没有暗杀。公子翌和齐欣临走时，那个情意绵绵，依依不舍，一步三回头，回头了再回头，时间是拖了又拖，等得树上的花无多险些睡着了从上面栽下来。当二人终于依依惜别后，花无多刚兴奋地从树上跳下来，就听公子翌道："三日后，我们再下山！"

花无多闻言腿脚发软，不是吧？……三日后的下午又是邓夫子的课，那老头受得了吗？

今天公子翌别提多高兴了，回去时那春风满面的样子，一入山下小镇就招来了数名乞丐。

乞丐们拿着破碗团团围住了三人。

公子翌左躲右闪捂着鼻子道："赏！"

闻言，花无多侧目，这是叫谁赏呢？她与杜小喜对视一眼，互相看清了对方都不愿意出钱，公子翌见他们躲躲闪闪的样子，便道："我身上没带碎银。"

当中一老乞丐闻言便道："银票也行。"

啊？乞丐也收银票的？三人面面相觑。

老乞丐轻蔑地环视了他们三人一眼，又道："不给就直接说不给！连乞丐都骗，呸！"老乞丐向一旁吐了一口吐沫，其他乞丐也跟着接二连三地往地上吐口吐沫，方才相继离去。

花无多与公子翌彼此对视一眼，同时惊讶道："这年头怎么乞丐都这么嚣张……"

杜小喜在一旁劝道："公子息怒，时间不早了，我们还是尽快赶回书院去吧。"

花无多忙道："快走吧，太阳已经下山了。"

三人重又匆忙上路。

第七章

在劫难逃

三人约好，由杜小喜用轻功先行上山，回书院探听虚实后，再下山与他们会合。

杜小喜先行了一步，花无多与公子翌在后面，这次公子翌说什么也不用花无多背着了，所以二人只有像常人一样慢慢爬山。

与杜小喜约好在半山处会合，按杜小喜的脚程，应比他们先到，可二人在半山处等了许久也不见杜小喜下来，这时的花无多心沉到了谷底，看来他们私自下山的事被发现了。花无多当下颇为无力地道："别等了，我们还是上去自首吧，你说了要雇人帮我打扫茅房的啊！"言罢，转身欲走，却被公子翌拽住，公子翌面色凝重地道："恐怕没那么简单。"

花无多见公子翌面色凝重，也正色道："你的意思是？"

公子翌道："我们从后山偷偷上去。"

花无多道："我并未感觉到杀气。"

公子翌道："小心为妙。"

公子翌说得没错，花无多点头道："好。"

二人抄小路到了后山，从后山悄悄爬上了山顶，恰好到了书院的后墙。

此刻天已全黑，花无多当先轻跃上了墙，见四下无人，复又跃下，提着公子翌的后领，一同轻跃进了书院。

二人毕竟有些做贼心虚，轻手轻脚地走路，一路上寂静无声，四下里没有掌灯，极为诡异，花无多全神戒备，把公子翌护在了身后。

二人躲在一处角落，花无多凝神静听，隐约听到前院似有声响，便向公子翌使了个眼色。公子翌当下意会，一抬下颌示意去前院看看。

花无多与公子翌在书院内已住了月余，路很熟，后院至前院并不算近，有多条小路可通，二人左拐右弯，绕到了前院，向内看去，不看还好，这一看，当场惊住。

花无多附耳小声问公子翌道："你知道他们在干什么吗？"

公子翌摇了摇头，不怎么确定地附耳对花无多道："不会是在等我们吧？"

花无多又附耳对公子翌道："不会吧？"

公子翌附耳道："你没看见季夫子的眼睛瞪得有多圆吗？"

花无多道："你看公子争一脸愤恨的样子，不会已经知道今天邓夫子的泻药是我们两个下的了吧？"

公子翌道："那我们两个怎么办？"

花无多道："我不想干了，我想走。"

公子翌拽住她的衣袖道："不许走，你忘了？两个月内，我亡你就亡，所以你一定要在我之前亡！"

天哪……怎么会这样！花无多欲哭无泪，可转念一想，忽又计上心来。

花无多当下无比沮丧地道："好吧，我先出去。"

公子翌不疑有他，道："好。你别从这里出去，会暴露我的，你绕到前门进去。"

花无多点头一个转身反方向而去。

公子翌隐藏在阴暗的角落里，想了想，有人当替罪羊的感觉真好。

不一会儿，前院大门口出现了一个慢慢悠悠、边走边哼着小曲的花无多。

花无多刚进院里，一抬头，乍见这么多人同时盯着自己，虽心里早有准备，但还是忍不住一阵心虚，嘴角抽搐般地一笑。在季夫子手上的戒尺即将指向自己时，她当先扑向了季夫子的脚边，单膝跪在地上，扯着季夫子的衣角目露乞求道："夫子，无多错了，不该跟着翌私自下山，请夫子开恩，原谅学生这一回吧。"

季夫子并不理会花无多，只冷冷斥道："怎么就你一个回来了，吴翌呢？"

花无多目光一闪，无比委屈地小声道："他还在杏花春雨……"偷眼看了一眼季夫子，接着道，"翻云覆雨……"

"什么！"季夫子厉声大吼。

花无多一颤。

角落里的公子翌更是被这一声大吼吓得耳中嗡嗡作响，身体晃了又晃，杏花春雨可是妓院啊……这次他死定了。

院内的一众学子听到花无多之言后，不禁大骂起来，有人说："翌这小子真不够意思，去杏花春雨也不叫上我一声。"

有人说："就是，也不知道这小子是第几次溜出去了。"

也有人说：“他倒是享福，却害得我们在这里吃风等他。”

还有人说：“回来收拾他。”

季夫子目不转睛地审视着花无多，手中戒尺警告似的一下下打在花无多的肩头，时间越久，花无多越有些沉不住气。偷眼瞟向一边，她发现提前上山来的杜小喜已被众人绑成了粽子模样，放在角落里，嘴也被堵上了。一旁廊阶上坐着公子修，事不关己地擦拭着手中的风鸣剑。

这时，公子争突然大声质问花无多道：“有人看到中午你们两个鬼鬼祟祟地去过茶房，说！你们是不是在邓夫子的茶里动过手脚？”

花无多闻言忙道：“不关我的事啊，都是翌逼我的，他想去杏花春雨，我说不去，他非要去，还威胁我必须帮他。他说，如果我不帮他，他就每天在我打扫完茅房后再去弄脏，我怕他真那么做，季夫子又要怪我没有打扫干净茅房，所以……不得已，只好帮他在外面放了风，我也不知道他在里面干些什么，我真的是不得已的……”花无多越说越小声，似乎颇为可怜。

众人再次哗然。

坐在廊阶下的公子琪摇头失笑，一旁的公子修仍然擦拭着手中的剑，对于眼前的一切漠不关心。

“吴翌！”公子争咬牙切齿地道，目光凶狠。

角落里的公子翌已经彻底没想法了。现下这种情形，他想出去辩解也不敢出去，因为今天中午的泻药的确是他下的，花无多的确在门外放风，至于杏花春雨，他也曾私下和语、巡等人说过想要偷偷地去。如今这种情形，他就算长了一百张嘴也辩解不清啊。如果他出去说实话，说自己去约会齐欣了，估计会死得更快更惨。花无多啊花无多，就知道不能相信她……

就在这时，门口传来一阵纷乱的马蹄声，由远及近，季夫子命公子语去看，不一会儿，公子语却被人狼狈地踢了进来，众人大惊，纷纷起身看向门口。

门口随后进来数名蒙面黑衣人，手持兵刃各异。

季夫子当先站出，厉声道：“来者何人！胆敢擅闯南书书院！”

黑衣人中一瘦高男子尖声笑道：“若是平日，南书书院的确没人敢擅闯，可惜啊，今日你们全中了‘无声无息’之毒，还趾高气扬个屁。”

闻言，众人暗惊，忙互看对方眼底，片刻，众人面如菜色。果然，每人眼底都有一抹黄色。当中唯独花无多没有，季夫子使了个眼色给花无多，花无多心领神会，也装出惶恐神色，躲进人群中不动声色。

这时，一直坐在角落里的公子修持剑冷冷道："今晚，这里的每一个人只要你们敢动一下，不管你们是江湖中的哪门哪派，还是什么人养的狗，总有一日，我会让你们死无葬身之地。"

那瘦高黑衣人闻言狂笑："我今天就是要动你一下，看你能奈我何？"刚要上前，却被为首的黑衣人制止。

那人用眼神示意他退下，瘦高黑衣人冷哼一声，终是不甘退下，可目光仍瞥了一眼公子修。

黑衣人一挥手，身后数十人立刻奔入了南书书院搜查起来。

见状，花无多心中暗自担忧，公子翌就在附近，不知可有躲藏好？这些人不知是什么来历，会不会是为他而来？花无多想到此已经有些不安了。

少顷，黑衣人押着书院的其他人等重又回到前院，当中几位有武功的也已中了"无声无息"，武功暂失，只有束手就擒，众多人中却没有院长及其夫人，也没有公子翌。

花无多暗舒了一口气。

一名黑衣人与为首的黑衣人附耳说了些什么，为首的黑衣人目光一暗，抬眼逡巡南书书院众人，沉声问道："吴翌在哪儿？"

果然是来找翌的，花无多心中一凉。

在场却无人回答他。

这些公子都是有些傲气的，当下虽成了阶下之囚，却仍不肯轻易向敌人低头示弱。

为首的黑衣人目光暗沉，忽然指向了公子争，道："你可知吴翌现下在何处？"

花无多心中一颤，公子争是所有人当中现下最厌恶公子翌的人，他不会？……却听到公子争轻蔑回道："不知道。"

那个瘦高的黑衣人闻言笑了起来，声音极为刺耳，一把扯过公子争的衣领，奸笑道："看来不让你受些苦头，你是不会说的。"

这时，季夫子冷冷道："你们最好不要伤害我的学生，南书书院不是轻易惹得起的，除非你们有胆量杀了我们所有人灭口，否则……"

黑衣人闻言冷哼了一声，似乎根本没把季夫子的话放在眼里，示意身边的高瘦黑衣人，"让他开口！"

高瘦黑衣人奸笑了两声，运功到了掌心，眼看就要对公子争施加内力，让他的“无声无息”之毒发作。

此刻，只见公子争面不改色，花无多忽然心生敬佩，此刻若换了是她，恐怕早已老实交代了，毕竟中了“无声无息”之毒，只要有人导入内力，轻者会疯，重者会死。

眼看那一掌就要拍到公子争身上，公子争仍然半个字都不说，双唇紧闭，眼睛连眨都不眨一下。就在这时，一把剑突然斜刺了过来，逼得黑衣人收了掌。黑衣人当下微怒，一掌挥过去拍飞了剑，对着公子修冷笑道：“花拳绣腿也想强出头，就换你好了！”一掌急向公子修身上拍去。

这一掌来势甚急，没了内力的公子修与常人无异，想躲也躲不开了。如果这一掌击到他身上，他不死也得疯，就在这时，花无多突然开口大声道：“住手！我知道吴翌在哪里！”

高瘦黑衣人掌心恰停在半空。

为首的黑衣人看向花无多道：“说。”

其他人也都看向了花无多，学子们眼中尽是鄙夷，公子争冷哼道：“平日里与翌最好的就是你，没想到关键时刻出卖他的也是你，无耻。”

季夫子这时亦正色道：“无多，退下，不要乱说话。”

花无多听后垂下了头，却未退下，只喑哑着回道：“我怕死。”

这时，人群中曾收她为入室弟子的许夫子道：“大丈夫在世，当有所为有所不为，切不可做贪生怕死之徒苟且偷生于世。无多，你太令夫子失望了。”

花无多听后，头垂得更低，全身微颤起来，片刻，她似经历了一场极为激烈的心理斗争，忽然坚定地抬头，大声道：“夫子要怪就怪我吧，我不只是为了自己，也是想救大家。”一转身，她坚定地对为首的黑衣人道：“今天我与公子翌私自下山去了杏花春雨，为此夫子与大家正在这里堵我和吴翌，要当场抓住我们处罚。公子翌现在还在那里，他包下了杜芊芊一整夜，明早方回。”花无多一口气说完，十分流利，目光坚定，一副豁出去了的样子。

黑衣人听后，目光暗沉，似乎将信将疑。

这时，公子琪轻蔑地道：“花无多，你今日出卖了翌，即使你救了我们的性命，从今往后，你也不再是我们的朋友。”

众人一听，纷纷唾弃大骂花无多，“你这个卑鄙无耻的小人，竟然出卖朋友，连猪狗都不如……”

花无多目光闪过一抹受伤，又低下头去。

黑衣人目光深沉地掠过众人，片刻，指着花无多沉声道：“你与我们一同去杏花春雨，如果你敢骗我们，我会让你求生不得求死不能。”言罢，扫了一眼身后二人，道，“你们两个留下看着他们，如有任何异动，格杀勿论。”

花无多闻言，心中微微一紧，忽又想起了什么，蓦地张开了双臂奔向了不远处的公子修，竟在众目睽睽之下，突然把公子修抱了个满怀。在所有人都没反应过来之时，只听花无多大声道：“修，我知道这次我肯定是有去无回了。反正也要死了，我豁出去了，管它什么书院的狗屁规定，不许我们男男相爱，这次我一定要对你说，我喜欢你，我喜欢你！”

估计公子修这辈子也没有人对他这么大胆地表白过，一反常态地僵在了当地。就在这时，听到花无多末尾在他耳边轻吐的两个字：“小喜”。他恍惚片刻，蓦地了然，杜小喜被绑在角落里，正好距离他最近，杜小喜没有中“无声无息”之毒。花无多要告诉他的就是这个。公子修蓦地明白了过来，众目睽睽之下，突然回抱住了花无多，大声道：“我也喜欢你！”

在场其他人立刻被炸了个头昏眼花。

这时，仍十分虚弱的邓夫子颤抖着说道：“成何体统，成何体统……”邓夫子越说越小声，当下的刺激再加上身体本就虚弱，竟当场晕了过去。

花无多则完全没想到地全身僵住。

就连为首的黑衣人眼中也闪过轻蔑，道：“拉他走！”

花无多呆呆地被拉走了，尚未从那句“我也喜欢你”当中恢复过来。毕竟这是生平第一次一个男子在对她表白呀，虽然情形实在有点儿奇怪……想相信一下下都难……

他们以为花无多也中了“无声无息”之毒，并没有绑住她，将她置于马上后，一路狂奔下山。大约到了半山腰时，花无多偷偷摸向了腰间，摸出了金指环，戴满了十根手指，今晚看来势必要赌命一搏了。

花无多的兵刃名曰十指金环，平日里只戴两个指环于小指上，其余的均藏于腰间。指环内暗藏银针，外有金链可挂在手腕金镯之上，金镯内藏有丝线，银针穿线攻守兼备可近可远，极具杀伤力。

一众人骑马狂奔下山，马背颠簸一起一伏之际，花无多看准了时机，手指微动，银针刺入马鞍。身后骑马的黑衣人双腿一夹马鞍，马儿立刻受疼嘶鸣，猛地停住奔势，前蹄高高扬起，恰好把花无多身后的黑衣人掀落。花无多借机收回银针，扯紧缰绳，一夹马腹，狂奔而去，其他黑衣人控马慌乱一阵后，立刻随后追来。

一路疾驰，花无多见路就走，已无暇分清方向了。心中估算后面追兵共二十五人，只她一人实在没有必胜的把握，逃才是上计。

可看今日情形，她似乎已经在劫难逃。

慌不择路，跑着跑着花无多竟然奔进了一处树林，到处都是树木阻路，马奔驰的势头不得不减缓。身后追兵已至，眼看就要被追上，花无多当下把心一横，奔至空旷处突然勒住了缰绳，正在奔跑中的马儿不满地咆哮着嘶鸣。她紧紧夹住马腹，等马儿平息狂躁后，方勒转马头，回转身来面对紧随而至的一众黑衣人。

片刻，身后数骑追了上来，把她团团围在当中，眼看一场恶斗在所难免。

暗夜中，黑衣人手中火把闪烁，映得四周树木阴影横斜，马鼻喷气声粗重狂躁，花无多从未独自面对过这种场面，不禁暗暗紧张。

当中一黑衣人指着她大骂道："臭小子，看你还往哪里逃！"

为首那人冷声道："你为何要逃，莫不是你在骗我们？"

花无多冷笑道："你以为我这么笨吗？去了杏花春雨抓住了吴翌，我还会有命回来？既然横竖是死，死前至少也要拖几个垫背的！"

众黑衣人听后大笑起来，有人嘲讽她道："你手无寸铁，就算没中'无声无息'，就凭你这黄口小儿也能拖几个垫背的？"

哈哈……众人再次嘲笑她的不知天高地厚。

花无多目光暗敛，双手收入袖中，不慌不忙道："我果然没有料错，你们的确言而无信，根本没打算放过我。"

闻言，为首的黑衣人轻蔑道："出卖朋友的无耻之徒，死不足惜。"言罢，向身旁两名黑衣人一使眼色，两名黑衣人立刻会意，驱马上前欲擒住花无多。

花无多看着二人渐渐走近，不动声色地将手指缓缓伸出了衣袖。

可就在这时，树林里由远及近地传来了纷乱的马蹄声，众黑衣人微惊，忙向树林中看去。花无多也奇怪地向树林深处望去，却因夜色太黑，古木参天，树林深处根本无法看得分明，唯有侧耳细听，渐闻马蹄声似乎到处都是，根本分不清楚到底来了多少人，又具体在什么方位。

为首的黑衣人虽然面色镇定，但其他黑衣人已略显慌乱。

不一会儿，四周树林中烟尘大起，他们似乎已被多人团团包围了。

为首的黑衣人突然回转身来，目光森然地指着花无多道："活捉他！"

来者众，他们心知不敌，打算拿她为人质。

花无多当下了然，闻言冷冷一笑，十指突然从袖中伸出交叉置于胸前，忽地散开，十枚银针同时射向了四面八方。

银针出其不意地射出且声息全无，再加上四周光线不明又十分混乱，花无多几乎占尽了优势。十枚银针有的一击即中，射入了对方穴道，有人痛呼，有人坠马，却也有人反应极快，用兵刃格开了她的银针。

花无多的兵器虽占优势，但围住她的人实在太多，均不是等闲之辈，花无多一击得中后，再难讨到什么便宜。黑衣人越发急切地围攻她，一时间，因缺乏实战经验，花无多被逼得手忙脚乱，险象环生。

可就在这时，四周混乱的马蹄声尚未停歇，林中深处竟同时射来数十支箭，也不管花无多正与众黑衣人混战成一团。

正在酣战的花无多偶然瞥见射来的箭中竟有黑白羽翎箭。黑白羽翎箭用料极为奢侈，一支就要一两银子，极少有人用得起，此箭正是公子修的专用。

一见此箭，花无多立刻明白树林中来的都是些什么人了，不禁信心大增，边打边躲，游刃有余起来。

此刻箭如雨下，没长眼睛也不能分辨敌我，花无多一时躲得急了，不禁大声埋怨道："你们射准点儿，不要射到我啊！"

立刻，黑暗中有一个极为熟悉的声音不耐烦地回道："你自己机灵点儿！"

听声音赫然是公子翌。

花无多当下真不知道该哭还是该笑，心里总有那么一点儿觉得公子翌是在公报私仇。

黑夜中一团混战，黑衣人中箭落马的越来越多，手中的火把落地尽熄，四周越发暗了下去。

除被乱箭射死的之外，余下的几名黑衣人虽负隅顽抗，黑暗中也再难躲过花无多手上的银针了。

为首的黑衣人见已无法生擒花无多，便无心恋战，只想带着剩下的人突围而去。但花无多一直紧追不放，几人缠斗至树林里。这时，杜小喜突然从树林中冲了出来，与花无多联手，再加上黑暗中射来的箭，片刻，黑衣人尽数被歼灭。

最后一个黑衣人胸口中箭落马，尚未立刻亡毙。花无多下马上前探看，见正是那个欲伤害公子修和公子争的瘦高黑衣人，用银针逼向他的双目，质问道："说，是谁派你们来的？"

黑衣人诡异地尖声笑了起来，突然间大喊了一声，胸口一挺双腿一蹬竟咽了气，那人死后双目暴突仍死死地瞪着花无多，花无多看得心悸，忍不住背过身去。杜小喜上前一把扯下那人的蒙面巾，见黑衣人已吞毒自尽了，便道："死了。"

这时，树林中混乱的马蹄声渐歇，众人渐渐聚拢过来，果然全是南书书院的学子，花无多的同窗们。

公子修持弓最先走来，行至黑衣人面前，一脚踩在黑衣人胸口拔出插在上面的黑白羽翎箭，然后又去其他地方拾箭去了。

花无多见状怔了怔，暗道：原来公子修也知道这箭太贵了啊，还知道回收利用呢。刚这么想，却见公子修咔嚓一声掰断了手中的黑白羽翎箭，像拿着一根烧火的木柴一样。花无多心口紧了紧，盯住黑白羽翎箭后颤动的箭羽，暗道：那个箭羽最值钱了，要不要抢过来……

这时，渐渐聚拢在一起的众人纷纷夸赞起了花无多。什么机智勇敢啦，什么舍生取义啦，什么刚刚真是错怪了她啦，说得花无多都有些不好意思了，一下子从狗熊变成了英雄，她还真有点儿不适应。

被数人拍过肩膀夸奖为"好样的""好兄弟"之后，花无多不禁可怜兮兮地看着下一个即将拍上她肩膀称赞的公子紫阳道："麻烦你拍左边的好吗？"花无多主动把左边的肩膀递了过去。她咬着牙暗忖：右边的现下可能已经被拍肿了，这些家伙内力都没了怎么下手还这么重。

公子紫阳闻言大笑道："无多，要不是看你方才生死之间那么英勇无惧，我真要以为你是个娘儿们了。哈哈……"公子紫阳笑得豪爽，在花无多送上门来的左肩上狠狠拍了两巴掌。花无多晃了晃，嘿嘿讪笑道："娘儿们这个词形容我可真不怎么样。"

公子紫阳将手臂亲密地搭在了花无多的肩上，道："知道你不是娘儿们，你的性格我喜欢。从今往后，我是你大哥，你就是我弟弟，有什么事尽管跟大哥说，大哥一定帮忙。"

花无多立刻点头如捣蒜，暗道：白捡了一个大哥，不要白不要。

众人七嘴八舌地谈论了一番，激昂之余还有“围猎”后的兴奋。根本不管地上横七竖八地还躺着那么多具死尸。

期间，竟有人提议天亮后一起去集镇上喝酒庆祝大家劫后余生，幸好有几个头脑尚算清醒的，认为当下最重要的是先派两人天亮后去报官，其他人须先行赶回书院以免夫子们担心。

众人讨论之际，花无多目光扫向了人群，未见公子琪，只见公子翌。却见公子翌始终不曾上前来与她说话，心里琢磨，他不会还在怪自己吧?

此事自会有人出面妥善处理，无须他们多费心思。

第八章

清毒救人

众人骑马回到书院时，天已蒙蒙亮了。大家并没有因中了“无声无息”之毒而沮丧，反而仍旧兴致勃勃地不睡觉，包括书院的夫子们，也不管他们这些学生了，聚在院子里与学生们一同喝酒谈论起来。

众人此刻都有些饿了，厨子们准备了一些小菜，大家边喝边谈论着花无多的侠义勇敢和昨晚众人同心协力灭敌的痛快。

当中公子语最善辞令，与夫子们描绘当时情景，绘声绘色，形神兼备，时而学花无多的武功路数，时而又学黑衣人的狼狈不堪，逗得夫子和众位同学大笑。

期间，花无多顶着一张笑脸主动与公子翌搭话，笑着问他，黑衣人在搜查书院时，他躲到哪里去了？

公子翌闻言竟然“哼”了一声扭过头去不理会她，花无多一怔，方觉自己热脸贴了冷屁股。她心中估摸着，他可能还在为昨晚的事耿耿于怀吧，也就不再多言自讨没趣了。

酒过三巡，方有人提到公子翌所设的疑兵乱敌之计，如何让敌人胆战心惊，如何助花无多破敌……

教习排兵布阵的柳夫子听后大笑道：“看不出来啊，吴翌竟是个帅才。”

一旁的花无多闻言心里暗想：没想到翌这家伙还有一手嘛，不过，帅才吗？是不是蟋蟀的蟀啊？

角落里，公子琪与杨夫子在一旁商议着什么，偶尔指指她。花无多不明所以，看大家都没有进屋睡觉的意思，还在兴奋地谈论着昨晚的事情，不禁靠在墙角稍歇一下。许是太疲累了，没一会儿，她竟坐着睡着了。

清晨的太阳冉冉升起，暖暖地照在身上极为舒服，花无多睡得香甜之际，就听耳边叽里呱啦的似乎很多人在吵着什么。

一人道："清晨露重，他应该进屋去睡。"

一人道："叫醒他吧。"

又一人道："看他睡得这么香甜，大概是累坏了。"

一人忽道："他昨晚救了我们所有人。"

四周一下子静了下来。

片刻，半梦半醒的花无多感觉自己的身体似乎飘了起来，软软的，被一股陌生却又温暖的气息包围，其中恍惚还萦绕着淡淡的菊香。

一人道："你不会真的喜欢无多吧？"

又一人道："你不会来真的吧？"

一人忽道："你抱着他的样子，真让人受不了，像抱了个娘儿们。"

一人却道："我正好也要回屋小憩，把他交给我吧。"

睡梦中的花无多忽然感觉呼吸有些困难，被憋得难受，蓦地被迫睁开了双眼，恰望见公子修无情的冷眸中闪过的一抹温暖。花无多微微一怔，忽又发现一旁正提着她衣领紧抓不放的公子翌。公子翌见她醒来，急忙收回了揪住她衣领的手，一转头，目光瞥向了一边。

下一刻，花无多方才察觉自己此刻竟在公子修的怀里！脑袋蓦地清醒过来，她险些惊呼出声，可很快记起自己现下是男子身份，忙闭上了嘴，微一用力，从公子修的臂弯中跃了出来。她看看四周神色各异的众人，不禁讪笑道："我自己回屋睡觉，你们慢慢聊，不用管我。"手捂着嘴打了个哈欠，大大地伸了个懒腰，一晃一晃地往后院走去。

边走边听到身后公子修道："能自己走最好。"言罢，公子修一拂袖，转身而去。

这时，公子翌亦开口道："昨天下午你在茶里给邓夫子下巴豆的事，我已经澄清了，邓夫子说他不怪你。你安心去睡吧。"

闻言，花无多脚下一个踉跄，侧目斜睨着此刻面部表情明摆着你奈我何的公子翌，刚握紧了拳头，就听见不远处公子琪唤她道："无多，有事情需要你帮忙，过来一下。"

花无多不慌不忙地怒瞪了一眼公子翌，方才回身望向公子琪，就见公子琪与杨夫子正面带笑容地向她招手，她快步走了过去。

原来昨晚公子琪就在和杨夫子商讨破解"无声无息"之毒的方法，当初公子翌中毒后，公子琪就一直在研究这个方法了。虽然有几个方法可以一试，但公子翌一直不愿意把自己当实验品让公子琪试验，所以公子琪的破解之法至今仍停留在理论阶段。而这一次却大大不同了。

公子琪与杨夫子几番商议后，终于确定了一个自认为十分可行的方法。但需花无多帮忙，因为如今只有花无多和杜小喜有内力在身，而这种方法最关键的是使用银针同时刺入百会穴、后顶穴、风府穴、膻中穴、内关穴、外关穴、曲池穴等十个穴道，需用内力借助银针导出体内毒素后再配以药物清毒。

而花无多刚好擅长使针，所以花无多是当下解救大家的不二人选。

花无多听后，自然表示愿意帮忙。杨夫子一听她愿意帮忙，忙去后院拿针灸所用的银针去了。

花无多站在公子琪的身边，道："琪，你真厉害，没想到竟能破解'无声无息'之毒。"言下之意，公子琪比唐夜那小子有潜力多了。

此刻，清晨的阳光照在公子琪的脸上，恍惚闪烁着金子般的光芒，花无多正目露崇拜地望着公子琪，却听公子琪带着一丝兴奋感叹道："唉，我早就想为翌解了他身上的'无声无息'之毒了，可偏偏他不让我在他身上试，这下子，不愁没的试了。"公子琪环视当院这么多的"实验品"，心满意足地笑道。

花无多忽然觉得全身骤冷，崇拜的目光轰然碎裂。她忍不住暗忖：幸好自己没中"无声无息"之毒。银针同时插入十个穴道，这方法能行得通吗？不会死人的吧，颤抖……不知道谁肯第一个上来送死呢？

这时，公子翌摇摇晃晃地走了过来，问道："你们要干吗？"

花无多道："杨夫子和琪已经参透了'无声无息'之毒的解法，正要为大家解毒呢。"

公子琪瞥了她一眼，笑而不语。

公子翌一听，惊喜道："真的？这'无声无息'能解了？"

花无多道："骗你干吗，不信，一会儿杨夫子回来你问他。"

公子翌忙四下张望道："杨夫子去哪里了？"

花无多回道："去拿解毒工具去了。"

见杨夫子尚未回来，花无多又问公子翌："昨晚那帮贼人搜查书院时，你躲到哪里去了？"

公子翌道："你猜。"

花无多思索了一下，道："那个时候……附近好像有一个狗洞……"尚未说完，就听公子翌面色不善地冷哼了一声，花无多瞥了他一眼，不紧不慢地又道，“可惜那狗洞太小无法藏人，我猜……应该是房顶！”

公子翌当即点头笑道：“不错！正是房顶。”

一旁的公子琪闻言问道：“你功力尚未恢复，是怎么爬上去的？”

公子翌神秘兮兮道：“你猜？”

公子琪笑道：“我猜你应该是找到了攀爬的工具。”

公子翌笑道：“还是琪了解我。”一抬手，指向远处的一处角落，道，“工具还在那里。”

二人顺着他所指的方向看去，只见角落里搁置着两把锄头。

“这……”花无多惊讶地看着锄头，不禁暗道：他不会是用锄头在墙上凿了两个洞踩着爬上去的吧？可转念一想又不对，如果是那样，当时他肯定会被发现。她带着疑惑问道：“你是怎么爬上去的？”

公子翌看到公子琪与花无多都没想通，而后，又见花无多望着他一副求知若渴的样子，心里不禁暗暗得意起来，道：“我不告诉你们。”

闻言，花无多皱眉，公子琪却轻轻地笑了。

这时，杨夫子方才回来。

杨夫子为人亲切随和，一向最好说话，平日里学子们与他最是亲近。公子翌见杨夫子回来，忙迎上前问道：“夫子，您已找到方法解‘无声无息’之毒了？”

杨夫子笑呵呵地道：“老夫不敢居功，解毒的方法实是吴琪想出来的。”

公子翌又问道：“夫子，此法可行吗？”

杨夫子重重点头道：“可行，可行啊。”

公子翌一听杨夫子说可行，不禁面露欣喜。

一旁有人也听到了他们之间的对话，渐渐聚拢了过来，纷纷问怎么解毒。杨夫子不紧不慢地展开了手中针袋，针袋内装着数根针灸所用的银针，每根都细如毛发，杨夫子把针袋递给公子琪，吩咐道：“吴琪你来与无多细说。”

公子琪上前来，接过针袋，应道：“是。”

公子琪从针袋中选出十根银针，小心地放入花无多的掌心，道：“无多，你须分毫不差地将十根银针同时射入人体的百会穴、后顶穴、风府穴、膻中穴、内关穴、外关穴、曲池穴、大椎穴、肩井穴、风门穴这十个穴位，并自风池穴将内力导入对方体内运行一周天。之后的事情交给我与杨夫子即可。”

“就这么简单？”花无多问道。

“就这么简单。”公子琪回道，“为避免出错，我们可先用校习场上的木桩试一次。”

“好。”花无多道。

众人跟着公子琪和花无多一同来到了校习场上，场地内摆着几个木桩，都是平日里练武所用。

公子琪在一个木桩上按照人体穴位的大略位置做了十个标记，花无多小心地把十根银针分别放入两只手内，绕着木桩走了一圈，忽地一扬手，瞬间，十根银针分毫不差地全部射入木桩标记内。

众人赞道：“好功夫。”

公子琪与杨夫子相视一笑，杨夫子点头道：“没问题了。”

杨夫子看了众人一眼，大声问道：“谁愿意第一个来解毒？”

闻言，众人面面相觑，竟没一个愿意上来。

有人担忧道：“‘无声无息’之毒遇到外界内力导入轻者可疯重者可死，如果待会儿无多向我们体内导入内力，我们毒发身亡怎么办？”

“是啊。”一人点头，道，“他们这个方法是现想出来的，还没人试过吧？”

“这个方法到底行不行得通啊？”更多的人怀疑道。

花无多听到大家的言辞，摇了摇头，就知道没那么容易。

这时，公子琪突然大声对花无多道：“无多，昨晚你明知是有去无回，却仍不顾自己的安危勇敢地救了我们所有人。说真的，我为能结识你这样的朋友而感到自豪。”

面对公子琪突如其来明显话外有音的赞美，花无多不好意思地垂下了头，状似羞赧地道：“琪，你过奖了。我知道，你与夫子都对解‘无声无息’之毒有十分的把握，可惜我偏偏没中这种毒，要不然我肯定第一个要求你们为我解毒。这样其他人就不会再有所顾忌，肯安心让你们解毒了。”

公子琪道：“无多，天下间不是所有人都如你一样肯为朋友赴汤蹈火两肋插刀的。”

花无多沉默不语，与公子琪相视一笑，彼此心有灵犀。

在场众人闻言，全都静了下来，纷纷面露愧色。

片刻，公子紫阳从人群中大步走了出来，大声道：“我愿意第一个！”

公子琪微笑起来。

这时，公子讵也走了出来，道："我来，你别跟我抢。"一推旁边的公子紫阳，公子紫阳微怒，大声道："是我第一个站出来的！"

这时，公子语也出列道："我愿意第一个尝试解毒。"

随后，公子争、公子巡也纷纷站出来说自己愿意第一个尝试解毒。

他们一站出来，其他人也不甘落后，一下子，场内乱了起来，大家竟开始争先恐后地想当这第一个尝试解毒的人了。

花无多看着当中装模作样争当第一人的公子翌，摇了摇头。一转头，她又看到了一直冷眼旁观的公子修，突然想起了他身上淡淡的菊花香。

这时，一旁的季夫子发话道："好！既然大家都争抢这第一个，为公平起见，就抽签决定吧。"

季夫子对公子语道："你与巡去准备签，标上号码，以防一会儿大家再抢解毒的次序，到时大家按号排队依次解毒，谁抽到一号，自然是第一个。"

公子语与公子巡同声道："是。学生这就下去准备。"

大家一听，都不再争吵了。

不一会儿，公子语与公子巡拿来了已注明标号的签筒，众人轮流上前抽取。

结果却大出意料，第一号竟然是公子翌。

不知为何，看到公子翌抽到了第一号，花无多忽然很想笑，果然是人算不如天算，有些事注定了就是注定了，看来，有些人想不当英雄都不行。

众人一副惜英雄、送英雄的样子，一个个轮流上前拍着公子翌的肩膀道："兄弟，你好样的。""兄弟，你受苦了。""兄弟，保重。""兄弟，挺住。""兄弟，明年的今日，大哥会为你烧一炷香的。"公子翌闻言嘴角微微抽搐。

一旁的花无多却在暗想：这会儿公子翌的肩膀肯定不太好过吧。

这时，公子修忽然上前对杨夫子和公子琪道："我第一个试。"

花无多一听，首先想到的便是：这下子公子翌肯定乐坏了。不料，公子翌闻言却不屑地一哼，沉声道："修，我抽的才是第一号。"一甩手啪的一声把手中的签扔到了公子修的脚下。

公子修瞥了他一眼，不再言语。

屋外，所有人等候在门外，时间长了难免焦躁起来。有人忍不住试图从紧闭的门缝和窗户缝中向内窥视一二，也有人附耳到门上，试图听听屋里人正在干些什么。

紧闭的房门内，热气蒸腾，内室中摆着一个冒着热气的浴桶，杨夫子正在往里面撒着配好的药。

屋外的凳子上，坐着公子翌，此刻，他裸露着上半身，嘴角微翘地看着目光不停闪躲不敢直视他的花无多，明知道花无多是女儿身，却故意说道："无多，你在看什么？"

"唔……"

"无多，你应该仔细看看我，以免一会儿针插偏了。"公子翌道。

"哦……"

"无多……"这一次他的话尚未说完，就被花无多突然打断了，花无多轻轻问道："翌，你紧张吗？"

闻言，公子翌忽然感觉到了某种不妙，郑重回道："不紧张。"

片刻，一直侧着身的花无多又轻轻问道："翌，你紧张吗？"

这一次，公子翌已经感觉到了大大的不妙，小心翼翼地反问道："你紧张了吗？"

"嗯……"

公子翌一听，对一旁忙着配药的公子琪喊道："琪，不行啊，花无多说她紧张，万一她银针失了准头儿可怎么办？"

公子琪回头对花无多微笑道："无多，不必紧张，把翌当校场里面的木头就行了。"

花无多手握银针，低声重复道："木头……木头……木头……"蓦地转头看向了公子翌！

公子翌一接触到花无多的目光，目露惊恐，忽然起身往门口跑去。就在这时，花无多双手一扬，几缕银色脱手而出，就见将要奔至门口的公子翌缓缓转过身来，全身插满了银针。与此同时，花无多忽然近身，嘴上嘟囔着："木头！木头！"一手恰按在了公子翌的风池穴上，内力缓缓注入他的体内。期间只听公子翌口齿不清地间或说道："花无多，枉费我以前那么信任你……你竟把我当木头扎……"

片刻，花无多微一吸气，撤去了内力，公子翌顿时全身萎靡，倒地不起，竟开始口吐白沫，全身抽搐起来。

花无多当下大惊失色，颤抖地指着地上抽搐吐白沫的公子翌道："他……他这是要毒发身亡了吗？"

这时，隐约听到门外有人喊道："翌毒发身亡了。"而后，门外一阵大乱。

屋内的杨夫子与公子琪面色凝重，忙上前探了探公子翌的脉息。公子琪道：

“无碍。”他二人拿掉公子翌身上的银针，一人抬着公子翌的脚，一人抬着公子翌的头，将公子翌抬入内室，放入了药桶内。

公子琪对门外喊道：“小喜，吩咐厨房热水不停。每隔半个时辰向桶里加一次热水，每隔两个时辰换一桶水。”

“是。”门外杜小喜应道。

这时，杨夫子喊道：“叫二号进来。”

过了好一会儿，方听门外杜小喜犹犹豫豫地回道：“回夫子，他们都跑光了……只剩下……修公子在。”

杨夫子一听，无奈叹道：“就让刘修进来。”

“是。”杜小喜应道。

公子修进屋时，花无多仍没有从方才的惊吓中缓过神来，怔怔地看着自己的手掌心，恍惚想着，刚刚自己输内力给公子翌时……是运行了一周天……还是两周天？

也不知花无多恍惚了多久，等她回过神来，一转头，就看见坐在凳子上上身已经脱得精光似正等着她施针的公子修。

那一刻，花无多的双手不由自主地捂住了自己的嘴，一声惊呼硬生生地被她强咽了下去，一双眼睛一会儿往左一会儿往右，似乎都不知道往哪儿摆了。她心里说不清楚是什么滋味，只知道自己的双颊已滚烫了起来，脑袋里不受控制地闪现着今晨他抱着自己的样子，她无意中捕捉到的不应该出现在他眼中的那抹温暖。还有他身上那始终让她有点儿困惑的淡淡的菊花香，不知不觉中，竟似此刻公子修身上的那种菊香越发浓郁了起来。

花无多当下忍不住胡思乱想道：为什么今晨他会抱着我，还用那种眼神看我？为什么他身上会有菊花香？难不成他真有断袖之癖？虽然公子翌的话一向不可信，但，公子修的种种行为还是有点儿……她渐渐奇怪起来，如果公子修真的是个断袖，那她现在还害羞个屁呀，不成了名副其实自作多情了吗？

花无多心里直泛嘀咕，不禁斜眼打量着公子修，也不知花无多看了公子修多久，总之，公子修被她看得不由自主地面颊上显现了淡淡的红晕，并且似乎已有些耐不住地偏过了头去。

一旁正忙着配药的公子琪终于察觉到了屋内气氛不太正常，一转头看到二人神色，尴尬地清了清嗓子，对花无多道：“无多，别看了，下针吧。”

花无多一下子回过神来，方看清了公子修此刻的样子，也不禁尴尬万分起来，暗恼自己竟然对公子修看了这么久，搞不好还被公子修怀疑自己有断袖之癖呢。

她深深吸了口气，暗道：断袖就没什么可害羞的了。当下不再多想，她手握银针绕着公子修走了一圈，就如当初在校场中绕着木桩走了一圈一样，忽地一扬手，银针准确无误地插入了公子修的穴道，而后一手覆住公子修的风池穴，内力缓缓注入他体内。片刻，花无多收掌。这时，公子修缓缓转过头来，看向了花无多，眼神呆滞，问道："完了？"

花无多从没想过会看到公子修这种眼神，不禁呆呆回道："完了。"

公子修缓缓地点了点头，眼睛一闭就向一旁栽了下去。这一次花无多有了经验，忙扶着公子修，唤道："琪，快过来看看。"

公子琪急忙过来，先探了一下公子修的脉息，奇怪道："咦？"

"怎么了？"花无多忙问。

公子琪道："先把他放入浴桶内，一会儿再说。"

"好。"

公子琪与花无多联手把公子修抬入了内室的浴桶内。

杨夫子已经在浴桶内撒好了药，见公子琪看着一旁药桶中的公子翌神色沉郁，不禁问道："怎么了？"

公子琪道："修方才并未像翌一样抽搐，我探过他的脉息，确如我们最初所预想的那样，奇怪，为何翌就会反应过度呢？"

花无多一听这话，不好意思地支支吾吾道："琪，那个，我方才在给翌输入内力的时候，好像运行了两周天。"

闻言，公子琪先是惊讶，而后方才叹道："难怪。"

花无多心中沉沉，看着一旁浴桶中，仍昏迷不醒的公子翌，不免担忧地问道："翌不会有事吧？"

公子琪道："还需要观察。"

观察？花无多垂头丧气道："都怪我。"

公子琪安慰道："你不必担心，翌应无大碍。"

"也就是说会有小碍。"花无多接口。

公子琪轻笑，道："你也累坏了，先去休息吧，说不定等你醒来，翌和修也醒了。"

"好吧。"花无多没什么精神地道，反正现下也没人要解毒了。

由于自己的失误，害得公子翌口吐白沫全身抽搐，花无多心情低落，也没吃什么东西，就回屋爬上了床，摸索着除去了脸上的面具，感觉面颊有些微痒，忙摸出药泥涂了满脸，方才睡去。

其实这也不能怪花无多，昨夜的激战再加上一夜未曾休息，后又跟着公子琪和杨夫子为大家解毒，她本就十分疲累了。再说，她毕竟是个未出阁的女儿家，第一次看到公子翌的男子裸身，本就尴尬害羞心里紧张，再加上公子翌那时想要逃走，她急切之下出手，难免会出些许错误。

花无多身心疲惫又因昨晚杀了很多人，尤其是最后一个黑衣人临死前对她恐怖地怒视，始终让她心有余悸难以安稳，再加上对公子翌解毒时的出错，心中留有愧疚，所以她睡得并不安稳，不停地做着噩梦。正梦到有个黑衣鬼魅在梦里不停地追着她跑，她似怎么跑也跑不掉，惊吓之余不禁突然醒来。一睁眼就看到面前有个面色发青、披头散发、身着白衣的怪人，她立刻大惊失色，尚分不清是梦境还是现实，忽然大喊了一声："鬼啊……"一抬腿，她迅猛地向那人踢了过去，那人显然没有反应过来，一下子被踢了个正着。只见那人以抛物线的轨迹用屁股碰门平沙落雁式撞开了房门，而后狠狠地跌出了门外。

这时，四周早已睡下的学子们被花无多这一声大喊惊醒了过来，纷纷出门来看发生了什么事。

众人一出房门，就见院落当中，有一人呈"大"字形躺在那里，头歪在了一边，毫无声息。有人上前转过那人的脸一看，忙惊道："翌，你怎么了？你没事吧？"此时就听公子翌十分艰难地吐出了三个字："花……无……多……"而后，头一垂，便再无声息……

第九章

午夜梦游

花无多一个翻身起了床，尚来不及穿上外衣就冲了出去。她恰好听见有人惊道："翌，你怎么了？你没事吧？"一听这句话，她忽觉脑袋里嗡的一声，方才明白过来，刚刚自己蒙眬之间竟错把公子翌当鬼狠狠踢出了门。心虚地回头看了看身后已被撞坏的房门，她不禁冷汗淋漓，可见公子翌被她踢得有多惨重，这可如何是好？她心中一急，来不及多想，忙冲上前去，想要看一看公子翌的伤情。就在她刚推开人群外围的公子语时，公子语一回身，突然大叫了一声："我的妈呀，这是什么东西呀……"旁边人一听，纷纷看向了花无多，有人突然叫了一声："鬼啊……"众人都被这突如其来的一声吓了一跳。

花无多一时没反应过来，一阵茫然，还微微地颤抖着回头看了看自己的身后……

这时，公子紫阳冲上前来，喝问道："你是谁？大半夜装神弄鬼……"公子紫阳的话尚未说完，花无多大喊了一句："我是无多啊。"打断了公子紫阳的问话。

此时，花无多方才想起自己脸上还糊着药泥呢，来不及与众人多解释，只急着问道："翌怎么样了？他没事吧？"

众人一听果然是花无多的声音，定了定神，公子巡道："恐怕不太好啊。你看看，翌脸色发青，气息……"公子巡的话尚未说完，就见花无多已急着抱起了公子翌，转眼间便奔到了数丈之外。

花无多抱着公子翌匆忙来找公子琪和杨夫子，药房里只剩下公子琪和正要出药桶的公子修，杨夫子已经去休息了。

花无多刚冲进药房，便大声喊道："琪，你快来看看翌，他会不会有事啊？"

公子琪一见花无多如此急切，先是一惊，而后让花无多把公子翌放在房内的软榻上，先给公子翌把脉。

此刻的公子修正站在药桶旁边，衣衫半褪，可他一看到花无多奔进来，不知为何想要冲洗一下再换衣服的动作有些犹豫了起来。

花无多当下无心理会其他，并没有看到衣衫全湿正贴在身上的公子修，只紧张地看着公子琪，想从他的脸上寻到蛛丝马迹。可她看见公子琪一会儿皱眉，一会儿又展眉，一会儿又轻笑，看得她心里一片混乱，不明白这公子翌到底怎么样了，又不敢出声打扰，不禁心乱如麻。她越发觉得自己对不起公子翌，先是给他输内力出错，后又重重地踹了他一脚，如果他死在自己手里，她这个保镖当得就太失败了，今后让她怎么在江湖上立足？姐姐说，江湖人最重的便是：情义，而她却……把雇主当鬼殴打至死，这要是传了出去，可让她怎么办啊？她的侠女之路是不是就到此终结了？

就在这时，公子琪忽然仰天哈哈大笑起来，吓了花无多一跳，就听公子琪道："妙啊，妙啊，我从未见过这么妙的事情。"

花无多急忙问道："琪，翌他到底怎样了？"

公子琪笑道："无碍，一会儿他就会醒来了。"一拍旁边，道，"无多，坐下来，慢慢与我细说，到底发生了什么事？"

花无多非常信任公子琪，见他说公子翌无碍，不禁眉头大展，放下心来，正要坐下与公子琪细说，一回身恰看到正在换衣服的公子修，恐怕方才公子琪心急之下也忘了花无多是个女子而公子修正出药桶要换衣服。所以，这一刻，六目相接之时，花无多突然爆发出一声极为惊恐的大喊，下一刻，就见她如风一样双手捂脸奔出了药房。

公子琪怔怔地看着药房被撞得吱吱嘎嘎来回摇摆不定的木门，似乎也不知道该怎么面对这种状况了，而衣衫几乎全褪的公子修，惊讶地看着花无多消失的方向，不禁问公子琪道："我很可怕吗？"

公子琪闻言方才缓过神来，一看公子修的模样，不禁摇头失笑道："对我来说不可怕，但对她来说可能就比较可怕了。"

公子修道："我有他可怕吗？"公子修指的是，花无多糊着一脸的黑泥半夜突然闯进房来的样子和此刻他刚泡完药浴出来全裸的样子相比。

公子琪闻言，还真不知道怎么回答了。

话说，南书书院后院内，众学子看着花无多抱着公子翌消失的方向，忽然有人道："无多和翌的感情真好啊。"

这时，公子语问其他人："方才我好像听到无多房中有人喊有鬼。你们听到了吗？"

其他人纷纷点头回道："听到了，声音凄厉无比，像是被吓坏了。"

公子争叹道："无多那个样子……肯定是翌喊的。"

公子巡点头道："也不知道无多脸上糊着的黑黑的东西是什么，半夜里冷不防看到还真吓人。"

公子诓疑惑地接口道："奇怪了，翌似乎是被人打出来的，你们看。"公子诓一指花无多和公子翌的房门，只见房门已被撞烂，斜倒在一边。公子诓不禁猜测道："这种情形，只有一种可能，那就是翌是被无多打出来的。"

公子紫阳道："不可能吧，被吓到的是翌，又不是无多。再说，你们方才也看见了，无多有多紧张翌，怎么会对翌下这么重的手呢？"

众人纷纷点头，都觉得公子紫阳说得对，花无多与公子翌形影不离，感情最好，不会对公子翌下这么重的手。

这时，有人忽然惊道："难不成，无多会梦游？"

这一句如醍醐灌顶，众人一下子纷纷醒悟过来，无法不认同这个猜测，也只有这样一切才能说得通。这时，一向最喜欢推理的公子诓神情淡定，清了清嗓子，昂首挺胸地缓缓道："事情很可能是这个样子的。今晚子时，公子翌疗完伤后，半夜回屋，正要入睡，突然发现梦游的花无多鬼魅一样起了床，乍见一脸黑泥的花无多，公子翌当场被吓了一大跳，忍不住大声惊呼了一声：'鬼啊。'这一声，我们所有人都听到了，声音之凄厉，就像是真的见到了鬼一样。"说到这里，见众人目光肯定，希冀着自己继续说下去，公子诓再次清了清嗓子，继续说道，"公子翌惊吓之余的一声大喊恰好把正在梦游的花无多惊醒了过来，梦游者突然被惊醒，最容易被惊吓到，就因为这样——"公子诓猛地向空中推出了一掌，道，"花无多一掌突然劈向了公子翌，把公子翌打飞了出去，撞坏了门，跌躺在院内。而后由于公子翌刚疗伤归来，身体虚弱，不堪一击，乃至昏了过去。"公子诓一指公子翌刚刚躺过的地面，为今晚的突发事件终审定案。

就此，花无多梦游之说，拍板定案就此成立。

众人闻言，纷纷点头道："有理。"

有人道："没想到，花无多还会梦游啊，幸好我没和他同屋，要不也会被他吓死。"

另外一人道："是啊，相对来说，你说梦话、磨牙、打呼噜比花无多的梦游强多了。"

这时，又有人道："我听说，有些人梦游会拿着刀到处乱砍。花无多会梦游，我们现下全没了武功，如果半夜大家全都睡着了他梦游拿着刀乱砍，可如何是好？"

众人一听此话不禁面面相觑，面上皆不同程度地显露了恐惧。

就在此时，突然药房方向传来一声大喊，众人闻声一惊，正猜测药房发生了什么事时，就见花无多捂着脸狂奔而来，疯了一样冲进了一间屋子，随后房门被重重地关上。众人正面面相觑，就听公子争和公子讴面露菜色地同时说道："那是我的房间。"

众人一听，忙撇下二人，各自冲回屋去，关紧了自己的房门。徒留下公子争和公子讴在外不知所措。

自此之后，夜晚，一向夜不闭户的南书书院，一到睡觉时间，全部紧闭起了房门。

那晚，天未亮，花无多终于心情平复，恢复了正常，方才察觉自己慌乱中进错了房间，眼看天要亮了，她必须回屋去戴上面具，便打开了房门，想要趁天黑回房戴面具。

黎明前最是黑暗，幸好花无多身怀武功能比常人多看清几分。

房门早已被撞坏倒在地上，她小心地越过，顺利地回到了屋里，可立刻发现自己的床上和公子翌的床上都睡着人，上前看了看，见公子争正睡在自己床上。公子争毕竟是男子，此刻睡在她床上本就让她有点儿不好意思，再加上她突然想起了公子修的男性身体，不禁心跳加速，竟没察觉公子争其实此刻的气息并不安稳。

花无多心想，毕竟是自己先误闯了公子争的房间，公子争定是因为没地方睡觉，才到她的屋里休息，便想悄悄地拿了面具就走。因为面具就放在枕头下面，所以她轻手轻脚地靠近了公子争，并下意识地闭住气息伸手越过了公子争到枕头下方摸索起来。

这晚，因房门不能关上，公子争和公子讴二人心中有事一直都没睡着，本想就这么躺着挨到天亮，却不料就在黎明前的黑夜时分，四周本万籁俱寂，却忽然感到有人进了屋来，二人当下不敢乱动，眯着双眼看向进屋之人。由入屋之人的体态和身形，他二人一眼便认出进来的正是花无多，不禁冷汗淋淋，又不敢乱出声，怕惊醒了梦游中的花无多，自己落得与公子翌同样的下场。他二人闭目装睡，其实气息早已不稳，这时，就见花无多靠近了公子争，双手伸向了公子争的脖颈，公子争当下觉得脖子凉飕飕的，又不敢乱动，只有静观其变。

花无多终于摸索到了面具，握在手里。

公子争只觉得花无多从他的枕头下面摸走了什么东西，软软的像块布，心里着实太紧张，也没看清楚。便见花无多站起身来，似乎又走向了公子讵的床边。

其实花无多就是好奇，想去看看，公子翌的床上躺着的是不是已经醒来的公子翌。

就见花无多静悄悄地向公子讵走去，尚有一段距离时，就见公子讵以极为轻缓的动作从床上爬坐了起来。花无多一怔，刚想说话，就发觉背后的公子争也缓缓地从床上坐了起来。而后，二人因夜色太黑，看不清楚，全都伸着胳膊向前摸索着前行，动作缓慢，均是猫着腰，脚步极轻地向门口走去。

花无多心中奇怪，这二人在干吗，怎么走路的动作这么奇怪。花无多看着他二人僵尸一般缓缓向门口移动，刚想问一句：你们在干吗？就听见，不知是谁先大喊了一声："快跑啊！"

一下子反而把花无多吓了一跳，本已到嘴边的话全都憋了回去，此刻就见公子争和公子讵二人争先恐后地夺门而出，只听两阵风声，而后传来重重的关门声，便再无声息。

花无多自始至终看得一愣一愣的，心里除了莫名其妙还是莫名其妙。当下见天边出现了一道亮线，看着天要亮了，她便想着要尽快戴上面具，否则恐怕身份要暴露了。也没再多想，她立刻爬到床上，放下帷幔去掉脸上药泥，戴上了面具。

花无多一大早就到了药房，公子翌已经醒来，原本发青的面色也恢复了许多，但一看到她二话不说掉头就走了。

花无多想要追上去，却被公子琪拉住，问她："昨晚到底发生了何事？"

花无多不好意思地与公子琪说了昨晚发生的事，公子琪听后大笑道："原来如此。"

花无多闻言不明所以，公子琪道："你昨日误给翌输入了多余的内力，导致他气血不顺面色发青，本也并无大碍，只是要比其他人治疗的时间长些而已。不过巧的是，翌却因你昨晚那狠狠一脚踢中了穴脉，让他原本阻滞的真气通畅了，所以这会儿，恐怕翌比修恢复得还要快。"

花无多听后欣喜道："这么说，翌也算因祸得福喽。"

公子琪点头道："是啊，不过，你也别高兴得太早。"

"怎么了？不会还有什么后遗症吧？"花无多担忧地追问道。

公子琪笑了笑，道："昨晚翌曾醒过来一会儿，你知道他说了什么吗？"

"什么？"花无多问道。

公子琪道："昨晚翌突然醒来，似乎神志还没有完全清醒，我上前查看时被他突然揪住了衣领，他咬牙切齿地跟我说……"

"说什么？"花无多急切地追问道。

公子琪目光流转，道："他说：'花无多，我绝不原谅你。'"

花无多心情一下子沉到了谷底，想到方才公子翌看都没看她一眼就走了，不禁黯然地自言自语道："我果然伤他伤得很重。"

公子琪轻轻笑了起来，忽然道："无多，你与翌的两月之约快到了，你真的打算离开翌吗？"

花无多黯然地点了点头，仍对刚刚公子翌的那句"我绝不原谅你"耿耿于怀着，却听公子琪道："何不考虑留下来？"

花无多摇了摇头。

"能告诉我理由吗？"公子琪问道。

花无多又摇了摇头，叹息道："恐怕我此刻想留下来，翌也不稀罕吧。"

公子琪轻轻一笑，沉吟半晌，突然问道："无多，你到底是谁？"

花无多一怔，这句话，公子翌也曾经问过，而她不能说，也不想说。而今公子琪再次问她，她虽然不想欺骗公子琪，却又有不得已的苦衷，当下只得苦笑，道："我就是我，还能是谁？"

公子琪道："你不想说，我便不多问，只是朋友应彼此坦诚相待。"

花无多一怔，明知道公子琪只是在激她，却因此刻心里烦躁而对公子琪的话有些耿耿于怀，便严肃回道："朋友还应该互相尊重和信任，而不是怀疑和试探。如果朋友有不得已的苦衷，作为朋友应该理解，并宽容以待。"

公子琪闻言一怔，却见花无多已起身离去。

清晨的鸟儿在房檐上停驻，正迎着清晨和煦温暖的阳光愉悦地欢唱，美丽的淡金色洒落于院落间，他立在屋内，顺着敞开的房门，望着她正要离去的背影，目光流转中闪过一抹狡黠，忽然扬声问道："你戴着面具，也是对朋友信任的表现吗？"

花无多闻言脚下一个踉跄，僵直在院中，片刻，迅速消失在转角。她尚未走远就隐约听见公子琪叹息道：“我果然没有猜错。”

花无多立刻会意过来，她上当了，公子琪本来只是怀疑她戴了面具，方才只是试探之语，而她却露出了恐惧的破绽，想必现下公子琪已认定她戴了面具。这该如何是好？

花无多思索片刻，忽而脚步一转，先回了房。

第十章

无多真容

众人吃过早饭，因公子琪解毒的方法成功了，所以从今日起，其他人也开始重新来排队解毒。

因人数太多，花无多一人消耗内力太多，所以一天之内，也只解了四个人的毒，公子琪提出先为他解毒，他恢复后可以帮助花无多，所以，公子琪破例先行解毒。

公子修知道后，也主动提出待内力完全恢复后，愿帮助花无多为大家解毒，唯独公子翌和杜小喜，一天也不见人影，不知去了哪里。

夕阳西下，花无多四处寻找公子翌，虽然他的武功已恢复了一些，又有杜小喜陪伴，但毕竟她才是他的贴身保镖，况且她心里对公子翌总有些愧疚。

花无多几乎跑遍了整个奇峰山，终于在一处山谷，找到了公子翌。

山谷中绿草铺地，野花满谷，他正躺在草地上，跷着二郎腿，嘴里咬着一朵野花茎，望着将要落山的大大的可爱如南瓜饼的太阳，不知在想着什么，而应该跟在他身边的杜小喜却不知去向。

花无多足下一蹬，落入山谷，行至公子翌的面前，低头望着他，他睁眼看了她一眼，复又闭上。

花无多蹲下身子，道："翌，昨晚对不起，我误以为你……"

公子翌蓦地睁开了双眼，瞪着她，她后面将要出口的两个字"是鬼"硬是在他的瞪视下憋了回去。

花无多清了清嗓子，讨好道："说吧，你要怎么才肯原谅我。"

公子翌闻言一哼，也没有装腔作势，便道："你当初签生死契时，第一条是：两个月内，本公子在，你在，本公子亡，你亡。"花无多闻言，点了点头，又听公子翌说道，"第二条是：两个月内，如若你殴打本公子，你的月银全扣，并追加两个月的保镖期限。”

花无多一听，忙摇着头道：“当时生死契上没有第二条，只有……”

花无多的话尚未说完，便被公子翌打断，“我今天已派杜小喜回府，在生死契上加了这条上去！别忘了，那个生死契的落款你可是按了手印的！”公子翌这一刻笑得阴险无比。

花无多闻言一惊，突然想到一件事，那就是当初签生死契时她总觉得哪里似乎不对，如今方才明白过来，就是那个生死契纸张太大，空白太多，而且两张全在他手里，天哪……

“你不讲信誉，明明我按手印的契约上没有这条的！”花无多跳了起来，大声斥道。

公子翌哼道：“不知道是谁输入内力运行了两周天，不知道是谁半夜把我狠狠踢出了房门，也不知道是谁，刚刚还来跟我说要我原谅她！说我不讲信誉？白纸黑字，某人按了手印的！”

花无多彻底没话说了。别的倒没什么，只是……

花无多又安静地蹲了下来，讨好地道：“翌，打个商量，月银还是照常发吧。”

“哼。”

“一半？”

“哼。”

“要不，我后两个月表现好点儿，你再补发给我，好吧？”

公子翌状似沉吟半晌，方道：“算了，我不是不通情理的人，就这么办吧，你后两个月表现好些，我全都补发给你。”

“嗯。”花无多重重地点头。

公子翌道：“躺下来说话，你这么俯视着我，我看着难受。”

“好。”花无多也学他的样子，躺在了他身旁，与他一样，双臂放于脑后，跷着二郎腿看着将要落山的太阳。却未看见公子翌此刻脸上阴谋得逞的得意。

公子翌嘴角微挑，心情很好。有时候，人不能被逼迫得太紧，否则会适得其反，尤其像花无多这样小心眼又贪财的女人，只能逼得刚刚好，这样子，她就算是为了银子也会答应留下来的。虽然她长得不怎么漂亮，但如果往后日子没了她，该多无趣啊……

他正在暗暗得意，就听花无多问道：“翌，昨晚我踢到你哪里了？现在还疼吗？”

公子翌闻言，面露菜色，不答。

花无多又问道："翌，昨晚你在我床边干吗？"

公子翌仍闭目不答。

花无多便不再问下去了。

良久，太阳已经落山，天色暗了，山谷内渐渐变凉了，花无多坐起身来，道："我们回去吧。"

公子翌点了点头，起了身，拾起身边的笔墨纸砚，还有两幅画。

花无多见状道："原来你躲在这里画画呀，你画的什么能给我看看吗？"

公子翌瞥了她一眼，笑道："好啊，拿去，全送给你了。"

花无多闻言笑着接了过来，展开来看。

第一张，画的正是这山谷，芳草萋萋，野花随风摇曳，宁静祥和，花无多觉得公子翌画得还蛮不错的。便又展开了第二幅画，可当下一看，真不知该哭还是该笑。画中，有两人，一人正掐着另一人的脖子，另一人面色发青，双手在空中乱抓，似在垂死挣扎……不用多想，掐人的是公子翌，被掐的自然是自己。花无多叹息一声，看来，昨晚那一脚，翌还真是怨恨她啊。

公子翌看到她的模样，突然大笑起来，一拂袖，大步当先而行。

花无多听到他的笑声，微微一怔，随后也笑了起来。突然明白了，其实他并不是真的怨恨自己。当下，把两幅画全收入了怀中。

花无多追上了公子翌，看着他一脸笑意，忽然心情大好，见回去的路上还要爬山，便豪爽地道："你的伤还未全好，不宜劳累，我背你回去吧。"

公子翌一挑眉，眸中闪过温暖笑意，回道："好啊。"

这是第一次，花无多心甘情愿地背起了公子翌。

回去的路上，公子翌脑袋贴放在她的肩膀上，鼻息吹拂在她的耳际，公子翌忽道："无多，你果然戴着面具。"

花无多一怔，停下了脚步，复而点头道："是呀，唉，我也是不得已的。"

不久之后，山谷中爆发出公子翌失望且略带嫌弃的声音，"你一个女人怎么长成这样。"

花无多委屈无比地道："我也不想啊，这要怪恐怕得怪我爹娘……"

晚上闲来无事大家都聚在院子里，一人忽然问道："无多，你昨晚脸上黏的是什么？”

花无多答道：“是保养肌肤的药泥。”

有人道：“保养肌肤的药泥，你一个男人用那玩意儿干吗？”

花无多不好意思道：“实话不瞒大家，其实，小弟……小弟平日都戴着面具。”

什么？众人闻言惊讶不已。

只除了公子琪和公子翌，就连正在擦拭剑的公子修闻言都抬起了头。

这时，有人道：“无多，你没事戴面具干吗？”

花无多道：“这个，小弟实在是有不得已的苦衷。”

有人道：“摘下面具给大家看看，是怎样不得已的苦衷。”

这时，公子翌懒散地接口道：“别看了，看了晚上你们会睡不着。”

公子语问：“你看过了？”

公子翌恹恹道：“是啊。”看得他好后悔啊。

公子修忽然道：“看看又何妨？”

公子琪这时也接口道：“我也很好奇，到底是怎样的一张脸，会让翌看了睡不着。”

这一句话颇为暧昧，大家立刻浮想联翩，公子翌看着众人一副都往好处想的样子，也坏心眼地不吭声了。

花无多幽幽道：“给大家看一眼也没什么。”便伸手摘下了面具。

花无多除下面具，一抬头，大家一看，全都一愣，果然……惨不忍睹，一脸的黑麻子。

公子争最先受不了地道：“戴上吧，还是戴上好点儿。”

花无多立刻戴上了。

公子语叹道：“今晚恐怕又睡不好了。”

众人闻言点头，是啊，昨晚就没睡好。

当晚，花无多正在洗漱，就遇到一同来井边打水的公子争，公子争边打水边与她说道：“无多，那药泥你能不能给我一点儿？”

花无多道：“好啊。”

不一会儿花无多洗漱完毕，正打算回屋，路上遇到了公子巡，公子巡也神秘兮兮地把她叫到了一边，问道：“无多，你那个药泥能不能借我用点儿？”

花无多正准备上床歇息，听到有人敲门，见公子翌躺在床上，丝毫没有起来的意思，便起来开了门。门外站着公子语，公子语讪笑道：“无多，借个步，我与你有些话说。”

花无多立刻道：“你不用说了，我去帮你拿。”

还用问吗？肯定是来要肌肤保养的药泥来的，不是说这是女人用的玩意儿吗？

大家都来要，花无多的药泥被要走了不少，现下已经剩下不多了。恐怕支撑不过三日，看来她还得寻个时间下山一趟。

第二日，本是公子翌与齐欣相约的日子，花无多本以为公子翌会坚持下山去，正想了无数个义正词严的理由打算用来应付他，却不料公子翌只是派了杜小喜去给齐欣送了封信。

那一日，公子翌与公子修功力已恢复大半，已可以帮助花无多为大家解毒。

三日后，偕夫人下山访友的院长齐然方才匆匆赶回，院长一回来，就叫了季夫子等数位夫子入内密商了许久。

现下，公子翌、公子修和公子琪等先行解毒之人，功力均已恢复，毒已全解。整个南书书院只余少数人的毒尚未清除。

这日夜晚，四下无声。

这几日一件事接着一件事，花无多已多日未曾洗澡，现下只觉浑身难受，等到公子翌呼吸平稳了，方偷偷起身，出了房门。

可就在她刚出房门不久，公子翌忽然睁开了双眼。

今夜公子修不知为何，始终难以入眠，正盘膝坐在床上运功，忽然听到有人从他的窗户旁一掠而去，公子修当即推开房门尾随而去。

而与公子修同屋，一向浅眠的公子琪也醒了过来。

后山，泉水旁，四周山峦叠影。

夜色袭人，月色明亮，泉水似被洒满了白银，波光粼粼，诱惑撩人。

月色下，一人立在泉水旁，迅速解开了身上的衣衫，手一伸拆下束发长带，一甩手，发带飘落在地，而她轻轻一纵，跃入水中，向泉水中心游去。

三人先后尾随而至，公子翌到时却见花无多已入了水中，暗道：还说自己不洗澡，果然是骗人的。月下，花无多在洗澡，这情景公子翌看着难免有些心浮气躁，便未察觉身后有人跟踪他而来。

公子修以为公子翌深夜在追踪什么可疑人物，追踪到树林里时，便偷偷躲在了暗处。他顺着公子翌的目光向下一看，竟然看到一个女子在水中游泳，立刻明白过来公子翌又在偷看女人洗澡。他不禁暗暗摇头。心中一阵奇怪，要说这书院里，女人只有院长夫人及她的丫鬟，这水中女子看身形不似院长夫人的那个胖丫鬟，难不成是……夫人？！公子翌深夜竟来偷看夫人洗澡，真是，太不敬了！他刚想冲出去呵斥公子翌，却突然被人拉住。

公子修转头一看竟是公子琪，这时，只听公子琪低声道："修，难道你不想知道无多的真面目吗？"

公子修闻言一怔，蓦地看向水中女子，低声道："水中女子是无多？"见公子琪点头，公子修目光变得越发凌厉，低声质问道："你明知道！"公子琪一笑，自然而然想到了那日公子修换衣被花无多看到的事，便低声笑道："修，这回看回来不就全扯平了？"

公子修面色不悦，心中虽有疑惑，却没有再说话，目光重又转向了山泉那边。

天空中月如银盘，水中之人始终背对着他们，正向泉水中心游去，身姿优美而矫健，月牙色的脊背在水中忽隐忽现，看得三位少年全都屏住了呼吸，只觉心浮气躁。突然，女子消失在了泉水里，半晌不曾冒出水面，四周寂静无声，三位公子恍惚听到了自己的心跳声，快得额头上几乎冒出汗来，一抹紧张似乎一触即发。

突然，水中跃出一人，长发甩起，水珠如玉般在空中散落，那人的容颜这一刻恰好面向三人所在的方向，这一刻三人俱是大吃一惊，那副容颜，竟与三日前她摘下面具时所见的大大不同。

月光洒落，她肌肤如玉，晶莹剔透，仿佛兮若轻云之蔽月，飘飘兮若流风之回雪。远而望之，皎若朝霞，延颈秀项，明眸皓齿，国色天香。

月光下，公子翌不禁惊叹道："她长得真美……"

月光下，公子琪喃喃自语道："她长得竟不输于我……"

月光下，公子修犹自不敢相信地问道："她真的是无多？"

公子修的话音刚落，就见公子翌侧目瞥向了他二人现下的藏身之处，三人越过重重树影目光相对。可就在这时，公子翌蓦地冲了出去，目标正是花无多脱在岸上的衣服。

见状，公子琪一声叹息，"翌太心急了，反会弄巧成拙，张夫子教的霸王硬上弓不适合无多。”公子琪边说边摇头。

闻言，公子修立刻明白了公子翌的意图，不禁惊讶地望去，暗道：翌难道想……霸王硬上弓？

与此同时，水中的花无多也看到了公子翌。

这时，只见公子翌急迫地从树林中飞身下了小山坡，小山坡上长满了带刺的矮灌木，山坡比较陡峭，公子翌途中踏了一脚在矮灌木上借力，可偏就是这一脚，衣衫恰好被后方稍高的带刺灌木刮到。只听刺啦一声，衣衫似乎被撕裂了开来，而后又听见哇呀一声，公子翌狼狈地跌进了灌木丛中……

哎呀，公子琪捂住了双眼不忍目睹公子翌的惨状。

公子修也转过了头去。

花无多自从看见公子翌，大惊之下，“啊……”的一声潜入了水中，不见踪影。

公子翌狼狈地从灌木丛中爬了起来，衣衫已被刮得千疮百孔，不禁大骂道：“他奶奶的，本公子今晚怎么这么背。”却仍不忘向水中看去，见水中无人，马上想到的就是岸上的衣服，一看，还在！他忙一跃出了灌木，又向衣服奔去。

而这一次，树林中的公子修也突然冲了出来，大喊道：“翌，住手！”

树林里，公子琪看着公子修已冲出去的身影，本已跨出去的半步，又静静地收了回来，一声不响地躲在了暗处。

公子翌听见了公子修的喊声却根本不理会，仍以极快的速度冲向了岸边花无多的衣物，眼看就要到手，可就在这时，两枚银针突然射出水面，一枚射向公子翌，另一枚射向了岸边的衣物。

银针出水速度极快，公子翌并未料到，惊见时，忙旋身躲过，而此时，另一根附着丝线的银针已穿起了岸边衣物飞向了水中。

在公子翌躲银针的一刹那，只见衣服已飞向了水中。

这时，花无多突然从水里冒了出来，手掌一击水面，内力激起了冲天的水花，她同时腾空跃起，转身间，虽来不及穿戴整齐，却已把衣物披上了身，几个纵跃到了岸边，怒视着公子翌。

岸边，公子翌目光发直地看着花无多裸露在外的肩膀和脖颈，又看向她的一双莲足，再看她的脸，艰难地咽下一口口水。

随后而来的公子修很君子地不想直视花无多，但垂眸时却无意中看到了花无多裸露在外的一双小腿，便下意识地怔住了，只见其上水珠缓缓滑落，只觉心跳似乎已不受控制，他突然紧张且不知所措起来，这种感觉以前从未有过，从未。

花无多又羞又怒，看到公子翌的样子，二话不说转身就走，却被公子翌拦住了去路。

公子翌只知道不应该让她就这么走了，可又不知道此刻拦住她该说些什么，只讷讷道："夜凉如水，我怕你冻着，想拿外衣给你穿上。"这或许是公子翌平生说的最烂的一句谎话。因为花无多听后，更加怒气冲天，大吼了一声："给我滚开！"吓得公子翌倒退了一大步。

花无多后退了几步，突然飞身而去。

公子翌却并未立刻追去，只看着一旁的公子修道："修，当初大美女丁巧儿脱光了衣服躺在你面前你都不屑一顾，我们都猜测你是断袖，怎么，原来你还是喜欢女人啊。"

公子翌的话让公子修眯起了双眼。

公子翌一笑，调侃道："修，今晚月色宜人，美色当前，而且还脱得光光的，的确很方便使用张夫子教导我们的'霸王硬上弓'，你说是不是？！"

他果然是想霸王硬上弓！公子修一掌劈向了公子翌。

而始终留在树林中未曾现身的公子琪却偷偷地尾随了花无多而去。

这时，花无多已消失得无影无踪。

花无多急急返回屋内，如今她真面目已经暴露，再也不能留在这里了，当下决定立刻离开。心知时间紧迫，她慌乱地收拾了自己的东西，尚来不及梳头，鞋袜也丢在了水边，便这样散发赤足地冲出了门去。可刚一出门就见院中行来一人，那人提着个裤子，迷迷糊糊的样子似刚从茅房回来，一转头恰好看到了花无多，此人正是公子琪。

夜色下，公子琪一看到她，目光中突然爆发出一抹惊艳，然后大张着嘴呆滞在那里。

花无多先是吓了一跳而后突然奇怪起来，一步步试探着走向了公子琪。

花无多走到他的面前，伸出一只手来在他的眼前晃了晃，见公子琪没有任何反应，目光怔怔地盯着她一动不动。花无多一笑，忽然玩心大起，一指弹在他的额头上，可就在这时，公子琪突然出手，迅捷无比，一把抱住了花无多，先行制服了她的双手。

公子琪的笑容尚未爬到脸上，就觉腰间似被什么东西一刺，疼痛难忍。花无多忽然挣脱了他的怀抱，轻蔑地一笑，足下一踏，飞身而去。夜色袭人，暗香浮动，空中恍惚传来一句话："你以为我没发现你吗？"

月光倾城，她只轻轻一踏，如风而去。

他恍然看着她离去的方向，喃喃自语道："我不喜欢比我还美的女人，但你可以除外……"

那日以后，南书书院再无花无多此人。

第二日，花无多失踪了，夫子询问公子翌这是怎么回事。

公子翌只得据实以告，花无多并不是他的表弟，而是以他保镖的身份留在南书书院的，她其实是个货真价实的女儿身。

待南书书院众弟子得知此事后，无不埋怨公子翌，怨他不够意思，不早说花无多是女儿身，这样大家闲暇时不就可以一起偷看她洗澡了？正所谓：独乐乐不如众乐乐嘛。

公子翌有口难言，其实，总共，他也才偷看过一次啊！而且那晚到的时候花无多已经入水了。

第二卷

闯荡江湖

第十一章

唐门悔婚

三日后，距离奇峰山不远的京城。

六月的京城极热，远比不上奇峰山顶南书书院清爽。

茶馆二楼，方若兮靠坐在一隅乘凉品茶。桌上摆放着四碟精致的糕点，她随意地夹起了一小块放入口中，细细地品着，看着楼下来来往往的年轻公子，不禁想起了南书书院的同窗们。此时此刻，大家应该在上许夫子的课吧，虽然许夫子心高气傲，但却很不走运地收了她这么个入室弟子，不知道她走后，许夫子会不会失望或者恼恨于她。

正胡思乱想着，这时，就听身后有人道："你听说了吗？毒王唐夜退了金陵方家二女儿的婚事。"

闻言，方若兮微微一怔，不禁凝神静听起来。

另一人接口道："这么大的事，江湖中谁不知道。一个多月前，听说那方家二女方若兮逃了唐门唐夜的婚事，这件事在江湖上都传开了。唐门门主唐卓山一怒之下，派人退了方家的婚事，害得唐、方两家结亲不成反而结怨。唐门之人对外都说方若兮水性杨花、人尽可夫。嘿嘿，不过在我看来，恐怕是这方若兮不愿意新婚之夜被唐夜这个浑身是毒的丈夫毒死才逃婚的吧。"

一人闻言道："嘿嘿，兄台说得有理，不过，听说这方若兮已被方家逐出家门了。"

另一人道："是啊，方家怎么会允许有这样的女儿败坏门风。"

方若兮边听边皱眉……唐夜退婚这事儿……

方若兮凑了过去，状似十分感兴趣地问道："二位大哥，唐夜退婚这事儿可是真的？"

二人同时点头。

当中一人十分肯定地答道："当然是真的，一个多月前的事了，这件事江湖人都知道，毒王……”

他正要准备津津有味地再次长篇大论一番，却见方若兮的身形已到了窗外。

方若兮马不停蹄日夜兼程地赶回金陵。

江湖谣言虽不可尽信，但其来必有因。这么久都不见人来寻她，以爹爹的脾气，这很不合常理，看来，唐夜退婚很可能是事实。

方若兮一路急赶，不禁越想越生气。

他退婚了，竟然被他抢了先，早知道她先退婚啦！干吗要逃婚，果然……失策了！可笑，自己全身是毒还敢四处散播谣言说她人尽可夫！士可忍孰不可忍！

她此番走得匆忙急切，却不知道，就在她刚离开京城不久，京城最繁华的大街上先后开了两家店，一家兵器铺，专售天下难觅的神兵利器，一家风雅品酒居，专售天下难寻的美酒佳肴。一夜之间，这两家店享誉了整个京城，宾客络绎不绝。只是她走得太快了，并不知道，否则以她一贯的嗜好，这两家店是一定要去上一去的。

十日后。

方若兮风尘仆仆地赶回了金陵，到时已近子时。

方家乃金陵大户，祖上均以经商为主，主营兵器和牧场。

方家大宅内部建造按五行八卦所设，到处都有机关暗器，院内暗角均有守卫，实难夜闯，但这些对于自幼在此长大的方若兮来说，却易如反掌。守卫及夜间巡逻的护卫对她来说也几近形同虚设。

她趁着夜色，行至一角，轻轻一纵，跃入墙内，脚不点地，借手臂之力攀于廊宇之间，几番回转方来到了姐姐方若薇寝房的屋顶。倒挂于上，她从半掩的窗户向内望去，见屋内灯已熄，想来姐姐已经睡下了。

窗户半掩，但她不敢轻易推开入内，只先用银针刺入窗口一角，方才小心试探地推开了一点，见无异状，这才使力推开，可就在这时，屋内的烛火突然亮了起来。

方若兮立刻轻轻道：“姐姐，是我。”

屋内有人惊讶问道：“若兮？”

“嗯。”方若兮回应道，一推窗，翻身进了屋内。

屋内，方若薇见入内的果然是妹妹若兮，第一句话便道：“你还知道回来。”话虽责备，但眼里却满是喜悦的关切。

方若兮知道姐姐一向是刀子嘴豆腐心，当下一笑，便坐了下来先给自己倒了杯茶，刚想喝却被姐姐抢了过去，只听姐姐斥道：“不许喝隔夜茶，等着，我去叫春天起来烧水泡茶给你。”

方若兮闻言，满足地靠在了椅子上，谄媚道：“还是姐姐好。”

方若薇看着妹妹不顾形象的懒散样子，要笑不笑道：“我本来就好，只是这次，你恐怕不会好了！”

一句话提醒了方若兮，她急忙坐直道：“姐姐，唐毒退婚是真的吗？”自从知道唐夜的为人后，方若兮就管唐夜叫唐毒。

方若薇自然知道妹妹口中的唐毒是谁，便道：“是真的，这事等下再说，我去叫春天起来。”言罢，披了外衣，出了门去。

不一会儿，方若薇回到了屋子里，关上了门窗。

方若兮见姐姐回来，早已捺不住心中疑惑急切问道：“姐姐，你知道我是个急性子，你就快说吧。”

方若薇瞥了她一眼，仍不紧不慢地坐了下来，方道：“事情整个江湖都传遍了，恐怕你也有所耳闻。你逃婚，虽然爹爹命人封锁了消息，也只是派人暗中找你，但不知是谁走漏了风声，被唐门的人知道了。唐卓山因此事大怒，派人来退了你跟唐夜的婚事。这一次，你真的把爹爹气坏了，他已放下狠话，说再也不认你这个女儿，任你在外自生自灭。这次恐怕姐姐也帮不了你，你自己看着办吧。”言罢，丢给她一个你去自生自灭的眼神。

要她看着办？那肯定是没办法了。方若兮垂头可怜兮兮地道：“要是娘亲还在就好了……”

方若薇闻言，微露愠色，道：“你少拿这句话折磨我。”每次都这样，她一做错事就抬出娘亲来，提醒她这个做姐姐的要担当起娘亲的责任，叹气！可方若薇还是说：“这一次我帮不了你。你最好别让爹爹抓到，否则他说不定会用地牢里的十八酷刑对付你。”

闻言，方若兮面露菜色。

这时，有脚步声由远及近向此处走来，二人不再说话，片刻，门口有人轻敲了下门，在外唤道：“大小姐，茶和糕点给您拿来了。”

方若薇道：“放在门外，你先回去歇息吧。”

“是。”门外丫鬟春天答道。

听丫鬟脚步已经走远，方若薇方打开门把东西拿进屋来，又关上了门。

屋内，烛火摇曳，方若薇给妹妹倒了第三杯茶，见她双手齐上狼吞虎咽地吃着糕点，不禁摇头道："你怎么弄得这么狼狈？姐姐怎么教你的，出门在外，一切要以自己为主，难道你忘了？"

"可是，爹爹不是常教导我们，想要当女侠就要一诺千金，侠肝义胆，有情有义，为朋友出生入死，与朋友肝胆相照，姐姐不是也说过，江湖人最重情义二字……"方若兮满嘴食物不清不楚地嘟囔着，可话还没说完便被姐姐打断，方若薇斥责道："呸，那是在对自己有利的基础上！姐姐告诉你，无论什么时候，自己摆中间，其他的都放两边，知道吧？"

方若兮灌了一口茶水，方不紧不慢道："哦……你不早说……"

方若薇闻言，嘴角微微抽搐，叹道："我怎么会有你这么笨的妹妹……"

方若兮闻言嘴角微挑。

方若薇叹道："算了，明日你给爹爹下跪认个错吧。"

"不要。"方若兮摇头拒绝。

"那你想怎样？爹爹这一次真的气坏了，小心他真对你用十八……"方若薇的话尚未说完，就被方若兮奇怪的问题打断了，"姐姐，我想问，男人是不是都好色啊？"方若兮试图转移话题。

"哼，男人嘛，都是贱人，见了你我这等大美人，自然是神魂颠倒，言听计从，你让他摘花，他绝不敢去摘草。"话题果然成功被转移。

"可是，姐姐，总有些男人似乎不被美色所迷，可是我又想折磨他，那又要怎么办呢？"方若兮虚心问道。

方若薇一哼道："知道折磨一个男人最高的境界是什么吗？"

"是什么？"

"就是让他爱上你。"

"爱上我？"

"嗯，到时候，你让他跳井，他绝不敢去跳河。"

"这么管用啊！"方若兮受教了。

"当然。"方若薇重重地点头，又道，"不过……"

"不过什么？"

"如果你想用这招对付唐夜那种人，我看你还是省了吧。"方若薇用一种鄙视的目光注视着妹妹道。

方若兮咽下一口口水，摆出一副果然还是被姐姐看穿了，姐姐你真厉害的样子。

方若薇了然于胸难掩得意地教育妹妹道："唐夜此人冷酷无情，在他眼里，人命贱如蝼蚁，不把人当人看，更别提会爱上谁了，所以这招对他肯定没用，你也不用心存侥幸。再说，你的所作所为，已让他恨之入骨，如果你出现在他面前，等同于羊入虎口，自寻死路。况且，他全身是毒，恐怕你还没靠近他半尺以内就丢了小命，更别提让他爱上你了，不过你若能当他的人体实验品……说不定，他会比较爱惜你。"

什么？方若兮略带惊恐地看着姐姐，实验品？她忽然想到了作为公子琪解毒的第一个实验品的公子翌满身是针口吐白沫全身抽搐的样子，不禁面色发青。不过，片刻后，她却又摆出一副大义凛然的样子来，坚定道："可是，姐姐，你有没有想过，唐毒诋毁我的名誉，就是诋毁我们方家，他退我的婚，就是看不起我们方家，欺负我是小，但他看不起我们方家却是大。这口气你让我怎么咽得下去，我要为方家……"

"呸……你活该！"方若薇突然打断她道，吓得一旁原本大义凛然的方若兮转眼变成了蔫儿掉的茄子，唯有耷拉着脑袋听训，"这次是你自己逃婚在先，给人家以话柄，是你！把我们整个方家的名声都败坏了，抹黑了，践踏了，侮辱了！"

方若兮头垂得更低了，半晌后，小声道："姐姐，我连赶了十天十夜，路上没怎么休息过，现下好累了……"

而后，听到方若薇叹息无奈的声音道："那你还在这里啰唆什么，还不快上床去睡觉！"

"是！姐姐。"方若兮领命，抬头给了姐姐一个灿烂无比的微笑，然后一个转身跃上了床，拉过被子随意盖在了肚子上，一偏头便睡着了。

方若薇见状又叹息了一声，走到床边，看着已然睡着的妹妹，不禁大皱眉头，不洗漱，不脱衣服，甚至不脱鞋，唉……看来她真的是累坏了。

方若薇坐到了床边，小心地脱去了方若兮的鞋，为她掖好被角，心中暗叹：小妹，其实你不能嫁给唐夜，姐姐认为对你是一件幸事，唐家太过复杂，姐姐一直担心你不能适应，唐夜此人也不适合你。这次他能主动退婚，未尝不是好事，爹爹虽怒你任性妄为，但这口怒气总会过去的。而且这次爹爹的态度很奇怪，并未因唐夜退婚立刻命人抓你回来惩罚，反而只是说让你在外面自生自灭便没了下文。外人因此都传言你被逐出家门，但在我看来，似乎爹爹有意放任你。只是，妹妹啊，你为人太过单纯，不知这世间人心险恶，你独自一人在外，我真担心你被人欺辱，不过如今看来，你似乎过得也不错，一切不过是姐姐多虑了。

第二日晨，软榻上斜倚着的方若薇见妹妹方若兮仍在熟睡，便先出了门。可当她端着早饭返回屋中时，却见屋内早已空无一人，桌上放着一纸留言，上写：

姐姐，既然爹爹让我在外面自生自灭，那我就依了爹爹的意，我会回来看你的。勿念！妹妹敬上。

方若薇放下书信，看着自己端来的早饭，轻轻一叹，道："即便要走，也吃了早饭拿点儿银子再走啊。唉，你到底什么时候才能长大。"

方若兮离开了家，在街上随意吃了些东西，便骑马一路南下。

如今她并不缺钱，虽然当日没拿到那二百两月银，但早先从公子翌手里赚来的钱也足够她花费很长一段时日了。她已经把钱兑换成了全国最大的钱庄——金汇通宝钱庄的银票贴身带着，余下再带些散碎银两方便行事。

为避免路上惹来不必要的麻烦，她换了一个面具，易容成极为平凡的相貌，时而女子装扮，时而男子，端看自己当时的喜好。

她早就听人说过苏杭二地风景秀美，心生向往，以前爹爹不允许她一人出门，如今无人约束，又有钱，便决定先去尽情游玩一番。

一路上，方若兮走走停停，游山玩水，吃好的，住好的，好不惬意。但毕竟是一个人，有时候难免觉得无聊，只要一闲下来便会想到以前热热闹闹的书院生活，想起公子翌等人，虽然仍恼恨他们那晚的偷看，但心里说不清的竟有些想念他们。幸好，当日虽走得匆忙，竟未忘拿公子翌画的那两幅画，一幅正是奇峰山的景致，而另一幅却是自己与公子翌的，她一直随身带着，偶尔拿出来看看，会不自觉地发笑。想起自己让公子翌口吐白沫，又把他踢昏的惨状，她便不再怪他那晚的偷窥了，有时间她真想偷偷回奇峰山去看上一看。

偶尔也会听到江湖人提及唐夜退婚又毁她清誉之事，每听见一次，她便怨恨唐夜一次，时间长了，不禁心里积怨愈深起来，便暗暗决定了一件事：唐毒，你竟然敢先我一步退婚，我本来并没把你看在眼里，但如今我倒真想亲眼见见你是何许人了。不如，本姑娘一路玩到蜀地时顺便去你家探望探望你吧。

路上，她闲来无事，偶尔高兴时，便装出盖世大侠模样，看到不平事便跳出来自许大侠拔刀相助，博得些许钦佩、仰慕、崇拜的目光后，偶尔也能得个一篮子鸡蛋、土豆什么的过过大侠的干瘾。不过，她可不是什么事都会跳出去的，看对方人多势众，不好欺负的时候她都是绕路走，毕竟姐姐告诫过：自己放中间，其他放两边。这句话她一直记得很清楚呢。再说了，这年头，柿子都是挑软的捏，这道理她懂。

这日，她行至太湖东岸的藏书镇，打算在镇上休息一夜。偶然听到镇上的人说，近日，江南总督府的兵马正驻扎在距此地不远处的穹窿山脚下，明日一早便要攻上山去，打算一举剿灭穹窿山山贼。

方若兮一听，不禁来了兴致。官兵剿灭山贼，这场面可一定要去看看，而且，江南总督的兵马，带兵的将领一定是宋家人，不知道会是谁。听说，宋家有一子，名曰子星，武功了得，又是享誉江南的美男子，不知此番来了没有，这宋子星不知道会有多美？会比公子琪还美吗？

第十二章

江湖艳遇

次日晨，天未亮，方若兮便起身赶往了穹窿山。过山脚下时，她果然见到许多官兵，约有上百人，在山下严阵以待，似在等待号令。

方若兮先在暗处把马拴好，后趁着天未明施轻功攀爬上了山。

未至半山腰便看见了山贼的第一道寨门，她隐藏好自己，寻了个好位置等着官兵攻打山寨。直到天已微亮，忽听山下一阵号角声传来，方若兮来了精神，躲在巨石后面，头戴杂草，只露出一双眼睛闪烁不停。注意到山贼寨门上隐约的箭头，紧张地等待着。

这山寨据险而立，易守难攻，如今山下官兵又摆明了告诉山贼，我要来攻打你们了，你们赶快做好准备吧。是以，官兵已失了先机，如果此番再明目张胆攻上山来，恐怕是有来无回啊。方若兮看着寨门上及附近崖壁隐约晃动的箭头暗叹道。刚这么想就听见山下官兵一路呼喊着冲上山来，好像就怕山贼不知道他们来了似的，方若兮心中一阵遗憾，看来宋家无人也。

可就在这时，山寨内响起了混乱的厮杀声，方若兮暗暗奇怪，难道山贼在这么关键的时候竟然内讧了？真不团结，显然是乌合之众。方若兮正胡思乱想着，官兵冲上山来，并开始用木桩撞击寨门，而原本寨门及四周崖壁上隐约露出的箭头均已不见了。半晌后，寨门被官兵撞开，方若兮当先一眼便看到寨门处有一人横刀而立，背影肃杀，四周死尸数具，均是拦腰斩断，死状凄惨。有些断掉的上半身仍在他脚边抽搐着，血流满地，而那人一身白袍竟滴血未沾。单看背影，方若兮便觉此人是个非凡人物，只除了有点儿残忍。

他始终背对着寨门，就在方若兮瞪大了双眼早已准备好承接他转身刹那的惊艳时，却见那人猛地挥刀指向前方，一声大喝："杀！一个不留。"

官兵们闻声群情激昂，一阵砍杀，剩余的山贼也立刻被斩杀殆尽，随即冲向了山寨的第二道关卡。

这时，躲在巨石后面的方若兮也随后悄悄地跟了上去。

第二道关卡，地势更为险要，山贼远远地见官兵而来，借地势居高临下乱箭齐发。那位公子冲在最前面，当下，只一扬手臂，身后所有官兵立刻止住来势。这时，乱箭已近，他突然提气腾空跃起，挥刀砍落迎面而来的数支箭，脚踏两侧崖壁，飞身而走，瞬间冲进了山贼的巢穴。方若兮见他轻功使得漂亮，心中不禁大赞。

半晌，第二道关卡也被官兵冲破，山贼退败，早已乱了方寸，而官兵一路势如破竹，直冲进山贼巢穴。

里面一片混战，四周山崖陡峭，毫无遮蔽之物，方若兮只能远远地窥视，无法再接近了，便觉无趣。而今眼看胜败已定，已没什么可看的了，她心里虽想着看一看那白袍公子的模样，但终不至于为了看一个男人长什么样子而轻易让自己涉险，所以当下没有迟疑便偷偷离开了穹窿山。

回去的路上，途经太湖，她临岸远眺，只见苍茫远山，太湖之水一碧万顷，烟波浩渺，湖上点点鱼帆，沉浮于波涛间。她刚看完一场血腥的厮杀，再看如此恬静美景，只觉心境沉淀，杂念顿消，不禁感叹道："还是活着好啊。"

因早上起得过早，她没吃什么东西，现下只觉饥肠辘辘，便先回了藏书镇，寻了些东西吃下，填饱了肚子。她正闲散地逛着，就在这时，街口有官府衙门的人敲着铜锣四下高喊："穹窿山贼被灭，穹窿山贼被灭了……"

路上百姓一听，均面露喜色，额手称庆。

有路人高兴赞道："穹窿山贼终于被灭了，这真是百姓之福啊。"

又有百姓赞道："这宋公子真是厉害，果然英雄出少年啊。"

众人齐声称是。

宋公子？方若兮闻言心中暗忖：难道说，今晨带兵攻打山贼的果然是那位宋家的公子，宋子星？今日一见，此人功夫果然了得，难怪爹爹时常提起此人。

宋子星是江南有名的美男子，今日没能窥得庐山真面目，实是一件憾事。

这小镇住着颇为舒服，方若兮打算在此再住一晚，明日方走。

夜晚，月牙高挂，星星布满天空，方若兮因下午睡了许久，晚上便有些睡不着了，爬到了房顶上躺着看星星。只觉清风拂面，远远地看到太湖的波光粼粼，她不禁起了戏水之念。

踏着月色，她来到了太湖岸边，此地水浪平缓，四下树木林立，空寂无人。方若兮仰望满天星辰，只觉心情大好，忽然想起儿时与姐姐一同从高处跳水踏月影的童趣，便想再试上一试。

她解开了衣衫，脱掉鞋子，放在岸边，只着小衣，轻轻一踏，用轻功跃上了岸边的一棵高树，看准月牙在水中的那个弯弯倒影，猛地跳了下去。

可她刚一入水，便觉脚下似踏到一物，而后听到水下传来一阵咕嘟声。她不禁奇怪，刚想潜下去看看，就觉得似有水草缠住了脚，怎么也甩不脱。心中一急，她不禁踢了又踢，踹了又踹。可就在这时，水下有什么东西抓住了她的小腿，她大惊失色，想都没想就是一阵猛踢、猛甩、猛踹。然后快速地游离了那里，她回头一看，见一双手突然从水中伸了出来，紧接着又露出半个头来，大咳了几声，忽又沉了下去。方若兮看清了，那是一个人。她突然明白过来，方才自己踩踏的竟然是一个人，这个想法一在脑中成形，不禁令她大惊失色。这时，只见那人的双手缓缓地沉入水中，明显已经溺水了，她连忙游了过去，把这人拖上了岸。

上了岸，她手忙脚乱地先穿上了衣服，再看着躺在地上肚子鼓胀、嘴角冒水的男子，有些不知所措，先探了那人的脉息，暗松了口气，这人还没死。

她环顾四周，方才发现不远处的一棵歪脖子树上挂着几件衣物，不用说，定是这个男子的。难怪她来时没看到衣物，否则她也不会这么贸然下水了，而且当时她也没有想到水下会有人。唉，这时说什么都已经迟了，当务之急是把这人救活。

她想用手去按他的胸口，可见他是个男子，而且上半身裸露，不禁犹豫着收回了手，换成了脚，可眼看脚就要踩上那人的胸口之时，她又收了回去，看着歪脖子树上的衣服，突然急中生智！

她用男子的腰带捆住了他的双脚，倒挂在树上，看着他身体在树下摇摇晃晃，嘴角滴答滴答地落水，不禁暗道："这样子，吃进去的水应该会吐出来了吧。"

她又等了好一会儿，那人还是没有醒，心里突然害怕起来，如果他死了就麻烦了，她怀着一颗忐忑不安的心，逃之夭夭。

本已返回了客栈，可心里实在不安，方若兮又折返了回去。

可她还尚未奔至事发地，就听一人在林中大吼道："小贼，你竟敢这般羞辱我！"而后只听咔嚓一声，似树干断裂之声，紧接着便听到砰的重物倒地声。

方若兮一惊，忙跃上附近的树去，借着月光，向声音来源看去。只见，那棵歪脖子树已倒在地上，刚刚被她倒挂在树上的男子此刻已穿戴整齐，看背影，一时竟觉得有点儿眼熟，微一细想，忽然想到一人：今晨攻打山寨的那个官兵将领！

此时，月下，那人背部紧绷，似正隐忍着怒气，手中抓着一张纸，已被揉成了一团，却没有扔掉，不知他想到了什么，竟把那一团纸揣入了怀中。方若兮心中纳罕，突然想起一事，忙向自己怀里摸了摸，而后不禁浑身直冒冷汗，糟糕了，公子翌画的那幅掐她脖子的画，丢了。

那晚，宋子星怀着与方若兮同样的心境，潜于太湖水中，闭气看着月牙在水中虚幻的倒影。许久，他正打算一跃冲出水面时，就见一物突然从天而降，一脚正踩在他的头上，恰好把本要跃出水面的他踩了下去。

当时事发突然，他呛了几口水，在水下呼吸开始不顺，本想浮出水面，却不料，头顶那人对他是又踢又踹。他想反抗，那人却踢得更加厉害，直踢得他头晕目眩，眼睛发花，不禁呛了更多的水进去。待他终于有机会浮出水面，却已有些力不从心了，暗道自己今日恐怕凶多吉少，可仍挣扎着浮了上去，试图赢得一线生机。

他终究昏迷了过去，不知过了多久，待醒来之时，却见自己双脚被缚倒挂在树上。他平生第一次沦落到这般凄惨的境地，心里是又怒又恨，却又无处发泄。眼看四下无人，那踩他的小贼定然已经逃了，便解下了脚上的束缚，跃下树来，先运功歇息了一会儿，身体虽然仍有不适，却已无大碍。他拾起岸边的衣服穿戴起来，这时，却发现衣服下面压了一张白纸，心中好奇，便拾起来看。

借着月色，他大略看清了画中情景：画中有两个男人，其中一人正掐着另一人的脖子，那人正在做垂死挣扎状，不及细想，便以为是方才那人故意留下来羞辱他的。心中怒火狂烧，他再也忍不下这口恶气，一掌劈向了一旁的树干，树干应声而倒。

他暗暗发誓，一定要找出今晚的小贼。

方若兮一直躲在树后未曾现身，她本想蒙面把那幅画抢回来，但宋子星的武功只在她之上不在她之下。此外，看样子宋子星似已对她恨之入骨，她不敢贸然出去送死，所以只有悄无声息地躲着，直到宋子星离开太湖，她才暗出一口气，回了客栈。

这夜，她辗转反侧，怎样都无法入睡，一个隐忧压在心里越发凝重，那幅画落入宋子星之手，虽说并无大碍，但那幅画中有公子翌还有她装扮花无多时的样子。此番落入他人之手，如果被毁了倒也没什么，可被人当作罪证保留着，心里越想越不痛快。还有一点她不愿承认的是，其实，她特别喜欢那幅画，说不清为什么就是喜欢。她很想拿回来，可如今想要拿回那幅画似已没那么简单，她必须好好想想，要怎样才能拿回那幅画呢？

方若兮首先便想到了偷。

第二日，方若兮打听到宋子星军队驻扎之地，并获悉他明日就要领兵返回杭州城，所以要偷，只有趁今晚。

今晚，乌云蔽月很适合偷窃，方若兮艺高人胆大，只身一人，身着江湖人必备的一套衣服——夜行衣，毫无声息地潜入了宋子星的军营。避过巡视的哨兵，她四下寻找宋子星的军帐。她本以为将军之帐应不同于普通士兵的，至少帐外会有一两个守卫，可一进来才发现自己错了，所有的军帐都是一个样子，根本分不清谁是谁的。方若兮无奈，看着眼前数十个一模一样的军帐，哀叹自己如果一个一个地去找恐怕找到天明也找不到。无奈之下，她正想着寻个落单的兵丁挟持恐吓一下，可就在这时，恰见一人身披斗篷由一个士兵带着向一个军帐走去。方若兮发现唯独这个军帐内隐约似有烛火闪烁，便偷偷跟了过去。

那人进了帐篷，不久之后，士兵离开了。

方若兮暗喜，偷偷地靠近了军帐，附耳上去静听起来。

习武之人本就比常人要耳聪目明，她在帐外，能清晰地听见里面的声音。

帐内，有一男子道："叔父，请喝茶。"

又听一老者道："放着吧，叔父深夜来访是有一事要与你细说。子星，你爹叫你明日可不用返回杭州城，直接去金陵方家向方家的二女儿方若兮提亲。"

帐外的方若兮一听这话，耳朵直直地竖了起来，完全地贴到了帐子上，只听宋子星回道："叔父，爹这是何意？"

里面老者笑了笑，方道："子星，你父亲自有用意。"

"侄儿不明，为何爹与叔父会让侄儿娶一个被人退婚，已被逐出家门的女人，还请叔父赐教。"

老者笑道："子星，你知方家无男只有两个女儿，大女儿方若薇已许配给天下首富洛阳李家大公子，秋天一到就要嫁过去了。二女儿方若兮本与蜀中唐门四公子唐夜指腹为婚，本要等到姐姐方若薇出嫁后也随后出嫁，却不料，那二女儿方若兮以不愿嫁唐夜为由离家出走。这件事，方家本严密封锁了消息，可是，你知道是谁泄露给唐家的吗？"

帐内沉默半晌，宋子星方道："莫不是叔父你？"

“子星厉害，的确是叔父我。”老者大笑。

帐外方若兮一听这个，不禁暗道：老头，干得好，多谢了！

老者又道：“我把这个消息透漏给了唐家，唐家人都极为自负，尤其是唐夜，我料定唐夜知道方若兮不愿意嫁给他，肯定会对她弃如弊屣，我没有料错，唐门果然退婚。贤侄，如今皇上眼看就要不行了，太子年幼，又非正宫刘皇后所生，刘家如今权倾朝野，早有反念，我们也应该为自己提前打算打算。方家虽是商贾出身，但其兵器铺和牧场遍布天下，一旦天下大乱，方家可为我们提供大量优良的兵器和战马，我们不先下手，恐怕，必会有人先下手。不说这个，方若薇所嫁之洛阳李家，可是天下首富，如果方正阳答应与我们宋家联姻，子星，以金陵方家、洛阳李家再加上我们宋家的实力，不管今后天下发生什么巨变，都尽在我们的掌控之中。”

帐外方若兮听后心中大震，暗道：没想到，原来自己这么有用啊！看来，以后要对自己更加好一点儿了。不过，想利用我？可没那么容易！

这时，屋内宋子星忽道：“叔父，子星认为，此时不应去金陵提亲。”

“为何？”老者问道。

帐外方若兮闻言，暗道：算你小子是个明白人，你要是敢去提亲，我一定要你看不到金陵的太阳，在路上我就把你……

这时，就听宋子星回道：“方正阳已逐了二女儿出去，我又以何由向其提亲呢？此其一。再有，听叔父说，似有很多人想娶这方家二女，但偏偏方正阳却在这时把女儿逐出了家门，不管不问，此事似乎颇有蹊跷。叔父也说，方家可提供大量兵器和战马，当年圣祖皇帝也正是借助了方家的支持方能一统天下，方家一直以来虽无人在朝为官，但地位特殊，不是轻易可以拉拢的。叔父，子星认为，如今皇上虽病痛缠身，但毕竟没有薨逝，此事尚不宜操之过急，过早暴露自己，我们还需观望一二，谋定而后动。”

“哈哈……”老者听完这席话，忽然仰天大笑起来，帐外的方若兮闻声不明所以，就听老者道：“好！好！来此之前我与你爹商议过，也正是这个意思，叔父刚刚只想问问你的想法，子星思虑周详，叔父甚感欣慰。唉，可叹叔父之子俱不成才，宋家将来交与你手上，我和你爹都放心了！”

“谢叔父信任。”宋子星恭敬回道。

老者又道：“子星，今夜叔父来此其实是为了另外一件事，这也是叔父急忙从京城赶回来的主因。”

宋子星正色道："叔父请讲。"

帐内，老者附耳与宋子星说了些话。

帐外，方若兮努力去听，也只隐约听见"宋家""朝廷"等几个模糊的字句。

半晌，忽闻老者"咦"了一声，问道："子星，这幅画你从何得来？"

画？帐外方若兮一听，这才想到，对呀，自己是来偷画的，怎么成偷听的了？

就在这时，身后忽然有人大喊："什么人？"

哎呀，被发现了。

第十三章

失策被俘

那天要不是方若兮跑得够快，后果不堪设想。

为什么这么说呢？因为就在之后几日，方若兮遭遇了几件事，直到那时她才真正知道宋子星这人到底有多冷酷，有多无情，有多不讲理，有多欺负人，有多讨厌，有多令人厌憎……

昨晚，偷画失败了，再无从下手。并且，昨晚偷听到的话，让她终究有些隐忧。方若兮心里虽因这事耿耿于怀，可也无可奈何，便放弃了偷回那幅画的想法。第二日一大早，她骑马离开了藏书镇，向杭州城行去。

好巧不巧，就在方若兮骑马慢悠悠地行在官道上时，恰好遇到宋子星率军行过，官兵一路小跑，宋子星策马行于其中。

方若兮行在前方，闻声回头，赶忙策马让在路边，想等他们过去再走。

今日晨光明媚，她还是第一次这般正大光明地看宋子星。宋子星溺水的那一晚，她根本未曾仔细看过，只知道他是个男人，其他一概不知，再说，他当时狼狈的样子也着实没什么好看的。

而今，也算是方若兮第一次正视宋子星。

她举目望去……

早晨的阳光柔软得有如轻纱，轻缓中带着一种诗意的淡雅。

他青衣如水，双眸如星，神态清冷，仿佛隔岸的素心兰，不染尘埃的淡淡清艳。

只一眼，方若兮便已愣怔。

这样的一个男子，方若兮怎么也无法把他与那晚在太湖被她踢晕的男子联想在一起。想起那晚，他赤裸着上半身，方若兮不自觉地热了起来。不禁用手给自己扇风，她边扇边道："天气真是越来越热了啊，一大早就开始这么热了。"

官道上两边都是树林，此处多鸟，官兵行过方若兮身边时，恰好有一群鸟从官道上方横飞了过去，速度极快。可就在这时，一坨鸟屎从天而降，恰好砸向了方若兮。方若兮反应很快，知道此刻从天而降的是鸟屎，自然不会伸手去挡，又因马已靠在路边，再躲的话就掉到身后的沟渠里了，所以情急之下只得迎着鸟屎催动掌风向外一送，把鸟屎挥了出去。可恰好这时，宋子星骑马从旁而过，这鸟屎不辨方向更不辨人，在空中几个翻滚飞向了宋子星。就在方若兮发觉想提醒他一句时，声音还没来得及出口，就见宋子星已然察觉到了身侧有不明物体飞向了他，突然一挥衣袖。而后，只见他身后骑马跟随他的副将的鼻子上糊着一团黑白相间的柔软物体，正是那坨鸟屎。副将下意识伸手一摸，放在眼前一看，面色变青。

宋子星也看到了，嘴角微微一挑，又抿紧了。蓦地，他看向路旁的方若兮，仿佛那坨鸟屎是方若兮放的“暗器”一样。方若兮无辜地指了指天，示意宋子星，那“暗器”其实是鸟放的，不是她。宋子星看着她，那双眼睛看似清冷，却暗藏着不同于他人的睿智和冷静。不知为何，方若兮忽觉有些羞涩，那副将不明所以，顺着方若兮的手指看了看天，而后虎目含威瞪向方若兮。方若兮一见，忙向天上看去，一看，惊道：“鸟呢？刚刚明明有一群的……”忙四下里寻找起来。可就在这时，那副将早已哇呀呀提枪向她刺来。她心里这个委屈啊……一看面前这么多官兵，她二话不说，策马就逃，口中喊道：“不是我，是鸟！”

副将正要提马去追，却听宋子星沉声喊道：“武政，回来。”

副将武政心中虽怒，闻声却拉紧了缰绳，抑制住心中火气，退到了宋子星身后，未继续追赶。

宋子星看都没看早已远去的一人一马，只大声对已停下步伐的官兵道：“继续赶路！”

众官兵齐声道：“是！”

人马继续向前行进。

杭州城，人来人往，热闹非凡。

方若兮这些天一直都是打扮成风流才子的模样，四处闲逛，好不逍遥。

这日中午，方若兮腹中饥饿，便打算去杭州城最有名的风来酒楼吃点儿精致的小菜，未料恰好碰到武政一群人出来喝酒。说来也巧，二人同时进门，一抬头，便来了个面对面。

因方若兮装扮与前两日一样，武政一眼便认出了她。这一次，方若兮可没那么好运逃走了，因为大门已被武政挡住。武政是个武夫，言语粗鲁，二人几句不合，便动起手来。

从酒楼打到大街，再从西南打到了西北，一路人群四散躲避，有人认识武政，自在一旁为其助威。

武政勇猛，方若兮一时片刻竟讨不到便宜，但几招过后，方若兮便已察觉武政力气虽大，乍一看拳脚功夫扎实，虎虎生风，但武功招式却极为平常。方若兮一笑，终于等到武政露出破绽，一指向武政的笑穴戳了下去。可就在这时，一阵掌风扫过方若兮的面颊，她险险躲开，而后就听一人朗声道："我来领教领教阁下的武功。"

方若兮稳住身形，闻声向那人望去，一看，竟是宋子星。

这时，宋子星的掌风已到了近前。

宋子星的掌风内力绵延不绝，方若兮顿感压力，只得小心谨慎，见招拆招。因此刻他二人正在大街上，四周有人围观，恐误伤他人，所以都没有使用兵刃。大街狭窄不能随意施展，二人打到酣处，只见不远处有个高台，先后施展轻功一跃其上，高台宽阔，二人打得更加难分难解。

五十招过后，宋子星忽道："这位公子，如果今日你输在我手里，须向我的副将武政为上次之事赔礼道歉。"

方若兮避过一掌，道："好，上次之事虽然并不怪我，屎是鸟拉的，也是你挥那坨鸟屎到他的鼻子上的，但如果今日我输了，我愿意承担这个莫须有的罪名，向他赔礼道歉。"

方若兮言下之意，那坨鸟屎不是她拉的，也不是她挥到武政鼻子上的，明明就是鸟与他的错，他却摆明了不讲道理，把这个莫须有的罪名强压在她头上，她不服。但如果她比武输给了他，她愿赌服输，愿意承担下这个罪名，去赔礼道歉。

宋子星自然听出她话中嘲讽之意，当下一声冷哼。一掌疾速向方若兮挥去，方若兮一见，当下运足了内力，迎面接去，只听砰的一声，二人退开，各据一方。

方若兮气息翻涌险些抑制不住胸口的涌动，举目看向宋子星，只见他面色不改，气息若定。方若兮知道，她输了，不禁黯然低下头去。

这还是她出道以来，第一次与人单打独斗输了，她心中虽不痛快，但仍打算依约给台下的武政道歉，了结此事。

可就在这时，一个浓妆艳抹手舞红帕的婆子突然奔上台来，拖住宋子星的衣袖便道："哎哟，这不是宋将军吗？老婆子我还以为眼花看错了呢，早知宋将军对周二小姐有意，直接去府上提亲不就是啦，何必还特意来此当众比武招亲呢？"

比武招亲？方若兮与宋子星闻言均是一怔，方若兮先行抬头一看，只见头顶上方挂着一个大红色的绸缎横幅，上书几个大字，"比武招亲"！

方若兮目光流转，看着那婆子拖着宋子星的衣袖不放，还在那里叽里呱啦地没完没了。宋子星正要不耐地挣脱之际，方若兮忽然昂首挺胸，很像个扛得起放得下的男子汉一般，对在场所有人朗声道："宋公子，在下认输了！虽然在下对周家二小姐的爱慕不比宋公子的差，但既然是比武招亲，输了就是输了，在下恭喜宋公子抱得美人归，告辞！"言罢，不由分说，足下一蹬，箭一般射了出去。

方若兮突如其来的一句话，令在场围观百姓全部哗然，那婆子眼睛一刹那放出光来，抓着宋子星的衣袖像是抓着一根金条，不肯放手，可宋子星一甩仍挣脱了开来，如箭一般随方若兮的方向追去。

婆子一见自己两手空空，不死心地追在后面大喊："宋将军，何日去周府提亲啊？"

此问自然无人回答。

武政也随后追了上去，可他的轻功与方若兮和宋子星相差太远，还没到街口，就不见了前方二人的身影。

二人先后出了杭州城。

方若兮一向自认轻功不错，但天大地大，人外有人，天外有天，宋子星的轻功不仅不输于她，而且更胜一筹。方若兮跑到几乎断气，也没甩掉宋子星，再加上方才那一掌，她受了些内伤，现下根本跑不动了。她回过身喘息地看着紧随而至的宋子星，上气不接下气地指着宋子星叹道："真受不了你，怕了你了，好了好了，我跟你回去道歉。"正要埋头往回走，却突然被宋子星点住了穴道，眨眼间，便被他用绳子捆成了一个粽子，方若兮冲宋子星哇哇大叫道："喂，你干吗？放开我！快放开！"

宋子星解开了她的穴道，扯了扯手中的绳子，嘴角微微一挑，道："以防你再逃跑，还是绑住你方便些。"言罢，拖着方若兮便往回走。

因绳子缚了方若兮的双手于后，宋子星这么一拉，方若兮就只有跟着他倒着走。一路上方若兮百般挣扎，宋子星无视，方若兮大骂，宋子星不理，方若兮试图踢他，却如何能踢得到，不一会儿，方若兮便识时务地放弃了。宋子星此刻就像是牵着一头倔驴一样牵着方若兮往杭州城里走，其实驴都比方若兮好，只听说有倒骑驴的，没听说过让驴倒着走的。

宋子星大步往前走，方若兮只有跟着往后退。虽极不情愿，却又无可奈何。宋子星捆绑她的不是普通的麻绳，而是特制的含有金属丝的绳子，方若兮双手被缚身后而且被捆得很紧，宋子星又随时扯着，不能令她施展武功，她心中有气，却也只能暗暗忍住。

走着走着，方若兮想转过身与宋子星并行，却被他一扯，又转过了身去。方若兮咬牙切齿，却仍以求饶的口吻对宋子星示弱道："宋将军，小的知道错了，小的会老老实实跟你回去向武大人道歉的，你看这么绑着小的，着实不好走路是不是？而且被其他不了解你的人看见，还以为宋将军这般大英雄大豪杰欺负我这等小人物呢，多有损你光辉伟大的英雄形象啊。"

宋子星一哼，道："若不是看你是个女人，我不会对你这么客气！"

方若兮闻言一惊，没想到他已看出自己是个女人了，看来这个装扮真失败，下次一定换一个。她却仍不露声色地试探道："宋公子，饭可以乱吃，话可不能乱说，我堂堂男儿……"她慷慨激昂的话还没说完，就听宋子星道："假喉结歪了。"方若兮立刻憋回了后面的话。她微一低头，果然感觉假喉结歪在了一旁。

半晌，方若兮换了声音，娇笑道："宋公子果然好眼力，既然宋公子知道奴家是个女子，还这么当众对奴家，不知道的，还以为宋公子看上了奴家，想绑回去做你的小老婆呢。"

宋子星并不言语，仍大步走着。

方若兮又一次试着转身与他并行，这一次宋子星并未再拉扯绳子，方若兮在旁一脸谄媚地问道："宋公子为何沉默？莫不是真觉得奴家不错？"

宋子星瞥了她一眼，看到她一双杏眼光芒闪烁，美滋滋的样子，嘴角蓦地一挑，忽然腾空而去，竟施展起了轻功。牵扯住二人的绳索这么一挣，方若兮大叫着突然转过身去，来不及使力，就被他拉扯着向后倒飞了起来，一路上，当真苦不堪言呀。

早知道她就不叽叽歪歪地惹他了，还不如刚才倒牵着呢。

二人进了杭州城，这会儿方若兮老实了，嘴闭得严严的，宋子星也未再为难她，并默许她转身与他并行。

城门口，早已有人等在那里禀报宋子星说武副将在总督府等他。宋子星便牵着她向总督府走去。

杭州城依旧是人来人往，好不热闹，杂耍卖艺的到处都是，小商小贩四下吆喝着为生计奔波，路上各式各样的小玩意儿，应有尽有，看得方若兮心痒难耐。

一路上，众目睽睽之下宋子星拖着极不情愿的方若兮一路走去。行人纷纷对他二人侧目，确切地说是对宋子星手上牵着的、身上紧缚绳子的方若兮侧目。

走着，走着，方若兮突然想到一计：不如她当街喊救命？可一看自己现在这个样子，又泄了气，重重地叹了口气，如今人为刀俎她为鱼肉，又身在人家的地盘上，当下打定主意一会儿能忍的都忍了！

终于快走到总督府，二人刚到府门外，就有府中小厮迎了上来，先向宋子星打了个千，见宋子星身侧绑着的方若兮，目光一闪，方上前对宋子星附耳说了什么。

宋子星点了点头，一扯绳子，方若兮就得乖乖地跟着了。

三人先后入府，就见府中站着许多人，方若兮一眼就看见了那个刚刚闯到擂台上的媒婆。

那媒婆一见宋子星回府，立刻笑脸相迎，香帕随着身体的扭摆挥来挥去，尚距方若兮好几步时，方若兮就闻到了那媒婆身上浓浓的脂粉味，险些晕过去。

方若兮本在一旁冷眼旁观，这时身上的绳子突然被宋子星一扯，方若兮侧目看去，只见宋子星正斜睨着她，并使了一个眼色给她。方若兮一时没意会过来，而后见宋子星看向媒婆，突然反应过来，忙舍身挡在媒婆面前，满脸堆笑道："这位大婶……"

方若兮的话尚未说完，那媒婆好不给面子地一推方若兮，道："哪里来的野小子，快闪开！"

方若兮笑容微滞，回头一瞥，恰看到宋子星眉目间若有似无玩味的笑意。这时，媒婆已来到宋子星面前，施了一礼后道："宋将军，您今日在周家为周二小姐摆下的比武招亲擂台上……"这一次，方若兮没等媒婆说完，忽然一哼，挤开了婆子，打断了她将要说下去的话，不满道："大婶，此言差矣，谁说宋将军去打擂了？"

那媒婆一听，立刻大声道："你明明还在擂台上说宋将军爱慕周家小姐，当时许多人都看到听到了，你想出尔反尔不成？"这句话若有所指，宋子星微微皱眉。

方若兮一听这话，却不以为意地笑道："是啊！我就是乱说的，你偏愿意信。"

媒婆刚要发作，就见方若兮忽然挨到了宋子星的身侧，柔柔道："宋大哥，我把实话全告诉他们好不好？"

宋子星望着巧笑倩兮的方若兮，眸中闪过一抹异彩，笑道："好。"

方若兮目光流转，先给了他一个媚眼，而后又昂首挺胸地大声对媒婆及在场众人道："这位大婶，实话告诉你，我是一名女子，宋大哥爱慕我、追求我很多年了，他正打算到我家提亲，三日后便迎娶我。可我不想嫁给他，所以就女扮男装逃跑，不巧被他撞到，所以我俩才当街打了起来，没想到无意中打到周家小姐的擂台上去了，实属误会……"方若兮后面的话忽然止住了，只因众目睽睽之下，宋子星忽然抬起手来，手指顺着她的侧脸一路滑过，从鬓边一直到下颌，这种触摸，似挑逗，却更像是调戏。方若兮望着他眼中闪烁着的流光溢彩，愣住了，竟不敢乱动。

宋子星的这番举动，看在他人眼里极为暧昧。

而后，方若兮只觉他的气息渐渐靠近，若有似无地吹拂在耳畔，听他道："我真怕你不嫁给我，就这么跑了，所以，我打算就这么一直绑着你，直到三日后，我娶了你过门。"

方若兮闻言已忍不住冒起了冷汗，可仍装出一副羞涩及欢喜的模样附在他耳畔回道："宋大哥，如果你真打算娶我，就算绑我一辈子又何妨？"

闻言，宋子星眸中的笑意更深，深得让方若兮感觉到冷。不是不知道宋子星是什么人，早在家里，她便听爹爹提起过此人。早知道他不是那么好惹的，但偏偏这许多阴差阳错，招惹上了。如今进退两难，她也只有小心从事，能忍则忍，能退则退。

二人这样旁若无人地调情，别人看得极为尴尬。

婆子暗忖半晌，方道："宋将军，您今儿得给老身一个说法，您众目睽睽之下打赢了擂台，如果不娶周家小姐，这可不成，周家二小姐的名声可就毁了。"

闻言，宋子星目光变冷，忽然开口道："来人！"

"是！"四周立刻上来五个带刀侍卫。

宋子星目光一扫面前连媒婆在内的四人，冷声道："把这群人轰出去！"

就见侍卫齐上，推几人出门，媒婆却硬赖着不走，当场耍起赖来，哭喊着说要为周家小姐讨个公道。

宋子星面色沉了下去，冷声道："大胆刁民，胆敢在总督府生事，赶出去，如若敢在府门附近滋扰，立刻杖毙！"

侍卫应道："是！"

媒婆一听，未等侍卫上前拉扯，立刻起身连滚带爬地跑了出去。

方若兮微微惊讶地看着身旁的宋子星，忽然心里也有点儿怕了起来。

这时，武政刚好进门。

方若兮一见到武政，没等任何人开口，忙大步上前向武政深鞠了一躬，大声道："武将军，小女子有眼不识泰山，多有冒犯，还请见谅。武将军乃男子汉大丈夫，讲的是顶天立地，胸襟广阔，我是个小女人，做错了事情只知道逃避责任见不得世面，武将军莫要见怪，小女子今日在此给武将军赔礼了。"言罢又极为诚恳、恭敬地鞠了一躬。

武政闻言一怔，疑惑道："你是个女人？"

方若兮抬起头，含笑道："你看我的假喉结。"

武政一看，皱了皱眉，他本就是个武夫，不愿与女人一般见识。再说听了方若兮刚才的话心里挺合意，又被捧为顶天立地、胸襟开阔的男子汉大丈夫，他怎么好意思揪着那件小事不放，便一挥手，豪爽笑道："我不知你是个女人，罢了罢了，小事一件。"

闻言，方若兮微笑，忙讨好地道："武大哥真英雄也！小女子佩服！"一下子，武将军就成武大哥了。

武政笑了笑，忙上前见过宋子星。

宋子星微一点头，武政见宋子星手上牵着绑缚方若兮的绳子，目光闪了闪，上前对宋子星道："将军，穹窿山贼的后事均按将军吩咐的处理了，不过，这次围剿山贼伤亡兵士的抚恤仍须将军亲自定夺。"

宋子星点了点头，道："你先去营中等我，我一会儿就来。"

武政拱手应是，先出了门去。

方若兮见状，立刻挨近宋子星，讨好地道："宋将军，我向武大哥道过歉了，你们也挺忙，我就不多做打扰了，你快给我松绑吧。"

宋子星看了她一眼，嘴角轻轻一撇，似笑非笑道："你忘了，你方才还说，只要能嫁给我，绑你一辈子又何妨？"

方若兮一见他那笑容就觉头皮发麻，此刻一听他的话，真想咬掉自己的舌头，不禁讪笑道："我胡说的，宋将军怎么能看得上我这样出身低微的江湖女子呢，是我不自量力口无遮拦。我真的知道错了，还请宋将军恕罪，放了我吧。"方若兮委屈地低下头去，向宋子星示弱。

宋子星一挑眉，道："你知道我这条绳子原本是做什么用的吗？"

方若兮摇了摇头，不敢多话。

宋子星道："我曾经养过一条不听话的猎犬，这条绳子就是用来牵它的。"

闻言，方若兮面部微微抽搐。

宋子星看到她的模样，嘴角微微翘了起来。

整整一个下午，宋子星走到哪里都牵着方若兮，方若兮面对形形色色注视自己的目光，心情从最开始的羞涩尴尬，到后来的无所谓，再到后来的你敢看我我就瞪你的反守为攻了。

宋子星也不知道是怎么想的，竟带着她这么个累赘同乘一骑去了城郊的大营。方若兮坐在他身前，被他拥在怀里，起初不习惯这么与他靠近，身体很僵硬，但后来也就释然了，因为想起他是把自己当宠物来养的，就干脆也没把他当人看。

就在宋子星来到军营与一众属下商议处理攻打山贼的后事时，她就坐在旁边的椅子上睡着了。恐怕天底下不会有第二个女人，在这样的情况下睡得着，而且还敢当众吧嗒嘴，恐怕是她中午没吃东西的缘故，不知道梦见了什么好吃的了。此番举动不仅令在场男子瞠目结舌，就连宋子星也看她看到出了神，不禁微笑了起来。

大帐中，属下们见宋子星望着这个少年露出这等温和笑意，不禁面面相觑，更加奇怪这被将军绑住牵在手里不放还能在这样的环境里坦然睡着的是何许人也了。

直到有人入帐禀报说，有士兵奸污了一名山贼的女儿，那女子已咬舌自尽，死了。

宋子星闻言，目光骤然变冷，大帐内悄无声息，只除了方若兮偶尔毫无顾忌地吧嗒嘴的声音。宋子星突然起身出了大帐，睡梦中的方若兮被他这么一拽也跟着醒来，踉跄地跟着他出了大帐。

那女子妙龄年纪，已然死了，是咬舌自尽。尸身被凌乱地盖着，仍可见身上的青紫痕迹。

方若兮看到时，心里极为难受。见一旁跪着已知道后怕颤抖不已的士兵，她突然上去就是一脚，把士兵踹倒在了地上，而后一顿狂踩，不禁大骂道："畜生，猪狗不如，娘生畜生养的，我踢死你，叫你打扰我睡觉！"

那士兵被方若兮打得毫无还手之力，方若兮虽然双手被缚，但脚下功夫可不弱，那士兵被她一顿乱踹，可就剩下半条命了。

有人本欲上前制止方若兮，但却被宋子星抬手制止，宋子星一手牵着绳子，看着方若兮打人，直到方若兮吐了一口吐沫在那士兵脸上，方才一扯绳子把方若兮拉了回来。还没等他下处置命令呢，就听方若兮先他一步大声道："军法处置！"

刚有人对方若兮的话嗤之以鼻，就听宋子星突然哈哈大笑了起来，笑得一众人等均是莫名其妙。

他们从未见过宋将军如此大笑，一旁的武政小心试探地问道："将军，这……"

宋子星笑道："就按她说的办。"

武政瞥了一眼方若兮，道："是，将军。"

宋子星似乎心情很好，又牵着方若兮上了马一同出了军营。

宋子星骑马极快，跟随的侍从极力策马追赶，却仍被他的千里驹甩落了很远。

回到总督府时，天色已暗，方若兮边走边极为不满地道："我饿了，而且渴了，你要是不想将我饿死渴死，最好还是喂我些东西吃。"

方若兮现在早已不跟他多话了，只随遇而安。

宋子星对身后跟着的小厮道："听到了吗？"

小厮忙躬身道："是，小人这就下去准备。"

小厮下去了，宋子星牵着她到了东侧厢房，此处是宋子星在总督府中所居院落。

院中有棵老槐树，宋子星牵着方若兮走到了槐树旁，把绳子的一端系在了槐树上，方若兮挣了挣，长叹口气，靠在了槐树上，穷极无聊地问道："我的窝呢？"

宋子星却并不理会，自顾悠闲地坐到了槐树旁的石凳上，不一会儿有丫鬟上了糕点和茶水来。

夕阳已落，府院中灯已燃起。

夜空中的月亮悄悄升起，今日恰好是十五，月儿既圆且亮，院中的一切都无所遁形。

宋子星挥退了丫鬟，闲适地为自己倒了杯茶自顾喝了起来，边饮茶边看着方若兮，像是在品味有趣的事物，也像是在欣赏自己的杰作。

此情此景，任何一个正常的女人被这样俊雅无双的公子在这么浪漫的月色下如此暧昧地注视，恐怕都要为之倾倒，可此时此刻，此种境遇下的方若兮心情却是苦涩委屈至极的。

方若兮被他看得别扭，便瞥了他一眼，冷声道："给我喝一口！"

宋子星一笑，端起茶杯走了过来，将自己嘴唇刚碰过的杯口送到了方若兮面前。

方若兮嫌弃地看了一眼，宋子星轻声问道："怎么？不喝？"

宋子星的声音很轻，仿佛很温柔，可偏让方若兮从心底里发憷。她已听出了某种意味，不禁一咬牙，微一低头，顺着他递过来的杯口喝了下去，明明是顶级的碧螺春，可入口的苦涩简直不是人能忍受的。

宋子星笑了，又从桌上盘碟中夹了一块糕点，先自己咬下半块，剩下的又送到了方若兮面前。方若兮这次再也忍不住地扭过了头去，却听宋子星道："是你自己吃，还是要我喂你吃？"

方若兮打定主意不理会，可这时，却见宋子星正要把手中剩下的半块放入嘴里，方若兮忽然明白了什么，突然喊道："我吃，不必你喂。"

宋子星一笑，便将手中的半块糕点送入了方若兮嘴里。糕点入口即化，可方若兮却咽得极为艰难，总觉得那上面已经沾染了毒药，而自己正在吃毒药。

这时，只听宋子星仿佛十分和善而温柔地问道："告诉我，你是谁？"

方若兮卡住了。

"我就是我，还能是谁？"方若兮道。

宋子星眉梢轻抬，道："你知道，我是怎么对待不听话的宠物吗？"

方若兮一哼，道："知道。"

"说来听听。"宋子星饶有兴味地道。

方若兮看着奴仆陆续端上来的各种小菜，目光控制不住地一直跟随，恨恨回道："不给它饭吃。"

宋子星轻笑出声，微微颔首，拿起筷子拈了一点儿鲈鱼肉放入口中，眼看方若兮忍不住咽下一口口水，含笑道："想吃吗？"

他这是明知故问，方若兮明明知道却仍哭不得笑不得，此番还是生平第一次落到如此凄惨的地步，不禁叹息道："你到底想怎样，直说吧。"

他轻笑，并不回答。

方若兮眼睁睁地看着他在自己面前细嚼慢咽地吃着美食，一开始还可以忍住，假装视若无睹，但毕竟她从中午就没吃过饭，此刻腹中不听话地咕咕鸣叫，再闻着那股诱人的饭香，几乎快要饿死了。她便故意在一旁不停地唉声叹气，一叹再叹，想要引起某人的同情之心，但事实证明，那人根本毫无同情之心。在她叹息声的陪伴下，宋子星不紧不慢地用完了晚膳，并且十分优雅地擦了擦嘴角，一旁伺候的奴仆方才撤下碗碟。方若兮看着陆陆续续被端走的碗碟，十分沉重而惋惜地叹了一口气，声音之大之夸张，终于惹来宋子星的侧目及淡淡笑意。

她知道，宋子星在逼她自报家门，此番宋子星抓住她不放，似乎没那么简单。她百般思量，却也没胆量再在宋子星面前耍诈，此人不是可以轻易被蒙骗的，便打定主意还是不说为妙。

夜色寂寥，只闻虫鸣。四周奴仆点燃熏香驱散蚊虫，他似心情颇好，竟命人取来长箫，放在唇边吹奏起来，一旁还有府中乐伎以琴相伴。

本来月下琴箫合鸣极为附庸风雅，但此刻方若兮腹中饥饿难耐，无力地坐在树下，只觉一切皆索然无味，脑中幻想着各种美味，暗暗吞咽着口水。

月光如水洒落，映在他身上恍若波光起伏，竟有种说不出的风雅魅惑。方若兮微微出了神，爹爹曾说，宋子星并非池中物，她不是很懂那句话的意思，但却懂方家二女这个名衔对于宋子星的意义，所以她不敢自报家门。

当下最重要的是怎样逃脱，手上缚紧的绳子不是不能脱开，只是要费些时间，她必须等，等待一个合适的机会。

一曲完毕，乐伎抱琴退下。

宋子星起身，缓缓走到萎靡不振的方若兮身旁，蹲下身子，轻声问道："还是不肯说吗？"

方若兮不应，看都懒得看他。

宋子星轻轻扯了扯绳子，引得她瞪视，又道："你不用妄想解开绳子，普通的利器根本无法割断，而且绳子的两端已连在一起落了锁，钥匙只有我有，今晚，除了这棵树附近你哪儿也去不了。"

方若兮皱眉，冷声质问道："你为什么不肯放我走？你到底想干什么？"

宋子星似笑非笑，道："告诉我你是谁，我就放了你。"

"我一个籍籍无名之辈，你为何一定要知道？"

"因为你越不想说，我就越想知道。"

真的如此吗？她不信他说的话，反而也学他露出似笑非笑的表情，淡淡回道："你越想知道，我越不想说。"

闻言，他轻笑出声。忽而起身，他扬声道："来人，把香炉撤了。"

奴才忙上前来抬走了熏香炉。

宋子星不再理会方若兮，挥退了奴才，进了房，窗户却敞开着，顺着窗口恰好可以看到槐树下的她。

由于香炉被抬走了，槐树本就招蚊虫，不一会儿，方若兮便觉四周蚊虫乱飞，而她双手被缚，想赶蚊子都不成，她边跳边轻骂："该死的蚊子，告诉你我饿得很，你要是再吸我的血，看我怎么收拾你，把你煎炒烹炸了拌成凉菜下酒吃。"

屋内的宋子星侧卧着身子，透过窗口望向院内一蹦一跳的方若兮，目光闪烁，像是在看着什么有趣的风景。

方若兮注意到了他的注视，不禁绕到了树的后面。她坐了下去，不再乱蹦乱跳，也不再言语。她必须忍，忍到他睡去，放松了警惕。

不知过了多久，四周除了虫鸣别无他声。方若兮从树后偷偷地向宋子星的屋内望去，即便是黑夜，方若兮倚仗自身武功，仍能目视很远，此刻只见屋内宋子星正背对着窗口，仿佛已经睡去。就是这个时候了！

她先靠近将绳子两端锁在一起的铜锁，用手抓住铜锁后，再尽量腾出一只手来用内力催动小指上的银针，缓缓射出，用指尖拿住银针，摸索着刺向了铜锁上的小孔。不就是开锁吗？她很多年前就会了。

铜锁打开了，但身后手上的束缚仍未能解开，她用嘴叼出一直随身携带的一面小铜镜，丢在地上，借着月光和铜镜看到了背后手上的绳结，耐心地用银针穿过绳子，金线绑缚在绳结上，催动内力缓缓拽开了绳结。

束缚解开了，她活动了一下身体，方才拾起铜镜装入束腰中，向屋内瞥了一眼，微微一笑。悄悄来到宋子星的窗外，她潜伏于窗下，偷眼向里面望去，微一沉吟，银针从手上射出，悄无声息地射向了睡梦中的宋子星。眼见银针入穴，方若兮嘿嘿一笑，跃入窗内，回身关好窗户。先四下里寻到了那幅画，她收入怀里，而后看着床上仍睡着的待宰羔羊，笑得十分邪恶。

她肆无忌惮地撕开了宋子星的衣衫，把他的四肢缚于四方床角，犹豫了片刻，终于还是撕开了他的里衣，露出他的胸脯，而后拿来屋内的笔墨在他全身上下画了起来，边画边道："四脚朝天大乌龟，叫你欺负我，我叫你变成乌龟星！"很快画完了，她站在床边满意地欣赏着自己的杰作，可就在这时，床上的宋子星突然挣脱了束缚，一指点向了她腰间的穴道。却未料，竟点在了她腰间的铜镜上，她突然回神，转身便撞开了窗户，跃窗而去。

此时就听有侍卫大喊道："什么人！"而后，纷乱的脚步声向此处冲来。

宋子星的确被方若兮点中了穴道，当银针碰到他身体时，他就醒了，可已然迟了，银针入穴，穴道被点，那一刻他只得继续装睡，却在暗中运功冲破穴道。

他知道方若兮拿走了那幅画，突然明白那晚踩他入水之人竟然就是她！因穴道未解，一时也只得隐忍，任她摆布。当穴道被冲破时，他挣开了四肢的束缚，想点住她的穴道，却没想到竟点在了铜镜上，反让她跑了。而后，他本想追出去，可一低头看清自己此时的模样，听到府中侍卫已经奔进院来，忙又关上了窗户。

房外，有人唤道："将军！"

宋子星答道："没事，都退下吧。"

宋子星话音刚落，就听院外有人喊道："乌龟星，有本事你出来抓我啊！告诉你，太湖那晚就是我把你踩晕过去，还把你吊在树上的，怎样，有本事你出来啊！"

宋子星闻声不怒反笑，透过窗缝看到她正站在院墙上，手舞足蹈地跳了一个既挑衅又兴奋的舞，边跳还边在墙上高唱："我气死你，我气死你，我气的就是你。"直到府中侍卫向她冲近了，方才越墙而去。

她是算定了他此刻不敢出来。

方若兮一跳下墙来，立刻矮身于墙外角落的阴暗处，一动不动地等待着。

此处很适合躲藏，方才在墙头上手舞足蹈时她就打量好了。

之所以躲于此，一方面是怕宋子星真的发狠追出来，她轻功不如宋子星，逃跑基本上等于浪费体力，不如以逸待劳。另一方面，即便宋子星不追出来，她也可以躲于此偷听他如何布置，也好寻个应对之策安全离去，毕竟整个江南地区都在宋家的掌控之中，想要逃走定没那么容易。

府中侍卫尚未追出来，就听屋内宋子星扬声道："不必追了。"

侍卫的脚步声停歇，有侍卫问道："不知将军有何吩咐？"

宋子星道："她轻功不弱，你等与她相差甚远，不必白费力气去追了。"

侍卫大声问道："将军，难道就让他这么逃了？此贼如此嚣张狂妄，竟敢夜闹总督府，公然辱没将军，属下不能咽下这口气，属下就算翻遍整个杭州城也要把他抓出来交与将军惩治。"

房内宋子星闻言轻笑，"我现在不去抓她，不代表我抓不住她。"

侍卫面露喜色，忙道："还请将军示下。"

宋子星不慌不忙道："你吩咐人向附近各衙门密发一张抓捕令，就说有一江洋大盗最近流窜于江南作案，此人擅长改装易容，忽男忽女，轻功甚高，唯有一个特点，其两根小指上各戴一枚金戒指。如若发现，切勿轻举妄动打草惊蛇让贼人逃了，须先通知我。"

"是。"侍卫领命。

"退下去吧。"

“是。”

墙外，方若兮闻言，惊出一身冷汗。宋子星果然不是好惹的。只几句话，她就成了朝廷通缉的江洋大盗，更可怕的是，他竟然注意到了她唯一不变的特征，小手指上的两枚戒指！如果他用画像抓捕她，那她可以高枕无忧地离开了，毕竟她有好几个面具呢，但他竟注意到了她的兵器。幸好今晚她没有直接离开，否则不出明日，她肯定会被他抓住。想起自己刚刚在墙头上挑衅他说的那番话，这一次如果被他抓住，恐怕不再是当宠物养不给饭吃不给水喝那么简单了。挥汗，实在好险呢。

方若兮又静悄悄地留了一会儿，直到再也听不见声息，方才离去。

当晚，她暗暗潜回了客栈，一路上极为小心，深恐四周有埋伏，但事实证明并没有，看来宋子星事先并未把她当回事。不过，从今晚开始，恐怕他不会再轻易放过她了。

她拿了包袱之后，悄悄离开了客栈，本想就这么趁夜离开，可转念一想，又打消了主意。即便她骑马速度再快，恐怕也快不过宋子星的飞鸽传书。

她必须让今后高枕无忧，所以……

天亮之前，杭州城所有卖金银首饰的店铺，她都走了一遭，趁夜摸走了人家店里面所有的金戒指。这次被宋子星说对了，她真被逼成了江洋大盗。

次日，总督府人进人出，接二连三的消息不断。一日之内，宋子星共收到一百次有人双手小指戴金戒指的消息，在第一百零一次收到这样的消息后，宋子星笑了。

他懒洋洋地斜倚在红漆木椅中。

院中繁花盛开，暗香袭人。

他漆黑的双眸幽深，手指拂过一旁那条曾经绑过方若兮的绳子，嘴角似笑非笑地微微挑起，似在问旁人，又似在问自己：“她会是谁？为什么我从未听过江湖中有这样一个女子……”

而此时的方若兮，早已褪下了手上的戒指，一身女装打扮，穿着亮丽的碎花衣衫，骑在马上逍遥自在地离开了杭州城。

途经林间小路，一路蜿蜒向前，四周鸟鸣清幽雾霭环绕，远处，山野人家袅袅的炊烟燃起，于峰回路转处有人忽然高声唱起歌来，乍然惊起林间栖息的鸟儿无数，“这人生苦短累，今朝有酒今朝醉，为了不道歉我去打了擂，为了不服输我大声地吹，为了气死你我在墙头跳舞累，为了逃跑我竟然当了贼！……”但凡真正听过方若兮唱歌的人都知道，其实她唱歌毫无音调可言，完全是乱唱瞎唱随便唱的。

第十四章

王府重逢

方若兮女装打扮，一路西行，越走越是心惊。

江南百姓安居富足，方若兮以为天下都是如此，但没想到她刚走出江南，便看到了另一个不同的天下。

江南以外，百姓贫苦，土地连年遭受洪涝、虫灾，已三年颗粒无收。百姓饥饿，被逼互食，或落草成寇，或成了流民，湘淮两地边界，流民大量涌入。官府只象征性地开仓放了几次粮，便再无抚恤。

越往西行，流寇越多，官府根本不管，流寇便越加地肆无忌惮。方若兮自出了江南，接二连三遇到拦路打劫，逼得她又换回了男装，连马不得已都弃了。

一路行来，听不得饥饿的孩童啼哭，看不得垂暮的老人挨饿，方若兮散尽了钱财，直到入了江陵。

江陵府，乃晋王刘易管辖之地。

方若兮如今也是穷人了，再也住不起最好的客栈，吃不起最好的酒菜，走在大街上，摸着空空的荷包眉头微皱，竟觉得心也空落落的。在她看来，正所谓，有钱走遍天下，没钱寸步难行。

不自觉的她竟走到了街上最大的兵器铺外，望着招牌下角那个篆刻的“方”字，她犹豫了半晌，终还是转头走了，不到万不得已她绝不会向爹爹低头。

如今荷包空空，腹中饥饿，想吃顿饭菜，寻个普通客栈休息一下也成了奢侈。

忽然想起半年前，初入京城时，她也是同样的情形，只是当时……

此番恐怕再也遇不到公子翌那样的人了。

越是这样的时候，她越是想念以前跟着公子翌的时光。以前跟着公子翌时，花钱如流水，伺候的奴仆成群，吃的是佳肴，喝的是美酒，穿的是锦衣，住的是楼宇。何等的风光，何等的舒服，而今……

想起了他，便也想起了南书书院，她禁不住摸了摸放在胸口的那两幅画，好似整个南书书院都在那里一样。她笑了笑，不知道最近夫子还有师兄们过得怎样了，有没有说起过她？

她漫无目的地走着，也不知道自己要走到哪里，却见前方似出了什么事情，有人在围观。她信步上前，方见，有一锦衣华服男子站在道中央，一脸嫌弃地看着跪在身前的女子，女子衣衫褴褛还带着个孩子。女子正用衣袖擦着男子的鞋面，男子似乎极为不悦，一脚踢过去，把女子踹倒在路旁。女子爬了起来，不停地磕头道："大爷，民妇实在赔不起您这双鞋，求大爷饶过民妇吧，求大爷饶过民妇吧。"

那男子嫌弃地哼了一声，骂道："奶奶的，今日出门真是晦气，滚开！"言罢，又踹了妇人一脚，方才愤愤而去。妇人却仍向那人离去的方向不停地磕头，"谢大爷饶过民妇，谢谢，谢谢。"见男子走远了，妇人方才起身拖着孩子头都不抬地快步走了。那孩子目光呆滞，骨瘦如柴，看似也几日没有吃饱过了。

路旁围观者根本没人出来管，一路上类似的事情，方若兮已见怪不怪了。方若兮叹息一声，穷人与富人同样是人，但偏偏，穷人会因富人的一双鞋而卑躬屈膝，更甚者可能丢了性命，说白了，只不过是因为没钱。

方若兮突然想到了一个词：劫富济贫。

以她的身份，实在不适合做这种事，但转念一想，反正当过一次贼了，也无所谓当第二次。

劫富济贫，说来容易，可是，她初来江陵哪里知道谁是贪官谁是污吏？这时，她忽然想到一路所见的凄惨景象，又曾听人说这里的官府泯灭天良私吞了百姓的赈灾之粮。这一片都是晋王刘易在管辖，那么……他肯定就是最大的贪官污吏了，好吧，而今就从晋王府开始。

夜晚，繁星满天，虫鸣噪耳，方若兮身着夜行衣行于楼宇之间，行至晋王府后院，暗藏在王府最高的屋顶上，向四下张望。想先看看晋王府四下的地形和巡视的侍卫所在，可看后不禁有些不知所措。

她其实没什么偷盗经验，上一次偷的是金戒指，直接去人家的柜台上拿就行了，这一次她毫无目的性，而且面对的又是守卫森严、占地宽广的晋王府。她本仗着艺高人胆大，再加上天不怕地不怕，以为晋王府也可以任她随便乱走，可此刻，面对眼前楼宇林立，几近三十多间的房舍，还真不知道怎么下手了。

正犹豫不决时，她发现有两个身影向此处飞来，动作极为迅速，与她一样都身着夜行衣，一看便知有不轨企图。

方若兮暗想：难不成遇到了同行？这也不能怪她如此想，如今盗贼四起，流寇横行，自然宵小也非常多，一路行来她就时常听说谁谁家又被盗了，谁谁家又被偷了。

方若兮现下正趴在屋脊上，想放弃劫富济贫的计划逃走，但又有点儿不甘心。她便打算静观其变，看来者何人，是否和她出于同一个目的，如果是，这两人肯定是老手。她正愁找不到下手的地方，不如跟着他们，这么大的晋王府一两个人也偷不完，大家一起偷不是更好吗？！如果不是，届时她再离开也不迟，她对自己的轻功一向自负得紧，当然，除了面对宋子星。

直等到二人近前来，她方才起身。

二人也似早已发现了她。

三人在房顶上大眼瞪了一番小眼，互相戒备，见对方都没有动手或离开的意思，便试探起来。

这时，一人低声道："梁上君子？"

方若兮点了点头，低声回道："同道中人？"

对方也点头，又问道："哪里人氏？"

方若兮道："江南。"

一人点头道："江南有宋家，不好混。"

方若兮闻言，极为赞同地点了点头，道："是啊，江南宋家有个宋子星，管得太严了，某实在混不下去了，便来了江陵。见此地民不聊生，百姓贫苦，某其实是为了劫富济贫……"

方若兮话还没说完，便住了嘴，就见对面二人越听她说话目光越变得诡异明亮，那两双眼睛瞪得也越来越大，看着她就像小偷看到了金银财宝一样，刷刷地往外放光！

方若兮看到这样的眼神，忽生一种熟悉感，不禁仔细打量起对面二人来，这时就听有人忽然唤道："花骨朵。"

方若兮下意识地应了一声"啊？"，而后，蓦地发狂了一样指着面前二人大叫道："是你们！"

就在这时，楼底下有侍卫大喊："什么人在房顶？"

“快跑啊！被发现了。”三人结伴而逃。

方若兮没想到，竟会如此巧合地在晋王府戏台楼顶遇到了公子翌和公子琪。

三人逃离了晋王府。

逃跑的路上，他二人顺手猎了两只兔子，寻了一处，三人烤起肉来，但从生火、处理到烤，都是方若兮一个人在做。大概是习惯了，方若兮并没有怨言，反而，此时此刻能与他们坐在一起，竟只觉得喜悦。

那两位大少爷，盯着火上翻烤着的兔子，有一句没一句地问着方若兮。

公子翌道：“花无多，回来继续当我的保镖吧。唉，你看你离开我都沦落到当贼的地步了，太可怜了，我实在看不下去了。”

公子琪在一旁轻笑。

方若兮道：“我是在劫富济贫！”

公子翌道：“那你也不能去当贼啊！”

方若兮道：“你不也一样！”

公子翌道：“我不是去偷钱的！”

方若兮道：“那你去偷什么？”

公子琪在一旁笑着接口道：“我们的确不是去偷钱的。”公子琪并没说明去干什么，方若兮也没多问，只道：“无论偷什么，一样是贼！”

公子琪轻笑，公子翌与方若兮也随之轻笑起来。

月光如水，轻缓流动，一种久违的熟悉和亲切感随着他们的笑声蔓延，仿佛一切又回到了往昔。

这时，公子琪忽道：“无多，你走后，夫子们上课时常提到你，尤其是许夫子，每一次弹起《临渊》都会叹气，我想他一定想起了你。”

听到这句话，方若兮无语，一种酸涩混合着感动萦绕其怀，原来大家都没忘记她。

她一甩头，仿佛想甩去那种复杂的感觉，忽而带着委屈大声道：“我上次的月银翌还没付呢！”

公子琪未料到她会突然说起此事，不禁哂然失笑。

公子翌闻言，接口道：“你答应回来当我的保镖，我立刻给你。”

方若兮道：“你先给我！”

公子翌道：“现下我身上没带那么多。”又问身旁公子琪道，“你有二百两银票吗？借我一用。”

公子琪道：“我也没带。别忘了我们今天是来当贼的。”

公子翌、方若兮闻言，想起方才三人在房顶的情景，不禁面面相觑，眸中隐含笑意。

公子翌故意低声问道：“梁上君子？”

方若兮郑重点头，低声回道：“同道中人？”

“哈哈……”蓦地，三人仰天大笑。

没想到，今时今日，他们三人竟会以此种方式再相见。

笑声渐歇，方若兮忽而窃笑道：“我们一会儿同去晋王府借银子吧。”

公子翌与公子琪对视一眼，同声道：“好！”

而后，公子翌起身，捶了一下胸口，信誓旦旦道：“只要是花骨朵说的，就算是上天入地，某与琪也在所不惜。”

公子琪也起身，昂首挺胸道：“只要无多一句话，就算是皇宫大院龙潭虎穴，某与翌也照闯不误！”

他二人明显在学方才方若兮在晋王府戏台楼顶的说话方式。

方若兮大笑起来，笑得就像是在杀人越货的马贼头目。她站起身来，拍着二人肩膀豪爽道：“某一句话，你二人死不足惜！”

嗯？公子翌、公子琪闻言斜睨向了方若兮，只见方若兮夸张地仰天狂笑着，那个样子好可怕……

可回过头，方若兮还是乖乖地坐回去为两位大少爷烤兔肉去了。

兔肉烤好了，三人边吃边瞎聊了一番，吃完之后，三人又折返回了晋王府。

晋王府的巡守侍卫明显比之前增加了一倍，恐怕是因方才他三人打草惊蛇之故。

再次面对黑夜中影影绰绰的层层楼宇，方若兮的心却似已被什么填满，再也不觉茫然，看着身旁二人，竟觉得此时此刻一切都可以弃之不理，一切都可以被他们踏于足下。

三人爬在墙头上，方若兮居中，忽而轻声问道：“我漂亮吗？”

二人闻言，立刻转过头来，一左一右，一个鄙夷，一个不屑，仿佛方才她问了一个非常可笑且愚蠢的问题。

方若兮不服气地狠狠瞪了回去，二人略微收敛。

方若兮似又突发奇想，柔声问道：“那个……如果我与齐欣……同时遇险，你们先救哪个？！”

公子翌很不耐烦地斥道：“这个时候，你的问题怎么那么多！”

公子琪却在这时温柔回道：“兄弟如手足，女人如衣服。”

闻言，方若兮双眼忽然大亮，目光灼灼地看向公子琪，其中仿佛闪烁着点点星光，似感动，似想哭……而后，却听公子翌在身侧凉凉道：“琪说你是衣服，你感动个什么劲儿。”公子翌话音刚落，就听到一声惨叫，公子翌被方若兮一掌打下了墙头。

墙角下方若兮与公子翌打了起来，这时又听里面有人喝道：“什么人在墙头！”

“哎呀，快跑啊！又被发现了。叫你们打。”公子琪怨声载道，“某再也不和你们一起来偷东西了！”

“哈哈……”三人蓦地大笑起来。

此刻的夜空，月牙弯弯，仿佛也跟着他们笑了起来。

和着夜色，三人带着一路张扬无畏的笑声渐渐变成了三个墨点。

三人一同跑到了公子翌的别院，偶然的重逢早让他们忘记了今夜各自原本的计划，如今似乎一切都已不再重要了。

公子翌在江陵有别院，有奴仆伺候，有厨子做饭，这样的好日子，方若兮即便拿到了银子，仍愿意顺理成章地住进去享福。公子翌的书童杜小喜，公子琪的书童赵真也一同跟来了此地。除此之外，还有八名护卫跟随，这公子翌无论去哪里，保镖是少不了的。

三人聊了一夜，直至第二日晨方各自回屋睡下。

方若兮自然问起了他二人此行来江陵的目的。

公子翌道：“无多，你还不知道吧，过几日江陵有个凤舟赛，我二人正是为此而来。”

“凤舟赛？”方若兮一片茫然，她只听说过龙舟赛，还没听说过凤舟赛。

公子琪笑道：“无多不知道也属自然，这凤舟赛本就是男人喜欢的玩意儿。”

男人的玩意儿？方若兮看着面前二人神秘兮兮看着她要笑不笑的样子。心中了然，原来如此。凤舟赛定然跟女人脱不了干系。只是，他二人为何去夜探晋王府呢？

直至第二日酉时，几人方醒。

三人沐浴更衣后，用过晚膳，重又聚到一起。

花无多，也就是方若兮，简单讲述了一番她离开京城后的遭遇，其中自然提到了宋子星，但只说自己目睹了宋子星如何剿灭穹窿山贼的事情，其他的都隐而未说。

公子翌听她讲起宋子星，却问道："无多，你觉得宋子星是个什么样的人？"

花无多一听他提起宋子星便是一脸嫌弃，不屑回道："不是好人！"

"哦？"公子琪正在喝茶，听到花无多如此评价宋子星，不禁放下茶碗，状似十分感兴趣地问道，"此话怎讲？"

花无多回道："他武功路数狠辣，杀人均是拦腰斩断，那场面凄惨到令人作呕。单从这一点就可以看出他是个狠毒无情的人。"

公子琪与公子翌闻言相视一笑。公子琪又问道："还有吗？"

花无多点了点头，继续道："你看过他杀人的手法，再去看他的长相，便会觉得有一个词特别适合他。"

"什么词？"公子翌问道。

花无多面色严肃，偏又一字一顿道："人——面——兽——心。"

闻言，再看花无多此刻表情，公子翌与公子琪笑了起来。花无多也跟着轻笑起来。

公子翌问道："这么说，宋子星果然是个美男子？"

花无多点了点头，道："典型的蛇蝎美人。"

公子琪笑道："无多，看来你对他的印象很不好。"

"嗯，非常不好。"花无多重重地点头道。

"无多，你是不是有什么瞒着我们？"公子琪问道。

"没有。"花无多立刻回答。

"你回答得这么快，那肯定就是有了。"公子翌笑了，眸中有着让花无多无所遁形的审视。

"……"花无多被噎住。

"说吧，说得精彩，本公子有赏！"公子翌直戳她的要害，一张银票啪的一声放在了桌面上。

花无多看着桌面上的银票，眼前晃过四个大字：人为财死。但之后却又摇头暗叹，做人要有骨气，不能为五斗米折腰。刚这么想，就见公子翌啪的一声又加了一张银票上去，花无多开始眼冒金星。而后听到公子翌叹息道："不说？那好吧。"言罢就要收起银票，明明知道那是陷阱，那是诱惑，可花无多却突然伸出手压在了银票上。花无多看着自己不听话的手，无言以对，叹道："好吧，我说。"

花无多说了，但很有保留，太湖之事包括丢画与偷画那段自行略去。只从那天早上意外从天而降的鸟屎开始讲起，当中宋子星用绳子绑住她，她倒是言明了，但为避免被二人耻笑，只说自己因不敌宋子星，被他用绳子绑回了总督府向其副将武政道歉，而后，便把她放了。

公子翌与公子琪闻言对视一眼，二人若有所思。

公子翌道："没想到，宋子星的武功竟然比无多还要高。"

花无多在一旁点头，公子琪似笑非笑道："无多，你想不想一雪前耻？"

花无多摇头，道："不想。"

"哦？"这个答案让公子翌与公子琪颇为诧异。这可不像花无多啊。

花无多不慌不忙道："宋子星人在杭州，离此太远，我可不想为了他去走回头路。"

闻言，公子琪道："你恐怕还不知道，宋子星已于昨日到了江陵府，现下就住在晋王府上。"

什么？他来江陵了？

他……不会是跟着她来的吧。

"你们怎么知道？"花无多问道。

公子琪、公子翌笑而不语。

花无多心里虽打鼓，面上却并无变化，公子琪看着花无多，道："无多，如果你想一雪前耻，这一次倒是个机会。"

花无多在暗自担忧宋子星此来江陵的目的，听到公子琪的话，本想说不想，可一接触到公子琪的眸光，话到嘴边却又变了。公子琪的那双眼睛仿佛能看穿人的心思，她如果直接拒绝，定又会被他怀疑，便问道："什么机会？"

公子翌也道："琪，你又有何诡计？"

诡计？面对公子翌的讽刺，公子琪却似不以为意，温文尔雅道："翌，我只是有个提议，不是什么诡计。"

"是何提议，快说吧，别卖关子。"公子翌不耐烦道。

花无多也颇为好奇，凝神静听，直觉公子琪的提议必不简单。

公子琪却闲闲地喝了口茶，片刻，终于悠悠开口，"翌，我们已来江陵三日，也该去拜见晋王了。不如就在明日我们带着无多同去，我们可以让无多扮作你的妹妹。这样，我三人便可顺理成章地一同住进晋王府，宋子星此刻正住在那里……”公子琪一笑，道，“届时，有我们在，无多可伺机行事，还怕没有机会？”

公子翌闻言，若有所思地看着公子琪，沉吟半晌不知在想着什么，而后道：“好提议，这么一来，宋子星定然防不胜防。”

望着面前嘴角挂笑，看似温文尔雅却心思诡秘的公子琪，花无多不禁暗叹，这真是当初令她迷惑过的温润美少年吗？

花无多本想拒绝，但转念一想，不管宋子星来此是否为了她，兵家道：最危险的地方才是最安全的。再说有公子翌和公子琪在身边，她更不用怕了，当下便点头应允了。

公子琪见花无多点头应允，又道：“无多，你可知凤舟赛是何赛事？”

花无多摇头。

公子琪道：“凤舟赛，实则是朝廷选拔乐伎的比赛。每三年至五年一次，这次负责筛选宫中乐伎的正是晋王，所以才会在江陵举行。凤舟赛参赛者均是多才多艺的风尘女子，凡被选中者皆可成为宫中乐伎，有些也可借此进入达官贵人之家。不仅如此，每次凤舟赛均会邀请全国各地的妓院画舫，它们会带着自家的名妓乘画船沿江而来，争奇斗艳，所以名为凤舟赛。上一次凤舟赛还是在四年前举行的，当时我和翌尚未成年，不能参加，这一次，我与翌同在晋王的邀请之列。只是，我二人来此已三日，却一直未去晋王府拜见。”

“原来如此，你二人是应邀前来，那宋子星？”花无多心里最关心的还是宋子星。

“他此行目的应与我们相同。”公子琪看着花无多若有所思道。

公子翌笑道：“也不尽然，他兴许比我们还要多一个理由。”

“什么理由？”花无多问道。

公子翌道：“晋王有一子一女，子名谨，女名玉，听说此女姿容才艺都极为出色，求亲者众，可惜，听说晋王没一个中意的。”公子翌说到此，花无多已听出弦外之音。

竟然是这样？花无多当下拍着公子翌的肩膀道：“哥哥，大美女大才女呢，你为什么不去争，干吗便宜了宋子星那小子！”

公子翌闻言斜睨了一眼花无多，见花无多一脸戏谑笑意，扬眉道：“这声哥哥，听着真舒服，不过，如果你肯叫我…… 翌哥哥，我会更舒服。”

“那有何难，翌哥哥。”花无多当下叫道，这一声竟叫得公子翌全身酥麻起来。

公子琪也道：“我呢？”

“琪哥哥。”花无多二话不说便张口叫道。

这一声叫得公子琪眉眼俱弯，道：“果然舒服，多多。”

花无多一怔，虽然知道翌的妹妹就叫多多，可不知为何，听公子琪这么叫她只觉这个名字竟然有点儿恶心。

夜已深，三人各自回房，明日便要同去晋王府，花无多回屋，正照着镜子查看自己面上的面具，可就在这时，听到了几声敲门声。

花无多打开房门，见是公子琪。

公子琪道：“我看你屋里有灯光，想来还没歇息，屋内闷热，我一时睡不着，不如我们出去走走？”

二人信步来到后院，公子琪问道：“多多，你打算戴面具与我们同去？”

花无多点头。

公子琪却道：“你在大名府应该见过翌的妹妹，她容颜娇媚，你戴着这副面具，恐怕会很容易被识破，尤其骗不过宋子星。”

花无多思虑片刻，道：“要做三小姐的面具并不难，只是，时间不多了，到明天，面具做出来也比较粗劣。”

公子琪道：“没几人见过真正的多多，明日你可以暂时戴着，以后慢慢加工精致也可。”

“嗯。”花无多应道。

“你有多少面具？”公子琪问道。

“十多副吧。”

“那么多啊…… 难道你就没考虑过，不戴面具吗？”

“没考虑过。”

“为何？”

“当然是怕你还像上次一样抱住我不放啊。”花无多眨着眼睛，戏谑道。

闻言，公子琪微微赧然，忽而问道：“我一直很奇怪，那晚，你是何时发现我也在的？”

花无多自然知道他所问何事，眸光一闪，笑道：“还记得翌跑下来时曾摔在灌木从里面吧。”

公子琪点了点头，道：“记得。”

花无多状似随意道：“当时翌比了两个手指，正指向你和修所在的方向。”

什么？公子琪当时与公子修藏身树林，居高临下，只看到公子翌跑下去的时候突然摔倒，并没有看到公子翌摔倒后的样子，显然未料到竟然还有这事，沉吟半晌道：“没想到，竟然是翌出卖了我们。”

花无多笑了笑，点头道：“是啊，不过事情都过去了，我不怪你们。”

公子琪轻叹一声道：“翌，果然重色轻友。”

花无多目光流转，其实当时公子翌根本没比什么两根手指，自然也没指向树林，花无多根本是在骗公子琪。

只因她今日无意中听到公子琪和公子翌的一番对话，便想到了……挑拨离间。

话说就在今日申时左右，花无多曾起来迷迷糊糊地去上茅厕，回来时，偶然行至公子翌的窗下，耳尖地听到屋内公子琪问道：“翌，你想偷看什么？”

公子翌道：“你也知道，那晚水里的花骨朵有多美，过后，你我都曾猜测，那是否就是她的真颜。你也有看到，她一会儿一个样貌，面具一堆，说换就换，说不定那一晚也是戴着面具骗我们的。我们这一次见到她，对此只字不提，就是想让她放松警惕，我打算夜晚藏在她的床下，待她睡熟再看上一看，她的真面目到底是什么样子。”

公子琪沉吟半晌，道：“别忘了带迷魂香。”

“这是当然。”

“好，我答应帮你。”

窗外的花无多闻言，暗暗咬牙切齿。

而今夜公子琪的突然来访，约她出外走走，恐怕就是要帮公子翌入屋藏在她床下吧。方才她的一番话，不知能否对公子琪产生效果。

这时，花无多就听公子琪道：“无多，你就像个谜，明知道你有所隐瞒，可我与翌都不急于揭开谜底。其实，无论我们做什么，我们最想的，还是能把你留在身边。”

花无多心中一震。

回到房里，花无多关上了房门，从肩头卸下一个袋子，朝床下解开袋子口，而后，就听床下有人大喊：“有蛇啊！”

公子翌迅速从床下爬了出来，花无多一看到他，眸光闪过笑意，却仍摆出一副惊讶神情问道：“咦？翌哥哥，你怎么会在我房内？”

公子翌闻言立刻面露尴尬，明知道花无多是故意为之却有口难辩，只丢下一句，“走错屋了。”言罢，拂袖夺门而出。

走错屋竟能走到床底下，够强！

花无多收拾好屋子，便开始连夜赶制大名府三小姐吴多多的面具。

次日，快接近午时了，三人方才陆续起床，公子翌一出门就看见妹妹吴多多正斜倚在自己房门外，不禁微微一怔，讷讷道：“多多，你怎么会来江……”话尚未说完，突然反应过来，大惊道，“无多？！”

花无多点头微笑。

公子琪这时也从一旁的房间出来，看到花无多也怔了一怔，道：“这么短的时间你便能制造出这么精致的面具，无多，你真厉害。”

花无多一笑，道：“时间太仓促了，否则，我会做得更精致。”

公子翌与公子琪闻言面面相觑，眼中俱隐藏着惊疑。只一晚便做出这般精致的面具，足可以假乱真，那一晚，到底是不是她的真面目啊？

吃过午膳，三人携书童杜小喜、赵真，一行五人同去了晋王府。

递上晋王的邀请函，三人由晋王府管家领着进了前殿，此刻入门屏风后正有人谈笑风生，三人绕过屏风入内刚一站定，花无多就看到其上高坐一中年人，虎眸长须，深沉威严，定是晋王。

花无多垂下头去，与公子翌、公子琪一同拜见上座晋王刘易，晋王大笑，一番客套，他三人方才落座。

花无多自然在公子翌、公子琪下手落座。他们对面坐着的正是宋子星，还有一位锦衣华服的年轻公子。

双方互相打量，晋王似有意不为双方介绍，大殿丝竹乐声轻缓，却暗潮汹涌。

花无多一抬头，恰好看到对面宋子星看着公子翌的目光中闪过诧异，花无多突然想起一件事，不禁手脚骤然冰凉。糟糕，她竟忘了那幅画上……

她立刻意识到宋子星很可能已经认出公子翌来了！而自己此刻正在公子翌身边，恐怕……想到此，不禁有些心虚，就在这时，她亦感受到了宋子星毫无顾忌地向她看过来的目光。她心中一惊，面上却仍假装羞怯地垂下头去，而藏在袖中的手却早已不自觉地握紧，掌心因接触到指尖的冰凉而险些忍不住发起抖来。而今走到这一步，只有静观其变随遇而安了。

她本就在提心吊胆，偏在这时，忽听宋子星道："我这里有幅画，巧合的是，画中之人很像这位吴翌吴公子呢。"

他突如其来的一句话，令垂首的花无多一怔，下意识地抬手摸向了自己的胸口，手已抬起，却突然僵在半空，成拳。她蓦然抬头，看向宋子星，果见他唇角微微上挑，正似笑非笑地看着她。一下子便意识到自己中计了，而她的手早已做出了那个动作，此刻即便收回也已迟了。

便听公子翌疑惑地问道："哦？会有这样一幅画，可否拿出来给在下看看？"

宋子星双眸半敛，不望公子翌，偏似笑非笑地望着她，意有所指道："可惜，那幅画被人偷走了。"

花无多原本心虚不已，担惊受怕地怕被他认出来，可没想到，还是这么轻易地就被他诈了出来。心里虽有不甘，可既然已被认出，她一时反倒不怕了，如今身旁还有公子翌和公子琪在，再加上她现下的身份，宋子星又能对她如何？如此一想，她反倒心中一松，面对宋子星也可泰然处之，无所谓了。

她是不怕了，她是无所谓了，可她现下这副无所谓的样子，看在宋子星眼里，却成了一种挑衅，仿佛在对他说：怎样！就是我，你能奈我何？宋子星见她这般模样，唇边带笑，意味深长。

花无多自然注意到了他的笑容，不知为何心里竟有些发毛。

他二人的神态，大殿众人看在眼里，却皆不动声色。

这时，公子翌和善笑道："哦？这样啊，如果这位公子喜欢，在下不介意叫画师照着我的模样再画一幅赠予你。"

宋子星闻言，目光终于转向了公子翌。

面对宋子星的目光，公子翌笑得越发亲切，亲切到让人以为公子翌其实心里就是这么想的。而一旁的公子琪坐在那里，神色泰然，伸手拿起身侧的茶碗，仿佛公子翌说了一句再普通不过的话。可唯独花无多已忍不住举袖遮面笑得眉眼弯弯。

宋子星尚未回答。就听上座的晋王开口道："瞧本王这记性，竟忘了为你们互相引荐。"

晋王起身，来到下首，一一介绍道："这位是江南总督之子，安南将军宋子星宋将军，这位是……"晋王指着宋子星下首的锦衣凤眸男子道，"这位是洛阳李家三公子李赦李公子。”

闻言，公子翌状似微惊，忙起身抱拳道：“久仰二位大名，今日得见，实乃三生有幸。”

“过奖。”宋子星回礼道。

一旁的李赦拱手抱拳回道：“幸会。”

李赦？花无多不禁心里暗忖，李赦不是她未来姐夫的弟弟吗？姐姐要嫁的是李家的长子李慷，李慷她曾见过，为人豪爽侠义，与姐姐相识于江湖，也曾有过一番波折，但最终二人情意相投，终缔结连理。姐姐曾说，李家三个兄弟当中，唯李赦最擅长经营，但其为人颇为随性，几乎是想做什么就做什么的人。

李家共有四子，大公子李慷主要掌管李家北方的生意。二小姐李琴是名副其实的大家闺秀，足不出户，并不参与李家的生意运作。三公子李赦，掌管整个江南地区及附近地区李家的生意往来。四公子李勘是李家最小的公子，但如今也已接管李家西南地区的部分生意。

这个李赦大有来头，据她所知，李赦实际掌握着李家最大的经济来源：江南地区以及附近州县的生意。所以基本上等于掌握了李家的经济命脉，没想到，此人还如此年轻。

晋王继续道：“这位是梁王之子吴琪，这位是西京侯的二公子吴翌，这位是西京侯的三小姐，吴多多。”

晋王一个个介绍过来，双方自然又是一番客套。

就在这时，门口进来三个人有说有笑，当先一男子锦衣玉带却难掩英气，身后跟着两名女子，俱是婀娜多姿，丝毫不比花无多现下装扮的吴多多逊色。

当先男子与其中一女子上前向上座晋王俯首拜道：“儿臣见过父王。”

而后，另一名女子方道：“宋子音见过晋王爷。”

花无多见此三人，不禁暗暗猜测，男子应是晋王之子刘谨，女子应是晋王之女刘玉，另一名女子名为宋子音，难不成是宋子星的妹妹？

“好。”晋王捋须笑道，“来，你们三人过来，本王为你们引荐一下刚来的三位贵客。”

而后，晋王又是一番介绍，他三人忙又起身与那一男两女虚伪客套。

花无多一边客套，一边注意到宋子音看着公子琪的目光有些恍惚，想起自己第一次看到公子琪时也正是这副模样，不禁有点儿幸灾乐祸。

双方落座，侍女捧上来数盘瓜果，丝竹乐声阵阵，大殿上暗暗穿梭着相互打量的目光，仿佛因这屋内喘气的人多了，越发热闹起来。

花无多本来没把这样的场合当回事，无聊地坐在一旁一言不发，当然，也轮不到她说话。当下更是因为宋子星已认出她来，也没什么好再装的了，此刻无聊之际，便自顾随性起来。

她在果盘中挑拣了一番，而后拿起一个最大最水看起来最为诱人的梨，一口咬下，咔嚓一声，异常清脆响亮，惹来对面两位矜持少女的讶然注视。见自己的举动惊到两位小姐，花无多嘴部咬梨的动作微微一滞，便见对面两位小姐俱极有礼貌地转了目光，不禁暗叹口气，胡乱吞下梨去。而后，又咬了一口，又是一声咔嚓脆响，花无多心里也跟着咯噔一声。这一次，对面两位小姐注视她的目光中多了几分复杂。花无多不禁暗恼，看着手中已吃了两口的梨，想丢又不好意思丢，唯今恐怕只有将它吃下去了，可那梨偏生特别水，她每咬一口便是一声咔嚓。她硬着头皮顶着频繁被对面两位少女注视的压力，坚持轻轻地吃了几小口，可发觉这么吃实在太累，干脆把心一横，垂目敛眉不看大殿中任何一人，专心地吃起梨来。

好久没吃到这么水这么脆又这么甜的梨了，想她一路奔波风餐露宿又自掏腰包接济穷苦百姓，一路行来，险些连饭都吃不上了，哪还有钱买梨。再说，这附近民不聊生的，想买这样的梨恐怕也买不到呀。这么一想似乎自己挺委屈的，便更加肆无忌惮地吃了起来。

而后就听见大殿里仿佛有只老鼠在角落里频繁地、肆无忌惮地咔嚓……咔嚓……咔嚓……

公子翌等人正与晋王商议凤舟赛之事。

这时就听晋王道："距离凤舟赛尚有些时日，几位公子……"

咔嚓……

晋王侧目。

公子琪不动声色接口道："我三人多有叨扰，还请王爷多多包涵。"

咔嚓……

刘谨笑道："琪公子着实客气，说什么叨扰，几位能依约前来，父王与我皆是欢迎之至。"

咔嚓……

刘谨忍不住扫了一眼花无多。

一直不曾多言的李赦忽道："凤舟赛所需物资三日后运到。"

咔嚓……

李赦一挑眉。

而后又听刘谨道："谢李兄鼎力相助，这一次凤舟赛能顺利进行，多亏李兄筹措物资。"

咔嚓……

刘谨忍不住又扫了一眼花无多。

这时，宋子星道："每一年凤舟赛开场之礼皆由我朝皇亲贵胄之金枝玉叶登台献艺，不知今年……"宋子星的目光有意无意地扫向了花无多，而后只听咔嚓、咔嚓两声脆响，宋子星不禁轻笑出声。

公子翌闻言笑道："江玉郡主多才多艺，在下早有耳闻，今年凤舟赛本公子可是特意为听江玉郡主高歌一曲才从京城赶来的啊。"公子翌一脸春风，双目含情脉脉地看向了对面的江玉郡主刘玉，直看得刘玉面颊绯红垂下了头去。

咔嚓……

这一声最为清脆响亮。

少顷，花无多终于吃完了梨，放下了梨核，大殿帘后内侧忽有奴才长出一口气，仿佛一颗提着的心终于放下了，花无多闻声侧目。

梨终于被吃完，大殿似乎顿时安静不少。

这时，就听李赦道："梨好吃吗？这梨是我命人从江南特意运到江陵的。"

花无多闻言笑道："好吃，就是吃起来声音太大，吃得我很是烦恼。"原来烦恼的是她呀？！

李赦一笑，道："不是你的错，也不是梨的错。"

"哦？"花无多道，"你这话甚是有趣，可既然都没错，我又何来烦恼？"

李赦狡黠一笑道："吃者无心，听者有意。"

花无多会心一笑，不再言语。

他二人话里有话，旁人听得明白，却皆不露声色。

上座晋王这时开口道："三位贵客远道而来，此刻想必累了，谨，你带三位贵客先下去休息。"

"是，父王。"刘谨起身道。

晋王又道："稍后，本王将设宴为各位远道而来的贵客接风洗尘，还请三位届时赏光前来。”

公子琪起身拱手施礼道：“王爷客气，我三人定然准时前来赴宴。”

公子翌也起身施礼谢道：“王爷如此热情招待我三人，我三人感激之至，吴翌偕幼妹多谢王爷厚待。”

花无多也连忙起身道谢。

刘谨上前笑道：“二位公子客气，三位请随谨来。”刘谨侧身礼让道。

“劳烦谨公子。”公子琪道。

“请。”刘谨道。

他三人随刘谨退出殿外。

公子翌与公子琪同被安排在王府东侧客房内，花无多因是女子，本不方便与他二人同住东厢。但公子翌寻了个借口说妹妹吴多多是初次出远门，住在陌生的地方一个人会害怕，他作为兄长要就近照顾她，所以花无多便也被安排在了东厢，只是住在公子琪和公子翌对面的厢房内。

第十五章

公子聚会

酉时三刻，夕阳落金。

晋王派人来请他们三位，他三人早已准备好了，便随来人同去了前殿。

三人入殿时，大殿内已来了许多人，从服饰上看，多是江陵一带的官吏，见他三人入殿，免不了又是一番虚伪客套。

客套之后，在奴仆的引领下依次落座，公子琪身旁坐着的是宋子音，而花无多身边坐着的却是李赦。

刘谨与其妹刘玉同坐在晋王下首，刘玉身旁便是宋子星。此刻，刘玉面颊绯红，举止微显拘谨。再观宋子音亦然，自公子琪坐到她身边开始，她的头就没抬起来过。

花无多一坐下去，便随手拿起面前一颗葡萄剥了皮塞入嘴里，见身侧李赦正望向自己，一挑眉，道："没声音，很好吃。"李赦莞尔。

众人并没等多久，就听乐声四起，舞伎翩翩入内，歌舞笙箫，筵席开始了。

美酒佳肴陆续摆上了桌案，晋王先行端起酒杯，对台下众人说了一番感人肺腑的欢迎之语，众人亦是同举杯谢声连连。花无多举杯举到手酸，望着满桌的美酒佳肴，忽然想起了一路行来江陵附近的那些饥民，暗自叹息。

席间觥筹交错，别人都在忙说话，忙应酬，唯独花无多闷着头忙吃的，吃完了这个吃那个，吃完了自己的再去吃公子翌的，把不喜欢吃的通通换给了公子翌，把喜欢吃的通通拿过来自己吃，公子翌看见了也不言语，随她去吃。

酒过三巡，大殿气氛热络起来。攀亲附贵逢迎拍马的话不绝于耳，花无多实在腻烦了，刚想起身，却听身边李赦道："你可真能吃。"

花无多尚未回答，身边的公子翌便道："李兄，让你见笑了。"一句话，花无多注定背上了能吃的罪名。

花无多一皱眉，并不反驳，只道："这里真闷，我想出去走走。"

公子翌假惺惺地道："妹妹，晋王府你不熟，夜又黑，叫个丫鬟陪着，别走迷了路。"

"哦。"花无多敷衍地答道，再大的晋王府，再黑的夜，她也不会迷路。

公子翌闻声，又对李赦笑言道："我这妹妹就是这样，目无尊长，让李兄见笑了。来李兄，我们同饮此杯，请。"

李赦也举杯道："请。"

花无多白了他一眼，行了，她今晚都让人家见笑两回了。公子翌看到了她的白眼也只装没看见。

此时，大殿上众人正谈论着凤舟赛，花无多刚想起身就听晋王忽然重重地叹了口气，下意识止住了动作。

有人立刻谄媚地问道："王爷，您为何这般叹气？不知有何烦心事，属下们能为您分忧解劳的？"

晋王又是重重一叹，道："每年凤舟赛开场之礼皆由我朝皇亲贵胄之金枝玉叶登台献艺。"闻言花无多暗忖：这话怎么听着这么耳熟？就又听晋王道，"今年理应是本王之女玉儿登台献艺，可惜，玉儿最近身体不适，喉咙破了声，大夫说半月内不能痊愈，眼看凤舟赛近了，唉……这可如何是好！"晋王言罢叹息连连。

明明下午还好好的，这一会儿的工夫就破了声？花无多想起自己此刻的身份，忽然有种不好的预感，转身看向上座刘玉，见她始终含羞带怯地低着头，不曾言语，也不知是真病还是假病。就在这时，忽见宋子星的目光向她望来，宋子星对她举起酒杯，一笑……那一笑无端端地令花无多心惊肉跳。

这时，有人道："王爷不必担心，江玉郡主不能登台献艺，虽然颇为遗憾，但此刻也并不是无人可替。"那人目光瞥向了花无多，方才入殿时已有人介绍过，此人乃是江陵巡抚张封卫。

这时又有人接口道："是啊，晋王何必忧虑，多多小姐，乃西京侯之女，名副其实的皇亲贵胄。如果多多小姐届时肯登台献艺，王爷的烦恼便可迎刃而解了。"

众人闻言纷纷点头。

这时，宋子星道："西京侯三小姐声音宛如黄莺出谷，想必歌声也一定非常动听，如果三小姐肯登台献艺，不仅可解凤舟赛之难，也解了王爷的烦恼。"

花无多刚想反驳，却被公子翌暗暗压住。

这时就听公子琪道：“承蒙王爷厚爱，众位大人抬举，既然江玉郡主因病不能承开场之礼，吾妹若能代劳实乃吾妹之幸，哪有拒绝之理。”吴多多是公子琪的堂妹，公子琪对外人称其为吾妹。

公子翌在公子琪说话时，低声对花无多道：“不必担心。”

花无多闻言一怔，不知公子翌、公子琪葫芦里卖的是什么药，便隐忍不发。

这时却听宋子星问道：“不知三小姐本人以为如何？”

花无多当即答道：“多多唯兄长之命是从。”

晋王一听，笑道：“好！”

众人纷纷笑赞花无多。

花无多皮笑肉不笑地谦虚以对。

这场风波终于暂时过去，花无多再也待不住了，便起身出了大殿。忽觉内急，她便问大殿外正端酒进殿的丫鬟道：“茅厕在何处？”

丫鬟似没想到她会问得如此直接，微微一怔，方才羞赧道：“小姐请往北走，过了转弯再向前一直走，前方有个指路牌，就是了。”

花无多点了点头，径直向北走去，走了一段路，一转弯，果见前方交叉路口处有两个指路牌，上前一看，左侧写着：男，右侧写着：女。花无多立刻会意，便向右走去。

晋王府的茅厕十分干净，而且宽敞，茅厕分内外两间，外间有两名丫鬟伺候更衣熏香，内间方是解决内急的地方，看来这是专门为来府的贵客准备的。

她解决内急后，一丫鬟端过水盆让她净手，一丫鬟上前为她熏香。整理完后，她正欲出去，却恰逢一人进来，一抬头，见是刘玉，二人互相点头，并未多言，花无多便出了茅厕。

刚行至路口处，夜风拂面而过，花无多隐约听见不远处有人道：“不用扶了，退下吧。”是宋子星的声音。

“是。”王府奴才应道。

花无多闻声大皱眉头，真是冤家路窄，竟然在这里与他狭路相逢，刚向前走了几步，忽然想起一事，猛地回头看向了指路牌。

片刻，茅厕内传来刘玉的惊叫声：“宋公子！你……你……”

藏于暗处的花无多闻声暗笑，刘玉定是已出内厕，与乌龟星撞了个正着，听她的声音，哪里像是病了的样子，果然是假的。花无多冷哼一声，迅速从暗处出来换回了指路牌，方才一掠而去。

花无多刚离开，酒醉的宋子星就从茅厕内冲了出来，此刻酒意早就醒了七八分，忙来到指路牌处仔细一看，不禁暗道：难道方才真是自己看错了？可似乎……

宋子星伸手便将指路牌换了。

大殿内，杯盘狼藉，众人喝得七八分醉了，丑态百出。

就在花无多走后，李赦与公子翌互敬了几杯酒。

公子翌微醉道："我妹妹有个弱点。"

"哦？是什么？"李赦道。

"贪财。"公子翌道。

李赦眉头一皱。

公子翌见状道："你不信？"

李赦一笑，仰头喝下杯中酒，不置可否。

公子翌打了个酒嗝儿，道："我试给你看。"

李赦一挑眉，便见公子翌丢了一两银子到了花无多座位的后面。

看着地上的银子，李赦道："翌公子，你这是何意？"

公子翌笑得有点儿不怀好意，道："我看得出来，你对我妹妹有好感，如果你想追求她，这是最直接最有效的方法……"他指了指地上的一两银子，道，"我妹妹最喜欢这个，而李兄又恰好最不缺这个。"

李赦闻言，斜睨了一眼公子翌，不置可否，眼中却闪过一丝轻蔑。

公子翌却似没看见李赦的不悦，仍旧笑得灿烂。

花无多回到大殿，心里还在想着方才的事，竟没注意到座位前的银子。

她直接坐到了座位上，摆出一副心事重重的样子。

公子翌并未注意到她的神态，看着躺在地上前功尽弃光芒黯淡的一两白银，试图做最后的挣扎，忽道："咦？这是谁掉……"公子翌的话尚未说完，就听花无多颤抖着说道："翌哥哥，我好怕。"

公子翌闻言惊道："妹妹，你怎么了？"

花无多道："方才……妹妹去茅厕，看到，看到……"

花无多说话的声音不大不小，此刻又一副魂不守舍惊慌失措的模样，就连公子翌旁边的公子琪都察觉到了不对，公子琪问道："你看到了什么？别怕，有哥哥们在，你尽管说出来。”

花无多低垂着头，十分犹豫而颤抖着说道：“我本来要去茅厕，可刚到那里便看到……看到……宋将军……他……走进了女厕，我听见里面江玉郡主吓得大叫，我……”大殿上本来喧哗一片，此刻却突然全静了下来，只闻花无多一人颤抖而略显惊惶的声音，“我听到里面江玉郡主喊：宋将军，你，你……别这样……”大殿众人闻言全部倒吸一口凉气，有人惊讶不信，有人惊讶之后暗笑不已。花无多并未说谎，只是加了三个字上去，意思马上就不一样了，真是引人遐想啊。花无多继续道：“我……我吓得扭头就跑，跑得心急踩到了裙子，摔倒了，好疼，哇……”说到此，花无多突然大哭了起来，哭得公子翌手忙脚乱，赶忙将她拥在怀里安抚，只见花无多在公子翌怀里抽泣不已，听声音似乎哭得极是厉害，在别人看来，恐怕是真的吓坏了。

公子翌抱着花无多极力安抚，可还是控制不住地面部微微抽搐。

这时只听公子琪轻咳两声后，不慌不忙地举杯起身道：“王爷，在座的各位大人，吾妹一向不胜酒力，这会儿恐怕是喝醉了，胡言乱语，说的话作不得数的，还请王爷和各位大人不要当真，多多包涵吾妹年幼无知酒后胡言乱语。在下代吾妹向王爷和各位大人赔礼，自罚三杯以谢罪，先干为敬。”

众目睽睽之下，花无多之语令晋王下不来台，晋王虽然眸中闪过喜色，却仍神色尴尬，此刻听公子琪之言，便道：“年轻人，一言一行皆要注意，酒后失言，也一样会为自己惹来大麻烦。”

公子琪恭敬笑道：“王爷教诲的是。”

这时，一直拥着假意哭泣的花无多的公子翌道：“王爷，在下先送妹妹回房，再回来与各位大人同饮。”

晋王道：“去吧。”

公子翌道：“谢王爷。”

公子翌拥着花无多走了。

李赦望着二人的背影，又望了望仍躺在地上无人要的一两银子，饮尽了杯中酒，笑道：“有趣。”

回到屋中，花无多和公子翌捧腹笑倒在了床上。

公子翌道：“没想到你这么快就报复了宋子星，宋子星遇到你真是他的大不幸啊！”

“什么话，要不是他接二连三地惹我，我才懒得理他。还让我去登台献艺，摆明了想看我出丑！”花无多不满道。

公子翌摇头失笑，道：“好了，你先休息，我要赶回去看看宋子星的反应，肯定很有趣。”

公子翌出门而去。

花无多一个人在屋里，无聊至极，不禁胡思乱想，忽然想到，如果自己真去登台献艺……

一想那情景……

天啊……不要啊……

她还记得很清楚，四岁那年，正是她平生第一次开口唱歌，就把在一起玩的同龄孩子们全都唱哭了。还记得，九岁那年，爹爹朋友的一个儿子，一位十三岁的少年郎爬在墙头偷看她荡秋千。她荡得高兴，一开口唱歌，少年郎立刻从墙头掉下去摔得屁股开了花。还记得，十一岁那年，她在山上练剑，休息时一高兴便高歌了一曲。没想到，附近山上放牧的少年以及被放的牛羊，全都乱了起来，一瞬间便撒丫子跑了个不见踪影，放牛少年边跑还边喊：“狼来啦……熊来啦……鬼来啦……”都搞不清到底什么来了。还记得，十二岁那年，她又忍不住唱了一次歌，竟有人听到后栽进了荷花池里，还记得……

为此，爹爹的朋友，尤笑姑姑还曾想收她为徒，教习她生平绝学“魔音穿脑”。后被她严词拒绝了，事后爹爹问她为何拒绝，她答：“还用学吗？我天生就会。”爹爹莞尔，劝慰道：“不是你唱歌恐怖，是听你唱歌的人总会发生意外。”

“嗯。”她重重点头，而后道，“还包括飞禽走兽。”

爹爹词穷。

所以，她从不碰与乐音有关的任何东西，所以她不识曲谱，也不会弹琴跳舞。

想起那些令她痛心疾首的往事，她心里像是有只爪子在挠，别提多难受了，怎样也睡不着。想这凤舟赛本来就是才艺比拼，她这样的，竟然要上去打头阵，可以想象，自己高歌一曲之后，底下一息尚存的还能有多少？

一想那情景……不要活了……

她知道今夜迫于形势不得不答应，但听公子翌的语气，似乎他们早有应对之策，一定要等公子翌、公子琪回来问个明白。

一更时分，公子翌、公子琪方才被人搀扶回来，她忙出屋找他们质问，却见他们早已烂醉如泥，醉得不省人事了。她只得悻悻然返回屋去，只有等明日他们清醒之后再去问了。

花无多一人在屋内辗转反侧，怎么也睡不着，不禁暗暗埋怨：他们平常不是挺能喝的吗？尤其是公子琪，今日怎么这般不中用，喝成这个样子。

花无多没睡着，暗夜寂静，她本就身怀武功，比常人要警惕许多。这时忽闻极快的开关门声，花无多一惊，忙躲在窗口小心地向外看去。夏日炎热，窗户都是开着的，花无多从窗口看到对面公子翌的房外站着一人，一身夜行衣，那人一回身，月光明亮映出那人面貌，赫然是公子翌。随后，公子琪的房门也打了开来，公子琪也身着夜行衣迅速走了出来。二人互相一点头，戴上面巾，足下一点，飞上了屋顶，瞬间消失在夜色中。

躲在窗口的花无多暗忖：他二人竟然是装醉。他们这身打扮是要去干什么？

花无多犹豫着要不要追上去看看，但一看自己现下的穿着便打消了这个念头。如今身处晋王府，乌龟星也在这里，她还是不要轻举妄动的好。

昨夜花无多等了很久也没等到公子翌、公子琪回来，最后支撑不住，不知不觉地便睡着了。这一睡，直睡到了第二日未时初。她起来的时候，公子翌和公子琪都尚未起床。

王府的丫鬟早已在门外候了她许久，见她醒来忙进屋伺候她梳洗。整理完毕后，丫鬟又问她要不要先用膳，得知公子翌二人尚未起身，天气又热又闷，她便让丫鬟把午膳摆在了院中的桂花树下，自己先行用了起来。正吃着，就有小丫鬟笑靥如花地提着一个编织独特的花篮走进院来，里面整齐地放着一个个光滑晶莹的梨子，中间还夹着一张粉红色的精美信笺，丫鬟向花无多施礼，道：“奴婢见过多多小姐。”

“起来，什么事？”花无多放下碗筷问道。

“小姐，这是李公子派人送给小姐的。”丫鬟道。

在看到那一篮子梨时，花无多就想到了李敖，闻言，便道：“摆着吧。”

“是。”丫鬟放下了篮子，退了出去。

吃完午膳，丫鬟们上前撤下碗碟，花无多起身拿起篮子里的信笺，打开一看，见上面写着几个字：

敖如此做法，不知是否唐突了小姐，敖欲与小姐成为知己。今日酉时，西街五子居，敖在此恭候。

花无多一挑眉，信笺纸硬，但在她手中却如普通纸张一样，被她轻轻一捏，便捏成了团。她本想随手丢弃，但忽而一笑，把纸团抛向了空中，抬脚一踢，纸团便飞到了房顶上不见了踪影。这时，恰逢公子翌出门，公子翌伸着懒腰，正看到花无多把一个纸团踢上了房顶，便道："你在干吗？"

花无多道："你总算起来了，我正有事问你。"

花无多一瞥树下立着的几个丫鬟，道："都退下吧。"

"是。"丫鬟们全都退了出去。

"什么事？"公子翌走到她的近前。

花无多刚想问，忽听墙外有女子轻声叫了一声："啊呀。"

又有女子道："小姐，你怎么了？"

那小姐道："有东西砸到我了。"

片刻，丫鬟道："小姐，是个纸团。"

"哦？"

丫鬟道："小姐，你看，上面有字。"

花无多闻言失色，面部表情一变再变，也顾不得公子翌看她的莫名其妙的眼神，忙偷偷跑到门口探出头向外望去。公子翌见状也跟着她一起跑到门口探出头去，二人只见此刻宋子音正站在门外，手里拿着那个已经被摊开的纸团，面颊绯红。

花无多暗道：早知乌龟星的妹妹在外面，她应该把信笺上的名字改成琪……

花无多正在暗自悔恨，这时只听头上有二人先后问道："你们在看什么？"

"那纸团上写了什么？"

花无多仰头一看，才发现公子翌和公子琪与她一样都探头看着外面。也不知道公子琪什么时候出房来的。

花无多摆了摆手，三人退入院内。

来到院内桌旁坐下，公子翌连忙问道："那纸团上写了些什么？"

花无多想起纸团上的内容，有点儿不好意思，不禁讪笑道："现下未时已过，你们肯定饿了吧，先吃些东西，我们边吃边说。"

二人点头。

丫鬟布好饭菜，便退了出去。院内只剩下他们三人。

花无多虽然刚刚吃过，但见他们吃得津津有味，忍不住又吃了些，三人边吃边说话。

花无多首先问起公子琪昨夜为何要答应让她去凤舟赛上献艺。这个问题令她耿耿于怀一整夜，她早已迫不及待地想知道原因了。

公子翌先道："你恐怕还不知道，这凤舟赛开场献歌之人会得到很多的彩头，这些彩头均由来观看凤舟赛的名门子弟所赠，这些人送的礼物哪一个不是价值连城。尤其这次洛阳李家的三公子李赦也来了，他乃天下首富之子，出手必然大方非常，送出的礼物想必非同小可。你想想，只要你肯上去随便唱一首歌，这些礼物便全归你了，这么好的事情，我们当然要为你应承下来。"

花无多闻言，目露喜色，可一想到自己的实际情况，刚兴奋起来的目光复又黯淡下去。

公子琪见花无多出乎意料地没什么反应，不禁心中奇怪，关切地问道："你怎么了？"

公子翌也注意到了花无多的反常，疑惑地望着她。

花无多叹道："我不去。"

公子琪、公子翌微微惊讶，花无多竟然不为钱所动？！

公子翌关切地问道："为什么？只是上去唱首歌，这对你来说应该不难。"

花无多心有难言之隐，可又不好意思对他们实话实说，便反问道："那为何刘玉不去？她明明就没有生病。"

公子琪道："我想，刘玉或许是不好意思登台献艺吧，否则，此等风光之事又怎会拱手让与他人？"言罢，与公子翌相视一笑。

花无多看向公子翌，"你不是说她多才多艺嘛，怎么会不好意思？"

公子翌无辜笑道："可我没说她唱歌好听啊。"

原来刘玉唱歌也难听？花无多闻言沮丧道："那你们怎么知道，我唱歌就好听了？"

一听这话，公子翌、公子琪立刻明白了症结所在。

公子琪用筷子敲了一下面前的碟子，笑道："原来你在担心这个，这有何难？"

"你有办法？"花无多问道。

公子琪目光流转，轻声道："假唱。"

花无多和公子翌何等聪明，自然一点即通，花无多道："这方法我也想过，只是，恐怕做起来没那么容易。"

公子琪道："既然是我替你应下了此事，一切就交给我处理吧。"

花无多一听这话，立刻舒展了眉头，公子琪诡计多端，值得信赖！

公子翌见状揶揄花无多道："幸亏你说了实话，否则，我妹妹多多的名声就被你彻底败坏了。"

花无多不以为然道："我本来就没打算去唱。"

公子翌似想到了什么，笑道："我不信你唱歌真的那么难听，你唱一首给我听听。"

花无多瞥了他一眼，道："休想！"

公子翌大为不满地哼了一声。

公子琪见二人僵持，转移话题道："方才你二人在看什么？"

公子翌一听这话，立刻又提起了兴趣，双目炯炯地注视着花无多，等着她回答。

花无多踌躇半晌，还是实话实说了，本以为没什么大不了的，没想到，竟惹来他二人叹息连连。

公子翌用筷子戳了戳面前的菜，一甩手，扔下筷子，叹息道："可怜啊……"

公子琪文雅地放下了筷子，亦是摇头叹息道："可怜啊……"

花无多见状纳闷不已，道："他虽然很有钱，可我不是见钱眼开的人。"这话说得真心虚，忙接着说了下一句，"不去见他，我不可怜，你们不用为我叹息。"

这时，却听公子翌道："谁说你可怜了，我们在说李赦。"

花无多闻言大为吃惊，疑惑道："此话怎讲？"她觉得自己挺好的呀。

公子琪叹道："李赦竟然要跟你做知己，不知道他有没有福气看到明天的太阳。"

"我有那么恐怖吗？"花无多斜睨着公子琪。

公子琪一笑并未回答，公子翌答道："你不是很恐怖。"花无多刚要笑赞一声公子翌，就听公子翌紧接着叹息道，"你是非常非常的恐怖。"

花无多闻言大怒，顺势把手里的一双筷子插向公子翌的鼻孔，公子翌连忙闪躲，一个打，一个躲，公子琪笑着袖手旁观。就在这时，院门口忽然响起一个清亮的男音，"我有打扰到各位吗？"

花无多闻声望去，惊见一人，赫然是半年未见的公子语！

公子语此刻就站在院门边，手中折扇轻摇，嘴角微微上挑，神采飞扬，风流倜傥。

好久不见公子语，花无多乍见他只觉亲切万分，刚要起身相迎，却被公子琪制止。公子琪对她摇了摇头，花无多立刻会意过来，自己如今身份并不是书院的花无多，而是公子翌的妹妹吴多多，便稳住了身形不动，假装不认识公子语，但仍目光灼灼地注视着他。

这时，公子翌“哎呀”一声从座位上跳了起来，大步迎了上去，高兴地大声说道：“语，你也来了，怎么就你一个，其他人呢？”

公子语啪的一声合上了手中的折扇，用扇子一端指向公子翌、公子琪道：“你，还有你，竟敢不等我们就先跑来了江陵，该当何罪！”

公子琪也起身迎了上去，闻言笑道：“这个好说，今晚就由我二人做东，请大家吃饭，全当赔罪，如何？”

“好！”公子语一听这话，立刻眉开眼笑。他大摇大摆地跟着公子翌和公子琪走了进来，行至桌旁时，忽见一直坐在那里对着他笑的花无多，眼神蓦地一亮，连忙问道：“这位是……”

公子翌笑眯眯回道：“我妹妹，吴多多。”

公子语一听，立刻向花无多施礼道：“多多妹妹，在下温语，这厢有礼了。”

花无多见公子语如此彬彬有礼，不禁想起同在书院时，有一次上课时公子语恰好坐在她旁边，那天天气燥热，公子语当着她的面脱下鞋袜亮出脚丫子时的舒坦神态，还真是天差地别。不禁心中好笑，她施施然回礼道：“语哥哥，多多这厢有礼了。”

这声语哥哥叫得公子语是眉开眼笑，连忙回道：“妹妹快快请起，不必如此多礼。”

这时公子琪问道：“其他人呢？”

公子语闻言，这才把目光从花无多身上移开，看向了公子琪，当下坐在公子翌身边，不紧不慢道：“我、讴、巡、紫阳、争还有修也受晋王之邀前来江陵，我们一同上路，今日才到。修本来跟我们同来，但刚到江陵又突然说有要事便匆匆离开了。我们下午才进王府拜见了晋王，我的住处被安排在前面，就在这附近。方才经过这里听见有人说话，听声音好像是翌，便进来看了一眼，没想到，果然是你们，不知你们方才在笑闹什么？说什么很恐怖，是什么很恐怖啊？”

公子语一向喜欢说话，公子琪只问了他一句，他便说了个详尽。

公子语本就是个好事者，一向是哪里有热闹往哪里钻，最喜欢听八卦，也特别喜欢说三道四，一听到“恐怖”二字不知道心里想起了什么，看着那双晶亮晶亮的眼睛，花无多就想笑。

公子琪瞥了公子语一眼，摆明了太了解他了，不想回答他。

公子翌也是一笑置之，只道："我们在说一些无聊的事。"

花无多在一旁笑眯眯地看着公子语，看着他一副什么都想知道的样子，倍感亲切。

公子语闻言，不满地斜睨了一眼公子翌，目光一转，恰看见花无多笑眯眯地注视着他的目光，不禁用折扇遮掩着低声对身旁的公子翌道："翌，你妹妹是不是对我有好感？你看看她对我笑的样子，多甜，多亲切呀。仿佛我俩已经相识很多年了，你说，这是不是就是缘分？"

公子翌低声回道："我看是，语，你很有希望成为我的妹夫。"

公子语瞥了一眼公子翌，道："翌，肥水不流外人田，我会努力的。"

公子语以为他这么低的声音吴多多必然听不见，但他哪里知道，对面坐着的根本不是大家闺秀吴多多，而是身负武功的花无多。他方才与公子翌的对话，花无多听了个真真切切，忙收敛了目光。

当下几人又说了一会儿闲话，约好晚上由公子翌和公子琪做东请大家吃饭，公子语忙着去告知其他人。公子语不仅嘴快，动作也快，不一会儿，公子巡、公子讵、公子争还有公子紫阳，便先后来了东厢，大家约好晚上一同在江陵最大的酒楼凤楼吃饭，这一回公子翌和公子琪注定要被痛宰一顿了。

花无多连续见到这么多同窗好友，当真喜出望外，虽然不能公然相认，但只在一旁看着他们也已心满意足。不禁早把李赦的邀请和宋子音误拿信笺之事忘了个干净，自然也把乌龟星的烦心事抛之脑后，也忘记问乌龟星昨晚的反应如何了。

酉时已过，一众人等包下了整个凤楼的二楼，酒香浓郁，菜色精致，众人推杯换盏高谈阔论好不热闹，远比昨晚在晋王府吃的那顿有趣多了。

花无多自然还顶着吴多多的身份，因自持身份尊贵，便不敢轻言妄动，可同时见到这么多南书书院的同窗，不禁心里热乎乎的，嘴角始终挂着笑意。她一会儿看向公子巡，一会儿看向公子争，半年多了，他们或多或少有了些许变化，但感觉仍是那么的亲切和熟悉。

一群人聚在一起有说有笑，话题不断。

公子语吐沫横飞讲述道：公子争在来时的路上救了一个女子，他本出于好心，不料那女子竟是个江湖骗子，反过来把他的钱全偷光了。后来公子争和公子讵一起去当地县衙报官，可那无耻县官竟笑话公子争太笨，胡乱救人活该被偷。公子争一怒之下把县官打了个鼻青脸肿，一众衙役也被公子诓殴打成重伤。他二人险些酿下大祸，幸好公子修出面解决了此事。

公子翌听后，大笑公子争道："那女子定然是貌美如花，否则你怎么可能出手相救？"

众人闻言哈哈大笑，纷纷点头，公子争面有赧色，很明显公子翌一语中的。

花无多也随众人目光看着公子争笑，公子争似察觉到了她的目光，忽一抬头恰好与她对视，目光微散，当下竟恍惚起来，花无多见状急忙撇开了目光。

公子语一口酒灌下，又说起他们在路上遇到了几次拦路抢劫的贼匪，场面如何惊险刺激，众人同心协力杀得贼匪片甲不留，好不痛快！但是，却有一次，在混战当中，公子紫阳中了贼人的暗箭，受了伤，没想到当场激怒了公子修，公子修一怒之下杀光了所有贼人，一个不留，那场面真叫一个惨烈。

公子翌、公子琪忙问公子紫阳伤势如何，公子紫阳大笑着说无碍，并挽起袖子拆开绷带给公子翌和公子琪看他的伤口。伤口入肉，长约两寸，此刻已开始愈合，果然并不严重，公子翌与公子琪这才放下心来。

花无多也凑到近处跟着公子翌和公子琪一同关切地查看公子紫阳的伤口，公子紫阳见花无多如此不避嫌地关切查看自己的伤势，不禁面露赧色。花无多见状，忙回到了自己的座位上，垂目敛眉，捧着酒杯，当茶水一样浅尝，冒充端庄贤淑。

公子语又眉飞色舞地说起了公子巡。话说在来时的路上，公子巡的艳遇最多，共有三次，第一次是个村姑，第二次是个寡妇，第三次竟是个尼姑。公子语刚说到此处，众人便狂笑连连。花无多听到公子巡第三次艳遇竟然是个尼姑时，实在忍不住，笑出了声，立刻抛弃了矜持了半晌的端庄与贤淑，大笑公子巡竟然连尼姑也不肯放过。听说这个尼姑跟着公子巡好几天也不肯离开，后来还是被公子修恐吓跑了，这公子修怎么什么都干啊？连尼姑都敢恐吓！花无多忍不住笑了再笑。

公子巡却在这时微一抬眼，恰好对上花无多的如花笑颜，不禁对着她举起了酒杯，先是饱含深意地魅惑一笑，而后双唇轻沾杯沿，浅饮杯中美酒，那双桃花眼似勾魂锁链一样锁住了花无多的目光。花无多的小心肝忍不住被勾得扑通一跳，连忙撇开眼去，暗忖：公子巡果然有几分魅惑尼姑的姿色……

说着说着，众人又说到了这一次的凤舟赛。

因凤舟赛之故，江陵府地如今可谓美女云集，众人一想到此，不禁春风满面，只觉此来江陵定会艳遇无数。

酒过三巡，众公子说笑起来，莫不是眉飞色舞，热情高涨。

花无多内急，起身下楼去上茅厕，回来时便听二楼似乎吵了起来，仔细一听，只听一人打着酒嗝儿口齿不太清楚地说道：“多多妹妹喜欢的是我，我和她是一见钟情！”

忽听有人踢翻了凳子，很不服气地接口道：“多多妹妹总是看着我笑，她定是对我有好感！”

有人哼了一声，道：“多多妹妹看着我会羞涩脸红，看着你们会吗？！”只听刷的一声，折扇打开。

“胡说！”有人突然猛拍了一下桌子，大声道，“多多妹妹见我受伤时，那眼神……目中含泪，水汪汪的，关切，心疼……她心里喜欢的人肯定是我。”

这时，忽听有人优哉游哉地说道：“你们都别做梦了，多多妹妹喜欢的人是我。”

“是我！”

“不对，是我！”

“是我，不是你！”

“是我！”

“翌，你说是谁？”

……

二楼一团混乱，花无多正在楼下踌躇着要不要上楼去，忽听一人在她身边说道：“难怪你不来见我，原来你在忙着相亲。”

啊？

花无多闻言，不得不对其侧目。暗道：她有这么大的本事，一次和五个公子相亲吗？

花无多侧目一看，身边之人，正是李赦。

花无多笑着向他点了点头，二话不说提步就要上楼去，却被李赦拽住，李赦道：“你收到我的信笺了吗？”

花无多回头，惊讶道：“什么信笺？”

李赦目光暗敛，沉声道：“你没收到？”

花无多茫然地摇了摇头，道：“没呀。”打从方才第一眼见到李赦起，花无多就已经打定主意这么说了。

李赦又问："那一篮子梨呢？"

花无多点了点头，道："梨我收到了，多谢李公子。"

李赦笑道："那封信笺就压在梨子当中。"

花无多摇了摇头，睁眼说瞎话道："我没看到梨子当中有什么信笺，梨子我还吃了一个呢，挺好吃的，多谢李公子。"

闻言，李赦一笑，突然道："你说谎从来都不脸红吗？"

花无多暗惊，李赦明显是话中有话，定是已经知道了什么，不禁目光一转，忙掩嘴轻笑道："李公子，你真坏。"言罢，花无多自己的鸡皮疙瘩都起满了全身。她顺势甩去李赦的牵扯就要提步上楼去，忽听李赦笑道："明日午时，晋王府西门外，我们不见不散。"言罢，不待花无多有所反应便转身而去。

花无多看着他远去的背影不禁大皱眉头，这一次是他亲口跟她说的，如果不去，似乎太不给他情面。姐姐即将嫁入李家，怎么说将来也是一家人，虽然他并不知道自己的真实身份，但这个情面总是要给的。可她又不想跟他太过接近，真是有点儿左右为难，她正满腹心事地提步上楼去，刚走了两个台阶，却听楼上公子翌大声道："别吵了，既然各位仁兄都喜欢我妹妹，如此争持不下也不是办法，长兄如父，在下斗胆提一个要求，只要在座各位哪个能做到，我便做主，把妹妹许配给他！"

花无多闻言大惊，公子翌这么轻易就把妹妹许配他人了？不禁停下脚步，凝神静听起来。

众人闻言，忙催促公子翌快说是何要求。

公子翌道："你们谁能承诺一生一世只有我妹妹一个女人，不纳妾，不在外拈花惹草，我就把妹妹嫁给谁。"

话一出口，二楼即刻鸦雀无声。

花无多暗暗窃笑，心道：公子翌说到了他们的死穴上。

众人沉默半晌后，公子紫阳忽然不怎么肯定地犹豫开口道："我愿意试上一试。"

哦？花无多一挑眉，真有不怕死的。果然，这时又听公子翌道："补充一点，如答应者，先与我签下生死契约，其他人做个人证，如果将来此人违背此约，立刻阉割！"

公子紫阳忙大声道："我不试了！"

众人跟着哄笑起来。

公子琪笑道："好了，不说这个，我们好不容易离开书院，脱离了邓夫子的蛤蟆眼，还不抓紧时间享受一下，岂不是太浪费了。来，我们喝酒，今晚不醉不归！”

“好！”公子讴应道，“唉，说起书院，我就想叹气，想当年花无多在时，凡有麻烦事，我们必会一致推举花无多去当替死鬼。可自从花无多走后，我们每次都要私下里抽签，还要内斗一番，真伤感情啊。你们说，我们多久没一起喝过酒了？这一次说什么也要喝个痛快。”公子讴道。

楼下的花无多闻言大皱眉头，以前还以为他们都不敢上所以才推举她上，没想到竟是私底下串通好的！

这时，又听公子巡道：“提起花无多，我还真的挺好奇，翌和琪自不用说，只要我们一提起花无多就是一副神秘兮兮的样子，不肯透漏半句。公子修更是反常，一听到花无多的名字，转身就走，谁都不理，也不知道在想些什么。”

花无多微微惊讶，心里也开始奇怪起来，修很讨厌她吗？连她的名字都不愿意听到？

这时，又听公子紫阳道：“修似乎对花无多很是挂念……”公子紫阳的一句话，令二楼静了片刻。而后公子争接口道：“说真的，我也挺想念花无多的，有她在时，夫子一有事，我们立刻把她推出去送死，她还甘之如饴。如今少了这么一个人，我们几个轮番上阵被夫子折磨，真是遭罪。”

闻言，众公子纷纷叹息。

公子翌叹道：“是啊，如今夫子留的习作都没人帮我写了，害我总是被罚，真想念有她在的日子，十两银子就可以解决了。”

花无多眉头大皱，原来十两银子天价的一次代写习作在公子翌眼里竟然太便宜了！

公子语道：“别说这些扫兴的话了，这次大家好不容易说服齐院长和邓夫子让我们同来参加凤舟赛，没了邓夫子的蛤蟆眼，少了书院的十八条和尚戒律，我们还有什么理由不玩它个痛快！来，喝酒！”

“好，喝！”众人举杯相碰。

正所谓，今朝有酒今朝醉，转眼间，再也没人争论多多妹妹喜欢谁的问题了。

花无多叹息了一声，提步上楼，刚走了一步，衣袖又被人从后面拽住。花无多心中郁结，怎么今天总有人扯她衣袖啊，心里很不痛快地转头一看，赫然看到了宋子星，一句话不由自主地脱口而出，“乌龟星？！”

此言一出，连花无多自己都哑口无言了，更别提宋子星了。

面对宋子星清冷的眼神，花无多想说什么都说不出口，一句乌龟星，把自己全卖了。看着他瞬间沉下去的脸色，她心中虽惧，却仍将心一横，一声不吭，以静制动。

宋子星闻言，只哼了一声。

他明明没说任何话没做任何动作，也看不出任何的恼怒，但偏偏就是这个样子，更让花无多心里发冷，心底发憷。花无多强自镇定，使劲挣了挣被他扯住的衣袖，没挣开，却听宋子星道：“我们又见面了。”

花无多道：“相见不如不见。”

宋子星闻言，也不在意，却道：“今晚夜色不错，不如我们一同出去走走？”言罢，手顺势而下，竟抓住了花无多的手。

花无多一怔，骤然催动内力想要挣脱，可宋子星嘴角含笑，竟也用内力与她抗衡，二人暗暗较量。花无多心知不敌，抬头就要对着二楼大声呼救，可这时却听宋子星清清冷冷地道：“你喊吧，最好大声一点儿，我不介意。我正想知道你究竟是何身份。”花无多心中一惊，她在江南的所作所为公子翌和公子琪并不知情，尤其现在还有公子语等人在。面对宋子星面带微笑的斯文恐吓，花无多妥协了。

终于还是硬着头皮跟他出了酒楼，她也顾不了公子翌一行人发现她不在了会怎样，只希望临出门时，她望着小二龇牙咧嘴的笑容能让小二印象深刻一些……不过很可能小二对她与乌龟星牵着的手印象更深刻一些……

第十六章

李赦子星

一路被宋子星拽着走，花无多心不甘情不愿地默默跟着，暗暗揣测他要带自己去哪里。

夜色深沉，此刻戌时已过，半个月亮高挂天空，映得街道通明。

花无多边走边道："你放开我吧，我不会跑的，再说，我跑也跑不过你。"被他抓住的手感觉特别奇怪，手心控制不住地冒汗，想挣脱又挣脱不了，任由他握着心里又毛毛的。这种感觉，她不喜欢。

宋子星闻言，却对她回眸一笑，而后温雅说道："我喜欢牵着宠物饭后散步。"

花无多闻言，用目光射杀他的后脑勺儿，对其咬牙切齿了一番，却终究对他没有其他办法，打又打不过，逃又逃不走，当下真不知道该怎样才能摆脱他。

路上行人极少，二人走了很久，都没碰到其他人。

二人来到一断桥处，四周杨柳低垂，下面是一处小池塘，夜色下，微有波光。

花无多错后宋子星半步，另一只自由的手对着宋子星映射在地上的影子不停地捶、打、戳、掐、扇，过着报复的干瘾。宋子星似有察觉，突然一回头，她立刻迅速地背起了那只手，一本正经地走起路来。

宋子星看了她一眼，若无其事地转过了头去，淡淡道："饭后遛宠物的感觉，真好。"

花无多登时眉目皆竖，愤恨半晌，终于忍气吞声咽下了一口恶气，她忍！

宋子星走着走着，忽又顿住脚步，花无多也急忙停下脚步，只见他蓦地转过身来，抬起与她相握的手，放在二人中间，轻轻地抚摸着她的手背，直摸得她心里发毛，牙齿打战，手脚发冷，却仍不敢轻举妄动，只有直直地盯住宋子星，全身防备着。

月光下，夜风忽然吹来，宋子星银冠束后的长发被风吹起，清艳惑人。他嘴角微挑，温言细语道："我最喜欢看你露出爪子想要反抗我却又害怕不敢反抗的样子……”月光下，他眼中的包容、宠溺，面对不能反抗的弱小的体贴呵护，清晰地映射在花无多的眼底。那种看宠物的眼神，令花无多终于在坚持了一盏茶的工夫后，忍不住轻轻颤抖起来。他似已察觉，笑意更深，而后又道："就像现在这样。"

花无多忍了再忍，嘴角抽搐，就在笑容将要爬上宋子星的眼角眉梢时，忽然抱住了宋子星的一只胳膊，大笑却更像是大哭道："我……我真的太激动了，你终于喜欢上我了，我对你一见钟情，千方百计做了那么多事就是想要你注意到我，终于啊，你终于注意到我了。不仅如此，你还牵着我的手说你喜欢看我的样子，我，我真是……"花无多似已语无伦次，突然仰天大笑道，"老天爷啊，你真是待我不薄啊！"就在这时，咔嚓一声巨响……晴朗的夜空突然打了一个霹雳般的响雷。

这一声巨响来得十分突然，不禁令宋子星微怔了片刻，花无多也被吓了一跳，可她向来反应快，在感觉宋子星微怔的瞬间已然抽出被扣的手来。一转身，她以迅雷不及掩耳之势足下一蹬便想飞逃而去，可惜尚未飞出去半步，手臂的姿势也只摆出了一半，就被宋子星拽住了后衣领，再也动弹不得。花无多顺势反手一掌，却又被他扣压在了背后，任凭她怎么挣都挣不脱。宋子星看着她从挣扎到放弃到最后耷拉着脑袋颓丧无比的样子，似好笑，又似无奈地叹道："你……真的好麻烦……"

这边厢，宋子星、花无多剑拔弩张，可就在百步之遥的杂草丛后却坐着两个情意绵绵的情侣。

天空月儿亮，四周虫儿鸣，夏末夜风吹过，情人相依相偎，月下喁喁细语，无尽地情意绵绵。

月下，情妹妹依偎着情哥哥道："你看，官道上那位公子，看着贵气得紧。"

情哥哥闻言，顺着情妹妹的目光望去。

只见，月色如水，一泻千里。

官道上，有二人骑在马上正望着断桥方向。

当先那人，端坐马上，金冠束发，身姿挺拔，身着深蓝色锦衣，腰系浅蓝色玉带，胸口至腰间极为醒目地绣着一朵盛开的白色莲花。月光如水，远看那朵莲花竟似真的一样，贵气逼人。他此刻正凝神望着远处，不知在看着什么。

情哥哥颇不是滋味地道："他有什么好看的，他再好，又怎比得上我对你的一片真心。"

情妹妹闻言用手指戳了一下情哥哥的胸口，情哥哥心神一荡，抓住了情妹妹柔韧的手指，情妹妹更加羞怯了几分，轻声道："我知道，这世上你待我最好。"

情哥哥心中一热，握紧了情妹妹的手道：“当然，我发誓，今生今世我必不负你。”

闻言，情妹妹脸红得像个红苹果，含羞带怯地依偎在了情哥哥的怀里，情哥哥一脸的幸福和满足，眼中闪烁着点点光芒。

这边厢情意绵绵，断桥处却是剑拔弩张。

他竟敢说她“麻烦”！而且那语气……还非常的无奈，好像她做的事在他眼里都是极为幼稚而可笑的！花无多心里这个别扭，虽然此刻姿势让她很是憋屈，可仍偏转了头，斜睨着宋子星，以此来表达自己对他的藐视。

宋子星自然看清了她眼中的鄙视，不怒反笑，双手同时使力向后一拽，花无多的脖子就被卡在了他胸口与手臂之间。

此时此刻，他们的气息如此接近，花无多恍惚闻到了淡淡的酒香，是竹叶青的味道。她斜睨着宋子星，宋子星也正望着她，目光相对，他眼中有着笑意，似有微光在其中荡漾，说不出的蛊惑人心。

花无多斜眼看着他，眼中写满了嫌弃。宋子星一笑，靠近她耳畔，他的一吸一呼，花无多几乎都能敏感地察觉。他轻声道：“我一直很想知道一件事。”花无多一挑眉，又听他轻声道，“你到底是谁？”

花无多一哼，移开目光，讥讽道：“宋将军，难道你这么快就忘记我是谁了？”

宋子星眸中带笑，不急不缓地伸指在她的面颊上轻划，明明是十分轻浮的举动，但在他做来，却带着一种意想不到的自然。他的气息吹拂在她的耳际，花无多突然有种想要尖叫的冲动，却听他又道：“你的面具做得真精致。”

花无多彻底被击溃了，感觉着他的手指在她面颊上流连，让她从心底发了憷。花无多咬紧了牙，暗了眸光，强忍住，沉默不语，心底却在咆哮，他到底要做什么？！这一刻，她忽然想起宋子星方才说过的一句话：“我最喜欢看你露出爪子想要反抗我却又害怕不敢反抗的样子……”难道……他就是想让她害怕，想让她恐惧，继而激起她的反抗，让她露出更多的破绽，所以，他明知道她戴着面具，明知道这一刻她毫无反抗能力，只要他伸手一揭便可看到她的真面目，却偏偏不给她一个痛快！只是用言语来刺激她。难道真是这样？还是……他的本意并不只是满足于看到她的真面目，他真正想知道的……是她的身份？！

花无多想到此，更加胆怯了，却又无可奈何。

宋子星的手指仍然在她的脸庞上流连，此刻，他咫尺之间的气息和眼神让她的心越来越控制不住地浮躁，她想挣扎可喉咙却被他紧紧卡着，无法动弹，忍无可忍。她忍不住仰天怨声载道：“天哪，谁来救救我啊！”此言，充满了绝望，充满了求助无门的控诉，充分体现了她的弱小，宋子星的强大。

宋子星见状轻笑，那笑声仿佛在说：绝望吧，反抗吧，我等着看你还能怎么办。

可令花无多没有想到的是，这一声毫无希望只是纯发泄的呼喊却真的叫来了一个救命之人。当看清突然飞至眼前，仿佛天神降临，提剑直指宋子星的那人时，花无多几乎感动得流下泪来。老天爷，真的待她不薄啊！

来者不是别人，正是比其他人迟到江陵一步的公子修。

而后又飞来了一人，正是公子修的书童刘顺，刘顺仗剑立在公子修身前，昂首挺胸道：“公子，这点儿小事就交给我吧。”

公子修却推开了刘顺，剑尖直指宋子星，沉声道：“放开她。”

花无多激动地看着公子修，宋子星似察觉到了，侧目看了一眼花无多，又看向了面前的公子修，竟真的收了手，放开了花无多。

花无多一获得自由，根本不再理会宋子星，几步跑到公子修身边站定，笑眯眯地望着公子修。此刻突然见到他，着实意外，却又倍感亲切，她在公子修身旁左跳右跳，也不说自己是谁，就是看着他笑，仿佛在期待什么。

公子修看了她一会儿，起初有些疑惑，渐渐地，眸中有了一丝暖意。

刘顺奇怪地看着花无多，暗想，此女子刚脱离魔爪就不知羞耻地围着他家公子转，心里正有些不耻，可一看清他家公子的眼神，忽然有些不怎么明白了。

这时，蹦蹦跳跳的花无多终于停了下来，望着公子修满含喜意和期盼地轻声唤了声：“修……”

笑意瞬间浸至公子修的眼底，公子修望着花无多，淡淡笑道：“果然是你。”

花无多眼睛眯得更弯了，不禁点头再点头，似已忘记了身后还有一个宋子星。

宋子星独自站在一旁，看着面前二人，目光幽深，也不言语，转身便要离开。

刘顺发现他要离开，持刀挡在了宋子星面前，道：“不许走！我家公子还没放你走，你就不能走！”

宋子星挑眉，一拂袖，掌中内力随之击向了刘顺。公子修一见，脸色微变，忙大声喝道：“刘顺，退下。”可此刻已然来不及了，刘顺似未料到面前之人功力竟然如此之深，情急之下竟用手中短刀去挡，不仅自己被此人的内力震飞，手中短刀也同时脱手而出，直射向远处的一棵百年老树。

这时，公子修的剑已刺向宋子星的胸口，宋子星急速后退，一挥袖，与公子修战在一处。

花无多上前扶起了刘顺，刘顺捂住胸口似未能忍住，吐出一口鲜血，似乎受伤不轻，目光却仍不离公子修。

宋子星果然厉害，虽手无利刃但内力深厚，而且临敌经验丰富，公子修虽手握宝剑，却仍未占得上风。

花无多自然站在公子修一方，但见二人僵持不下，便在一旁不停地扰乱宋子星的心神。她在地上拣了数十个小石子，看准时机，对准要害，当暗器一样，一个一个地丢向宋子星。

可怜宋子星，不仅要应对公子修的利剑，还要躲避她暗中偷袭的小石子。花无多本来就擅长暗器，再配合公子修的剑招，每一个小石子都恰到好处地丢向了宋子星十分关键的“地方”，一边丢还一边道：“乌龟星伸前腿。”宋子星为躲暗器顺势抬起了手臂。

“乌龟星甩后蹄。”宋子星向后踢腿。

“乌龟星大翻身。”宋子星恰好在空中旋身。

“乌龟星跃龙门。”宋子星腾空而起。

“乌龟星摆尾。”宋子星不得不挪移了一下屁股。

花无多在这儿瞎捣乱，宋子星打着打着，忽然笑道：“你这女人，真的好麻烦。”

又说她好麻烦，花无多一气之下，手中一把石子全都扔了出去，还记得她为南书书院众人解毒时十根针都能准确地插入移动者的穴道吧？可想而知，这一把暗器同时扔出去，宋子星在一把利剑和一个高手面前，躲得有多狼狈。

就在这时，远处有人大喊道：“住手！”花无多闻声望去，只见七个醉鬼从远处摇摇晃晃地向此处走来。

公子语摇摇晃晃地走在最前面，边走边口齿不清地道：“住手！你们四个登徒子，好大的胆子，竟敢在这么美这么有情调的夜晚，当着我们七位翩翩佳公子的面，公然调戏良家妇女！”

这哪儿跟哪儿呀？四个登徒子？难道把她也算在内了？那谁是那位良家妇女啊？花无多眉头大皱，暗忖：说人家是登徒子，他们七个醉汉看起来更像是登徒子。

当七人互相搀扶着走近，稍微清醒一些的公子翌和公子琪这才认出了宋子星和公子修，看二人互有敌意，忙挥着手道：“误会，肯定是误会。”

花无多眉头皱得更深。

此刻，宋子星与公子修已经住了手。

宋子星看见公子翌也不多言，身后的公子争一看见公子修，似受了什么刺激似的，一下子就开始呕吐，当场吐了个稀里哗啦。一旁的公子巡和公子诓也受了影响，三人当下吐了起来，而且越吐越厉害，其他人见状也开始干呕，情形一发不可收拾。在这种情形之下，当晚之事，最后只有不了了之了。

回去之后，已经很晚了，花无多睡在床上，想起今晚之事，总觉得哪里怪怪的，尤其是宋子星对待她的态度和方式让她觉得莫名其妙的怪。后又想到明日李赦之约，还有几日后的凤舟赛，她当下叹了口气，道："真的好麻烦。"突然想起今夜宋子星说了她两次"真的好麻烦"，那种语气，似无奈，似宠溺……宠溺？这个词让花无多自然联想到了"宠物"……暗暗郁闷。

若在以往，有人敢说她麻烦，她会让他觉得更麻烦，可如今碰到宋子星，却不会那么想，只觉得，从今往后，离宋子星有多远躲多远。

蒙蒙眬眬地睡着了，梦中梦到了宋子星，一见是他，二话不说，花无多拔腿就跑，可衣领却又被他逮到，任她怎么挣也挣不开。一转头就看见宋子星正低头看着她狞笑，让她从心底里恐惧害怕，一低头赫然发现自己变小了！她怎么缩小了？她更加害怕，越害怕越想挣扎，她发狂了一样扑腾着两只手臂，仿佛孩童，手臂也好像变成了翅膀，正急得想哭，就听床帐外有人道："小姐，您醒了吗？"

花无多蓦地睁开眼睛，方才发觉是梦，手从胸口上移开，长出一口气，幸好是梦……见床帐外有丫鬟的身影，又闭上了眼睛。暗恼，她睡得太沉了，竟没发觉丫鬟何时进了门来。

这时，床帐外丫鬟又问道："小姐，您醒了吗？"

花无多回过神来，道："什么事？"

丫鬟道："小姐，李公子在门外候了许久，他问小姐，什么时候能起床？"

李公子？李赦？问她什么时候起床？花无多一皱眉，想起昨晚与他之约，便道："什么时辰了？"

丫鬟道："快未时了。"

什么？她一觉竟然睡到了未时，难怪他会来。花无多便道："请他稍等片刻。"

"是，小姐。"丫鬟应道。

丫鬟出去，关上了房门。门外，丫鬟道："李公子，小姐请您再稍候片刻。"

"嗯。"门外有人应道。

花无多闻声皱眉，他竟然在门外等她起床，这人真麻烦。刚想到这里，不由得又想到了宋子星，梦魇啊……

不再多想，花无多忙起了床，一切整理妥当后，方才打开了房门。

门外，一人正背对着她，迎风而立。

今天的风有些大，他的头发和衣袍被风吹得张牙舞爪，他正抬头看着院内刚刚开始开花的桂树，听见身后有声，一回头，微眯起了双眼。

花无多向他微笑施礼道："对不起李公子，我一下子睡过了头，误了午时之约，还让你候了这么久，对不起。"

李赦转过身来，走近，道："你是故意的？"

花无多一笑，道："没这必要。"

李赦看着花无多，花无多亦看着李赦，半晌，李赦凤眼微眯，道："我信你。"

花无多一挑眉，不以为然道："无所谓。"

李赦蓦地笑了起来。

花无多也跟着笑了起来。

李赦道："你很有趣。"

花无多十分谦虚道："谢谢夸奖。"

李赦一挑眉，道："今日，我包下凤楼，并聘请了江陵最好的十二名厨子为我们做他们最拿手的菜。"

花无多闻言，一刹那双眼放出两束光来，可下一刻她又似被控制住，百般挣扎压抑一番后，无比正色道："你真奢侈。"

李赦一挑眉，却又听她道："不过我喜欢！"

李赦的嘴角不由自主地翘起，她果然最爱美食。

这时，公子翌和公子琪还没起床，想必昨晚喝得太多了，花无多跟着李赦离开，脑袋里装满了"美食"二字，早把两个睡懒觉的假哥哥忘了。

二人从王府西侧门而出，说来不巧，他二人刚到侧门，就遇到了宋子星及其妹宋子音。

花无多一见宋子星，想起昨晚之事，心有厌憎，招呼都不打，埋头就走。

李赦却停下来与宋子星和宋子音说话，花无多也不等李赦，自顾向前走。李赦唤她，她装听不见，继续埋头走。正走着，就听宋子星道："李兄知道前晚是谁换了茅厕的指路牌吗？"

花无多的脚步变慢。

李赦道："宋将军已经查出是何人所为了？"

花无多的脚步更慢。

宋子星点了点头，道："害你我二人误闯女厕之人，我已经查出来了。"

花无多的脚步极慢。

二人？怎么李赦也……不对呀……她明明换回了指路牌。

"此人是？"李赦问道。

宋子星沉吟半晌，花无多被迫停下脚步，心虚地缓缓转头想要去看，可头刚转到一半，就听宋子星道："就是它。"

花无多全身一僵，刚想拔腿就跑，却又强忍了下来，继续缓缓转头去看。这一看，暗叹，幸好没跑……

只见，宋子星正指着一旁大树上一只正在抓虱子的母猴子。

花无多刚挥落额间冷汗，就看到宋子星手指着猴子却对她笑看过来，那眼神……蓦地让花无多明白过来，他在暗喻她是那只母猴子！

乌龟星……

花无多的目光阴恻恻地……

李赦看着树上认真抓虱子的猴子，笑道："原来是这个畜生搞的鬼。"

畜生……

搞的鬼……

宋子星扫了一眼花无多，咳了咳，似极为隐忍地回道："是啊。"

这一刻如果宋子星大笑出声，花无多很可能受不了刺激，露了底细，但宋子星没有，幸好没有。

李赦从猴子身上收回了目光，先瞥了一眼始终不愿过来的花无多，从他所在方向，只看得到花无多的侧背面，李赦只见花无多站得笔直，目光看着地面，不知在想着什么。怕花无多等得不耐烦，李赦当下抱拳对宋子星及宋子音道："宋将军，宋小姐，在下今日还有些事，先走一步，告辞。"

宋子星道："李兄客气，请。"

宋子音也款款施礼道："李公子慢走。"其声音温柔，姿态亦温柔。

李赦与宋子星兄妹道别，走向花无多，花无多并不多言，等李赦走上前来，便与他一同离去。

宋子星与其妹走进了晋王府，并未走出去多远，宋子音停下脚步转头看了看。宋子星嘴角挂着一抹若有似无的笑，见妹妹回头，便道："小妹，你喜欢李公子？"

宋子音笑道："大哥哪里话，李公子似乎喜欢吴家妹妹呢。"

宋子星道："如果小妹不喜欢李公子，为何一步三回头？"

宋子音羞涩笑道："大哥又取笑小妹了。"

宋子星笑道："李赦是有远见卓识的人，不可小看。"

宋子音道："大哥很少夸人呢。"

宋子星道："我只是实话实说。"

宋子音道："大哥认为吴家妹妹如何？"

宋子星闻言，一挑眉，不急不缓道："很麻烦的一个女人。"

宋子音摇头失笑道："虽然她长得不如刘姐姐美丽，但她似乎很引人注目，她……很特别。"

宋子星笑而不语。

二人渐行渐远。

花无多与李赦一同步行来到凤楼，李赦个头儿很高却并不魁梧，虽身着锦衣手摇折扇，却没有当下一般公子的风流习气，反而有种从容优雅，明明一双凤眼长得勾魂夺魄，却偏偏给人一种阴沉的感觉。

李赦与南书书院的公子们有些不同，他不张扬，不像是商人，更别提还是巨商。

花无多一路胡思乱想，并不出声，他也不出声。

路上碰到穷人家的女儿卖身葬母，凄惨无比，一旁还有几个男子评头论足言语猥琐，可花无多只瞥了一眼，就走了。李赦一挑嘴角，随即跟上。路上又碰到几个兵丁踢打一个毫无还击之力的卖菜老头儿，花无多看了一眼，皱了一下眉头，却仍旧不闻不问，脚步不急不缓地继续向前走去。李赦见状，眸中有了更多的笑意。

凤楼掌柜及伙计早在门外等候，远远地便见他二人向此走来，忙上前笑脸相迎，招呼着。掌柜是个矮胖子，留着小胡须，满脸堆笑，很热情，却恰到好处，让人感觉很舒服。

花无多与他一同上了二楼，靠坐在椅子上，顺着开启的竹窗向下打量，可见楼下一小片竹林，天色微阴，有风自竹窗吹进来，花无多觉得很舒服。

他们并没有等，几乎是刚坐下来，热茶之后，精致的菜肴便陆续端了上来，还有清洌芳香、隔着老远便让花无多闻得流口水的凤楼名酒，竹叶青。

李赦欲为花无多斟酒，花无多收回了盯着酒坛子的目光，鼻端的味道告诉她，这不是昨晚喝过的竹叶青，似乎有哪里不太一样，便道："我不喝酒，只喝茶。"

李赦闻言挑眉，道："你昨晚可是喝了一坛子酒都没有醉。"

他竟然连这个都知道，花无多暗惊，却平静道："我从不与陌生人一起喝酒，尤其是具有危险性的陌生人。"

李赦一笑，道："你说话真直白。"

花无多道："谢谢夸奖。"

李赦又一挑眉，没再强求，只给自己倒了一杯酒，端起酒杯，在手中转着，只看不喝，道："这坛子酒，是我十年前亲自酿制并藏在此的，我亲手酿制的酒，我只和两种人喝。"

他话只说了一半，就不再说下去，明摆着吊花无多胃口。

花无多昨晚梦见乌龟星，等同于一夜噩梦，今天又被李赦叫醒，非自然醒，气本就不大顺。方才又碰见乌龟星，可谓倒霉至极，乌龟星三言两语就把不知情的李赦牵连其中，那句畜生搞的鬼，恐怕一段时间内花无多都会记忆犹新。

她此刻听了李赦的话，一声不吭，那表情明摆着告诉李赦，你愿意说就说不愿意说就不说。

李赦这人也怪，见花无多不问，偏也沉得住气，不多说，只微笑。

花无多不管这个那个的，她来这里的目的就是吃美食，一听李赦说那酒是自己酿制的，花无多暗自庆幸幸好没喝，她可不信富家公子能酿出什么好酒来。看着桌子中央最为醒目的一道菜，花无多起身拿起勺子打算动手去盛。

中间那道菜，名叫"翠湖春晓"，名字起得雅致，但实则却是一个掏空了的大西瓜和一圈大橙子。

盘子中间是个绿色直立的大西瓜，瓜身雕刻着精美的花纹，瓜皮绿色带花纹，瓜肉白色映青翠，瓜心已被除去，里面飘出浓香，闻起来似乎是汤。瓜顶像帽子一样扣在瓜身上，上面还带着新鲜的瓜藤，像是锅盖的把子。花无多起身，揪去瓜藤打开了瓜盖去看，里面装着微稠的金黄色汤，看不清是什么材料。一旁的小厮见状忙上来帮忙，伶俐地拿起西瓜旁摆放的大橙子，打开来，原来橙子也是挖空了的，拿起汤勺，从瓜心里舀出一勺汤来，放在橙子里面，放上小勺，递给了花无多，道："小姐请用。"

花无多接过，忙尝了一口，而后，目瞪口呆。

花无多怔怔问道："你花了多少银子请了这十二位师傅来做这一顿饭？"

李赦正稳稳接过小厮递过来的橙子，闻言笑道："没花银子。"

花无多道："为什么？"

李赦道："他们都是我自家酒楼里聘请的师傅，传个话过去也就来了。"

花无多微微颤抖，道："李家在江陵有几间酒楼？"

李赦笑道："不多。"却并不言明具体有多少家。

花无多又道："这凤楼是你家开的？"

李赦点了点头。

花无多道："五子居呢？"李赦曾经约她去五子居，但她没去，此时想起颇有蹊跷。

李赦道："也是。"

花无多喃喃道："难怪……"难怪昨晚他会突然出现在凤楼。

李赦尝了一口汤，便放下了手中的勺子和盛汤的橙子。

花无多又道："从今往后，你什么时候约我吃饭，我都出来。"言罢又尝了一口汤，眯起了眼睛，露出心满意足的样子。

李赦失笑道："你不只直白，还很简单。"

花无多扬眉一笑，道："谢谢夸奖。"

这一顿饭，吃得宾主尽欢，可是，花无多始终没喝酒，也没问李赦，是哪两种人才能喝他酿制的酒。不过，花无多见他喝完酒没有什么异状，暗道，看来，下一次还是可以喝的，那酒闻着真香。

花无多本想问李赦昨晚为何也走错了茅房，但又怕问得突然，李赦起疑，转念一想也没什么，便没提起。

吃完这顿饭未时已过，花无多与李赦离开凤楼，凤楼掌柜一路送到大门口，殷勤不减。

夏季午后微热，但因天阴，风又大，倒也舒服。花无多临离开凤楼时手里拿了一串葡萄和一个香蕉，边走边吃，边吃边吐，葡萄皮、葡萄籽，一路都是。李赦在一旁偶尔瞥一眼侯爷之女手里尚未扒皮的香蕉……再看一眼大街，表情有点儿异样。街上行人来来往往，凡擦肩而过者无不扫一眼花无多。话说，一个小姐，当街这么个吃法，还真有点儿……有辱斯文。

而这一切，花无多似乎没看到，自顾吃得津津有味，葡萄尚未吃完，已开始吃香蕉，但即便如此，李赦的步伐依旧不急不缓。

花无多吃完了香蕉，随手一扔，尚未走出去五步，就听身后扑哧，砰，哇呀几声，有人当街重重滑倒，而后那人开口大骂道："他奶奶的，是谁扔的香蕉皮！给老子滚出来，老子劈了你！"

李赦闻言回头，见一个浓眉大眼长胡子的大汉刚从地上摇晃着爬起来，他身旁还躺着几个方才被他一同拉倒的酒醉兵丁，恰是来时，当街殴打菜农的那几个人。四周百姓见状怕被连累纷纷躲避，一下子兵丁四周便空了出来。那几个兵丁喝醉了，半晌也没爬起来。

李赦转回头瞥向身旁的花无多，只见她仍不急不缓地走着，手里提着葡萄，扯下一颗，放入嘴里，咬了一下，眯起了眼睛，似乎葡萄很甜。

她自始至终都没回头，又是女人，那几个兵丁自然没想到是她，花无多和李赦无事人一般越走越远。花无多吃完了葡萄，扔了葡萄枝，拍了一下李赦的手臂道："晚膳你也一同请了吧。"

李赦闻言莞尔，见花无多说此话时，似乎极为自然而又很讲道理，不禁露出了一抹笑意，看着身旁眯着眼睛、嘴角挂着适意笑容的她，心头不觉为之一热。

他们二人已经走远了。那几个兵丁方才骂骂咧咧地爬了起来，这时，有个小兵慌慌张张地拨开人群冲了进来，对方才滑倒的那个大汉道："总兵，王爷手令，命仓司速送粮去唐州，命您负责押运，明日起程。"

那总兵接过手令一看，看到晋王大印，酒已醒了大半，忙提刀而去。众人随后。

离开凤楼，花无多与李赦同回晋王府，却在半路遇到了一群人，真的是一群人啊，各个花枝招展，招蜂引蝶，这群人不是别人，正是南书书院众位公子及其趾高气扬的书童陪侍们。

公子翌隔着两条街就看到了花无多，一下子冲了过来，拖过花无多就是一顿训斥，什么把大哥急死了，什么以为她不见了，什么被人轻薄了，什么让他们好找啊，什么不守妇道了，花无多看着口若悬河的公子翌……呆。

这一群明摆着上街勾引良家妇女的蜜蜂，难不成是出来找她的？花无多暗道：

打死她都不信。

花无多看着面前装模作样，当着李赦的面没完没了训斥她的假哥哥公子翌，不禁皱起了眉，只当公子翌说话似放屁，充耳不闻，面无表情……她这副表情惹来公子翌极大的不满，见公子翌不满，花无多忙低下了头去，用眼角余光斜睨了一眼身旁的李赦。见李赦看着滔滔不绝的公子翌，先惊讶了一下，很快地镇定下来，而后静听了一会儿，又玩味地勾起了唇角，一句话也不说，似在一旁听得起了兴致。花无多见状，暗暗摇头：没有同情心……刚想到此，就听李赦道："在下今晚做东，宴请翌公子兄妹，彼此交个朋友，不知翌公子意下如何？"李赦一开口，自然打断了公子翌的话。花无多双耳得救。

公子翌闻言，立刻闭嘴，可就在这时，刚摇摇晃晃走到面前的一群公子们摇着折扇道："李公子真客气，初次见面就请我们吃饭。"

"是啊，我们怎么好意思。"

"我们不能让李公子破费。"

"唉，贤兄此话差矣，李公子盛情，我们怎可不去啊。"

"是啊，你怎能驳了李公子的面子，要去，一定要去。"

"也对，哎，好吧，我去，我去。"好像很为难。

"那我也去。"

这时，站在最外面的公子语左看右看，勉为其难期期艾艾地道："你们都去？！哎，看来我不得不去了。"

花无多彻底无语。

这些人三言两语，一唱一和的，李赦今晚这顿饭已经骑虎难下，是不请也得请了。

公子翌在一旁笑而不语。

面对众人的目光，李赦点头微笑道："在下荣幸之至。"

闻言，公子翌彬彬有礼地拱手谢道："多谢李公子盛情相邀，请我们这些闲人吃饭。"

李赦回礼道："翌公子哪里话，人多才更加热闹，吃饭喝酒才有趣。"

"对！"闻言，公子巡一拍扇子，赞道，"喝酒吃饭就是人多才有趣，这句话我喜欢。一看这位公子与我们就是志同道合之人，在下开封赵巡，请问阁下？……"

李赦道："在下洛阳李赦。"

"洛阳李赦？莫非是……洛阳李家的三公子？"公子争惊道。

李赦道："正是在下。"

闻言，众公子面面相觑，静了半晌，而后……你一句李兄幸会，我一句李兄久仰……他一句李兄幸会幸会……众人一番自我介绍，很快就熟悉了，当街簇拥着李赦的那个亲热劲，就像偶遇多年不见的亲兄弟一样。眼瞅着，只一小会儿，李赦已多了五六个弟弟，而且个个是胞弟，一奶的那种。

花无多早已被挤出圈外，在一旁看得瞠目结舌，喃喃道："他们，还是老样子啊……"有甜头的时候两眼冒光，前赴后继，最好是分赃均匀，如果不均就很可能立刻撕破脸拼个你死我活……属于先发制人。

这时身旁有人问道："这半年你过得好吗？"

花无多抬眼望去，见公子修在对她说话，便对他展颜笑了笑，点了点头道："挺好的。"

公子修问完这句话后，便站在花无多身边，并不上前攀附李赦。

花无多看了他一眼，道："你也还是老样子。"

在花无多的心中，公子修的"老样子"其实就是有甜头出现的时候时常冷眼旁观，并不是不心动而是以静制动。换句话说，就是不浪费唇舌和体力，先让别人上，观察仔细后，再等着钻空子，属于后发制人。

公子修轻"嗯"了一声，自我感觉良好。

公子修并不知道花无多心中所想，否则表情绝不会这么自然。其实，花无多还是很肯定公子修的，因为，后发制人的人通常是最有本事的。

二人并肩而立，不再说话。

因李赦声称有事，众人散去。

公子翌、公子琪、公子修与花无多几人先行回了晋王府，其余人听说昨日已有几个妓舫到了江陵，正下榻在燕山馆，便寻了去。

回去的路上，花无多一直很奇怪，为什么公子琪能忍住不去燕山馆，更为什么连公子翌都能忍住?

直到回了晋王府，公子修带着书童离去之后，花无多才知道为什么公子翌和公子琪不去看美女。

院子中央，遣退了所有王府侍女，公子琪对她低声道："帮我们做两副面具，要快，明天就要。"

花无多问道："什么面具？"

公子琪道："一副晋王的面具，一副安字营总兵许耀武的面具。"

花无多道："晋王我认得，但这许耀武我没见过，做不了。"

公子翌闻言，笑了笑，道："你见过，就是踩了你的香蕉皮摔倒的那个人。"

花无多惊讶道："是他？"转念一想，面色微变，道，"你怎么知道？你们一直跟着我？！"

公子琪道："不是一直跟着，是恰巧看到。"

花无多不信，"真的？"

公子翌皱眉，似已有些不耐烦了，啪啪两声，拍了两下桌子，一下一张银票，道："一张一百两。"

二百两？！花无多眼角忍不住抽了几下，瞥了一眼桌子上的银票，愣是坚持没动。这时，又听公子琪笑道："你不是要劫富济贫吗？这一次我们干票大的。"

言毕，桌子上的银票已然不见了……

酉时三刻，众人齐聚五子居。

五子居前院是酒楼，但与凤楼不同，这里全是雅间，一间挨着一间，隔音效果很好，设计极为巧妙。出入也是有些地位身份之人，不像凤楼那般人声鼎沸，却是乐声袅袅，别有一番情趣。不过，越是这样的地方，花费越贵，在这里随便订一个雅间至少也要十几两银子，不是什么人都能来的。

众人由李赦带着，过了前院，入了后院。

五子居的后院，别有洞天。

四周红木高高围起，葫芦藤爬满了红木，遮蔽住这一方天地，间或夹杂着紫色的蔷薇花，阳光透过藤蔓映射进来，风儿吹过，即便是夏季也甚觉清爽宜人。

乐声悠悠，四下里未见有人弹奏，竟不知这乐音从何而来，疑似天上。

园中有青石铺地，中间凹陷荡着粼粼清水，水中立着高石，清水来自其上，水沿缝隙而下，涓涓游于四周。有一白衣女子，娉婷婀娜，长发及腰，正赤足在水中取水。一旁，有一方木桌，其上，烟尘袅袅，茶香四溢。

女子一抬眼看见李赦等人入内，纤纤玉指忙放下手中茶盏。起身走下清水砾石，向李赦盈盈拜倒，轻柔道："蓝玉见过三公子、众位公子、小姐。"

美女如斯，纤纤如玉，众公子不由得眼前大亮。

花无多低头走路，一时没注意前方有美女出现，一下子撞到了前面公子巡的后背。

公子巡回头一看是她，立刻转身摇着折扇微展双肩摆开姿势，露出一口小白牙，光灿灿道："再来一次。"

花无多刚想说好狗不挡道。就见后来居上的公子修一掌推开公子巡，面无表情地走了过去，边走边喃喃自语道："这里蚊子真多。"

公子巡握着拳头聚了几次的气，可一看见公子修，还是泄了。

花无多肆无忌惮地在一旁瞪大眼睛看着公子巡。公子巡见众人已然落座，正奇怪地看着他，悻悻地哼了一声，也自寻了个座位坐下。

人是美人，菜是好菜，酒是好酒，至于茶嘛……

应该很好喝吧，花无多暗想，美人的洗脚水煮出来的茶肯定别有风味（脚丫子味）。众人都喝茶了，唯独花无多没喝。身旁的公子翌发觉了，便低声问她为什么不喝，她用很低很低的声音老实回答了缘由，公子翌听后，再也没碰茶碗。公子琪看见二人交头接耳，便问公子翌怎么了，公子翌只答他和多多今天闹肚子，不适合喝这种茶。公子琪信以为真，点了点头，拿起手中茶碗喝了一口。公子翌在一旁咧了咧嘴，神情非常古怪，与花无多相视一笑，心照不宣。可惜公子琪并未看到二人的古怪眼神。但花无多右侧的公子修却似乎察觉了什么，也再没喝一口茶。

每上一道菜，几位公子都象征性地品尝几口，便放下了筷子，举止十分得体讲究。

菜已经上了满桌，不再上菜后，众人均放下筷子，喝酒聊天，只偶尔举筷夹一口菜吃。

花无多伸着筷子在菜里面翻香菇吃，翻到一个夹到碗里，再翻到一个再夹到碗里，再翻……嗯？怎么偌大的桌面就她一双筷子？这时，公子巡十分无礼地轻笑出声，花无多忙讪讪地收回筷子。

李赦微笑道："大家随意，不必过于拘礼。"带头伸筷子夹菜，众人连忙笑着附和，纷纷夹菜，花无多高兴起来，兴奋地再次伸出筷子。可这时候又发现，那些公子像是训练过似的，只捡面前的一两样菜，便又放下筷子说起话来，而整张桌子上还是只有她一双筷子……花无多心不甘情不愿地被迫又收回了筷子，其他人谈论着什么她不关心，但看着美味摆在眼前却不能享用，就那么渐渐凉掉，心里头那个心疼啊。

众人除了喝酒就是聊天，偶尔夹菜，也都夹得非常少，花无多没事干，专盯着有人拿起筷子夹菜时，她好跟着下手。

其中，公子修和公子翌夹菜的次数最多，但没人知道，其实他二人这么做都是被逼的……花无多左戳一下公子翌，公子翌就得拿筷子夹菜，右戳一下公子修，公子修也得配合着夹菜。后来公子翌不耐烦了，干脆把菜直接夹到花无多的碗里，公子翌的行为在其他人眼里看起来非常正常，哥哥照顾妹妹，天经地义，但公子修也夹菜给花无多……大家的眼神变了，看着二人那就是个暧昧。

酒过三巡，众人话题变多。

言谈中，众人先聊起了来参加凤舟赛的妓舫和比赛前呼声最高的几个才艺双绝的美人，后渐渐讲到凤舟赛自开朝以来曾经在几处州郡举行时发生的趣闻，说起这次在江陵举行……桌上几位公子同时摇头叹息。

公子争道："江陵之地，土地肥沃，物产丰富，南临长江，北依汉水，西控巴蜀，实是宝地。可惜，我们一路行来，所见所闻均触目惊心，江陵附近百里，百姓流离失所，曝尸荒野，贼寇横行作乱，地方府衙昏庸无能，既不镇压流寇，也不筹集衣粮抚恤百姓。唉，真是令人……唉！"

花无多正在吃公子翌夹到她碗里的糖醋排骨，闻言重重点头，嘴里都是食物不方便说话，只能用眼神严重表示同意。

公子讵瞥了一眼公子修，道："争，别说了。喝酒，喝酒！"

公子修面色沉郁，举起酒杯一饮而尽。晋王是他的叔父，少年时是皇上的陪读，从小与皇上一起长大，甚得皇上信任。后因带兵铲除意图谋反的宁王而加官晋爵，一路封王，江陵乃叔父晋王封地，江陵如此……

与众人同饮杯中酒，李赦笑道："在下得知，昨日已有几个妓舫到了江陵，苏州有凤来仪的姑娘和梓州花好月圆的姑娘们同住燕山馆。昨日因些缘由起了争执，约定今晚在燕山馆内摆下花擂，要在凤舟赛前先行一比高下，不知一会儿大家有没有兴趣同去看看？一切开销皆由在下负责。"

众位公子一听，去了方才尴尬神色，面面相觑，表面似在互相征求意见，实则内心正在极力掩饰着兴奋。今天下午他们就已经按捺不住先去看过了，这会儿听说燕山馆有花擂还怎么按捺得住。便一个个假意推辞了一番，然后又来了个顺水推舟。公子琪最后似不得已地开口道："李公子盛情，我们几人就恭敬不如从命了。"

李赦笑道："各位不必这么客气，众位公子肯给李某面子，李某已是感激不尽了。"

众人闻言立刻笑道："李兄太客气了。"

一顿饭吃得宾主尽欢，临走时，就花无多一人不怎么高兴，理由很简单，那碗离她最远的芙蓉玉米汤她没喝到……

出了五子居，众人本欲向燕山馆方向行去，但公子修却抱拳与众人告辞，“李公子盛情相邀，在下理应承情，但今晚在下还有些私事要去处理，就不同去了，还请李兄见谅。”

这时，花无多也站出来道：“我也是，今晚我也有些事，就不与大家同去了。”

其实这事儿花无多不去也罢，毕竟吴多多身为侯爷之女，大家闺秀并不适合出入燕山馆那样的污杂之地。所以她一开口，没人有异议，李赦自然也没有，象征性地挽留了二人几句，也便罢了。

但其实花无多心里不是这么想的，她之所以不去，是因为在她心里，才艺比赛有什么看的，又不是厨艺比赛。

李赦道：“既然如此，在下也不便强留二位，不过现下天色已晚，我唤两顶轿子送二位回晋王府。”

花无多连忙道谢。公子修也没有拒绝李赦的好意。

二人临行前，公子翌语重心长地拍着公子修的肩头道：“我把妹妹交给你了，你可要照顾好她，我就这么一个妹妹，她是我们家的金枝玉叶，不能出半点儿差错。”

众位公子见状取笑公子翌对妹妹真好，连公子修这样的人都不放心。公子琪笑道：“是个雄性他都不放心。”而后又指着公子翌补充道，“他连自己都不放心。”

众人闻言，哈哈大笑。

李赦默默地把一切看在眼里，笑而不语。

花无多今晚的确有事，她要做两个面具，而且时间紧迫。

公子修也有事，二人乘轿子同回了晋王府，而后互相告辞。

公子修去面见他的叔父晋王，花无多则返回了住处制作面具。

挥退了所有奴仆，花无多关了门窗，躲在内屋，先除去戴了一天的面具，在脸上涂抹上护肤的药泥，便开始制作面具。

大约到了子时，公子翌和公子琪方才回来，见花无多屋内有灯光，心知她很可能正在忙，便各自回屋睡下。

一夜无话，待第二日天未亮，花无多的面具已经做好。刚想戴上试试，想起脸上还糊着药泥，看着镜中自己的模样，忽然起了坏心眼，便趁天未亮摸黑偷偷潜入了公子琪的房间。

正睡得香甜的公子琪察觉有人进屋，睁开双眼便看见一白衣长发面容全黑只余一双眼睛像鬼一样站在窗口飘来飘去的女子，着实吓了一跳，猛地翻身坐起。花无多见他醒来，嘿嘿一笑，扬手把面具扔了过去，公子琪伸手一抓，花无多趁机越窗而逃，公子琪追到窗口已不见人影。不禁一怔，他揉了揉手中的东西，点燃蜡烛，仔细一看，不禁摇头失笑。

因时间仓促，面具做得并不十分精致，但已足够。公子琪收好了面具，早晨与公子翌同出了晋王府，并未叫醒正在补眠的花无多，还嘱咐所有伺候的下人不许打扰她睡觉，有多远躲多远。

花无多在屋里补眠，本来睡得好好的，突然惊觉屋中有人，睁开双眼一看，便见一人正坐在她床边，手里把玩着她的面具，似笑非笑地看着她，赫然是乌龟星。花无多刚大喊了两个字："有贼……"就听宋子星道："喊吧，我正想告诉大家你是假的，顺便领你回去养着。"

花无多突然闭嘴。就在这时，已经风干的药泥从花无多脸上掉落了一块……

宋子星双眸微眯，看得花无多一个激灵，忙捂住掉了一块药泥的地方。

"你是怎么进来的？"花无多横眉冷目，话刚说完，另一侧面颊上的药泥又掉了一块，忙用另一只手捂住。

宋子星眼中有了促狭的笑意，靠在床边，手指一圈圈甩着花无多的面具，懒洋洋地回道："当然是正大光明从门口走进来的。"

花无多盯着他手中的面具，看着面具在他指尖上旋转来旋转去，心里别提多别扭了，趁他不注意时突然伸手去抓，却被他闪开来，面具没抓到，脸上的药泥却又掉了几块……

宋子星大笑起来，指着捂着脸的花无多道："你现在这个样子，可真像四川境内的一种动物啊。"

第一次见乌龟星这般放声大笑，花无多愣了愣，用手轻轻地摸了摸脸，方知脸上的药泥几乎都掉了，只剩两只眼睛附近的还在。

宋子星似觉失态，咳了咳。

花无多没见过什么熊猫，自然不知道宋子星此话何意，但见他脸上那副憋笑憋得很痛苦的样子，心中不禁恼怒，一脚踢向床边的宋子星，却可气地被他侧身躲过。

见突袭又被他轻易躲过，花无多郁闷得眼睛都瞪圆了，可忽又想到自己眼睛边上松动的药泥，立刻放松下来不敢再瞪。如今只有那一点儿蒙面的东西了，不能再掉了……

花无多将腿缩进被子，用被子捂住脸，只露一双熊猫眼在外面，靠坐在床上。

她现下只着里衣，面对宋子星，虽然不惧，却很不自在，当下冷声道："出去！"

宋子星一扬眉，眼角眉梢全是忍不住的笑意，摇了摇头，仍旧站在那里不动，垂目看了看手中面具，再看了看花无多，忍不住笑道："看你长得挺白，想必真面目不算太丑，不如去了那些药泥，给我看看，如何？"

花无多用眼神将他千刀万剐。

宋子星笑道："我不逼你，我知你面目丑陋不敢示人，不过你也不用这么紧张。我其实早有心理准备，并不在乎你长得有多丑，顶多……当你戴了一副不入眼的面具好了。"

听到宋子星这么说她，花无多心里很不服气，她对自己的美貌虽然没什么概念，但却知道自己的真面目其实还不错。自幼爹爹就让她学习易容术，主要就是因为这张脸，从小爹爹就叮嘱她不要轻易以真面目示人，尤其行走江湖时，切记不能用真面目，所以她才时常戴着面具，即便在自家方府也很少有人见过她的真面目。

此刻，她心里虽然有些不服气，但却心知肚明宋子星是在激她，双手暗中在被子里摸了摸。

宋子星又道："既然你这么怕给我看，那我不看也罢。"

宋子星走向床边，一撩衣摆，又坐了下来，望着花无多，眼波流转，似笑非笑，直看得花无多头皮发麻，方才说道："其实，无论你戴着什么样的面具，是男装还是女装，我都能认……"他的话尚未说完，就惊见数枚银针突然同时迎面射来，他急忙闪躲，躲得相当狼狈。虽然躲开了要害，但面颊却被银针划出了一道细细的伤痕，血珠从伤处渗出，他抬起手指轻轻一擦，并未恼怒，只望着花无多瞬间收回的银针若有所思。

见宋子星受伤，花无多眼中多了一抹得意，冷声道："出去！"

宋子星似笑非笑答道："如果我不出去呢？"

花无多目光一冷，十枚银针再次向他射出，可就在这时，宋子星突然抽出腰间束带，在空中翻转一圈，恰好卷住了花无多控制银针的线。花无多见状冷笑，她这银丝线可非凡品，岂是一个腰带能束缚得了的，可下一刻，却完全出乎她的意料，丝线竟不能震碎那腰带！就在她惊讶那腰带是何神兵利器之时，腰带的尾部突然向她扫来，她急忙向后闪躲，可后面是墙，无处可躲，当下只能闭上眼睛硬撑着。只觉一阵凉风扫过面颊，却并无预期当中的疼痛之感，心中不禁一阵奇怪，睁开眼睛一看，只见宋子星正望着她，眼中闪过一抹惊艳，神色瞬息万变。

这种眼神……花无多心里咯噔一下，双手下意识地摸向双眼两边，果然……眼眶四周的药泥……全掉了。

要命了……难道又要跑吗？可是她跑不过他啊，这下该怎么办？！

就在她左右为难犹豫不决苦思脱身计策之际，宋子星突然将手里的面具扔了过来，草草地说了一句："戴上吧。"便转身出门去了。

花无多见宋子星就这样出了门，心中不禁一阵茫然，他怎么像是被自己吓跑了？想了半天也没想明白，她看了看手中的面具，犹豫了半晌，终于还是抵不住倦意，倒头再次睡去。

再次醒来时，已过午时，花无多腹中饥饿，便起了床。

整理好后，她出门一看，院里一个仆人、丫鬟也没有，无奈只得出院去寻人来帮她准备膳食。

因天气闷热，花无多在院子里吃，正吃得津津有味，就听见由远及近传来些许脚步声，细听之下有轻有重，俱是身怀武功之人。

她一抬头，正见公子琪和公子翌当先走进院子来，后面不远处跟着一群公子。花无多正满嘴的饭，一见院门外那群穿得花花绿绿的公子哥儿趾高气昂齐刷刷扇着扇子的模样，饭粒差点儿从嘴里掉出来。再看自己身边伺候着的丫鬟一个个面若桃花、娇羞不已的样子，花无多满嘴的饭都忘了咀嚼……这场面……无法不令人目瞪口呆……

众公子中，独缺公子修。

当晚，晋王又设下晚宴邀他们同去，花无多借口身体不适，推却了不去，那群公子一听多多妹妹生病了，这还得了？围着花无多是前前后后左左右右关心问候求医问药殷勤得花无多直冒冷汗。

就在这时，公子翌终于挺身而出，充分发挥了哥哥的作用，把这群心怀叵测一脸谄媚的色狼们先后拖了出去，打发了先去赴宴。

花无多正感激涕零地以为公子翌这是在救她，却未料公子翌转过头来第一句话便道：“妹妹哪里不舒服？要不要先去了脸上的面具透透气？”

“……”

花无多斜眼看着一脸不怀好意的公子翌，丝毫不理会。

这时坐在桌旁的公子琪笑了笑，道：“多多，我们已经找好了一个和你身形差不多的乐伎，很可靠，凤舟赛献艺之事你不必烦忧了。”

花无多闻言心中大喜，蹦跳着起身殷勤地给公子琪倒了杯茶。公子翌顺手把茶杯递过来，花无多却放下了茶壶，装作没看见，公子翌面色一沉。

三人围着桌子坐下。

花无多问起今日事情办得如何，二人闻言面色微变，却不多说。

花无多虽然不清楚他们到底去做了些什么，但隐约中还是知道几分。此刻见二人面色沉郁，隐隐觉得有些事情并不是自己喜欢知道的，也不愿强人所难，便不再过问。

公子翌、公子琪二人又稍坐了一会儿，便去赴宴了。

临出门前，公子琪对花无多道：“这件事，你不要向任何人提起。”

花无多笑道：“什么事？我都忘记了。”

公子琪轻轻一笑，恰似春风拂过，温柔而和煦，花无多看在眼中不禁心头一热。可就在这时，一只大手掌突然伸过来捂住了公子琪的一双眼睛，连拉带拖地把公子琪拖出了门去。公子翌边走边对花无多道：“别看他的眼睛，这小子长了一双勾魂夺魄的桃花眼，是女人都抵挡不了。”

公子琪笑着弹开了他的手掌，转头对花无多道：“早些休息。”

花无多笑着点了点头。

他们出了门，花无多随后关上了房门，却仍听公子翌边走边埋怨，“可恶，我怎么就没长你那双眼睛。”

又听公子琪笑道：“你埋怨这个干什么，要怨也要怨没长宋子星那双魅惑人心的凤眼才对，你没发觉吗？她从来不敢与宋子星对视。”

“也对，那小子长得跟你不相上下，可迷惑女人的本事却比你还要略胜一筹，我真是恨啊……”公子翌夸张地仰天长叹道，“既生瑜，何生亮！”

“呵呵……”夜色中传来公子琪的轻笑声。

躲在屋里的花无多也忍不住撇了撇嘴，暗道：这句话即便要说也要琪说才对。还有……她真的不敢和宋子星对视吗？

第十七章

凤凰碧月

王府的丫鬟、仆人大多去前殿伺候了，剩下的几个也被花无多打发走了。她一人留在屋里，闲来无事，便整理自己的东西，拿起兵器“十指金环”摆弄时，自然而然想起了宋子星的腰带，那绝对不是一条普通的腰带，那会是什么兵器？花无多百思不得其解，记忆中竟没有听说过这样一条腰带。

月半当空，夜风清爽，花无多整理好了东西，犹豫着要不要就此离开，毕竟宋子星看到了她的真面目，虽然没出什么事，可心里终究有些忐忑。可她一时还不想就这么离开。

夏季屋里闷热，她一时犹豫不决便吹熄了屋中烛火，出门一个纵身飞到了院里的桂花树上，花香袭人，令人陶醉。她选了最高的枝丫躺下，仰头望着星空，偶尔随着枝丫上下摆动，悠然自得起来。渐渐地忘却了心里的那丝隐忧和不安，她决定还是静观其变，随遇而安好了。

心情正渐渐好起来之时，突然惊觉对面房顶有人影一闪而过，只见那人身法轻灵，一瞬间便消失在夜色中。

花无多犹豫了片刻，方才趁着夜色随后追去。

那人并未走多远，便在一处偏僻的墙角停下，那人十分警觉，四下里看了许久，待确定无人跟随时，一闪身，蹿入了对面的一个小门。花无多远远俯身在屋檐上，不敢动弹，见那人消失，方才随后靠近了些许。

花无多乃习武之人，尤其擅长暗器，所以耳目要比常人灵敏许多。当下，她深知黑衣人武功了得，未敢跟随黑衣人从小门进入，而是跃上了附近的一棵高树。向墙内张望，却见墙内是一片小树林，其中一棵树后隐约有人影闪动，似有两人，均看不见面目。她侧耳倾听，便听一人轻声道：“凤凰碧月的下落属下已经探听到了。”

凤凰碧月……花无多双眼骤然发亮。

爹爹曾道：“百年之前，江陵白头老人炼制了一对半月弯刀，可隐可现。一把日下如凤凰，一把月下如青月，名为凤凰碧月，此兵器世间罕有，乃当今天下兵器排名榜上第三名。相传，得此刀者，可得一世美好姻缘。可惜爹爹寻了半生也未能找到，否则定当送给吾儿为及笄之礼。”

爹爹之语言犹在耳，面前二人竟探得凤凰碧月的下落，花无多心里此刻像是有爪子在挠，不得不垂涎，不得不心痒难耐。

方家以制造兵器闻名天下，花无多从小耳濡目染，自幼便酷爱兵器，而今得闻凤凰碧月的下落，激动得险些从树上跌下来。

“哦？”另外一人低声问道，“在何处？”

那人声音更低。

花无多凝神也只隐约听到“西南……翠竹茶……河边。”

言罢，那二人突然兵分两路消失在了夜色中，花无多没有去追。

她偷偷返回了自己居住的院落，在屋子里转了几圈，激动的心情才渐渐平复，平心静气下来，暗忖事情有点儿蹊跷，不知方才听到的消息是真还是假。思虑半晌，她方才决定不管是真是假，都要去冒险探上一探。

可现下的身份去哪里都很不方便……

花无多拿出面具挑选着，忽然想起了宋子星今天用手指甩面具的样子，灵光一闪，嘿嘿一笑，计上心来。

当晚，花无多一直在屋里忙。

公子翌和公子琪回来时见她屋里灯光仍亮着，公子翌便走过来在她窗边问道：“在忙什么还不睡？”

花无多从里屋走出来，回道：“睡了一天了，睡不着。”

月色如水，他似有些微醉，靠在窗边，懒洋洋的，显然他今天又被灌了不少酒。花无多忽然不由自主地想起了与他初见时的情景，满园菊花，幽香醉人，他一人独坐廊下，一边看书一边品酒，半闭双眼，心情似乎极好。阳光半照在他的身上，似佛光流水，悠然自得。可就在他一转头，一抬眼之后，一切的美好都被瞬间打破，那狂傲放肆的言行举止，还有他手中的那本春宫图……彻底颠覆了她对他最初的好印象，迄今为止，一想起来，仍想撇嘴。

公子翌看了她一会儿，发现她正怔怔地望着自己出神，目光一闪，拂袖转身而去。他边走边打了几个哈欠，语气似有点儿不耐烦道："身体不舒服就早点儿休息。"

"哦……"花无多望着他的背影心不在焉地应了一声。

远处，公子琪从窗口看着公子翌和花无多，目光淡淡。

夜半，公子琪和公子翌已经睡下。

花无多却身着夜行衣出了门。到了王府的浣衣房乱找了一通，终于找到了宋子星的衣服，嘿嘿一笑，撕下了一小块布料。

次日，花无多一早便偷偷出了王府，待公子翌和公子琪起床时，她已经返回了。

又过了一日，待公子翌和公子琪出了门，花无多方才起身，打发了所有仆人。一番打扮之后，她方才出门，一路大步走在王府中，路过的丫鬟、仆人全都恭敬地唤一声："宋将军。"

花无多装模作样地点了点头，一路向王府马厩走去，要了匹马后直奔西南河边。

她虽无宋子星高，相对而言也略显清瘦，但外貌、举止、声音都一丝不差，平常人等很难一眼看出她是假冒的。自然都以为她是宋子星，她更是早已探听好了，宋子星从昨天开始一直都不在王府，便更加肆无忌惮起来。

出了城门，一路快马疾驰，跑了近一个时辰，便远远看见路边有个翠竹搭建的茶棚，一些路人正在里面歇息喝茶。夏季闷热，花无多口干舌燥，便策马向茶棚奔去。尚距百步之远时，她忽然眼尖地看到一人含笑回首向她望来，那人不是别人，赫然是换了贫民装束的宋子星。花无多倒吸一口凉气，突然勒马，马儿长啸一声，前蹄高高扬起，竟险些将她掀落下来。待稳住了马匹，花无多惊见宋子星已在眼前，突然翻身坐在她身后，扯过她手中的缰绳，同时附耳在她耳畔笑道："我已经等你很久了，你来得可真迟。"

就在花无多惊觉自己中计之时，却听见一个过路的拄着拐杖的老婆婆道："凤凰，快看，一对一模一样的双胞胎！"

一旁搀扶着老妇的老人家回道："碧月，你明知道我现在眼睛花了，看不清啦，我们还是快些赶路吧。"

花无多脑袋嗡的一声，原来是这么个凤凰碧月……一个老头儿，再加一个老太太……

这时，又听宋子星在她耳畔笑道："你要找的，找到了吗？"

花无多全身都僵在那里。后背那人的气息隐隐散发出来，让她郁闷至极。她梗着脖子缓缓转过头去，微微扬起一侧额角，斜眼向背后的宋子星满怀敌意地盯去，却见宋子星一双凤目正看着她似笑非笑。在与她的目光相遇后，宋子星眸中似刹那点燃了什么，就在她既纳闷又奇怪宋子星那是什么狗屁眼神时，他的唇突然覆在了她的额角。

她惊住，以难以置信的神情怔在那里，竟忘了应该反击或者挣扎，那种前所未有的感觉，那种温热的柔软似已烫伤她的额角。本是侵犯，却莫名地觉得怪异，说不出来的怪异。

只轻轻一触，宋子星的唇便离开。他垂下眼眸看着花无多，只见她张着嘴，目光呆滞，眨眼之间，似突然反应过来，刚要面容扭曲，他却再次迅速低下头去，这一次，吻住了她的唇。

这时，一旁尚未离开的老妇突然开口惊道："凤凰，他们……他们……"

一旁眼神不太好的老者急忙问道："碧月，怎么了？出什么事了？"

老妇喘息了几下，方才颤抖道："他们……他们……"

老者颤抖着追问："他们怎么了？"

老妇忍耐似已达到了极限，大声惊道："他们在亲嘴！他们是断袖！"

那一声亲嘴让花无多如五雷轰顶。只觉得自己崩溃在即，也不知道怎么搞的，她竟从马上仰面栽了下去，狼狈地跌在地上，正疼得龇牙咧嘴，就听头顶有人轻笑道："你下次还敢扮成我的模样吗？"

花无多想都没想，咬牙切齿立刻大声地回道："敢！"

宋子星的眸中划过一道光，嘴角一挑，转头提缰纵马而去。临行前也不知是不是故意的，马蹄在地上胡乱踏了一番，扬了花无多一头一脸的灰，呛得她直咳嗽。

看着渐渐远去的一人一马，耳边忽闻愉悦的口哨声传来，花无多极其郁闷地仰面躺倒，双臂、双腿在空中发泄似的猛挥了数下。突然瞄到一旁尚未离去仍盯着她目瞪口呆的"凤凰碧月"二人，手脚瞬间僵住，尴尬之余一个鲤鱼打挺立马站起身来。一甩袖拍了拍身上的尘土，她侧目一睨"凤凰碧月"仍在发直地看着自己，一撇嘴，突然仰天大喊了一声。吓得"凤凰碧月"二人倒退数步，也引得不远处茶棚内的人向此处张望。当中有一人，二指端杯正淡饮粗茶，闻声亦微一抬眼，身后侍候的两位妙龄佳人似已会意，一人低声问道："公子……"那公子轻摇了下头，佳人会意未再言语。那公子放下茶杯转头向花无多所在方向看去，正见花无多愤愤地甩着衣袖，双臂微张，狠狠地踩着重步而去。身后一佳人见状轻轻地笑出声来，那公子眼中也有了一抹笑意，忽然道："那是个女人。"两位佳人闻言轻呼出声，想必都未曾想到。

花无多心里从未如此烦躁过，被乌龟星碰触过的额角灼灼燃烧，一想起嘴唇竟然也被他咬了一下……目光就不由得变得恶狠狠的。一路上走路的姿势，还有眼神，均令路人频频侧目。

因后日凤舟赛就要开始，这两日全国有名的乐伎齐聚江陵，自然也引来了无数风流才子，每日风花雪月酒醉勾栏，使得江陵之地遍地奢靡，满目繁华，仿佛那些被驱逐到城外的乞丐和流民从不曾存在。

花无多现下是宋子星的打扮，风流潇洒自不必说，但其咬牙切齿双目喷火横着走的样子自然令她的风流潇洒大打折扣。花无多心里憋着一股火，不知不觉间就走到了燕山馆。

燕山馆门口人来人往好不热闹，花无多此刻乃宋子星打扮，虽然表情并不友善但一看就是有钱人。燕山馆门口招揽客人的姑娘一见到花无多便笑着迎了上来，一声软语的"官人"，直叫得人酥酥麻麻。可花无多此刻心情糟糕至极，根本无心理会，匆匆而过。正在这时，一女子随后追了上来，边跑边喊："公子请留步！"

花无多怔了一下，便见一丫鬟装扮的女子手捧锦盒跑了过来，拦住了她的去路。那丫鬟先向她福了个身，而后略有羞赧地说道："公子，有位姓宋的公子托奴家交给公子一样礼物，还请公子收下。"

姓宋的公子？！花无多一听这姓立刻想到了宋子星，微一迟疑，还是伸手接过了丫鬟递到面前的锦盒，打开来一看……不由得眼角抽搐，嘴角痉挛。

一旁的丫鬟也顺势向锦盒内瞥了一眼，看清里面东西，脸一下子变得更红了，不禁讷讷道："公子……宋公子让奴家给公子传个话，宋公子说，宋公子说……"

丫鬟似乎颇为犹豫，宋公子了半天也未接下话去。花无多也无心去听，目光阴沉，不理会那丫鬟，狠狠抓住锦盒，不知在想着什么，半晌，方才转身离去，脚步似已隐隐有些踉跄。

那丫鬟要说出口的话似乎极难，几番犹豫，也未曾说全，但此刻见她要走了，似已顾不得许多，忙断断续续地说道："宋公子说……宋公子说……这兜肚非常……非常……非常地适合……你。"丫鬟越说越小声，最后一个字几乎细不可闻，但以花无多的耳力却仍听得清清楚楚。丫鬟说完这句话后大概也看出些端倪，目光闪躲，大红着脸站在那里，正有些不知所措，却突然听到一声闷响，不禁闻声望去，正见花无多与树撞在了一起，脸贴在树干上久久不见离开。随后又惊见花无多手中的锦盒一点点地被捏扁，丫鬟大惊，顿觉此地不宜久留，忙转身奔进了不远处的燕山馆。

而此刻不远处燕山馆小楼的二楼，有一人站在窗边，正向远处眺望，一手拿着酒杯浅饮，一手摇着水墨折扇，白衣蓝带，清雅风流。

此人向远处眺望的目光极富兴味，嘴角、眼梢全是笑意，望着望着，不知突然看见了什么，蓦地大笑起来。身后坐在桌边正大口喝酒的粗壮汉子闻声微微惊讶，忙起身来到窗口向同样的方向看去，看后亦大声笑道："哈哈！那是哪个傻子，大白天走路也会撞到树上。"

白衣男子闻言笑看了一眼汉子，道："你若看清她是谁，恐怕就笑不出来了。"

那汉子不禁奇道："为何？"

白衣男子浅笑一下，却不回答。

粗糙坚硬的树皮撞在脸上，疼！

可即便再疼也抑制不住花无多此时此刻内心的怒火！

兜肚！一个红色的兜肚！一个绣着牡丹的红色兜肚！宋子星竟然送了她一个兜肚！不仅如此，还说这兜肚非常……非常……非常……地适合——她！！！

花无多从未如此愤懑过，一路行去，直至快到晋王府门口，才发觉自己手中还紧紧地攥着那个该死的牡丹红兜肚。她一见此物，牙齿就咬得咯咯作响。正欲寻个角落丢弃，却恰好看到一旁有个卖纸鸢的，不由得眯起了双眼。

摊位后面挂着一个醒目的纸鸢，纸鸢上画着一个绸扇半掩着面的美人，纸鸢画工精致，更显得画中美人婀娜多娇，甚至美人纱衣下的牡丹红兜肚都隐约可见……

想起自己手中紧握着的东西……

是可忍孰不可忍！

黄昏时分，微风送爽。

花无多此刻仍是宋子星打扮，手中提着一个纸鸢，大步流星地走向了人潮最聚集的江陵大街。站在街中心举目四望，一眼锁定了不远处最高的城墙，突然纵身飞起，跃过无数人的头顶直飞上墙去，此种行径立刻引来四周百姓惊呼驻足。

花无多迎风立在墙头，一甩袖一回身，顾盼之间竟有种说不出的潇洒。

街上众人被这突发事件均打了个措手不及，一时都望向花无多看起了热闹。

花无多目光一扫墙下围观群众，突然举起手中纸鸢沿城墙飞跃起来，其身姿俊逸轻灵，动作行云流水，说不出的帅气，还有点儿被刺激后的疯狂。可这些都不是重点，重点是，她的手臂迎风高高举起，身后缓缓放飞一个十分耀眼的红色纸鸢，众人凝神仔细望去，赫然是一个牡丹红兜肚做成的纸鸢！

全场哗然！

这时，花无多一边施展轻功，一边高声言道："江陵的各位父老乡亲，在下乃江南宋子星，近日来到江陵，见此地山美水美，物华天宝，人杰地灵，放眼望去尽是美人。在下不才，想用这牡丹红兜肚做成的纸鸢放于天上，寻我天定的姻缘。纸鸢落于谁人之手，宋某就将娶谁为妻，不分男女老少，一切皆由天定！"

话音刚落，纸鸢之线忽断，纸鸢飘飘摇摇从天而降，众人四散奔逃……竟没一个想要接这纸鸢的。

想来也是，首先，江陵百姓并没有多少人识得宋子星；其次，花无多此等行为已属诡异，竟还敢当着这么多正常人的面说男女老少皆可娶为妻子！这种人不被人当成疯子也会被当成长得比较帅的疯子！

能不逃吗？

就在一片混乱当中，纸鸢坠落！众人凝神望去，竟见纸鸢真的砸在一人怀中！四周蓦地静默下来。

这时却见那人怀抱纸鸢，微一抬头与花无多的目光对了个正着。

花无多禁不住一激灵，忙大喊了一句："拿到纸鸢的那位公子，一定要来晋王府寻我啊！"言毕，身形迅速消失在江陵大街。

花无多遁得太匆忙，并未发现西边一角有两个熟人。其中之一是个身材魁梧的大汉，正怒视着她离去的背影，欲追将上去，却被一旁的白衣公子阻止。

就在这时，人群中突然有人指着白衣公子惊道："哎呀，大家快看，这人和那疯子长得一模一样！"

此言一出，立刻引来周围百姓的注意。众人顺着那人所指方向看去，却见一位白衣公子，面相清雅贵气，腰系蓝带悬翠玉，于人群中卓然而立。他左手轻扣一把折扇，折扇的一端正按压在魁梧大汉的胸前，看似并未用力，大汉却已上前不得。还别说，这位白衣蓝带的公子和刚才那位扬言男女老少皆娶的疯子真的很像，而且不是只像一点儿，简直似一个模子里刻出来的。众人不禁对这位公子指指点点起来，怀疑这人是那疯子的同胞兄弟。

那公子闻言先是一怔，而后见这许多人对自己指指点点不禁摇头失笑。

公子身边的大汉目光凶狠地瞪向了方才说话那人，正欲开口，却又被那公子的水墨折扇敲在嘴上，那大汉虽怒，但一看公子神色，立即收敛了几分。公子收回折扇，刷的一声在胸前打开，扇中水墨立现，却是一幅寓意高山流水遇知音的水墨折扇。白衣公子似有些哭笑不得地轻声叹息道："这个女人真的好麻烦……"

身边大汉听清了公子的话，不禁一脸古怪地看向白衣公子，白衣公子却道："我们走吧。"

大汉又瞥了一眼方才指着他家公子说像疯子的那人，却见那人早已躲在人群之后，其余人看见大汉气势逼人神色凶恶，也下意识地向后退缩。围观的人群自动为二人让开了路，大汉哼了一声便跟着那位公子走了。

此事，迅速在江陵街头巷尾传开。

花无多换了装束，身着一身绿色衣裙，裙裾随步摇摆，绿意盎然轻松惬意，仿佛为一天的阴霾带来了些许好心情。

花无多在做出那件事后，就已经打算好了，回去立刻向公子翌辞行，拿了自己藏在床顶的易容工具后即刻远走高飞。她只负责闹事，绝不负责善后，管它什么凤舟赛，江陵之地只要宋子星还在，便不宜久留。

花无多仿佛什么事都没发生一样若无其事地向晋王府走去。却在门口碰到了刚下马的李赦，此时已近黄昏，天色微暗，李赦见她一人独自自外归来，不禁沉下了目光，侯爷之女如此晚归，身边竟不带任何人，似乎颇有蹊跷。李赦心中虽有疑惑，面上却未露丝毫，与花无多寒暄几句，便相让而入。

夕阳揽照入园，墙边紫薇慵懒，身边佳人相伴，空气中淡淡萦绕着似花非花的香甜。李赦走得很慢，身边女子似也不急，心不在焉地亦步亦趋。

李赦问道："小姐平日里喜欢做些什么？"

花无多想都没想脱口便道："放纸鸢！"言罢立刻后悔。其实花无多平日里哪喜欢什么放纸鸢，只是心里一直未放下今日之事罢了。

李赦自然也听说了今日市集上"宋子星"当街放牡丹红兜肚纸鸢之事，一听放纸鸢，不禁嘴角上挑。

花无多见状，忙道："李公子呢？"

李赦道："在下最喜欢做的便是偷得浮生半日闲。"

花无多笑道："李公子果然是个大忙人。"

李赦闻言浅笑，又道："今晚王爷设宴邀我们同聚，听说是因府中来了一位贵客。"

"谁啊？"花无多随口问道。

李赦回道："四川唐门的一位公子。"

花无多闻言一怔，而后本就有点儿不平静的心变成了翻江倒海。四川唐门的公子？！她首先便想到了唐夜！

就在花无多惊怔之际，听一人高声道："李兄，小弟候你多时了！明日凤舟赛的评判李兄来是不来？"

花无多与李赦闻声望去，见世子刘谨急急迎面而来。

花无多原本打算找公子翌辞行的，却因李赦口中的贵客"四川唐门的公子"而改变了主意。四川唐门的公子，如果是唐夜……一想到这个名字，花无多就分外地有精神……

李赦被刘谨请了去，花无多无视刘谨离去时意味深长的目光，含笑目送他二人离开，而后独自一人步向东厢，远远地便听见东厢有争吵声传来。花无多皱起了眉头，她今日没有知会公子翌或公子琪一声就独自外出，傍晚方归，虽无惧他们问长问短，但终究觉得啰唆，而且院内看来不止他们二人，尚有其他人，须得找个时机偷偷摸进屋去，再想个借口敷衍敷衍。此刻见四下无人，她便提气一纵，双手扶趴在墙头，双脚脚尖寻了墙壁突出之处借力踩稳，而后谨慎地露出一双眼睛向院内望去。

花无多在墙头向东厢院内望去，只见院内有六人，两个丫鬟在旁侍候，居中坐有四人，公子语、公子谖、公子翌，另一个自然是焦不离孟的公子琪。当下，公子语与公子翌正在对弈，看样子似乎正杀得难分难解，他们的棋艺花无多非常清楚，真正是棋逢对手，一个臭棋篓子对另外一个臭棋篓子。本来应该观棋不语的两个君子却在一旁指指点点，一个说下这里，一个说下那里，正在争持不下，却在这时，忽听一个很好听的女声嬉笑道："公子，看，快看，墙头蹲着只癞蛤蟆。"

癞蛤蟆？墙头上的花无多闻言一呆。她纳闷地转头向声音来源望去，惊讶地看到墙下正有三人目光炯炯地注视着自己。一个身着墨绿色锦衣、气宇轩昂的公子；两个如花娇俏的女子，当中一个芊芊玉指还正指着她。

花无多心中暗暗惊疑，这三人是谁？什么时候到自己身边的？为什么她丝毫没有察觉？

想起刚刚听到的“癞蛤蟆”，望着指着自己的女子……

这……

花无多不禁哭笑不得，万分感慨道：“姑娘眼神真好。”

扑哧……另一个女子轻掩嘴角笑出声来。

绿衣公子灼灼的目光中也多了一抹笑意。

指着她说癞蛤蟆的少女却一跺脚，不服气地哼了一声。

花无多心里一阵哀号，心道此刻自己行藏定已败露，无心理会这一男两女，偷眼向院内看去，果见院中所有人的目光都锁在了墙头上的她身上，一见公子语那下巴脱臼惊天动地的模样花无多就是一阵头晕。想到公子语的“快人快语”，看来过不了多久，是个人都会知道她像个那啥一样爬在墙头了。本来穿绿衣服所带来的好心情也全都没了。

花无多二话不说赶忙跃下墙来，脚刚着地便听公子翌呵斥道：“多多进来！”

花无多撇了一下嘴，根本不理会旁边三人饶有兴味的眼神，自顾向门口走去，还未走到便见公子翌四人迎了出来。

公子翌等人出来亦看到院外的一男二女，绿衣公子目光一一扫过公子翌等人，表情漠然，却不多话，举步便走了，两个少女跟在后面。望着三人离去的背影，公子翌四人面面相觑，又询问似的看向花无多，却见花无多也是一脸茫然。

公子琪最先开口道：“多多，去准备一下，一会儿要去赴宴。”

见公子琪根本不质问她去哪儿了，也不问她方才为何爬在墙头，花无多心里一松，三步并作两步跑回了房。刚进了屋，她便耳尖地听到房外公子语极为纳闷地问道：“翌，你妹妹方才为何爬墙头？”

花无多闻言心里一阵紧张。就听公子翌讪笑道：“她是和我闹着玩呢，从小就这样，调皮得紧。哈哈，哈哈……”笑声任谁听到都觉得勉强。

这时，公子诓道：“方才那三人是谁？架势那么大！”

一句话，问得众人哑口无言。

见众人都没有答案，公子诓情不自禁地又开始了推理，目光深邃语气肯定地道：“单看衣着长相，行路悄无声息身法诡异，这几人必不是等闲人物。”

公子翌点了点头，肯定道：“嗯，的确都长得人模人样的。”

公子琪闻言轻笑，亦道：“那两个美人倒还将就，就是男的差了点儿。”

公子翌不以为然道：“和你比差了一点，和我比就差两点了。”

公子讵对公子翌之言完全嗤之以鼻，不屑道：“凡是男人和你比恐怕都差两点。”

公子翌郑重其事地摇了摇头，道：“非也，琪和我相比就只差一点！”

公子琪失笑道：“看来我还算不错。”

公子讵嫌弃地看了一眼公子翌。

这时，半天没有说话的公子语收回了四处探寻的目光，奇道：“刚刚美人说的癞蛤蟆在哪里？我怎么找了半天都没找到？”

闻言，公子琪和公子讵俱有些惊讶地看向了公子语，仿佛突然看到了一个笨蛋。

公子翌却是一笑，指了指那三人离去的方向，回道：“已经跟着那两个美人跑了。”

公子语闻言却是一脸的莫名其妙，半晌方才反应过来，公子翌说的是那位身着墨绿色衣衫的公子……不禁疑惑道：“可我刚刚没看到他爬在墙上啊，只有……”

公子琪和公子讵已经完全用鄙视的目光看向公子语了。

公子语也察觉出了不对，不再说下去，只打着哈欠说道：“昨晚屋里有蚊子，我没睡好。”这借口比公子翌方才那两声哈哈听着还要苍白……

公子翌早已不耐烦了，催促着公子语，“别废话了，快来下完这盘棋，这次你输定了。”

公子语一听很是不服气，撸袖子道：“鹿死谁手还未可知，小子休放狂言！”

房外又传来下棋吵架的声音，房中的花无多已开始换衣服了，刚刚还有点儿担心公子语四下乱说，可转念一想，反正公子语说的是吴多多又不是她，便不把这件事放在心上了。

当小姐最麻烦的事情就是穿着和打扮，小姐们每日里花费最多精力和时间的就是穿着和打扮，一点儿也马虎不得。但花无多却不是，她不曾用心打扮过。因为花无多认为，不管怎么打扮，在别人眼中看到的也不是真正的自己，所以只要过得去就行了。

若论长相，吴多多的相貌并不次于大方庄重的郡主刘玉和娇俏喜人的宋子音，但若论穿着打扮，花无多冒充的吴多多却明显差了一些。由于花无多一向随随便便，自一出场就被那二人比了下去，就连方才绿衣公子旁边随侍的两位少女看着也比花无多漂亮。

这一晚，花无多又一次随随便便地出席了晋王盛大的晚宴。

歌舞笙箫，觥筹交错，仿若盛世，天下太平。

宫灯挂满了晋王府的每一个角落，成百上千的烛火在大殿燃烧，鼓乐齐鸣，火焰的炽烈与舞姬婀娜柔美的身段相应和，时而令人血脉偾张，时而又令人迷醉。

今晚宋子星兄妹都未出席酒宴。郡主刘玉便被安排在了公子琪的旁边，面对美少年公子琪的谈笑风生，刘玉那比烛火更为艳丽娇羞的面色让花无多暗暗叹息了无数次。

刘玉今夜打扮得高贵而温婉，她一盛装出现便吸引了在座的一众公子。刘玉举止大方得体，面对刚摆上来的香喷喷的烤鱼也只是浅尝辄止，相对于吴多多举着筷子连吃了自己、公子翌、公子修三个人烤鱼的模样，简直一个天上一个地下。

看到公子修毫不避讳地将自己面前的烤鱼放到花无多面前，李赦含笑的目光在那盘烤鱼上停了片刻。

公子巡与公子争对视一眼，相继一叹，从彼此的眼神中看到：放手吧，放手吧……争不过公子修了。二人一同摇头叹息，为此惺惺相惜地互敬了一杯。

公子语看到公子翌的妹妹吴多多竟然举着筷子肆意吃掉了三条烤鱼，当中还有一向高傲又有洁癖的公子修主动送上的那一条时，下巴再次脱臼。

公子诓与公子紫阳看到公子语下巴脱臼的蠢样子，不禁目光嫌弃地双双撇向一边，只当没看见，什么都没看见。

席间讨论最多的便是明日的凤舟赛，花无多要登台献艺之事自然而然地被多次提起。每一个上前向公子翌敬酒的江陵官员都要拿此事赞美一番。公子翌通通很谦虚地用同一句话回答："大人谬赞，吾妹不及。"

这时所有敬酒的官员面上均带着满意的微笑，仿佛在说：的确不及……

席间也不时有人小声低语，间或提起兜肚、纸鸢，而后就是一阵或大或小的笑声，却无其他。虽然宋子星兄妹都没来，但看样子众人对此事也颇为顾忌，并不曾大声公然谈论提及。

饭菜入肚，酒过三巡，却始终未见什么贵客。

江陵的地方官员有几人已经喝得东倒西歪丑态百出了，花无多也已经吃饱了没事做开始不耐烦了。

席间偶然一个酒醉的官吏说漏了嘴，道出一件大事：前几日江陵粮仓险些被盗！此人话音未落……上座晋王的脸色已然变得难看。

花无多闻言却来了精神。

但见在座众人疑惑严肃的神色，晋王迟疑半晌，方才点头承认了下来，并向众人解释道："数日前，有人趁本王不在，捏造了假文书冒充军中将领意图盗粮仓，幸好被吾儿及时发现拦截下来，才未造成大的损失。唉……此次幸得吾儿及时发现，否则后果不堪设想，本王也无法向圣上交代！"

晋王三言两语似已把事情交代完，并且没有打算继续多说的意思。花无多不动声色，心知肚明此事绝不像晋王说得这么简单，不禁偷眼看向公子翌、公子琪。

只见公子翌先是惊讶地听晋王的言语，仿佛这事是头一次听说，而后在众人对晋王和世子刘谨的一片恭维声中，亦想不甘人后地敬酒却发现酒杯已空，一扬眉用竹筷敲了一下酒杯，道："倒酒！"身后婢女立刻为其斟满了酒杯。

再看公子琪，在众人对晋王和世子刘谨此起彼伏的一片恭维声中，公子琪敛衣起身，举杯敬向了刘谨，温文儒雅的脸上满是钦佩的神色，一本正经地道："晋王雄才大略，世子洞悉入微，父子同心坐守江东，岂容那种鸡鸣狗盗之徒在江陵兴风作浪。谨兄此番作为已为朝廷立下大功一件，小弟万分感佩，不才敬刘兄一杯。"

花无多忽然很想笑。

刘谨亦起身端起酒杯回道："琪公子过奖，这本是谨分内之事，发生这种事，谨本难辞其咎，何敢谈立什么功，琪公子客气，请！"刘谨举杯回敬，公子琪一笑与他一同饮尽杯中之酒。之后，其他人也纷纷上前敬酒。当中自然也包括公子翌。公子翌敬世子刘谨之时，刘谨却反而谢道："说来谨还应感谢多多妹妹明日肯在凤舟赛上行开场之礼，为吾妹解围，谨应回敬翌公子一杯。"

公子翌闻言笑道："谨兄客气，吾家小妹不懂事，此次能担当凤舟赛开场之礼这等大事，全凭王爷和谨兄的信任。"

刘谨被这许多人敬酒，当下也已有了醉意，闻言一笑，不禁道："谨曾听宋将军言，多多妹妹的歌声十分出色，闻者无不动容，今晚宾客云集，不知多多妹妹可否高歌一曲以祝酒兴？谨愿以琴瑟和之。"

这个要求其实是有些唐突的，但刘谨算半个主人，而且愿以琴瑟为吴多多伴奏，也不算过分。大殿再次静了下来，所有人的目光俱看向了花无多。

花无多看向了公子翌，公子翌亦转头看了她一眼，花无多向他摇了摇头，却听他转头间便哈哈大笑道："这有何难！"

闻言，花无多忽然有种想将他一掌打死的冲动。

刘谨当下吩咐道："去取我的琴来。"

下人立刻下去取了。

花无多气息微滞，面部表情却没什么变化。离她最近的公子修却似发觉了什么，侧目向她看去，只见她目光闪了一闪，继而拿起桌上的酒杯，偷偷将酒倒在了旁边公子翌的坐凳上，而后面不改色地将酒杯放回。

公子翌旁边坐着的恰好是李赦，李赦看了一眼公子翌的凳子，不动声色。

端着空酒杯慢慢悠悠归座的公子翌一无所知地坐了下去。

公子修目光闪过笑意，李赦也瞥了一眼公子翌。

公子翌似没任何察觉，见花无多不理他，便低声道："主人的要求不能直接拒绝，我一时也找不到借口，只有委屈你了，唱一首歌也不是难事。"言罢，见花无多仍不理他，便又低道了一句，"即便唱得不好也没什么，不怕，凡事有我。"

闻言，花无多的目光终于软了几分，公子翌看在眼里，心中一松，却忽听花无多道："打死我也不唱！"

公子翌气息一滞，忽道："一百两。"

花无多没回应。

"两百两。"

还是没回应。

公子翌信心十足，"五百两！"

仍然没回应。

不信了！

"一千两！！"

公子翌似从未见花无多对一件事这么固执过，不禁有些惊讶。

这时，公子修忽然道："她不愿意唱，何必勉强。"

公子翌横了一眼公子修道："可我已经答应了，现在怎么办？！"

公子修道："不知道。"

公子翌气绝。

花无多这时方道："罢了，我虽然不想唱歌，但我有办法解决这事。不过……"

公子翌忙问道："不过什么？"

花无多竖起了两根手指，公子翌无比惊讶道："两千两？"见花无多点头，公子翌马上道："成交！"好像怕花无多会反悔一样。

这下反倒换成花无多扼腕道："又要少了！"

见状，公子翌一脸的春风得意。

公子修第一次见到花无多和公子翌讨价还价的情形，淡漠的表情也控制不住地有点儿龟裂……

一旁的李赦也是一副同样的表情。

原来还可以这样的……

刘谨的琴已摆好，花无多起身拦下了殿内舞姬，取过舞姬身上的舞绫搭在肩上立于大殿中央。

所有人的目光都锁在她的身上，不知她为何取舞姬的舞绫，吴多多的打扮很随意，一眼看去与普通少女无异。她与高贵大方的郡主刘玉相比自然差了很多，而且方才吃东西的举止也着实没什么大家闺秀的样子。但现下她独自立于大殿之中，面对在座的王孙贵族大人们，顾盼之间的神色竟丝毫不惧，这种与生俱来的气势一看便是出身高贵的大家闺秀，不禁令人刮目相看。

李赦望着殿中的花无多，目光越发沉了几分。这个少女像是个谜，让人看不懂也捉摸不透。

刘谨坐在琴后等待花无多高歌。却见花无多取了舞姬的长绫搭在身上，转身对他甜甜笑道："谨哥哥，多多今日不唱歌，歌留在明日再唱，多多今日有幸能听到谨哥哥弹奏，不禁起了舞兴，亦有一个有趣的提议，不知可好？"

花无多的声音很甜美，微醉的刘谨不禁有点儿失神。

刘谨道："是何提议？多多妹妹请说。"

花无多道："多多想借谨哥哥的乐声与在场众位大人、公子们玩一个游戏，多多以舞应和谨哥哥的琴音，以绫为棒击打在殿中众位大人、公子的桌上。长绫击于谁人桌上，谁就饮一杯酒，不知可好？"

众人一听，这个游戏倒是新鲜，不禁也起了些许兴致。

刘谨道："多多妹妹这个点子倒是有趣。"

上座晋王笑道："那本王呢？"晋王坐于高处，长绫恐怕难以击到，花无多一笑回道："为免有人偷偷少喝、不喝，王爷可做个评判，发现有人取巧就多罚他三杯。"

晋王大笑道："好，好！"

这时，公子修却听到公子翌惋惜道："可惜了。"

公子修问道："可惜什么？"

公子翌一扬眉道：“难道你不好奇她为什么死都不肯唱歌？”

公子修瞥了他一眼道：“她不愿之事，我不好奇。”

公子翌道：“她是我妹妹。”

公子修道：“我知道她是谁。”

公子翌目光忽地沉了下去，他已听出公子修的弦外之音。

李赦忽然开口道：“她是谁？”

公子翌惊讶地回道：“我妹妹啊，李兄你喝醉了？”

李赦无语……

刘玉轻声对旁边的公子琪道：“没想到多多妹妹竟会有这许多奇思妙想。”刘玉声音有些低哑，喉咙似仍然未好。

公子琪道：“她一向顽皮任性，在家过于娇惯了。”

刘玉笑道：“多多妹妹天真烂漫，很是惹人怜爱。”

公子琪笑了笑，暗想天真烂漫这词用在花无多身上真是古怪。

已经喝醉了的公子语一手抓住公子诓的手，稀里糊涂自言自语道：“我怎么好像看到了花无多，你看到了吗？”

公子诓嫌弃地甩掉了公子语的爪子，道：“没看到。”

公子语转身又抓住了公子紫阳的手臂，道：“我好像看到翌尿裤子了，你看到了吗？”

公子紫阳刚喝进嘴里的酒差点儿喷出来，刚想说你喝醉了，只见公子语已经倒在桌子上不省人事了。

几个人当中酒量加酒品最差的就是公子语了，通常喝酒时最早醉的就是他，喝醉了最爱乱说话的还是他。所以公子语的醉话熟悉的人都不当回事。

公子巡对公子争道：“翌的妹妹我怎么越看越喜欢……”

公子争闻言劝道：“修已经摆明出手了，你死心吧。”

公子巡叹道：“唉，要是别人我就不让，不过既然是修……让了让了。”

公子争不以为然地道：“说得好听，好像是你让给修的一样，其实根本是你争不过修。”

公子巡颇为不满地道：“争，再怎么说我也是咱书院继琪、修、翌之后排行第四的美男子啊！你怎么可以这么说我！”

公子争：“……”

刘谨琴声响起，花无多随之而舞。

刘谨的琴音从开始缓缓的小河淌水渐渐变成汇聚百川的滚滚长河，直至波涛汹涌奔腾万里……一发不可收拾。

花无多的长绫随着舞姿飞扬旋转，长绫击出的速度越来越快，到最后，几近让人眼花缭乱，已分不清哪个是长绫哪个又是她。

软而长的绸缎在她的手中恍若有了生命，击打桌面的速度和力度完美地配合着琴音。这不是任何舞者能够做到的，刘玉已经完全惊呆。

公子翌一开始真的很惊讶花无多竟然会跳舞，据他所知，这个花无多除了吃喝拉撒睡再加上使坏心眼陷害人之外就没什么强项了，武功除外，那不是女人应该会的玩意儿，没想到她竟然还会跳舞？！真是稀罕……可惜公子翌当下还没怎么感叹，就被花无多小心眼地敲了无数次桌子，也不知到底喝了多少杯酒下去。公子翌的目光隐隐竟浮现了些许迷离，他醉了，这一次真的醉了，已多久没有醉过了。他还记得八岁那年他去酒房里偷酒喝，喝醉回去的路上险些被人推下河塘害死。因他醉酒险些溺水而亡还害了他的乳娘，自那时起他便发誓一定要做到不醉。十年过去他做到了，无论喝多少酒都未曾真正的醉过，但今日他却醉了。看着殿中如梦似幻的女子，公子翌忽然意识到了什么，一头伏趴在桌上，在不曾有人看到的角落，嘲讽似的扬起了嘴角。

大殿中的人谁也未曾想到，这个未曾在意也只是一时兴起的游戏，竟然会这般令人兴奋。只知道长绫敲在谁桌上谁就要喝酒！已没人在乎喝下了多少酒，只在乎美人的长绫到底敲在了谁的桌上，然后看着那人一口气喝下整杯酒，再继续盯着美人旋转的长绫飞出，敲在另一个人的桌上，继续看着那人豪气地喝下。长绫击打在桌面上发出砰的一声，仿佛敲在了自己的心上，心也会随之异常兴奋地跳动。随着击打的速度越来越快，越来越激昂，不知不觉内心已无法控制似的莫名兴奋，浑身血液也沸腾起来，好似这种场面即便喝死也心甘情愿。

正因这支舞，吴多多一夜之间扬名天下。

正因这支舞，公子琪有生以来第一次觉得公子翌花的两千两银子特别值！刚刚花无多和公子翌的讨价还价他全都听到了。

正因这支舞，郡主刘玉花了整整一天精心装扮的妆容似乎都黯淡失色了。

正因这支舞，大殿上完全清醒的人已经不多了。

自此之后直至很多年，宫廷中仍然很盛行这个行酒游戏，酒宴之上，舞姬的长绫击在谁的桌上，谁便要饮酒。

但自此以后，再也没有一个舞姬能跳出这样快、这样惊心动魄的舞。

只是多年以后，新帝登基，竟严令再也不许跳这种行酒舞，甚至宫中有个不成文的规定，宴席之上不许有舞姬用长绫跳舞。

至此，这种行酒舞才渐渐没落，直至消亡。

其实花无多的舞不完全是舞，而是舞中带武。花无多擅使软兵刃，所用的十指金环正是类似长绫这样的软兵刃，所以操纵长绫对她来说得心应手，腾空而起的那些舞蹈动作不过是这些日子里看过舞姬跳过的动作而已。花无多本身学武多年，对任何肢体动作记忆都很快，又因为轻功十分出色，更能将每一个动作姿态发挥到淋漓尽致。若说精致柔美她自然不敌那些舞姬，但若论张扬狂放，让长绫随心所欲地舞动，却是任何舞姬都不及她。

当宋子星走进大殿时，看到的正是这个场面，大殿上早已没有人注意到他何时进来，下人的通传也已不起作用。晋王正忙着看谁的桌子被击中、那人是否喝下酒去，不停地拍着桌面大叫："好！痛快！好！痛快啊，痛快！"

看在宋子星眼中，殿中每一个人都已变成了疯子，可待他看清殿中跳舞的竟然是花无多时也愣怔了。

场中飞舞的人影令人眼花缭乱，长绫击出时，砰的一声击打在桌面，发出类似心跳的声音，和着刘谨的琴音，时而如万马奔腾，激昂万丈，时而如白云出岫，翩若惊鸿。

宋子星立在大殿门口看着场中女子的身影，目光未曾移开。

晋王府管家悄悄退了出来，面上略显尴尬。他方才去通传晋王，晋王根本不听他讲还嫌他碍事将他推到了一边。他正不知怎么回答宋子星宋将军，却见宋子星一笑，似不甚在意，偏头低声向他吩咐了几句，管家立刻点头下去安排。

不一会儿，宋子星的座位竟安排在了花无多与公子修之间。

按理说，宋子星应坐在郡主刘玉和公子琪之间，花无多应该坐在公子翌和李赦之间。但今日一进大殿花无多就坐在了公子翌与公子修之间，公子翌问她为什么坐在这里，花无多的借口是这样方便夹菜……公子翌一时找不到理由反驳也只好随她去了。只因在他二人眼中，什么规矩礼仪都是粪土，谁敢搬出来教育另一方必然被耻笑，也难得在这一点上他俩出奇地有默契。

当宋子星刚坐下却尚未坐稳之际，便听见砰的一声，长绫的一端击在了他面前的桌上。他微一怔，便听见晋王大喊："宋将军，喝酒！喝酒！"宋子星举杯便一饮而尽，而后又是一击，他蓦地一笑，又是一杯，又是一击，又是一杯，如此反复，竟丝毫不惧。

殿中花无多的身影轻盈旋转飞舞，长绫时而如云雾散开，时而又如鸟儿展翅翱翔，令人眼花缭乱，可即便如此宋子星依然清楚地看清了花无多那副得意的眼神。宋子星笑，指尖有意无意地划过自己的唇。

宋子星此举令花无多想到今日被咬之事，目光不由得起了变化，她就不信了，喝不死他！

公子修的目光已瞥向了宋子星。

这个时候，伏趴在桌上的公子翌忽然坐了起来，一转头看见宋子星，一张嘴露出满口白牙，一笑，一挪位子，坐到了花无多原本坐的地方。他在宋子星喝酒的时候拍着宋子星的后背，酒气冲天地喝彩道："宋兄好样的！宋兄好酒量！"

李赦隔着一个座位都听见了公子翌拍出来的咚咚声。

却在这时，大殿外又走进一人来，那人身着墨绿衣衫，气质出众，一见便觉此人风流倜傥、气宇轩昂，必不是平常人等。

花无多最先发现那人，突然想到了什么，舞步停了下来，好奇地看向那人。

兴奋的晋王马上开口问道："多多为何停下？"可当他顺着花无多的目光看向了门口的那人之后却忽然站起身来。这时，只见绿衣公子上前拱手道："四川唐门唐枫、唐夜拜见晋王。"

此人一句话说了两个名字，可他只是一个人，众人正在疑惑，就见门口又走进一个人来，花无多一眼便看见了那人手中提着的牡丹红兜肚纸鸢……

他就是唐夜？！

霎时，所有清醒的，半清醒的，还有点儿清醒的，还有被这个名字吓清醒的人的目光全都汇集在绿衣公子后面的少年身上。

"毒王"唐夜！

传闻，在他三步之内都会被他身上的毒气熏死！

这时，酒醉不省人事的公子语似在梦中听到了一个名字，突然被吓醒。一睁开眼他就发现四周坐满了人，却是静悄悄的，静得有点儿诡异，偌大的一个地方所有人都石化了一样看向一个方向，他也顺势看去，咦？公子翌的妹妹吴多多怎么跑到大殿当中去了？嗯？这个绿衣公子好似在哪里见过……迷糊的目光移至绿衣公子身后的那个少年。不禁一呆，这少年是谁？如此古怪。

少年淡紫薄唇，苍白面色，一身黑衣系紫带，黑发金冠，后系琉璃银丝散落在发中，诡异却又夺目。少年双眸无情无欲漆黑如夜，手提一个红色纸鸢立于殿中，目光一一向在座众人扫去，直至宋子星处，停住。

公子语仔细一看，少年手中提着的赫然是一个红兜肚做成的纸鸢！这不是宋子星放飞的那个牡丹红兜肚吗？公子语忽然想了起来。难不成这人是来找宋子星的？难不成他真想和宋子星结秦晋之好？公子语心中如是想着，更加奇怪此人是谁，但在这种紧张诡异的情形下却又不敢轻易开口去问。

这时，王府管家请两位公子入座。

公子争旁边一直空着两个位置，自看到唐夜出现起便心若擂鼓。

唐枫与唐夜坐了下来，距离唐夜最近的，同时也是最不幸的果然是公子争。就在其他人暗自放心的时候，公子争非常艰难地方才忍住没有起身跑掉。

唐枫尚未坐稳便下意识地向远处挪了挪凳子，公子争一看，忙也学着他的样子挪了挪凳子，公子争旁边是公子巡，公子巡也挪了挪凳子，公子巡旁边是公子诓，公子诓也挪了挪凳子，公子诓旁边是公子语，公子语旁边是公子紫阳，就这样，大家都挪了挪凳子，挪啊挪啊的，大殿内一片挪凳子声。

花无多站在大殿中央凝视着唐夜，好笑地看到，距离唐夜三步以内……无人。

晋王目光转向刘谨，世子刘谨当即上前举杯笑道："今日能请得四川唐门两位公子莅临王府，在下与父王荣幸之至，在下先敬二位公子一杯。"

场中花无多见此情形心知应退，便向上座晋王施了一礼，欲退回自己的位置。公子翌霸占了她原来的座位，她看到了，这正合她意，她可不想坐在宋子星旁边相看两相厌，这样刚好。花无多尚未走回座位便听一人道："你站住。"

花无多闻言心中一惊，却仍然从容地回转头，见开口说话的果然是唐夜。

世子刘谨的酒杯仍然举着，唐枫的笑容此刻已僵在脸上。众人的目光射向了花无多与唐夜，花无多淡定地转身面向唐夜，微一施礼，道："唐公子可有事？"

唐夜将牡丹红兜肚纸鸢摆在桌上，向前一推，道："还给你。"

如果唐夜说的是"给你"，那很多人会误以为唐夜仰慕花无多，只是送的定情信物实在令人不敢恭维。

可是，唐夜说的是"还给你"，清清楚楚地多了一个"还"字，这真的无法不令人浮想联翩啊。所有人同时都有个疑问，唐夜是如何知道这个兜肚是吴多多的呢？有一件事可以肯定，唐夜见过吴多多的兜肚！怎么见的？何时见的？如何见的？真是让人万分好奇啊。

但宋子星怎么会将吴多多的兜肚做成纸鸢的？难不成宋子星偷了吴多多的兜肚……

在场除宋子星双眉紧皱外，其余人无不惊讶万分，同时想到了各种各样的可能。

众位公子你看我我看你，挤眼睛，撇嘴，笑容均有几分猥琐。

众位大人面面相觑，有叹息的，有冷笑的，有摇头的，也有等着看笑话的。

花无多呆呆地望着面前的兜肚，她真的从未想过，唐夜会在众目睽睽之下如此这般做法。一向巧舌如簧，自以为聪明绝顶，从来天不怕地不怕的花无多也呆住了。第一次深刻地体会到什么叫玩火自焚！

这时，她有三种选择：一、接过，二、装傻，三、逃。

接过，吴多多一世英名尽毁于此。她便间接伤害了那个笑的时候还会有点儿脸红的少女，她不能这么做，她毕竟是翌和琪的妹妹。

装傻，唐夜必然已经认出她来，否则不会说得如此肯定。如果装傻，很可能会适得其反，令唐夜再说出什么不该说的话来，会令自己进退维谷，后果将更加难以收拾。

逃，此刻之于她或许是个好选择，可惜因为自己方才的呆滞已错失了先机，如今再走已变成了不打自招，更留下话柄招人口舌。

就在这时，忽然有两个男声同时响起，“那是我的！”

是谁的？刘谨手中仍未放下的酒杯微微一颤。暗道：男人也会戴那玩意儿……

而且不止一个，是两个！

同时开口的二人互望了一眼，一个是公子翌，一个是宋子星。众人目光转移到此二人身上，若说宋子星说是他的还情有可原，毕竟兜肚纸鸢是他放的。此种做法虽然令许多人背后耻笑，但想起宋家，当面也得给几分薄面。可公子翌……

如果此时公子翌开口说：“我和她是兄妹，用同一件兜肚，你们没意见吧？”相信所有人都不会惊讶，毕竟狂放不羁的公子翌有什么做不出来的。

公子琪轻轻叹息了一声。

旁观的李赦发现几乎同一时间突然站起的公子修此刻又暗自坐下，不禁若有所思。

刘玉目光复杂地看向了公子翌，竟流露出一丝迷茫。

刘谨终于放下了酒杯，看向公子翌，问道："翌兄，此话何解？"刘谨故意没问宋子星，毕竟宋子星当街放兜肚纸鸢砸到一男子这事人证物证俱在。还真让他不敢轻易去问。

公子翌斜倚在桌边，不顾当下所有人惊异的注视，犹自醉眼蒙眬地笑道："咳，这兜肚是在下日前去燕山馆，杜芊芊送我的。我一直放在身上，未曾想不知何时掉了，倒让夜公子拾了去。哈哈，哈……"

第二个"哈"字还未出来便听宋子星接口道："那的确是杜芊芊的兜肚，不过，杜芊芊今日也赠给我同样的一个。"

闻言，公子翌赶忙闭上了嘴，猛拍着宋子星的肩膀大笑道："原来如此，我说兜肚怎么这么面熟，以为是自己的那个，倒一时忘了今日下午宋兄也曾用过。"公子翌话中有话，任何人都听得出来他指的是宋子星今日下午当街放纸鸢这事。

宋子星一笑，竟不置可否。

唐夜瞥了二人一眼，没有言语。

此事除了杜芊芊之外，无人知道是否是真的。公子翌说的话很可能是为妹妹解围，但宋子星说的话却十有八九是真的，毕竟今天下午放纸鸢这事人尽皆知。难不成真是唐夜认错了？可唐夜为什么会说是吴多多的呢？众人虽有疑惑，却无人敢去当面追问"毒王"唐夜。

这时，花无多冷静地自唐夜面前拿过兜肚纸鸢，行至宋子星面前一放，笑道："还给你。"

宋子星似笑非笑地看了她一眼，道："谢谢。"

花无多很有礼貌地回了一句："不客气。"

公子修却于这时，不声不响地饮尽了杯中酒。

自此以后，宋子星当街放兜肚纸鸢之事被确定为事实。证据确凿，已毋庸置疑了。

宋子星自己也未曾想到，竟在这样的机缘巧合下，亲自默许了这件事。

这事很可能成为自己一生也抹不去的污点，终生被人耻笑。

宋子星微微扬起了嘴角，笑自己，的确可笑……

任何人都预料得到，唐夜是不会道歉的。但却想不到，吴多多竟对此事毫不在乎。不追究，不埋怨。虽然对方是唐夜，没人敢多问，吴多多不追究也情有可原，但仍能笑靥如花平心静气地将兜肚拿给宋子星，而后再回到座位一副不以为然的样子，却不是一般女子能够做到的。

这一晚虽然过得跌宕起伏，但最后却是索然无味地收场。

酒宴结束时已近深夜，许多大人、公子都是被搀扶着出了大殿。有些实在醉得厉害的，只好安排暂住王府一宿。

公子翌摇摇晃晃地站了起来，边走边下意识地摸了一下后面，无比纳闷地自言自语道：“怎么湿了……”

他本无意一语，却让跟在后面喝得东倒西歪的公子语听到，公子语稀里糊涂地回了一句：“没憋住吧。”

公子翌迷迷糊糊道：“是吗？可前面怎么没湿？”

“……”这回公子语无法回答了。

这时花无多上前扶住公子翌道：“哥，我扶你回去吧。”

公子翌对她一笑，天经地义般地靠了过去，二人并肩而行。

花无多在他耳边道：“我给你带来了很多麻烦吧。”

公子翌低低道：“我早就习惯了。”

闻言，花无多微微一笑，不再言语。

这时，才和刘谨、刘玉寒暄过后的公子琪也随后跟了上来，并遣退了提灯引路的婢女。

夜风迎面吹过，明月悬于深空，偶尔几片轻叶飘落，四下里出奇地安静。

三人缓步而行，不知都在想着什么，均不言语。

在花无多心里，今晚的震撼不在于见到了唐夜，而在于宋子星的挺身而出。公子翌的公然袒护或许是为了妹妹吴多多的名节，但宋子星……花无多猜不透也想不通，宋子星为何那般做法，宋子星一向令她厌恶，但今晚却颇为出乎意料。以宋子星的奸诈，又怎会默认了那等不入流的事去。

至于唐夜，今日一见，虽不惧，但也不想再招惹，或许姐姐说得对，唐夜这人她惹不起。如此轻易便能辨识出是她放的纸鸢，此人真的很可怕。而且他浑身是毒，从其兄唐枫也对他敬而远之的情形来看，或许此言非虚。开玩笑，她可不想用自己的小命为一时意气博弈。识时务者为俊杰，面对唐夜，她选择退避三舍，并且敬而远之，不打算再招惹此人。

但缘分往往如此，茫茫人海，一个兜肚从天而降都可以砸到他的话，又岂是想避便避得了的。

三人各怀心事，行了一段路后，公子琪忽然道：“还有两三个时辰天就亮了，我们一同去看日出如何？”

花无多满腹心事，肯定难以入睡，便道：“我不反对。”

公子翌道：“去哪里看？”

公子琪道：“此处最高的地方便是晋王的议事厅房顶。”

公子翌道：“走吧。”

夜色如水，漫天星辰。三人仰躺在议事厅房顶望着夜空，公子翌居中，花无多、公子琪分居两侧。

晋王的议事厅房顶的确很高，房下官兵巡逻频繁，四周还有守卫看守。方才爬房顶时，公子翌酒醉后蹩脚的轻功险些被人发现，还是花无多急中生智学猫叫方才解难。

议事厅房顶偏高，瓦砾硌着并不好躺，不过四周高高扬起的屋檐倒正好当作隐蔽，四下均有守卫，三人聊起天来也是十分小心。

花无多望着漫天闪烁的星辰，伸手去拨，仿佛这样能将天上的星星拨乱。

公子琪笑道：“无多今日之舞着实令人惊艳。”

公子翌闻言不以为然道：“不过仗着轻功好，卖弄而已。”

花无多嗤之以鼻，道：“还不是被你害的，否则我才不去跳。”

公子翌一下子来了精神：“我可是花了两千两银子的！”两只手指故意伸在花无多面前，放大。

花无多一听两千两银子便眉开眼笑起来，白银两千两哪，想起来就开心。

公子琪道：“我觉得这次是你花钱花得最值的一次。”

公子翌斜眼睨着公子琪道：“琪，花骨朵一支舞把你迷得神魂颠倒了吧，竟帮着她说话。”

公子琪道：“非也，我乃实话实说也。”

花无多闻言极为得意。

公子翌嗤之以鼻。

公子琪忽而一叹，道：“唐夜原来长成这个样子。”

公子翌也颇为惋惜地一叹道：“是啊，连人模人样都算不上。”

“噗……”花无多喷笑出来，立刻看到旁边的公子翌横了她一眼，忙用双手捂住自己的嘴巴，眼睛却已笑得弯弯。

公子琪叹息道：“他定是自幼食毒，所以才会那般模样。”言语之中竟有点儿怜惜。

花无多好奇问道：“靠近他三步以内真的会死吗？”

公子琪道：“不清楚，不过传言的确如此。”

公子翌道：“你当时去拿纸鸢的时候差不多距他就有三步，可惜你没死，看来传言不可信。”

公子琪道：“是啊，传言不可尽信，不过，无多去拿纸鸢时的镇定，真让人佩服。”

花无多闻言不禁得意扬扬，道：“那当然，我是谁啊！”

斜睨着花无多的自鸣得意，公子翌无语。

公子琪道：“无多，你和宋子星到底有何牵扯？”

花无多道：“我和他一点儿也不熟。”

公子翌道：“鬼才信。”

花无多不以为然，道：“爱信不信。”

公子琪轻轻笑了起来。暗夜中，低低浅浅的，很好听。

花无多也轻轻笑了起来，想到两千两就有很好的心情。伸出手，她向夜空胡乱地画着。

公子翌望着夜空不再言语。

三人等待着太阳升起的那一刻。可还没过多久，公子翌就发觉身边的花无多偏头靠在自己的手臂上，呼吸清浅均匀，就这样睡着了……唉，真是没心没肺。

月色下，恍然映出公子翌淡淡的浅笑。

公子琪对月低低叹息了一声，浅吟道：

天阶夜色凉如水，卧看牵牛织女星……

公子翌却在这时道：“晋王议事厅房顶一点儿也不好待，下次不来了。”

“……”

第二日，卯时初刻，天边的太阳迎着朝霞冉冉升起，原本要看日出的三人，却东倒西歪地仰躺在晋王议事厅房顶睡得一塌糊涂。当三人醒来时，太阳已露出圆圆的脸来。

因凤舟赛之故，今日晋王并未议事，府中守卫也比平日松懈不少，也幸好如此，否则他三人的恶形恶状要是被人发现了，可就不好办了。但公子翌与公子琪似乎并不在乎被人发现，否则也不会任由自己睡到这个时候。

唯有花无多望着议事厅下一大早精神抖擞站得笔直的守卫，问了一句：“如果被发现了怎么办？”

公子翌听到了，满不在乎地答道：“就说你扑蝴蝶不小心扑到了这里。”

公子琪闻言哭笑不得，问道：“那我们俩呢？”

公子翌答：“我俩是帮忙扑的。”

闻言，花无多与公子琪互望一眼，无语凝噎。

花无多寻到机会正欲施展轻功而去，却被公子琪拽住，“无多，你轻功最好，先下去引开守卫，我和翌才好寻得机会离开。”

花无多本欲点头答应，却又忽然想起一事，忙问道：“凤舟赛怎么办？”

公子琪如春风般和煦微笑道：“放心，一切我都安排好了。”

花无多看了一眼公子琪那副望之亲切无比，实则笑里藏刀的笑颜。心里不禁有些没底，她问道：“真的？”

公子琪笑着点了点头，道：“当然是真的。”

花无多听了这话不知为何心里更加没底，却又说不出什么，便不再多言，足尖一点，瞬间消失在楼宇之间。

眼看花无多身影消失，公子琪不禁有点儿泄气，原本是叫花无多先引开守卫让他们择机而逃的！可……那个花无多竟然给忘了……公子琪收回无奈而渴望的目光，瞥了一眼旁边的公子翌，不禁哀叹，他就知道，这年头谁也靠不住，本来还想偷点儿懒的，可惜剩下的这个还不如自己！看来凡事还得靠自己啊！

见花无多走远了，公子翌这才开口道：“你真为她安排了替身？难道你不好奇为什么她死都不肯唱歌？”

公子琪略一沉吟，道：“我的确安排了替身。不过……”

公子翌一听，一副意料之中的表情，问道：“不过什么？”

公子琪一笑，道：“不过，我更怕她临场逃跑，坏了我们的计划。所以我的确安排了一个替身。”

公子翌瞥了他一眼，当即道：“我不信。”

公子琪似笑非笑道：“爱信不信。”言罢，一掠而去。

三人先后离开晋王议事厅房顶，各自潜回屋内。

第十八章

凤舟大赛

清晨的露珠在花瓣间晶莹欲滴，早起的鸟儿在枝丫间飞来跃去，天空浮云随性绽放，似在迎接初升的太阳。

这是一个多么可爱的早晨。

花无多一路小心地潜回房中，一进屋便觉不对，昨夜似有外人来过。她忙寻到床顶，翻出自己易容用的宝贝包袱清点了一遍，见东西都在，这才放下心来，不禁疑惑，会是谁进来过？尚未细想便听王府的婢女在门外敲门，低声问她起了没有。花无多忙翻倒在床上扒了衣服躺倒，而后语气慵懒地应道："进来吧。"

今日吴多多算是个重要人物，开场之礼是凤舟赛的重头戏，绝不能马虎。想是上面有过交代，晋王府上下奴仆对吴多多格外殷勤。

公子琪与公子翌随后一路潜回各自屋中，忙着更衣梳洗，暂且不说。只说花无多此刻被一众婢女围绕，刘玉派人送来了专门为凤舟赛开场之礼定制的华服，她没机会穿了，便转送给了吴多多。

花无多梳洗过后，在婢女的侍候下穿上了衣服。这衣服是为刘玉量身定做的，花无多身材偏高，按理可能会短，可这华服却与平常衣服不同，下衣摆很长，即便花无多身材高挑，穿上之后下摆依然铺展于地，衣服后面更像孔雀的尾巴，华丽不说还长长地拖着。双臂一展，便如孔雀开了屏。如果换了刘玉穿，可以想见，这衣服该是多么的华丽而张扬。花无多心里正想着孔雀，就听旁边婢女无比羡慕地说："这件蝴蝶彩衣，可是郡主为凤舟赛专门定做的。听说这衣料可是皇后亲赏的，衣服上所绣图案也是郡主亲自画的图样，经由江陵手工最好的三个绣女绣了一个多月方才绣出的呢，郡主为了这件彩衣着实耗费了不少心神。"

竟然是蝴蝶？她还以为是孔雀呢……花无多暗道。

花无多当下笑道："此衣如此贵重，凤舟赛后多多定要亲自去谢过郡主。"

那婢女闻言笑道：“小姐客气了，我家郡主本就十分感谢小姐出面为她解了凤舟赛开场之围，这区区衣服又何足挂齿。”

花无多微微一笑，不再言语。

一个名为喜鹊的丫头正在为花无多梳头，梳的正是当下最流行的蝴蝶发髻。头发梳完后，众人都在一旁惊叹，一个劲地夸好看，唯花无多照着镜子看后便不敢再看，这哪里是蝴蝶啊，耳后长了两个猪一样的大耳朵，脑后还挽着一个犀牛角！能把头发梳成这样，也难为这个喜鹊了。想起这位喜鹊方才梳头的认真模样，花无多真不好意思说什么。

喜鹊在一大堆首饰当中选出了几支白色花钿嵌入花无多的两个“大耳朵中”，再于额前悬扣翡翠珠链，又在花无多脑后别入两个浅蓝花钗，左看右看方才满意地点了点头。

花无多提心吊胆地又拿起了镜子，这一看方才放下心来，还好，“猪耳朵”打了耳洞看着倒还将就。只是不知道一会儿换替身时，替身会不会梳这个头发了，花无多想到此不禁心中惴惴不安，这可真是个问题。

换好华服，在众人的陪同下，花无多终于出了屋门，拖着长而华丽的“尾巴”就要乘车赶往凤舟赛了。

却在开门的一刹那，惊讶地看到无数双炯炯有神的眼睛同时注视着自己。噗……的一声，公子翌更是将口中的茶水喷了出来，当场吓了花无多一跳。

却在这时，院中响起了此起彼伏的惊叹声。

花无多并未料到，竟来了如此多的公子。

公子语、公子巡、公子争、公子紫阳、公子诓全来了。

就在方才公子翌和公子琪返回后没多久，公子诓一群人便来到了东厢，美其名曰寻他二人同去凤舟赛，可刚一进院子，各位公子哥儿的目光均有意无意地向吴多多所住的屋子瞄来瞄去。

若换成书院，这些人的眼珠子怕早就贴到吴多多的窗户缝上去了，但此地毕竟是王府，他们都是有身份的公子，虽然想看，却也不敢太过明目张胆。忍耐了许久，公子巡最先问出了大家心中所想：“多多妹妹不知道打扮好了没有？”

公子琪道：“还在打扮。”

公子琪话音刚落，就见吴多多的房门打了开来，一个灵巧的丫鬟先出了房门，而后小心翼翼地搀扶出来一位衣着张扬华贵的小姐。

就在众人目不转睛地盯着吴多多七嘴八舌地夸张称赞外加言辞渗透甜言和蜜语时，公子琪重重地咳了一声，打断了众人排山倒海般的阿谀谄媚，道："喜鹊，扶小姐上车吧。"

"是，公子。"喜鹊道，喜鹊声音很柔，极为好听。

花无多看了一眼喜鹊，立刻会意此人可信，暗道：这下省事了，不用担心这个复杂的蝴蝶发式替身不会梳了。

这时的公子翌还在旁边咳个不停，似被刚刚的茶水呛得挺厉害。

花无多微微向众人施了一礼道："各位哥哥，多多先行一步。"

这些公子赶忙闭嘴收起手中折扇，一个个人模人样风度翩翩地还了一礼。

马车已在门外备好，众目睽睽之下，喜鹊搀扶着吴多多登上了马车。上车之前，花无多看清赶车的正是杜小喜，心中安定了几分。

一路无话，自赶往凤舟赛。

花无多前脚刚走，公子巡等人就急急忙忙地拖着公子翌和公子琪跟了上去。

喜鹊虽名喜鹊却一点儿也不多话，坐入车中后，一路无声，花无多暗暗揣测喜鹊是何人，这才有心发觉，喜鹊身高和体态都和自己相似，心中便有了计量。

似乎没过多久，吱吱嘎嘎的车轮正唱得花无多昏昏欲睡，便听喜鹊道："小姐，到了。"

花无多在喜鹊的帮助下拖着厚重的衣摆，下了车。在喜鹊的引领下，提步向阁楼二楼而去。

阁楼下有两名护卫看守，这两名护卫花无多也认得，是公子翌来江陵八大护卫的其中两个。

看到身边都是熟悉之人，想来公子琪准备得还不错，花无多完全放心了，提步悠然走上阁楼。

可就在她和喜鹊刚刚进入阁楼回身关门之际，突然由内闪出一人，手法极快且悄无声息地点住了花无多的穴道，并同时点晕了喜鹊。花无多毫无防备，被那人一点即中，心中大惊，略微定神，定睛一看，此人不是别人，正是乌龟星！

猜不出他所为何来，为什么又会选在这个时候在这里等她，此刻时间有限不宜拖延，花无多略微定了定心神，怒视着他，几个字从牙缝里蹦了出来，"你待如何？！"

宋子星悠然在厅内坐了下去，道："我来是想给你讲个故事。"

此言一出顿时令花无多哭笑不得，不禁哼道：“谁有心情听你讲故事！”

宋子星不理她，给自己倒了杯茶，浅饮一口，自顾讲了起来，也不管那人爱不爱听，“在我十三四岁的时候，有一次和爹爹去拜访一位远方的叔伯，爹爹和叔伯在书房商谈要事，我独自一人在花园里闲逛。叔伯的庭院很大，有些复杂，我无心乱走竟迷了路，一时无法返回又遇不到人带路。正在苦恼之际，忽听隔墙有女孩的笑声，我跃至墙上本想向她问路，却未料忽然听到了她的歌声……”宋子星讲到此处突然停住，意味深长地注视着花无多，忽然长长叹息了一声，“唉……”

此刻的花无多目光已然大变，呼吸似在这一刻都要停止了，脑海一片混乱，竟隐隐有种窒息的感觉，完蛋了，真的完蛋了，原来他就是……小时候爬墙头偷看她荡秋千，而后无意中听到她的歌声被吓得从墙头上跌下去，很不幸的屁股硌在石头上，离开她家时听说仍然一瘸一拐的那个少年！

这么说，宋子星在小时候就见过她！

那么，宋子星此番提及，定然是已经知道……她是谁！

花无多看向宋子星的目光已由惊讶变成了惊吓！

竟然是他！

老天爷啊，天地这般大，为何长大了你还要我碰到他！

宋子星讲的确是自己的故事，不过当中颇含水分，当年他并不是因迷路才爬墙偷看小方若兮的，而且之所以摔得那么狼狈，原因也不是那么简单。

但花无多哪里知道，就在宋子星讲这个故事的同时，她的目光不知不觉已泄露了太多，毕竟这是她心中一直耿耿于怀的阴影，此刻又被一个熟悉之人当面揭穿，心中起伏不定一时难以控制也在所难免。

虽然已极力控制，却还是泄露了太多。此刻看着宋子星既可恨又可憎的样子，她已无话好说，暗道既然如此，便将心一横，道：“休要废话，你待如何？”

宋子星淡淡一笑，道：“果然是你。”

闻言，花无多双眉一挑，不承认也不否认，但看在宋子星眼里却已是默认。

宋子星将花无多的神情看在眼里，道：“不急。”

不急？你不急我能不急吗？！花无多此刻正如热锅上的蚂蚁，凤舟赛开场之礼的时间快到了，她和替身喜鹊的装还没互换，已经来不及了！花无多忍气吞声强自镇定道：“故事听完了，你还有何事？”

宋子星却道：“你似乎很急？”

花无多早已不耐烦了，哼道：“少废话。”

闻言，宋子星笑了，温言道：“如果我没猜错，你是不想登台唱歌的。”

一击即中，花无多不禁有些心浮气躁，心中忍不住哀号：自从遇到了宋子星，自己就没过过一天好日子，时刻提心吊胆，时刻防备暗算，不过是小时候害他差点儿残疾，长大了害他差点儿溺水而已，可恨，为什么全都是差点儿！她应该干得彻底点儿！小时候让他摔瘸，长大了让他溺水！

不愿轻易承认被他说中，花无多嘴硬道：“休要胡说，我人都来了，能不唱吗？！”

宋子星一扬眉，道：“那就好。”而后便没了下文。

隔了好半天，见宋子星仍然不走，花无多急了，便道：“凤舟赛就要开始了，你还不快快解开我和婢女的穴道！”

宋子星道：“何必急于一时呢？时间尚早。”

“你……”

“如何？”

就在二人对峙之际，楼下来了几拨人求见却均被两名护卫拦住，这原本是公子琪不许外人接近阁楼安排的，但此刻却变成了宋子星肆无忌惮的屏障。

花无多几番计量，仍无计可施。却又一时猜不透宋子星到底所为何来，若只是为了确定她的身份，现在已有答案，他怎么还不走啊！半晌过后，见宋子星仍无离去之意，花无多越来越急，一咬牙豁出去道：“的确，我不打算登台唱歌。你待如何？”

宋子星目光一闪，笑了笑道：“我能如何？”

“你……”

“如何？”

这时，忽听阁楼外传来脚步声，宋子星微微一笑，起身点开花无多和躺在地上的喜鹊的穴道，而后越窗悄然离去。

地上的喜鹊悠然转醒，茫然看了看四周，见花无多如石雕一样怔怔而立，忙起身问道：“小姐，刚刚发生了何事？”

花无多淡淡回道：“无事。”

喜鹊又道：“小姐换……”

喜鹊之言尚未说出，就被花无多阻止，这时就听门口有人敲门问道：“小姐可休息好了？凤舟赛开始了，奴才来请小姐登台。”

闻言，花无多禁不住一颤，此时此刻已来不及换装，这该如何是好？

喜鹊小心地扶着花无多步下阁楼，方才刚进阁楼她就莫名其妙地昏了过去，醒来时，已来不及和小姐换装，想自己没有完成琪公子交代的任务，心中不禁有些不安，再看小姐面色阴郁一副不欢隐忍的模样，心中更加忐忑。

凤舟赛高台搭建在水中，四周水流和缓，彩船环绕，微风吹过，轻纱帷幔间时现婀娜，隐隐还能听到船上女子嬉笑之声。

蓝蓝的天空一朵朵白云似含笑的花朵追逐嬉戏，岸边轻风拂面，仿若带着少女绢帕间温柔的淡香。

今天是个好天气。

今天花无多的心情尤其阴郁。

岸边聚满了人，有邀请帖的贵人们早已登上画舫，等待一会儿同赏凤舟赛。

满腹心事的花无多走得极慢，喜鹊亦步亦趋地跟在身侧。前面接应她的奴才带路，因她走得太慢，时不时总要回头看看。

花无多内心十分犹豫，一直在想是不是应该在这个时候逃走，错过了这个时机，后面便不好走了。可她几番挣扎最后还是隐忍了下来，不能就这么走，她若这么走了，今后定会牵扯很多人，尤其是公子翌和公子琪。可若不走，又如何逃避登台唱歌之事？她越想越烦，越想越乱，到底该怎么办？自己到底该怎么办？！

花无多行至岸边，突然一阵大风吹来，骤然掀起了花无多身上的蝴蝶彩衣，衣衫翻飞，仿若乘风而去。

这时，就听不远处有人道了一声：“美。”

花无多转头看去，正见唐枫带着他那两名贴身丫鬟在看着她，花无多向他点头一笑，唐枫亦回了她一笑，而后带着两个丫鬟登上了一叶扁舟。

唐枫后面不远处跟着一人，花无多亦看见，此人正是唐夜。

唐夜似与昨晚有些不同，一身黑色锦衣，腰悬紫带，黑发中的琉璃丝不复见，只用紫带随意系住，脸色也不如昨夜看着那般苍白，更少了几分昨夜大殿火光下的妖异，只是一身黑色在一片彩色当中，倒似有些突兀。

花无多好笑地看见，唐夜走过之处，四周人群会不自觉地给他让路，宁可挤着后面的人也不愿接近他，明明不知道他是谁却不自觉地做出了这样的反应。

四周人的表情古怪。这时，花无多忽听有人低声道："他是男是女啊？"

闻言，花无多差点儿惊讶到张开嘴，不禁有一刻的茫然，有人分不清唐夜是男是女……天哪！

此刻一叶轻舟送唐夜四人上了江中的一个画舫，花无多举目望去，想看看是谁这么走运可以和唐夜同船，恰好看到一人也正笑望着她，距离虽有些远，但能一眼认出此人不是别人，正是万分讨人厌的宋子星，旁边还有李赦，花无多看了一眼二人，马上移开了目光。

唐夜登船后也不与任何人打招呼，独自一人坐在角落，阴影盖住了他大半的脸庞。唐枫还是离他很远坐下，与宋子星和李赦相视一笑，却也并不多话，同来的两个貌美的丫鬟环伺唐枫左右。

这时，又一叶扁舟行来，花无多跟着带路的奴才上了这只轻舟，喜鹊也有意无意地四下里寻找着公子琪所在的画舫。轻舟缓缓向水中高台行去，花无多似想什么事情想得入了神，怔怔地看着越来越接近的高台，眉头皱了又松，松了又皱。

轻舟停在高台之下，喜鹊被花无多留在下面，她一人提着裙摆一步步跟着带路的奴才踏上高台，这一刻四下里缓缓静了下来，台下画舫内及岸边百姓无数的目光均注视着她。花无多只偷偷看了一眼，便觉脚下有点儿无力，双腿不禁一阵虚浮，尚未走到台上，就听台下骤然一片掌声，此起彼伏，十分热烈。不知是不是因为紧张，花无多险些在木梯上跌倒。

花无多一步步走上台去，领路的奴才时不时地回头看看她，一路上已成了习惯。

台下其中一个较大的画舫中挤着公子翌等一群公子。

以他们所在的位置只能看到花无多的侧面，这时，公子翌与身边的公子琪对视了一眼，二人心中都有点儿疑惑。

公子翌小声道："你真的……"公子琪会意，点了点头。

公子翌失望地叹息了一声。

这时，一向很难为某件事坐得住的公子语忽然呆呆地叹息道："天啊，多多妹妹今日可真是艳光四射，美艳不可方物啊。"那目光似已将吴多多视为天人！

公子紫阳闻言亦道："是啊，多多妹妹本来就是国色天香，此番打扮起来更是天香国色。"公子紫阳一双眼睛早已看得发直，他毕竟是武班之人，文采自比不上公子语，翻来覆去夸奖之词也就那四个字了。

不料，这时公子诓却道：“昨晚没听到多多妹妹唱歌，我可是早就心痒难耐等不及了。”

公子翌一听公子诓之言语，忍不住得意扬扬道：“能听到我妹妹唱歌，你们几个今天算是有耳福了。”

众公子一听纷纷点头，很难得的没有异议，共同认定了公子翌说的话有理。

这时，一旁明明不热却仍坚持摇着扇子的公子巡接口道：“多多妹妹今日穿得真漂亮，你们看，多多妹妹上楼的姿态，一身彩衣似蝴蝶，迎风飘然似欲飞。”公子巡也是武班出身，却比公子紫阳强上许多，文采是不错的，至少能出口成章。

闻言，大家均看向吴多多的蝴蝶彩衣，不禁纷纷赞叹，果然美人举步似彩蝶啊。

就在大家无比感叹时，忽听台上，砰的一声，而后又是一声“哎呀”！

众人大惊望去，就见一人跌倒在台上，样子十分狼狈。

花无多一边上楼梯一边心不在焉想着脱身之计，哪里知道台下这许多人的评论。她首先想到的便是上台跌倒然后装晕，正觉得此计可行，就见前面带路的奴才在跨过最后一个台阶时突然跌向前去，砰的一声着实摔得结实，她下意识“哎呀”了一声。

台下众人见状无不大笑，花无多本来想笑可下一刻却又笑不出来了。

这让她怎么办！难不成她随后再来一次？

当先的奴才慌忙爬了起来，正垂着头不知该如何是好，花无多叹道：“下去吧。”

那奴才似得了解脱，急忙应是，待花无多走上台后，便匆忙跑下台去。

花无多缓步走到高台中央，台下逐渐安静下来。

花无多立于台上，长长的裙摆铺展于地，还别说，在这样的场合下如此盛装的确很相配，尊贵且大方得体。

花无多屈身向台下观众行了一礼，而后朗声道：“小女子吴多多乃西京侯之女，今日有幸蒙晋王邀请执凤舟赛开场之礼，小女子万分荣幸。今日，小女子欲为大家献上一曲《红果》。并祝凤舟赛顺利进行，选出名副其实的天下第一名伶。”言罢，莲步轻移向前走了几步，与此同时借着衣服的遮蔽，骤然脚下用力，只听咔嚓一声，足下木板突然炸裂，木建的高台竟在她脚下裂了开来。一瞬间，出乎所有人意料，她竟从台上直坠下去，台下一片惊呼。高台下面横七竖八地钉着无数木板作为支撑，众人眼睁睁地看着吴多多撞击着木板，发出的声音异常可怕。撞击之间整个高台几乎摇摇欲坠，眼看就要塌了，此刻就连画舫中的宋子星脸色都已大变。

眨眼之间，却有一人不顾危险飞快地冲了过去，以极快的身法越过那些横木，电光石火间扯住了花无多的衣襟，拉入自己怀中，以最快的速度带她离开了危险之地。

为了让戏演得真实，花无多这一次着实吃尽了苦头，本想着掉下来时，有内功护着不会怎么样，但撞击的疼痛和眼瞅着木台即将坍塌砸向自己也着实吓了一跳，不能用轻功或任何武功去躲避下面的木椽，虽然有内功护着，但这一次皮肉伤已在所难免。就在她紧闭着眼睛打算忍受所有痛楚时，忽觉自己被一人拉起抱入怀中，鼻端闻到一股熟悉的淡菊香，睁开眼，看到公子修。

不知道是不是最近生活压力太大，常常受欺负、受委屈，此刻看到公子修关心自己、担忧自己的目光，花无多再也忍不住地红了眼眶，窝在他的肩头低声地哭了出来，公子修的目光中多了一抹慌乱。

这一哭原本很适合，但一男一女而且男未婚女未嫁当着众人的面抱着哭……如果此刻季夫子在肯定要大喊一句：成何体统！但季夫子不在，没有人敢喊。

所以就抱着，一直抱着……

“修……”这时，公子翌以吴多多哥哥的身份登上了公子修所在的画舫，刚一开口，便被公子修凌厉的目光堵住了后话。公子翌读懂了公子修的目光，不禁目光微闪沉默无语。

无视任何人的注视，公子修抱着花无多对身后的刘谨道：“送我们回去，叫个大夫到王府候着。”

刘谨忙道：“好。”立刻命人叫来轻舟送他二人离去，望着轻舟远去的背影，刘谨有意无意地轻声自言自语道：“修抱着多多妹妹始终未曾放手。”

公子翌听见了，微笑回道：“琪这个未来神医他也不屑一顾。”

一旁跟过来的公子琪淡笑不语。

刘谨看着身边讳莫如深的公子翌，也只是笑了笑。

就在公子修刚走不久，就有人慌张附耳与世子刘谨说了什么，刘谨当下脸色大变，不知发生了何等大事，已顾不得一塌糊涂的凤舟赛，匆忙离去。

凤舟赛在一阵混乱之后，场面很快便被郡主刘玉稳定下来，晋王与世子因故突然离开，凤舟赛之事便交给了刘玉与江陵知府二人。

凤舟赛略过开场之礼并临时改在了燕山馆继续进行。

公子翌与公子琪因担忧妹妹的伤势相继离开回了王府。

其余公子本也打算回王府，却因刘玉盛情挽留而去了燕山馆。

李赦却早已不知去向，只留下宋子星兄妹亦会合其余众位公子、大人同去了燕山馆。

此刻的唐枫和唐夜正欲离去，刘玉亲自追上二人希望他们亦能同去燕山馆观看凤舟赛，面对郡主刘玉的热情邀请，唐枫彬彬有礼地回道："我二人还有要事在身，就此告辞。有劳郡主转告王爷一声。"

闻言，刘玉的笑容微微僵了一下，而后又舒展笑颜道："二位公子昨天才来王府做客，怎么这么快就……"

唐枫一笑回道："昨天之所以去晋王府不过是夜突然想还那个纸鸢罢了。"言罢，也不顾刘玉已经挂不住的笑容，微笑着道，"告辞。"向刘玉一抱拳，转身偕两位貌美的丫鬟飘然离去。

唐夜在唐枫与刘玉说话时早已走远了。

唐门在蜀地实力雄厚，却甚少涉足中原。唯最近几年偶尔听闻唐夜在中原走动，可就是这个很少在江湖行走的少年，声名却十分显赫，几近无人不知无人不晓。

唐门一向与官府极少有来往，各方势力多次想方设法拉拢唐门，均不得其门而入。一惧唐门势力，二惧唐门之毒。

江陵之地复杂，南临长江，北依汉水，西控巴蜀。晋王早就想拉拢唐门为其后盾，这次更是借凤舟赛之由特意派人送了帖子去唐门，但唐门是否有人能来却未可知。

但令晋王想不到的是，唐门这次不仅派了人来，且一下子来了两个！当中竟然还有唐夜！

可他做梦也想不到，唐夜和唐枫之所以昨天会进王府竟然是为了还一个兜肚……

事后，当郡主刘玉把唐枫当日原话转告给晋王与哥哥刘谨时，晋王一家面面相觑，非常纳闷唐夜为什么要还那个兜肚。不只他们有此疑问，当日唐枫也有同样的疑问，并忍不住问了唐夜，唐夜当时只回答了一句话："她会易容术。"然后呢？唐枫瞪大了眼睛，希望从唐夜嘴里再蹦出几个字来，可惜，没有然后。

此刻王府的东厢很静，大夫刚刚离去，屋内只剩躺在床上的花无多和坐在床边看着她的公子修。公子修一直握着她的手，花无多几番试着抽出来，却均未成功。到后来，花无多都不敢看公子修了，被握的手心和被子里的身子都在不停地冒汗！

她身体没什么大碍，只受了些皮肉伤，大夫开了外用药还开了内服药，嘱咐多休息调养。

公子修知道她身怀武功，但担忧的神色仍然不减，在大夫为她号脉时，冷厉的神色令大夫把脉的手直发抖，花无多几番险些笑出声来，心里却莫名的暖。

大夫走后，丫鬟随大夫下去抓药，屋里就剩下他俩，公子修一声不吭地坐在床边，望着她，眉头始终未松。

她笑道："不用担心了，我不会有事的，上点儿药就好了。"

公子修道："他值得你这么做吗？"

谁？花无多有点儿纳闷，而后反应过来，公子修指的是公子翌。这么做是为了公子翌吗？花无多自己都未曾想过这个问题，更别提值不值得。花无多笑了笑，轻声道："这么做只是我会受点儿轻伤罢了，没什么大不了的。"她想抽回手，公子修却不放。

二人沉默半晌，花无多总觉得心里有什么东西在挠，又试着将手抽回，就是抽不回，斜睨着公子修，暗想他干吗一直抓着自己不放，就见目光闪躲的公子修喃喃自语道："无多，自从你上次离开，我……我……"

看着公子修欲言又止的古怪模样，花无多豁然开朗，原来公子修抓她抓得这么紧是怕她像上次那样一跑了之啊！便道："修，我这次没想跑。"

花无多嘴上这么说，心里却在暗想：现在身体不好暂时不跑，等身体好了再跑。

这时，门口先后走进两个人来，当先是公子翌，另一个自然是焦不离孟的公子琪。刚一进屋，他二人便同时注意到了花无多与公子修紧握的手。

公子修知道他二人看见了，却仍不放开。花无多又试着挣扎了几下，还是没用，便又重重强调了一次，"我真的没想跑！真的！"

公子修微微蹙眉，低声道："我知道。"手却并未放开，反而握得更紧。

这下子不仅是花无多看着公子修抓着自己的手怔住，公子翌和公子琪的神色也都安静得十分古怪。

一时间，屋里四个人，其中有三个平日里都是非常多话的，不知怎么的今日全变成了闷葫芦，大家同时闷了好一会儿，一声不吭。半晌，却听花无多忽道："我饿了！"

闻言，公子修忙起身出了门去叫人准备饭菜。

公子翌忙转身出了门去叫人熬大补汤。

公子琪见他二人都出去了，踌躇半天方才说道："我去炼制大补药。"正待出门就听花无多道："不用那么麻烦，我只想吃一样东西。"

公子琪马上回身问道："什么？"

"烤地瓜。"

"我去买。"

"不能用炼丹炉烤几个吗？"

"其实……我不会炼丹……"

"哦……"

"也不会烤地瓜……"

"哦……那去买吧。"

花无多养病时，每日里进进出出的人多得看着都头晕。补汤、补药每个时辰都新鲜出炉一锅，花无多第二天就躺不住了。

自花无多从台上摔下来，宋子星便再未出现过。凤舟赛的第二日，宋子星便与其妹回了江南。宋子星的离开令花无多大松了口气。

公子修自那日起也再未出现，不知忙些什么。

李赦也来探望过花无多几次，却因其兄下月大婚而先行离开了江陵。

就在凤舟赛开场之礼出现突发状况之时，江陵同时还出了一件惊天大事。当日，借凤舟赛守卫松懈之际，众多暴民同时涌入江陵城，抢劫了江陵的东西两座粮仓，杀死打伤守卫上千人，同时也洗劫了江陵城内几个富户，一时江陵城内人人自危。晋王迅速派兵武力镇压了暴民，三日后江陵平定下来，但大多数粮食却已不知了去向。

花无多听说后颇为纳闷地问公子翌道："那么多粮食怎么会突然都不见了？"

此刻的公子翌正躺在树下的摇椅里闭目优哉游哉，闻言，懒散回道："长腿自己跑了。"

花无多一翻白眼，鬼才信。

听闻，晋王因此大怒，说要上表皇上派兵武力镇压江陵附近的盗贼凶匪，底下自然一片赞同之声。

花无多听说后又忍不住问公子翌道："晋王不是自己有兵吗？怎么不去剿匪？还要千里迢迢向皇上要兵？"

公子翌闻言，不屑道："他剿什么匪，他只不过想要钱。"

一句话说得十分透彻，令花无多茅塞顿开，原来晋王也缺钱啊！

几日后，公子翌偕其妹吴多多等一群公子也相继离开了晋王府，离开江陵的第二日，花无多偶然得知一事，当下非常气愤！一怒之下便又再次不告而别了。想当初，公子翌口口声声说凤舟赛开场之礼有很多彩头可拿，原本以为她没唱成就没有，可事后方才知道根本就没这回事。花无多气愤地质问公子翌当初为什么骗她，未料公子翌却只是云淡风轻地回了她一句，"谁让你信了？"那种理直气壮你被骗活该的表情令花无多现在一想起公子翌就闹心……

其实，离开他们还有一个更为重要的理由。

花无多一路行来，原本是想去四川探访唐夜，如今见过唐夜，深觉此人不能招惹，便就此作罢。在江陵耽误了这许多时日，下个月又是姐姐方若薇与洛阳李家长子李慷大婚之时，如今时日不多，虽然目前她还处于被逐出家门的不孝女状态，但姐姐的婚礼是一定要去的！

出了江陵一路行去，饥民无数惨不忍睹，流寇盗匪四处作乱，民不聊生，花无多一路吃了不少苦，急赶过了淮河，进入洛阳地段，方才松了口气。

洛阳地处中原，山川纵横，以牡丹闻名，但花期是在春季，如今入秋，落叶纷飞多了几分萧瑟，但入眼山林红黄相间却别有一番风韵。

日薄西山，金黄色铺染大地，秋之黄叶四下飞落，偶尔点缀红绿相间之色，缤纷炫目。花无多在山中沿着溪水寻到一处山间瀑布，瀑布高约几丈，或许是近些时日雨水不多的原因，水流自上而下淅淅沥沥。

此处乃深山峻岭，除去叮咚山涧之声，四下一片寂静，花无多摘下戴了多日的面具，就着清水简单梳洗了一番，便靠躺在水中一块巨石上休息。深山峻岭之地，多日来落叶纷飞，落在此巨石之上厚厚的一层，此刻躺在其上倒也有几分舒适。夕阳柔和地照在身上，溪水之上漂浮的落叶游弋，阳光温柔地照射下来，温暖的感觉令她昏昏欲睡。一路行来已颇为辛苦，这几日路越发难走，时而或能遇到村庄有床睡，时而却只能风餐露宿，又因入秋之故，天气微凉，花无多身上总要带着两葫芦的酒暖身。此刻一身男子装扮斜卧在巨石之上，单看背影只觉是一个少年儿郎。

或许是太过温暖舒适，或许是累了，花无多不自觉地便睡着了。多日在外，花无多早已形成习惯，即便睡着也十分警觉。当天空落下黑幕，明月换下太阳一点点爬上来时，花无多忽然醒了过来。

睁开眼，她凝神静听却只听见落叶与鸟鸣，此外还有自己肚子的咕咕声，暗想，原来是饿醒了。

山中不缺食物，花无多不一会儿便抓了只兔子回来，在水边烧烤起兔肉来。头顶一轮明月，此情此景突然令她想起大明湖的那一晚，烈酒入喉，不禁有些落寞。她何尝不想一直跟着公子翌，有吃有喝有玩，走到哪里都是热热闹闹的，不似如今的形单影只，但世事往往难以尽如人意。自始至终她都是以吴多多的身份出现的，又怎能明目张胆地和他回京城，即便回了京城也不能继续留在书院读书了。公子琪原也提议让她重新易容再入书院，可她想到不久后姐姐就要出嫁，还须赶往洛阳，便拒绝了。

花无多倒在落叶铺满的地上，头枕着自己的包裹，将喝空的酒葫芦随意丢在一旁。此刻的她其实已有些醉意，望着头顶月色，竟轻轻叹了口气，浅声吟道："落叶铺地软如床，美酒入喉忆过往，不知何时再相见，对月空念枉思量……"吟诵完，花无多自己也是一怔，而后突然坐起，喃喃自语道，"我竟然在思念他们……"想到此，仿佛自己也不敢相信地心神一震，蓦地愤愤捶地大吼道："可恨啊，我竟然在思念他！"

就在这时，身后树林突然有人喊道："什么人在那里！"

花无多一惊，听声音来者两人，轻功不弱，片刻间便到了自己身后。

此时花无多已立于溪水边，听见二人到来并未转身。

那二人看穿着打扮似某门派的弟子，一人提刀，一人握剑。借着月色自然看见了站在水边的花无多，却也并未贸然近身。

提刀之人朗声道："公子是何人？！"

花无多轻轻一笑，突然转身，带着醉意对二人一笑道："我是公子吗？"

月色下，那二人忽见如此绝色，都惊讶地怔在当地，难掩眼中的惊艳。可就在转眼之间，二人突然仰天大笑了起来，而后疯了一样掉头向树林深处跑去，边跑边狂笑还边扔东西，先丢了武器，再扒衣服，花无多目瞪口呆地看着那二人，只见二人在消失之前几乎已脱了个精光。

不知那发了疯的二人跑去何处，花无多惊怔半晌后奇怪地向四下里看了看，没发现任何异样，不禁疑惑地摸了摸自己的脸，难不成自己的真面目还有这个功效？想到此顿觉太不可思议，她不禁笑了起来，越想方才情景越好笑，不禁笑得一发不可收拾。捧腹放声大笑，此处地处山谷，这一大笑，似惊天动地，风动树动，落叶都在地上打了几转。

就在这时，忽听一人道："少主，要杀了她吗？"

又听另一人道："她已中了'疯狂一笑'。只要再笑三声，就会像那二人一样！"

闻声，花无多突然有了一种很不好的预感，愕然止住了笑，抬头在斑驳树影中望见一人，唐夜。

花无多惊讶地看着唐夜，回想方才唐夜的话，不禁头皮一阵发麻。

花无多一向是个能屈能伸的人，情形不利于自己时，往往可以委曲求全，但今夜不同，她面对的是唐夜。

唐夜对她来说，是个特殊的人，她自幼便知此人是自己未来的夫君，小时候虽然没什么概念，但已知世间有此人的存在，而且与自己的未来息息相关，随着年龄的增长，唐夜之于她越发不同。本对唐夜尚留一丝少女的幻想，但自从侧面了解了唐夜，唐门在退婚后又四处败坏自己的清誉起，她对唐夜的感觉便变得复杂了。

晋王府初见唐夜，或许是因众多人在场，又或许是唐夜提着那个令她紧张万分的兜肚，彼时花无多尚可忽略唐夜带给自己的异样。但此刻，明月当空，云淡风轻，望着斑驳树影间亦同时望着自己的那双无情冷眸，四目相接之时，她竟向后惊退了一步，心不知是不是醉酒的原因，跳得甚快！

时间仿佛在这一刻静止。她脑中竟有片刻空白，目光看向唐夜，一时竟忘记自己中毒的大事。今夜的他似乎又与上次见到时不同，完全不似初见时病弱少年模样，也除去了"毒王"这名号给人的妖异感。一身黑衣仿佛融入了夜色，透着令人难以捉摸的神秘，唯独月色下那一双眼，仍是那般无欲无情。附近除唐夜外应还有一人，但即便此刻明知那人存在，花无多却仍无法分辨那人所在的方位。想到此处，她不禁一阵胆寒，唐夜举手之间便毒杀了两人，而以自己的武功修为竟丝毫感觉不到杀气，更不知他们何时而来，又来了多久，很明显，无论是隐身在暗处之人，还是唐夜的武功都在自己之上！花无多不禁暗忖：这该如何是好？首先想到的是惯用计策，走！但转念一想，不行！她中毒了，没有解药怎么走？难不成一辈子都不笑一下？那活着还有什么意思。越是这般危急关头越需要冷静，花无多暗自镇定心神，正在那里反复做深呼吸，就听唐夜清冷的声音传入耳际，“这是解药。”

闻声，花无多蓦然抬头，就见唐夜两指之间扣着一个白色药丸，月色下如露珠般光华流转，仿佛稍一用力便会捏碎。

花无多静静地站在那里，望着那颗药丸，心绪一变再变，这个人曾是她的未婚夫婿，从开始懂事起就已知道这个人的存在和意义，虽然不认识，但这个人之于她是特别的。可就在不久前，这个人不仅对她弃如敝屣（退婚），还在第一次见面时就给了她一个下马威（兜肚）。这回深山月下做得更绝（下毒），此时此刻更拿着一个漂亮得不得了的药丸（解药）威胁利诱，花无多心绪怎能不复杂。若此刻换了别人，巧舌如簧心思百转如花无多早有几番说辞应对，但面对唐夜，花无多却只是叹息了一声，呢喃了一句十分容易被人误解的话，“孽缘……”

月色下，偶尔风吹过，落叶凋零，山涧叮咚却不闻虫鸣，那一声孽缘……仿佛负载了一个人一生沉重且无奈的感叹，令人无语。

却在这时，暗处突然扔过来一个东西，速度并不甚快，尚未接近时，花无多便看清是幅卷轴。她心领神会用手去接，却未料卷轴竟带着一股莫大的劲力，险些令她向后跌去，刹那间便运足内力去接，并在转身之际卸了此中些许内力，方才接稳。

暗处有人轻喝了声，“不弱。”便又没了声息，花无多听声辨位，抬头望了一眼却仍未看见暗处是何人。

这时却听唐夜道：“按图做出此人面具，三日后洛阳青麟客栈换解药。”言罢，转身无声无息地消失在树影中。

唐夜都消失一盏茶的时间了，怔在当地的花无多方才打了个冷战。看着四下里斑驳摇曳的树影，竟觉得有些张牙舞爪，暗道：此处不闹鬼吧？

点个旺点儿的火堆，花无多终于挨到天亮。第二日，上路前她打开卷轴看了一眼画像，上面是个中年富态男子，并不认识，她内心仍在挣扎，这个面具到底是做还是不做呢？不做，没有解药，但若是做，对别人可以示弱求解，但那人是唐夜！是弃她如敝屣的唐夜！可恨！

当日午后，花无多在城郊一处茶寮歇脚，别看这小小茶寮不起眼，却刚巧建在南入洛阳必经之地。此时茶寮里坐满了人，花无多遍寻不到位置，无奈之下便与一个书生同坐一桌。书生圆脸圆眼，也是赶路之人，花无多见此人一脸笑面不讨人厌，便与之礼让之后同桌坐下。

与此同时，茶寮里又来了一伙人，手持刀剑似江湖人士，行为嚣张，一进来就赶走了两桌人，当中有两个貌美女子，一个似主，一个似仆。这些人一入茶寮，偌大的茶寮立刻显得拥挤起来。花无多无意间望去，竟惊见他们的穿着打扮与昨夜突然出现后又中毒的两个人非常相似，不禁疑窦暗生。

花无多耳目灵敏，茶寮本就不大，悄悄凝神去听那些人坐下后讲些什么，只听那丫鬟道："小姐，你打算怎么办？昨晚刘师兄与杜师兄都遭了他的毒手，此人下手真狠。"丫鬟边倒茶边小声对小姐说道，言辞不禁有些怨怒。

那小姐闻言却淡淡地道："无论天涯海角，我势必要找到他。"那小姐说话声音不大，出口却十分坚定。

丫鬟闻言一怔，便不再多言。随行其余人也都埋头喝茶，无人再说话。

花无多边啃着手里的馒头边暗自思索，方才那二人口中提到的"他"可是唐夜？刘师兄与杜师兄恐怕就是昨晚中了"疯狂一笑"的那两位仁兄吧。唐夜杀了她们的师兄……她们这是要去复仇？对，肯定是去复仇的，想到此花无多不禁暗笑，想到唐夜有麻烦找上门心里就一阵欢喜，这时就听同桌面善的圆脸书生主动搭讪道："这位兄台，你在笑什么，什么事情这么好笑？可否说出来与在下分享一下？"这一问非同小可，花无多蓦地摸上自己的嘴角，上扬的！完蛋了，不知不觉中她竟然笑了。记得唐夜说过三笑！只要三笑她就会扒光所有衣服疯狂大笑直至死亡，天哪！她竟然就这么轻易地用了一笑。花无多不禁全身发寒，冷汗淋漓，此事让花无多痛下决心，决定以面具换解药。

那热心的书生见状又问道："兄台你哪里不舒服，脸色怎么那么差，兄台？"

花无多忙道："没事，在下没事，在下只是突然想起一件事须急办，先行告辞了。"言罢起身与素昧平生的书生匆匆道别，急向洛阳赶去。

夕阳西下时，花无多到了洛阳，寻了一处离青麟客栈不远的住处住下。吃过晚饭，太阳已全落，月亮渐渐地爬上柳梢，花无多躲在屋子里，关紧门窗打开制作面具的宝贝工具包，打算开始做面具。在翻找面具时，她方才察觉一事，当日做的宋子星的面具竟然不见了！花无多大惊，反复寻找却仍遍寻不着，不禁惊疑，面具是何时不见的？自己并不是个粗心大意的人，每做一个面具都会精心收藏，而且其余面具都在，为何单单宋子星的不见了？究竟什么时候不在的？一时竟想不起来。

第二日晨，花无多出了客栈，来到临街的青麟客栈门口，在外踱步。约定的时间是明天，但她此刻早已迫不及待地想拿到解药，不能笑真是一件痛苦的事，但就这么进去换解药似乎急迫感又太过明显，说不定会被唐夜小瞧了去。她正在犹豫不决，就见昨日同桌那圆脸书生竟从青麟客栈内走了出来，远远地看见她先是“呀”的一声，而后便笑如春风般迎了上来。花无多刚想友善地笑着回应他就立刻忍住了，一转身溜之大吉。不能笑，绝对不能笑！

走出去数步还听见圆脸书生在后面喊道：“兄台，还记得在下吗？我俩有缘啊……兄台……”

缘你个鬼啊！花无多心情不悦地咒道。

第十九章

唐夜丫鬟

洛阳大街很是热闹，从清早开始便人来人往，小商小贩的吆喝声不断。行至一处青石拱桥边，花无多站在桥头望着晨光唉声叹气，正叹着就见一群乞丐从一个小胡同里先后出来，开始行讨。花无多起先也没在意，又站了一会儿，正欲离开，就被一个小乞丐牵住了衣角，那渴望的清澈的眼神让花无多怜悯之心顿生。想起自己不能笑的可憎遭遇，不禁暗道做人或许应该多做些善事，她便摸出几个铜钱扔入小乞丐的碗里。不扔还好，这一扔一下子围过来七八个小乞丐，围住她不放，有的甚至还抱住了她的大腿，口中尽说些好话："哥哥，哥哥，赏点儿钱吧，我好几天没吃饭了。哥哥是大好人，大善人，可怜可怜我吧，赏点儿钱吧。"花无多郁闷了，摸了摸口袋，还好今天出门前铜钱带得不少，正欲每人给几个，脑中突然灵光一闪，边给钱边和善地道："哥哥见你们实在可怜，哥哥家中少主姓唐名夜更是出了名的大善人，明早你们都来青麟客栈等着，也如这般求他，他定会给你们每人一个元宝。记住了吗？"

小乞丐们每一个都拿到了花无多给的铜钱，闻言不禁欢呼雀跃道："谢谢哥哥，谢谢哥哥，明早一定到。"

见小乞丐们散去，花无多刚想偷笑，立刻又憋了回去。

花无多继续在街上闲逛，东瞧瞧西看看，行至一个绸缎庄，见门口围着许多人，不知正在看些什么，花无多心中疑惑便走到近处，看清墙上贴着一个红字布告，上写："家母身染怪病，如今性命垂垂，儿无以为力，深感痛心。今贴告示寻各方名医登门，如若能治好家母之病，愿以千两金赠之。"在场众人指指点点，有人道："这洛阳恐怕除了李家就属这金家富有，金家公子倒也孝顺。可惜再有钱又如何，人命天注定，金老太太如今身染怪疾，看了这许多名医也治不好，恐怕挨不过今年冬天喽。"一旁他人闻言亦感叹道："是啊，这金老太太乐善好施，也算是个大好人，如今突然染上这种怪病……”此人话尚未说完，就见一个少年不疾不缓地推开人群，走上前去揭下了布告。众人目光都集中在此少年身上，只见少年目光清亮，身材修长，举止俊雅，隐约间透着股让人一见便喜欢的灵气。这时有家丁恭敬地上前问道：“公子可是有办法治愈我家老夫人之病？”

那少年回道：“不是我，是我家少主可治老夫人之病。不是我夸口，若天下间只有一人能治愈你家老夫人，那非他莫属。”如此自信又这般肯定，家丁见状更加不敢怠慢，不禁回道：“公子稍等，小人立刻去请少东家出来详谈。”

少年扬手阻止道：“不必，我家少主明早方到洛阳，明早你让你家公子亲自来青麟客栈请我家少主便可。”

言罢，少年正欲离开，就听家丁急急跟在后面问道：“敢问你家少主姓甚名谁？”

少年回身附耳与家丁道：“我家少主姓唐名夜，切勿泄露给他人，只让你家公子知道即可。”

家丁越发觉得是个不可怠慢的大人物，连忙点头应是。

门口人群渐渐散去，家丁急急奔入内堂，想必通报去了，花无多下意识地想扬嘴角得意一笑，立刻又停住，不禁拍了拍自己的脸颊提醒自己道：“不能笑，不可以笑！”

唉！人生得意时也不能笑，活着真没意思。

花无多在大街上闲逛，边逛边感叹洛阳不愧是古来经商要道，的确繁华热闹。正说着就见前面围着一群人，里面隐约传来哭声，花无多三步并作两步凑上去看热闹。围观人群当中有一个披头散发的少女在卖身葬父，围观的人挺多的，但都七嘴八舌地指指点点，没人肯出钱救助或买下少女。花无多摸了摸钱袋，甩手丢出十两银子道：“我买下你了，你今天先拿钱安葬了自己爹爹，明早来青麟客栈找姓唐的公子便可。”

言罢她也不多留，转身就走，不顾后面磕头作揖千恩万谢要报答她的少女。

一路下来花无多做了不少善事，可惜留下的名字都不是自己的。

眼看就要到午时了，闲来无事正欲寻个像样的酒楼好好吃一顿，这时就听到大街上有人大喊：“楚员外家二女儿楚田秀抛绣球招亲啦，楚员外二女儿楚田秀抛绣球招亲啦……”那人嗓门极大，一遍一遍地喊。这时就见大街小巷一下子人群全向一个方向流动，不一会儿街道巷子几乎都空了，这楚田秀又是何许人也？抛个绣球竟然这般受人关注，花无多是个有热闹必要凑一脚的人，忙也跟着去了。

楚家想必也是洛阳有头有脸的大家族，宅子豪华气派，楚田秀抛绣球的场地也十分宽敞，四周墙头爬得人山人海看热闹的不说，就是数十丈宽空地上站着的未婚男子就足有上百人。花无多当仁不让地走了进去，进门前楚员外家的管家递过笔墨纸砚让其先行写下姓甚名谁何方人士等一些简单的自我介绍。管家旁边有个中年文人，拿起花无多写的纸张，看了一遍，见纸上所写：唐夜，四川人士，年十八。再看看花无多，颇为欣赏地点了点头，管家便允许她入场了。花无多的字不似一般女儿那样娟秀，隐隐透着不羁和几分女孩家少有的洒脱灵动。这手字当年在南书书院还曾被夫子赞过，夫子说：一个人的字代表一个人的性情，花无多性情洒脱不羁，定是个好儿郎。可惜夫子彻底看错了，她根本就是个冒牌货。

顶着大太阳，约莫过了一盏茶时间，楚田秀方才袅袅登场，站在阁楼上一身白衣，长发如云，白衣飘飘，恍若仙子。若说美人花无多见过太多，但这一个，美得的确不凡，是个罕见的美人。花无多也由衷地赞叹了一声。底下众人更是自楚田秀出现便俱屏住了呼吸，场内静得几乎连自己的呼吸声都听不到。楚田秀站在二楼蹙眉向下望着，这时，一旁的丫鬟拿来一个红色绣球放在她手中，台下众人刹那回过神来，一时间你挤我我推你各不相让。有的险些当场打起架来，更有人高声大喊：“楚小姐这边，楚小姐这边……”花无多站在最外围，并不去挤，不禁暗道：这个绣球她一定要接到！唐夜，如此美人你可要好好谢谢我了！想到此，她刚想阴笑又险险憋住，不能笑，绝对不能笑！

楚田秀的绣球抛出的那一刻，花无多飞身而起迎绣球而去，本以为势在必得，却未料中途有人亦腾空而起向绣球扑去。花无多看清那人，正是郊外茶寮同桌的圆脸书生，突然有了一种不好的预感，果然那书生武功甚为了得，先花无多一步碰到绣球，却又似失手没有接稳，绣球掉落，底下人群顿时大乱。

在场亦有其他会些功夫之人，但绝没有书生与花无多武功高，刚刚争夺绣球也是瞬间之事，众人目光都锁定在绣球上，此刻已无人注意他们。

二人站在人群外围东西角落，隔着争抢绣球的众人相互凝视，估量着彼此的实力。

对面之人笑望着自己，明明圆脸圆眼看着和善，但花无多却感觉到了一种挑衅，不知不觉好胜心被激了起来。十指微缩入衣袖，催动了手上的金环，以极快的速度和诡异身法闪过争抢绣球的众人，射出银针向绣球刺去。

见花无多身形变动，书生亦腾空而起，向绣球所在之地直直坠下，人群被震开，再次先花无多一步双脚夹住绣球。花无多扬起手臂，袖中银针直向书生刺去，书生被迫向后撤闪，已顾不得脚下绣球。与此同时，场内一名青衣男子想趁此良机扑压绣球于怀中据为己有，却突然一脚被花无多踩了个人仰马翻。

此时此刻，楚员外的庄子内热闹非常，边打架边抢绣球，而这个绣球似乎太难抢了，看得楚员外一家人心惊胆战，眼花缭乱，惊呼声此起彼伏。就在大家的心随着绣球起起落落七上八下时，突然，绣球被高高抛起，此刻书生已飞在半空，眼看便要抓到，却未料，花无多银针已至。那书生见有银针刺向自己，不敢正面去迎，却突然挥起一掌将绣球打向了花无多。花无多见此情形刚想志得意满地一笑，却又狠狠憋住，不能笑，什么时候都要切记不能笑！却未料绣球落入手中的一瞬间竟突然碎裂，一刹那散了一地的红。

在场众人均是一怔，花无多也怔了怔，看着一地的红有点儿不知所措，察觉四周气氛诡异，忙将银针收回袖中，一转身便逃之夭夭了。跑出去十丈远，她还能听到随后追上来的管家一行人在后面上气不接下气地喊着："唐公子……请留步……"

花无多边跑边回头扬声道："青麟客栈……找我。"

当日洛阳大街小巷，茶馆、酒楼里所有人都在谈论此事，说是有个姓唐的小子把楚员外家那个一向眼高于顶貌若天仙的二女儿楚田秀的绣球弄碎了，不仅如此还当场跑了，弃如敝屣，竟不将那天仙般的美女看在眼里。

花无多避过所有耳目闪入客栈，想想客栈掌柜和跑堂小二都认识自己的模样，为安全起见马上退了客房，背着包袱出了洛阳城，在城外寻了一处偏僻之地换成了女装，而后又大大方方地走进了洛阳。

不仅如此，她还直接住进了青麟客栈。

青麟客栈是洛阳第一大客栈，洛阳是当今天下除京城外最为繁华之城。第一大客栈果然非同凡响，庭院大气非凡，当中不仅有小桥流水亭台楼阁，住的地方更是分为几等，除普通客房外更有独立园子的院落和优雅僻静的阁楼。花无多从不喜欢亏待自己，选了一处僻静却宽敞的阁楼住下，阁楼四下住房暂时都空着，只花无多一人，花无多对此十分满意。

晚上夜色撩人，花无多独自坐在阁楼上望天空之明月繁星，一手拿着鸡腿，一手拿着酒葫芦，大口吃肉喝酒，好不惬意。

吃饱喝足，打了个饱嗝儿，花无多方才志得意满地进了屋。她暗想明天与唐夜还有一场硬仗要打，今晚定要好好休息一下养足精神，休息之前先去了面具，涂好药泥，一闭眼便沉沉睡着了。

夜半三更，花无多正睡得香甜就觉得外面有噪音嗡嗡个没完，先是箫声，后来变本加厉地多出来一个琴声。花无多本就不懂音律，此刻更被扰了甜梦，不禁怒从中来，用被子捂住头在床上翻来覆去，还是被那扰人的嗡嗡声吵得睡不着，不禁一咬牙自床上一跃而起！被吵醒的怒气几近让她头顶冒烟，是谁？到底是谁？！这般可恶！大半夜竟在她门口弹琴吹箫不让她睡觉！

边生气边穿好鞋袜，她顾不得脸上的药泥黑乎乎一片半夜出门能吓死一群人，噔噔噔走到门边，一脚大力踢开房门，对外吼道："是哪个龟孙子扰我睡觉？"

话音刚落就见阁楼下，一女子白衣似雪，明眸皓齿倾城如烟，琴放在膝上，指尖犹在琴端，此刻亦举目望向花无多，眸中难掩惊讶，而后目光微转，又看向对面一侧屋顶。

花无多见此绝色不禁一怔，暗惊这不是楚家二女楚田秀吗？她怎么会在这里？心里突然想到：此情此景好像书里说的花前月下，私会情郎？！想到此，目光亦随楚田秀看向对面屋顶，惊见一人正坐在对面屋檐上，黑衣紫带，手中拿着一支长箫，目光清冷，亦同时凝望着她。看清此人，花无多脑中突然嗡的一声，只觉眼前有点儿晕，此人不是别人，赫然是唐夜。暗想自己方才踢开门时说了什么来着，不行，现下头太晕什么都记不起来了，还是速速回屋去吧。想到此，花无多突然闭上双眼，平举起双臂慢慢转身向前摸去，边转身边喃喃自语道："我梦游，梦游……"而后以极为迟缓的样子一点点摸索进了屋，又闭着眼睛摸索着转身关好了房门。自始至终都很顺利，唐夜竟没有因为方才的冒犯给她难堪。

刚一关上房门，花无多睁开眼睛，下意识地擦了一下额头控制不住冒出的冷汗，而后躲在窗下角落由内至外戳了一个洞，眼睛贴在洞上向外拼命望去。只见外面静默片刻，对面屋顶唐夜起身似要离去，这时却听楼下楚田秀道："楚田秀此来是想会一会毒王唐夜，原以为名满天下的毒王会是何等人物，今日一见不过如此，告辞。"言罢收起木琴，白衣飘动，倒先唐夜一步翩然而去。

闻言，花无多对这个楚田秀不禁崇拜万分。说实话，这话连她都不敢当面对唐夜说啊，这绝色美人真有个性。

这时，唐夜忽然转头望来，不知为何花无多明明躲在暗处却仍惊出了一身冷汗，好似唐夜已发现她在偷窥，不禁一阵心虚。唐夜这一转头也只是一瞬间的事，身形转眼便消失在了夜色之中。见唐夜走了，花无多暗暗长出一口气，而后又捶胸顿足地骂自己没用，也不学学人家楚田秀，看人家大方地对唐夜所说的那番话，多解气！自己方才出门时很不错，可进门时……不提也罢！

花无多哪里知道，当时唐夜所在位置恰好可以看清她在窗边显露的半个脑袋投影，那影子左摇右晃上动下移，可以想见里面之人拼命想看清外面的样子，唐夜当时看的的确是她而非楚田秀。

第二日，日上中天，花无多方才起身。虽然半个晚上未睡好，但她仍神清气爽地步出阁楼，正欲寻小二给自己弄点儿吃食，就见两个跑堂小二抬着副担架从西边院里出来，边走边唉声叹气道："这已经是第十三个竖着进去横着出来的了。"

花无多闻言，惊恐万状。据她所知，唐夜就住在西院。

花无多一个箭步冲上前去探手摸在担架上人的颈部，触到脉搏跃动，方才放下心来。两个抬担架的小二见花无多如此紧张的模样便道："姑娘不必惊慌，这人没事，只是晕了过去，过不了一盏茶的时间就醒了。"

花无多假装惊奇道："这是怎么回事？"

两个小二闻言均是摇头，其中一人道："我们也不知道是怎么回事，只知道这些人都是来找西院那位姓唐的公子，可是连门槛还没迈过去就跑的跑，倒的倒。"

"跑的跑，倒的倒？"花无多闻言越发奇怪了。

另一个小二接口道："今儿一大早就闯进来一群乞丐，说是来找唐公子，大大小小数十人，我们拦都拦不住。说也奇了，这西院的唐公子也不知是何等人物，使了什么妖法，来的人就没一个进去西院的。当中还有些人捧起路边的石头当金元宝似的揣走了，有的就像这人一样突然晕倒在门外。"

花无多又问："你们这是要将他抬去哪里？"

小二道："唐公子叫我们把他们放在街口的阳光下，说是过一会儿就会自行醒来。"

花无多点了点头。两个小二抬着担架自行去了。花无多踯躅半晌，一转身毅然向西院走去。正大步走在路上，她便听两旁在打扫院落的两个小厮低声道："这肯定也是去西院的，我赌这是第十四个。"

另一个道："我说不是。"

"好，这次赌二十个铜钱。"

“行。”

西院前有扇红漆木门，此时虚掩，初看并无异样，仔细看却能发现有根几乎燃尽的熏香略显突兀地插在门上，花无多远远地看着那扇红门，停下脚步。她暗想唐夜擅长用毒，说不定那些人的反常正是因为中了毒。唐夜下毒手法诡异，如此番由正门进去，她在明，唐夜在暗，说不定真成了第十四个竖着进去横着出来的人。如今唐夜给自己下毒，似只为那副面具，不知道他会不会在拿了面具之后杀她灭口。众多疑虑梗在心头，花无多越发觉得心里没底，便决定先偷偷探探情况再说。心中一定，她便决定不走寻常之路，沿着西院墙壁三绕两绕绕到一侧偏僻角落。

此处抬头可见院内红枫枝干探出墙外，红叶虽已凋落大半，但仍有部分挂于枝上，可作遮掩。花无多仰头审视一番，暗道此处够隐蔽，便一个纵身双手攀上墙头，双臂用力缓缓将头露出向内望去。

此刻恰逢秋季，满园落叶，似刻意不曾被打扫，风乍起，吹得院内红叶飞舞。院中恰有一方浅浅池塘，几乎已被红叶铺满，风过，红叶荡漾其上，说不出的清幽，却又透着一股萧瑟。

院内寂静无人，花无多在墙头停滞片刻，并没有听见任何响动，暗道唐夜可能不在，便轻手轻脚地攀爬上了墙头，蹲在墙头正欲向下跳入，就本能地察觉到了某种异样。她一低头，就见正下方红枫树下，透过横斜的枝干，有一人正抬头凝望着她。

那目光……

花无多连打了好几个哆嗦。

就在这个时候，连花无多自己事后都有点儿不信，竟然听见自己开口说道：“我没看到门……”蓦地捂住自己不听话的嘴，再看那双眼睛的主人，竟有种想找棵树撞死的冲动。

正在她尴尬不知所措的时候，红漆木门突然被人推开，唐夜的目光自她身上移开，花无多顿觉一阵轻松和紧张过度后的虚弱。这时，就听一女子带着颤音说道：“我终于找到你了。”声音虽轻，却有一种说不出的激动，仿佛跋涉了千山万水后终于见到渴望已久的目的地一般。

花无多闻声一怔，立刻忘了自己的窘况，忙举目向声音来源望去，见一红衣少女站在门口，目光复杂地望着唐夜。少女纠结的目光中仿佛承载了许多，似爱似恨，似喜似忧，还有点儿不知所措。蹲在墙头的花无多暗道：哎呀，这不是当日洛阳郊外茶寮的那个青城派大小姐吗？

少女却未曾注意到红枫树后的墙上还蹲着个人。

少女进门时从容不迫，举止坚定，可进得门来一看见唐夜却似变成了另外一个人，面颊绯红，似在挣扎犹豫，又似在按捺等待着什么，那欲言又止的神情令蹲在墙头的花无多都有点儿着急了。此时此刻的花无多瞪大了眼睛一眨不眨地注视着少女，眼神中有种莫名的期待！她到底在期待什么，恐怕连她自己也说不清。

唐夜看清来人，却只冷冷地哼了一声，不再看那少女，微微侧头向花无多所在的方向道："随我来。"

闻言，花无多一怔，却只得乖乖跳下墙去跟在他后面。

少女面色惨白，黯然一笑，苦涩道："我一路千辛万苦寻寻觅觅跟随你走遍了大半个中原，如此艰辛才见到你，你竟这般对我，甚至连看都不愿意看我一眼，夜……夜……"少女的声音已然哽咽。

唐夜的脚步未停一下，花无多跟在后面低头暗叹，唉，无情啊。

却在这时，少女突然张开双臂奋不顾身地冲向了唐夜，目光中有着不顾一切的疯狂，似欲从后面抱住将要离去的他。就在少女将要靠近唐夜之时，唐夜竟然出手毫不怜香惜玉地将少女打飞进了一侧的池塘。

轰然震起的水花令花无多不敢置信地瞪大了眼睛，双手紧紧地捂住自己的嘴巴，似怕自己尖叫出声。少女狼狈地自水中站起后，踉跄站稳，呕出一口鲜血，似已受了极重的内伤，带了丝歇斯底里的疯狂对唐夜道："你杀了我！唐夜，你杀了我吧！不能让你喜欢我，那你就杀了我！能死在你手里，我心甘情愿！"

花无多突然从心底敬佩起了少女，眼见唐夜目光变得越发阴暗，杀机已起。花无多脑子一热，突然站在二人中间，指着唐夜对池塘中伤心欲绝的少女道："你喜欢他做什么？他就一毒人，全身是毒，不能碰，不能摸，你看看那双死鱼眼无情无义的样子分明像个活死人。你对他的情意他根本不懂，你何苦为难自己喜欢这样一个冷酷无情的人，你喜欢他还不如喜欢我，我都比他强百倍！"

言罢，见唐夜和少女望着自己的目光，一低头竟发现自己今天穿的是女装！此刻就算有个豆腐放在自己面前，都想拿起来撞。

她听见自己很没底气地质问唐夜："你放在门上的香是什么毒？我肯定已经中了……"

唐夜在不悦，是个人都能感觉得到。

这一刻寂静无声，花无多尴尬地嘿笑了一声，收回指着唐夜胸口的手指，心虚不已却仍辩解道："其实我是想说，作为一个女人，唐公子肯定不如我。"这句话是对唐夜说的，眼见唐夜从不悦变成了非常非常的不悦，花无多忙转头对水池中惊怔的少女道："其实我觉得女人喜欢女人很正常，你说是吧？"

只见此刻少女面色惨白，手捂胸口，内伤似乎更重了些。

花无多嘴上虽如是说，实则暗中已戴上了十指金环，本以为唐夜会对自己出手，没想到唐夜道："你方才笑了一下。"

闻言，花无多心中一震，悚然抬头看向唐夜，面色因戴着面具看不出多大变化，但那眼神却控制不住地泄露了太多内心情感。我的娘呀！她怎么给忘了，疯狂三笑！那毒药本叫疯狂一笑，但到她这里应该叫疯狂三笑才对！所以，花无多私下里把这毒药名字改了。她是来拿解药救自己命的啊！想起这事，不禁悚然而惊！再也顾不得其他，她急忙拉起唐夜的手道："我们还磨蹭什么！"早已顾不得唐夜会有何反应，拽着唐夜足下一蹬，就这样丢下站在水池中目瞪口呆的少女，与唐夜一同消失在楼宇之间，幸运的是，唐夜并没有半分挣扎就随她而去了。

僻静之地，花无多毕恭毕敬乖乖地交上了面具，而后，听见唐夜对她说："这是'疯狂一笑'的解药。"花无多欢喜地接过解药，犹豫了一下，便服下了解药。而后她掐着腰，仰天大笑数声，惊起飞鸟无数方罢。这一刻只觉自己神清气爽通体舒畅，本想感激涕零一下唐夜的不计前嫌，可接下来听到唐夜的话就真的很想把唐夜按倒在地疯狂地暴打一顿，唐夜非常平静地对她说："你方才碰过我的手，已经中了'无法逍遥'之毒。"

闻言，花无多茫然地看向唐夜，什么叫"无法逍遥"啊？唐兄，为什么你把每一种毒药的名字都取得这般文绉绉，听起来就让人害怕！

花无多目光呆滞，仿佛一刹那还不能消化其中含义。

唐夜将面具小心地揣入怀中，瞥了她一眼，平静无波地道："此毒很难解，需连续针灸和服药十五日。"

花无多压抑着，问道："中毒后会怎样？"

唐夜回道："会自中毒的地方延伸至全身瘙痒，狂抓致死。"

花无多忙看向方才拉住他的那只手，果然发现自掌心开始沿手臂向上出现了一片异红，整条胳膊暗藏许多红色小包，已经开始发痒。

花无多阴恻恻地问道：“你会不会帮我解毒？”

唐夜并没有将她的阴阳怪气放在眼里，拿出一颗小药丸，递到花无多面前道：“这是第一颗解药，你先服下吧。”

花无多拿过来，深吸一口气，望着手中解药不禁冷笑，这毒明显比那“疯狂一笑”还要恶毒，可笑的是还叫什么“无法逍遥”，怎么不叫“狂抓致死”？！

唐夜又道：“你坐下，撩起衣袖。”

花无多隐忍地坐下并将衣袖撩起。

唐夜自怀中拿出一个布包，展开来，从中取出针灸用的银针，在她中毒的手臂穴道上施了几针，手臂的异色渐渐褪去，只留掌心颜色仍然暗红。

唐夜道：“将解药服下。”

花无多只得照做，而后重重说道：“这十五日，我天天跟着你！”语气肯定，绝非想征得唐夜同意。

唐夜却似不甚在意，道：“可以，但你必须为我做一件事。”

花无多早已心中有数，闻言并未惊讶，只道：“什么事？”

唐夜道：“冒充一个人。”

“谁？”

“金陵方家二女，方若兮。”唐夜说话时并未望向花无多，声音淡然亦听不出任何异样。

花无多闻言却是一怔，目光自中毒的手心移向唐夜，眨了眨眼，而后又眨了眨眼。

唐夜自袖中取出一张画像图，递给花无多，道：“易容成她的模样，这十五日跟在我身边，当我的丫鬟。”

花无多刚要接过画像，忽听丫鬟一词，手就这么僵在空中，眼睛瞪得极大，看怪物一样看向唐夜。唐夜并不理会她，自顾将画像放入她手中。花无多十分艰难地让自己镇定下来，缓缓将手中画像展开，看清画像中人，又是一惊。

此画画得极为传神，不得不说画此画之人是个行家里手，花无多一眼便看出画上之人的样貌正是自己当初在家中易过容的样子。这或许没什么，家里人都见过她的样子，但让花无多真正心惊胆战的是，此画画的却是她正在用飞剑射杀树上的喜鹊，姿势之奇怪想想也只有自己做得出来。这一幕如此熟悉，花无多看着画，思绪回到往昔，她还清楚地记得，那日，院中古树上不知从哪里飞来许多小鸟，有喜鹊，还有燕子，叽叽喳喳个没完没了。不巧正打扰到了想专心练功的她，便决意射下几只小鸟烤来吃吃。仍记得，自己当时一边以各种古怪的动作乐此不疲地射杀着树上的小鸟，一边手舞足蹈地现编现唱了一首歌，一首自己作词、作曲的江南小调，大概是江南小调吧……其实花无多也不怎么确定。这件事之所以记得这般清楚，是因为事后听说有个少年不小心掉进了院外的荷花池……那已经是三年前的事了。

想到此，花无多嘴角微微抽搐，收回思绪，蓦地发现面前唐夜漆黑的双眸始终凝视着自己，忙假装不慌不忙地收好了画像。

这时，听唐夜道："最快什么时候可以做出面具？"

"今晚。"花无多此言无疑已同意冒充方家二女方若兮了。

唐夜道："今晚子时，易容成此模样来西院。"

"好。"花无多按捺住自己的心神不宁，镇定答道，刚回答完就想起一事：丫鬟！

望着已然走远的背影，花无多郁闷了。想自己闯荡江湖以来，一片雄心壮志，要当名满江湖的侠女，可迄今为止不仅一件惊天动地的事都没做过，反而因生活所迫先是给公子翌当保镖，现在又要给唐夜当丫鬟，中途还因宋子星逼迫当过贼……那个不提也罢，一想到宋子星就闹心……

唉……生活真是不容易啊！

看着中毒的手，花无多忍不住咬牙切齿一番，暗道：唐夜……如果这次毒解了，我必定……必定要……今生今世都不要再见到你！

花无多收好画像垂头丧气地走了。

这幅画第二日便被唐夜要了回去，虽然花无多很想告诉唐夜那画被她毁了，但终究还是没有胆量。花无多旁敲侧击想知道此画从而何来，却是无果。

其实方若兮的面具不用赶制，这副面具她本来就随身带着。

当晚子时，无月，夜空中的星星寂寥地眨着眼，望着廊下一妙龄女子穿着碎花衣裙，脚踏精致绣鞋，踱着方步，优哉游哉地出现在了西院。

西院的门被轻轻推开，察觉唐夜就在方圆之内，花无多不自觉地就有点儿紧张。

院内寂静无声，连虫鸣都没有。

估计都被唐夜毒死了，花无多心中暗道。

夜风吹来，易容成方若兮的花无多一抬头便看到坐在屋顶手拿长箫的唐夜，依旧一身黑衣系紫带，目光清冷地望着她。

面对唐夜的注视，花无多扯了扯裙角，站定，看似颇为恭敬地道：“不知公子有何吩咐？”俨然已是丫鬟角色，除了姿态有点儿高，眼角和嘴角还有点儿斜，幸好有夜色做掩蔽，不近身细看也难看出来。

夜色中，唐夜的声音仿佛从天外传来，带着难以捉摸的幽深，却只有四个字，“听我吹箫。”

闻言，花无多呆了一下，斜眼望去，见唐夜完全没有开玩笑的样子，说实话，唐夜开玩笑的样子估计连鬼都没见过。花无多也没指望会从唐夜脸上看到什么异样神色，但仍然有点儿不太相信地回问道：“就是听你吹箫？”

唐夜并未多言。

花无多收起看起来有点儿傻的惊讶，一提气飞到屋檐之上，坐在唐夜左后侧。

半夜三更，花无多顶着熊猫眼，毫无形象地以手撑头靠躺在屋顶上，看着唐夜的背影，挣扎半晌，终于不支，在唐夜的箫声中睡着了。

察觉后面之人呼吸长而均匀，唐夜停止了箫声，却在此时，院墙之外悄无声息地跃进来四个人，整齐划一地恭敬道：“少主。”

花无多闻声突然睁开双眼向房下望去，夜色中虽瞧不甚明晰，但以她的目力却一眼便认出院内四人，均都见过！

院中站着两男两女，当中一人，正是在晋王府时曾见过的“唐枫”，唐夜的哥哥，现下却尊称唐夜为“少主”，着实奇怪。其余两女正是当初在晋王府一直跟在“唐枫”左右的两名少女，还有一人却是近日所识的圆脸书生。

“唐枫”看见了易容成方若兮的花无多，似并未认出她是谁，圆脸书生亦看到了她，似有疑惑，却不露声色。

唐夜道：“事情如何了？”

“唐枫”道：“一切按计划进行。”

唐夜点了点头，又道：“无音，去散播一个消息，就说我身边所带丫鬟正是金陵方家二女方若兮。”

“唐枫”恭敬地回道：“是。”声音云淡风轻听不出任何情绪的起伏，只目光扫了一眼唐夜身后的花无多。

闻言，花无多心中一惊，此“唐枫”竟然就是杀手组织大名鼎鼎的无音！当年那个追到天涯海角也要追杀姐姐方若薇的杀手无音！

唐夜，少主，唐夜究竟是谁？

唐夜的丫鬟就是方若兮，这个消息一经散播会怎样？江湖中人知道后定然唾弃她，堂堂方家二小姐去给一个抛弃自己的男人当丫鬟！爹爹若是知道，定会生怒，姐姐如果正在洛阳，糟了！

想到此，花无多冷汗淋漓！

她很想大声质问唐夜……方若兮并没有做什么对不起你的事情你为何要这么做？！但如今自己身中剧毒，受制于人，又身份隐匿，不得已暗暗咬牙忍住，却控制不住一股怨怒自心中升起。此时此刻，虽苦闷，却必须忍，她暗中告诫自己唯今之计只有将计就计，留在唐夜身边埋伏并伺机而动。她倒要看看唐夜究竟要利用她做什么，无音出现在洛阳恰遇姐姐大婚，又将如何？想到此处，花无多暗暗拧眉。如今，最令她担忧的是，唐夜是否已知自己身份？如若不知或许还有下手的机会，如若已知，那么此番她岂不是在作茧自缚？

花无多早已顾不得这许多，如今即使身在龙潭虎穴，她也会为了爹爹和姐姐苦撑到底，不入虎穴，焉得虎子，唐夜，她才不怕！

她刚咬牙切齿鼓舞了自己一番，可一抬眼正见唐夜黑不见底的目光扫了自己一眼，马上就觉得心里发毛冷飕飕的了。

不怕？

才怪……

花无多闹心地抓了抓自己的头发。恰看见圆脸书生对她微微笑了一下。她立刻龇牙咧嘴地回了一个笑脸，估计比哭还难看。书生移开目光，却于此时对唐夜恭敬道："属下探知，楚家二女楚田秀武功不弱，尤其琴音魔魅惑人心神，其母与音之魅尤笑相识，尤笑虽未正式收楚田秀为徒，却认真教授过楚田秀魔音之魅。昨晚少主赢了她，又因前日抛绣球被冒充少主的人扰乱，对少主恨入骨髓，今已张榜诏告天下，谁能打赢少主谁就是她未来的夫婿。另外，青城派大小姐许倾城及其随行八人亦已住进青麟客栈，现下就在东院。"

尤笑姑姑曾教授过楚田秀？花无多暗忖：尤笑姑姑曾说，她不懂音律未必是坏事，至少魔音之魅的功力到她这里就要打些折扣，这也是为什么昨晚她听唐夜和楚田秀的琴箫合奏心情异常烦乱。打过唐夜就能成为楚田秀的夫婿？楚田秀想招夫婿是不是想疯了？不过，这下子倒有点儿意思了。花无多想到此处心中窃笑不已。

唐夜道："楚田秀的魔音之魅功力的确不可小觑，可惜，总有人是例外……"

唐夜的言外之意不自觉地让花无多对号入座，这肯定是在说她呢，花无多心中对此颇不以为然。

书生圆眼一转，又道："少主，要不要属下明日在路边找个又丑又老的乞丐来和你打一架。"

花无多刚想鼓掌赞声绝妙，就听无音道："方圆，休得胡闹。"

在场另外两名少女扑哧笑出声来。

花无多偷偷对他竖起大拇指，书生看见了，对花无多眨了眨眼，颇有些臭味相投惺惺相惜之意。

这时却又听唐夜道："冒充我四处惹是生非的人应该就是你吧。"

唐夜侧目斜睨着花无多，房下四人的目光也凝聚在她身上，花无多早已料到有这一刻，坦然笑道："不才，正是在下。"

说此话时的声音竟与唐夜一般无二，花无多易容和变声的本事当今天下无人能出其左右。

唐夜目光一沉，道："你是谁？"

花无多道："我姓花名无多。京城人士，是西京侯二公子的保镖。"

方圆忽道："西京侯二公子吴翌的人头价值五万两黄金。"

闻言，花无多心中一震，神情不由得沉了几分。

书生方圆扬起嘴角，不知是在嘲讽还是在笑。

无音望着花无多目光暗沉，另外两名女子亦望着花无多，挑起若有似无的冷冷笑意。

花无多沉声问道："是谁要杀他？"

这句话问了也是白问，没人会回答她，但她仍然按捺不住问出了口，无法不忧心公子翌的安危，不知道他现在是否已平安回到南书书院。有八大护卫和公子琪等一行人在，应该会保他周全，花无多暗想。突然记起一件事，公子翌曾中"无声无息"之毒，难不成就是唐夜等人所下？

此疑问自然无解。

时光如流水般过去，一晃三日，一切照旧，除了些许插曲，日子倒也过得去。

随遇而安并能在困境中享受生活是花无多最大的优点，就算情况再复杂，在花无多眼里日子还得照常过。

某日清晨，抬头可见树叶上的朝露，晶莹剔透中凝耀着白云和蓝天，仿佛预示着今天是个好天气。

一大早，当唐夜出门见到花无多和方圆同坐在院内的石阶上，一边啃包子一边切磋武功时，也不由得愣怔了一下。

方圆为人喜怒无常，朋友屈指可数，却和花无多一见如故。唐夜还记得前天三人去洛阳城郊恰好碰到集市，因为人多，摩肩接踵挤来挤去的三人被冲散了，后来在一处林边简陋的茶棚会合。花无多与方圆异口同声地对唐夜道："少主（公子）你没碰到谁吧？"

在听到对方言语后，方圆和花无多相视一笑，互相拍打着对方的肩膀笑道："真是英雄所见略同啊！"

唐夜斜眼看了二人一眼，发现他们连动作都颇为相似。

这三日还发生了几个小插曲，在方若兮成了唐夜丫鬟这个消息放出去的第二日，青麟客栈外往来人数比平日增加了数倍不止，卖东西的小商贩明显增多了。花无多一出客栈门就能感觉到暗地里偷看自己的目光，烦死了。

有一件事令花无多十分疑惑，唐夜似从未刻意对她隐瞒事情，她根本不需要偷偷摸摸去偷听或者偷看，凡事都让她伴在身边，但她却仍然什么都不知道。除了隐约猜到唐夜的另一个身份，但那似乎也是唐夜有心让她知道的，为此，花无多越发小心行事。

花无多自然而然地住进了西院，方圆次日便消失了，不知去了哪里。花无多心中奇怪，却没有问，因知问了也是白问。

西院只剩下花无多和唐夜二人。除了晚上睡觉，二人几乎到了形影不离的地步。不知不觉，她是丫鬟的身份已成为事实，每天必做两件事，早上端洗脸水进门，晚上端洗脚水入屋。这两个盆很相似，有一次花无多故意将两个盆颠倒了，早上用洗脚盆端着水入屋给唐夜洗脸，唐夜看了一眼，道："我不洗脚。"花无多忙装作十分惊讶的样子凑过去装模作样地仔细瞧了瞧，方才道："哎呀，拿错了，我这就换过来。"

原本端洗脚水是个下贱的工作，但花无多从未将此事放在心上，在她看来不就是端一盆水嘛，不过要叫她动手帮忙洗就另当别论了，幸好唐夜从未有此要求。

她这个丫鬟当得极为轻松自在，但看似风平浪静之下，似乎总有种不好的预感，仿佛这是个局，越是平静的表象越预示着将有大事发生。花无多心知肚明，却仍不急不躁随遇而安，白日里无事，自顾搬个椅子放在太阳底下，双脚搭在院内石桌上，靠躺在椅子上，边看前几日从市集上买来的话本子边啃着苹果，时而傻笑时而大笑的样子，令唐夜也忍不住对其频频侧目。

东院的许倾城在此期间来过多次，远远看到花无多和唐夜形影不离，那哀怨的眼神令花无多每见心里都忍不住发憷。每次她都躲到唐夜身后，见唐夜该干吗还干吗，完全没有一点儿心理负担的神色，不禁在其后连连叹气，不知叹到了第几声，唐夜突然掏出来一个金色小瓶，小瓶精致无比，瓶身雕有金龙戏珠，一见便知价值连城。唐夜将小瓶放在她手里，花无多还以为是什么稀罕宝贝，却听唐夜对她道："此药名曰忘忧，闻上一闻便可让你忘记令你痛苦的人和事，你可要闻上一闻？"花无多忙把小瓶丢回唐夜手中，恭恭敬敬回道："公子，我再也不敢了……"

花无多始终在唐夜面前自称"我"，从未称过奴婢，唐夜不挑剔这个，花无多自然乐得不提。

后来又见许倾城，花无多学唐夜的模样，只当没看见，时间久了，许倾城的哀怨变成了愤恨。

唐夜和许倾城之间必有故事，花无多时常如此猜测，唐夜虽然不喜欢许倾城，但只要她不靠近，还是不会伤她。

中毒的第四天，唐夜出门，花无多自然跟随在侧。

原本出门时还是晴空万里，可到了郊外却阴云密布，花无多一路跟着唐夜，直到地处深山中的法觉寺。

法觉寺并不是什么大寺庙，位置也很偏僻，一路竹林密布曲径通幽，再加上阴了天，竹林之中隐隐有些阴暗诡异。一路无话，两人施展轻功翻过两座山，才到了法觉寺。

法觉寺坐落在半山腰，山势陡峭，远远望去，凡人都会惊叹这房子是怎么盖的，竟能建在半山上。如若不是唐夜带路，花无多根本找不到路到这座寺庙。花无多原本还在奇怪，难不成庙里的和尚和来此地拜佛上香的香客都会轻功？到了寺里方才知道，山脚下有个船坞，自船坞有石阶一路通向寺庙，船坞处有小船可直通洛阳城，平日里香客们都是乘船而来。只有唐夜这种怪人才会带她走密林飞山崖像鸟兽一样，花无多想到此，暗暗撇嘴。

唐夜既不焚香也不拜佛，却带着花无多绕路来到山的另一侧，沿着一条只能单人行的小路，七拐八拐地向山顶行去，举目望去，山顶有个四角小亭。此刻，亭外有四名大汉守在通往亭子的必经之地，亭内一人正随性地倚着亭柱向他们所来之地远眺，花无多只一眼便认出此人是谁，洛阳李家三公子李赦。

花无多自在江陵认识李赦起就不讨厌此人，或许是知道即将成为亲戚，对他颇存好感。此刻见到也算故人相遇，只是现下身份……暗叹：唐夜的丫鬟、李赦嫂子的妹妹、西京侯二公子吴翌的妹妹还是保镖？想到这里，花无多自己也有点儿头晕。

李赦一挥手，小路及亭外守着的汉子均向后退出十丈以外，隐在四周，身手均十分敏捷。

唐夜与花无多相继到了山顶。

李赦先打量了花无多一眼，却未多言，花无多冲着李赦一笑，以示友好。李赦微一颔首，算是回应。

李赦有一双凤眸，不笑时看着人的目光总略带几分难以掩饰的傲气，但唯有当初在江陵面对宋子星与花无多时例外。对宋子星，李赦欣赏；对花无多，李赦会不自觉地带丝笑意。

李赦无疑是含着金汤匙出生的，所到之处无人不对其逢迎拍马。一生少有挫折，年轻有为，可谓当今天下屈指可数的青年才俊之一。眉目之间的自信、傲气与行事的随性自有其理。

所以李赦即便面对唐夜也只是微微颔首，礼让道：“请。”

因江陵凤舟赛之故，唐夜心知花无多认得李赦，而李赦此番邀约自然也知花无多现下身份，所以并不开口介绍。

唐夜和花无多二人先后踏入四角亭。

自亭内望去，只见远处重峦叠嶂，隐隐山林间映出连绵秋色红枫，又因阴天，山间雾气蒸腾，平添了几分朦胧之美。山下满眼蓝色湖水，其上还有点点渔帆，远远望去，宁静悠远，美不胜收。

花无多深吸口气，朗声道：“登高远眺，如画江山尽收眼底，真是舒服。”

李赦接口道：“方姑娘喜欢就好。”一句话表明，他已经知晓她的身份。

花无多道：“公子看来已知我甚多。”

李赦道：“在下姓李名赦，在家排行第三，李慷是在下大哥。”

花无多一扬眉，笑道：“原来是李三公子，幸会。”

自始至终唐夜都未曾言语，任由花无多自编自演自由发挥。

唐夜就这点好，不多话，花无多如是想，但偏就是唐夜这个少有的优点，常常让花无多觉得自己和他讲话时更像是疯子在自言自语。

这时，李赦忽道："听闻方姑娘喜欢天下美酒，李某在此特备三种陈年佳酿，待唐兄与方姑娘一同品尝。"

李赦转身指着桌上三个不同的酒瓶道。

花无多一瞄桌上美酒，偷偷咽了一口口水，却暗道不妙。

如果她喝了酒，说对了酒的年份和来历，那么她就是真的方若兮，恐怕唐夜也会怀疑自己就是方若兮，如果她喝了酒故意不答或说错，那她在李赦眼里就是个冒牌的方若兮。

因自己平生对两种东西最为擅长，一是兵刃，二是美酒。不敢说天下美酒她均能品评一二，至少天下所有知名美酒酿制的年份她一尝便知，甚至一闻就知道桌子上摆的是什么酒。

此刻，就见唐夜自顾倒了一杯酒放在桌上，浓烈的酒香瞬间散发开来，花无多闻到了，再也控制不住地看得双眼发直，胸口仿佛有千百只虫子在挠。

喝还是不喝？花无多内心在挣扎。

直到看到唐夜将其饮下，花无多差一点儿就上去抢了。

这时又听李赦道："这三种酒，恐天下间不会再有第二瓶了。"

闻言，花无多再也控制不住，也不想控制了，将心一横，上前一步，拿起酒瓶，将其中一瓶酒倒入杯中，一副下定决心视死如归的神情，看得李赦微感疑惑。

有些东西是花无多的致命伤，美酒、绝世兵器，还有钱。

以前屡屡被公子翌牵着鼻子走，正因公子翌掌握了花无多爱财的弱点。如今李赦投其所好，又因花无多内心挣扎，明知不能喝却偏又控制不住想喝而造就了当下的古怪神情。

幸好，花无多在端起酒杯后神情完全变了，先是无比满足地放在鼻端闻了闻，而后放在唇边如珍如宝地浅尝辄止道："此酒只应天上有，人间哪得机会喝啊。"一切烦恼皆因一杯酒抛之脑后。

李赦道："方姑娘可品出是什么酒了？"

花无多重重地点头道："好酒。"

李赦注视着花无多，神情仿佛在说：然后呢？

花无多道："这酒好贵的呢。"终于补充了一句不是废话的废话，她哪里敢多说，但偏又嘴馋，就只好装糊涂了。

李赦闻言浅笑，道："何解？"

花无多暗暗叫苦，这李赦刨根问底，她该如何是好？此刻若把此酒的来历讲个透彻，定会让唐夜惊疑自己的身份；若装作不知道，李赦必然认定她是假的，那唐夜带着她还有什么用处？想到此，她豁然开朗，又品了一口酒，沉醉其中却偏不回答李赦之言。这时，却听唐夜接口道："此酒清雅凝霜，冷冽香翠，乃天山冰泉所酿的冷香凝露，可解天下热毒。当年天山血凝子因配酒的天山雪莲难寻只冰制了两坛，后因其后辈血无根行走江湖，方将此酒带入民间，也仅仅只有一葫芦而已。这许多年过去，血凝子早已故去，血无根十年前也在江湖销声匿迹，此酒再难寻觅，价值恐已连城！"

从来没听唐夜讲过这么多话，而且一口气竟讲了一个故事，花无多微微惊讶，而后叹道："如此说来，我方才喝了那一口，恐怕已喝了数千两白花花的银子进去了。"

此刻花无多的表情以及这个白花花银子的比喻均令富公子李赦和大名鼎鼎的"毒王"唐夜皱了下眉。

但她的比喻丝毫没有错，这酒的确非常贵，而且就算有钱也未必能得到，不只喜酒之人奉为至宝，再加上此酒解百毒的功效，也是价值不菲。

第二个瓶子里倒出的酒呈淡黄色，花无多放在鼻端闻了一下，眼睛一闭一睁后，似突然多了几分迷蒙。

李赦道："方姑娘可品出是什么酒了？"

花无多并没有喝此酒，只闻了下，鼻子便皱了皱道："这酒好烈！"

这时，又听唐夜接口道："本欲忘却烦忧，无奈愁上加愁，只恨千杯不与醉，未曾忘却在心头。"讲述的正是这酒的来历和含义。

花无多不禁叹道："千醉。"千醉这么有名的酒，很多人都听说过，花无多能说出来不足为奇。

李赦亦点头道："此酒正是千醉。平常人只需喝上一口，必倒，酒力不行者，闻一下也会醉。可惜当年酿此酒的柳一阳却因无法释怀心中所爱已成他人妇，最终郁郁寡欢而亡，临死前砸烂了所有酿制的千醉，残留的酒被他徒弟作为对其师父的纪念珍藏多年，这世间也仅存这一瓶了。"

花无多重重一叹，见唐夜却将未曾沾唇的酒杯中的千醉重又倒回酒瓶中，心下不禁一阵唏嘘，真正爱酒之人或许就是如此，好酒不在于喝与不喝，更重要的是此酒的意义与它存在的珍贵。花无多突然对唐夜有了些不同的感觉，不仅如此，还清楚地记得方才唐夜对“千醉”的感叹，没想到唐夜竟能出口成章……本想不屑地撇撇嘴，但终究还是有点儿佩服的，不得不承认，还是合辙押韵的。

唐夜的诗词在她眼里也仅仅是这个程度了。

花无多也将自己酒杯中的千醉倒回了酒瓶。

李赦的神情微微变了变。

因前两种酒均非凡品，这第三杯酒花无多越发期待了，李赦曾说，这三种酒天下间不会再有第二瓶，单凭前两种酒的来历，此言已非虚言。

花无多和唐夜先后自瓶中倒出第三杯，花无多将酒放在鼻端闻了闻，只觉酒香淡淡，类似竹叶青，但却又不是，这种酒香，令花无多突然想起一件事。还记得在江陵之时，李赦曾约她一起去凤楼吃饭，那顿奢华的午饭至今令花无多念念不忘。凤楼名酒为竹叶青，但当时花无多并未喝到，当时上的酒是李赦自酿的，她虽未曾喝，但闻起来的味道……

花无多将酒放在唇边，浅饮，微微惊讶，再饮，完全惊讶。

这时只听李赦笑道：“方姑娘可品出这是何酒？”

唐夜也已喝下了酒，却若有所思，不曾言语。

花无多又听李赦问她，淡笑道：“让李三公子见笑，此酒是何酒，我还真的不知道，味道类似竹叶青，却又不是，芳香之气比竹叶青还要浓郁，入口虽淡如清水，但越喝越觉回味甘甜隽永，是好酒，却不是极品。”

花无多很轻易地便说出此酒的韵味，在他人听来也是个会喝酒的，但并不能说明她是酒中高手，花无多心知肚明，面对唐夜和李赦均毫无破绽。

李赦闻言眼中浮上一抹笑意，道：“未曾想，方姑娘竟能品出此酒真意。”

花无多道：“此话何解？”

李赦道：“不瞒两位，此酒是在下十年前亲手所酿，只有一坛，而今也仅剩下这一瓶。李某酿此酒的本意便是欲与知己朋友同享，此酒之味便寓意为知己，可淡如水，却必真诚以待，一生不忘，如此酒的回味般唇齿留香。李某今日拿出来给二位品尝也算献丑了。”

闻言，花无多道：“很值得一喝的酒，可惜只剩下一瓶了。”

李赦道：“是啊，当年能酿出此酒，而今却再也酿不出了。”李赦如今的身份、地位与十年前相比已大不相同，心境必然不一样，酿酒人的心境不同，便再也酿不出一样的酒来。闻言，花无多不禁暗暗惋惜当日在江陵未曾喝一口李赦为她所备的酒。

花无多问道："此酒叫什么？"

李赦道："没有名字。"

花无多一笑，并不以为意，此刻不仅毫不避讳地坐在唐夜和李赦之间，还拿起桌上的精致糕点，也不待主人同意便吃了起来。

李赦一挑眉，唐夜根本连看都不看花无多一眼。

这时却听李赦道："在下此次约唐兄和方姑娘此来，不仅是以酒会友，还有一事与二位相商。"

花无多边吃边道："何事？"

李赦看着花无多的吃相似乎起了些许兴味，道："在下大哥李慷下月初十与方姑娘的姐姐方若薇成亲，在下在此代大哥诚邀唐兄来参加婚礼。并诚意邀请方姑娘和唐兄近日住进李府，以便赦一尽地主之谊。"

花无多没说话，看了唐夜一眼，唐夜道："婚礼我会去，却不能住进李府。"

李赦一笑，亦未强求，只道："唐兄或有什么不便，赦也不便勉强，只望方姑娘有空可以常来李府走动走动。"

花无多见唐夜答应去参加婚礼，心中微有不安，以她近日和唐夜相处来看，唐夜绝不是喜欢凑热闹的人，他每做一件事都肯定有理由。他为什么会答应去参加姐姐的婚礼？难道真是给李家面子？但到底他又为何非要让自己扮作丫鬟留在身边？花无多想不通。此刻听到李赦问她，便道："没问题，只要你好酒好菜招待，我肯定去。"

闻言，李赦莞尔，看了一眼唐夜，见唐夜对花无多的话不置可否，完全不像一个主子对待丫鬟的态度。

临行前，李赦将剩下的酒全部赠予花无多，花无多外表很端庄地接了过来，其实内心早就乐得手舞足蹈了。

回去的路上，三人并未同行，唐夜终于做回了人，不再当鸟兽，带着花无多乘船回洛阳城。

小船随波摇荡，外面雨渐渐下得大了些，却丝毫不影响坐在小船上漂荡着的人的心情。船舱中，唐夜取出箫来，轻轻用手帕擦拭了一下，而后放在唇边吹奏了起来。两岸群山环绕，更因下雨之故，雾气蒸腾的湖面烟波浩渺，雨里小船漂荡沉浮，舱内隐隐传出箫声，空明悠扬。而船舱内另一人却不知是不是因听了这箫声，很不给面子地睡着了，怀中还抱着装有李赦所送酒的盒子，小心的模样似怕睡着的时候被人偷了。

箫声在山间回荡，引来远处一艘花船上的琴音相和，不知出自谁人之手，更有人在雨中风流唱和："红颜知己伴君侧，携美同游笑放歌，红粉妖娆叠醉意，温柔乡中尽本色。"

洛阳多风流名士，山水之间文人雅士相遇琴歌相和倒也风雅，并不见得唐突了，虽然言辞有些风流露骨，但唐夜毕竟是江湖中人，不拘小节，对此并不在意。

闻歌，唐夜放下箫，沉吟间竟回头看了一眼舱内坐着也能睡着的女子，那副随遇而安的样子，让他轻轻蹙起了眉头。

淡然地收起长箫，他转过头去，透过雨帘望向船行的前方，只见两岸青山叠翠，远处亦有船只在湖上荡漾，却因起雾看不真切，反有雾里看花的美感，平添几分轻快，不禁轻声低吟道："青峦叠嶂过千帆，且真且笑听君畔，江山万里忧愁尽，点滴轻快在心间。"

如若此刻花无多醒着，必定再次惊讶，唐夜又一次出口成诗了，而且似乎心情还很不错。但可惜的是，花无多一听见单调的音乐就想睡觉的毛病想来是很难改了。可叹，唐夜每次吹箫，只要遇上花无多，就必定上演一句成语：对牛弹琴。

傍晚，洛阳李府。

李赦拆下信鸽腿上的纸笺，打开来见其上写道：她可是真的?

李赦思虑片刻，拿出纸笔在其上写道：不知道。而后，绑在信鸽腿上放飞了信鸽。

当日黄昏花无多与唐夜回到客栈，却有一人已在客栈里等候唐夜多时了。

花无多做梦也没想到真有人吃了熊心豹子胆敢上门挑战唐夜。绰号叫什么"洛阳三虎"之一的大虎，就在花无多想要抱着肚子暗暗偷笑一番时，却见那人大笑一声后，当众扒光了自己的衣服，狂笑而去。估计是凶多吉少了，花无多叹息不已，而后又有些后怕。她曾亲眼见过唐夜下"疯狂一笑"，当时在山中，那青城派的二人却是死了的，不知这大虎能不能扛过去。毕竟当初她让一群乞丐登门捣乱，唐夜并未下杀手，想来唐夜也不是乱杀人的。

唐夜镇定自若地看着那人离开，旁边围观的百姓都指指点点地说大虎疯了，但其中也有些江湖人士认出唐夜，均面色微变。花无多却暗暗惊疑，她始终未看到唐夜出手，那人就中了“疯狂一笑”，唐夜究竟是如何施毒的？在唐夜身边仍没看清楚唐夜施毒的手法，唐夜之可怕……令花无多再次心惊胆战，那一晚洗脚水也端得特别小心仔细，一滴都未洒。

当日晚，花无多已睡下多时，忽听隔壁有异响，忙起身出门来看。

今晚是十五，月如银盘，照得满院明亮，并无异状。隔壁便是唐夜所住房舍，屋内漆黑，没有灯光，隐隐似有人痛苦低吟。花无多正在犹豫是否去探问一下，忽有两个劲装大汉自墙外飞入院内，当先一人锦衣虎背，手提链子锤，看到花无多后当即大声道：“唐夜何在？！”

花无多很没骨气地指了指身后的屋门，马上泄露了唐夜的所在。典型的贪生怕死。

两名大汉均未将花无多一个小姑娘放在眼里，但也不敢贸然上前找唐夜，链子锤大汉对着房门吼道：“唐夜，快给老子滚出来！”

另一个手提长剑的汉子上前拍了下链子锤大汉的肩膀，示意他少安毋躁，跨前一步，颇为恭谨地对着唐夜所在的屋门拱手一拜道：“在下二人，分别是‘洛阳三虎’的二虎赵方年和三虎姚正春，今日深夜来拜访‘毒王’公子夜是想为大哥求取解药，还望唐公子念在我三虎在江湖中小有名气，我大哥家中上有老母下有妻儿的份儿上，饶我大哥性命。我‘洛阳三虎’必对唐公子感激不尽，终生只要听闻公子夜所在，必退避三里焚香绕路而行以示恭敬。”

花无多闻言暗暗点头，那二虎闻言却颇是气愤，见三虎对他使尽眼色，最终只是哼了一声不再言语。

门开了，唐夜自内缓步出来。月光下，花无多看清了唐夜，暗暗一惊。

还记得那夜晋王府宴席之上初次见到唐夜，少年淡紫薄唇，苍白面色，由于对比鲜明，在大殿的火光闪烁下乍一看还以为见到鬼了，可第二日再见便觉大不相同。而今夜，唐夜再次毫无血色地出现在花无多面前，紫色薄唇透着黯黑，阴沉的目光似乎在隐忍着什么，一身黑衣，青色月光照在他脸上，看起来着实恐怖。无意中，花无多看到了唐夜衣袖下微微抽搐的手指，忽然意识到了什么……

唐夜看了一眼花无多，将手指不留痕迹地收入袖中。

二虎按捺不住地对唐夜吼道："解药给是不给？"

唐夜冷冷地看着对方，直看到二虎越发按捺不住，挥起链子锤呼啸着甩向唐夜，或许是早就有所防备，二虎和三虎通体上下均捂得严严实实，面部戴着面罩毫无破绽，尤其二虎是远程重兵刃，对付擅长施毒的唐夜无疑是最好的方法。

就在链子锤砸向唐夜脑壳之际，说也奇怪，中途忽然转了方向，链子自中间软了下去，重锤一下子似失去了力道，反而砸向一旁的三虎。三虎纵身一跃躲开重锤，目光看向花无多。

此刻，只见月色下，笑容娇艳如花的少女立于唐夜身前，俏笑道："天色已晚，我家公子还要好好休息，我倒精神正好，想活动活动筋骨，不如我们来试试吧。大猫病倒了，二猫、三猫一起上吧。"

大猫，二猫，三猫？

二虎、三虎闻言面色已变，二虎大吼一声："今天就叫你这个乳臭未干的丫头知道我二虎爷的厉害！"呼啸一声，就要抡起重锤砸向花无多。可惜却并未如愿抡起来，仔细一看，链子中央已被丝一样的细线缠绕，丝线的另一端正掌握在花无多手中。正有些惊疑这是什么丝线，竟如此坚韧，就见花无多颇为炫耀地扬了扬手中丝线道："二猫，没力气抡锤子啦？晚饭吃饱了没啊？"

二虎被气得眉目皆竖。三虎再不犹疑，一剑挥上，欲切断缠在链子上的丝线，砍下去的时候本颇有信心，但当剑一路劈到了地上，才发现那丝线柔软可伸缩，剑劈下去如砍入断水，竟无法砍断，不禁也是一惊。一剑未断，三虎心思转得极快，丝毫没有犹豫，一转身提剑刺向花无多。花无多游走在二人之间，嬉笑嫣然，游刃有余。

几招过后，打斗中的花无多发现唐夜已仿佛事不关己地进了屋还关上了房门。想到自己在外面为他拼命，心里忽然有点儿郁闷，发觉自己很像是吃饱了没事撑的。

几番游斗，花无多放过很多次机会，均未伤害此二人，三虎忽地收回长剑，按住正欲冲上前的二虎道："姑娘好武艺，难道姑娘就是江湖传闻的唐夜的丫鬟，金陵方家二女方若兮？"

花无多眨了眨眼，未承认也未否认。

这时二虎忽道："原来你就是那个被唐夜抛弃的婊子，现如今还甘愿给唐夜当个下贱丫鬟！"

花无多一扬眉，婊子？还是头一次听到有人当面如此说她，目光一下子冷了下来。

三虎忙道："二哥，休要如此说方姑娘，方姑娘出身名门，定有难言之隐才会屈就在唐夜身边。"

这话说到了花无多的心坎儿里，真的是有难言之隐啊，花无多心里一下子委屈起来。这二人一唱一和的，说得花无多心里还真有点儿不是滋味，但现下身份特殊，只得装作无所谓的模样，词不达意地说道："不打了？我去睡觉。"管他三七二十一呢，唐夜的事自己去解决吧。

言罢，她转身欲走。

三虎却拦住了她的去路，道："方姑娘，在下此来并无冒犯之意，只想为大哥求取解药，还请方姑娘为在下求一求唐公子，在下知道武功不敌姑娘，更不敌唐公子，但求姑娘看在方家将与洛阳李家结亲，而李家久居洛阳，自与我们'洛阳三虎'颇有交情，还烦请姑娘为在下说上一说。"

如果花无多真的是假冒方若兮，那么自可将此番话当作耳旁风，但她毕竟是方若兮，却又因这古怪情形，不能表现出来。本不欲再管此事，她却突然想到一事，目光流转，暗暗一笑，转身便道："那个解药光药材费就很贵的，而且工序复杂可难做了，价值这个数。"花无多对三虎比了五根手指头。

三虎忙道："五千两？！"

花无多张开的五根手指微微缩了一下，刚想说五百两，就听三虎道："没问题，我兄弟立刻回去取来拿给姑娘。"

一听见钱，花无多双眼眯了起来，却仍一本正经地说道："能不能给解药还要看我家公子的意思，我只能尽量帮忙。"

二虎嗤之以鼻，三虎道："多谢姑娘肯出手相助，如能救回大哥性命，三虎定还要重谢姑娘。"

花无多一本正经地道："区区几千两银子，我金陵方家二女怎会看在眼里，帮你完全是因为李家和你们的关系，我才答应帮忙的，大虎那条命救与不救还要看我家公子的意思。"

三虎忙连连点头称是。

花无多此话说得冠冕堂皇毫无破绽。三虎眼见有了希望，便与二虎回去取钱。

二虎、三虎走后，花无多在唐夜门外犹豫半晌，想推门而入却又不敢，便顺着门缝往里偷瞧。只见屋内一片漆黑什么都看不见，便凑得更近想看清楚，没想到门没关紧，稍一用力便推开了个缝，咯吱一声，花无多当下一惊，进退不得。从打开的门缝中，花无多恰能看到唐夜盘坐在床上，身体竟似在控制不住地微微痉挛。这种情形把花无多也吓了一跳，唐夜似已知是她在门口偷看，睁开双眼看了她一眼，痛苦隐忍的神色花无多看得清楚明白。唐夜又将双眼闭上，苍白如鬼的面色与映入屋内的青色月光辉映，诡异可怕至极。或许应该转身出门，但花无多自己也不知道为什么竟上前靠近了唐夜，走得极慢，却毫不掩饰自己的靠近，唐夜再次睁开双眼，冷冷地看着她。花无多坐在了床边，咽了一口口水，道："很难受吗？"唐夜并没有回答她，她不安地移动了一下，又道，"我帮你。"言罢，也不管人家唐夜乐不乐意，她竟将双手按住唐夜穴道，将内力源源不断地输进了唐夜的身体。唐夜抗拒了一下，便受了她的内力。

半个时辰后，唐夜不再痉挛，身体渐渐从紧绷到放松了下来。花无多方才放开了手，看看自己掌心，喃喃道："不会又中了什么毒吧。"

唐夜调好内息，听到了她的言语，回道："没有。"不知是不是因为过于虚弱，一贯冰冷的声音似乎多了些许轻柔。

花无多受到了鼓励，趁唐夜还虚弱，看起来比较好对付，便大着胆子试探着道："三虎出五千两想买'疯狂一笑'的解药。"一句话直截了当，丝毫没有转弯抹角和隐瞒，半晌后，却听唐夜道："他已经死了。"

闻言，花无多再也说不出话来，暗道，方才的内力算是浪费了。

花无多始终未曾注意到，唐夜手指间微露的那一抹未曾射出的亮光。

忙了一夜，不知是不是在担心二虎、三虎来闹事，当花无多回屋睡下后，睡梦中，还梦见和二虎缠斗不休，二虎嘲笑她堂堂方家二女却给唐夜当丫鬟，端洗脚水。花无多羞怒攻心一着急便大声言道："不是，我姓花名无多，虽然是公子的丫鬟，但不是什么方若兮。自从公子毁了与方家的亲事，就对方姑娘朝思暮想日夜思念，我这个做丫鬟的怕公子思念成灾，只好假扮成她的模样，让公子以慰相思之苦，不信你看。"

花无多忽然摘掉了自己脸上的面具，露出真实面貌绝色姿容，令粗人二虎看得眼睛直勾勾地留下了一大摊口水，大骂唐夜下贱，花无多狂笑，得意连连。忽然醒来，她一抹颊边口水，方才察觉，原来是梦……

次日，花无多果然听说大虎暴毙的消息。当晚，唐夜仍旧像是没事人一样坐在屋顶吹箫，花无多听着听着，就觉得特别冷。

又过了一日，一大早，还有些不太清醒的花无多端着唐夜的洗脸水迷迷糊糊地走向唐夜的屋子，忽听有人敲门，想是客栈小二送来早饭，花无多边单手端着洗脸水，边打着哈欠为小二打开了院门。开门的一刹那，除了送饭而来的小二竟还惊见一人，一下子她不仅睡意全消，完全可以称得上是精神百倍。

那人玉冠束发，一身白衣，腰系蓝带悬翠玉，外表淡然清雅，却在回眸间顿觉其气势迫人。看似路过，听闻开门声，亦同时转过头来向此处望了过来，那双眼睛仿佛天生的似笑非笑，本是极为优雅贵气的公子，但看在花无多眼里，好似一大早见到了鬼。惊怔之下，她竟忘记一只手还端着个洗脸盆，哐当一声脱手掉在地上，反倒吓了自己一跳。不仅如此，还将自己的绣鞋裙摆也给弄湿了。

送饭的小厮也被她吓了一跳，看到她那副见鬼的表情，顺着她的目光亦看向那位白衣公子，不知是说给花无多还是说给自己听的，自言自语道："这不是今早才住进南院的宋公子吗？看着挺正常的啊。"

这时，唐夜推开了门，看起来并无异状，与前两日相比面色已然不同。此刻他抬眼看向了门口狼狈的花无多，又顺着她的目光看到了门外的宋子星。

宋子星亦看到了唐夜。

却在这时，忽听砰的一声，只见花无多将门重重地关了起来，隔断了门外宋子星的目光。

此举又吓了送饭小二一大跳。

这时敲门声突然响起，花无多心里咯噔一下，看了一眼小二，恰好小二也正看着她，花无多示意小二去开门，小二表示自己还端着早饭不能去。花无多对其横眉立目，小二脚底抹油转身就要进去摆放碗碟，却被花无多提住后衣领，将其手上托盘夺去。小二没有了借口，无奈只得上去开门，不知是不是被花无多的表情所影响，小二也是一副提心吊胆的模样。门终于被打开了，花无多用眼角余光瞄去，发现门外站着一个清爽汉子，一见不是宋子星，立刻烦恼尽去。还未等小二将话问出口，她就将托盘重又放在小二手里，挥了挥手示意小二进屋摆饭，自上去对门口之人迎道："你有何事？"

那人对花无多一笑，道："请问，此处住的可是唐夜，唐公子？"

花无多回道："正是。"

唐夜就在院内，花无多瞥了他一眼，见他没有应对此人的打算，便自顾问道："你找我家公子有何事？"

那人一听，忙道：“在下是洛阳李家的二管事，敝人姓张，今奉三公子之命前来递一张帖子给唐公子。”言罢，他自怀中取出一张精致信笺，颇为恭谨地递上，道，“还望姑娘能将此帖亲手交给唐公子。”

花无多笑着接了过来，道：“好。”

那人拱手一拜，道：“多谢姑娘，在下不多打扰了，就此告辞。”

花无多道：“不远送，请。”

那人离去了，花无多关上院门，此刻小二早已将早饭摆好，唐夜已坐下享用了，小二退到门外候着。花无多也不等唐夜先看，已自行打开了请柬，念道：“赦诚邀唐公子与方姑娘于今晚戌时城南风花雪月一聚。”

第二十章

真假若兮

洛阳之风花雪月，在洛阳极负盛名，亦是风流名士常聚之地。这里有美酒，有佳肴，还有多才多艺的美人。

风花雪月的夜晚，琉璃灯火，轻纱帷幔，酒香、花香、美人香，若有似无地萦绕；歌声、乐声、丝竹声，在这里，似无处不在。置身此地，人不自觉地便会懒散上几分，染上些许靡靡之色。花无多坐在风花雪月的游廊之下，仰头望向天空因阴天若隐若现的月亮，淡淡微风吹起身后轻纱，拂过颊边，暗道：没想到李赦会将宴席设在此种地方，此人倒也是个风流不羁的人物。只可惜，如此良辰美景，美酒佳肴当前，却让她提不起什么劲来。如果早知道宋子星也会在场……想到此，她下意识地瞥了一眼身侧的宋子星，暗叹，早知道他也会来，中午就不应该故意少吃一碗饭！徒然饿着自己的肚子了。

不仅如此，今晚楚田秀和青城派大小姐许倾城也在受邀之列，自唐夜和她一前一后进来起，花无多就被这两人盯得浑身不自在，忍不住暗叹自己脑袋上也没长角啊，看起来真有那么稀奇吗？这两人的眼神还真是够专注啊，搞得她没留心走快了，不小心踩到了前面唐夜的后脚跟，被唐夜很不客气地冷冷瞪了一眼，还好唐夜今晚穿的是靴子，否则鞋子当众被她踩掉，搞不好回头就给她来个“疯狂一笑”（花无多心中最忌讳这个毒药）……

李赦请客，地方肯定是极品的，吃的肯定是最好的，这些果然没令花无多失望。只可惜，旁边坐着一个讨人厌的宋子星，对面有个恨不得用眼神杀死她的许倾城，还有个偶尔用十分不屑的眼神审视她的楚田秀，花无多没怎么吃感觉就饱了。二女尚且好说，就是旁边这个宋子星，本想只看饭菜不看他的，但他若有似无的眼神，就是无法被忽略。花无多每次抬头瞥向他的时候，他必定也会瞥她一眼，每次花无多都毫不吝啬地对其撇嘴，却都见他微微一笑，越是这样，花无多越恨，可她越恨，他越是这样。花无多这一次见面想都没想过掩饰自己的身份，或许心中早已有数，宋子星肯定已认出她来。

席间，许倾城望着唐夜的幽怨、望着花无多的憎恨一概均被无情忽略，唐夜是有心为之，花无多则是因为忙于和宋子星你来我往用眼神当刀当剑杀过来杀过去，哪里还顾及什么许倾城无来由的嫉恨。

楚田秀自始至终一副高高在上的模样，只有偶然看到唐夜时，目光会微微有些变化，再看宋子星时却又不同，待看到花无多，却是若有似无的轻蔑。李赦对入眼这一切颇为玩味，尤其注意到方若兮与宋子星的目光交流，眼神中便多了一抹深意。

席间，宋子星不顾众人诡异的目光，暧昧地夹起汤碗里的一根青菜放入花无多面前的碗里，温文尔雅道："多吃点儿，你太瘦了。"

花无多看了碗里的青菜一眼，二话没说，嫌弃地用筷子一挑，将其从碗里扔了出去。青菜在空中旋转一周半，而后非常准确地掉到了宋子星的饭碗边缘，一半在饭碗里，一半吊在外面。

宋子星一笑，竟丝毫不介意地将青菜夹起，当众细嚼慢咽地吃了，而后又从汤里夹起一根，再次放入花无多碗里，温文尔雅道："筷子要两根一起使才能夹起菜来。"

闻言，花无多气息一滞，而后当着众位公子、小姐的面毫不客气地对他做干呕状。

见状，宋子星笑得更温柔了。

唐夜对此却很淡漠。

楚田秀、许倾城表情各异，唯独李赦看到花无多的这个表情目光幽深。

楚田秀席间还卖弄了一下琴技，并大胆邀约唐夜与其合奏一曲，楚田秀的胆子大到花无多都想对其五体投地，不，全体投地了，但可惜仍只换来唐夜的冷漠拒绝。

楚田秀一曲《凝望》弹奏完毕，就在花无多敷衍地鼓掌之际，却听宋子星道："楚姑娘琴技虽然精湛，但可惜仍不及方姑娘的舞技让人思之欲狂。"

李赦闻言目光锁定在花无多脸上，他很少听见宋子星对人对事做如此高的评价，"思之欲狂的舞技"，这句话下意识让李赦想起了江陵晋王府那一晚吴多多的罚酒舞。

楚田秀闻言目光瞥向花无多，明显是想要一看究竟一比高下了，此刻花无多身份是金陵方家二女，是千金大小姐，身份可不比楚田秀差，甚至更高，因金陵方家可算是天下名门望族之一，与李家相比也丝毫不逊色。相对而言，楚家却只是洛阳一带的名门望族而已，与李、方两家相比自然逊色不少。只可惜这金陵方家二女方若兮，江湖中谁人不知谁人不晓，其曾被唐夜抛弃，而后又厚脸皮地当了人家的丫鬟（楚田秀心里如是想，其实很多人都如是想），难免被看轻了些。所以，楚田秀此刻看向花无多的目光中难掩轻蔑。

许倾城一晚上话很少，只是喝酒，可惜显然她酒量不行，此刻已有些醉了，望着花无多的目光幽怨中难掩阴戾，那种毫不掩饰的恨意，令人看了发寒。

唐夜则坐在一旁，仿佛置身事外，袖手旁观。

因花无多没反应，场面难免有些冷。

李赦看着花无多，只见此刻花无多正斜眼睨着宋子星，眼神是那般的厌恶和嫌弃。

而此刻的宋子星，却是一派悠闲地斜靠在座位上，似有些微醉，望着花无多的笑容中隐隐透着一种难以掩饰的喜爱和纵容。李赦忽然觉得宋子星这样的目光似曾相识。

花无多望着宋子星那副既可憎又可恨的似笑非笑的模样，不禁怒从中来，忽地起身，一拂袖，大声道："我肚子疼，去趟茅厕。"

什么？！此番言辞令在场一干人等均瞠目结舌，花无多却已在众人愣怔中扬长而去。望着她离去的背影，片刻，在场的人几乎连呼吸都差点儿忘了……

宋子星拿起酒杯在手指间转了一圈，却似已再也忍不住，喷笑出声。

唐夜却在这时看了他一眼。

宋子星目光一转，看向唐夜，举杯道："唐兄，请。"言罢，当先一饮而尽。

这一晚花无多没有吃一肚子佳肴，倒吃了一肚子的气，酒喝得有些多了，虽然没醉，但心情不好，便觉越来越闷。

席间，宋子星多喝了几杯，出去方便，恰好这时唐夜也离开了座位。

花无多愤恨地瞥了一眼宋子星走后空下的座位，喝了几口闷酒后，突然想到一事，目光一转，将杯中酒倒满，拿在手中辗转，瞥了一眼宋子星走后空下的座位，想起当初对待公子翌的那一招，暗想故伎重施。但转念一想，她觉得这么做似乎太便宜宋子星，并不能发泄自己心中郁结之气。便又在腰间摸了摸，却只摸到三根银针，下意识地夹在指尖，瞥了一眼旁边空着的座椅，半晌，手指一动，三根银针便悄无声息有去无回地没入了宋子星的座椅，只留半寸不易察觉的尖头露在凳外。

看着火光下若隐若现的亮光，花无多喝了口酒，忍不住瞥了一眼门口。

片刻，宋子星回来了，似在思虑着什么，并未注意到凳子上细微的变化。他走到椅子前，二话没说一撩衣摆坦然坐了下去，而后，便是一怔。

这时，花无多转过头来看向他，神情有点儿复杂。宋子星亦转过头看向了她，神情相当复杂。

二人目光相接，你看着我，我看着你。

眼神交汇处，自宋子星的目光中，花无多感同深受地想到了被针扎入屁股的感觉，忍不住倒吸一口凉气……那感觉，想起来都觉得透心凉……

可一想到是宋子星的屁股被针扎了，原本阴郁了一个晚上的心情突然觉得通透无比，忍不住又嘴角上扬！

花无多自桌子上摸起一颗花生，放在嘴中一嗑，看着宋子星大声叹道："这花生，好香啊！"

宋子星哭笑不得，微一抬臀，伸手向下一抹，三根针尽收手中。

这时，李赦正好过来敬酒，宋子星马上端起酒杯，只转眼间，便像没事人一样，笑着喝下了李赦敬的酒。不仅如此，他还与李赦兴高采烈地聊起了江陵的凤舟赛。提起凤舟赛，花无多故意将话题扯到宋子星所放的那个牡丹红兜肚纸鸢上。李赦一句人不风流枉少年，倒让宋子星的所作所为多了一抹理所当然的光环。

这一晚虽有些许插曲，倒也宾主尽欢，唐夜自始至终话不过三句。许倾城的话也非常少，酒却喝得相当多。

酒过三巡，宴席散场，楚田秀酒量不行，已经醉了，许倾城更是早已醉得不省人事，幸好来的时候有同门随行，便与楚田秀一同由李赦派人赶车送了回去。唯花无多，喝了很多酒却仍神采奕奕，完全不像个女人，不仅不像女人，更不像个大小姐，身边不仅没有半个仆人，目前还是人家的仆人。她只得跟随唐主子一同骑马而去，此事说起来还真掉价，但可惜本人对此毫无自觉。

与李赦客套一番后，宋子星自内出来，方见仆人为其牵过马来，花无多这时也走到门口等仆人牵马过来，李赦与唐夜在内尚未出来。此刻只花无多一人等在门口，恰见不远处宋子星面不改色地翻身上马，想到他屁股被针扎，忍不住嘴角上扬难掩心中得意。

这时，宋子星骑马从她身旁经过，不知是不是故意的，马就在她面前停了下来。花无多抬头看着宋子星，丝毫不惧，更不怀好意地挑眉问道："疼吗？"

宋子星弯下身来，向她靠近了些许，轻声回道："有点儿。"

花无多笑了，毫不掩饰内心的开心和得意，道："活该！"

宋子星轻声一笑，道："我不怪你。"

花无多对此嗤之以鼻。

宋子星又靠近了些，轻声道："你缘何受制于他？"

闻言，花无多一怔，刚想撇嘴回他一句你管得着吗，却没想到这时宋子星竟伸手轻抚了一下她的面颊，待反应过来，不禁羞怒不已。

见其模样，宋子星想笑，可一想到屁股底下的感觉……轻叹一声，摇了摇头，又低下头轻声道："他在利用你，你务必当心，能忍则忍，寻个机会离开，如需帮忙就来找我。"言罢，也不待花无多回答，更丝毫不介意花无多的斜眼敌视，笑着策马而去。

望着宋子星离去的背影，花无多重重地哼了一声，暗道：不用他提醒，自己也早知道了！唐夜留她在身边肯定有用处，但至于到底是什么，至今她仍未想通。花无多忽然觉得有点儿心烦。

回去的路上，随行仆役在后，宋子星策马徐行，自怀中取出一张画纸来，这是唐夜在风花雪月时送给他的，此刻趁月色打开再次仔细瞧了，不禁冷冷一笑。只见画上画着许多乞丐流民，身后背着包裹，三五成群似在疾行，这些并无异状，奇怪的是有些乞丐或流民的后背竟画着一个"兵"字，更有些人所背的包裹坏了，有米沿途漏在地上。

宋子星将画纸揉入手心，微一用力，即刻成了碎片，张开手，碎片瞬间被夜风吞噬。宋子星冷哼一声，本想策马疾行赶回客栈，却又暗暗一叹，从怀中小心取出从凳子上拔出的三根银针，放在手心中，摇头叹息不已，还真有点儿疼啊……

尽管如此，他仍将三根银针仔细收入怀中。

秋日夜晚，天微凉，四周半枯萎的灌木偶有异响，似有小动物在觅食穿行。今晚的唐夜很静，虽然平日也不搭理她，但今晚却似有些不同。不知道是不是月光太亮的原因，唐夜的背影看起来颇为冷漠。

二人一路无话，却也未策马疾行，只是骑着马不急不缓地走着，各怀心事。

不知走了多久，忽听唐夜回头对她道："你在笑什么？"

花无多一怔，奇怪地望着唐夜，莫名其妙道："我有笑吗？"

唐夜回过头去，道："很大声。"

花无多下意识地伸手摸了摸自己的嘴角，发现的确是上扬的，不禁暗道：自己真的笑出声了？想到此，颇为尴尬，她赶忙转移话题道："我中的毒只剩九日便可解了，此毒除你之外，天下间还有人能解吗？"

唐夜道："没有。"

花无多道："真的？"

唐夜道："你不妨试试。"

花无多不吭声了，没人会拿自己的性命开玩笑，其实她也知道自己问的是废话，即便求助于公子琪也是远水解不了近渴，更别提公子琪是否能解此毒。唯今只有继续当他的丫鬟跟着他了。

今日正月十六，月亮仿佛比昨夜还要圆些，因风花雪月在城郊，若不是李赦早已与城门守卫打过招呼，此刻子时已过，想进城可不容易。

风花雪月至洛阳城的道路是修整过的，很平整，马儿踢踏声在暗夜中清晰可闻。花无多伸了个懒腰，心情极好，不知是不是酒精作祟，忽而大笑道："我先行一步了。"也不待唐夜回应，一挥马鞭，便自行策马狂奔起来，一点儿也没有当丫鬟的自觉。

唐夜看着渐渐远去的背影，微一沉吟，也随后追了上去。

夜风自耳边袭过，想起宋子星坐在针尖上的表情，花无多只觉通体舒畅。越想越有点儿得意忘形，不禁马速也快了起来。眼前景物飞逝而过，一想到宋子星不能这样骑马就觉得爽啊。

可就在这时，胯下马匹突然一阵嘶鸣，咔嚓一声脆响，马前腿突然折断。花无多心中大惊，却因马速太快，已控制不住前跌之势，竟同时与马向前翻跌过去。眼看就要头朝地倒栽葱，花无多匆忙提气，想要纵身而起，可就在这时，眼前突然出现一张巨网，一切过于突然，即便花无多轻功再高也无法躲过，眨眼间便被巨网网住。而后只听马匹嘶鸣声，巨网竟被拖着跑了起来，不一会儿花无多便觉屁股底下火烧火燎，那种滋味，花无多毕生都未曾忘记。

与此同时，灌木丛中跳出数名蒙面人来，攻向唐夜，月光下漫天粉尘。是石灰粉！就在这时，围杀的人群中，有一人腾空而起，正是唐夜。只见唐夜一身的粉尘，双眼似已睁不开了。

巨网中的花无多被马拖着狂跑，片刻便衣衫褴褛很是凄惨。此刻，花无多并不十分慌乱，镇定心神听声辨位，向后急射出银针，银针绕在马的脖颈上，只听扑哧一声，竟生生将拖着她跑的马头扯断。骑在马上之人未曾想会突生此变，一头栽下马去，速度极快，恰好戳在路旁一根直挺尖锐的秃枝上，当即毙命。

花无多早已顾不得这许多，从巨网中挣脱，不顾自己受了轻伤，一提气便向唐夜所在人群冲杀过去。心中只有一个念头，唐夜不能死！他死了，她的毒便没人能解，岂不是也要她一同陪葬。

花无多今夜第一次看见唐夜的兵器，正是他经常吹奏的长箫，箫中暗藏利剑。此刻利剑出鞘，月光下发出嗜血般的青色。好剑！

花无多冲向唐夜，一蒙面人跳出来挡住了她的去路，手中长剑耍得花样百出，几招过后却被花无多一脚踹飞了出去，连人带剑跌进了路旁的灌木丛中。原来只是几个三脚猫的小角色，花无多暗道，难怪会用这种下三烂的手段！当下便不将这许多人放在眼中，却在这时，忽见唐夜后背中了一掌，跌倒在地，一口鲜血喷了出来。眼见那人又是一掌跟进直奔唐夜后心，此刻唐夜双目暂盲并受伤，这一掌竟似已躲不过去了。

花无多看在眼里，心中大惊，飞身而起，扑向那人，运内力硬接下了黑衣人那一掌。或许是她轻敌在先，未料及这群黑衣人当中竟暗藏内力如此深厚之人，且出掌极重，黑衣人目的很明确，欲置唐夜于死地。

花无多始料未及，竟被黑衣人掌力震飞数丈之远，重重地跌在路旁，只觉胸口血气上涌眼前发黑，满口的血腥之气，竟当即昏了过去。

就在花无多与黑衣人对掌的空隙，唐夜自腰间掏出一个弹丸，狠摔在地上，一阵烟尘四起。片刻，四下里黑衣人均捂住眼睛痛苦哀号，方才重伤花无多的黑衣人也捂住眼睛，暗哑地喊了一声："撤。"片刻，四下里突兀地安静下来。

唐夜又掏出一物，擦拭在双眼上，方才小心睁开。

他虽受伤，却仍清醒，踉跄起身寻至花无多位置，将她扶起，低唤了几声，见她没有反应，便探其脉搏，不禁微微蹙眉。他自怀中掏出一个小瓶，倒出一颗药丸来喂入她口中。这时，昏迷中的花无多突然死死地抓住了他的手臂，模糊地说起话来，语音虽有些含混不清，唐夜却字字听得真切，只听她道："不能——死，你……不能——死……"而后便又没了声息。

唐夜一怔，低头凝望怀中女子。月亮亮得出奇，淡淡青色更凸显了她衣襟和唇角的暗红血迹，满脸尘土，衣衫破烂，狼狈至极，那双会说话的眼睛紧闭着，昏迷中的她，一只手却仍紧紧地抓着他不放。

片刻，唐夜见她仍是昏迷不醒，便欲将其抱起，却因自己受伤，反复几次方才站起身来。

他有些艰难地抱着她缓缓向不远处的马匹走去，却又断断续续地听到怀中女子模糊不清地道："唐——唐……不能——死……"

他的脚步越加缓慢，短短一段路，走了许久。

终将她放在马背上，自己亦挣扎着上了马，刚要策马前行却又听见她模糊地道了声："夜……"

唐夜闻声低头，看到伏在马背上的她嘴角正向外滴血，微一蹙眉，便将她自马背上扶了起来，靠坐在自己胸前。垂首间，少女的一缕发丝被风吹起，划过他的面颊，一股陌生却又熟悉的味道不期然地飘入鼻端。

徐徐策马前行，路有些颠簸，昏迷中的她险些滑落下马，他忙松开拉住缰绳的一只手，扶住她的腰，未曾想她的头竟在此时顺势埋入他的颈间，温热的呼吸，恰喷在他耳后。

路并不漫长，却仿佛走了很久。

未惊动任何人，唐夜抱着花无多悄然回到客栈，将她平放在床上，刚欲起身，方才发觉她的手竟一直抓住自己的衣袖不曾放。他微一蹙眉，用力将她的手扯下，一转身却又听她咳了起来，不禁停下脚步，转头向床上看去，以为她醒了，却发现她仍在昏迷，只是双手在空中胡乱地抓着，不知道想要抓住什么。

唐夜静静地看着，并未上前，只见她在空中抓了一阵，仍不放下手，急切间越发猛咳了起来，鲜血自嘴角溢出，一发不可收拾。

唐夜蹙眉，转身抓向她的手腕，正欲探其脉搏，却反被她抓住了手指，而后，顺着指节紧抓住了他的掌心，竟然就这样安静了下来。

望着被她紧紧抓住的手，唐夜目光幽深。

屋内未曾点燃烛火，青色月光自窗棂映入，投在床边一大一小紧握的双手上，小的指节苍白而执着，大的指节微微僵直，竟似有片刻的茫然。

她一直咳血不止，仔细为她号脉后，唐夜挣脱了她的拉扯，转身出了门去。片刻，他又拿着银针折返，丝毫未有迟疑，便将早已失去意识的花无多从床上扶起，脱下她已破烂的外衣为其施针。下针时，他突然想起一事，一抬手，便揭去了她的面具。

半晌，花无多满头大汗，不再呕血。

过了许久，唐夜收回银针，额头已有薄汗，再次探向她的脉搏，双眉稍稍松开，却忽觉自己胸口一阵气闷，猛地一阵咳，口中竟有了血腥之气。未曾想却在这时，身前仍未清醒的少女忽然向后倒靠了下来，不期然的，披散的长发便散在了自己的臂弯之上，垂首间，入眼的……月色朦胧，如此之美。这副容颜正是那日夕阳下，山涧中，在那铺满落叶的巨石上曾经见过的容颜……

屋内的烛火依旧没有点燃，四周寂静无声，唯有月光自窗棂上争相挤入，不依不饶地投向床上二人，似不愿放过任何细枝末节，将他们的身影投在一侧墙上，成双。

夜半，风乍起，树影摇曳，秋风萧瑟。

床上昏迷的花无多似极难受，嘶哑地呢喃着："水……"坐在一旁卧榻上运功疗伤的唐夜闻声睁开双眼，起身倒了一杯白水，行至床边，用白布沾了些许，沾在她唇边。如此反复，直到她不再呢喃，手心触及她的额头，发现仍在发热，便出门打了盆冷水进屋，用布润湿了放在她的额头上。

夜半，一个黑影由远及近匆匆赶来，悄无声息地落在院中，等待片刻，看到唐夜出来便半跪于地，低声道："少主。"

唐夜轻哼一声，自怀中取出一封信，交与那人，低声道："交与无音。"那人道："是。"

唐夜一挥手，那人悄然离去。

次日晨，在一股浓浓的草药味中，花无多醒了过来。一睁眼就看到床边，端着药碗盯着她看的唐夜。一时间她被吓了一跳，神情恍惚了一会儿，方才想起昨晚的事来。她刚想起身，便觉浑身无力，五脏六腑都在疼，龇牙咧嘴地道："我不会要死了吧？"出口的声音沙哑，都不像是自己的。花无多叹气，活到这么大还从未受过如此重的伤，不会真的要死了吧？

唐夜静静地看着她，直至她的目光从混沌变得清明，而后将药碗递到她面前，道："喝下去。"

花无多瞥了一眼药碗，想来唐夜也不会害她，挣扎着想起身，却怎么也坐不起来，便无奈地低声道："帮帮忙。"

唐夜倒真是很不客气，一出手便提起她的衣领将她揪坐了起来。胸口一闷，花无多不舒服地皱了下眉，倒也没挑三拣四，接过药碗，却手上无力，险些将药洒了出去，唐夜蹙眉，帮扶了一下，将药送到她嘴边。花无多闻着药味便能想到汤药的苦涩，面容一皱，而后一咬牙，低头就着唐夜的帮扶将药喝了下去。药喝得虽然艰难，但花无多心里明白，良药苦口利于病，尤其是"毒王"唐夜的疗伤药和他配的毒药一样，绝对有效！

唐夜接过花无多喝剩的空碗，转身出了门。

花无多靠坐在床头，浑身难受，昏昏欲睡，却又见唐夜手中拿着针灸用的银针走了进来。这些天，唐夜天天为她施针解毒，她已习惯，见唐夜拿着银针进来也未多想，以为又是解毒，但当唐夜再次将她揪起坐直身体，坐到她身后时，她这才发现，自己此刻竟然衣衫不整！

无力抵抗，也知道不应该反抗，但让自己如此狼狈的不是别人，而是唐夜，这让花无多心里很是郁闷，外加无奈，甚至还有点儿委屈，想起自己的凄惨遭遇，不禁鼻子酸涩。她抬手摸了摸鼻子，忽又发现一事，她的面具不在了，惊。发现现下露出的正是自己的本来面目。抽搐……

很久没有用真面目示人了，如今用真面目还真有点儿不习惯，总觉得有点儿不敢见人……

但想想此刻能见的只有唐夜……

罢了，不当他是人！

花无多心下如是想，便觉心中宽慰不少。但觉后背有个喘着气并用针恣意扎她的仇人在，想到昨晚用针扎了宋子星，忽然觉得有点儿后悔，难道这就叫报应？早知道不扎乌龟星了……心中正在挣扎惆怅纠结无奈郁闷后悔难受还被针扎……却在这时，忽听院内有人高声道："唐兄，可在屋中？"

就在这时，隔壁的屋门突然被人无理地推开，而后又听方才那人道："大嫂，不可。"

这时就听一名女子冷声道："我定要亲眼看看，是不是吾妹若兮。"

花无多一怔，而后辨识出来者是何人，不禁大惊失色！忽觉胸口气血翻涌，周身疼痛无比，猛咳了起来，险些昏厥过去。身后唐夜发觉，立刻点了她几处穴道，冷声道："当心你自己的命！"

花无多立马收敛心神，控制住自己的情绪，不想其他，气息便渐渐稳了下来。唐夜依旧不急不缓地为她施针。有些犹豫，有些哀求，花无多轻声对身后唐夜道："能不能将帐帘放下来？"只静了片刻，身后之人只一挥手，床帐便放落了下来。

就在这时，屋门被人很不客气地推开。

当先进来一名女子，个子高挑，身材修长，白色锦衣外绣浅红色枫叶，脚蹬一双红色皮靴，眉目精致，顾盼间美艳不可方物。一转身，她看到内室床上帘帐内隐约坐着的两个人，便是一怔。

任何人看到此种情形都会浮想联翩，包括随后进来的李赦。

李赦犹豫了一下，却仍然跟进门来，一转身看到内室情景，也是一怔。

却在此刻，一件东西自床帐内扔了出来，恰抛至方若薇面前，方若薇出手接住，展开一看竟是一张人皮面具，当即愣住。而后便听唐夜道：“你们走吧，她不是你们要找的人。”

李赦看到那张面具已经明白唐夜之语，这个方若兮果然是假的。

但方若薇拿着手中面具，却面色微变，一言不发，神情复杂地看了一眼帐帘后那少女的侧影。如果唐夜并未给她这个面具，她或许还未能确定唐夜的丫鬟是不是自己的妹妹方若兮，但唐夜给了她这张面具……普天之下，除了已故的佛之手秒稚大师之外，就只有妹妹能做出如此精致的面具。

他们光天化日在床上……方若薇此刻心情复杂到了极点。只片刻，她便目光转冷，沉声道：“果然是假的。”而后便欲转身离去。却听唐夜忽道：“无音此刻已不记得你，从今往后你可以高枕无忧了。”

闻言，方若薇步伐一顿，目光一暗，却只是在无人看到的瞬间。随后冷哼了一声，头也不回地出了客栈。

望着床帐内的两个身影，李赦面色复杂。见未来嫂嫂方若薇已离开，他便微一拱手道：“唐兄，方才多有打扰，赦改日定当备厚礼登门赔罪。”言罢，未见唐夜回应，便也离去了。

未曾想姐姐竟这样走了，望着姐姐离去的背影，花无多虽然不知道为什么姐姐没有当场揭穿自己，但在唐夜将面具丢给姐姐的一刹那，她已经忘记了呼吸。

此刻一颗快要蹦出来的心终于回归了原位，花无多一下子没了力气，全身瘫软了下来，精神放松下来的一刹那，不期然地竟冒出一句自己都不敢相信的话，“你当初为什么退婚？”

忽觉不对……花无多马上补充道：“我是问，你当初为什么退了方家二小姐的婚？”

身后沉默，不见回答，花无多亦沉默，哪里敢催促半分，也早已预料到了此问无解。

好半天……就在花无多恍惚以为身后可能没人了，一转头，却与唐夜幽深的目光对了个正着，吓了一跳！

花无多怎样都捉摸不透唐夜此刻的眼神。

唐夜收回银针，不顾身前花无多的注视，独自撩起帘帐自内走了出来。

身后帘帐缓缓落下，挡住了花无多探究的目光。

已有三日未见花无多，这日，宋子星自外归来正坐在客栈前厅喝茶，看到每日为唐夜送饭的小厮经过，便笑着将他拦了下来，让他给自己倒茶。小厮忙把他的茶碗斟满，正欲离开，宋子星便丢了一锭银子到小厮怀里，小厮似头一次得到这么多的赏钱，忙不迭地道谢，本来应该说："谢谢公子。"结果一开口说成了"公子谢谢"。高兴得有点儿语无伦次了，宋子星并不在意，只淡笑问道："你这几日可见到西院的那个姑娘？"小厮一听，忙道："公子说的可是除了每天早上为她家公子打洗脸水，晚上打洗脚水就什么都不干的那个很牛的丫鬟？"

什么？晚上打洗脚水？宋子星闻言真有点儿不敢相信自己的耳朵，她还能给别人打洗脚水？宋子星心中虽吃惊，表面却丝毫不露声色，只微笑着点了点头，便听小厮继续道："小的也有两三天没见到那个姑娘了，不过西院每天还是点两份膳点，只是另外一份要的都是些清粥小菜。"

闻言，宋子星越发狐疑起来。

虽然此次内伤较重，但花无多一向身体好，又有武功底子，再加上不知道唐夜给她吃了什么药，很是有效。只三天，花无多便感觉好了许多。

花无多一向是个闲不住的人，而今不能自由走动，重伤在床，心中当真有说不出的苦闷，又一次睡了醒来，便爬到了窗口的软榻上，盖了薄被，顺着微开的窗口望着屋外那一方天空，嘲笑自己像是坐井观天的青蛙。

唐夜此刻不知在他房中忙着什么，花无多无心知道。

时值深秋，满园落叶，唐夜有个怪癖，就是喜欢看落叶，喜欢听踩踏枯叶时发出的声响，所以这个园子自从被他包下就未曾有人扫过庭院，日积月累，竟已是满园的落叶，院中一方小水塘也被枯叶铺满。偶有燕子飞过上空唧叫几声，然后飞走，花无多茫茫然，眼皮又沉了下来。

她再次醒来却已在床上，被褥严严实实地盖在身上，深秋微凉，屋内点燃的烛光说明天已黑了，不知现下是何时辰。此刻却见一只手掀开了帷幔，一双再冷不过的眼与她的相对，再熟悉不过。花无多眨了眨眼，好似眼睛也被冷到了一样，却听唐夜冷声道："起来将药喝了。"

花无多挣扎着起了身，自不屑用他帮忙。端过药碗，无限痛苦地看了一眼浓浓的药汁，而后将头撇向一旁张嘴猛吸了口气，双眼一闭，一仰头咕咚咕咚将药喝干，边将药碗递向唐夜，边眼睛、鼻子、嘴皱在一起，抽搐半晌方才展开。心里直骂，这药为什么这么苦。

唐夜看着她将药喝干，接过药碗，一转身又取来食盒摆在她腿上。食盒中只有一个花卷、一碗清粥和一碟蛋炒黄瓜。花无多一皱眉，却并未多说什么，拿起筷子慢慢吃了起来。

唐夜端着药碗正要出门，却听身后有人讷讷道："菜什么时候能放盐。"

唐夜道："明日。"

花无多又道："你每天晚上吹的那首曲子叫什么？"唐夜每晚都会吹奏一曲，且是同一曲。

唐夜道："无名。"

花无多道："为什么总是吹那一曲？"

唐夜道："因为喜欢。"

花无多道："那曲子有点儿悲伤。"

唐夜道："是一首离别曲。"

"你自己作的曲子？"花无多道。

"不是。"唐夜回道。

"那是谁作的？"花无多道。

"一个女人。"唐夜道。

"对你很重要？"花无多淡淡道。

"是。"唐夜轻声道。

"她现下人呢？"花无多问道。

"死了。"唐夜平静道，似说一件再平常不过的事。

"我有个要求。"花无多道。

"说。"唐夜道。

"今晚换个曲子吹吧。"花无多边咽着花卷边道。

唐夜冷哼了一声，未作回答，却已回答。

花无多又道："其实我想说的不是这个。"

"你想说什么？"唐夜道。

花无多道："我想说，你来洛阳是为什么？"花无多夹鸡蛋的筷子一顿。唐夜又是一声冷哼。花无多又自讨了个没趣，但花无多脸皮多厚，岂会为两个冷哼而气饿。如今附近就这么一个看着像人的陪她说会儿话，她岂能轻易放过，便又换了一个话题道："你来洛阳，我也来洛阳，都是从江陵而来，你是从什么时候跟着我的？"

唐夜平静无波地回道："江陵。"

什么？！闻言，花无多怔了怔，她从未想过，唐夜竟从江陵起就一直跟着自己了，而她竟丝毫没有察觉。

花无多皱紧了眉头，突然想起路上自己曾因骑马睡着了迷迷糊糊地跌下马去，恰跌进路边的臭水沟……想起自己一身男装路见不平从流寇手中救了一女子，那女子月下以身相许吓得自己落荒而逃……想起自己偶有一夜心中高兴睡不着遂去劫富济贫，却被那家的三只狗追出半里地还弄丢了一只鞋……想起自己听说旧县闹采花大盗连守好几夜终于看到一鬼祟男子欲入一女子屋中时将其打晕，正欲邀功就听那女子指着自己边抽搐边惊天动地地大喊："你……你将我夫君打晕了！你……你是……何人？！我和你拼了……"

想到这里，花无多双眼一闭，心里非常不平静，道："那路上的事，你都知道了？"

预料之中的一声"是"令花无多再也食不下咽。此时此刻松软的花卷嚼在嘴里像沙子，咽下去像石头。而后她艰难地问道："你为什么一直跟着我？"

唐夜道："想让你做一副面具。"

"面具做了呀，你为什么还是不放过我！"花无多第一次将心中淤积已久的话大声地吐了出来，深觉痛快。

未料，唐夜道："在我眼见你在市场上身着男装闯入附近的女茅房，而后顶着满头菜叶、蛋壳出来却面不改色地抓着头发说难洗时，我便决定了一事。"听到这里，花无多放下筷子捂住脸，暗叹：对了，还有走错茅房这事，怎么给忘了。那是在做好面具赶往洛阳青麟客栈之前的事，忽觉唐夜方才将要说的话很重要，忙抬头问道："什么决定？"

唐夜道："不杀你。"

闻言，花无多骤然打了个冷战，其实自己也曾想过将那面具交给唐夜后，很可能会被他杀了灭口，想到自己两次中毒，突然有些后怕，花无多道："为什么突然决定不杀我？"

唐夜走到她面前端走吃完了的食盒，平平静静地道："如果我想，随时可以取你性命。"花无多并不笨，唐夜的话她心中有数，而今这般坦白，无疑对她是种警告。

望着唐夜将要出门的背影，花无多突然喊道："明天我要吃咸鸭蛋。"

关闭的房门后传来一声不重亦不轻的回答："好。"

如此又过了两日，也正是花无多当唐夜丫鬟的第十一日，花无多在屋中揽镜自照，发现自己面色苍白，两颊消瘦，便暗自决定今后一定要吃得好好的，睡得好好的，把受伤后的损失全都补回来。

自觉伤势好转许多，又在屋里闷了这许多天，实在待不住了，花无多便决定出去透透气。可是原本的面具被唐夜给了姐姐，她只得为自己另选一副面具，便从屋内十分隐蔽的角落里取出一个牛皮小包裹，为自己挑了一副女面具。

秋日，星月升起，月明，无风，花无多裹着被子躺在院中的躺椅上看着夜空，又是子时前，唐夜出门，轻轻一跃便上了房顶，一如往常坐在同一个位置上吹起了长箫。花无多虽然好了许多，但内伤犹在，暂不适合动用真气，自然无法跃至房顶，但觉得实在无聊，便也坐在院子里面凑合着瞎听。昏昏欲睡之际，却见一人突然出现在对面房顶，轻功卓绝，身姿飘逸，心中不禁暗赞，但当看清来者是谁，当即全盘否定了方才所想，立刻转为：乌龟星就知道臭美、显摆！

宋子星的身形恰停在唐夜所在屋顶的左侧，一撩衣摆坐在其上，夜风吹起，星眉朗目，竟似神仙般的人物。但可惜看在花无多眼里却完全不是这么回事。

月下，宋子星注视着院中的花无多，却见花无多此刻又换了一副面具，想起今日午时曾听客栈小厮与他讲西院的丫鬟换人了，他还在疑惑，现下看来，原来如此。宋子星轻弯起嘴角，无论她换什么面具，那种看着自己的眼神却是永远不变，宋子星有生以来还从未见过第二个女子会用这种嫌弃、厌恶的眼神看着自己，但偏就是这种眼神，反而让他觉得分外的赏心悦目。

宋子星看着花无多，笑了。不管她变成什么样子，似都百看不厌。此刻他心中所想花无多怎会知道，但看在花无多眼里，宋子星脸上那种笑却是欠人扁尤其欠她扁的笑，忍不住狠狠地瞪了过去。

宋子星朗声道："唐兄好雅兴，月下吹箫，还有美人相伴。"一边说着，一边将目光移向了唐夜。

唐夜未曾理会来人，箫声一直未断。

这时，又听宋子星道："我听说，昨晚后半夜，洛阳西北的'洛阳三虎'宅邸，竟同时被盗匪抢掠，三家连同幼孩五十余口一夜之间全部葬身火海，无一存活，屋舍被烧得一干二净，尸骨成灰，寸草未留。"

忽有夜风吹过，乍听闻此事，花无多只觉全身一阵发寒，目光不由自主地看向了高坐在屋顶上的唐夜。只见唐夜的目光暗沉得令她战栗。目光一转，她再看坐在另一侧的宋子星，不知为何，此时此刻相比之下，竟觉宋子星看起来怎么有点儿像人了？！但可惜这时的宋子星突然又朝自己笑了一下，花无多一撇嘴，暗道：看错了！

正觉郁闷，便听唐夜终于放下吹了半天的长箫道："生逢乱世，你我能护得自己与自己想护之人便已是万幸。"

静默片刻，宋子星微微笑道："唐兄之语，星可引为知己。"

不知为何，花无多觉得宋子星和唐夜都看了她一眼，但当她看过去时，却发现二人根本都没有看她。

唐夜却未言语，自屋顶跃下，径自推门进了屋去。花无多见状也赶忙起身要走，宋子星道："你去哪儿？"

花无多瞥了他一眼，不耐烦地回道："打洗脚水。"

闻言，宋子星面容僵住。

花无多却裹着被子大摇大摆地走了，她哪里知道，宋子星想的自然是她给唐夜打洗脚水去了……

但其实今晚她打洗脚水是给自己，不是给唐夜。自她受伤以来，打洗脚水和洗脸水这两件事早已不用她做了。唐夜自己会动手，她自然是不会抢着去做的。

还记得当初刚来给唐夜当丫鬟的时候，她没头没脑地问了句："当你的丫鬟都要干什么？"当时自己铁了心想，端茶倒水这些活计还行，其他的一样都不会。

未料，唐夜竟回了她一句，"打洗脸水和洗脚水。"

也曾犹豫过，后来一想，不过是打盆水，洗哪里关她什么事。自此便只从事这两件事，其他的一概与她无关。除非她闲着无聊，例如抢在唐夜之前去开门和陌生人搭话。或者挡在他前面为他打架，当然，替他挡黑衣人那一掌纯属意外，她是怕唐夜死了她的毒无人能解，她也得受罪甚至跟着陪葬，再说当时情况紧急，自己也并未想太多。如今回想当时真不应该硬接下那一掌，能将唐夜打得重伤吐血可见那人功力，应是早就预谋了藏在那些个乌合之众当中，伺机对唐夜下手，用心真歹毒，当然，再毒也毒不过唐毒。

就在宋子星哭笑不得，花无多欲去打水之际，突然西院的院门被人撞开，一名女子跌跌撞撞地冲了进来，嘶喊着道："唐公子，快救救我家小姐，唐公子……"女子披头散发衣衫破烂十分狼狈地向唐夜的寝房跑了几步便重重地跌倒在地上，似摔得不轻，半天都没能起身，虽然如此却仍声嘶力竭地喊着唐夜。而唐夜的房门紧闭，未见半点儿回应。

院外，随后跟来的几个客栈小厮在门外探头探脑。

花无多放下手中铜盆，走过去欲搀扶起女子，靠近后方才认出此女子是许倾城的贴身丫鬟春柳，见她现下如此狼狈，心中也不禁一惊，忙问道："你家小姐怎么了？坐起来细说。"

春柳并不起身，声泪俱下地对花无多道："姑娘，求你，求求你，你帮我求求你家公子，求他速速救我家小姐，再迟就来不及了。我家小姐被城外的山贼掳了去，性命难保，只有唐公子有能力救，求求你，求求你。帮我求求唐公子。"丫鬟边说边向花无多磕起头来。

花无多如何拦都拦不住，不是她不愿意帮，而是唐夜紧闭房门，很明显不欲管此事。想到当初唐夜一掌将许倾城打飞，目光中的杀意；想到方才宋子星说"洛阳三虎"全家几十余口一夜之间被灭门；想到唐夜昨日还与她说："我随时可取你性命。"唐夜岂是哭求便能求得的人，她心知求了也是白求，而且从小到大她从未求过人，更别提去求唐夜。

看着不停磕头磕得额角流血的春柳，花无多也终被她这份护主之情所感动。

花无多蓦地站起身来，深吸口气，双手握拳正欲上前推开唐夜的房门，这时，却听背后有人沉声道："我帮你救出你家小姐，你起来吧。"

那声音再熟悉不过，花无多蓦然回首望向已扶起春柳的宋子星，越发觉得宋子星今晚看起来顺眼。

春柳识得宋子星，知晓宋子星的来历，一见他肯出手相救，不禁感激涕零，又要给宋子星下跪磕头，却被宋子星扶了起来。花无多刚有点儿感动，就听宋子星毫不羞耻地支使她给自己倒茶，花无多撇了撇嘴，还是给春柳和宋子星倒了茶。

当下，宋子星仔细问起事情的来龙去脉。

春柳凄苦地说了起来。

原来，许倾城自幼与唐夜一起长大，可谓青梅竹马两小无猜，当听到"两小无猜"这四个字用在唐夜身上时，花无多起了一身鸡皮疙瘩，竟然有人敢和他一起"两小无猜"！命真是苦……一时却未记起自己与他指腹为婚岂不是更命苦。

许倾城喜欢唐夜，不远千里从蜀地跟唐夜来到了中原。

闻言，花无多连连摇头感叹，许倾城不仅命苦得和唐夜两小无猜不说，竟然还喜欢上了唐夜。花无多为此叹息不已，可惜了，一朵鲜花插在了毒粉上。

春柳继续道，此次她与小姐还有几位青城师兄弟一路跟着唐夜来到了洛阳，终于见到了唐夜。但多日来唐夜对他们不理不睬，对小姐更是冷漠无情，小姐许倾城眼见唐夜对自己无情，终于心灰意冷，决定于今日返回蜀地。未料他们今早方才出城，便被黑风寨的贼匪们暗中盯上，原本青城派众人均有武功傍身也不是好惹的人物，自未将那些贼匪放在眼里。

花无多听到此，便想起当初在洛阳郊外茶寮中，青城派一进来就赶走了两桌客人，作风的确比较张狂无惧。想来在四川，青城派也是横行霸道吧，引得贼人注意也不足为奇，做人还应像她一样低调行事才好啊。刚自我赞许一番，就听春柳凄苦地道，他们未料那群贼匪极为卑鄙，竟似早有预谋，在他们途经的茶寮的膳食中下了药，而他们也因一时未察中了这些旁门左道，当场所有师兄弟被杀，钱财也被贼匪洗劫一空，而自己更被那些人玷污……说到此，春柳两眼空洞，看得花无多暗暗揪心。那些人见许倾城美貌，便要带回山寨献给寨主当压寨夫人，春柳却是在失节后装死，待那群贼匪离去后拼了最后一口气挨到这里，只想求唐夜救出她家小姐，而她……春柳说到此，扑通一声向宋子星跪了下去，再次磕头求他定要救出小姐许倾城。

宋子星此刻背对月光，面上神情看不真切，花无多却见他点了下头，莫名一阵心热。

春柳见宋子星点了下头，凄苦一笑，突然转身一头撞上石桌一角，鲜血自她头顶流下，临死前嘴角那抹达成心愿的浅笑，令花无多深深震撼。她抱着春柳的尸身，紧握的双拳已咯咯作响。若不是现下自己受伤在身，说什么也要帮春柳救出许倾城。

而此时此刻，唐夜房间的门依旧紧闭。

清冷的月光照在院中，映在春柳的尸身上，一片冰凉。

客栈老板听闻此事后，立刻跑来抱怨，说客栈死了人，对他们生意会大为不利，话还未埋怨完就见宋子星拿出几张银票塞到老板怀中，道：“我知道这客栈是李家产业，我与你家三少甚为熟悉，我会亲自向他登门赔罪。这三百两你帮我报官打点一下，并仔细办了这姑娘的身后事，剩下的是我给客栈的损失。”报官不需要任何银子，给春柳办后事也花不到二十两，宋子星等于给了客栈老板二百八十两银子，这可不是一笔小数目。花无多在心中暗算，她一向对银子比较敏感。这乱世之秋，春柳又是被郊外贼匪抢劫后自杀，官府未必会出面深究，多半是草草了事，客栈能得这么一大笔钱，也算是飞来横财了。

客栈老板见了银票，又听是三公子的朋友，便不再多言，忙赔了笑脸，叫了几个伙计进来，吩咐其中一个去报官，其余的留下来打扫清理西院。

现下不是忙这些的时候，营救许倾城要紧，花无多望着宋子星，宋子星瞥了一眼花无多，向她伸出手道："你可愿与我同去剿灭贼匪？"

花无多一怔，突然想起当初穹窿山宋子星剿灭山贼的一幕。其实这些日子她早已闷坏了，闻言，难免心中大动，目光闪烁，但转念一想又觉黯然，如今自己有伤在身如何去得，刚要开口推辞，便听宋子星又道："一切有我。"

月光如水，宋子星的神情全然纳入花无多眼中，他的目光清亮透彻，嘴角的微笑不似往昔，略带几分温柔却又有着莫名的诱惑，始终未曾收回向她伸出来的手。花无多望着那双因常年握剑长茧的手，悠悠道："我现在连马都骑不了。"

"那有何难？"言罢，宋子星蓦地抱起了她，在花无多的惊呼中飞身出了客栈。

应该挣扎吗？花无多也有片刻茫然，但最终却任由宋子星将自己置于身前，一起纵马连夜出了客栈，心道，就当去玩好了。

青麟客栈片刻后人去楼空，四下静了下来，唯有院中一直未被清扫过的枯叶随着夜风在院中盘旋。月光洒落，一地清冷，照在如何也清洗不掉的石桌一角的血迹上，略显狰狞。

寂静的子夜，屋中忽传出一阵箫声，片刻，又归于宁静。

不知何时，唐夜窗下半跪着一个黑影，悄无声息犹如鬼魅，屋中唐夜冷声道："方圆如何？"

那人道："一切顺利。"

唐夜道："洛阳东南黑风寨，除了许倾城一个不留。"

那人道："是。"

而后，青麟客栈西院又归于寂静。

江山如画

JIANG SHAN RU HUA

下册

【四叶铃兰】著

百花洲文艺出版社
BAIHUAZHOU LITERATURE AND ART PRESS

江山如画

第三卷　意乱情迷

目录

第四卷 江山如画

第三卷

意乱情迷

第二十一章

情归何处

宋子星折返南院，写了一封书信唤来亲随徐清，命他拿了书信速去李府找李赦，自己则偕花无多先行出城。

如今入夜，城门早已关闭，宋子星带着花无多来到城墙一角，仰头望着城墙上十步一个岗哨的严密守卫。花无多看了一眼宋子星，若然自己未受伤还好说，但如今伤势未愈，轻功还无法随心所欲地施展，他们二人如何能出城？本以为他有什么法子能让守卫开了城门出去，没想到却是这样。

宋子星此刻已将马拴在路旁，似看出她心中所想，却不以为意，只笑道："我背你出城。"

花无多一转身不屑地道："不去了。"

宋子星一笑，蓦地将她拦腰抱起，道："不让我背便是让我抱了。"

花无多又气又怒，道："你不放我下来我便大喊。"

宋子星一整面上玩笑之意，沉声道："别忘了我们是去救人的，耽搁不得。"

花无多想起春柳，停止了挣扎，见宋子星无意放她回去，方觉自己是上了贼船逃无可逃了，便道："你放我下来，我让你背着就是。"

宋子星依言放了她下来，眉间笑意令花无多切齿。

宋子星轻功十分好，即便此刻背着她，也十分灵巧，在投石声东击西之后，他轻而易举地带她越过了城墙，悄无声息地飞身出了城外，双脚方一落地，一个纵身便已射出丈许，瞬间消失在夜幕中。二人一路向东南方向奔去。

平生还是第一次被一个男子背着，想当初在南书书院净背着公子翌了，花无多而今伏在宋子星背上，颇觉有趣，原来被人背着的感觉还真不错。花无多抬头望着满天星斗，风自耳鬓吹过，景物自眼前飞快倒退，竟觉此时如骑了一匹飞马般在腾云驾雾。一时兴起，她重重地在宋子星的肩头上拍了一记，而后张口大声呼喝了一声："驾——"

宋子星身体在一瞬间僵硬，花无多察觉到了，一不小心没忍住，喷笑出声。

宋子星当下哭笑不得，身形却未停歇，仍十分迅疾地向东南方奔去，只低斥了声，“顽皮。”

宋子星与花无多出城后，大约奔出五里远，方在一处残破的四角亭外停下。花无多自宋子星背上下来，借着月光仰头看向四角亭上几个斑驳字迹，因年代久远，疏于打理，现下已有些辨认不清了，但隐约可见“过客”二字。宋子星显然在等李赦。花无多问他为何不趁夜偷偷潜进山寨救出许倾城。宋子星却告诉她，黑风寨少说也有五六十人，而且他对山寨地形不熟，只凭一人之力贸然行动，恐会打草惊蛇，他不仅要安全救出许倾城，同时还要剿灭了这帮贼匪。花无多觉得他说得有道理，却又有些疑惑，李赦终究是个商人，如何会有剿灭山贼的能力。宋子星却道，李赦可非她想得那般简单。

似察觉了宋子星对自己不通世事的浅薄的耻笑，花无多一撇嘴，颇不以为然道：“我还以为你不简单，没想到如此简单。”

宋子星笑了，对花无多的揶揄，丝毫不以为意，说了句花无多似懂非懂的话，“这毕竟不是江南，洛阳有洛阳的行事规矩。”

花无多问：“洛阳有什么规矩？”

宋子星笑得莫测高深，“说了你也不懂，跟着我就是了。”

花无多再次撇嘴。

坐在亭下，深秋的夜风微寒，花无多伤势虽有康复，坐久了也不禁有些瑟缩。宋子星坐到了她身侧，恰挡住了风口。夜风吹过，花无多闻到了一股梅花般清冽的淡香，正是来自宋子星身上。这味道并不陌生，以前闻到就厌烦，今日却令她有些心神恍惚，这时忽听他淡淡开口道：“现下是多事之秋，皇上多病，已许久不问政事，政权旁落皇后刘氏及其家族手中，刘氏家族暗中打压吴族王室，早惹得吴氏一族不满。最近双方动作频繁，朝野上下局势混乱不明，地方有些势力的诸侯王眼见如今外戚专政，天下即将大乱，均暗中囤积兵力，或求自保，或盼一朝能有清君侧争霸天下的实力。地方势力割据，如今洛阳亦是如此。洛阳城外贼匪横行，官府虽对此不理不睬，却绝不会不给洛阳李家三少李赦的面子。许倾城家虽在蜀地青城有些地位，但若到了洛阳却是鞭长莫及，而我，在洛阳亦不能轻举妄动。”

花无多似懂非懂，只淡淡回道：“那你此番为救许倾城而求助于三少，岂不是欠了他一个人情？”

闻言，宋子星回眸，眸中似有什么一闪而逝。见宋子星眼中有着不同以往的情绪，花无多也不知道自己猜得对不对，就听宋子星微微一挑嘴角，笑道：“我自是欠李赦一个人情，不过，有人却也欠了我一个人情。”言下之意，不言而喻。花无多自然知道那人便是自己，一撇嘴回道："欠就欠，反正我就没打算还。"

此言宋子星似早已料到，却也不禁莞尔，道："我不求你还，只是有一事……"宋子星尚未说是什么事，忽道，"他们来了。"

花无多一惊，侧耳倾听，果然隐隐听到远处有马蹄声传来。暗暗嘀咕，宋子星耳目如此灵敏，自己终是稍逊一筹。

片刻，树林中果然出现了一队人马，当中没有李赦，带队的是洛阳兵马司参将李占勇，随行官兵百余人。宋子星的亲随徐清也跟在其后，还牵了一匹马来。

李占勇当先上前拜见了安南将军宋子星，面对宋子星颇为恭敬，而后道："剿灭黑风寨贼匪，营救许姑娘的事就交给末将吧。"

宋子星也不客气，道："那就有劳李参将了。"

当下，李占勇不再客气，当即上马率众赶往黑风寨。宋子星、花无多等人跟在最后。

花无多坐在宋子星马前，宋子星策马不紧不慢地跟在队伍最后。宋子星胸有成竹的神态令花无多渐渐放松下来，感觉自己像是去看戏的，想到这场"戏"不仅逼真肯定还很精彩，不由得暗暗兴奋起来。宋子星似察觉到了她的想法，附在她耳边戏谑道："眼睛不要瞪得太大太亮，都快可以当灯笼照路了。"花无多一弯手臂狠狠杵向他胸口，他向后一避竟顺势将她搂入怀中。虽然花无多一直坐在他身前与他共乘一骑，但始终与他保持着距离，不曾过分亲近，而今这一搂之下二人已然全无空隙。他的气息清楚地呼在耳畔，花无多蓦地脸上大热，正欲挣扎却发现宋子星已然放开了她。月光下，她清楚地看到了他嘴角那抹戏谑的笑，险些忍不住驱银针金线缠住他脖子勒死他了事。

众人一路骑马疾行，无火把照路，却也行得极快，果然如宋子星所料，李占勇等人对地形十分熟悉。约莫一个时辰后，到了黑风山脚下五十丈外，众人弃马，李占勇重新整编队形后，率众攻上山去。

花无多跟在后面暗想，与当初宋子星大张旗鼓地攻打穹窿山比，这才是真正的剿匪，暗夜偷袭啊，多刺激！想到此，一双眼睛晶亮晶亮，她忘了方才马上的不快，兴奋地跟在后面，没走几步就听宋子星附耳对她低声道："往上山路难行，要不要我背你上去？"有了方才一背，花无多也没了诸多顾忌，而且自己伤势未好也不适合爬山使力，如今有个现成的马骑，当即欣然同意。

一直跟在二人旁边的随从徐清察觉将军蓦地停下了脚步，也停了下来，便见他们的将军蹲下身去，正奇怪将军这是怎么了？就见旁边那个看着十分不起眼的女人从容不迫地爬上了他们将军的脊背……

徐清有点儿不太相信自己的眼睛，但揉了好几遍直至将军背着那名女子站起身来，方才缓过神来。一惊之后，他忙靠上前去低声道："将军，让属下帮您背吧。"言罢，就见将军扫了他一眼，那目光徐清再清楚不过，心中一骇，便觉自己说了极大的错话，头一低，再不敢出声。

徐清默默地跟在将军后面爬山，爬着爬着突然重重地一拍自己的脑袋，暗骂自己：将军这般做法定有其深意，自己方才还去和将军多嘴！想到此他恨不得将自己舌根子咬断了。但转念一想，这也不能怪他，他跟在将军身边已有八年多，还从未见过将军对一个女子这般好过，再说这只是剿灭山贼，将军怎么会背着个女人。他心中嘀咕，忍不住偷眼看向那位姑娘，发觉那姑娘趴在将军的脊背上，趴得那般心安理得理所当然，还有点儿忍不住的得意，不禁猜测，这姑娘似乎和将军很是熟络，不知是哪家的千金。但看穿着和长相似乎平常了些，和他们家丰神俊朗的将军相比，差了十万里还得再加八千里。但看将军在乎的神色，竟似很是喜欢，怕是有什么其他缘由吧。徐清自己安慰着自己，心底总有种不安的预感。

黑风山寨规模并不大，完全没有当初穹窿山的规模，百名士兵一哄而上将山寨团团围住。可令众人奇怪的是，这一路虽是夜袭，行进速度也的确很快，但一路未遇一人一暗哨。山寨大门此刻紧闭，里面似有火光闪烁却未见任何动静，悄无声息的情形有些奇怪，透着莫名的诡异。

宋子星闻到了血腥之气，心中疑惑，这时就听背上的花无多道："不对劲，我们进去看看。"宋子星点了点头，一提气，便背着花无多越过众人头顶，欲先行跃入山寨。他二人飞跃高约三丈的寨门时，花无多往下一看，便看到底下李占勇等数百双瞪得极大、写满了不可置信的眼睛。

徐清惊讶地看着他们家的将军就这样背着一个女人在众目睽睽之下跃进了山寨，不知不觉额头上流下许多汗。

这时只听前面一兵丁道："都说江南的宋子星乃百年一遇的将才，领军打仗神出鬼没，守得江南之地固若金汤。而今看来也不过如此。"

又一兵丁道："据说这宋子星曾偷一个妓女的兜肚在江陵当纸鸢放，嘿嘿……"那兵丁一阵淫笑，惹来周围众笑。

一兵丁道："你看这风流公子现今又背着一个女人来剿匪。贪图女色至此，想来也没什么大能耐。"

另一兵丁接口道："是啊，被一个女人骑在头上还乐得跟个傻子似的。"

嘿嘿，哈哈……一时全都暗暗低笑起来。

最后面的徐清闻言气得发抖，却生生忍住没有发作，徐清为人一向沉稳。幸好这次跟将军来的是他，要是武政，难保这些人不血溅五步。

宋子星与花无多进了山寨，方才发现山贼已全部死了，横七竖八地躺在寨中各处。

宋子星紧锁眉头若有所思，花无多亦蹙眉未曾多话。花无多自进来便想从他背上下来，却被宋子星制止，他道：“此地处处暗藏杀机，别下来。”花无多犹豫了一下，想到此地处处透着诡异，现下没有保护自己的能力，便老实地没有下来。

宋子星打开了寨门，让李占勇等人入寨搜寻。

徐清亦进了寨来，走到宋子星身边，突然单膝跪在了宋子星面前，重重道：“将军劳累，让属下替你背这位姑娘！”那义无反顾执着坚持的目光，令花无多突然意识到了什么。

进寨搜查的洛阳兵闻声也向他们所在之处看了过来。

火光闪烁，宋子星的容颜忽明忽暗，看着跪在地上的徐清，一字一句地缓缓回道：“我的夫人，自有我来护。”

闻言，徐清漆黑执拗的目光中一下子绽放出许多光彩，腰身挺得越发笔直，大声道：“属下鲁莽，不知是未来将军夫人，是属下逾越了，请将军责罚！”

宋子星眸子漆黑如夜，道：“且先记下，你先起来。”

“是。”徐清心甘情愿地领了这个责罚。

正在山寨中四处搜查的洛阳官兵闻声，不禁面面相觑，均露出了些许愧色，原来是安南将军的准夫人，难怪会一直背在身上，如此小心地保护着。虽然不知道为什么将军夫人会跟来这么危险的地方，但也不是他们适才想得那般，便对宋子星变了看法。

花无多闻言一怔，待反应过来嘴角已然不自觉地微微抽搐，想到方才宋子星说“我的夫人”……一下子控制不住地起了一身的痱子。抖了抖，再抖了抖……还在。手指不自觉地伸到了前面，她摸上了宋子星的额头——咦，不热啊。又摸了摸他耳后——没戴面具啊，是本人，这人没傻吧？！还是……乌龟星有什么不可告人的心思……正疑惑间，就听徐清极为激越地大声应了声，“是！”目光便落在了跪在地上领罚领得神采奕奕的那个宋子星的亲随徐清身上，清楚地看到徐清望着宋子星那副尊敬甚或有些倔强而执拗的认定神色，突然意识到了什么，眸光一转，却也未曾反驳。但还是自宋子星背上下来，宋子星也未阻止，只与她并肩而立，半晌无语。

火光中……似察觉到了身侧若有似无的目光，看过去时，却未抓住一丝踪迹，花无多暗道：乌龟星果然有古怪。看在他今日救许倾城之心与背她一路的份儿上，且不揭穿他，给他留几分情面。

众人一番搜索，却只在一间木房内寻到了已然晕过去，被绑住手脚关在柴房的许倾城，除此之外全寨六十余人，竟于一夜之间全部毙命。连门口看门的两条狼狗都是一刀毙命。从现场情形看，对方下手极为狠辣迅疾，惊动极小，山寨大门未被攻破，许多山贼都是死于屋内梦中。应是一队武功极高的人所为，他们赶到时，那些人想必刚刚离去，不知是何人所派，下手这般干净、狠毒。

未想救许倾城竟如此顺利。花无多帮许倾城解开了绳子，将她救醒了过来。许倾城自不认识易容的花无多，却识得宋子星，知他前来营救颇为感激，当得知是婢女春柳为她跑回洛阳求救却又自尽时，悲戚之色令人叹息。她犹疑着带着一丝颤抖一丝期盼问起唐夜时，花无多虽不忍却也据实以告，得知唐夜闭门不理，她只空洞地看着某处，眼神毫无焦距。花无多突然想到了一句话：哀莫大于心死。

花无多不懂情为何物，如今见她凄楚模样也不知怎么安慰，更不知她此番在山寨中受了何种苦楚，虽然一向对许倾城印象不太好，而今见她如此模样，这般境遇，却也有些心生怜惜了。

许倾城入山寨后遭遇了什么，他们自不方便问。宋子星只问她今后作何打算，她道只想回家。宋子星点了点头，便劝慰她先回洛阳暂歇，待明日天亮他自会派人送她回蜀地青城。许倾城神色淡然，只轻道了声谢，便没有再说话。火光闪烁，神色甚为凄楚惹人怜，宋子星便将她交与徐清照顾。

李占勇留了数名兵丁打点山寨后事，而后带着许倾城等人折返洛阳。

宋子星策马走在最后面，渐渐远离了李占勇等人的队伍，本来徐清还亦步亦趋地跟着，后来也不知怎么不见了踪影。

此刻，天微亮。坐在马上颠簸的花无多有些疲惫。宋子星一路无话，这倒让花无多大出意外。颠着颠着，花无多便将眼睛闭了起来，头一歪便靠在了宋子星胸口。

宋子星的身体不易察觉地微微一僵，可也只是一瞬便放松，马慢慢走着，许久后，方才轻声道："这是第一次，你在我身边毫无防备。"

本以为花无多已睡着，此话也是说给自己听的，未料忽听花无多道："谁说没有？我只是太累了，你借我靠一下，只当靠棵树。"

闻言，宋子星哭笑不得，走了一阵，忽道："为何不反驳？"

心知他问的是什么，花无多有些不怀好意，还有点儿自鸣得意地抬头笑道："我现下这张脸是你的夫人，那便是吧，我明天换一张，若谁奇怪你那夫人去哪儿了，我可不知道。"

望着那双因小计得逞而越发神采奕奕的眸子，宋子星淡淡笑了起来。原来在她眼中那只不过是一句可以被利用的戏言，眸中光芒一瞬暗了下去，转而换上似笑非笑藏住了一切。想到洛阳兵马司参将与那上百名洛阳兵士，还有自己的亲随徐清等人见到的那个将军“夫人”马上就不存在了，宋子星不禁抬手微微揉了揉额角，忽觉有点儿头疼。似察觉到他的烦恼，身前少女嘴角挂着的笑容越发张扬，看在他眼中尤其难忘。天微微亮，少女的明眸皓齿近在咫尺，只看着侧面便已令他心悸。他微微眯起了眼，忽道：“日头要出来了，我带你去个地方。”也不待她答应，便纵马扬鞭飞奔起来。远远地还能听见少女的大喊大叫：“你带我去哪里？！不说清楚我不去！”

晨光破茧而出，金黄色瞬间染遍大地，将世界罩上更为耀眼的颜色。

山顶风乍起，晨雾尚未散去，风过花香散，满山的野菊花，金色晨光下煞是好看。

怎么会有这样一个地方？花无多望着漫山遍野的秋日菊花早已怔住，心里却在想，宋子星是老鼠吗？怎么连这样的地方都找得到？花无多此番想法毫无道理，老鼠能找到这样的地方吗？但此刻花无多脑袋里就是这么荒唐地想着。幸好没说出来，否则宋子星不吐血也要得内伤。

与花无多并肩站在山顶，宋子星微眯起眼望遍满山菊花，似已被这风、这花香、这朝阳或许还有身边这人……所迷醉。

深吸口气，花香沁入四肢百骸，花无多闭起眼睛微微笑了起来，心情很好。

风过，宋子星淡淡的声音随风同来，“为什么你会为他受了这么重的伤？”

花无多睁开眼，望向他，疑道：“你怎么知道我是为他受的伤？”

宋子星似笑非笑道：“我自然知道。”

花无多哼了一声，道：“我又为什么要告诉你？”

宋子星嘴角微挑，道：“你一向贪生怕死，我只是奇怪，你怎么会为了他连自己的性命都不顾了，我百思不得其解，莫不是你喜欢上了他？”

宋子星嘴角不怀好意的笑，花无多看在眼里一阵不痛快，不禁嗤之以鼻，道：“你既然知道我贪生怕死，最宝贵自己的小命，你就应该想到，我如今中了唐夜的‘无法逍遥’之毒，没有他为我解毒，我必死无疑，死前还得受尽折磨，所以他不能死，再说……”花无多说到此不禁有些懊恼，喃喃道，“我当时也没想到那人的掌力那么厉害，还以为被震飞出去的是他呢。”

“你如何中的毒？”宋子星蹙眉问道。

“我抓了唐夜的手。”花无多蹙眉答道。

心中总有几分压抑，压抑得太久便想找个倾诉的对象，虽然宋子星算不上是什么朋友，却也是眼下最熟悉的人。不知出于何种心情，花无多在此时轻易地便说出了连日来一直压在心底的秘密。短短几句话，足以说明一切，不求理解，不求帮助，更不求劝慰，甚至做好了被宋子星嘲笑的准备。她抬眼望去，恰好接收到了他望过来的目光，看清了他紧蹙的眉，显然没有意料之中该有的嘲笑，却有出乎意料的忧虑。花无多心中一阵疑惑，突然有些耐不住他看自己的目光，转过了头。

见她如此，宋子星眸光暗敛收回了自己的目光，极目望向远方，不再提方才之事。他深吸口气，晨风、花香霎时沁人心脾，流入四肢百骸，似忽然起了兴致，一提气飞身跃至山顶最高处。晨光映在他身上，满山淡黄色菊花在他脚下白雾中浮动，更映得他如梦似幻，衣衫被风吹起，掀起一片片如云褶浪，回眸间竟有种居高临天下的气势，睥睨万物的狂妄。

花无多一怔，这是她从未见过的宋子星。

只见这时——

宋子星不知从腰间何处拔出一柄软剑，一瞬间，剑身反射出的光芒令花无多心惊，仿佛看见了他身后苍穹深处有一只展翅欲飞的金色凤凰，狂放地绽放出流光溢彩，晃人眼目，惊动天地！

一个念头惊闪过花无多心头，却来不及抓住。

剑出！

云淡风轻，流光溢彩。

剑起！

气势如虹，光芒万丈。

剑挑！

飒爽英姿，如浪剑气。

剑舞！

风起云涌，天地失色。

四下的菊花瓣均被他剑气所聚，脱离枝干飞到了他的身边盘旋，人动剑动，剑舞花飞，狂傲无忌地绽放出无与伦比的光芒，炫人耳目。

此情此景，花无多平生从未见过，一时瞧得愣怔，喃喃自语道："好……剑，好……"心底再不愿意也不由得承认，"好功夫……"

直至宋子星收剑敛势，衣衫在山顶飘动，薄雾徘徊在脚下朦朦胧胧，盘旋于空中的菊花瓣缓缓随风散落了一地，偶尔还有些许顽皮的还在随着山风在他脚下盘旋。朝霞映在他脸上，顾盼间王者之气却已消散，神情淡雅清艳如斯，却又难以掩盖住迫人气势，回眸望向花无多。

这一刻，心底静寂处突然震动了一下，仿佛似被谁拨动了心弦，花无多只觉脑中一片空白。

四周万籁俱静，唯有风声和萦绕鼻端的花香，他凝望着她，她傻望着他。

不知过了多久，花无多方从宋子星早已变得深邃的目光中惊醒了过来，一瞬间发现自己因嘴张得太久脸部有些僵硬，为自己因乌龟星的耍帅而惊呆，悲愤不已。

宋子星因她此刻悔恨至极的模样而轻笑。

花无多听到了他的笑声，不禁头皮一麻，一时羞愤、懊恼，还有百般说不出的尴尬狼狈。忽然发现他的剑已消失了，竟不知放在了何处，她突然想到了什么，抓住那一闪而过的念头，惊道："凤凰碧月！"

宋子星但笑不语，如此便是默认了。

花无多眸光大亮，一瞬间便忘了方才自己的狼狈相，大声道："给我看看。"

宋子星走出花海，道："你要看凤凰还是要看碧月？"

闻言，花无多惊得跳起来，大叫道："你都有？！我都要看。"

宋子星摇了摇头，似颇为遗憾道："我只有凤凰没有碧月。"

闻言，花无多并不气馁，仍兴奋地道："那也拿给我瞧瞧。"

宋子星开始解腰带，花无多见状也不知羞涩，还是盯着他看，那种专注得似每个细节也不愿意放过的目光反倒把宋子星盯得有些尴尬，宋子星将腰带解下，摊展在花无多面前。

山顶风大，晨雾已然散去，他的衣袍随风飘荡，长发玉冠淡雅悠然，凌厉迫人的气势已然收起，独留下此间翩翩公子。可惜的是，这样的浊世佳公子，却在一个腰带面前完全黯然失色，因现场唯一的一位观众眼中只有那一条腰带，再无其他。花无多看着这条腰带，如珍似宝地抚摸着，心道：原来他这腰带暗藏玄机，难怪当初能缠得住自己的兵刃不断。

宋子星道："凤凰碧月原为一对，有缘方能得之，我只得凤凰却无碧月，相传如若得到……"

"你是说，得一世美好姻缘吗？可……凤凰碧月不是刀吗？怎么是软剑？"花无多目光灼灼却又带了丝疑惑。

宋子星摇了摇头，道："凤凰碧月本是一对软剑，极薄极轻，凤凰在日下使用，如凤凰展翅，剑下隐有刀光，碧月在月下使用，划过苍穹时亦如弯刀明月。如果使用者武功极高的话，剑亦如刀，所以传言凤凰碧月为刀，只因形似，并不是实情。有朝一日，若凤凰碧月同现，在日出月落或日落月出之际同舞，将是极美的情景。"宋子星说到此处也似心生向往，伸手在腰带上一拂，凤凰软剑便从中跃然而出。而后他冷静却极富诱惑地对花无多道："你试试。"

花无多接过软剑，爱不释手，高兴得有些手舞足蹈，却又极为珍惜地轻抚着这细致而略微透明的凤凰宝剑。

花无多跃至方才宋子星舞剑的地方模仿他方才的招式，一招一式地舞了起来，边舞边道："我不擅使剑，却看过很多剑谱，你方才舞的这套剑法我从未见过，招招精妙，而且你舞起来的确……的确……嘿嘿。"的确如何？花无多突然闭嘴不说了，硬生生将极可能是赞美之词的字眼吞咽了下去，惹得人心痒难耐。

宋子星目光似望向极远处，心中正因她只看了自己一遍剑招便能记得如此之多而惊讶，口中却淡淡问道："的确怎样？"

花无多一剑挑起，道："的确！"翻身刺出，"够显摆！"

宋子星只觉自己一呼一吸间有些胸闷还有点儿气短，一向的似笑非笑不小心变成了似哭似笑，而后轻咳了一声，莫不是当真被她气成了内伤？他一整面容，掷地有声地道："剑是用来杀敌护身的，舞剑娱乐这种事我向来不屑为之，今日也是一时兴起，只舞给你看，今后再不会有，除非寻到手持碧月剑之人。"宋子星掩下眼中一闪而过的流光。

下山回到洛阳城时日已当空，二人早已腹中饥饿，花无多本欲寻个路边摊随意吃点儿果腹，但宋子星却不答应，非得拉着她进了酒楼，花无多开口就道："你付钱。"

宋子星微一蹙眉，道："我从不让女子为我付钱。"

"哦？"花无多一扬眉，不再说话。想起自己还曾请公子翌吃过好几顿饭，不禁对其腹诽。

行波酒楼是洛阳数一数二的酒楼，无论外表还是内设都极为气派。一进去，干净利落的小厮只看了一眼进来的二人便将花无多直接略过，问过宋子星后便带了他们到二楼雅间菊楼落座。这个雅间不同其他酒楼的雅间，倒的确很雅，独立的一个小阁楼，四壁用竹帘相隔，角落轻纱帷幔飘荡，四角各摆着不同颜色盛放的菊花，便是这茶也是银针香茶，清淡祛火。

花无多昨夜一夜劳累和宋子星斗智斗勇（这是花无多自认为的），正有点儿心燥火气大，便很不客气地喝了几大口，将美茶牛饮，也不顾请客的东道主在场，当即将桌上先上的糕点吃了几块。

送菜单来的小厮见状不禁微微蹙眉，但目光转向宋子星时却已笑容满面。宋子星点了几个小菜，小厮正欲下去，却被花无多叫喊住："我饿了，叫你们厨子快点儿。”

毕竟是客人，小厮不敢怠慢，点头应是。

宋子星淡笑不以为意。

吃了几块糕点，不再那么饿了，花无多自二楼看去，见洛阳街上人来人往好不热闹。自和唐夜在一起，唐夜倒未曾限制过她的行动自由，她自己还是可以上街瞎逛的，只是每次逛到兵器铺时，心中总有几许怅然。

此刻酒楼对面恰好就是一家兵器铺，角落的标志，正是自家产业。姐姐即将大婚，而她名不正言不顺不能陪在身边，不仅如此，现今还身中剧毒委屈在抛弃她的前夫身边当丫鬟，情景着实可怜尴尬，想到此也不禁有丝黯然。却在这时，一杯温热的香茶送至眼前，宋子星似笑非笑的神情再入眼帘，“在想什么？”

他似笑非笑的神情，花无多以前一看到就厌烦，但不知是不是昨夜他主动站出来要救许倾城之故，今日看着竟也不觉得那么讨厌了，难不成是看着看着就习惯了？不自然想起方才他的剑舞，她心中一跳，忙伸手接了茶水，喝了一口压惊，道：“没想什么。”

宋子星自也看到了街对面的兵器铺，微微一笑，道：“洛阳李家大公子和方家大小姐的婚礼就在三日后举行，到时候洛阳定然十分热闹。”

花无多点头，听宋子星继续道：“李家为了迎娶方家大小姐可着实下了不少功夫，你看这十里洛阳长街家家户户挂着红灯笼，像是过年一般，便是李家大手笔之一了。不仅如此，此番前来贺喜之人也不少，此刻洛阳城的客栈几乎都住满了。”

“嗯。”花无多应道，唇边牵起一抹笑意，姐姐的婚礼定然十分盛大，姐姐成亲的时候她会去看的，虽然不能伴在她身边，但也定然要将自己的祝福送到。

“一方是富可敌国，掌控一国经济命脉，翻手为云覆手为雨的李家，一方却是地位特殊，除官家之外唯一一个可以经营、锻造兵器和交易战马的方家，你可知，他们的结合意味着什么？”宋子星道。

“不知道。”花无多坦言答道，她心里一直认为姐姐和姐夫是真心相爱的，喜结连理是理所当然的。

“那你可知，你的身份一旦暴露，会给自己带来怎样的杀机？”宋子星声音中多了丝冷意。

花无多一怔，目光暗敛，她已听出宋子星的弦外之音，虽然早已猜出宋子星已知自己身份，但这还是第一次当着她的面直白地指出，虽不适应却也只是面色一沉，沉默不语。

宋子星淡淡道：“你可曾想过，唐夜为何将你留在身边？”

花无多依旧沉默，不是未曾想过而是没想清楚……

宋子星缓缓道："最怕不是一死了之，而是受制于人。"

花无多闻言一惊，垂下了目光，因戴了面具而掩住了所有心思，宋子星此番话，虽然不能全懂，却仍让她心烦意乱，一股从未有过的彷徨油然而生，逐渐变成了恐惧。受制于人……而今自己正是如此。

她忽然起身离去。

宋子星道："菜还没上呢。"

"不吃了。"花无多拂袖而去。

望着她离去的背影，宋子星暗沉了目光，也失去了吃东西的兴致。忽又想起唐夜昨夜清冷的言语："生逢乱世，你我能护得自己与自己想护之人便已是万幸。"

唐夜，你想护的人是谁？

第二十二章

方李联姻

洛阳李家长袖善舞，左右逢源如鱼得水，而金陵方家却向来保持中立，不偏不向，一律公平对待。可却在天下如此微妙时刻，李、方两家将要联姻，结为一体。

此中厉害，无人不知无人不晓。

当初，唐夜的退婚一瞬间将方家尚未出阁的二小姐方若兮置在了风口浪尖上。虽然江湖中风言风语甚多，仍不能掩盖方家二小姐特殊的身份和价值。

可惜方家老爷方正阳却在这时将这个名不见经传的二小姐赶出了家门不认。

想当年，这方正阳也是个传奇人物，少年风流仗剑天涯，年少行走江湖时红颜知己无数，却在遇到柳思思后变得痴情起来，他的一朝痴情，不知伤了多少女人的心。

柳思思很少有人见过，家世过往也不为世人所知，但这来历不明的女子方正阳却爱如性命。当初柳思思因生第三子时难产而亡，儿子也未能保住，一夜之间痛失爱妻爱子的方正阳几近疯狂。当年还是一府知县的宋晨（宋子星的爹），与方正阳本是至交好友，听闻方正阳遭遇如此大悲大痛，便亲自赶去方家劝慰，可这方正阳却已放弃了活下去的念头，任凭宋晨如何劝慰也无济于事。

直至一日，年仅三岁的二女儿方若兮用她小小的手抱住了方正阳的身体，任谁都拉扯不开，坚定、执着、不哭不闹，这才令方正阳最终挺了过来，也给所有人留下了极为深刻的印象，尤其是当时在场的宋晨。

多年后，江湖中常能听闻方家大女儿方若薇的种种，却从未听人提起过方若兮的。

众人只道方家有二女，大女儿方若薇貌美如花，名动天下，却无人见过方家二女儿。便有人说，方老爷一贯喜欢金屋藏娇，当年方夫人如此，这方家二女也定然是方老爷的掌上明珠，不知是何种美法，不让外人看。

有好事者偷偷潜入方府探看，却被方家家奴打成重伤拖出府外，扔在金陵府衙门前，被告了个私闯民宅意图不轨之罪锒铛入狱。就在众人大失所望之际，不知是谁走漏了风声，说在三日后的寒食节，方若薇与方若兮两姐妹会去城南郊外踏青祭祖。一时间金陵茶余饭后的话题变得风起云涌，好事者说起此事，言谈中自然摩拳擦掌，期盼今年的寒食节比哪一年都更甚，可结果……却是一众人等大失所望。

虽然不是很容易接近方若兮，但毕竟还是有人千方百计地看到了。据传，此女面貌虽清秀可人，却全然抵不过她姐姐方若薇的回眸一笑艳冠群芳，众人一下子便觉索然无味，其后便不了了之了。

自此，这方家二女儿从可能太美的低调，变成了没有被注意的必要。

如此日复一日，年复一年后，其光芒完全被姐姐方若薇所掩盖。

多年后，蜀地唐门少主，名震天下的毒王唐夜突然弃婚，在他不要这个指腹为婚的方家二女方若兮之事被证实之后，此消息如飓风般席卷了整个江湖。方若兮一时被风言风语传得颇为不堪，也让她再次成为众人茶余饭后的“咀嚼”对象。而这时，方老爷痛快地将其扫地出门之举，也让众人相信，这肯定是个不得宠的。

时间一长，关于方若兮被弃婚的八卦在被咀嚼千百遍后也变得没了滋味时，却未料，就在这时，李、方两家同时对外宣布不久后其大公子和大小姐将喜结连理。在众人还未能完全消化此消息的含义时，又听说方家二女方若兮如今就身在洛阳，还成了唐夜的丫鬟。自那一刻起，方若兮这个名字再次因不久后方、李两家的联姻而成为焦点。

唐夜的丫鬟是方若兮，信者有之，不信者亦有之，纷纷杂杂的各种猜测迷乱了人眼。但问题关键是，当日，方若兮虽被方老爷赶出了家门，却从未听说被逐出族谱。未被逐出族谱就还是方家子女，说明方老爷当初也只是一时气话罢了。如今这没有出阁的方家二女早到了婚配年龄，方家嫁了大女儿后，这二女儿最终会花落谁家自然成了许多人关注的问题。有人大胆假设，方若兮如今身份微妙，方、李两家即将结为亲家，荣辱与共、同进同退，这方若兮可谓是方、李两家唯一一个未曾公开，未有定论而又极为关键的人物，她的婚配极有可能代表了方、李两家的意向。

若说，亲姐姐即将在洛阳成亲，作为妹妹会出现在洛阳自是理所当然。如此一来，唐夜身边的丫鬟或有可能真的是方若兮。

有人道，既然唐夜只把她当作丫鬟，应不会过于重视，总有机会也说不定；也有人道，无论当丫鬟一事是真是假，若真方若兮在唐夜身边，那说明唐夜和方若兮之间必有牵扯，而这种牵扯或许是二人之间有情愫；还有人道，唐夜如果真让方若兮做了自己的丫鬟，可能是想报复当初方若兮逃婚之举，以此折辱方家。可即便如此，唐夜会将方若兮留在自己身边，甭管是当丫鬟还是什么，以唐夜为人，此事就不会那么简单。纷纷杂杂的猜测终究没有定论，想要知道答案恐怕还得亲自来洛阳才能知道，无论方若兮代表的这潭水有多深，来的人却决然不会少。

李、方两家大喜之事本可谓天下大事之一，可这大喜之日却恰好在全国三年才一次的大考之前十日。这十日说长不长，说短也不短，对于赶考的公子们来说，却有些紧了。按道理，应试的公子们不会来参加他们的婚礼，可出乎意料的是，近日，四面八方赶来洛阳贺喜的年轻公子意外之多。青年才俊们一朝齐聚洛阳，倒显得洛阳城一夕之间更像是即将秋闱大考的京城了。

洛阳的姑娘们这几日明显感觉到外地来的俊俏公子多了，便是洛阳的妓院生意也比以前更胜几分。

尤其是青麟客栈，早先还空现已客满。

西院的唐夜极少出门，外人也不敢轻易靠近，便是收了许多银子的客栈小二也头疼不已，想不清楚，西院明明只住了一个丫鬟的，怎么出来时一天一个都长得不一样呢，这都什么时候进去的……

难怪那日姐姐不认她，难怪……花无多出了行波酒楼后走在大街上兀自冥想。

而今她受制于人，若牵连家人，她又当如何？不知道唐夜究竟要的是什么，又是否真的知晓了自己的身份，很多的不明掺杂在一起纠结不休。花无多想不明白，不禁一跺脚，暗道：不想了，解了毒千方百计也要跑。

一抬头，正欲看自己走到哪儿了，她便见人来人往的大街上，距自己不远处有一个锦衣公子，金冠束发，阳光下流光溢彩、贵气逼人，端的惹人注目。花无多自然也注意到了，待看清那人，不禁揉了揉眼睛，不可置信地盯着那人不放，那人似也有所察觉，目光穿过人群看了过来。

人来人往的大街上，二人的目光相遇，熙熙攘攘川流不息的人群也无法阻断。

疑惑、凝视、惊喜。锦衣公子终是会心一笑，这一笑如海棠花开，冷冽惊艳，原本冷漠疏离的目光，因看到女子而泛起了阵阵涟漪，有惊喜、有期盼，还有更多说不清的纷杂情绪。

花无多喜不自胜，喃喃吐出一字："修。"

阳光明媚，偶有白云，高山流水间伫立着两个人。

左侧少年锦衣华服，脊背挺拔，金冠束发，嘴角的刚毅略带几分傲气，但只要目光一遇身边少女，似水柔情瞬间染遍唇角眉梢。

少女云髻飘逸，时而大笑，时而手舞足蹈指着这山这水，笑的时候还欢喜得意扬扬地摇几下头，少年每见她笑一下，眼角眉梢就多弯下几分。

少女讲得忘形时，少年轻轻地靠了过去，与其相依而立。

这山，这水，这人，若能隽永，或是永恒。

远处，随公子刘修同来的数名随从和书童刘顺远远跟在后面望着前方二人。

刘顺心中虽奇怪这女子是谁，但见公子如此高兴，便也只能将疑问埋在心底，只道此女子想是公子故友。但见背影觉有几分熟悉，一时间又想不起来是谁，不过这女子面貌平常，他的确没什么印象。公子已许久没这般高兴了，尤其临行前进宫见过皇后之后就更加郁郁不乐，回来酩酊大醉一宿，痛苦挣扎的模样是他从未见过的。醒来后，公子突然说要来洛阳，他们这才急匆匆地上路。一路疾行，终于赶在洛阳李家大公子与金陵方家大小姐喜事前两日到了这洛阳城，贺礼已在数日前送入李府，他们今早才进的洛阳，未料公子却路遇故人。公子一路闷闷不乐，似有满腹心事，眉都未曾展过，而今这般神情，虽隔得远，但他多年跟在公子身边自有感触，这女子到底是何人？刘顺远远望着，越发奇怪起来。

花无多手舞足蹈滔滔不绝地说着自己想说的话，好似已有很久没和人说过话一般，得知此番前来洛阳的不止刘修，吴翌、吴琪也已到了洛阳，不禁越发兴高采烈。只是其他书院的同窗却因要准备三年一次的文、武科考被季夫子扣住而未能一同前来，不禁有些遗憾。

她突然出现在洛阳，刘修心中虽有疑问却不想在此时此刻问出，再与她相逢，心中难以名状之情溢满胸怀。只想仔细看着她，不放过一举一动；只想听她说话，说什么都行。

京城人都道刘修不近女色必是性喜男色，此言纯粹是公子翌等人的造谣诽谤。其实他只是不喜与女子来往，总觉得女子身上的脂粉味令他作呕，自以为是的风情卖弄让他嫌恶，笑靥如花后那副蛇蝎心肠更令他厌憎，而眼前女子却是例外。她是男子身份时与他有同窗情谊，共御外敌心胸坦荡，有着他敬佩的侠义机智；她是女子身份时，一颦一笑在他眼中皆率真可喜，便只是看着也觉心旷神怡。她身上没有任何脂粉味，只有自然香，她从不卖弄风情，只偶尔有些古灵精怪，她笑容的背后是灿烂得令他睁不开眼的夺目。他喜欢看着她，无论她干什么，他都喜欢。但这种心思却只能藏在心底，自己的身份注定了身不由己，想到此不禁有些黯然。

离开书院已过了大半年，只身游历江湖，一个女儿家在这乱世，虽有易容之术却也遇到了许许多多难事，只是花无多生性开朗，一直未曾放在心上。而今看到公子修，竟不知不觉地勾起了这许多伤心委屈来，她想到如今身中剧毒，被唐夜控制深陷囹圄，更有说不出的苦，又不能恣意透露，望着眼前这一双熟悉、亲切、理解、担忧的双眸，说着说着竟忍不住双眸含泪，声音哽咽起来。

见状，公子修已不知如何劝慰，只忙着说了两个字：“别哭。”却未想这句别哭竟让花无多大哭起来，公子修一时慌乱无措竟将花无多抱在怀里试图安慰。没想到此举甚为有效，哭声当即止住了，哭声停止得如此突兀，公子修心中疑惑，不禁低头去看，这一看恰对上一双瞪得极大惊讶无比的双眼。公子修一时尴尬，放开不是，不放也不是，可转念间却又似想明白了什么，刚想开口说话，就见此刻怀中女子早已换了副神情，不仅闭起了刚才张得极大的嘴，眯起了方才瞪得浑圆的眼，还斜着一双眼睛不怀好意地看着自己。正觉奇怪，他就听对方带着一抹坏意，一抹得意，一丝疑问，更多的是肯定的语气道：“你喜欢我。”

闻言，公子修一怔，不知该如何作答，他放开了花无多，有些尴尬地微转过身去看向远方，想到了什么，不禁双眉紧蹙，沉吟半晌却又似坚定了心思，正欲讲明。就在这尴尬到极点的时刻，忽听身边人自顾笑道：“我问你个问题你回答我行不？”

公子修道：“你问。”

花无多双手背后踱开了几步，而后突然问道：“假设你欲寻死，面前有一条河还有一口井，你本欲跳河我却偏让你跳井，你是会跳河还是跳井？”

嗯？这是什么问题？看着面前闪烁着期待眼神的花无多，公子修不禁有些迷茫。是跳河还是跳井？

原本都不想选，却在花无多两者非得选一个的再三催促下，公子修被逼无奈不得不选择道：“我选择跳河。”河比井宽敞，生机更大，本不想死的公子修心理上下意识地选择了跳河。

闻言，花无多重重一叹。暗道，姐姐曾说：若男子真心爱上了你，你让他跳井，他绝不敢去跳河。原来自己猜错了啊。

望着一脸惆怅的花无多，公子修完全的云里雾里不在此山中了。

远山深处有鹰在低空盘旋，山顶恰有一处四角亭。

李赦倚在凉亭上，向下望去，远远地，虽瞧不清楚，竟也隐约认出了刘修，辨清刘修身边的少女时，若有所思地望向了远处。

昨夜真是精彩的一夜，许倾城被抓上黑风山寨，欲救她出虎穴的竟然是宋子星，但真正杀光那群贼匪的人却是唐夜，只可惜没引得他亲去。

李赦冷笑，看向山下少女，暗道，唐夜的丫鬟，他一直觉得奇怪，为什么宋子星会对唐夜的丫鬟那般在意？从陆陆续续的各地密报中，他抽丝剥茧大胆揣测，竟得到一个自己也震惊的答案。如果那是真的……

唐夜退婚，方家二女方若兮被赶出方家。

月余，江湖上出现了一位侠女，名叫花无多，手使银针出神入化。

京城众目睽睽之下她登台打擂，一双银针使得神出鬼没，神拳赵复青也败在她手中，她成为大名府二公子吴翌的保镖。其后与公子翌一同在南书书院读书，并结识了公子修、公子琪等人。其中，大明湖畔她再次出手救了公子翌的性命，此事京城众人皆知。

三个月后，宋子星在江南暗中搜捕手戴戒指会易容之术的盗匪。

月余，江陵，长绫一舞，公子皆醉，其中也包括自己。因那长绫一舞吴多多之名天下传扬，那一夜，但凡见过吴多多之舞的人再也难忘。只是自那以后，便听说吴多多重病难治竟卧榻了许久，好了之后也因体弱不能再舞了。不过，宋子星自江陵遇到她起便不似第一次见面，任谁都看得出他们之间必有嫌隙。当时的他还一直想不通，为什么宋子星会和吴多多有过节？

江陵……那也正是自己第一次遇到她。从她在大殿上肆无忌惮顶着众多目光吃了那个梨后，他便被她的特别吸引。思及此，李赦苦笑。

半月前，江湖传言，方家二女方若兮成了唐夜的丫鬟，从嫂嫂那里得知她好酒，他便用美酒试其真假，似有还无的解答虽不圆满，但最终她抱走美酒时那副心满意足的模样，他还记忆犹新。嫂嫂曾飞鸽传书问他“是真是假”，他却因不能十分肯定，无奈抑或有意地回了个“不知道”。

洛阳城郊那晚夜宴，宋子星的态度，还有心中那莫名的熟悉，让他起了疑心。

那晚，她为救唐夜险些丧了性命，她与唐夜到底有何关系？

“洛阳三虎”成不了大事，他心知肚明，但那晚杀唐夜也并非没有可能。

大嫂于几日后到了洛阳，无意中听到了他与大哥的谈话，得知唐夜的丫鬟重伤后，不顾阻拦非要亲自去确认那丫鬟是不是真的方若兮。无奈之下，自己便跟随前往，可自唐夜处回来后却只字不提假妹妹之事。原以为是因唐夜提及了无音，而今想来，大嫂的忧虑，很可能……另有缘由。

青麟客栈小二这几日见唐夜的丫鬟换了人，他已知此人擅易容术且是假的方若兮，原也不以为意。但宋子星昨夜背着她去黑风山寨还当着众人的面称“我的夫人……”，以宋子星的为人，此女出身必然不简单。

直至近日有探报，查出那武器名叫十指金环，戒指与手腕间有链子相连，银针便由腕上的镯子和指上的戒指同时催动，虽不知锻造于何处，但此兵器天下无二。

以前他未曾注意过唐夜丫鬟的首饰，那些东西在他眼里原也不值一提，而今细想，江陵的吴多多似乎就戴着同样的首饰。那一晚长绫一舞，他虽喝醉了却清楚地记住了吴多多所有的细节，女子戴这样的首饰原本普通，可同时出现在吴多多与唐夜丫鬟手上就颇有关联了。

将这些事一一串联起来，真真假假，虚虚实实。

清风拂在脸上，李赦唇边逸出三个字，“方若兮。”吐出这三个字的同时，自己也大吃了一惊。

如果她就是方若兮。这样的方若兮，当真出乎自己的意料。

她的身份……

李赦眉头紧蹙。

今日方叔（方正阳，方若薇的爹，李赦叫方正阳为方叔）就将抵达洛阳，或许她的身份很快就能水落石出了。他想到她与刘修、吴翌、吴琪、宋子星、唐夜等人的微妙关系，一瞬间想到了一事，方叔如此放纵二女儿，难道？

方、李两家终有一日会做出选择，只是时候还未到，既然如此，便由得她此番际遇。只是，方叔的这番苦心，最终可会真如心意？

情之一字又岂是谁人能左右得了的？便是自己也可能无法左右自己。

那午夜梦回的倩影，那长绫一舞敲在心头的震颤，想到此处，李赦眸光一暗，望向山下女子，若真是她……从今便再不会有。

身旁一个睡眼惺忪的公子这时开口道：“三哥，你一大早就拉我来爬山，这山也爬过了，你却坐在这里看人家卿卿我我。想娶媳妇，回头我与大娘说说，远的不说，就这洛阳城，美女还不是任三哥你随意挑选？我们还是早些下山去吧，我回去还得睡个回笼觉，这困的……”言罢，一手掩嘴又打了个哈欠。

李赦掩下方才心思，笑道：“别胡说，勘，我有件事要与你商量。”

“三哥，直说就是了。”李家四子李勘不以为意道。

李赦目光闪烁，道：“无音现下亦在洛阳。”

闻言，李勘面上一凛，再无睡意，道：“三哥，当年大嫂和无音之事，最后是你出面解决的。我与唐夜倒也熟悉，他这人无情亦无心，在蜀地提起唐门无人不畏惧，而唐夜更是其中翘楚，恐这天下江湖唐夜之名也让人忌讳三分。此人几乎没有弱点，行事随性难以预测，极难应付，我一直奇怪你是怎么做到的，能令他对无音下忘忧之毒。”

李赦暗道：没有弱点吗？的确，自那件事后或许唐夜真的再无弱点可袭破，也只有那件事能换来他稍许退步，对无音下忘忧之毒了。想到此，他却未回答四弟的问题，只道：“唐夜也算是个君子，说到做到。忘忧，忘却前尘烦忧，只记今后之好。在我看来，此药并不应称为毒药，有时候，忘却未必不是福气。”

李勘也不追问，只道：“我很钦佩唐夜，竟能配出这种古怪的药来，可以忘记让自己最痛苦的那个人，彻底抹去一个人的记忆。天下间竟会有这种药，不知他为何配这种药？”

说到此，李赦自然想到了天下第一杀手无音忘记大嫂的事，中了忘忧之毒，会忘记令自己心中最痛苦的人和事。大嫂与无音之间的纠葛，他只知一二却不知更多，不过这药……

李勘也难免唏嘘，打破了无言的局面，问道：“大嫂之事，三哥的意思是？”

李赦道：“这几日，李家进进出出的人多且杂乱，我与大哥忙得脱不开身，你多陪陪大嫂。”

李勘一笑，当即明白三哥之意，眨眨眼道：“我可不敢，我怕大哥吃醋揍我。”

李赦笑道：“你只要多变些花样惹大嫂笑就好，大哥见你如此用心讨大嫂喜欢，定然十分心喜。”

李勘恣意一笑，仰躺在亭中躺椅上，望着天上蓝天白云，道：“我们什么时候下山？”

李赦转头看向山下，那女子已然不在，只有公子修望着远处发呆，便道：“现在。”见李勘坐起身，又道，“今晚我宴请了许多好友，你也来吧，当中有几人甚妙，我介绍给你认识。”

李勘哂然笑道：“我对妙人没兴趣，你若有好酒好菜，我倒乐意去的。”

李赦闻言笑道：“你的脾性倒与一人有几分相似。”想到那人，眸光不禁又是一暗。

李勘道：“谁？”

李赦淡笑不语，先行下山而去。

与公子修离别后，待花无多回到青麟客栈西院时，已过了午时。

尚未走到西院，花无多便察觉到里面除唐夜外还有其他人在，院中隐隐约约有人说话，只是听不大真切。

西院的院门紧闭，四下无人。

花无多本不欲偷偷摸摸偷听别人说话，可一想到今早宋子星在酒楼里说的话，又有些犹豫起来，只稍稍挣扎了一下，便将什么狗屁道德丢到了脑后。暗道：偷偷听听又何妨？只要不被发现。她便有意隐了声息，悄悄地靠近了门边。

“你明知道我从小就喜欢你，这么多年，你对我不冷不热，我早已习惯。我以为，你对所有人都不在乎，可终究对我有那么一点点不同，可我没想到，我错了，错得离谱。”是许倾城悲苦的声音。花无多听在耳里，已有些了然，爱恨纠缠啊爱恨纠缠。

唐夜没有回话。

“可我终究不信，不信你对我会如此狠心。我们从小一起长大，我知道你受了多少苦才走到今天，还有每月毒发时的痛不欲生。”许倾城一字一句道。

每月毒发时的痛不欲生？花无多突然想起了十多天前洛阳二虎、三虎来为大虎讨解药的那一夜唐夜的异样。痛不欲生？在她眼里似乎还没到那份儿上。她一边想一边继续竖着耳朵孜孜不倦地听下去，心里极希望许倾城能再多说点儿唐夜的事，最好是什么痛不欲生死去活来之类的。

“你对我虽无情，可我知道，你终究在乎我，昨晚杀了那些山贼的是你吧？”许倾城幽幽道。

是唐夜？不会吧，他一个人应该不会那么快杀了那么多人，又没有使毒，可刚想到此处，花无多突然想到了无音和方圆还有……杀手，还有什么杀手组织，无音是杀手无疑，而无音尊唐夜为少主。难不成真的是唐夜干的？想到此处暗暗心惊。便听许倾城又道：“你告诉我，昨晚是不是你命人来救我的？你告诉我，唐夜。我只想知道答案，然后从此离开你，再也不来纠缠。你告诉我。”许倾城卑微地哀求着。

花无多听了半天，只有许倾城一个人在说话，不禁有些纳闷，唐夜在干吗呢？无奈有门隔着，什么都看不见，只得暗暗揣测唐夜现在的目光和举止。不知为何，一想起唐夜就想到他那漆黑冰冷的目光，只一眼就能被冻住的目光。

许倾城还在求着，唐夜还是没有回应，他到底在干吗？花无多越发纳闷，试图从门的小小缝隙向里面探看，可左看右看都因门缝实在过小而看不见什么。就在这时，门突然开了，花无多一个踉跄跌进院里，抬头正对上唐夜那深不见底的冷眸。

果然只用了一眼，便让她从头凉到脚，一惊之下忙笑道：“我正要推门进来，你就开门了，吓了我一跳，哈哈。”

花无多越笑越没底气，越笑越僵硬，瞥了一眼站在院内满脸泪痕的许倾城，忙道：“公子有客人在啊，你们说，你们说。公子和许姑娘还没吃饭吧，我这就去叫小厮送午饭来。”言罢，花无多夺门而出，经过唐夜身边时，豆大的一滴汗很不客气地甩在了唐夜的脸上。

花无多奔出去数步，方才拍着胸口大口地喘着气，显然被吓得够呛。偷听人说话被抓个正着的确令人尴尬啊，这时候被抛之脑后忽略已久的道德准则又飘到了眼前，可已经迟了。

待她等客栈小二备好酒菜端进西院时，许倾城已然走了。只有唐夜在院里，那副模样，显然在等着她。

她硬着头皮扯着笑脸走到唐夜面前，摆好碗筷，俨然一副丫鬟模样，小心翼翼地伺候着少爷用餐。

幸好唐夜什么也没说，吃起了午饭。

花无多早上只吃了几块糕点，此时早已饿得前胸贴后背了，见唐夜吃了起来，一咽口水，也自顾坐了下来，先拿了个馒头咬在嘴里。

唐夜也不理会，自顾吃着东西。

唐夜吃东西很挑剔，花无多与他在一起时间长了自然就察觉了。每日吃饭时，桌上米、面所做食物必有，却只食少许，肉必吃肥瘦相当，过肥过瘦都会挑出不吃，油腻食物吃得甚少，红、黄、绿等青菜稍多。粥半碗，饭后会喝一杯淡茶。但花无多就不同了，一般不挑食，饿的时候，更是不管好吃不好吃先塞饱了再说。

大口吃肉，大口喝酒，不洗手抓馒头，狼吞虎咽，望着她这个样子，唐夜微微蹙眉。实在看不下去时，他便道："吃完来我房里。"也不多说，便放下碗筷，自行离去。

再看花无多的样子，哪里像个大家闺秀，更别提还是来自那金陵方家。此情此景李赦要是见到，恐怕也要怀疑几分自己的推断。

花无多吃完了，叫来客栈小二收好碗筷出去，方才进了唐夜房里。见唐夜要为她施针解毒，便道："还有最后两次吧？"乖乖地捋起衣袖，露出中毒的手臂递过去。

唐夜点了点头，银针准确无误地施在了她的穴位上。

"你真的会放我走吗？"花无多问得有点儿小心翼翼。

唐夜道："你还想中毒吗？"

花无多连忙摇头，目光有些闪烁，道："如果你不放我走，也别给我下毒了，说一声就好，你去哪儿我便去哪儿，总是中毒对身体不好。而且我现下还有伤，也跑不了多远，对你更没什么威胁。"

收起银针，唐夜手指划过她的脉搏，拿出一个药丸喂入她口中，道："去歇息一下，酉时随我去李府。"

李府？花无多微一蹙眉道："那我这次是以什么身份去？"

唐夜淡淡回道："我的丫鬟。"

一日不如一日了，花无多悲愤离去。

关门时，听到唐夜道："把药丸吞下去，不是毒药。"

被他看出来了……花无多想到两次中毒都是在不知不觉中，不小心不行啊，正腹诽着唐夜，一不留意咕嘟一声将药丸咽了下去，得了，不用想了。

酉时跟随唐夜出门时，花无多已然换了副面具。唐夜看了一眼未说什么。

出客栈时，跑堂小二看了二人背影半天方指着远去的马车问旁边正在打扫过道的小二，"方才上车那位姑娘何时进西院的？"那小二抓耳挠腮地想了半天也没想出个名堂。

跑堂小二唉声叹气直摇头，"这唐公子的丫鬟怎么又换了一个！"

第二十三章

李府夜宴

李府，入内，院中十分宽敞明亮，没有什么细致的花花草草，却别有一番大气自在，更少了些靡靡之色。院中四角分种了梧桐，秋尽，梧桐落叶散落在院中各处，似有意不去打扫。却绝无萧瑟之意，反觉有几分秋色期艾之美。

院中最为奇特的是中央，用鹅卵石铺成了颜色分明的先天八卦，乍一看去极为有趣，花无多真想上去按照五行踩一踩，顺便打一套拳，但拘于现下丫鬟身份，只有乖乖地跟在唐夜身后。

有了上次踩脚后跟的教训，花无多不敢跟得太近。

跟在唐夜身边久了，发现唐夜赴约总是迟到，这不，今日又是如此。入内时，又是一群人望着他们，她与唐夜自然成了众目睽睽之下的众矢之的，若目光是箭，他们早被射了几百个洞，断气身亡了。

入内后，唐夜自与上座的主人李赦寒暄和介绍，因席上人数众多，这一介绍就花费了许多时间。

花无多躲在唐夜后面，微微偏了一点儿脑袋，从其后露出一丝目光，向场内扫视了一周。她见宋子星、公子修都已在座，还有一些不认识的人，看到公子翌和公子琪时，忍不住目光稍作停留，公子翌瞥了一眼唐夜便未再看，而公子琪却好死不死地看到了露出半张脸的花无多。花无多忍不住心中兴奋，竟当众向公子琪做了个鬼脸，公子琪一怔，不禁多看了她几眼，在片刻惊疑打量后，露出了笑颜。那一笑当真令人心跳加速，正为他斟酒的李府丫鬟手一抖便斟到了杯外，他却只是温柔一笑，婢女的脸霎时红透了。

花无多收回了脑袋，垂首亦步亦趋地跟在唐夜身后，直至他落座，恰坐在宋子星下首。

宋子星见花无多果然换了副面具，难免苦笑。花无多却有几分得意。

花无多如今是丫鬟身份，座位都没有一个，只能随侍在侧。她刚在唐夜身后站好，就看到了对面公子修探究的目光。

公子翌亦在此时向她看来，却意外地看见她正对着自己笑，那笑颇为古怪，似期待、似挑衅，还有些莫名的兴奋，令他心中一悸。那目光太熟悉，公子翌蓦地一挑嘴角，眼中划过异样神采，举杯向唐夜道：“唐兄，江陵一别，多日未见，未料想，唐兄身边竟多了如此佳人相伴，翌当真羡煞羡煞啊。”

唐夜闻言道：“你若喜欢，我便将她送给你。”

原本喧哗的园子一下子静了下来。

花无多心里咯噔一声，暗叹唐夜就是有让热闹的场合瞬间冷下来的本事，她此刻竟想的是这个，丝毫不担心自己的归属问题，当然，公子翌即便要去了也是白要。公子翌与她，谁是丫鬟谁是公子这个事情是说不准的。

公子翌目光流转，微笑道：“那怎么好意思。”言下之意，竟是并不拒绝。

唐夜却道：“既然如此，那便算了。”

眼看公子翌吃了瘪，花无多想笑却又不能笑得太过明目张胆，实在憋得有点儿难受，面颊微微抽搐，被公子翌盯了一眼，抽搐更烈。

公子琪已然用杯中物挡住了溢出嘴角的笑意。

李赦不语，自与身边之人说话，他身边坐着一位公子，面貌与他有几分相似，却更为年轻，神情举止颇为恣意，目光有意无意地瞥向这边。

宋子星、公子修和其他在座数人，均不语，静观其变。

公子翌随即竟摆出一副了然的模样，言之凿凿道：“我就知道唐兄舍不得。”

众人闻言，忍不住看向唐夜，只见唐夜不再言语，俨然默认了。

一时众人目光均聚在了他身后的丫鬟身上，丫鬟长相普通，并无出色之处，不过一双眼睛灵动蕴藏异彩。虽是丫鬟装扮，青衣布裙看起来极为朴素，身段却是婀娜，此刻夕阳洒在其后，便是随意站着，也有种说不出的动人娇俏。

众人见状均暗自揣度，此女或和唐夜关系匪浅，前阵子传言唐夜的丫鬟是方家二女方若兮，众人早已私下猜疑揣度。方才唐夜来之前，李赦却已声言那些只是传言，并不是真的，便就此不了了之。而今见唐夜刚进来，其丫鬟便成为一大话题，均起了几分兴趣，但碍于唐夜而不敢轻易造次。

园子静了片刻，众人各怀心思。

花无多也想到了这点，从众人探索的目光中，想到了自己的真实身份。想到上午宋子星的提醒，不自觉地有些郁郁不乐。

这时，李赦一鼓掌，园中步入数名舞姬，舞姬各个身材高挑穿着曼妙大胆暴露，乐声起，舞姬随乐而舞，舞姿婀娜，园子气氛刹那热络了起来，也多了几分奢靡。

在座的都是年轻人，均由李赦邀请而来，除了远道而来的京城吴翌、刘修、吴琪、杭州宋子星、江陵刘谨、建安陈东耀等世家子弟外，还有一些颇有来历的年轻才俊。有些来自外地，有些却是洛阳本地的名门望族，俱有些来历，这李赦天南海北的交友倒甚广，而且个个不俗。

酒过三巡，一众公子轻狂姿态毕露，望着场内酣舞的舞姬，举止放肆。不知是谁提起了洛阳的美人，立刻惹来公子翌的关注，一人说，洛阳美人，城东楚田秀、城中李琴（李赦的姐姐，李家独女）、城西金家三小姐金思钗。其中除李琴已嫁人外，其余二女均尚未婚配。提起这洛阳第一美人楚田秀，洛阳城无人不知无人不晓，此美人擅长音律，弹得一手好琴，酒后说起美人，众位公子言辞轻佻，乐此不疲。

一人道："楚姑娘倾国倾城之姿，一双玉手，弹奏出的乐音更是美妙无双，在下平生从未见过比之更美的女子了，别说是洛阳第一美人，便是天下第一美人，依在下拙见也是当得的。"

公子翌闻言目光锃亮，十分神往道："不知这楚美人到底长得如何？若能亲眼一见，当不虚此行了。"

众人正摇头说难见难见，便听李赦笑道："翌公子想见楚姑娘也不难，刚巧阿姐今日回得家来，楚姑娘来探望阿姐，现下正在府中，我这就派人请来与大家一聚。"

闻言，在座公子都来了精神，公子翌更是拍着大腿大声叫好。惹来花无多无尽唾弃。

今日的公子修似有心事，一直清清冷冷地喝着酒，偶尔抬起的目光也只是若有似无地看向花无多和她身前的唐夜。

提起美人，公子翌最为在行，滔滔不绝地讲起了京城美人。从杏花春雨的杜芊芊到明媚娇艳的丁巧儿，不消片刻，这位来自京城的公子便和众公子打成了一片。

公子琪在一旁有些好笑地看着公子翌的如鱼得水，摇头轻笑。

言谈中，自有人问起了闻名天下的美人齐欣，公子翌竟先看了一眼公子修，方才说了几句齐欣之美。公子翌口才绝佳，说起美人时更是形神俱备，众人听过之后，均被撩起了心头火，有人迷离感叹，不知是洛阳的楚田秀美还是京城的齐欣更美。

刘谨闻言笑道："这有何难，一会儿翌兄见过楚田秀后便能为大家解惑了。"

众人忙道有理。

自始至终，来自东南建安城的陈东耀虽一直听着众人之语，却似乎兴致缺缺，只偶尔看一眼整晚出乎意料话极少的宋子星。

宋子星酒喝得不多，话也不多，不知在想着什么事。

酒过三巡，花无多已然知道李赦身边之人是谁，正是李家三子李勘。李勘与李家长子李慷、三子李赦并非一母所出，李勘年幼时随其母移居蜀地，弱冠时便接手了李家在蜀地、西南的生意，很少在中原露面，所以洛阳少有人识得，而今自也是为大哥李慷大喜之事回来。看外貌，李勘年纪与公子翌等人不相上下。

席间花无多无聊，便多看了李勘两眼，却意外地发现李勘身后的丫鬟每次为其斟酒时脸都会红一下，就连为其补菜的丫鬟也是眼神飘忽，每看一眼李勘脸便更加红上一分，甚为有趣。不知是不是因为看得有点儿多了，李勘终于回看了她一眼，她马上将目光移开。

放眼望去，此间公子各有风采。

宋子星似笑非笑中却又带着冷眼旁观的疏离，今日意外地话不多，只与李赦客套了几句话，酒也喝得甚少。偶尔扫视几眼院内众人，令人瞧不出其有何心思。身后站着的正是随从徐清，花无多想到自己换了面具，徐清肯定认不出来，心里不禁有些得意。

席间最喜说话，笑容最多的恐怕便是公子翌了，为公子翌布菜的丫鬟笑容也最多，时而不知听到了公子翌何种轻浮言语，脸一瞬便红透了。公子琪笑看着一切，目光游离在众人间，时而微笑，时而摇头，明明在仔细听却又似置身事外，院内火光闪烁，映得他面如冠玉，令人一望便难以抑制地心跳加速。花无多看了他一会儿，便觉有些热，用手给自己扇了几下风。

公子修一贯的不喜言语，却不容忽视，只偶尔与他人客套几句饮下杯中酒，此刻不知在想着什么，目光若有似无地扫向花无多。此番遇见，花无多总觉得公子修似有什么话要对自己说，却总是话到嘴边又咽了回去。

而刘谨却在席间谈笑风生，认识了很多人。

唐夜一夜少话，也少有人上来与他敬酒，幸好旁边坐着宋子星与陈东耀，没发生三步无人的尴尬场面。花无多自认为像自己这般有胆有色敢立于唐夜身后，其实是十分可敬的！

花无多并不知道，唐夜的座位是有意被如此安排的，他身边的两个人可不是普通的公子，自然不会出现在晋王府时挪凳子的尴尬局面。而陈东耀与宋子星素来不和，中间隔着个冷漠的唐夜刚好。

歌舞暂歇时，李赦讲起了近日洛阳发生的趣闻，李赦口才极好，众公子均听得津津有味。

站久了，花无多愈感腹中饥饿，便直直地盯住了唐夜桌前的酒菜，尤其是那个散发着诱人色彩的油亮鸡腿。花无多舔了舔嘴唇，吞咽下口水。不期然抬头，她便看到对面公子翌拿着一个鸡腿，明显故意地上晃下晃，晃得她眼睛发直。

花无多向公子翌使了个眼色，公子翌轻摇了下鸡腿。

花无多拼命使眼色，公子翌挑了下眉，继续晃着鸡腿。

花无多手握成拳在胸前打了个叉，公子翌微微将嘴摆成了O形，继而一挑嘴角，那神色那举止将花无多气得差点儿跳起来。

花无多眯起了眼睛，目露凶光，死死地盯着公子翌，公子翌眨了眨眼，示意花无多向一旁看，花无多随意一瞥，便看到上座李勘正在打量着她，立刻垂下了头。

半晌后，花无多用眼角余光瞥了一眼李勘，见他没再看着自己，复又抬起头来，对公子翌目露凶光咬牙切齿挥舞拳头使尽眼色。原本浅笑的公子翌终于露出惊恐神色，向她递了个眼色，她马上会意，目露得意，先退出了园子。

因席间众人目光均被李赦所说趣事吸引，当下除极少数熟悉的人外，倒没其他人注意到花无多和公子翌“刀光剑影”般的“暗送秋波”。

此时太阳已然落山，院外游廊上已挂满了灯笼，花无多沿着游廊走到了深处，未料想游廊尽头却又是一处园子。与他们所在院子不同，此处另有一番景象，四周假山砾石林立，中有溪水流过，水上石中又藏有小桥。

花无多靠在假山一角，望着潺潺流水，静听着四周声息，不一会儿，便听到了脚步声，一探头，便看到了手拿鸡腿的公子翌。

月下，他翩然而来，锦衣玉带，竟与方才有些不同，少了几许轻狂，多了几分沉稳。花无多躲在假山后，偷偷望着他，突然想到了书中所说月下私会情郎，心突然怦怦跳个不停。

公子翌轻轻咳了咳，花无多复又探出头去，便被他的目光抓个正着。不得已，她期期艾艾地走了出来。

公子翌一挑眉，很不以为然地道：“多日不见，怎么这般扭扭捏捏。”

闻言，花无多眉梢一挑，弃了方才的胡思乱想，一把夺过他手中的鸡腿大口吃了起来。

公子翌站在她身边，目光灼灼，嘴角含笑，笑意直达眼底。见她吃得急切，他不禁耻笑道：“你怎么越来越不济了，以前当我的保镖有吃有喝不说，连我都敢打，怎么如今沦落到当人家丫鬟饿肚子的地步了。真没钱花了，怎么不来京城寻我？”

花无多边啃着鸡腿边含糊道：“此事说来话长。”鸡腿入口香酥，花无多因饿吃得有些心急。

见她不答，只撕咬着鸡腿，显然饿坏了，公子翌笑了笑，不再追问，又道：“原来是你假扮的方若兮，也难怪，若不是真的方若兮，也只有你能以假乱真了。”

"方若兮就那么重要？"花无多突然问道。

公子翌目含深意，带了丝戏谑道："你若不是假的，就能感觉到方若兮这个身份的特别之处了，只可惜……在你进来之前，李赦已将你的身份澄清了。"

闻言，花无多扯了扯嘴角，终未成言，最终变成了不屑地撇嘴。

公子翌笑了笑，道："你缘何受制于唐夜？"

花无多不甚在意地回道："我中毒了。"

公子翌微微蹙眉，沉吟半晌，道："你明日来城西青华居找我们，让琪帮你瞧瞧。"

"嗯。"花无多点了点头。

二人再无他语，花无多继续啃鸡腿。公子翌静静地站在她身边，目光一瞬也不曾离开她，被他这般盯着看，花无多竟没觉得丝毫不自在。

夜色慢慢降临，越来越暗，也越来越静，溪水随风波动，偶尔有落叶掉落水中，轻轻缓缓的声音。见花无多手中的鸡腿已只剩下骨头了，公子翌淡淡道："我和琪都很想念你。"

花无多闻言一怔，一偏头，便看到了身边明亮清澈的眸光，心为之一跳，讷讷道："我……我也……"我了半天，话还是没能说出口，便见公子翌一笑，似已了然。

她忽然觉得气氛有点儿怪，便道："你们也是来贺方、李两家大喜的？"

"不尽然。"公子翌目光流转，似不愿多说，只道，"你不知道，自从你离开书院，许夫子天天念叨你，后来知道了你的身份，再也不放过我，说我把他的徒弟弄丢了，就得拿自己顶数，近日更是变本加厉天天折磨我，你看。"言罢伸出十指给花无多看，"十指全是老茧，不瞒你说，近日弹琴弹得我在京城名声大噪。现在在京城，我的琴技可是首屈一指无人能及了，琪也甘拜下风，唉……此番出来，也是躲一躲众多好琴者对我的追捧啊。"

斜眼看清公子翌月下自我陶醉万分无奈的模样，花无多嘴角抽搐。

公子翌好似没有察觉花无多的异样，依旧顾影自怜叹息着，每叹息一声，花无多嘴角便是一抽。在最后一次叹息与抽搐后，他抬眸道："我先进去了。"

"哦。"花无多应了声，便看着公子翌渐渐远去，直至身影消失在游廊尽头，才收回目光。

月亮慢慢升起，花无多一人站在假山暗处，知道宴席没那么快散去，腹中已有一个鸡腿垫底，便不急着回去。忽然觉得方才的公子翌似乎有些不同了。哪里不同，一时又说不上来。

想起了公子翌方才的话，心情顿感沉重，方若兮的身份真的那么重要吗？唐夜利用它，宋子星在意它，就连公子翌也……轻轻一叹，她自假山中走出，一抬头却看到了公子修。

花无多一怔，他什么时候来的？刚想到此，她便见公子修自袖中拿出一个鸡腿递到了她面前。

花无多如今不饿了，便不急不忙地接过了鸡腿，笑了笑，道："谢谢修。"放在嘴里慢慢吃了起来。

公子修静静地望着她，似想到了什么，目光移到了远处。片刻，他轻声道："你我之间何必这么客气。"

花无多一歪头，笑道："这不是客气，是礼貌。"

公子修目光又移到她的脸上，微微一笑，递过来一张纸条，道："这是我在洛阳落脚的地方，如果有事，你可来找我。"

花无多伸出手去想要接过，可一看自己手指油光光的，又不好意思地收了回去，正不知怎么办，就见公子修掏出一方布帕，握住了她的手指轻轻地擦了起来。公子修擦得极为认真，只擦得花无多脸红心跳，几番试图抽回手指，却又被他抓了回去。

月下的公子修，目光缓缓流动着不知名的情绪，握住她的手指细细为她擦拭着，虽温柔却不容拒绝。

花无多被擦得有点儿呆。

不知过了多久，纸条放进了她的手心里，方才听到公子修对她道："我先进去了。"

"哦。"她应了声，便见公子修的背影渐渐远去，直至消失在尽头，心里涌起了莫名的异样之感。忽然她很想追上去问他一句："你也是为方若兮而来的吗？"

一低头，她看见手里还抓着的没吃完的鸡腿和已被擦干净的左手，忽然明白，他们做这些，都不是为了方若兮，而是为了自己。想到此又觉开心起来，她便啃咬起了手中鸡腿。

吃了半天，她终于将第二个鸡腿吃干净了，丢了骨头，刚要往回返，就见迎面走来了一人。

月色下，那人玄衣锦带，腰间美玉在月下熠熠生辉，行为举止透着俊雅温柔，本是微笑着，却令人不敢轻易靠近，似怕亵渎了他近乎完美的无瑕。花无多怔怔地看着月下翩然而来的公子琪，突然想到了四个字：公子如玉。

就在花无多发愣的时候，公子琪已然走到近前，自身后神秘兮兮地拿出一物放在了她眼前，一个在月光下发着光亮的鸡腿。

花无多一时说不出话来……

公子琪察言观色，问道："怎么了？"

花无多皱眉，道："为什么大家都喜欢偷鸡腿？！"

闻言，公子琪看了看鸡腿，又看了看花无多脚下的鸡骨头，想了想便明白过来，不禁失笑，道："这个好拿出来。"

"可我已经吃了两个了。"花无多蹙眉道。

公子琪笑道："那便不吃了，我只是担心你还饿着。"

花无多还是接过了鸡腿，慢慢地咬了起来，问道："你们都担心我饿吗？"

公子琪靠近了几分，轻声道："我们都很想你。"

花无多一怔之后，讷讷不成言，鸡腿也再吃不下去。

公子琪却道："你怎么看起来呆呆的？可惜我这句煽情的话了。"

花无多原本的感动一下子全没了，红红的眼圈也不见了，只剩下嗤之以鼻的轻蔑及死死盯住公子琪的厌恶眼神。

公子琪见状扑哧一笑，敲了一下她的额头。因速度太快，花无多竟然未能躲开，生生被他敲中，刚要发作，便听公子琪轻声笑道："你还是和从前一样，真好。"言罢，带着一脸笑意转身翩然而去。直至他的身影消失在视线中，花无多方才缓过神来，看着握在手中的鸡腿，内心纠结。连吃了两个鸡腿，手中这个已经吃不下了，可当下却又舍不得扔，她便将鸡腿藏在了袖中，一人慢慢向回走去。

园子里的丝竹之乐不知何时停了，静静的，只有她踩在枯叶上的轻响。想到方才公子琪的话，她脚步微顿，突然有些别扭起来，也不知道在和谁别扭，别扭什么，总之一种奇怪的、莫名的、酸酸涩涩的感觉充斥在胸口，闷闷的，令她有些呼吸不畅。方才听到公子琪说他们想她时已经感动得快哭了，若不是公子琪后来那句话，她一定会哭出来。

心神有些恍惚，犹自沉浸在思绪中的她缓缓步入园子，刚一进去，一声巨响轰然在耳边炸开，吓得她"呀"的惊叫了一声，什么声音？想到此，她冷不丁抬头看向场内，只见四下寂静，众人目光均在这时因她的突然惊叫而望向了她，而后只听"啪嗒"一声，一物自她袖中掉在了地上，花无多一低头，看到脚边躺着一个油光光的鸡腿。众人顺着她的目光看去，亦看到了她脚边横卧着的鸡腿。

花无多进来时，刚好一群穿着大胆的舞姬步入园子欲表演鼓舞，方才那声巨响不过是舞蹈的开场。可因花无多的惊讶之声和场中舞姬的起势正指向她所在方向，不禁让刚从侧门而入的花无多再次成为众人的焦点。寂静之时，众人均听到"啪嗒"一声，似有一物掉在了地上。事出突然，花无多顺势低头一看，便看见了脚边那个油光光的鸡腿。众人自然也看了个清楚明白。

此间都是些年轻公子，又都喝了些酒，见状哄堂大笑了起来，有些轻狂的例如公子翌更是笑得直捶桌子，正欲跳鼓舞的舞姬并没看到花无多的鸡腿，见众人哄笑有些不明所以，以为自己哪里出了错惹来众人嗤笑，却毕竟训练有素，仍旧按着鼓点跳了起来。众舞姬穿着大胆，舞得热情奔放，姿态撩人。可惜，原本应令众公子热血沸腾的一支舞蹈，却因突然出现的丫鬟和鸡腿而黯然失色了几分。

李赦淡淡瞧着这一幕，嘴角溢出一丝若有似无的苦笑，心中暗道，无论她是什么身份，什么样貌，身处何种环境，永远能轻易地成为众人瞩目的焦点。从江陵开始，她不经意的举止便牵动了他的心，似有些无辜又似满不在乎，似有些无奈又似有些不屑，时而如轻风令人容易忽略，时而犹如昙花一现令人惊艳迷醉，她一直这样特别着。察觉自己心中所想，李赦不禁心中一悸，敛了眸光不再看花无多。

此刻，所有人都看着门口的丫鬟，而那丫鬟却看着鸡腿似在不舍和犹豫。正有人怀疑她很可能会捡起来时，就见李勘自座位上站了起来，一步步走到花无多面前，递过来一个鸡腿，平静道："那个掉了，吃这个吧。"

望着李勘手上的鸡腿，花无多心里涌上一分感激，知道是李勘有意为她解围，也不便过于推辞再引旁人注意，便毫不犹豫地伸手接过了鸡腿，微施了一礼，道："谢公子。"

李勘浅笑点头，并未多言，转身回到了座位上。

李勘也算宴席上的半个主人，既然是主人赏赐了鸡腿，众人便再无笑话可看。只见那丫鬟拿着鸡腿走到了唐夜身后站定。碍于唐夜身份，谁也不敢多说什么，却也忍不住多看了她几眼，见那丫鬟又将鸡腿藏入袖中，神色淡淡，无甚趣味，便渐渐作罢。

李赦收敛了心思，目光看向宋子星，却见宋子星的目光并未关注她，而在看场中舞姬的鼓舞。

场内舞姬继续跳着鼓舞，鼓槌上系着红色的绫缎，舞姬个个身段撩人、动作狂放，渐渐吸引了众人目光。

舞姬跳完鼓舞渐次退下。这时就听席间有人叹道："此舞令我想起了江陵的长绫罚酒舞，那场舞令我终生难忘。"说此话之人正是世子刘谨，他目光正看向身旁吴翌。

刘谨一言，惹来多人神色变化，在座很多人只是听说，并未亲眼见过，闻言不禁也随刘谨目光看向吴翌。

公子翌叹息了一声，摇了摇头道："吾妹自江陵回去后便生了场大病，再也跳不了那支舞了，唉……有负谨兄牵挂。"

刘谨一惊之后亦重重一叹，当下似真的有些难过。

李赦目光扫向花无多。只见她正用十分不屑的目光看向公子翌。李赦收回目光，却意外地发现，身边的四弟李勘正玩味地看着花无多。

这时，丫鬟带一人步入园中，却是楚田秀。

楚田秀一袭白衣上绣着牡丹，步履轻移时裙摆上的牡丹似也跟着盛开，尊贵华美之极，美目顾盼间目光略微停在了唐夜身上，继而移开。

花无多听到了一声惊叹，正是发自望着美人目瞪口呆的公子翌口中，这声惊叹自也引得美人侧目，楚田秀见被如此注视，又是如此潇洒公子，不由得面色微赧。她略一低头似在害羞，众公子一时皆醉。

花无多眼尖地看到在场一位不知名的公子看楚田秀看得呆住，张着的嘴角流下了口水。

楚田秀一向有几分自傲，今天却与以往不同，想是被公子翌放肆的目光盯得耐不住了，与往日相比多了几分羞涩柔美。她自然不认识公子翌，哪里知道此人是京城有名的风流公子，浪荡不羁惯了，如此看美女如家常便饭般平常。幸好这次公子巡等人没来洛阳，否则，楚田秀定会被一群狂蜂浪蝶盯得体无完肤。花无多心里如是想。

应李赦请求，楚田秀愿当众献艺一曲。看来楚家与李家关系匪浅。

不出一刻，仆人便抬进来一张木琴和一方长椅摆在园中。楚田秀莲步轻移，来到木琴前，向众人微一施礼，道："献丑了。"便敛衣轻坐，伸指试了试琴。

花无多耳尖地听到席间一酒醉的公子说："不丑，不丑，美极了。"

楚田秀不以为意，手指拨动琴弦，边抚琴边道："抚琴只为觅知音，今，小女子不才，愿以一曲《月光》赠予众位公子。"说此番话时，她的目光有意无意地看向了唐夜。

一曲《月光》自她指尖轻缓而出，荡在庭院之中，意境高雅，清宁静逸，配上楚田秀这样倾国倾城的美人，众人无不心醉神迷，在座多位公子已然望着楚田秀痴了。而楚田秀的目光若有似无地看向唐夜。说是若有似无，可她的目光即便花无多这个有些心不在焉目光满场跑的丫鬟也看出了几分意味来，何况在座的其他人。

李勘这时也放下酒杯，神情专注起来。

而宋子星却将目光看向了陈东耀，却因唐夜就在陈东耀和他之间，这一眼看不出是看着唐夜还是看着陈东耀。

陈东耀此刻似听得极为入神，目光微眯，直视楚田秀，看不出是何心思。

唐夜目光半敛似在想着什么。

而李赦亦看着陈东耀及旁边的唐夜，眼中颇含深意。

曲中，公子翌摇摇晃晃地站起身来，似已有些微醉，目露痴迷，走向了正在抚琴的楚田秀。可不知怎么脚下一滑，他险些栽倒，幸好反应极快，脚下一滑之际，一臂撑地旋身，便站直了身体。园中有人低低喝了声彩，却是李家四公子李勘。

公子翌向李勘点了点头，低头一看，发现滑了自己一脚的赫然是一只油光光的鸡腿，不禁面带谴责地看向了花无多。此时，在场众人也都注意到了地上那只鸡腿，均看向花无多。花无多一蹙眉，似明白大家心里所想，一伸手，一直藏在袖中的鸡腿便露了出来，当着众人的面啃咬了一口，以示自己清白。

无人注意到宋子星面前桌案上的鸡腿少了一只，而宋子星身后的徐清则瞪着一双眼斜睨着花无多，见她一口一口吃着鸡腿，暗自惊疑。方才这个丫鬟竟胆大妄为地从将军桌案上拖走了一只鸡腿。他眼瞅着这个丫鬟不知用了什么东西，一闪而过，将鸡腿扯到自己脚边，一脚将鸡腿踢进了场去，动作一气呵成。从拖走鸡腿到踢出鸡腿不过眨眼间完成，他甚至没有看清楚是何物拖的鸡腿，不禁有些暗惊。此事别人没注意，他却有所察觉，他眼神难掩惊异，斜眼看着身侧丫鬟，暗忖唐夜身边的一个丫鬟武功竟也如此之高！若然她方才有意伤害将军，岂不……忽觉不对，方才将军似乎微微侧了侧身，却没有回头，将军察觉了，只是不动声色。为什么？他盯着身侧依旧在啃鸡腿的女子，一个头两个大。

花无多眨着一双清澈无比的眼睛，百无聊赖之际只得看着场中众人，寻些乐子。她所站位置刚好在唐夜身后，宋子星左后侧，陈东耀右后侧，宋子星那盘已然肢解好的整鸡丝毫未动又恰好放在左手旁，其中两只油光光亮晃晃的鸡腿从一开始便甚是突兀地引她注目。

花无多百无聊赖之际却见公子翌自席上摇摇晃晃地走了出来，那样子甚是碍眼，目光四下一瞥，便看到了那两只鸡腿，不知道是不是今夜对鸡腿太过敏感，一眼便瞄准了这个"暗器"。

瞬间发出银针从宋子星桌案上拖过鸡腿，她轻轻一踢，精准地将鸡腿踢到了公子翌的脚下，成功地绊倒了公子翌，只可惜没将他绊倒。花无多心中正有不忿，就看到宋子星的跟班徐清狠狠地瞪了她一眼，一生气，便将手中李勘给的鸡腿吃了个精光，而后便觉肚子隐隐作痛，今天的鸡腿实在吃得有点儿多了。

见花无多手中鸡腿仍在，不知地上的鸡腿从何而来，公子翌一笑，也不追究，一拂袖便侧身坐在了楚田秀的身边，放下手中杯盏，伸指竟与楚田秀同时弹奏了起来。

宋子星看着场中楚田秀与公子翌，目光微敛，不动声色。

楚田秀与公子翌的一曲《月光》弹得众人如痴如醉，此番二人同奏，配合得十分默契，众人俱凝神静听，好似陶醉其中。只可惜琴音再美再妙，众人皆醉时也必有一人独醒，那便是不通音律还有些肚子疼的花无多。

方才花无多听公子翌说自己琴艺大有进步，如今已十分精湛了得，本以为他是夸大其词，没想到现下看来竟是真的，心中暗叹：他竟然真的被许夫子折磨成这样了……

一曲终于弹罢，花无多耳朵得到了解放，刚吐出一口怨气，便听有人叹息道："此曲只应天上有，人间哪得几回闻。"花无多一撇嘴，心中暗暗藐视说此话之人，每次夸赞弹琴好都是这句话，言辞匮乏得令她觉得悲愤！

四下一时寂静无声，月光下，公子翌目光迷离，或因醉意神情颇为无忌，伸出手来仔细看了看自己的手指，目光灼灼，一声轻叹，竟似又爱又恨一般。

公子翌的模样，花无多看得直发抖……肚子就更疼了。

楚田秀没看公子翌，听见这样的一声叹息，不禁会错了意，面颊蓦地红透了，目光有意无意地望向了唐夜。

这时就听李赦轻轻咳了两声，公子翌方才收回了看着自己手指那露骨的目光，起身向楚田秀鞠躬道："在下京城吴翌，方才一时失态与姑娘合奏此曲，唐突了姑娘，还望姑娘包涵。"

楚田秀起身回了一礼，不卑不亢地回道："公子过谦，公子琴艺精湛，能与公子合奏是小女子的荣幸。"

公子翌虚扶一下，含笑走回了自己的位置。

楚田秀也被礼让到一旁，入席安坐。

在公子翌的刺激下，花无多终于捺不住肚子的疼痛，再次悄悄退出了园子。

这时，李赦举杯对在场众人道："今日赦邀请大家前来，一是为各位接风洗尘，各位均是赦的朋友，赦设宴是为感谢大家不远千里赶来为大哥贺喜。赦实是感激不尽。"李赦说到此处，众人均答三少不必客气，理应前来云云。李赦又道："这第二件事，便是近来江湖有些传言是关于我家大嫂的妹子。因在座的都是赦的朋友，所以赦今日向大家言明，也烦请众位朋友向天下澄清一下，唐兄的丫鬟并非金陵方家的方若兮，此事纯属谣传，唐兄现下就在此地，也请唐兄为赦作证。"

说到此，大家均看向唐夜，只见唐夜点了点头。众人面面相觑，也有人附耳私语。其实在唐夜和花无多进来之前，已有人向李赦求证过此事，李赦已坦然回答不是。此番不过是让唐夜亲口证实罢了。

等花无多解决了腹痛，又四处逛了一圈回来时，宴席刚好散了。

唐夜先打发了马车回去，二人步行回青麟客栈。花无多想起了一句俗语：饭后百步走活到九十九。

月凉如水，与唐夜在一起时间长了，多话的花无多也被逼得不多话了。但即便话不如往常多，也还是闲不住的。

二人各怀心思，一步一步地走在夜半空旷的洛阳街道上，却无声无息。

洛阳大街，白日繁华，夜晚却宽阔得有些寒冷。花无多紧了紧衣领，今日吃过唐夜的药丸后，醒来时发现体内气息似乎平和了许多，暗自运功一周天，内息运行顺畅，已然恢复了大半，看来唐夜给自己吃的药果然是疗伤的好药。

实在太静了，花无多终于有点儿受不了，便道："后日我的毒就全解了。"

唐夜没反应，走了几步，花无多又道："后日便是方家和李家的大喜之日了。"

唐夜还是没反应。好似她说的都是废话。花无多接着道："后日之后，我要走了。"或许这才是她拐弯抹角想说的。

唐夜淡淡问道："与吴翌一同？"

"不，只有我一人，我喜欢自由自在无拘无束，才不与他一起。我一个人走到哪里便是哪里，想留便留想走便走。"花无多道。

唐夜道："你打算去哪儿？"

闻言，似唐夜问到了点子上，花无多眼前一亮道："去看泰山日出，赏西子美景，听扬州歌舞，爬西蜀峨眉，攀华山绝壁，我想去的地方太多了！"

唐夜没有回话，眼中闪过一丝不以为然，听扬州歌舞……是去睡觉的吧。

花无多哪里知道唐夜所想，与唐夜待在一起时间久了，自说自话的本领越发强大，一路上便说着自己的向往。早已将早晨的烦躁感甩到了后脑勺儿，她只记得自己对未来的美好向往，说到高兴处，偶尔蹦跳几下表示自己的心情很是愉悦和激动，说到幸福处，仰望星空冒着一双星星眼憧憬无限，仿佛便是这样简单地向往着未来，也是那般幸福。

唐夜静静地听着，一路再没接话，似早已熟悉了身边之人的聒噪。偶尔看着地上她的影子，忽上忽下忽左忽右，微微蹙眉。

那一夜，唐夜又给了她一颗药丸，花无多想着反正白天都吃了，这个也就很痛快地吞了下去。这药吃下去有股幽香，很好闻，一点儿都不讨人厌，光是这种味道也不像毒药，花无多天真地自以为着。吃过药，运气调息后，果然觉得体内气息更加顺畅了，直叹好药啊好药。

当晚，子夜时分，唐夜照旧上了屋顶吹箫。

此情此景花无多已然习惯了，便自顾坐在院中运功疗伤，听着听着便又坐着睡着了，醒来见屋顶已然无人，便欲回房睡觉。正摸黑走到门口，听见隔壁传来极低的说话声，唐夜屋中似乎有其他人在，有了上次听墙角被唐夜发现的惊吓后，花无多便不怎么敢听了。可她仍旧放缓了脚步，身体还微微倾斜向了唐夜所在的屋舍。花无多因自幼练习暗器，耳目比寻常江湖人还要灵敏，她微微闭起了双眼，一瞬停了脚步和呼吸，便隐隐约约听到唐夜屋中一人道："人头值五万两……"下面便再也听不到了。人头值五万两，单这一句话，花无多已然睡意全无。她一直记得，深深地记得，方圆曾说过，公子翌的人头价值五万两黄金。

而公子翌现下正在洛阳。据她所知，公子翌那厮若然没有要事，断不会轻易来洛阳。上次江陵一行，公子翌也明显有所图。此次洛阳李、方两家联姻，又是什么引了他来？

第二十四章

云泥之别

五万两黄金，是怎样一大笔财富？一个二十余口人家的富户正常的一年开销也才千两白银，而五万两黄金价值五十万两白银，相当于这个富户五百年数代人的用度。听到这个数字，花无多心里都发憷。

想当初听方圆提及吴翌人头价值五万两黄金时，她先是惊讶，后是有些不相信，这个数字实在大到匪夷所思，试问，天下能有几人一口气拿出五万两黄金？即便是她方家，这样一大笔钱想要支取出来也甚难。再说，即便悬赏那人的确有这许多钱，其后也必定有可怕的势力，真拿了人头去换钱，恐怕钱没换来，命已没了。除非……接下这个差事的是杀手组织——棠棣。

棠棣是一个收人钱财与人消灾的组织，以求财为主要目的，行动一向隐蔽迅疾，杀人放火亦不留痕迹。天下许多人知道有棠棣这个杀手组织存在，却不知它究竟受何人操纵，知道联系方式的人也不多。更别提知道这个组织有多少人，都是些什么人，总堂在哪儿了。像花无多这样的人，也只知道有这么个组织存在罢了。

据说，这个组织虽然以求财为目的，却轻易不出手，但每次出手做的都是大案，杀的都是极有名望之人。从前没有任何人知道杀手组织都有些什么人物，但直至近些年，江湖中出现了一个令人闻名色变的杀手，此人便是无音。

无音之所以被世人所知，起因却是方家长女方若薇。据说，无音当年曾疯了一样四处追杀方若薇，却始终未能杀了她，不是没机会，而是没有下手。其中缘由众说纷纭，莫衷一是。有人说方若薇曾破坏了一次无音的暗杀行动，致使无音暗杀任务失败，还暴露了他的身份和样貌，因此无音才欲杀方若薇而后快。也有人想象得颇为风花雪月，说无音疯狂地爱上了方若薇，凡是与方若薇有关的男人通通杀之，便是心中爱慕方若薇的也不放过……听过各种版本的谣言后，就连做妹妹的花无多也不甚明了，姐姐方若薇对此更是讳莫如深，花无多曾想问个明白，但甫一提及便发现姐姐神情古怪，总是一句话都不说转身就走。她觉得当时的姐姐很酷！还曾经十分向往过，可如今想来，感觉却已有些不一样了。

方若薇自步入江湖便得了“叮铃仙子”的美名，被众多公子奉为“江湖第一美人”，颇受年轻公子追捧，许多人明地里、暗地里都爱慕着她，并以各种手段追求着方若薇。所以，当无音公然追杀方若薇时，便在江湖中引起了轩然大波，无数有为青年欲铲除无音这个杀手而扬名江湖，博红颜一笑。

据说，这无音是杀手组织棠棣的第一杀手，武功极高，又擅长使毒，一路追杀方若薇，像个疯子，所到之处，遇神杀神，遇佛杀佛，血染山河。竟谁也拦他不住。

此番追杀自然在江湖中掀起了一番腥风血雨，后来事情发展到几乎不可收拾的地步。为保姐姐性命，也为还江湖一个安宁，爹爹与李家均插手了此事，此事后来渐渐平息，无音也突然消失于江湖，无声无息查无音信。其中缘由再无人知道。

直至数日前，花无多在洛阳青麟客栈见到了无音。那个看起来一点儿都不像疯子的杀手。无音还曾冒充唐枫，公然出现在江陵，竟未被一人认出。此时想来竟疑点重重，若说当年知道无音是何模样者多数死了，但李赦必定知道无音，为什么当时看到唐枫没有任何异样？想到李赦，便自然而然想起李赦每每看着唐夜的眼神，以前未曾觉得有何不妥，现在想起来顿感古怪。

踯躅间，花无多想起数日前那晚，无音便在这院子中当着她的面暴露了自己的身份，并称唐夜为少主，恭敬的模样令她怀疑唐夜和方圆均与杀手组织棠棣有关。当时她不敢问，心知肚明，知道得越多死得越快，她便越难脱身。那晚她听到唐夜与无音、方圆那一番对话时，便在隐隐害怕。唐夜之所以不背着她与无音等人见面，只有两种可能：第一种，信任她；第二种，视她为死人。花无多还没傻到相信是第一种，那必然是第二种。唐夜会杀她灭口，即便不杀她也会一直控制她。这个认知一直潜藏在她的思绪里，所以留在唐夜身边时，她一直对唐夜言听计从，让她当丫鬟便当丫鬟，让她去哪儿她便去哪儿，从未有过异议，一直都小心翼翼。直到受伤后唐夜坦言说不杀她，虽然当时唐夜的理由听起来让人啼笑皆非，但她相信，只要自己安守本分不惹怒唐夜，唐夜会信守承诺。

还记得，那次她无意救了唐夜的命，伤重醒来时，她第一眼看到唐夜，唐夜的目光令她再次肯定了这种想法。那几日，唐夜照顾着她，为她疗伤，还曾一口一口将药送到她嘴里，还记得姐姐与李赦贸然闯进来时，他将面具丢出去言明了她的身份，她在惊惧之后，却也稍稍放下心来。唐夜当时的作为让她察觉唐夜尚不知她的身份。或许，唐夜会看在她曾救过他一命的份儿上，真的放过她。但这终究只是猜测，她依旧对他言听计从，也常常伴在他身边，甚至从第一天当他丫鬟起便每晚听着他吹箫，虽然不喜欢，却一直坚持。她心中一直有个隐忧，唐夜虽说不杀她，但会不会放她走呢？

不知在门口思虑了多久，唐夜屋子的门突然打开，她猛地惊醒过来，便对上了唐夜的一双暗沉冷眸。

月光冰冷地洒在他身侧，模糊了他的面容，他的衣襟悄然被夜风吹起，形如魅影。花无多吞咽了一口口水，听起来极为平静地道："今晚的洗脚水，我还没有给你打来。"

唐夜静静地道："不用了。"

花无多点了点头道："好，那我去睡了。"

唐夜点了下头。

花无多平静地走到自己门边，推了门进屋，刚将门关严实，便转身一头扑到床上，脑袋钻进被褥中，闷到自己心慌。唐夜到底会不会放自己走？还会不会给她下毒？那一夜，她辗转难眠。

第二日晨，花无多打了盆洗脸水到唐夜屋中，自昨晚吃过药丸后，花无多便感觉内息更加顺畅了，伤势已好了大半。

在唐夜为她施完针后，她带着一丝忐忑问道："你还会给我下毒吗？"

"不会。"唐夜道。

花无多大喜，一夜的担忧瞬间烟消云散，一高兴便有些口不择言道："唐兄我以前觉得你是个坏人，现在觉得你虽然算不上是个好人，却也不是坏人。"

话一出口，屋里的空气便有点儿沉滞了。

在这样的气氛下，花无多也察觉到方才话语的漏洞，干笑了几声，倒退几步欲摸出房去，却听身后唐夜道："无论你在哪儿，我欲取你性命都不难。今后，什么话该说什么话不该说，你自行斟酌。"

花无多微微一怔，临出门时不小心在门口绊了一下，生生狼狈跌出门外。幸好及时稳住了脚步，才没五体投地。

脱离了唐夜的视线，花无多仰头深吸口气，只觉得空气是如此的清新。虽然唐夜那句话很具威慑性，但他亦说不会再给她下毒了，唐夜此人无甚优点，但唯有一点令花无多信服，便是言出必行，唐夜如此说，想必是真的不会再给她下毒了。想到此，花无多心情不禁飞扬起来。一晚上的担忧此刻已烟消云散。

突然想起昨天公子修和公子翌给的地址，她不禁转移了思绪，有些义愤填膺，这些人在哪儿都有别院!

既然闲着无事做，不如去看看他们，可是，是去看公子修，还是去找公子翌呢？想起昨天公子翌说让公子琪给自己看看身体，便决定先去找公子翌。想去便去，她出门前犹豫了一下，却还是踱到了唐夜的门外道：“我出去逛一会儿。”等了一会儿，屋内无声，无声便是默认，花无多正欲转身离去，却在这时听到屋里唐夜道：“吴琪当初解了我的‘无声无息’，倒也算是个不错的对手。”

闻言，花无多心里咯噔一下，莫名其妙的一句话，却足以让花无多浮想联翩了。当初南书书院所有人都中了“无声无息”，难道那件事真的与唐夜有关？自己现下去找吴翌、吴琪，他也看出来了？虽然内心因惊疑而犹豫了一下，却仍决定若无其事地走出门去。可惜该死的，今天老天爷像是有意和她作对一般，又让她在大门口的门槛处绊了一下，再次狼狈地跌出门去时，花无多再也无法抑制心中的悲愤，脚步重重地离去。

离开了青麟客栈，走在大街上，她却失了以往逛街的兴致。方才唐夜的一句话及这几天遇到的事情一股脑儿地在脑海中盘旋，纷杂混乱，令她想到精疲力竭，但向来兵来将挡，水来土掩的她，只要不是事到临头都无法做到真正在意。所以，她走着走着，因路边的糖葫芦、糖人、烧饼、杂耍、狗皮膏药……渐渐忘了方才的烦恼。

城西青华居。

公子翌与公子琪刚好说到花无多，他说：“花无多小心眼还爱记仇，平常看着有点儿机灵，其实根本就是一没心没肺外加少根筋缺心眼的傻帽儿。”

公子翌正在背地里说花无多的坏话，就在这时，忽见凭空多出一人，此人从天而降，下来时还因为面前两位公子的惊讶而叉着腰仰天得意地大笑了数声，直笑得公子翌和公子琪直发抖（典型的被雷击了）。花无多当下的那副模样，令他们同时有种要被打劫的错觉，尤其公子翌刚刚还在说她的坏话，此刻更是下意识地捂住了自己的钱袋。

公子翌看怪物一样紧蹙起了眉，公子琪看着公子翌揶揄抹黑道：“她果然中毒了，看情形还有点儿糟。”

闻言，公子翌不停地点头，直说有道理。

花无多也不在意，忙乖乖地坐到了公子琪旁边，伸出胳膊递给公子琪，道：“赶紧帮我看看，我前阵子受了重伤，今天刚好点儿。”面对公子翌和公子琪，花无多再无顾虑。

公子琪伸出手指探上了花无多的脉息。

半晌，公子琪翻开花无多掌心仔细探看了一番，突然一拂袖，手指恰掠过花无多的嘴角，并有意地划了一下。事发突然，花无多没能躲开，不禁有些懊恼，而后只见公子琪竟将指尖放在鼻端细细闻了起来，此举令花无多尴尬无比。正在有些别扭，就听公子琪道："你竟受了这么重的伤，还中了'无法逍遥'之毒，幸好是唐夜为你医治，又给你吃了雪域天丹为你续接筋脉。你怎么混到了这种地步？"

"雪域天丹是什么？"花无多想到了这两日唐夜给她吃的药丸，难道就是什么雪域天丹？转眼间便将公子琪方才唐突的举止抛诸脑后了。公子翌不屑地一哼，惹来她莫名其妙地一瞥，公子翌对她的缺根筋虽已习惯了，却仍觉得十分不屑，暗道，被人占便宜也不在乎，果然是个傻帽儿。

"雪域天丹是一种疗伤的圣药，我也只是听说过，从来没见过。此药是用天山山巅百年才开一次花的雪莲为主药，以及其他数种罕见的珍贵药材为辅药，共同提炼而成。据我所知，此药炼制极为复杂，一朵雪莲花也只能炼制一颗药。此药极为珍贵，不仅可医治内伤还能提升功力，此药入口略有清香，香味极淡却经久不衰。服下后会经腹内逐渐融入血液，若服用七颗以上，就算病者被震碎心脉也可渐渐续接，是治疗内伤的圣药。不过，虽然只是七颗，因配此药的药材极为难得，便是一颗也是罕见的。你此番倒算是因祸得福，伤好后，修为也必然大进，你吃了几颗？"公子琪问道。

花无多伸出三根手指，比道："三颗。"其实花无多吃了不止三颗，只是前两颗花无多是在昏迷之际吃下的，所以没什么印象。

"看来这唐夜对你还是极好的，你的毒也没什么可担忧的了。"一旁的公子翌状似不经意地接口道。

公子琪也对花无多道："你的毒的确解得差不多了，只留少许余毒在体内，已无大碍。只不过，你所受内伤极重，唐夜给你用了这等疗伤圣药才将你几乎断了的筋脉续好，你是怎么受的伤？"

那晚的情形花无多记得清楚，但她也记得唐夜对她的警告，当下挠了挠头道："就是一群人拦住了我们的去路，我们打了起来，我和一个黑衣人对了一掌，我以为是他飞出去，没想到是我，然后我就不知道了。"

花无多虽说得简单，但此中凶险公子翌和公子琪又怎会听不出来。花无多的武功不弱，甚至可以算得上是江湖一流高手，便是他们二人真与花无多打起来也丝毫讨不到便宜。只一掌，就被打成重伤，可见拦住他们去路的人很不一般。知道若花无多有意隐瞒，再问也问不出什么，公子翌便将话题扯了开去，道："你怎么也跑来洛阳了？”

花无多道：“我反正没处去啊，和你们分开后，听说方、李两家有大喜事，就想来看看热闹，这不就来了。”

“你怎么成了唐夜的丫鬟？”公子琪问道，还细心地为花无多斟了杯香茗。

花无多喝了一口茶道：“我在半路遇到唐夜使毒杀人，不小心也中了他的毒，为了解药只得委曲求全，他要我干吗我就干吗，但求不死。”

“然后你二人就日久生情了！”公子翌语不惊人死不休。

噗……花无多很不客气地将嘴里的茶喷向了他。

公子翌躲得十分狼狈，身子歪着险些掉下凳子，免不了沾了些茶渍。

公子琪见状很不客气地笑出声来。

花无多用衣袖擦了下嘴角也笑了起来。

三人相视一笑，仿佛回到往昔，莫名地亲切而亲近。

三人又东拉西扯说了些话，花无多临出门前，公子翌、公子琪送她到了大门口，公子翌淡淡道：“我们后日就要离开洛阳，这次你若还没去处就和我们一起走吧，别总一个人到处流浪了。”

公子琪站在旁边，淡笑着。

花无多目光流转，明眸中流动着掩饰不住的光亮，神情却淡淡，道：“我考虑考虑。”

闻言，公子翌嘴角轻轻扬了起来，突见花无多骤然近身向他做了个极大的鬼脸，公子翌气息一滞，一瞬间似感受到了她鼻端呼出的气息，令他心神一荡，待反应过来却见她已大笑离去，便听身旁的公子琪揶揄道：“傻帽儿。”想到自己方才还说花无多是缺心眼的傻帽儿，现下被公子琪还给了自己，公子翌有些哭笑不得，可转身之际却又在不知不觉间轻轻扬起了嘴角，公子琪瞥了他一眼，将一切看在眼里。

二人刚折返回院子，院内已多出两人，二人无声无息地出现在了院门口，将院门关了起来，显然武功极高。

公子翌一挥袖，那二人便又隐在暗处消失了。

公子琪对公子翌道：“为什么想要留她在身边？她毕竟身份不明。”

公子翌一笑道：“我不介意她身份不明。”

闻言，公子琪不置可否。

公子翌敛起了笑意，淡淡道：“她毕竟是个女子，孤身在外流浪极为凶险，这次又受了这么重的伤，她会易容术对我们也大有助益，让她在其他人身边不如将她留在我们身边。”

公子琪笑了笑，道："以前是她保护你，而今，你又想保护她。"

闻言，公子翌淡淡一笑，却不辩驳。

公子琪道："无多本性纯真，为人重情重义，又机警多变，留她在身边不是坏事，或许对我们也有助益。只是她与唐夜的关系扑朔迷离，身份也不明，我们还是先弄清楚这些为好。"

公子翌忽道："琪，这些日子难道你不想念无多吗？"

公子琪闻言一怔，他明白公子翌的意思，却沉默不语。

公子翌从容道："我知道你和我一样思念她在我们身边的日子，虽然她是女人，但我却将她视为同窗手足，无论她是谁，我相信她。"

望着公子翌，公子琪直到此时方才明白为什么公子翌最初会选择来历不明的花无多当自己的近身保镖，当初在京城公开选保镖之举不过是他们招揽人才掩人耳目的一个方法。花无多的出现纯属一个意外。

当时，他们刚从西京侯的封地京兆郡来到京城，京城之地卧虎藏龙，他们便借招保镖之名有意结识和笼络一些武林高手，而这个突然出现的女子花无多武功的确高，但公子琪亦未料到公子翌会真将这个陌生女子留在身边当了保镖。他也曾问过公子翌缘何如此决定，公子翌当时只戏说他有一种感觉，若将她留在身边，日子会过得很有意思。

他曾担心花无多来历不明，会对公子翌不利，公子翌却拿了花无多与他签的保镖生死契对他说："你看看，她签的生死契。"公子琪拿过来一看也不禁大吃了一惊，一式两份，她全按了手印，却没拿走自己那份，双方契约全在公子翌一人手里。也就是说，花无多签下契约就以为完事了，根本不知道要拿走自己那份小心保留。她办事如此大意，若说接近公子翌有不良企图，这样一个笨蛋，实在有些牵强。不仅如此，公子翌还指着契约下方一大片空白对他道："我想填什么就能填什么。"如此说来，花无多竟是签下了卖身契。公子琪见契约如此也不禁莞尔。

日子一天天过去，这个花无多的确很有意思，也令他渐渐卸下心防接受了她的存在，尤其在她只身解救南书书院的众人，为保公子翌不惜身陷险境之后，公子琪便真心将她视为同窗手足了。可直至今天公子琪方才恍然，公子翌很早以前便已毫无条件地相信了花无多，公子翌的这份情并不单纯，他看出了一二，却并不点破。

只是……公子琪微微蹙眉，那毕竟是当初的花无多，如今的花无多，与宋子星、唐夜甚至刘修都有牵扯，尤其唐夜会给她吃那么珍贵的药，那种药他也只是听父王提及过，自己并不十分熟悉。他总觉得什么地方透着诡异，可一时却也想不通透……他心中虽是如此想法，但见公子翌神色却不再多言，忽而想到一事，不禁不怀好意地笑道："若无多知道你和修前些时日在京城的所作所为，不知会是什么反应？我倒有些期待了。"

闻言，公子翌露出尴尬神色，隐隐还有些复杂难辨的情绪。

花无多离开了公子翌便循着地址去找公子修。走着走着感觉有些饿，她这才发觉正午都过了，想到连乌龟星那厮都肯请自己吃顿饭，不禁对公子翌、公子琪二人一阵腹诽，这两人连饭都不留她吃一顿。抠门儿。

在路边买了几个包子，她边吃边走，按照公子修留的地址走到公子修的住处时，包子也吃完了。

公子修住的地方门口有带刀侍卫把守，显然不是普通人能随意进出的地方。侍卫站在门口像两尊门神，威风凛凛，过往百姓不识字的搞不好还可能将其误认成府衙呢，只差一个鸣冤的大鼓放在门口了。花无多站在门口胡思乱想。她抬头见门楣上写着"刘府"二字，十分醒目，原本还担心公子修住的地方偏僻难找，如今一看，暗叹自己实在小看了公子修。

站在门外，花无多犹豫了，自己是偷偷摸摸越墙进去，还是堂堂正正走大门呢？虽然现下功力恢复了些许，但还是不适合剧烈运动，这刘府守卫森严，一不留神若有个差池，岂不丢脸。花无多思及此，决定报上姓名从正门堂堂正正走进去。

她刚要上前，就听街上百姓一阵骚动，纷乱的马蹄声由远及近传来，一转头便见一队人马向此方向行来。

当前那人骑在马上身姿挺拔，神色冷漠疏离，一身黑色锦衣，上绣红色云纹图案，一丝一扣自下而上蜿蜒成画，夺人眼目。

再看他身后跟随的侍从，除了花无多认识的书童刘顺，其余八人均身着黑色束腰锦衣，腰系长刀，一个个骑在高头大马上，神情倨傲。马蹄奔驰在街道上，根本不顾行人安全，扰民不说还有种说不出的凌厉霸道。

看清来人正是公子修，花无多不知怎么便想到，公子修所穿衣服好像从来没有重复过，他的衣服都是那么好看别致，肯定要好多钱……花无多想到此，再看自己的衣着，脑中陡然冒出一词：云泥之别。当下越想越不是滋味。

公子修的马尚未到达府门前，便看见了正瞪着一双大眼望着自己的花无多，原本冷漠的神情立刻变了，他翻身下马，将缰绳丢给随后跟来的刘顺，便大步走到了花无多面前。

还未等花无多说话，他便一把牵住了她的手，走进了府门。花无多看着自己与公子修牵着的手，再看其他人望着他们的目光，有些冒汗。

门口侍卫看到公子修立刻躬身施礼，齐声恭敬道：“公子。”

刘顺却在这时，在后面唤了声：“公子……”便听公子修道：“你不必跟来，吩咐下去，我去书房，任何人不许来打扰。”

刘顺道：“是。”

公子修牵着花无多的手，一路行去，一路有人卑躬屈膝。公子修连看都不看一眼，花无多却看得咋舌，想来这刘府规矩颇多。

书房是单独的一处院落，公子修遣退了送茶点的婢女后，便关上了院门。

院落宽敞，屋前有棵梧桐树，还有一方小水池和一个亭子。花无多四下打量，与他同坐在亭内。

公子修为她斟了杯热茶道：“你的手有些凉，先喝杯热茶。”

想起方才公子修二话不说牵起自己的手一路行来，花无多不禁有点儿口干舌燥，忙道：“我其实没什么事，就是来看看你。”

“嗯。”公子修应了一声。

花无多忽然不知道该说什么好，就静静地喝着茶，她从未私下主动见过公子修，这还是第一次。来之前没觉得如何，就是想见见他，可她来到这里方觉一切都有点儿怪，公子修生活的世界与自己的认知颇为不同。在她看来颇为亲切好相处的公子修，似乎并不似想象中那般容易亲近。

公子修也不说话，只是轻轻地转着茶杯，望着茶水思虑着什么。

花无多问道：“你什么时候离开洛阳？”

“后日。”公子修回道。

“是要赶着回去参加大考吗？”花无多问道。

公子修摇了摇头，忽道：“你怎么成了唐夜的丫鬟？”

花无多呵呵一笑，装作无所谓的样子道：“没什么大不了的，你不必担心，明天我就可以离开他了。”

公子修看向她，关心与担忧漾在眸中，直看得花无多笑不下去，低下了头，便听公子修轻柔问道：“今后你打算去哪里？”

花无多笑道：“天气越来越冷了，我想去江南避寒。”她打算去江南过冬，虽然江南有宋子星，但现在宋子星已不足为惧。尤其是她走过这么多地方之后，方才发觉唯有江南少贼寇少流民，百姓过得富足安宁。再说，上次她经过江南时，为了躲避宋子星，走得过于匆忙，没玩得尽兴，便打算趁着冬日避寒再去江南游玩一番。

公子修欲言又止，目光一暗。

花无多自顾捡了个糕点放入嘴里，不禁眯起了眼，十分满意地道：“好吃，你府上的厨子不错。”

公子修看着她，笑得极温柔，道：“那就多吃点儿，晚上留下来一起用膳。”

想到公子翌连顿饭都不给她吃，花无多一笑道：“还是修好。”

公子修目光一敛，竟听出了花无多的言下之意，道：“又让吴翌欺负了？”

花无多又拿起了一块糕点，放在嘴里，有点儿口齿不清地道：“他哪次得逞过。不过他太小气，连顿饭都不给我吃。”

公子修一笑，目光悠悠地望着花无多，恰看到一粒糕点渣粘在了花无多嘴边，并未多想，伸出手指便擦向她的嘴角，花无多却下意识一躲，公子修的手指便尴尬地停在半空。花无多一怔，反应过来忙笑道：“我自己来。”抬起衣袖便欲擦向嘴角，便听公子修道：“我来，别弄脏了你的衣服。”

花无多本没那么在意，但公子修的声音很温柔，见他掏出一块叠得十分整齐的白色方帕擦向了自己的嘴角，不禁微微有些失神。

今天已经是第二次被人碰嘴角了，公子琪是出其不意，公子修却是在自己的默许下坦荡而为，只是他的气息好近好近，他看着自己嘴角的目光，令她有种头昏脑热的错觉。花无多不自觉地向后挪了挪，心里忽然跳得厉害，便又向后挪了挪，他的目光……好近……又向后挪了挪，哎哟……一时没注意，臀部竟挪出了石凳外，一屁股坐在了地上，当下大窘。

公子修目光闪过一丝笑意，起身正欲将她扶起，花无多却刚好在这时站起来，一抬头便撞在他胸口，眼看又要跌坐下去，却被他突然拉住扯进了怀里。

时间似乎在这一刻停滞不前了，花无多好像听见了自己的心跳声，那声音极大，一想到公子修也听得见，不禁脑中一片空白。不是没有被刘修抱过，只是这般紧贴着还是第一次，似有什么和从前不一样了。不知是不是公子修拥着自己的手臂如此紧、如此坚持而不肯放开的缘故。

她轻轻挣扎，却没有用，耳际听着他的呼吸由浅至深，深到她的心儿欲跳出胸口，恍惚间听到他的呢喃：“我该怎么办……”

与此同时，院外有人大声道：“公子，京城来信了。”

公子修眉头一蹙，面色冷了几分。他放开花无多，低头时，目光恰与她探索的目光相遇，微微一闪，便转身走向院门口，打开了大门。

刘顺垂首站在门外，目光有意无意地向花无多所在方向扫了一眼。只见花无多正站在那里发呆，面色如常。刘顺自然还不知道来者正是当初南书书院的花无多，又因她面具换了又换，自然也没认出她是前两天在街上遇到的那个女子，只以为她是昨晚李府夜宴时唐夜的丫鬟。心里虽疑惑这丫鬟又是什么时候结识公子的，却不敢去问，只将疑问放在心里。

公子修接过书信，对刘顺道："吩咐膳房今晚有客，你先下去吧。"

刘顺应是。

公子修复又将院门关上。

他将书信拆开，看了一遍，神色变得有些复杂。他双掌一击，信纸立刻变成了碎片散落在地。他大步走回花无多身边，柔声道："时间还早，我带你去个地方。"

"啊？"花无多正在发呆，突然听到公子修说话，似被惊到，一惊一乍的样子颇有些可爱。公子修轻抬嘴角，花无多茫然望去，忽觉他望着自己的浅浅笑意令这略凉的秋风也多了丝暖意，不自觉地也跟着笑了起来。

刘府门外，刘顺牵过两匹马来，花无多摸了摸马鬃，有点儿不好意思地对公子修道："我有伤在身，暂时不能骑马。"

"你受伤了？"她的手腕一瞬被公子修抓住，公子修紧张担忧的神色再次令花无多动容，忙道："没有大碍，都快好了。"可不待花无多多说，公子修已然不容拒绝地拉着她进了书房，并命人叫来府中大夫为她诊治。

那大夫年约五旬，自进屋看见公子修后便十分恭谨小心。他仔细为花无多诊脉，随着时间的流逝，大夫眉头越蹙越深，对花无多的脉搏探了又探。屋内一时寂静，花无多望望大夫，又望望一旁脸色慢慢沉下去的公子修。她无来由地有点儿担心老大夫会被打，正觉得自己的想法突兀好笑，便觉大夫的手指离开了自己的手腕。

公子修冷声道："讲。"似乎早已等得不耐烦，语气也冷了几分。

那大夫忙站起身来，躬着身子小心答道："这位姑娘曾受了极重的内伤，乃至五脏六腑均有损伤，筋脉也有断裂迹象，受了这么重的伤还能捡回一条命已属万幸，而今恢复成这般更属罕见。老夫行医数十载，姑娘这般还是头一次见，姑娘不是吃了什么灵丹妙药就是遇到了神医妙手有回春之术，否则如今不死也是个废人了。"

那大夫只诊断出了花无多的内伤，却未能诊断出花无多身体内残留的余毒。

花无多闻言大骇，自唐夜为自己诊治以来，就从来没有告诉过她伤势究竟如何，就算上午公子琪为自己诊治也没说得很清楚。她自己只知道受伤初期的确很难受，但经过这几日调养，尤其今早再次吃过药丸后，体内气息已愈加平和顺畅，以为还不错，就没多心去想。如今由这个大夫说出来，方觉自己难不成真的是死里逃生？若在自己身边的不是唐夜，若唐夜没给她吃雪域天丹，是不是自己已经死了？想到此，她方觉有些后怕。

听到最后一句，公子修眸光一紧，冷冽散去。他望向花无多，却见花无多也兀自愣怔，似乎也在惊讶，便挥了挥衣袖对老大夫道："你先下去。"

那大夫提着药箱子快步离开了书房。

大夫走了，书房瞬间静了下来。

公子修却移开了目光。他缓缓走到窗边，向外望去。

花无多看着自己的手掌，当初为唐夜挡了那一掌，并未想过自己会有生命危险，而今想起来当真后怕。原来自己曾命悬一线，她犹自发怔，便听公子修道："是唐夜救的你？"

花无多道："嗯。"

公子修未再言语，独自站在窗口向外望着。风自窗口吹入，扬起了他的发丝，他脊背略僵，隐隐似在压抑着什么。自洛阳初见他起，花无多便觉得他很不对劲，此时此刻更是明显。

花无多站起身来，走到他身边，偏头带着笑意看向他的侧脸，道："你不是要带我去个地方吗？我现在虽然不能自己骑马，不过可以坐马车，我们还是可以去的。"

闻言，公子修转过身来，只一瞬，花无多注意到了尚未自他眸中褪去的复杂神色，竟是那般挣扎与痛苦。她蓦地心中一悸，抓住他的手臂问道："修，有什么话，你但说无妨！"

公子修闻言一震，神情恍惚了一下，似有那么一瞬，话已到了嘴边即将脱口而出，可终究换得嘲讽一笑。他暗了眸光，带着刻意的疏离与淡漠道："无多，今天我还有些事，恐不能留你到晚膳了。"

花无多一怔，想到了方才那封信，心道他或许有什么事不便与她明言，也不强求，便笑道："那又何妨，青山常在，绿水长流，我们改日再聚。"

公子修点了点头，便看着她含笑向他道了别，转身而去。

青丝随着她的脚步在身后微扬，似一朵他永远也抓不住的天边浮云。

她的背影即将消失在院门口，他的目光紧紧追随。

下午回到青麟客栈，唐夜又给她吃了一颗药丸，这次花无多二话没说就吃了下去。好东西啊，给多少吃多少。

吃完之后，她回屋睡觉，这一觉直睡到戌时。花无多醒来时，已然天黑，也已过了吃晚饭的时间。她起身暗自运气一周天，发现气息比睡前更顺畅了些，看来唐夜给她吃的药果然是好药。想起那句大难不死必有后福，她不禁抿嘴偷笑，忽然想起一事。

她五岁那年，爹爹的一位挚友突然来到家中，爹爹便将她唤去给那人看相，那人一见她便是一叹，说了一长串她听不懂的话，事后她问爹爹那人说了些什么，爹爹告诉她，他说，她乃红颜祸水之命。爹爹对此很是忌讳，便自此为她寻来了众多师父，教她武功、易容术以及许许多多的知识。她的师父们来自天南海北，干什么的都有，有的教她一两日，有的稍长些，还有的是专门为喝她家的藏酒而来的，更甚者不仅混吃混喝还偷拿，但爹爹一向喜交朋友，并不在意这些琐事。知道了也只是一笑而过，只要那些人有真本事并不吝教上她一两招。她的师父们多来自江湖，听说其中不乏避世之人，一如教她武功及帮她锻造十指金环的廖扣和肖命，这些人一贯来无影去无踪，来的时候不会事前通知，走的时候也不会与她道别，性格更是一个比一个古怪，却都待她极好。自从佛之手秒稚大师教会了她易容术，爹爹便让她在家里都戴着面具，全然不管她有时候一时兴起把整个方府弄得鸡飞狗跳。姐姐有时候对外人介绍她时便道：她是我表妹、管家、丫鬟、厨子、表嫂、堂弟、奶……你敢扮成已过世的奶奶！还有……不认识。

待她长大了些，姐姐偶然知道她乃红颜祸水之命，便指着忽男忽女忽老忽少的她笑骂："爹爹天天放任你这样，尽学些个旁门左道，将来怎么继承红颜祸水的命运啊。"

她闻言大笑，摇头晃脑丝毫不以为意。姐姐笑后却是一叹道："幸好，可遇难成祥逢凶化吉。"如今突然想起，倒也觉得有几分趣味。

思及此，她伸了伸懒腰，睡得充足便觉心情愉悦，信步出了房门，先去找唐夜，敲了几下门，察觉唐夜不在。当下有些肚饿，她便决定去街上小摊随意吃点儿东西。

深秋的夜晚有些凉，街上行人稀少，偶尔有马车奔驰而过，扬起路边落叶，带着几分萧瑟。

花无多每到一个地方，便很喜欢到深街小巷找吃的。她的一位师父曾经说过，好吃的东西往往不在那些大酒楼里，而就在深街小巷中，她深以为然。再说，路边的东西不知要比那些酒楼里的便宜多少倍。

以前在家不愁吃不愁喝，锦衣玉食，可自从她离家出走方知人世疾苦。

这个世界没钱寸步难行，没钱就意味着吃不饱、穿不暖，还要任人欺辱，所以她变得爱财，只是爱却不贪。在她最穷困潦倒时，她亦不想求助爹爹或姐姐，既然离家出走，就要走得有骨气！所以她抛头露面给公子翌当保镖，自己赚钱养活自己。只要有钱赚，只要取之有道，她不介意银子多多。或许因为这些银两是自己赚来的，也或许这一路看了太多人因贫穷而落得的悲哀，她如今花钱也甚是知道节俭，赚钱不易，活在这世上实在艰难。富贵之人一如公子修、公子翌、宋子星等一出手便是白花花的银子，几十两甚至几百两，而寻常百姓，一两银子却够一家三口月余的用度了。这便是云泥之别。

走过了两条街方看见一个小摊位，摆摊的是位老者，身体有些佝偻，动作也有些迟缓，面前一口大锅，揭开盖子时热气腾腾，远远的，花无多便闻到了饺子的香味。小摊旁摆着简单的桌椅，食客却有好几个。

花无多买了一碗坐下来吃。一口一口吃着水饺，水饺很香，她吃得很满足。想起乌龟星拒绝吃路边食物，便道乌龟星那类人是尝不到这般美食的。刚想到这里，她便见两人迎面骑马而来，是公子修和他的书童刘顺。

公子修似有心事，并未注意到正在路边吃东西的花无多，马儿慢慢地走着，踢踏踢踏的声响在暗夜的小巷中很是清晰。

刘顺却看到了花无多，便低声唤了一声："公子。"

公子修闻声微微侧目，便听刘顺道："公子，你的朋友。"

顺着刘顺的目光，公子修看到了花无多，目光在一瞬间起了变化，回身对刘顺道："你先回去，我一会儿就来。"

刘顺有些犹豫，"公子……"

公子修道："无碍，去吧。"

刘顺想了想，便道："是。"策马去了。

公子修看花无多对他笑得很是灿烂，嘴角也扬起了笑意。可那笑意也只扬起了一半，不知突然想到了什么，笑容多了丝苦涩。

他下了马，将马儿拴在路旁，信步走了过来。花无多挪了挪，他一撩衣摆，随意地坐在了花无多身边。公子修个子偏高，坐在这样的长椅上腿有些伸展不开，长椅矮桌也立刻显得狭窄起来，花无多对他笑道："要不要吃？我请客。"见公子修有些犹豫，花无多忙补充道，"很好吃的。"

公子修展开微蹙的眉，点了点头。

花无多忙大喊了一声："老伯，再来一碗一样的。"

卖水饺的老伯点了点头，又下了些水饺进锅。

花无多问道："你吃过饭了吗？"

公子修道："吃过了，你没吃？"

花无多点了点头，道："既然你吃过了，一会儿水饺上来，我帮你吃吧。"她其实就是想吃，原本就打算再要一碗的，偏巧遇到了刘修，便找了这样一个冠冕堂皇的理由，又请客又有得吃。一举两得。

公子修淡淡一笑，望着她每吃一个水饺都笑得心满意足的模样，浅浅却清晰地

“嗯”了一声。

水饺很快就上来了，公子修象征性地夹起一个吃下，便放下了勺子。花无多见他不吃，也不客气，勺子伸到了公子修面前的碗里，舀起一个，饺子热气腾腾的，她放到嘴边吹了吹吃下，再一个，再吃下……

公子修自始至终只吃了一个，便一直看着她吃。神思渐渐有些恍惚……是不是有些事情是命运，躲不过，是不是有些人命中注定了求不得，亦不得求。他望着她，便是细小的举动都不愿放过，既贪恋着又抗拒着，想不去看，却偏偏目不转睛地在看，胸口明明泛着苦涩，却又莫名地控制不了。直到看着她吃光了最后一个水饺。那理所当然的模样，令他心底泛起微微波澜。

吃完了水饺，花无多大大方方十分豪爽地抢着付了十文钱，事后还对抢着付银子却因没散钱而被卖水饺老伯拒绝的公子修道：“这次说好了我请客，我付我付，下次你再请。”

公子修柔声道：“好。”可一想到今后……目光却是一暗。

夜风吹过，吃得饱饱的花无多伸着懒腰与牵着马的公子修慢慢走在街巷中。马蹄踏在暗夜深巷的青石板路上，踢踏踢踏的声音清晰而有节奏。仿佛是一种美妙的乐声，令这深秋洒落人间的清冷月光也恍惚温柔起来。

公子修问道：“你住哪儿？”

花无多道：“距这里两条街的青麟客栈。”

公子修道：“打算什么时候动身去江南？”

花无多道：“还说不准，明天或者后天。”

公子修淡淡道：“不知我们何时才能再见？”

是啊，不知何时才能再见了，想到此花无多嘴角的笑容也有些牵强，但也只是一瞬，转眼却又笑得更加灿烂，朗声道：“来日方长，待明年春暖花开，我去京城看你们呀。”

公子修似乎并未因这句话而高兴起来，依旧神色冷清地道：“一言为定。”

“嗯，一言为定。”花无多点着头，笑道，“别忘了，你还欠我一顿饭呢。”

“不会忘。”公子修淡淡道。

两条街很快就到了，公子修送花无多到了青麟客栈外。

花无多与他道别正要进去，便听公子修问道：“唐夜还在为你疗伤？”

花无多笑着回道：“嗯，我的伤好很多了，你不必挂念。”

公子修便未再问，他一直目送花无多进了客栈，身影完全消失在视线中，方才转身上马而去。

此时已近夜半，花无多进了客栈西院，便看到屋顶上坐着的唐夜。若是旁人恐怕会吓她一跳，大半夜房顶上坐着个黑衣人，但花无多却早已习以为常，唐夜哪天晚上不上房啊，不上房才叫不正常。

只是不知道他是什么时候回来的，当下已吃饱喝足，又不困，花无多暗自运气，暗觉伤势好了很多，气息颇顺，内息似乎还比以前纯厚。心中暗喜，她便试探着一提气，施展轻功飞上了屋顶。一呼一吸间气息丝毫没遇到阻碍，她便开始一纵一跃上上下下地没完没了起来，原本望着夜空想着什么的唐夜也不得不对其如此上下折腾而侧目。

由她折腾，唐夜自腰间拿出长箫，吹奏了起来。

花无多听到了箫声，停了折腾，看向唐夜。

明日，便是她解毒的最后一日，唐夜已然承诺不会再给她下毒，她深信不疑。虽然唐夜一向阴晴不定，但她相信唐夜是说话算话之人。想到自己终于快要熬出头了，便觉心花怒放。所以今晚要坚持，不能再惹唐夜一分一毫，花无多如是想着。

花无多抑制内心的兴高采烈，与往常一样跃上屋顶，悄声坐在了唐夜的身后，伴着唐夜听他吹箫。

此刻的花无多老老实实地抱着双腿，听唐夜月下吹箫，正没事干，便看到对面屋顶来了一人。

那人不知是不是有意踏月色而来，在黑夜里穿一袭白衣，抱着古琴，还故意坐在他们对面，背对着弯弯月牙，正是美人楚田秀。横看竖看都不得不承认，这幅画面好看到了极点。

楚田秀的琴音与唐夜的箫音相承相和，婉转低吟，如诉如泣。花无多暗道：此番景色，不会是楚田秀算好的吧。看人家头顶的那轮弯月，头系的白色飘带随夜风轻扬，简直就是仙女下凡嘛。一边没事无聊地盯着楚美人看着，一边告诉自己，不要睡不要睡……

没过多久，唐夜便听到了浅而均匀的吐气声，放下嘴边长箫，转头，望了身后女子一眼，便转过头去。微一沉吟，他悄无声息地起身，不顾对面美人含羞带怯的凝望，欲自行回屋。

楚田秀眼见唐夜起身跃下屋顶，忙唤道："唐公子，请留步。"

唐夜微一停步，便听楚田秀有些犹豫地讷讷道："唐公子，你当初毕竟抢了我的绣球，田秀亦一直引你为……为知己，如今陈东耀纠缠于我，唐公子你……"

唐夜并未抬头，只道："与我何干。"言罢，便推门进了屋去。

楚田秀一怔，双眸难掩失望凄凉，颓然坐了下去，夜风瑟瑟而过，竟令她不自觉地颤抖起来。

还记得，她迫于无奈亦是与爹爹赌气，弄了个抛绣球招亲的闹剧，她并未指望凭借一个绣球就可以找到与自己一生一世相知相守的男人。但她更没想到，“毒王”唐夜会来抢她的绣球。

那是她第一次见到唐夜，她不知道那就是令人闻名丧胆的“毒王”唐夜，与她想象中的“毒王”太不一样。他只是个少年，长相俊秀柔美，眼中时而闪烁着少年人的顽皮，抢绣球的姿态和武功虽都十分引人注目，但终究比不过之后那晚的月下相见。

她眼看他抢了绣球后弄碎弃之而去，虽然正中自己下怀，心口却有一口郁结之气。那一晚，她如何都睡不着，便披了衣服来到管家所说的青麟客栈，第一眼便看见了月下吹箫的他。

那个他与白日见到的截然不同，但自第一眼看见，她便知道，他才是真的“毒王”唐夜。

月下，他一袭黑衣，随意坐在屋顶，发丝随风轻轻飘动，面貌不再俊秀，反是如月光般清冷凉薄，只看了她一眼，那一眼令她微微发颤，可就是那一眼，心底某处似被击中，战栗间欲抵抗却又顿感无力。

他的箫声透着悲伤，似在思念着谁。她也擅长音律，喜于凭乐声寻知音，便自作主张向店家借了琴与他月下相和。

她与他琴箫和鸣，却发现始终进入不了他的世界。

她挑衅他，心底带着一丝期盼。

她故意说狠话想令他注意自己，却发现他始终视自己如无物。

她愤恨离去，转身后却又留下了断不下的牵挂。

夜夜梦回，竟全是他那冷漠的一眼。

她收回飘远的思绪，不禁有些疑惑地瞥了眼仍熟睡在对面屋顶的少女，唐夜的新丫鬟，深深一叹，她在他心里，恐怕连这个丫鬟也不如的。她缓缓起身，将琴抱起，离去时，脚步竟已有些踉跄。

过了半晌，睡梦中的花无多觉得有点儿冷，便醒了过来，一看自己又睡在了屋顶，不禁有些泄气，幸好四下寂静无人。

她伸了个懒腰，清醒了几分，便一跃跳下屋顶。她想起明日便可离开此地，离开唐夜，想到自己吃了灵药伤势恢复得不错，气息越发顺畅，功力还有所增长，便觉十分高兴，终于要脱离苦海了，身上的伤也快好了，这一刻还真是幸福啊。

凉风习习，吹散了睡意，她心里高兴，忽地腾空运气在院内飞转起来，好久气息没这么顺畅了，便觉开心不已。花无多用气一瞬将院内落叶全部凝于脚下，而后在地上施展轻功恣意跨出数步，飞身而起，落叶随即散开铺散于地。

夜色下，少女一袭红衣，短衣小襟打扮，脚踏鹿皮短靴，简单灵动，一旋身，立于铺展开来的落叶前面，掐着腰，仰天大笑。样子那叫一个张狂得意，只可惜没发出任何声音……无声无息地做着这些事情，这种情形任谁看了都会觉得万分诡异。

不一会儿，少女一蹦一跳地走进了房里，没了声响。

风过，四下寂静无声，有人推门走了出来，站在方才少女无声大笑时所站的地方，向地上看去，只见地上有序铺展的落叶已被秋风吹散了些，但仍隐约可辨出落叶铺散而成的字。心中突然升起了一种异样之感，恍然伫立在这个位置，不知不觉竟直至晨曦。

第二十五章

洛阳大婚

今日是李、方两家的大喜日子，仿佛也是洛阳城百姓的大喜日子。

白天热闹了一整天，傍晚花轿过街的时候，大街上更是挤满了人，看热闹的有之，凑热闹的亦有之。

李家娶亲的排场的确难得一见，迎亲的队伍浩浩荡荡十分壮观，拥堵了几条街，很多店铺也提前打了烊，只为洛阳李家这一大喜事。

迎亲队伍最前方，骑在马上身披大红花一身喜服的便是新郎李慷。李慷长得很英俊，也曾经是洛阳许多未婚女子暗恋的对象。此刻他英姿飒爽地坐在高头大马上，更是惹得一众女子指指点点，笑语盈盈。

李家新娘子的花轿所到之处，锣鼓喧天，鲜花铺路，花轿旁跟着四个喜娘，不停地将手中竹篮里的糖果红枣向旁边围观的百姓抛撒，时而引起小小的轰动。许多孩童跟着花轿跑，只为了接更多的糖果和甜枣，嬉笑声不断。

花无多今天穿了一身红底碎花的衣裙，特意仔细打扮了一下自己，整体看起来三分英气，七分娇俏。临出门时，唐夜见她今日格外精神，不禁多看了两眼，花无多忙道："今天是大喜的日子，我也换身新衣服。"

唐夜不理会，当先出了门。

青麟客栈今天也早早打烊了，只为是东家的大喜日子。

李家门前车水马龙，人来人往，好不热闹。

李慷穿着大红喜服站在门口，春风满面地迎接着客人。李慷身材高大，颇有些气势，与其弟李赦相比更多了些英挺，浓眉大眼，不似李赦长了一双凤眼，眯起来的时候颇有几分犀利。

李慷看到唐夜与花无多，忙笑着迎了上来，显然是认识唐夜的。

唐夜对他点了点头并未说什么恭喜的话，而花无多却从他后面蹦了出来，大声道："恭喜李大公子与方大小姐喜结连理，祝二位才子佳人百年好合早生贵子！"

唐夜斜了一眼花无多，李慷笑道："唐兄的丫鬟果然不一般，很是会说话，多谢多谢。两位请进，需要什么知会下人一声便好，勿要拘束。"

唐夜只点了点头，却又听到身后丫鬟大声道："我们不会拘束的，我们当这里是自己家！"

李慷莞尔。

唐夜蹙眉瞥了花无多一眼。见花无多笑眯眯地望着李慷似乎还有千言万语尚未道尽……唐夜已然迈步进去。

恰好这时李赦出来，亲自迎了他们进去观礼。

入内，宾客已然齐聚李府前厅等待新郎新娘拜天地那一刻。

李慷无父，母亲大人高坐在左，下方放了个座位却是空的，想必是留给李家哪位德高望重的老者的。右侧上座正是方若薇的父亲方正阳。

花无多故意忽视了上座爹爹方正阳若有似无投来的目光，始终咧着个嘴，笑呵呵的。姐姐今日结婚，她无法名正言顺地陪伴在身边，不是不难过的。但她现下处境微妙，身上的毒还未解，受制于唐夜，身份不能曝光。只有强忍着，作为一个陌生的旁观者看着姐姐结婚。虽然如此，能亲眼看到姐姐披着大红嫁衣嫁给自己所爱的人，得到幸福，她激动得泪湿眼眶。

公子翌与公子琪看见花无多便蹭了过来，先与唐夜点了点头后，便上上下下瞧着花无多，只见花无多此刻笑得要多傻有多傻。公子翌看多了便觉有些发冷，便不再去看。忍了半天，他偷瞟一眼，发现她还在咧着嘴傻傻地窃笑，那模样实在令人头大，便低声问道："你怎么了？看起来这么古怪。"

就听她嘻嘻一笑，又嘻嘻一笑，这两声嘻嘻令公子翌不自觉地挪远了些，眼角略有抽搐，便听她摇头晃脑地说道："这还是我第一次参加人家的婚礼哪，有意思有意思。"

公子翌闻言一撇嘴，吐出口气，问道："我昨天的提议你想得如何了？"

便听她笑眯眯地道："拒绝。"

公子翌气绝。

公子琪笑而不语。

唐夜亦无声。

等了许久，终于盼来礼官一声高唱："新郎、新娘入内。"

所有人的目光都汇聚在大门口。却没人注意到，直到此时，李慷母亲下首的空位坐了一个人。那是一位富态的老者，李慷母亲点头向他示意，那老者似低声说了什么，李母点了点头。

花无多的目光全被门口出现的新郎、新娘吸引，并未注意这位老者的出现，如果她注意到了，必会大吃一惊，因为这位老者不是别人，正是自己曾经为唐夜做的那副面具之人。而这位老者的真实身份却是李慷的亲叔叔，李家族中目前最为德高望重的长辈。

门口，新郎李慷精神百倍地手牵红绸，缓缓与新娘一前一后踱进大厅。众人一见鼓起掌来，高声叫好。

这时，公子翌忽然发现，花无多捂住嘴，身体轻轻颤抖，似哭似笑目中含泪，那模样古怪至极，忍不住又问道："你又怎么了？"

就见花无多双拳紧握在胸口，似无比激动地道："他们进来了，我好激动！"

公子翌眼角眉梢都在抽搐，公子琪却已失声笑了出来，低声道："原谅她吧，你又不是不知道她的心性。"

公子翌云淡风轻地回道："我没怪她啊，她就是村姑进城，见什么都稀罕。"

公子琪再次失笑出声。

花无多却似没听见，仍旧目光灼灼地望着厅内的新郎和新娘，咧着嘴、红着眼睛傻呵呵地笑。

原本最庄重喜庆的时刻，却来了个不速之客。

一个精瘦的老头儿突然出现在大厅外的墙上，向内大喊大叫挑衅道："唐夜，老夫知道你在里面，你杀了我的三个徒儿，老夫今日就叫你命丧于此，为我三个徒儿偿命！你出来！"

丝竹之乐停了，众人包括新郎均看向厅外。李府家丁已手持棍棒将其围住。可老头儿却不下墙来，站在墙上，向内叫嚣着。

李慷却未发话。

李赦望了一眼宾客中的唐夜，走出厅外，对墙上老者抱拳施了一礼，方道："来者是客，既然老人家来了，不妨进来沾个喜气，待我大哥婚礼过后讨杯酒吃再论他事，也给李家一个薄面，如何？"

李赦好言相劝，那老头儿摆明了不给面子，只顾呼喝唐夜，言下之意便是让他出来，当场杀之而后快。

可唐夜却不回应，让李家和那老头儿均无从下台。

花无多瞥见唐夜丝毫没有回应的意思，见此情形不由得暗暗着急，若然让那老头儿在姐姐的婚礼上大吵大闹下去，必定耽搁了姐姐的良辰吉时。花无多有些心急地盯了唐夜一会儿，发现他似乎没有打算出去的意思。不禁有些埋怨，都是他惹来的事，她又想起自己现下的身份，目光一转，计上心来。花无多一个纵身飞了出去，落在老头儿面前，以三分挑衅、七分不屑的语气对老者道：“老人家，我是唐夜的丫鬟，我家少主说了，你若能打赢我，我家少主才会出手迎战。”少女虽然长相普通，但身姿挺拔，尤其一说话时，那双灵动美目便似会说话一般，绽放出夺目光彩。

老者看着花无多的眼神中充满了鄙夷，更被唐夜派个丫鬟前来应战而气炸了肺，不禁怒道：“老夫就先拿你的贱命祭奠我的三个徒儿！”

“慢着！”老头儿一掌呼啸着擦过面颊，花无多倒退数步站稳后喝道，“这里打不开来，束手束脚的，你随我来。”言罢，一个纵身飞出李府高墙外，身形瞬间消失在数丈之外，身姿灵动，轻功上乘。众人眼看唐夜的一个丫鬟武功也这般了得，不由得均看向了目光冷漠却始终不发一语的唐夜。

这些不过是发生在一瞬间的事，当大殿再次没了嘈杂之声，却忽闻一人轻叹道：“她的伤还未痊愈。”说话之人却是公子琪。

此言一出，堂中数人变了脸色。

公子翌有些站不住的身形微微一动，却又按捺下来，收回望向花无多离去方向的目光。

李勘闻言问道：“她有伤在身？”

公子琪点了点头，继续大声道：“她的伤很重，能捡条命回来已属不易。此刻伤势还未痊愈，如果妄动真气恐会经脉尽断武功全废且性命堪忧。”

公子琪的话还未说完，已有一人离开了大厅，追着方才少女消失的方向而去。是公子修。

刘顺见状也忙不顾众人目光追了上去。

宋子星瞥了一眼唐夜，悄然退到了众人之后，暗中离去。

李赦向李勘使了个眼色，李勘会意，悄然离去。

上座方正阳自始至终面沉如水，看不出任何异样，目光甚至没有多看一眼先后离去的众人。被喜帕遮住面容的新娘子也依旧站在大殿中央，只在花无多方才出声时，微微偏了下头，但因有喜帕遮在头上，看不出任何异样。

李母对李赦道：“吉时已到，莫误了。”李母慈祥富态的面容下透着威严。

李赦与大哥李慷对视一眼后，李慷心领神会地点了点头。

礼官高声唱和道：“新郎、新娘一拜天地。”

可就在新郎和新娘跪下时，一把短剑晃过众人的眼，以极快的速度刺向了新郎李慷。

谁也未曾想到，坐在李母旁边的李慷的亲叔叔会在这个时候刺杀李慷！

那日细雨纷纷，老者轻功似赶不上自己，花无多满可以跑得不见踪影，却又不能，她怕老者追不上自己回身又去弄砸了姐姐的婚礼，便在一处柳树成荫的树林里停了下来。

老者不给花无多任何喘息之隙，身形还未停稳，呼啸着便是一拳打向花无多。老者轻功虽不如花无多，但内力却远比花无多深厚精纯，尤其花无多现在真气尚不能完全运行自如，几招过后便显捉襟见肘，形势趋于下风。

花无多利用轻功灵巧闪避，老者一时也不能奈她何。几招过后，老者似觉被个丫鬟虚来晃去地耍弄有失身份，目光一变，怒气顿生，杀意更浓，对天咆哮一声，一拳骤来，犹如猛虎下山，震得花无多耳膜发疼，心神恍惚间，老者的拳风已然扫至面前。此拳凌厉异常，夹带老者深厚而精纯的内力，即便不碰及皮肤也有十分的杀伤力。花无多用尽了全力去躲，可气息却在这时不顺起来，此拳躲得十分狼狈，更震飞了今早精心打扮新戴在头上的花钿，一瞬间发丝散开，张扬地飞舞在空中，甚至来不及喘息，老者的下一拳已送到面前。眼看此拳再难躲过，花无多闭上了眼，正要生生受下此拳，心知受下这拳自己凶多吉少，却也未曾有过怨恨，为了姐姐她甘愿。却在这时被一股劲力猛地拖向后方，一拖一曳之间险险躲过了老者最凌厉的拳势。却因拳风过于凌厉，虽躲过了致命一击，花无多仍觉面颊生疼，不禁伸手一摸，方觉脸上面具竟被拳风生生震裂了，轻轻一摸，破碎的面具便掉在了手心。心中慌乱时，她一抬头看清方才由后拖着自己的是公子修，心中顿时一安，想到自己死里逃生，忍不住鼻子一酸，似受了委屈一般红了眼眶。

公子修已是第二次看到她的真面目，却仍是一颤，看到了她眼中闪烁的泪光。想到自己若迟来一步，很可能便失去她了。想到此，心中似被尖锐之物狠狠地刺中，呼吸一滞，身体竟微微地颤抖起来。

公子修防备地望向几步之外的老者，待看清老者望着花无多惊怔的眼神，心里涌起阵阵不悦，便将花无多的脸按向了自己胸口，用衣袖挡住了老者的目光。

突生此变，老者也是一怔。

这时，宋子星和李勘也先后赶到，二人挡在了老者的面前。

宋子星瞥了一眼公子修和花无多，目光一沉，转头对老者冷声道："你的仇人是唐夜，你再不去找他，他可能就走得无影无踪了。"

老者此时才恍然大悟这是个调虎离山计，不禁怒吼一声，愤怒地转身追了回去。

李勘看了一眼宋子星，目光一移又看向唐夜的丫鬟，却恰好看到少女微微抬起头看过来的目光，在看清少女面容的刹那，李勘怔在当地，一瞬间似有重锤击在了心口。

花无多本是看向宋子星，却发现宋子星已尾随老者回去，身形消失在林间。回眸时她意外地发现了李勘目光中的不妥，暗暗一惊，忙将自己的脸重新埋在了公子修的胸口，避开了李勘此刻异样的目光。

而这时，公子修的书童刘顺方才赶到。刘顺刚靠近公子修，便听到他用极轻柔的声音对怀中女子道："没受伤吧？有没有觉得哪里不舒服？"察觉少女在他怀里摇了摇头，便又道，"我先送你回去。"

刘顺脚步一顿，以为自己幻听了，这种声音……是公子发出来的吗？怎么可能是公子呢？这个女子是唐夜的丫鬟，一个丫鬟公子为什么会这么在意？前两天在洛阳大街上相遇的那个少女呢？公子这是怎么了？怎么一离开京城，就像变了个人似的，遇到一个喜欢一个，还是那"毒王"唐夜的丫鬟。刘顺思绪被搞得混乱了，抓了抓头，难道公子变风流了？

这时就见公子修掀开衣袍自里衣扯下一块白布来，为女子系在脸前挡住了女子的容貌。

公子修此举更让刘顺惊讶得说不出话来，他伺候公子十余年，何曾见过公子这般，更别提还是为了个女人，以他所在方位未能看清女子面貌，还以为是方才的那个丫鬟。待他踯躅地欲跟上前时，却见公子对他一挥手道："不必跟来。"心中更加莫名地多了些疑惑。

没了当下这个面具便如没了她这个人，再做一模一样的已然来不及，恐他人怀疑，便不能回婚礼现场了，还是未能如愿看完姐姐婚礼的全过程。现在姐姐和姐夫肯定拜完天地了吧，最精彩的"夫妻对拜"偏偏没看到，花无多有些难过。继而想到那老者武功虽然不错，却有些有勇无谋，若自己没受伤在先，即便不能力敌也能智取，姐姐、姐夫拜完天地后就剩下酒宴了，再者有爹爹方正阳坐镇那里，那老者即便回去也折腾不出什么花样来，当下便不以为意。

花无多一路在公子修的护送下回到了青麟客栈，避开前院的客栈小厮，二人直接由房顶悄悄跃进了西院，院内无人，显然唐夜还未回来。

想着唐夜会吃了喜宴才回来，花无多也不招呼公子修，自顾在院内石椅上坐了下来，一想到没看到姐姐拜天地那一幕，心情就有些糟。而公子修似乎心情也不太好，从方才便在想着什么，此刻坐下来也自无声。

好半天，在花无多的唉声叹气中，公子修方才唤了一声："无多？"

花无多一直未将脸上的蒙面布巾取下，只有些懒散地趴在石桌上应了一声。

公子修的目光移向了她，带着一丝犹豫，问道："无多，如果我要带你走，你会跟我一起走吗？"

"带我去哪里？"花无多疑惑地问道。

"留在我身边。"公子修道，语气中隐含着些许期盼。

却未料花无多一挥手，干脆道："不去。"

"为什么？"公子修心中一沉。

"我习惯了无拘无束，你们府上那么多规矩我可待不习惯。"花无多道。

公子修闻言暗沉了目光，起身负手而立。

太阳已经落下，只留一丝余晖映在院内，风过，满园未曾打扫的落叶在他脚下盘旋，衬得他背影萧瑟孤寂，花无多忽然有了这种错觉。

花无多直觉洛阳一见公子修便与以前很不一样，公子修的事情她一向不问，也知之甚少。她却全然信任着他，直觉他不会害自己，便是让自己受委屈，他也是不肯的。花无多想到这里，便微笑。修最好了，比翌好，比琪更好！

她正自顾想着，却未料公子修在这个时候飞身而去，就这么没说一句话离去了。

花无多正有些奇怪，今天的公子修怎么这么古怪，便觉腹中一阵叫嚣，察觉自己饿了，便也顾不上公子修莫名其妙地不辞而别，寻找吃食果腹去了。

以宋子星的轻功，赶超在老者前面并不是难事。那老者眼见他身形超过自己，不禁又急又怒，急的是怕唐夜跑了，怒的是刚被个丫头戏耍又被一个臭小子超越，胸口怒气达到了顶点，发了狂一般追着宋子星跑。宋子星发觉了，只微微蹙眉，便又加快了步伐，几个纵跃将老者甩在了身后。

当宋子星赶回婚礼现场时还是迟了一步，现场一片混乱，来参加婚礼的宾客似还有些惊魂未定。他问了留在现场的徐清方才知道，李慷的叔叔李道竟当众刺杀李慷，李慷虽中剑却因里面穿了软甲没有受伤。众宾客中暗藏了数名高手，围攻李道，后李道不敌，当场服毒自尽。方正阳当场验查李道尸身，发现此李道非真李道，而是戴了面具假扮，真李道下落不明，看来已是凶多吉少。

李慷此刻正去了后堂换喜服，等下还要出来继续拜堂。

宋子星面色一变，见上座方正阳安坐在上，面沉如水，而一旁的李赦已然镇定如常，四下礼乐声依旧，若然不是现场宾客的神色有异，当真看不出方才竟发生了如此凶险之事。

在场众位宾客有的心有余悸已存了离去之心，只是看在李赦再三挽留道歉的面上勉强留了下来。也有的在暗自揣测，怀着看笑话的心理留下来。但无论如何，很显然，李家和方家的这场婚礼无论发生什么事都是要进行下去的。李慷会在大喜之日穿着软甲又备了两套喜服，想来早有准备。

李道为何会突然刺杀李慷？宋子星看向李赦，见李赦正看着唐夜，察觉了他的目光便向他看来，目露询问。宋子星会意，便对他先摇了摇头，而后示意他看向厅外。

这时就见方才那个在墙上叫骂唐夜的老者跑了回来，显然因跑得太激烈面色有些发红。虽然如此，老者仍中气十足，刚开口叫骂唐夜，就见厅中走出一人。

那人一身黑衣，腰系紫带，黑发金冠，后系琉璃银丝散落于发中，诡异却又夺目，在眼下厅内各个华丽装束中尤显突兀。他目光沉寂冷漠，缓缓步入厅外，短短一段路程，少年每迈一步便令人畏惧一分，一瞬间四周寂静无声，均看着这个缓步而出的黑衣少年，很多人不自觉地向后倒退了几步，直觉上离他越远越好。

就连墙头上的老者也停止了叫骂，盯着这个少年，少年初时看着有些单薄，可他的周身气息在不断变化，那种由内向外散发的阴戾，令人惊惧。

这个看着有些单薄的少年，正是唐夜。

所有人都以为，唐夜出去是为了应对老者，可所有人都猜错了，唐夜根本没理会老者，径自出门离去了。

老者从未见过唐夜，自不认识，可也听江湖人说了他的外貌特征，当下早已认出。见被他这么轻忽，老者不禁勃然大怒，一掌对着他劈下时，他却借力向前飞去，几个纵跃引着老者消失在了众人眼前，离开了李家。

没人敢出声询问或者挽留唐夜，直觉上便不想招惹这样的人半分。

李赦望着唐夜离去的背影，眸中闪过杀意。

宋子星注意到了李赦那一闪而过的杀意，不禁微微挑起了嘴角。

公子翌、公子琪彼此交换了个眼神，沉默。

刘谨、陈东耀等人静静地望着这一切，置身事外。

方正阳低声与身边的李母轻言了几句，李母便向李赦点了点头，李赦会意，吩咐下去婚礼继续。

众人各怀心思，继续观礼。

此刻，李慷刚好换过喜服牵着新娘从后厅走了出来，众宾客立刻贺喜不停，冲去了方才诡异的气氛。

礼官高声唱和道："新郎、新娘一拜天地……"

"二拜高堂……"

“夫妻对拜……”

“礼成！送入洞房。”

在一片贺喜声中，李慷牵着方若薇进入了后厅喜房，李、方两家在众宾客的见证下正式联姻。

李赦忙招呼着众宾客到偏院吃喜宴，一派喜乐，仿佛方才之事从未发生过。唐夜与刺客的事，也再没人提起，众人虽目光有异却都装作没事人一样。

只是一出了李家，这事便在江湖中传得沸沸扬扬了。

据后来某些知情人透露，老者没有死，只不过再也不能说话不能动弹，成了一个无法自理的瘫子。那日老者追上唐夜后发生了什么事，江湖谣传各种版本都有，老者在江湖中颇有名望，可遇到唐夜却不明不白地成了如此下场，唐夜的可怕，愈加被传得神乎其神，令人畏惧。

老者是“洛阳三虎”的师父，久居北方，前不久才听说自己的三个徒弟全死了，大徒弟更是被唐夜用毒药害死的，悲痛之下，便将所有的账算在了唐夜头上。老者从北方赶来洛阳，欲为爱徒报仇雪恨，刚巧在方、李两家成婚时赶到。老者久居北方从未见过唐夜，只听江湖朋友说唐夜会在李家的婚礼上出现，便不管什么李家大喜不大喜的，当场叫骂，欲引得唐夜出来与他一战，可未想自己却落得如此凄惨结局，还不如死了痛快。江湖中人说起这事，都觉得唐夜太过阴狠，提起他的毒，又觉得他很可怕，更加不乐意招惹他。

子时过半，李府的红灯笼在风中摇晃。已喝了许多酒，此刻有些微醉的李勘有些心不在焉地靠在游廊上，有一口没一口地喝着酒，望着星空，思绪飘向了远方。

李赦缓步而来，轻唤道：“勘，怎么还不去休息？”

李勘似未听见，淡淡问道：“三哥也曾看到她的真面目吗？”

李赦明显察觉了李勘的不对劲，微一沉吟，已猜到了李勘所说之人是谁，却仍问道：“你说谁？”

李勘道：“唐夜的丫鬟。”

李赦沉着应道：“没见过，不过，我知道她会易容术。”

李勘道：“我见到了。”目光竟带了从未有过的恍惚。

李赦望在眼里，心中暗惊，他扯过李勘手中的酒壶，淡淡道：“四弟何时也开始好美色了？只因见了一个女子的容貌便这般魂不守舍。”

闻言，李勘一怔，沉默不语，半晌蓦地一笑道：“三哥说得对，小弟的确肤浅了，竟为了一张脸皮险些入了魔障。”而后向李赦哂然一揖，道，“多谢三哥点醒小弟。”

李赦温和一笑，道：“四弟一向是洒脱之人，拿得起放得下，即便三哥不说，四弟也自会想通。天色已晚，四弟别再喝了，早些休息去吧。”

李勘又是一揖，玩世不恭地调侃道：“是，谨遵三哥令。”

李赦摇头一笑。

“三哥，二叔之事，你待如何？”李勘问道。二叔李道已确认被杀身亡，刺客假扮李道模样又欲刺杀大哥，虽未成功，但此事李家不可能轻易罢休。

李赦轻轻勾起一侧嘴角，冷笑道：“李家人的命怎可轻易被夺，自是血债血偿。”

李勘无一丝惊讶，亦轻轻浅浅地笑了起来。

“三哥，当年唐夜究竟因何事对无音下了忘忧？”李勘忽而问道。

闻言，李赦敛了些许目光，道：“事关他的娘亲。”言尽于此，李赦再未多言。

李勘怔了怔，但见李赦神色，便知三哥再不会吐露半分了。便笑了笑，三哥不说，他也猜出些许，在大哥结婚前，三哥曾有意提醒他无音来了洛阳，他便知道，大哥这个婚礼绝不会一帆风顺。三哥暗中做了许多事，已挡了许多麻烦，但总有些意想不到的事情发生，不过幸好有惊无险。

他放下酒壶，对李赦道：“今日总算有惊无险，夜深了，三哥累了这许多时日，也早些休息吧。”

李赦笑道：“看着大哥终于娶到了大嫂，再累也值得。你先去休息吧。”

李勘一笑，离去。

他看着李勘带着轻快笑意转身大步而去，衣襟在夜色中微微摇晃，洒脱依旧，似真的放下了方才的迷茫。李赦却轻轻一叹，望向夜空中一如既往清冷孤独的明月，月光下，他嘴角的笑意未去，却成了寂寥的嘲意。

那日之后，不知李家用了何种手段，刺杀一事并未传开，因当日没回婚礼现场，花无多自然不知道假李道刺杀李慊一事。

那日，唐夜回来时，便看见酒足饭饱的花无多正等在院里。见他回来，她一蹦一跳地到了他面前，心情似很愉悦，脸上的面具也没了，笑嘻嘻地对他道：“给我解毒吧。”

他点了点头，便见她笑开了花，围着他进屋坐下，还倒了杯茶放在他面前，而后才在他面前摊开了手臂。

这是他最后一次为她施针。

那只手臂他已看了半个月，其上的穴位，便是闭着眼睛也能将针准确入穴。

她似乎很开心，问道：“宴席好吃吗？”

他没有回答。

她似也不甚在意，又问道：“后来那老头儿怎么样了？”

唐夜还是没有回答她。

花无多终于察觉出了不对，便不敢再问，要问也要等到施完针再问。

不需要多长时间，针施完了，花无多收回手臂。看着自己的掌心，原来最后的一点儿异红也消失了，她不禁有些得意忘形，好似伤愈后的鸟儿可以再次振翅翱翔于天空，那种自由的感觉令她得意之余又喜不自胜。

她早将先前的疑问忘到了脑后，对唐夜道：“谢谢你一直以来的照顾，我走啦！”

唐夜没有回应，甚至连看都没有看她一眼。

她也不管不顾十分张扬地回屋拿了包裹，包裹是早已准备好的。

片刻，唐夜听她在门口大声道：“不必送了，后会无期……”声音渐行渐远。

她就这么走了，他就这么放她走了。

黑暗中，有一人跪在唐夜的门口，正是消失已久的方圆。

方圆跪在地上，许久不见唐夜说话，却也一动不动，直到听见唐夜道出了一个名字，“吴翌。”

方圆道：“是。”身影忽起，一瞬消失在夜色中。

第二十六章

心中牵挂

花无多出青麟客栈不远，便在街头转角看到了一个熟悉的背影。她怔忪地停下了脚步，稍微犹豫了一下，便唤道："爹。"

方正阳转过身来，看到她轻轻地笑了。

月牙高悬夜空，却似有些害羞，颜色微微染着红。洛阳刘府内，公子修趴在院中石桌上，已然醉了。整个院子只有他一个人，他的声音很轻很轻，不知在和谁说着话："你的确不适合在我身边，我怎能自私地要求你留在我身边？我身边危机四伏，若然行差踏错一步就可能是万劫不复，我尚且过得如履薄冰、怨恨痛苦，便是自己的喜好、自己的婚姻也做不了主，又怎能将你拖进来，束缚住你，让你受尽屈辱？"

他摇摇晃晃地站起身来，猛灌了自己一口酒。院中一阵大风骤起，吹得地上落叶张狂飞起，却又瞬间失力地散落在地上。月光清冷照下，他的身影萧瑟而寂寥，他忽然捂住了自己的胸口，似觉万分痛苦，踉跄后退几步，跌撞在后面的石桌上，酒坛一瞬落地，发出碎裂响声，他忍不住发出痛苦的呻吟。

在违背自己的心接受皇后的安排前，他在洛阳又再次遇到了她，是天意吗？如果是，他是不是该给自己一次机会？

什么身份，什么地位……他通通可以不要，是的，他都可以抛弃不要！他几乎就打算这么做了！

可是……没了这些他还有什么？他还有什么？

他惊恐地发现，这个问题的答案令他惊慌，令他害怕。

他渐渐镇定下来，趴在院内冰冷的石桌上，让夜晚的冷风吹散心中的无力和烦乱。

与爹爹辞别后，天色已晚，便是出了城也要露宿荒郊野外，花无多本打算寻家客栈休息一晚再走，却突然想起一事，一转身，奔向了西城。

此时，公子翌与公子琪正在月下对弈，公子翌道："花无多竟然那么干脆地拒绝与我同行，实在气人。”

公子琪含笑道：“你又不是不知道她的心性。她已决定的事便很难改了。就算你抓了她上路，她半途也会跑。”

公子翌哼了一声，道：“她当唐夜的丫鬟倒很是上心，堪称鞠躬尽瘁，死而后已。”

公子琪再笑，道：“这话听着有些酸。”

“有吗？”

“有。”

公子翌又哼了一声，沉吟半晌，放下一子，忽道：“修的情意如此明显，不知道那个含苞待放的花骨朵会如何应对。”

公子琪闻言先是一怔，而后才反应过来，花骨朵就是花无多，公子翌已很久没有再叫花骨朵这个名字了。“今天那么多人追她而去，只有修没有回来，修的心思你我都看得明白，无多那么聪明怎会看不明白。只不过，这即便是一层薄薄的纸，捅破它的也绝不会是无多。”想到今日公子修追出去的神情，他不禁笑道，“你不用为无多操心，虽然你一直说她是个傻帽儿，她时常也的确显得有些傻兮兮的，但你我都知道，无多并不是真傻，不仅不傻，还聪明得紧呢。”

公子翌又哼了一声，道：“是啊，她时常装傻充愣，令我们分不清看不明她的心思，她才不是傻帽儿，她那是大智若愚！”

公子琪听到公子翌愤愤地道出大智若愚这个词，虽然贴切却甚是好笑，不禁笑出声来。心知公子翌还在怪花无多拒绝与他同行之事，公子琪便道：“虽然你常说她傻，但你我都知道，无多并不是真傻，她只是以此迷惑着我们，掩藏着她背后的真相。她是个谜，我们一直也未能破解的谜。如果不是太了解她，我甚至会怀疑她就是方若兮。”在公子琪的印象中，花无多既爱财又贪吃好睡，更没有男女之防世俗之见，还动不动以侠女自称，自然一点儿也不像出身大家的方家二小姐。不只公子琪如此想，曾怀疑此事的公子翌也作如是想，若说花无多是方若兮，他俩肯定连下巴都惊掉了。

“不提她了，一提起来就生气。”公子翌复又在棋盘上下了一子，方道，“今天本以为能见到方若兮，没想到，姐姐的婚礼她竟然也没出现。”

公子琪下了一子，道：“唐夜放的那个烟幕弹可够大的，竟引来了这么多王侯公子。”

公子翌下了一子，道：“方正阳一到洛阳便拒不见客，连宴席也只滞留了片刻，太不给李家面子。”

“怕是担心有些个孟浪公子一再问及他家二女儿吧。”

“说的正是，不管那方若兮长得人模人样还是人模鬼样，总是会有人争着抢着要的。”

“那你呢？”二人头顶忽然有第三个声音问道。

二人正下着棋，忽然自窗口伸进一个倒着的脑袋来，目光灼灼，一脸疑惑地问道。二人抬头一看，也吓了一跳，正想着这人是谁？公子翌便看到她扒在窗口的手指上的金环，惊道：“无多？！”

花无多刚翻下屋顶，便被四人团团围住，公子翌忙挥了挥衣袖，四人这才悄然退下，消失在院中。花无多四下里望了望，张了张嘴，到嘴边的话又咽了回去。

公子琪打开了房门，让她进来。

花无多见他们在下棋，便坐在他们中间，左看看右看看，道：“这方若兮到底哪里好？你们就争着抢着要，不就是一个小姐吗？楚田秀也不错啊，还有许倾城、宋子音，啊，对了，还有晋王的女儿刘玉。啊，忘了最美的那个，还有齐欣！她们当中，哪一个不是大家闺秀，为什么你们会说那个方若兮人模鬼样都有人抢？”

公子翌望了她一眼，好像在看一个弱智。

公子琪颇有耐心地道：“抢的不是方若兮，而是李家与方家的支持。”

“娶了方若兮就一定会得到方家和李家的支持？”花无多不以为然。

公子琪道：“李家不好说，不过方家……方正阳自然不会亏待他的女儿。”

“嗯，有道理。”花无多像模像样地点头道。

公子琪道：“奇怪的是，方若兮在这样的情形下都不出现，就只能说明一个问题。”

公子琪原以为花无多会接着他的话问：什么问题？可他没想到花无多只稍作思虑，便道：“我知道，她已经死了！”

公子琪一副恨铁不成钢的模样。

公子翌忍不住喷笑出声。

花无多拍了拍公子琪道：“那你说什么问题？”

公子琪眨了眨瞪得有点儿酸的眼睛，分析道：“方正阳爱妻如命，妻子为他生了两个女儿，自是他的掌中宝。大女儿自不用说，美艳不可方物，想来小女儿也不会太差，只是这个小女儿，一直神神秘秘，没有什么人见过，方正阳如此保护她，想来最是疼爱。今日不出现，我不觉得是她见不得人，反而觉得是方正阳有意不让我们见到她。反过来想，即便这个方若兮真有缺陷，是个傻子痴呆，谁若能娶了她，方家还会薄待了他吗？而李家自然……”

傻子痴呆，花无多第一次听人在背后这么说自己，心里颇不是滋味。

公子翌接口道：“我相信是前者。”

花无多心中一惊，没想到他们竟将事实猜得八九不离十，面上却很是不屑，道："你们尽往好的方面想，搞不好那个方若兮真长得人模鬼样也说不定。不说这些了，我此来是要告诉翌，恐怕有人要加害于你，你要多加小心。"

公子翌闻言，淡淡笑道："我知道了。"

她一怔，也没多问他知道什么了。说完了该说的事，她起身便要走。却被公子翌拽住衣袖，她回头望去，便听公子翌道："夜这么深了，你背着个包袱要去哪里？住客栈还不如住在这里，可以省点儿银子。"

也对，花无多欣然同意了。

青华居并不大，除了公子翌、公子琪及下人、侍卫的住处便只有一处客房，下人们打扫好了房间，便请花无多进去，花无多刚想摘了面具睡觉，便听门口有人敲门，扬声问道："谁啊？"

门外传来公子翌的声音，"我。"

他提了一壶温酒进来，为各自倒了一杯，花无多举杯道："干杯。"二人同饮，公子翌又为二人斟满了酒。如此一杯复一杯。

公子翌道："你明日真的不和我走？"

花无多道："嗯，我自有我的去处。不过，我已经答应修了，待明年春暖花开时我会去京城看你们的。"

"那你打算去哪里？"

"我想去江南。"

"为什么？"

"避寒啊，而且江南太平，不像其他地方那么乱。"

"江南还有宋子星。"

"哈，他不足为惧。"

"你怎么突然不怕他了？"

"他与我冰释前嫌，和我成朋友了，朋友就不怕了。"

"你相信他是真心与你做朋友？"

"我的直觉告诉我，他是真心的。对了，翌，你这次来洛阳也是为了求娶方若兮？"

"方若兮之于我可有可无。"

"那你为什么来？"

公子翌淡笑不语。

"其实你就是为了方若兮对不对？如果她真长得人模鬼样或者是傻子痴呆呢？"

公子翌摇了摇头，笑道："后者绝对不行，前者要看情况。如果她长得实在不堪入目，我也无法接受，我很挑剔的，你知道。”

花无多又问道：“如果她长得很漂亮又很聪明呢？”

公子翌望着她，一瞬间眸中浮出一种复杂神色，忽而轻声低唤道：“无多？”

“嗯？”花无多忽然不敢与他继续对视下去，便移开了目光。他轻声道：“我一直将你当作我的手足，你知道，衣服可以勤换，手足却不可以。”

花无多一怔，笑了笑，豪爽地拍打着公子翌的肩膀，道：“你也是我的手足。”

“不要用内力。”公子翌眸中带笑，像挥苍蝇一样挥掉了她在肩头肆虐的爪子道，“我们喝酒！”

烛光摇曳，酒壶已空，懒散地歪倒在了桌子上，没人理会。

他趴在桌子上望着她笑，露出一排白牙和一条眯缝眼。她亦趴在桌子上望着他笑，露出一条眯缝眼以及一排白牙。

如此，良久……

他伸出手，刮了一下她的鼻子，她伸手去抓，却被他躲开，他似起了玩心，再伸手去刮，她再抓，他再刮，她霍地伸出两只手来将他的手抓在掌心，温热的触感令他微微一怔。正有些怔忪，他见她露出森森白牙一笑，骤然将他的手指扯到她的嘴里狠狠地咬了下去。

他惊讶，疼痛，脸红脖子粗，龇牙咧嘴，疯狂挣扎……千方百计方才将手指自她牙齿下解救出来，正跳着脚甩着手，哇呀呀大叫，便见她哈哈大笑着起了身，打开门，神清气爽地大步走了出去，可刚走了几步，便忽然停步。她抓了抓头发，懊恼道：“不对啊，这是我的房间，该走的是他才对。”

他一怔，忘了手指上的疼痛，望着她的背影，忽然很想……

她甫一转身便与他的目光对了个正着，不禁微微一怔。她从未想过公子翌会这般看她……

却也只是一瞬间，仿佛方才只是她的错觉，便见他夸张地指着自己大笑道：“傻帽儿，天下第一的大傻帽儿！哈哈……”

见他笑得东倒西歪，手指尖还在花枝乱颤地指着自己，她气得眉目皆竖，蓦地一跳，眨眼间便到了他的近前，双手一抓，将他的手指再次放在齿下狠狠地咬了下去。

“啊！”暗夜中传来了杀猪似的惨叫声。惊得前院已然睡着的公子琪乍然坐起，茫然四顾道：“谁家妇人在生孩子？”

花无多一向我行我素惯了，临走前自然没有与公子翌和公子琪道别。第二日天未亮，她便走了。天大地大，仿佛总是她一个人独来独往。有时候也觉得孤单，更多的时候却觉得逍遥自在。爹爹昨夜来寻她，问她打算去哪里，她据实以告，爹爹只是笑了笑，没再说什么，忽然有些意兴阑珊地道："鸟儿长大了，总要振翅高飞，你自己的路终究要自己走。"她听后一头雾水，爹爹却已走了。

原本该向南行，可她边走边玩，觉得哪里风景好便往哪边走，不知不觉偏离了方向，竟向北走了数里。

待走到一处断崖边，她方才察觉路走错了，却刚好有些乏了，便跃到树上暂且休息。正喝着水吃着干粮，便听到了阵阵马蹄声，她循声望去，见一群人骑着马向她所在的方向狂奔而来，而那群人身后赫然有一群黑衣人手持刀剑迅疾地在后面追赶。此情此景甚是熟悉，江湖追杀？

她本是爱看热闹的人，但也仅限于爱看热闹，她一声不响地站在树上，待那些骑马的人近了方才看清楚骑在马上的是谁，当下不禁大吃一惊。竟然是公子翌？！

就在自己附近，公子翌等人被黑衣人追上，保护公子翌的侍卫与黑衣人打了起来，公子翌、公子琪且战且退。显然对手极强，他们不得不跑。

双方均有数人，公子翌和公子琪这一方除了杜小喜和赵真之外，还有八人，如果花无多没记错，在江陵时就是这八个人跟着公子翌寸步不离。

这八个人武功深厚，均是高手，不像自己，靠轻功和十指金环这样的特殊武器投机取巧，这些人是有真功夫的。可即便如此，这些人此刻也明显处于劣势，八人中先后已有两人倒下，剩下的六人也已或轻或重地受了伤。而对方来者数十人，已将他们团团围住，均黑衣蒙面，下手狠毒迅疾，杀意明显，一眼望去，这数十人衣着和身形都有些相同，很难分清楚。

花无多一惊，公子翌又遇袭了。眼下形势危急，她思忖片刻，仍无计可施。正有些着急，四下逡巡时，忽然看到对面不远处和她一样在树枝上站着的人，那人与树下黑衣人同样打扮，此刻目光正望向她！

待看清那人目光，花无多只觉有些眼熟，却一时没有想起此人是谁。

花无多擅长易容，但无论怎么易容，花无多心里都清楚，如果不刻意掩饰，熟悉的人还是容易认出来。因为眼神、体态以及一些不变的特征。

花无多之所以会被刘修、吴翌、吴琪等人轻易认出，便是因为她一直未曾刻意掩饰自己的行为举止、神态眼神、体态特征以及戴在手腕及手指上的十指金环。

而此刻那人的眼神瞬间变化，第一眼觉得有些熟悉，可瞬间又变得陌生，令花无多直觉此人她认识，却一时想不起是谁。

花无多纵身跃下树来，她瞬间来到公子翌身边，格挡住了黑衣人的凌厉杀招，将黑衣人逼退一步，对公子翌道："闭上眼睛，闭气。"就在她与公子翌闭上眼睛的同时，她猛地掷出一物……一瞬间黑衣人痛苦地蒙住了双眼，四周烟尘四起，花无多趁机对公子翌道：“快跑！”

她拉着公子翌使劲跑，却在此时，树上的黑衣人落了下来，拦住了他们的去路。

四周烟尘很大，许多人在咳嗽，停止了打斗。花无多掷出之物叫刺目弹，此物乃唐夜所制。当初洛阳遇袭时，唐夜掷出的便是此物，此物并没有毒，只会令人双目红肿发疼，难以睁开。只是此物若然掷出者是唐夜便很难令人以为没毒，所以那晚当唐夜掷出此物时，那些人因双眼剧痛，害怕之余才会急忙撤退。而今由花无多掷出效果则没有那么大了。刺目弹唐夜一共有四枚，自那日之后，便被花无多全要了来，以备打不过逃跑之用。因此物制作简易，唐夜并没有犹豫便将身上带的四枚都给了她。

公子琪一时半会儿并无大碍，他们的目标只是公子翌，花无多在心中分析着利害关系，不管面前是谁，在这一刻，花无多想都没想便挡在了公子翌身前，对他道：“这人我来对付，你快跑！”

公子翌犹豫了一下，便道：“小心。”

花无多一瞬不瞬地盯着黑衣人，戴上了十指金环。

公子翌策马奔出树林。

花无多的武功虽然恢复，却没有完全康复。黑衣人的气息令她知道，自己现下这种状况难敌对手，所以她只是站着望着黑衣人，黑衣人不动，她亦不动，拖延时间方是上策。

她并不知道自己会阻拦黑衣人多久，但只要公子翌能跑远些便好。她心里只有这一个念头。

即便打不过，自己也不会有生命危险，十指金环这武器十分霸道。针入穴可杀人，丝线一触碰便见血。可攻可守，即便你武功再高，如果遇到这样诡异的兵器也不易应付，花无多心中有数，只盼拖得一时是一时，实在不行再跑也不迟。

黑衣人眼见公子翌离去，心知花无多有心拖延，便骤然发难，一掌向花无多打来。黑衣人招数凌厉，步步杀招，但花无多身体灵巧，武器独特，黑衣人一时拿她也没办法。可是，并没过多久，花无多便觉胸口发闷，气息运行开始不顺，几次运力都无法发出银针，银线在中途也会无力断落下来。面对黑衣人的步步紧逼，她只得不停地后退，靠着灵活的步伐，一直躲闪。黑衣人本无心恋战，几番将她逼退后，便欲向公子翌离开的方向追去，却再次被花无多缠上。黑衣人终于不耐烦，目光一变，连出杀招，花无多急速后退，黑衣人骤然打出一掌，直奔花无多胸口。花无多为躲开此掌，发力向后倒飞出去，一跃数丈，黑衣人一掌打空。却在这时，她突然看到一人纵马向她驰来，神色惊惧地大喊道："无多！"

她这才发现自己竟因用力过猛，已飞出了方才落脚的山崖边，脚下再无可续之力。这一落下，便将掉进深不见底的悬崖，自此万劫不复。

大惊之下，她惊惧地望向向她迎面纵马而来的刘修。

"修……"她慌乱而无助地伸出手，察觉自己在快速下坠，身体毫无着力点，这一刻竟觉万念俱灰，而公子修竟似想也未想，便跃马扑向了她，义无反顾地与她一起坠入了悬崖。

黑衣人也看到了这一幕，在崖边怔了怔，却未多做犹豫，转身继续追向公子翌逃离的方向。

烟尘中的公子琪刚刚脱身，便看到了方才一幕，他怔在了当场，一瞬间竟忘了自己还身陷险境，可也只是一瞬，待反应过来，立刻驰马疾奔，一众黑衣人亦随后追去，身影先后消失在林间。

不一会儿，刘顺和数名侍卫已赶至山崖边，见山崖处还有几人缠斗，当中赵真和杜小喜他自然认得，却未上去帮忙，这时便见那些黑衣人似不再恋战，亦纷纷退去。刘顺以为那些黑衣人是退去，实则那些黑衣人却是听到了召唤，向北奔去，杜小喜和赵真等人也随后追去。刘顺四下不见公子修，便拉住杜小喜，问他怎么回事，他家公子在何处？

杜小喜根本无暇顾及刘顺，却又挣脱不开他的拉扯，便一指山崖外，道："跳下去了。"

"什么？"刘顺一时没有反应过来，或许因为听得太过清楚而不愿相信，杜小喜被他扯住，心里担心公子翌的安危，便草草道："一个女人掉下去了，你家公子随后纵马跟着跳下去了。"因花无多戴着不同以往的面具，面具又总是换来换去，杜小喜自然未能认出。而他虽然在李府婚礼上草草见过她一面，此刻心急公子翌安危却也没想起来。

刘顺这回听得明白，一瞬怔在当场，杜小喜挣脱了他的拉扯，拍马而去。

杜小喜尚未跑出多远，刘顺便自马上掉了下来。旁边随行的刘家侍卫听到杜小喜之言，也各个面露惊惧，纷纷跳下马来，扶着腿软踉跄的刘顺一同来到山崖边。

崖边灌木枝上残留着一块布料，与公子修身上所穿衣物布料相同，刘顺扑跪在地向崖下眺望，不停地大喊："公子！公子……"众侍卫也纷纷跟着他大喊，却哪里听得到半点儿回音。

山崖深不见底，谷中林木森密，当下早已不见刘修和花无多的身影。只听阵阵风声，似鹤唳低鸣般吹过耳畔。

下坠的那一刻，花无多大惊之下，脑中一片空白，只觉得自己在不停地下坠，速度越来越快。眼前，她清楚地看到了公子修纵马飞跃下来，一瞬间心里似被什么东西重重地击了一下。

公子修的神色在这一刻分外清晰真切，他恐惧着，害怕着，仿佛掉落了什么不能失去的珍宝，比自己的生命还要重要的珍宝。他急速下坠，毫不犹豫，义无反顾，直到碰到她伸出的手，将她拖入怀中！

树枝刮在身上，生疼生疼，他即便再护，也无法护她全身。他试图攀住枯枝，枯枝却脆弱地不停折断。他手上全是血，飞溅在她脸上。

她紧紧抱住他，他温暖的胸膛，他有力的手臂，他绝不放开的意念令她回过神来，自手中射出银线，缠绕在枯枝上，渐渐缓住了落势。

咔嚓……一声巨响，是公子修的马跌落到了实处，马的尸体插在树枝上，贯穿了整个身体。马身早已一路被枯枝刮烂，此刻血肉模糊，惨不忍睹。

想到若然没有公子修，自己很可能在一瞬间变成马匹那副模样，花无多控制不住地浑身颤抖。公子修察觉到了她的害怕，紧紧将她抱住，一遍又一遍地轻抚着她的头发，轻颤着喃喃自语："幸好，幸好……"

这一刻，二人攀住了附近的一根枝丫，相拥而立。花无多将自己埋进公子修的怀里。这一刻，她感受到的不只是从前他带给自己的安全和温暖，还有些别的什么，让她眷恋，让她想要紧紧抓住。

令花无多庆幸的是，虽然掉落悬崖，自己背上的包裹却没有掉，里面有些干粮和她易容用的工具，还有一些常用药。

她伤势并不重，只是些刮伤，只是公子修的手及后背有几处刮伤颇重，幸好她身上所带的是上好的伤药，为公子修敷上，想来不日便可痊愈了。虽然这种伤药有不留疤痕的功效，但公子修的手受伤很严重，恐怕还是会留下痕迹。公子修并不以为意，但花无多每次为他换药时，心里都暗暗难受，越发为他不顾性命扑下山崖救自己而动容心悸。

公子修的马背上也有包裹，不知里面装了什么，花无多也不便问，马上还有他的长剑及惯用的弓和黑白羽翎箭，连同箭囊，公子修一并取下。

离去前，他摸着死去马儿的鬃毛，一遍又一遍。花无多记得，在南书书院开学的第一日，公子修所骑的马便是这一匹，此马应是跟了他许多年。

花无多道："不如我们葬了它吧。"

公子修却摇了摇头，放下了手，道："我们走吧。"

谷中有溪流，山中有野味，二人顺着溪流行走，希望能找到出口。可一路行去，却发现山路高高低低，四周都是树木，竟越走越没了路。遇到岔路口时，二人只得凭直觉寻路。

这一路与公子修一起并不难挨，夜里虽然会露宿野外，以天为被以地为床，却因有他在一切都变得怡然。

他拾柴火，抓野味，她负责烤制，两人共同分享食物，吃得倒也有滋有味，走累了便停下来休息。晚上深谷露重，他怕她冷着便时刻不忘拢柴添火，还供她依偎取暖。

这些时日，花无多没戴面具，原本他也见过她的真面目，此刻身处深谷既无外人，便免了晚上还要抹一脸药泥的麻烦事。

他看着自己的目光永远是温柔的，暖意融融，或许心中喜欢这种感觉，她竟觉得就这样与他一起走下去也不错。

而公子修也是这般想法，竟觉得这路如果没有尽头该多好，所以几番遇到岔路口，他们不约而同地选择了最不像出口的路走。

一路走走停停，闲来无事，花无多便问公子修，为什么他会跟着跳下来？

他掩了眸光，却未回答。

她不放弃，一而再，再而三地问他。虽然猜到几分答案，却偏想听他亲口说出来。

他终于开口道："我不能看你死在我面前。"

花无多突然想到，自己也是看不得公子修死在自己面前的，将心比心，想想也是，便接受了这个回答。可稍后一想，她却发现有什么地方不对，若然当日先跳下来的是公子修，她是否会不顾性命地跟着跳下？这个答案竟数日无解。而后她便又不甘心地追问他有没有点儿别的原因，他便笑着反问她："还应有什么？"

在谷底的第三日，花无多发现溪水的温度变得温热，四周风景也有变化，气候逐渐湿润起来，偶尔还会看到翠竹。她正有些奇怪，在一处岔路口犹疑走哪边时，竟发现了一条青蛇。山中多蛇虫鼠蚁，有蛇出没并不奇怪，只是这蛇偏巧被花无多遇上了。花无多向来嘴馋，蛇肉鲜美，这几日吃多了各种干涩烤肉，花无多很是想念滑嫩的蛇肉，远远看到蛇影，便蹿了过去，那蛇十分机警，知道有危险靠近，瞬间钻入山林深处。

花无多跟着青蛇进入了山林深处。

公子修见她跟着一条蛇跑，也不多问，只是紧紧地跟在后面。

那蛇显然是地头蛇，轻车熟路，欺负花无多和公子修是外地人，一路钻爬，因四周灌木林立，蒿草丛生，花无多和公子修追得很是辛苦，却并不放弃。花无多回头对公子修一笑，均起了嬉戏之心，竟觉得此番追蛇很是有趣，早已忘了来时之路。

那青蛇约有丈长，移动迅捷，被花无多追得急了，便在附近寻了个洞穴钻了进去，消失不见了。

眼看青蛇消失，花无多只得停步，回头对公子修道："完了，还是被它跑了，晚饭泡汤了。"

公子修一笑，道："强龙不压地头蛇，我们还是算了吧。"

花无多扑哧一笑，道："那你说吃什么？"

公子修道："日已西斜，我们先找处休息的地方，再作打算。"

花无多点点头，道："好啊。"

并未向回走，他们不约而同在附近寻觅起晚上歇息之地。此时距离太阳落山尚有一段时间，他们走着走着便又看到了溪水，二人相视一笑，继续顺着溪水走去，却走到了一处天然竹海。

二人均未想到荒谷中竟别有洞天，此地翠竹林立，不再似前几日走过的隐蔽林路。地上铺满竹叶，想必从未有人来过，四下鸟鸣通幽，空气清新自然，似避世桃源。二人飞上竹枝，以轻功在竹间跃逐，远远地，他们同时发现了一处空地。

来到空地，地面薄雾缭绕，有泉水自地下冒出，经过沙土砾石洗刷，最终汇聚到一处砾石围成的浅潭。潭中水，手心触及刚好温热，花无多伸手触水，望着公子修喜不自胜。

潭水四周，三面环山，再有便是来时竹林，原来他们竟来到了溪水的源头，山中的腹地。

很明显，他们的路完全走反了。

花无多指着这地方笑道："倒是个隐居的好地方。"

原本只是无心之语，未料想，回头之际却见公子修目光深邃地望着她，她微微低下头去，听他道："要是有个竹屋就好了。"

他又道："我们今夜在这儿休息如何？明日再去寻出谷之路。"

花无多点了点头。

公子修显然并不急于离开此地。花无多自然更不急。说是一日，可第二日他们还在这里。

他们不急，却有很多人在为他们而急。

这一刻洛阳已经乱成了一锅粥。

在得知花无多与公子修双双坠崖后，一批又一批的人先后下谷底寻找，这些人除刘府之人身份明了外，其余一概不知是些什么人。几番遇到还打了起来。

刘顺更是亲自带人下了谷底，先是发现了刘修马匹的尸体，当即在四周寻找，却未发现公子修，刘顺悬着的一颗心终于稍稍放了下来，暗道公子定然没有死，应是寻找出路去了。忙派出了几拨人沿着谷底道路寻找，却因这山谷中岔路太多，几番均无收获。

公子翌、公子琪那日离开洛阳颇为狼狈，幸而公子翌虽受了些伤，却无大碍，后来与公子琪会合返回京城。途中听公子琪提及花无多与公子修掉落山崖之事，惊怔之后公子翌几日不曾言语，只拼了命般埋头赶路，公子琪也不愿说话，二人便这样一直沉默着马不停蹄回到了京城。

甫一到京，公子翌回到大名府第一件事就是派人到洛阳寻人及打探花无多的消息。而几日未曾合眼的公子琪，静静地立在一旁看着他安排好一切，递上一口热茶给他，却被他推开，公子琪再次将茶递到他面前，道："翌，你该吃些东西了，伤口也该重新包扎上药，无多吉人天相，不会有事。"

公子翌微微抬眼看向公子琪，望着公子琪的目光透着莫名的疲惫，他已几日未曾合眼，因一直疲于赶路伤口也没有好好处理，公子琪正要开口再劝，公子翌却似忽然想到一事，忙唤来人吩咐道："去打听一下，国舅爷可曾回来了。"

花无多和公子修将这附近寻了个遍，并未发现出口，已经四天过去，他们还是没有离去。花无多试着用竹子做了几样简易餐具，刚做好一副竹筷子，很是炫耀地拿给了公子修看。

公子修看着她做的筷子，眸中闪着淡淡的光，柔声问道："你喜欢这里吗？"

花无多点头道："很喜欢！"

公子修望着她，轻声又问："我们真的在这里盖个竹屋，如何？"

闻言，花无多眸中一亮，轻快地道："再在四周围上篱笆，院里再摆上竹桌、竹椅，养几只野鸡、野兔……可是……你会盖房子吗？"

这话问倒了公子修，公子修出身富贵，怎么会盖房子？

见公子修一脸尴尬，花无多笑道："要是能出去就好了，和那些盖房子的学一学，我们再回来慢慢盖，再买些日常用品，一定要买酒！哎呀，说起来已经好久没沾酒了，还有白饭……"花无多边说边咽口水。

看着她贪吃的模样公子修轻扬嘴角，静静地问道："无多，你真的愿意和我一辈子住在这里？"

花无多笑道："如果找不到出去的路，也只能和你一辈子住在这里了。"

望着她没有一丝阴霾的双眸，他牵起她的手握在手心，淡淡地又问："那你愿意吗？”

一阵微风吹过，吹来淡淡竹香，她低下头去，轻声与他道：“愿意的。”

顷刻间，他再藏不住那眼角眉梢涌现的无尽爱意。

第二日，公子修发现半山处有一个洞穴，洞穴有风，或许可通向另一处。

山洞很难行，另一处通向不知名的地方，二人因路不熟，摸索着走了将近一个时辰方才出了山洞。山洞外杂草丛生树木参天，地处山腰，一时也辨不清到了哪里。他们用轻功一路飞下山，而后没走出多远，便发现了林间小路，路上有马蹄痕迹，二人大喜，便一直顺着路走。

下了山，没走多久便到了庐州地界。

一路上，很多人盯着花无多看，花无多觉得不便，将面具再次戴上。岂料，公子修也向她要了一副面具戴在了脸上。

花无多问公子修：“你为什么要戴面具？”

公子修反问花无多：“你为什么总戴着面具？”

花无多道：“此事说来话长。”

公子修笑道：“反正闲来无事。”

花无多便道：“小时候有个算命的到我家，无意中看到了我，便说我是祸水命，尤其是这张脸。我爹愁得不行，说自古红颜多薄命，问他怎么化解，他便提及了易容术。我爹很信那算命先生的话，果真找了个人来教我易容术，也就是我师父。我娘去得早，家里没人管我，我师父也不怎么管我，教会了我易容术就走了，后来我一直都没见到过他，听说他已经辞世了。”

花无多边走边道：“还记得我小时候，觉得易容术麻烦，不乐意学，师父便吓唬我，说我是祸水命，不易容会给自己和他人带来灾难。我那时小，听了很是害怕，便很认真地和他学易容术，还经常和他切磋技艺，互相易容骗对方。后来他走了，我也已经明白什么是祸水脸，祸水脸可是很多女人梦寐以求的呢。哈，可是我已经戴面具很多年了，已经习惯了，偶尔不戴面具好像缺了什么东西，很不舒服，所以也就省了这祸水脸去做祸水的事了。”

公子修没想到竟能听到这样一番言论，她说得轻松，大而化之的性格总是令人觉得她活得很恣意很幸福。可是，她人生中的坎坷公子修又岂能听不出来，她自幼丧母，很小的时候开始和师父学艺，她师父似乎也和她不甚亲近，教会了她易容术就走了。自幼她便一直戴着面具生活，只因她那张脸会给她带来很多麻烦。这便是她的过往吧。公子修想，或许这些连吴翌也不知道，思及此，他牵起了花无多的手，道："我们去买酒。"

"嗯。"花无多笑着点头。

庐州的街道自然比不上洛阳繁华，却也并不十分萧条。站在人来人往的大街，公子修牵着花无多的手，有种恍如隔世的感觉，便听花无多道："好几日没过正常人的生活了，先去买身衣服，咱们再去大吃一顿。"

公子修笑道："好。"望着她的目光自然而然流露出无尽的温柔情意。

花无多笑眯眯地回望，将甜蜜与信任全都写在了脸上。

出了山来，似乎就到了分别的时刻，花无多与公子修心中皆明白，却没有人愿意主动提及。

住客栈时，虽然戴了面具，可还是无法掩盖公子修与生俱来的贵气，只一个眼神便看得店小二向他点头哈腰。

子夜，他二人抱了几坛桂花酒在客栈里喝，客栈人很少，整个院落只有他二人。

在山中多日都没有喝到好酒，不知是心情使然，还是美酒当前，公子修今天喝酒喝得极猛，与花无多共饮了一坛子酒后，再抬起一坛子，目光已有些迷离。

或许是酒，或许是人，也或许是这幽静的夜，他似变了个人，缓缓讲起了自己的往事。那是公子修从未与他人讲过的事，也是花无多做梦想不到的他的过往经历。

庐州的月光洒在公子修身上，显得格外清冷。

公子修淡淡道："我的娘亲极美，在我很小的时候，她就告诉我和姐姐，我们与其他人不同，我们生来便高人一等。在府里，其他姨娘的孩子都是下贱的、卑微的。"

不知是不是因为想起了娘亲，公子修的面容带了丝暖意，"娘亲对我和姐姐管教十分严厉，尤其对姐姐，姐姐自幼学习的东西很多，比我还多，我们很少有空玩耍，我除了习武、射箭，还要读书练字。娘亲常说，她对姐姐与我寄予厚望，我们越出色优秀，她便越引以为傲。年幼时我不懂自己与其他人有什么不同，但高高在上的感觉的确很好。也很喜欢看到娘亲为我骄傲的模样，所以我无论做什么都很努力，都要赢，也必须赢。"

说到此，他目光转暗，灌了自己更多的酒，继续道："十三岁那年，娘亲去世了，她终究没能看到我行冠礼。娘亲的灵柩尚未下葬时，七姨娘就倚仗我父亲的宠爱想要成为正室夫人，替代我娘亲在府中的位置。我知道后提剑冲进了她的房间，一路拖着她的头发直到我娘亲的灵堂。她不停地在灵堂前磕头求饶，磕得满地是血。我父亲进来看到这样的情景，一掌向我打来，我当时气怒交加，没避也没躲，想着就那样被他打死去找娘亲也好，可我没想到，刚自宫中回来的姐姐却冲过来替我受了那一掌，飞出去的时候……她撞在娘亲的棺木一角，自此……再不能生育。"

听到此处，花无多心中一痛，却不知如何安慰公子修。

他继续道："那晚，我跪在娘亲灵堂前，亲手洗净了地上的血渍，一点儿一点儿，洗去。"

花无多望着公子修，发现他嘴角带着嘲讽的冷笑，仿佛在说着别人的故事，一丝痛苦都没有，如此冷漠，冷漠得悲凉。那是花无多从未见过的公子修，只听他继续道："姐姐伤重昏迷时，仍挂念着我，反复说着，要我牢记娘亲生前的话。我在姐姐病床前发誓，我绝不会让她失望，我必定会光宗耀祖，成为人上之人，让娘亲和姐姐都以我为傲！"

公子修又猛灌了一口酒，冷冷一笑，道："无多，我在你心里是个怎样的人？"

花无多闻言自怔忪中清醒过来，一笑道："修至情至性，既侠义又高贵。"

公子修闻言，眸中闪过一抹残忍，道："在我八岁那年，三姨娘的儿子和我抢小木马玩，我一棍子便将他打成了残废。三姨娘到我爹面前哭诉，我却骂她下贱，她当场羞愤地撞墙死了。"他的嘴角扬起浅笑，冷酷至极，"十岁生日那年，母亲为我做了一件十分好看的锦袍，我穿着它走过后花园，我的表妹却在这时端着一盘油腻的糕点撞在我身上，弄脏了我的衣服，我一掌将她打飞出去，她撞在石头上当场命断。我十四岁刚行过成年礼，不过多看了府里一个丫鬟几眼，她当晚就脱光了衣服爬上了我的床，我却将她一脚踢下床去，一剑刺在她胸口。"

说到此，他轻笑出声，月光如水，照在他身上，刹那冰凉。

"我还是你心中的修吗？"他问得很轻，侧脸隐在暗影中，模糊不清。

月光淡淡，安静得犹如毒针，一根一根刺入刘修的心，眸中的光芒随着这份安静渐渐消失。可就在此时，只听轻轻一笑，那笑声如珠玉落盘，轻轻脆响，令他心起涟漪。目光所至便看到月下的她晃着脑袋，摇了摇头又点了点头，似在认真思考着什么，半晌，方才开口道："我只知道，修对我很好很好，可以为了我连性命都不要！"

他的心蓦地缩紧了。

他凝视着她，只见她微晃着头，抱着酒坛子，似有些醉，却又似没醉。而后，公子修清楚地听到了他一生都不能忘记的话，"我喜欢这样的修！"

这一刻，他的心不可抑制地开始狂跳。

她笑得越发恣意，举起酒坛子与他的一碰，一挥手，大声道："烦恼事说完了，就全抛了！咱们喝酒！"

两个酒坛子撞在一起的那一刻，声音在暗夜中显得分外清晰，也分外令公子修心动。他仰头灌了数口酒，望着花无多的目光越发炽热，轻声道："无多，遇到你，或许是我此生唯一的变数，但我喜欢这个变数。我厌恶女人，我看尽世间女人争宠的丑恶，我甚至闻到她们身上的胭脂味都会觉得恶心，但你却是例外，唯一的例外。我原以为婚姻不过是权力争夺中的筹码和手段，我终究也逃脱不了这样的宿命，便觉得爱与不爱、喜欢与不喜欢都无所谓。但自从遇到了你，我突然有了一份不该有的执念，我想和你在一起，无论天涯海角，无论平凡穷苦，只要每日能看到你，与你在一起，从日出到日落，再从日落到日出。”他抓住了花无多的手，紧紧地，甚至抓疼了她，炽热地问道：“这是我的奢望吗？”

此时此刻，她望着公子修，心神微微恍惚，心口有种莫名的痛和不忍，不知是酒后的热度还是公子修的目光所致。花无多只觉得自己全身血气上涌，有着说不出的热力充斥在胸口，她晃了晃有点眩晕的头，亦反握住他的手，道：“无多愿伴修海角天涯！”

公子修一把将她拥入怀中。

将她整个抱在腿上拥在怀里，原本碍事的酒坛子被他丢置一旁。

月光如水洒落，流淌在二人身上，轻缓温柔。

他这一生都没有这样拥抱过一个人，满心满意的爱意克制不住地汹涌而出，便是感觉她的一呼一吸也觉得如此幸福。他恍惚地想，这就是爱吗？如果这就是，他宁愿放弃原有的身份、地位，原有的一切，不顾一切去拥有，虽然背弃了娘亲和姐姐的期许，虽然前途渺茫，甚至可以预见他们的未来阻碍重重，但只要有她在身边，他无怨无悔。这是他自己选择的路，他紧紧地抱着她，感受着这一刻真实而动情的拥有。却在这时忽听怀里的她小声嘟囔道：“当初你为什么要选择跳河呢？”

公子修刚想问她在说什么，低下头一看，便见她靠在自己胸口闭上了眼睛，似乎已睡着了。

月光洒在她眼帘上，温柔细腻地描绘着她的美，他痴痴地望着，仿佛时间停在这一刻，或许一直到生命的终结他也情愿。目光移至她的唇，他低下头去，缓缓地，当软软的双唇碰触时，他忍不住浑身战栗。有种情绪破茧而出，如万马奔腾般直冲脑顶，他一时情动，吻住了她。

昏昏欲睡的花无多因为这个吻突然睁开了眼睛，惊讶地推开公子修，捂着自己的嘴道：“你怎么咬我？！”

公子修闻言不禁红了脸，讷讷不成言，却在一转眼间，再次抱紧花无多，义无反顾地吻了下去。花无多一惊之下，竟被他得逞，唇齿辗转间脑袋变成了糨糊。当公子修放开她，鼻端抵在她的鼻端时，花无多只觉得脸颊燥热，目光迷离地望着近在咫尺的公子修，口齿不清地自言自语：“心怎么跳得这么快？”

心若擂鼓的公子修睁开了双眼，看到了怀里比自己还要迷茫的她，眸中闪过一丝光芒，低头再次吻了下去。

那就让它更快！

待公子修松开一丝空隙，低头瞧她时，她亦偷偷抬起了眼瞧着公子修。月光下，他的目光透着浓浓情意，气息就喷在自己的面颊上，她看到了他的唇，有一瞬恍惚，蓦地捂住了自己的脸，推开公子修奔进了屋去。

公子修追出去两步却又停住，嘴角溢出轻轻暖暖的笑。直至今日他方才肯定了，她对自己是有情的，是有情的……

第二日，太阳已高高升起，花无多这才起床，洗漱完毕后，刚想出门去找公子修，就想起了昨晚……不禁停住了脚步踯躅不前。

她正在犹豫，就见门外立着一个再熟悉不过的身影。想到昨晚，花无多便是再懵懂，此刻看着他的影子也觉得全身发烫，窘迫不已。这时，就听门外公子修道：“起来了？”

“啊！”花无多有些大惊小怪地应了声。

门外公子修又道：“那我进来了。”

“啊？”花无多惊慌失措，门却已被打开，她忙转过身去，不去看他。

察觉他关了门向自己走来，他每踏一步她的心便不受控制地猛跳一下，直至他站在自己身边，凝望着她，她却仍没有一丝勇气抬头看他。他带着笑意，轻轻问道：“怎么了？”

清楚察觉到他靠近的气息，花无多有些心慌意乱，忙道：“没，没什么。”

公子修轻声又道：“脸红了？”

“没，没有。”她恨自己竟然结巴，明知此刻戴了面具，即便脸红他也看不出来，却仍有种被他看穿的错觉。

他轻笑，道：“真的没有？”

“真的！”目光一触及他，花无多的双眼便不受控制地看向了他的嘴唇，望着望着目光竟开始恍惚起来。却在下一刻惊觉他又像昨晚一样“咬”着自己，而自己的心因跳得太快，似能听见声音。

她竟然不讨厌被“咬”，不仅不讨厌，还有点儿……有点儿喜欢……

第二十七章

却是别离

天越来越凉了，这几日，公子修已明确表明，从今往后他欲放弃原有的身份和地位，与她一同行走江湖过游侠生活，有花无多的易容术，这个愿望对他们来说并不难。

花无多听后喜忧参半，喜的是公子修对自己的真情实意，愿为她放弃一切。忧的是自己隐瞒了身份而令他进退两难。每当看到他望向远方蹙眉沉思时，她就特别想告诉他，可话到嘴边却又说不出口，如果他知道自己的身份，是不是就会带她回京城？想起刘府那么多的规矩及复杂的环境，花无多心生怯意。

她一心向往的是快意江湖，做个逍遥自在之人，如果说出身份，那这个向往必将成为泡影，她犹豫不决，便决定暂且不提。人生得意须尽欢，得逍遥时且逍遥。与公子修在一起只要快乐就好，花无多如是安慰自己。

他二人一致认为竹海是个定居的好地方，山清水秀，气候宜人，还不会被打扰，便决定先去学盖房子，然后回竹海把他们的小家先盖起来。二人甜甜蜜蜜计划着美好的未来，便开始置办所需用品，打算带回竹海。

公子修平生第一次陪女人逛街，这才知道陪女人逛街买东西着实是个苦差。但见她开心，他便又觉得心满意足，一直陪她逛下去，几乎走遍了整个庐州城的所有店铺，也无一句怨言。还在后来花无多喊走不动了，脚好酸时，他不顾大街上人来人往的目光，当众背起了她。

又逛了一家店，花无多没有买任何东西，掌柜的在他们身后抱怨，“还以为是有钱主，结果也是个穷鬼。”

公子修何时受过这等闲气，闻言目光一冷就要转身，却被花无多拽住，“行走江湖，各种人的嘴脸都要看得、受得，你再不是以前的贵公子了，你是要与无多同甘共苦的人。”

公子修敛了目光，没有再回头看那掌柜。

花无多又道：“这世间就是如此，你高高在上时看到的都是谄媚讨好的嘴脸，你失去了原有身份时，便要学会忍耐。修，我知道这些对你来说很难，但我可以做到，你也可以的。”

花无多最后一句话是在说自己的身份，只是兀自沉思的公子修没有听出来。公子修终究忍下了心中怒气，牵起花无多的手走远了。

二人走累了，便进了一家酒馆，点了些酒菜。

二人正吃着，就听旁边有人道：“昨晚东头张秀才的女儿被玷污了，被弃尸在荒郊野外。唉，这是什么世道啊！”

另一人说：“唉，现在世道乱，官商勾结，贼寇横行，各种苛捐赋税压得咱们老百姓喘不过气来。唉，日子越来越难挨了。”

那人一叹又道：“这事很可能是城东那群贼匪干的。唉，可怜张秀才家的女儿才十六岁，又孝顺又可人，只因近日母亲生病，便替了母亲去城东河边浣洗一家衣物。却没想到会被贼人盯上，失了贞节又丢了性命，听说死状极为凄惨，唉……可怜啊。”

原本也就当一个闲话听，可公子修未料到，第二日，花无多竟然决定去城东洗衣服。她还拍着公子修的肩膀对他说：“你有福气了，脏衣服拿给我洗吧，不用客气。”

闻言，公子修哭笑不得。他根本没什么脏衣服，脏衣服都被他送给路边穷苦百姓了，如今身上穿的是新的，虽然是布衣，却仍然干净清爽。但为了满足花无多洗衣服的愿望，还是将身上这件偷偷脱了，硬着头皮说是脏的，拿了给她去洗。

他回头再看花无多，则完全没他那么讲究，这一收脏衣服，一包裹都是。难怪她要去洗衣服，只是为何一定要去城东……

“一天未必能遇到害人的贼子，那就两天，两天不行就三天，脏衣服多没什么，反正闲着没事干，慢慢洗。”公子修在门外听到了屋内花无多的嘀咕声，花无多前脚才出门，他后脚便也出了门。

从未见过女人洗衣服，更未见过花无多洗衣服，公子修躲在树上远远地望着她蹲在河边挥舞着洗衣棒一棒一棒狠狠地捶打衣服的模样，总有种衣服会被她捶烂的错觉。不知不觉扬起了嘴角，忽然觉得她为自己洗衣竟是这般幸福的事，便是她洗衣的模样也好看至极。

很快，花无多洗完了一件衣服，将衣服拧了拧，暂时挂在了一旁的树上。又开始洗起了另一件，却始终不见其他人。想来这里出了命案，原本来这里洗衣服的人也都不敢来了。

眼看她另一件也洗完了，正要去悬挂。这时灌木林中不知从哪里蹿出一头牛来，那牛一看便知不是家养的，精壮的身子略带野性，可不知怎么就咬住了先前花无多挂在树枝上的衣服。

花无多见状忙大喊了一声：“哎呀，修。”

突如其来的惊呼，公子修险些以为她发现了自己，正惊慌地站直了身体，就发现她正紧紧地抓着牛嘴里衣服的另一边，试图将衣服拽出来。公子修这才明白过来，原来她喊的是那件衣服。

那头牛也倔强得很，硬是咬住衣服不放，一人一牛一来一往就在河边开始了拉锯战。

公子修远远地看着，越看越想笑，可又不能笑出声，便艰难地忍着。

花无多挥舞着拳头威吓牛，“你快松口，这是修的衣服，你敢咬坏，我杀了你吃肉。”

那头牛显然听不懂人话，不仅不松开反而咬得更紧了，还向后拖了几步，花无多怕用力拉扯衣服挣坏了，不得已跟进了几步。

公子修忍得过于辛苦，险些喷笑出声来。

见此计不行，花无多无奈，抓起地上的一把草在牛鼻子前晃来晃去诱惑道：“吃啊，吃啊，很好吃的。”

可惜，花无多几番挑逗，那牛愣是不张嘴，还是死死地咬着衣服，警惕地盯着花无多。

花无多怒了，丢了手中的草，又开始与牛拉锯。

一直不能从牛嘴里拯救衣服，花无多又怕用力扯坏了衣服，就一边拉扯一边对牛规劝道：“牛哥啊，快放嘴吧，这是修的衣服，我知道你是头母牛，也不能这样不是。若想见修，我一会儿牵了你去见他便是。”

牛在这时竟然“哞……”了一声，将衣服放开了。

树上的公子修先是哭笑不得，后来却是看得目瞪口呆了。

花无多急忙扯回衣服察看有没有被扯坏，见完好无损这才放下心来，转眼却是向牛一瞪，挥舞着拳头怒目相向道：“你还想见修，你做梦，我现在就杀了你吃肉。”

她作势跃起，向牛虚晃一掌，那野牛却又在这时“哞……”的一声，竟低下了头猛地用角向她撞来，来势汹汹。

花无多本无意伤害这头牛，忙向后急退，脚下灌木刮在衣裙上，妨碍了她倒退的速度，正欲高高跃起，就见一人凌空跃起持剑欲砍向野牛。

花无多见状匆忙大喊道：“剑下留牛！”

公子修闻言一顿，可就在这一迟疑间，那头牛竟掉头向他撞来，这时却被花无多拉住，急忙向后退去，只听花无多道：“快跑啊，它怒了。”

公子修只得跟着她跑了起来。

山野林间，一纵一跃，她在前，边跑边笑，他在旁，寸步不离。

回眸间，她发丝飞扬，扫过他的脸颊，那灿烂夺目的笑容深深地印在他眼中，刻进了他的心底。

二人飞跑在灌木丛中，一路疾奔，待那牛不见踪影时，二人已被牛追出了半里路。

停在一处巨石上，她鬓发因奔跑有些凌乱，一头倒在巨石上，张开双臂，哈哈大笑起来。

想到方才之事，想到他俩被一头牛追得这般狼狈，他也不禁失笑，亦仰躺在她身侧，鼻端闻到了她的气息，不禁心神一荡，伸手摸到她的手指，抓在手心，不放。

她停了笑声，转头看了他一眼，相视一笑，复又望向天际。

头顶，目光所及，无尽天空满目皆蓝。他忽然想，若一生一世都这般该有多好。

回去的路上，两人手牵着手，花无多将手臂荡得极高，公子修随她去荡去扯，一手抱着木盆和衣服，一手被她扯来荡去，转头，对望，眸中尽是温柔。

夕阳西下，将他们身后染成了金黄色。

如此一连洗了几天衣服也没遇到那群劫色杀人的贼匪，花无多只得作罢，公子修暗自松了口气。

二人连续往返竹海和庐州近两个月，竹屋终于建成了。

从伐竹到盖建，从什么也不懂到四处请教，竹屋的一钉一铆均是二人的心血和智慧，就连竹子选哪棵，窗户朝哪边，窗帘选什么颜色，篱笆漆成什么颜色，院里哪里摆凳子，哪里摆椅子，哪里又摆箭靶，他们都要讨论一番。

当整个屋舍立在眼前，公子修将花无多揽在身前，十指交握，一同凝望着竹屋。阳光透过他们映在屋边泉水旁，染在竹屋上，落影依偎成双。

二人相视一笑，她突然跳了起来，冲上前去，边跑边喊：“我要第一个进屋去。”

他随后追了上去，笑道：“哪有那么容易。”

二人挤在门口，你不让我，我不让你，一时都进不去。

他一挑眉，突然展臂将她抱在怀里，一旋身，同时进了屋。

屋内，一应俱全，床、帷幔、桌椅、木箱、茶具……散发着清新的竹香。

他自后抱住她，下巴放在她颈窝，柔声道：“我要娶你。”

她闻言有些羞涩，低低回道："那你得去我家提亲。"

他似有些意外，因从未听她提起过家住何处，是哪里人士，便道："你家在哪？"

她目光闪烁，道："我家在金陵，你只要顺着秦淮河乘船由东往西，心中数到一百时，就到我家了。"

公子修一怔，继而微笑，以为她在戏耍自己，故意蹙眉问道："若我数快了或数慢了，去了别家提亲该如何是好？"

花无多目光流转，道："那就说明我们没缘分啦。"

"你耍我。"公子修将她紧紧锁在怀里，低头轻咬她的脸颊和脖颈，她怕痒地躲来躲去，笑声荡漾在屋中。

公子修彼时并不知道，金陵方家建在秦淮河畔，占地极广，无论他数快了还是数慢了，都是金陵方家。又怎会提错亲？

日子如浮光流水，闲散、清澈、幸福，一去不复返。

一日，太阳西斜时，公子修终于将三支箭同时射在了箭靶上，第一支命中红心，第二支破了第一支射中红心，第三支破了第二支射入红心。

一旁看了半日的花无多兴奋地大叫大跳，为他鼓掌，眼角眉梢掩不住的自豪，仿佛能做到这些的是她自己。

她由衷地赞道："修真厉害，修最厉害！"

见她雀跃的模样，他笑道："是为了你。"

"为了我什么？"

"为了能保护你。"

他轻拂起她的发，笑意烙印在彼此的眸中。

初冬，细雨绵绵。

这日，花无多与公子修自庐州城中采买了些生活用品折返回来，原本二人高高兴兴地走在一起，公子修体贴地为她撑着伞，可不知为何，刚到山脚下的树林时，公子修忽然神色凝重起来。走了半晌，见刘修神色越发不对，她刚想开口询问，穴道却突然被他点住。她眼中满是疑问，却见他将自己抱起跃至路旁的一棵高树上，用树干茂密的枝叶将她挡在其中，低声对她道："待在这里，不要出声。"

花无多瞪了他一眼，暗道，你点了我的穴道，想说话也说不出来啊。可当下见他如此紧张，神色凝重，不禁也察觉到一丝不对劲，她方才竟没发觉，有人跟踪他们。

他刚落地没多久，便见不远处出现了一队人马，当先赶到的是一辆宽大华丽的马车。

车轮停在泥泞里。花无多居高临下，清楚地看到一群人在刘修面前停下，马车上下来一个贵妇人，原本有婢女手撑油伞为她挡雨，她却伸手接了过来，命道："你们到百步之外等候。"

"是。"众人齐声应是，依言退后了百步。

女子缓步走到刘修面前站定，精致的绣鞋上沾染了泥泞，让她微微蹙眉。

花无多惊见刘修跪拜道："罪臣刘修叩见皇后娘娘，皇后娘娘万福金安，千岁千岁千千岁。"

这一刻花无多方才明白刘修面前来者何人。被点住穴道的她不能言语，不能动弹，只能任由风雨渐渐打湿全身，一点点由外至内变得冰凉。一股极大的不安在心中流窜，渐渐变成恐惧。她目不转睛地看着刘修，想要出声可是不能。

树下，公子修的身影僵硬却依旧挺得笔直，只听皇后刘雅道："与本宫回去。"

"不。"他手中的雨伞已被丢在一旁，雨渐渐打湿他的头发。

刘雅重重一巴掌打在公子修的脸上，厉声道："娘活着时是怎么教你的！你就为了个女人，抛弃了姐姐，背弃了刘家，放弃了一切！"

公子修暗了眸光，一声不吭。

刘雅一拂袖，怒道："你若不与本宫回去，本宫就将她杀了。"抬手恰好指在花无多所在方向，此刻花无多旁边已多出一人，手指正掐在她喉咙处，只需稍一用力，花无多便会命丧当场。

公子修神色大变，忙道："姐姐，放过她。"公子修情急之下脱口叫出姐姐二字，只希望她能顾念姐弟之情，手下留情。

刘雅果然神色缓和了些许，敛下眸光，走近刘修，将他搀扶起来，劝道："你想要她，姐姐也不是不同意，你先与姐姐回去，半年后，再接她入府也不迟。男人三妻四妾实属平常，姐姐也不是不通情理之人。"

公子修无声相对，但僵直的脊背说出了他此刻的倔强与不愿。

刘雅神色微沉，冷声道："你若不与本宫回去，本宫现在就将她杀了。"

公子修身体轻轻一颤，握紧双拳，垂下头去。细雨渐渐打湿了他的布衫，竟生出了一种绝望，从小到大，他从未觉得自己这般无能过。

刘雅冷笑道："你背弃了家族，背弃了本宫，就为了这个女人，她真的值得你如此？"

公子修丝毫不曾迟疑地回道："值得。"

刘雅身体一僵，面容失了血色，牙齿暗咬冷哼一声，道："皇上几日前清醒过来，知道自己时日无多，就暗招了梁太傅等人入宫，背着本宫立下了遗诏。修，皇上很可能这几日就不行了。"

闻言，公子修一震。

"这些年我们刘家权倾朝野，得罪了不少人，自你落崖失踪后，你知道有多少人在寻找你吗？想杀你的人也不在少数。"刘雅一叹，继续道，"李、方两家本来便对我们不冷不热，显然志不在我们，如今顺利联姻，更难撼动。西京侯手握数万兵马，在西北一带与北地梁王勾结，对我们虎视眈眈。南方亦有面和心不和的宋家和陈家。你心知肚明有多少人想要趁乱毁了我们刘家，取而代之，如今皇上弥留之际还不忘立遗诏，吴翌身份终是大碍……"

"修，姐姐需要你。与姐姐回去吧。"刘雅言语中竟带了丝哀求。

见公子修神色有所动，刘雅又道："你知道，姐姐这些年过的是什么日子，每日如履薄冰，身边能信任的人没有几个，时刻担忧害怕，只怕行差踏错一步给刘家带来杀身之祸，多少年了，未有一夜安眠，姐姐没有子嗣，只有你一个亲弟弟，刘家一脉人虽多，却多安于享乐，只有你能辅佐本宫，本宫也只信任你。"

刘修目光中的坚持在缓缓退却。

刘雅握住了公子修的手，继续劝道："你认定了她，姐姐又怎会再来伤害她，你欲娶她姐姐也不反对，姐姐都依你。先与姐姐回去，再从长计议如何？"

见刘修沉默，刘雅又道："一损俱损，一荣俱荣，我们刘家兴亡难断，而你作为刘家子孙，安能置身事外？你真的忍心伤姐姐的心，你真的忍心置刘家于不顾，只顾自己逍遥快活？就算将来看着他人登基为帝，杀了姐姐，杀了爹爹，甚至亡了刘家九族千余条人命，你也能安于己乐不管不顾吗？你作为刘家子孙，当真放得下这一切，自己苟且于世？！"

公子修眼中光彩尽失。

刘雅厉声道："与姐姐回去，否则今日就算杀了她，强迫你回去，也休怪姐姐无情。"

刘修神情已变，沉声道："若她死了，我……也绝不独活。我既走出这一步，便料到有今日，你若杀她，我便与她同去。如果生不能与她在一起，就算死也要一起！"

树上，无法动弹的花无多动容地听着公子修的话，眼中含泪嘴边却有笑意，此生有幸与修结缘，得他以命相护无憾矣。

刘雅闻言气息一滞，略微犹豫了片刻，方才叹道：“未想到你竟是如此痴儿，如果她真如你爱她一般爱着你，姐姐成全你们又如何？可是，修，她既忍心让你抛弃家人放弃一切，忍受良心的折磨、谴责，只与她一人逍遥快活，这样不为你着想，只为自己、自私自利的女子，你真觉得她会心甘情愿为你而死吗？修，说不定你害她少年早亡，她心里还会怪你。”

公子修不为所动。

“修，你真傻。姐姐是女人，姐姐最明白女人，其实天下女人都一样，她们贪慕虚荣，自私自利。以爱情为由，用身体为本钱，哄骗男人为她生，为她死，为她交付一切，可她们骨子里却不愿为男人付出更多，从小到大你看到的、接触到的哪个女人不是如此。”

“就算你爱她，可你现在什么都没有了，你能给她什么？名分？平静的生活？幸福？修，你什么都给不了她。”刘雅一叹，清楚地看到刘修目光中的坚持开始土崩瓦解。

公子修抬头看向树上的花无多，只见她泪眼迷蒙，似极为伤心，不禁心中一痛。明知花无多不是姐姐口中那样的女子，可有一点姐姐说得对，他什么都给不了她，甚至可能害她早亡。自己虽不怕死，可若因此害死了她，她可会怪自己？一想到她的命是他拼死救回的，却最终因自己而死……

他看向刘雅，沉声道：“我与你回去，但你要答应我不能伤害她。”

刘雅叹道：“本宫在树林外等你。”

侍卫与刘雅撤出了树林，四下里只剩下了风声和雨声。可花无多却能感觉到四周杀机四伏，此时此刻，他们已插翅难飞，无从选择。

公子修轻轻一跃，坐到花无多身边，凝视着她，瞳孔缩紧。

花无多向他使尽眼色，他却始终不曾出手为她解开穴道。

花无多急得眼泪大滴大滴地落下，却听他轻声嘶哑地道：“不要哭。”

她哭得越发急切。他有些不知所措地捧起了她的脸，失声道：“不要哭，无多，我点你的穴道，是怕你性急之下冲撞了她，我怕她真的下狠手伤害你。她的狠，我太了解，我真的怕。”

“我没想到她会亲自来寻我，今日，我注定无法护你周全……”

她用眼神示意他，她不怕！

他看明白了，动情地将她拥进怀里，道：“无多，这世上，没有什么人的命比你的更重要，包括我自己的。”

花无多一怔。

他低喃道："无多，和你在一起的这段岁月是我此生唯一的变数，这变数令我幸福得不能自已，我多希望与你一生一世都生活在竹海永不分离，在我心里，任何浮华权势都比不上你。"

"我生来便有无法摆脱的宿命，我天真地妄想逃避。我以为可以不想不看，我以为可以和你在世外桃源幸福快乐地度过此生。只是……诚如她所说，若真有那么一天，我亲人尽亡，而我一人独活世上，那样的我不会快乐，也再没有能力令你幸福。"

"我此番回去……"他似有话要说，却终究没说，只是在喉中哽咽了一声，将她抱得更紧，哽咽着怅然道，"无论如何选择，我都会伤害到你，我注定还是要伤害你。但只要你还活着，只要你活着……就算……我也在所不惜！"

"她不是你能惹的，切记。"他重重道。

"你不要追来。"他决然地放开了她，一跃而去，身影消失在树林的尽头。同时带走了四周的所有杀机，一同远离。

他真的走了，就这么走了。

她犹自不敢相信，刚刚还相握的手，温暖犹在，他的气息好似还在她身畔徘徊，可她知道，他这一走，便再不会回来。

"你不要追来。"他临走前的最后一句话，她反复地一个字一个字地想，为什么不要追上你？是因为没有用吗？就算追上你，也是徒然。但是，你又怎知是徒然，或许我的身份，可以……望着他离去的方向，她心中涌起无尽的悲伤，一丝一缕啃噬着她的心，不可抑制。

皇后有一点没有说错，她的确太自私，为了自己逍遥快活，一直没有将自己的身份向刘修坦陈。就连她自己也不清楚，是否真的有勇气与刘修同赴生死。

她惨笑，有些恨自己。

南方冬季的细雨总是一下便不停。雨水打湿了她的发、她的脸、她的身，一滴一滴淋透了一切。

风吹来，冰冷寸寸入骨。

不过两个时辰，却好似过了一生。

穴道解开的瞬间，她身体一软，从树上跌下，狼狈摔在地上。半晌，都没能爬起来，好似摔死了一样。她抓着身下污浊的泥土，死死地扣在掌心。她翻过身来任雨水打在自己脸上，身体早已感觉不到冰冷，只是心为什么会这么痛？是悲伤他的无奈，还是悔恨自己的自私？是害怕这份感情的不纯粹，还是其他？

树林深处，公子修去而复返。

刘顺跟在他身侧，一脸担忧。他看着公子远远地望着林中树上女子的背影一动不动，女子显然被点了穴道，如假人般定坐在树干上，而公子却似痴了一般望着女子一动不动，任由风吹雨淋。

皇后已几番派人来催促，公子却始终无动于衷，目光不离树上女子，仿佛他宁愿这样看上一辈子。

刘顺忽觉胸口一痛。他知道，公子是在担心皇后会在他离去后杀了这个女人，公子在等女子穴道自动解开的时候，公子从未这般放不下一个女人。公子眼中的痛和脆弱，他从未见过，如今公子的模样，令他从心底厌恶起这个女子来，她究竟使了什么厉害手段，竟让公子抛弃自己的身份、地位，不娶“天下第一美人”齐欣，只求与她浪迹江湖，清苦地隐居山林。她究竟有什么好，让公子连他都丢下不要了。想到此，刘顺心里渐渐升起一股恨意。

两个时辰过去了，自幼习武的刘顺也已被冻得手脚冰凉有些麻木，那女子的穴道终于解开，突然自树上掉了下来，而后便一动不动地趴在地上。他心中一惊，暗道：莫不是摔死了？刚想冷笑，却发觉身边公子的身体猛地一颤，扶住一旁树干的手指竟深深地抠入树干中，无声无息地混着鲜血生生抠下一块树皮来。他看不到公子此刻的表情，却知道公子在忍，忍得很艰难，忍得很辛苦。这个女人竟让公子如此痛苦，刘顺恨意愈浓。

良久，那女子终于从地上站了起来，脚步踉跄，跌跌撞撞，渐渐离开了树林，离开了他与公子的视线。公子再没有动，他暗松了口气。

花无多先回了竹屋，她静静地坐在屋中，全身因雨水侵打已然湿透，冰冷侵袭着她的身心，自己竟不愿用内功去抵御。只觉得这样的冰冷和颤抖折磨着自己，令她烦躁的心能凉下一些。想起方才那一幕，她只觉全身无力，早知道要面对的，只是没想到会这么快，而他竟然不给自己机会辩驳半句便走了。他不让她追去，他有事瞒着自己。思及此，她神色黯然。

想起他说，如果自己死了他也绝不独活，忍不住心中动容，突然醒悟自己犹豫不决的迟钝，不让追便不去追了吗？她一笑，蓦地站起身来，力量重又回到身上，她会去追，无论面对什么情况，修，都是她的！她还要亲口告诉他，她的真实身份，让他知道，他可以娶她，他们门当户对，他要的，她给得起！

她迅速收拾了行装，出了竹海向京城方向而去。

只是她没想到，一下山便被人跟踪了。

当察觉到有人跟踪自己，她佯装不知，直到住进客栈，待到天黑，她换了衣装来到那人所住屋外，倒挂金钩在屋顶，听里面几人说话，当听到有人说她两手手指戴金戒指的特征后，花无多摘掉了十指金环。后来又听有人提起自己的样貌，摸了摸自己的脸，从竹海走得匆忙，情急之下竟然忘记换面具了。

当夜暗中离开客栈，第二日，她故意摇头晃脑地走到了那些人前面，左晃，右晃，那些人完全无视她。一人还因跟丢了她，心绪烦躁，嫌她挡路碍事，伸手蛮横地将她推到一边。花无多并不计较，只一拂袖，离去。

甩掉那些人并不难，只要把自己以前不曾在意的细节全部掩去，便很难再被认出。只是她没想到，她刚出小镇不久，便在途中遇到了一位故人——唐夜。

天空刚下过一场雨，有抹红霞残留在天际，微弱的光亮照在世间万物上，不明亦不暗，反而略显无力。花无多正向京城方向急赶，途经之处便见前方有一群人在恶斗。不知他们缠斗了多久，地上尸体无数，甚至有些人死状极为凄惨，面目全非腐烂入骨，显然是因中毒而死。

花无多躲在暗处观望，见四五十人围攻两名蒙面黑衣人，这两名黑衣蒙面人的身后还有一人，似在休息打坐。当看清那个打坐之人是谁时，她心中暗暗吃了一惊。唐夜？！

唐夜此时面色发白，唇色透着黯黑，只是打坐没有出手。

花无多看得明白，唐夜在被人追杀，追杀唐夜的人很多，除去已经死了的人，还剩下四五十人，且均是高手。唐夜或许已受重伤，面色苍白，已然力不从心。护着他的两个蒙面人情形也很不妙，显然是拼了命在保护唐夜。

她从未想过，唐夜这样的人也有被人追杀的时候，当天边那抹红霞也消失殆尽时，护在唐夜身前的两个蒙面人已被杀，唐夜被众人团团围在中间。

花无多听其中一人道："我们等的就是你每月毒发反噬的这一天，唐夜，你当真厉害，杀了这么多武林高手。不过，今日你终要死于我手中！从此，毒王再不是江湖中的神话，哈哈……"那人仰头大笑道，"毒王，也不过如此。"

唐夜没有理会他，不知什么原因，他蓦地抬头，看到了藏在远处树上的她。

与他对视的那一刻，花无多心神一震，险些被吓得从树上栽下来，他竟然早就发现她的藏身之地了。花无多有点儿怀疑唐夜的目光也带毒，令她浑身不舒服。

花无多原本不想出面，但既然被他看到，难免有些不好意思，想到自己与他的关系，想起他曾救过自己，还给自己吃过那么好的药，若不出手相救，似乎很不仗义。她一时心绪复杂，心中挣扎着，暗想既然被他看到了，不现身肯定被他怨恨，若然他日后睚眦必报，再给她下点儿什么“无法逍遥”之毒……想到此处，一咬牙，自怀里摸出一物，既然这个刺目弹是他当初所赠，便还了他这个人情吧。

花无多骤然出现，扔下刺目弹就带着唐夜跑。不料并未跑出多远，唐夜便昏迷了过去。原来他已是强弩之末，方才不过是用真气强撑着不令自己昏厥。

此刻，唐夜身体冰冷而僵硬，面色苍白，嘴唇泛紫，怎么唤都唤不醒。心知刺目弹并不能阻碍那些人多少时间，当下再不犹豫，一路不停地带着昏迷的唐夜狼狈地逃进了深山，一直跑到深夜。

苍天树木遮蔽了月光，四下里一片漆黑，偶尔还有野兽的低鸣。这时的花无多又冷又饿，浑身上下狼狈不堪，脸也被横斜的树枝刮破，面上的面具已然坏了，只得扯下收了起来。心想那些人一时半会儿应该追不上来，可这里也不是久待之地，当下需先寻个隐蔽之处，吃些东西，想办法救醒唐夜。来不及细想，花无多只得再次背起唐夜，寻找藏身的隐秘之地。

唐夜的身体冰冷，偶尔还有些痉挛。花无多寻个空隙检查了一下他的身体，见没有严重的外伤，只见他眉头紧蹙，似昏迷中也受着难忍的痛楚，便想起了许倾城的那句：每月毒发时的痛不欲生。

没时间多想，花无多背着唐夜继续前行，没过多久，就发现了一处可以藏身的山洞。花无多心中一喜，便背着唐夜跑向山洞，可还未到洞口，就突然失足，掉进了一个巨大的洞穴中。慌忙中，花无多脚下失力，伸手欲攀住穴口，可手一松竟没抓住身后背着的唐夜。花无多本可以止住下落之势，可眼见唐夜掉落下去，回身去抓，手上一滑竟也一同滑了下去。

洞下是一潭深水，唐夜先掉了下去，随后花无多也掉了进去。

水中，花无多急忙抓住唐夜，不让他沉入水底。她抬头向上望，望不到任何光亮，只觉漆黑一片，四壁水润光滑，毫无攀岩之力，几番攀爬均跌落下来，不禁心急如焚，喃喃道：“难道我们将命丧于此吗？”

他二人随着潭水一沉一浮，潭水冰冷，随着时间的流逝冷意透肤而过渗至骨髓，这是什么鬼地方，花无多四下张望无计可施，只得抱住唐夜互相取暖，并运气为二人抵御寒气，这一路奔波太累，潭水太冷，花无多有内功支撑仍冷得牙齿打战。她虽然将养了数月，却也是重伤初愈，此刻情形对她来说已捉襟见肘，知道自己支撑不了多久。为了不让自己睡着，花无多紧紧地抱住唐夜，互相取暖。她忽然想到，若然踩着唐夜的脑袋，似乎可以……想到此处，微微一怔，一甩头，告诉自己，这洞太深，自己也没有十足的把握一跃而上，便将此念头抛之脑后。

她一边打起精神一边泄愤似的扯了扯唐夜的脸颊，“你什么时候醒？快醒快醒。”左扯又扯，唐夜被她蹂躏了半天，也没反应。

她叹息一声，放开了手指，再次顾不得其他，抱紧了唐夜，靠在他的肩头，真气缓缓输入他体内，温暖他和自己。可即便如此，手脚还是冰冷难熬，她只得强撑着，喃喃自语道：“你是不是命里带煞？为什么每次和你在一起都让我身逢绝境。上次为你挡了那一掌险些丧命，这次又是这般情景，我从来没想过要和你死在一起。”想到此不禁自嘲一笑，继续道，“你知道吗？很多人都怕你身上的毒，我也怕啊，可你看现下，我偏偏抱着你，我还可以任意折磨你，让你哭你就哭。”花无多扯下他的眼睛和脸皮成哭状。“让你笑你就笑。”花无多又将他的脸皮朝上扯了扯。摆弄了半天，却终究一叹，道：“可这又有什么用呢？我们都快死了。我刚刚明明可以抛下你不管，可我没有。你知道为什么吗？不知道吧？我也不知道。”她自说自话了一番，虽无聊却也让自己的意识清醒了几分，而后再次抱住了他。

时间缓缓流逝，她越发觉得没了精神，将头轻轻地靠在他的肩膀上，喃喃道：“从小到大，我总是听到你的名字，对你充满了幻想。小时候觉得爹爹长得最帅，便觉得你应该长得像爹爹，后来觉得秒稚师父也很帅，便又想着你像师父，没想到你谁都不像。”

她轻轻笑了笑，笑声在洞中回荡，她努力恢复了些意识，继续道：“其实，以前就听人常说你是当今天下最厉害的使毒高手，武功再高的人也惧怕你的毒药，当时我还私下里窃喜，觉得你真厉害，将来嫁给你我肯定不会被人欺负。”

“其实，我并不是真的想逃婚，我只是想在结婚前实现自己行走江湖的侠女梦，或许还想偷偷去看一眼你的模样，是否真如姐姐所说，全身带毒，不像人样。但我从来没想过，将你我的姻缘断了。只是后来，你那么干脆地悔婚，还真令我有些不是滋味。”

时间渐渐过去，花无多只觉自己的眼皮越来越沉，身体已渐渐不听摆布了。她微微扬起了嘴角，喃喃自语：“姐姐，我有负你的嘱托，我应该早点儿抛下他自己走的，也就不会走到今天这个地步……我应该……早听你的话。可我无论如何也做不到，自己摆中间其他放两边。”

自己和自己说话这一招似乎也不怎么管用了。她苦撑着不闭上眼睛，真气源源不断地输送给了唐夜，头靠在唐夜肩膀上，在他耳畔道：“我已经撑不了多久了，你真的……不醒来吗？……”唐夜依旧没有回应。

不知过了多久，花无多手脚已然麻木，渐渐失了知觉。她扯开一丝笑意，将头靠在唐夜的颈项上磨蹭了几下，已分不清脸上淌的是水还是泪，她轻声呢喃：“唐夜，我们都快死了。能和你死在一起，我……会……失望……因为……我还未见到修……还没告诉他……我的……”她终于再也支撑不住，闭上了眼睛，将“身份”二字变成唇语，只是一双手仍旧紧紧地抱着唐夜，未曾松开。

不知过了多久，黑暗中的唐夜溢出一丝呻吟，缓缓睁开了双眼。

眼前一片黑暗，有一双手突兀地环在腰间，那太亲密的举止让他下意识便欲推开那双手，可她抱得太紧太执着，即便已然昏死过去也不肯轻易放手，他竟没有推开。唐夜一怔，随即感觉到了自她身上绵绵不断渡过来的真气，虽然极为微弱却不曾间断。

黑暗中，潭水冰冷彻骨，她的呼吸弱不可闻，显然已失去了意识，却未曾放开丝毫，就像将死之人不休的执念。当下明白自己身处何种境地，她又为何会如此，唐夜一瞬清醒过来。

他轻唤了一声：“无多？”却发现她毫无反应，他偏头看她，便看见了她双目紧闭苍白无血色的脸，竟令他微微颤抖了一下。

她的手臂依旧环住自己，真气依然通过双手一点点渡给他。这一刻，一种从未有过的感觉不可遏止地涌上心头，那感觉，太过陌生，让他莫名地有些怔忪。

往事一幕幕浮现在脑海，洛阳，她曾毫不犹豫地为自己挡下致命的一掌，那个时候他并不相信她是为了自己，但是现在……缓缓渡过来的真气，令他心潮激荡，他将她拥在怀里，有些小心翼翼，有些不知所措。他一边将真气渡给她暖身，一边观察四周情况，此刻头顶已渐渐出现了光亮，天快亮了。唐夜借着亮光看清了洞内情形。此洞呈椭圆形，四壁光滑，许是因常年被水冲刷所致，水潭距离洞口约有十余丈，他的功力若想带着昏迷的花无多逃离是不可能的。但若然用她借力，或许……

昨晚她也曾如此想过吗？想到此，他不禁看向怀中女子，昨晚她又是抱着怎样的心情与自己度过了一整夜的？

他先后按下她身上几处穴道，揉捏了一阵，又渡了些真气给她。半晌，只见她轻轻地蹙了下眉头，咳了几声，便缓缓睁开了眼睛。目光起先没有焦点，待缓过神来，看清了他，忽然红了眼眶，不由分说大哭起来。因二人还在水中相拥，她的鼻涕和眼泪毫不客气地落在了他的肩头，他推了一下没有推开她，不禁眉头深锁，便觉背后被她猛捶，听她大声哭诉道：“你终于醒过来了，我以为我们这次死定了。”

唐夜挣扎了一下，发现她颤抖得很厉害，又停住，冷冷道：“我醒来又如何？也没有办法逃出去。”

“啊？”花无多闻言一呆，继而大哭道，“难不成真的死定了？”

唐夜毫不客气地“嗯”了一声。

花无多更大声哭道：“我还不想死……啊……”

“哭也没用。”唐夜毫不怜惜地给花无多沉痛一击，有效地令她闭上了大哭的嘴。

既然哭没用，花无多的哭泣戛然而止，非常识时务地咳了咳问道：“那怎么有用？”

唐夜道：“除非出现奇迹。”

花无多不再说话。

过了半晌，花无多与唐夜背靠着背，依赖着唐夜缓缓渡过来的真气取暖，好似唐夜这么做十分理所当然。唐夜的真气深厚纯正，花无多渐渐觉得身体暖和了许多，手脚也有了知觉，便道：“如果有奇迹，我们都未死，你可不可以答应我一件事。”

唐夜道：“什么事？”

花无多道：“让我打一顿。”

唐夜道：“为什么？”

花无多道：“因为我很早以前就想打你了。”

唐夜道：“那为何不动手？”

花无多道：“打不过。”

唐夜不再说话。

花无多道：“那你答应被我打吗？”

唐夜道：“不答应。”

花无多道：“为什么？”

唐夜道：“为什么要答应？”

花无多道：“因为那是奇迹。”

唐夜道：“没有奇迹。”

花无多很不客气地道：“你还不如昏迷呢。”

过了半晌，唐夜忽然道：“水位在上升。”

花无多观察了半天，惊喜道：“好像是，这么说我们有救了？！”

唐夜点了点头。

花无多笑道：“这么说果然有奇迹。”说这话时，她睨着唐夜的目光分明不怀好意。

唐夜不理她。

这洞穴中的水位十分奇怪，似乎另一边连着附近的江河湖泊，也有潮汐。太阳尚未出来前，水位迅速上涨了几丈，距离洞口已经不远了，由于自己功力耗损太厉害，花无多理所当然地让唐夜背着飞上了洞穴。

后来又以昨天我背过你，今天换你背我为由，任由唐夜甩来甩去她也八爪鱼似的不下来，最后唐夜不甩了，背着她走。不一会儿她便在他背上睡着了，睡梦中她的身体仍瑟瑟发抖，偶尔还会咳嗽。

察觉她呼吸均匀，唐夜探向她的脉搏，片刻蹙起了眉。她身上有着不正常的热度，她虽不说，他却能感觉得到。他背着她边走边注意四周是否有草药。

花无多这一睡便睡到了第二日，醒来时，身在一处干燥的小山洞中，身下铺着干草，身上盖着唐夜的外衣，旁边还有燃烧的火堆。

唐夜正在洞口熬制什么，见她醒来，便端进来一个木碗，碗中飘着不知名的植物。花无多想起身，却发现浑身没有力气，只一动便不可遏制地咳了起来。唐夜将她扶坐起来，让她靠在自己腿上，用粗制的木勺一口一口喂着她吃起了东西。

不知唐夜喂了她些什么，只觉得又苦又涩很不好吃，却因为着实有些饿了，也不便挑剔。见他这么正经地一口一口喂着自己，她心里好似有十五个水桶，一会七上一会儿八下，想接过木碗自己吃，却因手腕无力险些打翻了汤碗，不得已便任由他喂着自己。嘴边不小心流下的汤汁，他都细心地为她擦去，花无多一时受宠若惊，不小心竟将整碗东西吃了个精光。

见她吃完，唐夜扶着她躺下，面无表情地对她道："你睡会儿。"

花无多又咳了几声，方道："我病重吗？"

唐夜道："无碍。"

"嗯。"花无多应了声，唐夜说无碍就应该没什么大事，现下只觉得头昏脑涨很想睡觉，一偏头，便又沉沉睡去。

醒来时，花无多感觉好了许多。

此刻星星布满天空，山中夜色宜人，虽然身处山林，却因唐夜在火堆里放了一种不知名的草，而没有任何蛇虫鼠蚁靠近。唐夜端过来一碗食物，她自己接过木碗吃了起来。木碗和木勺均只有一个，唐夜吃东西用的也是这一套。原本尴尬，但在这样的情况下，谁还顾及那些细节，他二人此番能活下来已是不幸中的大幸了。

追他们的杀手显然没有寻到此处，或许是唐夜使了什么手段。而今他毒发已过，便再没什么可担心的了。

夜色中，柴火燃烧噼啪作响，他靠坐在洞口，似在思虑什么，而洞里的花无多却望着他的背影，不自觉地发起了呆。都说他无情无义，狠心绝情，杀人不眨眼，可他对自己似乎不是那样。

想着想着，不知不觉间，她又昏睡了过去。醒来时，她已在另一处干燥的山洞中，这个山洞不深，却很干净，上有枯草，想必也经他整理过。

此刻，唐夜正在洞口火堆旁烤着野物。香喷喷的气味正是花无多醒来的理由。

咽口水啊咽口水，花无多盯着火上烤得半熟的野鸡，目光再也移不开。她却不知道，因此刻未戴面具，她一脸苍白憔悴的模样，令人怦然心动之余又更加惹人怜爱。恐这世间，若换任何一个男人坐在对面，都会魂不守舍。可惜对面是唐夜……此种情形就类似于一头牛面对一朵被风雨吹打过的极品牡丹一样，看不出有什么好看不好看，也没什么心疼不心疼。

此刻唐夜的发丝凌乱地披散于后，只随意束住，比平日更多了几分阴柔。公子翌在初见唐夜时曾评价唐夜连人模人样都算不上，但公子翌之语又怎可尽信。公子翌通常越嫉妒一个人越说那人坏话，此事公子琪最为了解，但从不点破，反而不落井下石就已算不错了。这就叫一丘之貉。

再看花无多，不得不感叹，莫不是物以类聚，人以群分？此“牡丹”不仅没觉得自己有什么不同，反而越发放肆无忌，还将脏污的鞋子、袜子脱在了火堆旁。见状，正在烤野味的唐夜深深蹙起了眉头，将野鸡拿得远了些。“牡丹”终于也察觉到了不妥，将鞋袜移得远了些。

山中天气阴晴不定，说下雨就下雨，吃完东西的二人本打算继续赶路，可这雨下得很急，眼看一时半会儿也晴不了，便窝在洞内，待雨过天晴再赶路。二人现下均已十分狼狈，花无多那时因背着唐夜躲避追击，尽挑不是路的路走，衣衫多处被刮破，脸也受了伤，后来又和唐夜掉进了洞穴，便更加狼狈，连鞋袜都是污泥。

此刻无事，她就着洞口滴落的雨滴清洗起鞋袜。洗着洗着突然想起了与公子修在一起的日子，即便赶路遇上雨天，即便寻不到避雨的地方，他也会用身体为自己遮风挡雨。他说自己从未做过这样的事，他说能为她遮风挡雨他觉得很幸福……

分不清楚是雨水还是泪水滴落在鞋袜上，她用力揉搓，一点点将污泥洗净，咬着牙告诉自己，哭有什么用，就快到京城了，她要打起精神，她有好多好多话要对他说，她还要亲口告诉他，他们可以在一起的，可以的。

她刚收敛了些许哀愁，就听洞内唐夜道：“缘本随意，何必强求，有情贵在真心，无谓久远。”

花无多闻言一怔，许久没有回应。她听明白了唐夜的话，也知道唐夜是在劝慰她，想起一事，便低着头，闷声道：“我有一事想要问你，不知道你会不会告诉我答案。”

“你问。”唐夜道。

“是你杀了洛阳那群山贼吗？”花无多问，心里并没抱什么希望唐夜会回答。

未料，唐夜毫不犹豫地回道：“是。”

“既然如此，说明你心中有许姑娘，为什么那天不将事实告诉她？”花无多又问。

不知是不是问得过了，许久都没等到唐夜的答案，花无多以为唐夜不会回答她了，却听他缓缓道：“我自幼便与她相识，娘亲活着的时候甚是喜欢……”唐夜声音忽然顿住，花无多等了半天也无下文。她回头看向了唐夜，唐夜似乎感受到了她的目光，也向她望了过来，洞外雨滴声细细密密地传来，似敲在了谁人的心上。

唐夜是她从小指腹为婚的夫君，唐家的事，她或多或少知道一些，唐夜的娘亲在他九岁时过世，他爹便将第二房夫人扶了正，成了唐家的新女主人。花无多自幼也没了娘亲，对娘亲的思念与渴望虽然随着年龄的增长逐渐减淡，却从未忘记，只是深埋在心底。唐夜对娘亲的思念花无多感同身受。

花无多收回了目光，半晌无语，二人均在思念着各自已逝的娘亲。

天渐渐暗了下去，雨却一直在下。

当聒噪归于平静，只剩雨滴声时，时间便像是静止了一般，有些难熬。唐夜就在不远处，有一件事一直困扰着花无多，虽不至于令她寝食难安也曾令她耿耿于怀，不期然想起了这件令她一直有些放不开的事。花无多思虑半晌，于寂静中，忽然问道：“你自幼与方家二小姐定了娃娃亲，后来又退婚，是不是因为你喜欢的其实是许姑娘？”

寂静中，唐夜问道：“你为何有此一问？”

“许姑娘那么喜欢你，你又和她从小一起长大，青梅竹马，就一点儿都不动心？她长得很漂亮。”花无多轻声浅笑，心怀鬼胎。

唐夜道：“那门亲事原是我爹和姑姑的主意。我娘一直反对，但姑姑却甚是坚持。”

花无多知道唐夜的姑姑，唐夜的姑姑唐倩在江湖上曾是一则传奇，传闻她长相极为妖艳，是唐家同辈人中炼毒、使毒最厉害的人物。妙龄行走江湖时声名便已响遍天下，得了个“艳毒女”的名号，在唐夜未长大之前，唐家炼毒、使毒最厉害的便是唐夜的这位姑姑，唐倩。唐倩一生都没有嫁人，不过二十五岁便早亡了。

“你姑姑为什么那么坚持？”花无多淡淡问道。

唐夜似陷入回忆中，没有直接回答花无多的问题，只道：“她一生醉心炼毒、使毒，是唐家百年来罕见的奇才，她原可以在炼毒方面超过唐家的历代祖先，开创一番伟业，可她却爱上了一个人，这个人让她痛苦，却也令她一生难忘。感情的折磨令她痛不欲生，她一直想配一种药，一种可以令人忘记最爱、最恨之人的药，她想用这种药强迫自己忘了那个人，可她穷其一生也未能配出来。后来她在以身试药的时候痛苦死去，我亲眼看着她死去。”唐夜说到此处，目光漆黑沉寂，如死水一般，没有波澜。花无多心中一悸，反复揣摩着唐夜这段奇怪的话，隐隐约约察觉出了她与唐夜这段指腹为婚后的一段隐情，她忽然不敢追问唐倩爱的那个人是谁。

唐夜眼中溢出一丝嘲讽，道：“我却将那种药配出来了。”

花无多一怔，顺口接道：“你也用自己试药？”

唐夜摇了摇头。

“那你找谁试药？”花无多又问。

“很多像你这样的人。”唐夜答道。

闻言，花无多心里一寒，幸亏他此刻已配出那种药了，否则现在她肯定成为试验品了。这个话题不能再继续了，花无多暗想，便转移话题道：“你现在已经没有婚约束缚了，为什么不坦然娶了许倾城呢？”

“我为什么要娶她？”唐夜反问。

“你暗地里做好人救她还不让人家知道，明明就喜欢……唔……”花无多的话还未嘟囔完就被一物堵住了嗓子。花无多瞪大了双眼，咕咚一声将那东西咽了下去，不禁大惊失色，以为唐夜给自己吃了什么毒药，便又是抠嗓子又是呕吐地弄了老半天，最后没办法了，只好泪眼汪汪地望向唐夜委曲求全道：“我错了……把解药给我吧。”

“我说那是毒药了吗？”

“难道不是？”

“自以为是。”唐夜冷哼。

花无多终于明白，唐夜是在教训自己方才的多言。可还是有些不放心，她问道：“你刚才给我吃的是什么？”

“疗伤的药。”

“我没受伤啊！”

唐夜偏过头去，向火里添了些柴火，似不愿再理会她。

花无多忐忑不安，抱着肚子总觉得浑身难受，实在受不住了，便挪到了唐夜身边，有些犹豫、有些不安地小声问道：“真的不是毒药？”

唐夜瞥了她一眼，见她瞪着一双大眼睛，不安地看着自己，脸色苍白，带着可笑的担忧，便道：“昨晚你内力耗损过多，那药是助你恢复内力的。”

花无多闻言大喜，啪啪拍了两下唐夜的肩膀，十分欣慰地赞道：“唐兄，你果然不是坏人。”见唐夜斜睨着自己，嘿嘿一笑，便捂着肚子十分满足地靠在了岩壁上，闭目养神去了。一闭上眼睛，便想到了刘修，她甜甜地笑了起来，想着想着便睡着了。

唐夜既然醒来，那些杀手便不足为惧。

几番交手，对方死伤惨重，花无多因换了面具未被那群人认出，便常常躲在一边看戏。有一次她正吃着煮鸡蛋看唐夜被群殴，忽觉一阵异味飘来，吓得她赶忙扔了鸡蛋捂住口鼻，还以为是毒，后来才察觉是自己不小心放了个屁。

最近赶路太急身体有些不适，其后她找唐夜开方子调理了一下，便觉好多了。花无多在找上唐夜说明原因求方子的时候，唐夜听过原因神情阴沉，还有些暴躁地将写好的药方子扔到地上，让她自己去捡，摆明了他从来没看过这等不入流的小病，可花无多却好心情地觉得跟着唐夜似乎也不都是坏处，吃喝全包不说，看病也免费。

她一直没问唐夜是谁在追杀他，或许是知道问了也不会有答案。便自以为唐夜既然与杀手组织有关，又是江湖有名的毒王，江湖本就是是非之地，会有人想杀他也是正常的，她单纯地以为是江湖仇杀，却不知方、李两家婚礼上李家叔父之死与李慷被刺杀之事都与唐夜有关，其中还因那个面具而牵连到她。

而唐夜缘何会出现在庐州附近，又为何能轻易地看出她伤心是为了感情，这些事情，原本有些粗枝大叶又心里有事的花无多亦未曾多心。

不日便到了京城，花无多吃着京城的大包子，那种久违的味道令她开心不已，笑容也越发灿烂。

唐夜近日对她越发看不惯，她一笑，便绷着个脸。原因无他，因为她吃东西的时候总是笑着的，而他嫌弃她太能吃。

花无多对此十分不屑，强辩道："人生在世，吃乃第一大事，只有吃好喝好，人生才最美好。"

唐夜冷着脸不理她。

花无多也不理他，照吃不误。

幸好唐夜从未吝啬不付钱过。她才能一路吃到饱吃到底。

渐渐地，花无多发现与唐夜相处并不难。虽然他看自己的时候总是皱眉，但已不似从前的冷漠，反而觉得他多了些人性，说实话，以前他对人太冷漠，而且他的话不多，即便有时候蹦出个把字词能令她当场噎死，但习惯这些后，花无多觉得一切尚能适应。

既然到了京城，似乎再跟着唐夜有些不妥，尤其她想回南书书院看看，便决定先去找公子翌，既然打定主意，便与唐夜说了四个字："我要走了。"

唐夜目视远方，闻言点了点头，一转身便当街扬长而去，什么都没问，甚至连句道别的话都没有。

花无多当街望着唐夜的背影呆了一下，便摸了摸鼻子，抓了抓脑袋，转身去大名府找公子翌去了。她边走边想，唐夜不会在庆幸她这个麻烦终于肯自己走了吧，想到此，心里还真有点儿不是滋味。怎么说，他们都患难与共两次了，见不到真情，友情应该还是有点儿的吧，花无多想着，不禁有点儿愤懑。

想到要去见公子翌，心情忽然轻松起来，许久未见，不知他可安好？上次有没有顺利逃脱追杀？一想到就要与他相见，心情竟有些雀跃，可低头一看自己的邋遢样子，想到他见到自己现下模样必定不屑撇嘴，忙去买了身新衣，虽然不华丽，却也十分合身，更衬得她身姿俊逸，换上在书院时所用的花无多面具，轻快地来到大名府前。

时隔许久，重回此地，忽生感慨。

大名府依旧如昔，想到当初做公子翌保镖的那段岁月，恍惚已隔数载，其实不然，那不过是春天的事罢了。

她正在门口怀旧，就见里面走出数人，当前那人丰神俊朗，举手投足都带着几许狂放与不羁，不是别人，正是公子翌。甫一出门，他恰与花无多正面相遇，不禁一怔，张了张嘴，蓦地转头问向身边的公子琪道："我见鬼了吗？"

公子琪肯定地摇了摇头又点了点头，道："是也，非也。"

到底是是还是非？公子翌蹙眉，就在花无多十分不屑地撇嘴之际，一人忽然冲了过来，将她紧紧抱住，那人冲过来的力道之大，险些让花无多仰面栽倒。

抱住她的却是公子语。一向感情丰富的公子语此刻泪湿眼眶，十分激动地摇晃着花无多的肩膀道："无多，无多，你去哪儿了？我想死你了。"

花无多被晃得头晕眼花，还得辛苦地咧开嘴笑道："四处游历啊，这不回来了嘛，来看看大家。"

公子语又欲将她抱在怀里，却被随后而来的公子争十分不满地生生分了开来，公子争咳了几声对公子语道："你看清楚再抱。"

公子语未解其意，仔细看了看花无多回道："是无多没错。"

公子争一副无奈模样，"无多是个女儿家，语，你逾越了。"

"啊……"闻言，公子语恍然大悟，一敲自己脑门儿，大声道，"我说怎么好像有哪里不同。"

四下里叹息声此起彼伏。

花无多也附和着叹气，神情却是笑眯眯的。

见这一群人打扮得花枝招展，似正要出门，花无多便问道："你们这是要去哪里？"

此言一出，公子翌面色微微变了变。

公子琪望着她欲言又止。

公子争笑望着她，回道："修要成亲了，我们正要同去观礼。"

公子语大大咧咧道："无多来得正好，与我们同去吧，修一直很挂念你，见到你肯定高兴。"

花无多呆呆地望着公子争，仿佛没有听见公子争与公子语的话。

公子争被她望得莫名，略带询问地看向了公子翌，公子翌沉了目光，向前几步来到她身边，轻唤了一声，"无多。"

花无多蓦地惊醒了过来，忽觉眼前一黑，有些站立不稳。公子翌靠近了几分，不留痕迹地扶住了她。

公子翌一笑道："无多赶了多少路到京城看我们？是不是累了？我先带你进去休息一下。"

她垂下了头，紧紧地揪住了公子翌的衣襟，低声道："带我去。"

这时，公子琪亦走到了她面前，听到了她的话，有些担忧地望了她一眼，又看了一眼公子翌，敛了目光，叹息了一声。

公子翌目光闪过担忧，在花无多耳边轻声道："有些事已改变不了，但无论什么时候，我都会在你身边。"他的手握紧了她的，只一瞬，复又放开。

花无多扯起了嘴角似乎在笑，公子翌见状，沉了眸光。

公子争与公子语虽觉花无多和公子翌神情有些古怪，却也不知所以然，只面面相觑。

众人一同前往国舅府，今天是国舅爷刘修与齐欣大婚的日子。

公子语一向话多，路上闲来无事便数落起了公子翌，花无多默然听着。

公子语说："翌，你与修争抢齐欣有数月了，人家齐欣最终选了修，你心里肯定很不是滋味吧。"

公子翌狠狠地瞪了一眼公子语，公子语不觉有异，反而越发觉得得意，道："谁叫你平日那么风流，你和修抢，我早就知道修肯定赢，是女人都会选择修。"

公子翌再也听不下去，一掌打向公子语，公子语似早有防备，躲避十分及时，还当街指着公子翌哈哈大笑。

公子琪见状哭也不是，笑也不是，唯有摇头，不停叹息。

这时公子争突然从一侧冒了出来，当街抓住公子语问道："这么说你押的是修？

你押了多少？”

公子语得意扬扬，伸出五根手指，大声道：“我押了五百两！”

“啊？！”公子争抓狂了，目光如炬地瞪着公子语道，“我也押了五百两，不过是押的翌！怎么办？”

公子语听出不对，装傻充愣道：“什么怎么办？”

公子争咬牙切齿道：“五百两！”

公子语咳了咳，道：“你先把手放开。”

“不放！”公子争大声拒绝。

闻言，公子语一下子耷拉下脑袋，像个蔫儿掉的茄子般毫无生气，唯唯诺诺地对公子争道：“争，赢来的钱，我……我……”公子语我了半天，公子争正等着公子语的后话等得有些不耐烦，没想到公子语却在这时突然发难，使力甩开了公子争的束缚，一纵向后跃出丈许，眉飞色舞地对公子争道，“我全花了，刚好五百两！”

公子语的五根手指在空中晃呀晃，公子争瞪眼看着，不禁怒发冲冠，想到那白花花的五百两银子心就哗啦啦地流血，再经公子语此番挑衅，早已按捺不住，饿虎扑食一般扑了上去，公子语掉头就跑。公子争指着公子语的背影大喊：“你给我站住！”公子语哪里会乖乖听他的话，早已跑得无影无踪，公子争脸红脖子粗地随后追去。

幸好此刻街上人不多，二人眨眼间便跑得无影无踪。

公子翌看着二人身影消失在街口，暗暗叹息：这俩瘟神可算走了。刚放松了身心，他便看向身边的花无多，只见她头垂得很低，肩膀微微瑟缩，机械般地跟着他的脚步，他停，她亦停，他行，她亦行。他不禁暗沉了目光，当日她在洛阳坠崖，刘修也跟着跳了下去，他派人找了很长时间也没有他们的消息，只知道没找到他们的尸首，他们肯定没死。在刘修消失的这段时间里，他和公子琪听到了些传闻，如今看来，这段时间与刘修在一起的果然是她。

第二十八章

从此陌路

国舅府今日张灯结彩，装扮得隆重而喜庆。

刘修贵为国舅爷，早有自己的府邸。今日大婚，前来贺喜的人非常多，门口车水马龙一辆辆排队停靠，队伍长得一眼望不到头。

距门口不远处，公子翌远远便看到有两人在门口扭打，不用想也知道是哪两个人。与公子琪互换了个眼色后，两人带着呆滞的花无多，在马车的掩护下，未惊动二人，偷偷溜了过去。

站在门外迎客的是国舅府的管家张越，张越为人精明圆滑，远远地看见公子翌三人便迎了上来。公子翌和公子琪先后递上了帖子，双方寒暄客套后张越便派了下人为两位公子引路。原本花无多并无请帖，但公子翌说是自己故友，说此话时神情有点儿暖昧，张越眼见公子翌对此女子状态亲密，便未多问，也一并礼让进去。

入门时，公子琪回头瞟了一眼不远处，只见方才明明处于下风的公子语已全然获得胜利，正使力掰着公子争的手臂，一脸仁义道德地训斥着什么，那神情颇有几分季夫子的风采。而处于下风的公子争挣扎得很是辛苦。公子琪无奈一叹，走了进去。

夕阳已落下，国舅府张灯结彩，火红的灯笼更映得府中华贵而喜庆。

艳红的地毯从殿内一直铺到殿外石阶下，质地极好，一看便是皇家贡品。酒宴要在观礼后举行，众人此刻齐聚大殿，等待着新郎牵着新娘进来拜天地。

殿内，中间端坐着皇后刘雅，左侧上座是刘修的父亲，当今国丈刘呈，右侧上座是齐欣的父亲齐然及其夫人。

大殿人虽多，却碍于皇后在场而鸦雀无声。

花无多始终低着头，不看亦不听。他们站在后面不起眼的角落。站在她左边的公子翌偶尔看她一眼，却也并不多话，站在她右边的公子琪更是用身体挡住了她，也挡住了众人的目光。

这时，公子语与公子争也先后人模人样地走进殿来，四处寻找方才看见人群后的公子翌、公子琪，便缓缓向他们所在方向走了过来。

公子语低声道："你们怎么躲在角落里？巡他们呢？"

公子翌道："没看到。"

公子争目光望向一处，道："他们在那里，我去叫他们。"

公子琪低声道："别叫了，皇后在，莫要弄出太大声响，惊了凤颜你可吃罪不起。"

公子争低声道："无多在这儿，他们也甚是想念无多，不叫他们怎么行？"言罢，挣脱了公子琪的阻拦，自顾寻公子紫阳和公子巡等人去了。

公子语低声对公子琪道："我刚刚看到唐夜也来了！"

公子琪低声道："何必惊讶，说起来，唐夜是刘修的表弟，自然来得。"

此语一出，公子语惊呼道："什么？！"

公子翌立刻用眼神阻止了他当众喧哗的不智之举。

公子语也知此举唐突，四下看了看，见没几个人注意自己，暗暗放下心来，小声问公子琪："你怎么知道唐夜与刘家的关系？"

公子琪道："我也是近日为了追查一个朋友的下落无意中得知的。"他目光若有似无地扫了眼花无多。

公子语小声嘀咕："修从来未提过，掩饰得真好。"

公子琪淡笑不语。

不一会儿，公子争带着公子紫阳、公子巡、公子诓等人挪了过来。

最先过来的公子巡看到了花无多，凝视着花无多的胸部，喃喃道："挺大啊，当初怎么没发现。"

公子紫阳听到了，顺着公子巡的目光，发现他视线的目的地极为不雅，一撇嘴，低声道："没想到啊没想到，自以为用鼻子都能闻出活物是公是母的巡公子也有眼大漏神的一天。"

闻言，公子巡有些不悦，想了想又有点儿不相信，喃喃道："不可能啊，当初竟没看出来。"

公子诓闻言低声道："也怪不得你，无多身上丝毫没有脂粉味，自然……咦？好似有，这是什么味道？淡淡的香甜。"公子诓边说边靠近了花无多，在鼻子将要凑到花无多低垂的耳际时，被公子琪一巴掌推到了一边。

公子语、公子争等人见状轻笑。

这时，寂静的大殿内，礼官突然大声唱和道："新郎、新娘入殿……"

闻声，花无多蓦地抬起头来。

公子争掰着手指头说：“输了五百两，还挂了二百两喜钱，相当于吃一顿饭花了我七百两！亏大了，亏大了！”

公子紫阳说：“修今天真精神，看来一会儿得多灌他几杯，我怕他精力太充沛，晚上齐妹妹受不住。”

公子诓道：“修从来都那么抢眼，无论是谁站在他旁边，光芒都被他遮住了。”

公子巡说：“最美的女人叫修娶了，我的心碎了。”

公子语说：“唉……说到我心坎儿里了。”

大殿门口，他缓缓出现，身姿挺拔如初，那么熟悉。

依稀间，似闻到了他身上惯有的菊花香，仿佛他还在自己身边。

他手持红绸，而红绸的另一端却是身披大红嫁衣、蒙着红盖头的齐欣，他在前，她在后，他气势华贵、举止雍容，她婀娜多姿、大方得体。

一步步，于众人面前缓缓步入大殿。

刹那，大殿喧哗声起。

她轻轻一颤。

她看到他笔直地站在众人面前，一身刺目的大红喜服。

她看到他手中红绸的彼端牵着另一个人。

她听到有人赞叹郎才女貌、天作之合，她听到有人称羡国舅爷娶得如花美眷，她听到百年好合、早生贵子，她听到执子之手、与子偕老，她听到天赐良缘、佳偶天成……

她看到他跪了下去与他的夫人一同“一拜天地”……

身边一双手握住了她的，很紧很紧，她抬头茫然望去，给她温暖安慰的是谁，入眼的是公子翌。她轻轻一颤，有一刻，已控制不住心中的软弱想闭上眼睛，想躲在他身后，可终究挣脱了他的手，弃了那份让她软弱的温暖，固守着那份自尊，不许亦不能让它在此刻轻易崩塌。

眼见刘修跪下，俯身叩拜了下去，与身边的女子一同。她的心狠狠地抽搐起来，与他相识在南书书院，相知于庐州月下，他们互诉衷肠，许下未来，她将一颗最真挚最纯洁的心交给了他。原以为他亦是真心，可在自己怀着无尽思念千里奔波为他赶来京城，几经磨难险些丧命时，他却已觅得佳偶良缘。未有只言片语，未有半分解释，与另一个女子，在众人的祝福下，冠冕堂皇地拜着天地同受祝福，入眼刺目的红似乎在嘲笑着自己的痴、自己的傻……

她轻轻笑了起来，问自己：“我算什么？”

公子翌目光始终未离开她，听到她的自嘲，目光一凝，袖中成拳的手指缓缓展开，悄悄再次握住了她的。

花无多的目光凝在殿中那一抹刺目的红上，瞳孔痛苦紧缩。耳中听到礼官高喊："夫妻对拜。"一瞬间，她似被针狠狠扎了一下，恍然从梦中惊醒，蓦地失声大喊了一声："刘修！"

刘修闻声突然止住了跪势。

殿中很静，这一声大喊，惊动了所有人。

皇后沉声道："何人如此放肆！"

众公子均听到了花无多这声大喊，俱有些惊诧地望着她，不知发生了何事。

公子翌扯住了她，低声劝道："别冲动，无多。"

公子琪不着痕迹地用自己的身体侧挡在了她身前。

众人纷纷寻找着声音来源，就在尚不能确认是谁喊了这声时，她抬起头来，目光坚定地再次大声道："刘修！有句话我要亲口问你。"

这次，所有人都将目光聚在了她的身上，众人自动让开了一条道路，包括挡在她身前的公子琪，将她的身形显露了出来。

殿内灯火通明，她站在角落处，身旁有公子琪和公子翌，公子翌扣住她的手腕，低声劝道："别去，无多。"她却挣开公子翌的拉扯，由暗处走了出来。

当她直直地站在红毯的彼端，刘修手中的红绸无声无息地掉在了地上。在看清她的那一刻，不由自主地向前走出了数步，却在这时听见刘皇后道："你是何人？胆敢如此放肆！"

刘修蓦地止住了脚步。

齐欣察觉到另一端的红绸落在地上，心中一悸，蓦地抬头，却因红盖头的遮挡而看不见是何人叫了那一声刘修。

明明就在眼前，却似咫尺天涯，明明很思念，却走不到近前，明明很痛苦，却在笑，苦涩的笑，心酸的笑，讥讽的笑。

她眼中只有刘修，再无其他，她说："刘修，今日我来，只想问你一句，你可还愿陪我海角天涯？"

闻言，齐欣掀开了红盖头，望向面前女子。只见女子身材高挑，身着蓝色碎花小袄，衣饰简单，却体态妖娆，长相乍一看有些令人分不清是男是女，只除了那双令人一望失神的眼睛，再无其他过人之处。

皇后笑道："你以为自己是谁？不过是个乡野丫头，也配让当今国舅爷伴你海角天涯？简直痴心妄想，痴人说梦，来人，将这个擅闯国舅府滋扰的疯女人给本宫拖出殿去！”

两名侍卫冲进殿来，欲上前将她拖出去，花无多却在这时催动了手上金环，瞬间将两名侍卫捆绑在大殿上无法动弹。那两名侍卫稍有挣扎，皮肤便被银线划破露出血痕，再不敢妄动。

事发突然，谁也未曾想到，此女武功竟如此之高，所用兵器又这般古怪。刘呈见状拍案而起，大喝道："来人，护驾！"

一瞬间，数十名侍卫冲进殿来将花无多团团围住，更有数名侍卫护在皇后身前。众宾客均被迫移至殿后，大殿内一片混乱。

花无多望了一眼围住自己的侍卫，不曾有半分退却，眼看双方就要动起手来，一直沉默的刘修突然大声道："住手！"围住花无多的众侍卫不禁一怔，面面相觑有些犹豫，看着刘呈，见刘呈不言只冷眼旁观，便未敢上前。

花无多凝望着刘修，心痛难忍，轻轻一颤，道："修，你告诉我，难道你对我的情是假的？这一幕，你叫我如何相信你？你离开的时候，我知道你有事瞒着我，难道……难道就是要与她成亲？那我呢？我算什么？既然……既然早在去洛阳之前你就已打算娶她，又为何对我……对我……我们曾经的一切都是假的吗？我要亲口听你说，我要你亲口告诉我！"

他沉默不语，却无法控制身体的颤抖。他有自己不能摆脱的宿命，他曾经努力过，曾经挣扎过，却终究徒然，他无法许给她幸福，甚至会害死她。离开她的那一刻，他就知道自己的宿命，那是一条不归路，一条注定无法让她幸福、无法给予她全部爱的路，他告诉自己，他不能与她在一起，即便她会恨他……

这许多个日夜，他不敢想她，哪怕一时一刻也不敢想，他怕自己控制不住去找她，不顾一切去拥有她。他不停地告诫自己：不能！他自以为已被这份不能催眠，他自以为可以理智地面对一切。可此时此刻，她就站在他面前，思念与爱已将他的理智燃烧殆尽，她的质疑将他心中固若金汤的防线通通击溃，他想摇头否认她的话，曾经的一切怎么能是假的？那是他心中最真挚的爱啊！那是他连命都可以不要而要去得到的爱啊！

可是他却不能。他要守护的不单单只有她，还有整个刘家。他无法将她拖进这个旋涡，让她失去原有的自由和快乐，那样会毁了她，她不适合这里，与他在一起她不会快乐，只会觉得屈辱不尽。因为他无法给她一个名正言顺的名分，他什么都给不了她，甚至保护不了她的周全，他的爱只会害了她。他明知道，可是此刻他无法控制住自己，他在挣扎在煎熬，他想拥她在怀想得快发了狂……他轻轻颤抖，即将踏前一步，却在这时，肩膀被人重重拍了几下。

就在方才，齐然已自上座站了起来，大步走到了刘修身边，拍了拍他的肩膀，有些严肃又有些慈爱地道："少年风流韵事多，我替女儿给你一次选择的机会，好好选择，若选了我女儿，今后可不要后悔了。"调侃中，他的声音出奇地冷静，甚至带了一丝冰冷。

齐家族中曾出过两朝宰相，而今宰相齐魏便是其兄长，齐家在朝中的地位自不可小觑，齐然虽身不在朝堂，所办南书书院却笼络天下贵族子弟，可说如今天子脚下当官的，多是他齐家门生，齐然自己也是桃李满天下，曾经也为宋子星、陈东耀等亲授过权谋之课。

齐然当下言罢，众人便心里明白，大殿人群中传来几声轻笑，少年风流，有几许这档子风流韵事也不为过，何况刘修人帅多金，有女人上门死缠烂打也实属平常，许多人心里都这么想着。只是这女人当真胆大，敢当着当今皇后的面大闹国舅爷的婚礼，今日恐怕是凶多吉少了。有几个少年公子望着神色凄楚的花无多，也心生怜意。

上座皇后与刘呈的脸色缓和了几分。

这时，齐欣亦靠近了刘修，一身红色喜服刺目地晃着人眼，手指碰到了刘修的手，刘修的手指下意识躲了开来，齐欣一怔。

齐然一笑，又拍了拍他的肩膀，方才走回自己的座位。

刘修沉了眸光，眼中的疯狂缓缓退去。手指终被齐欣抓住，缠绕，十指相握时，齐欣目露羞涩，低头浅笑，那笑千娇百媚，直看得所有人眼睛发直。

一切都看在花无多眼里，她自嘲地挑起了嘴角，犹似在与自己挣扎，犹似不愿相信眼前的一幕，轻声而脆弱，略带固执地问道："告诉我，你的答案。"

殿中响起刘修的声音，声音低沉而嘶哑，却很冷静，他道："是。"

人群中不知是谁突兀地叹息了一声。

闻言，她似再无力支撑，踉跄着后退数步，站立不稳，身后突然扑上来数名侍卫，将她按压在地上，她却未再挣扎半分。手中银线一晃，自被捆绑住的两名侍卫身上收了回来，即将消失在指缝的瞬间，一束发丝也齐齐断落在地上。望着地上的发丝，她眸中光芒尽暗，淡淡道："从今往后，你我陌路。"

刘修的目光沉寂，淡淡望向一隅，似未起任何波澜，齐欣却感觉到了与她相握的手已然成拳，颤抖不止。她望着刘修，向众人露出光彩夺目的一笑，目光却是冷的。

皇后一挥袖，冷声道："将她拖出去，杖毙！"皇后话音刚落，刘修扑通一声便跪在她面前，俯身拜道："娘娘息怒！今日惊扰娘娘实因臣在江湖上惹了这许多风流债，望娘娘看在臣年轻不懂事，今日又是臣大喜之日，实不宜见血的份儿上，将她轰出去就是了。”

皇后深深地蹙起了眉，将目光定在刘修身上，只见刘修的头垂得极低，身体几乎全部伏趴在了地上，不似请求而是在恳求。她知道刘修心中所想，想到此，不禁轻轻一叹，眼中却多了几分寒意。

这时却听齐欣跪求道：“娘娘，修与这女子总也有几分情谊，今天又是修与臣妾的大喜日子，便放过她吧。若不然，臣妾恐怕夫君从今往后落得个狠心薄幸的名声，便不好了。”

刘修听见了，却没看齐欣。

齐欣望了一眼伏在地上的刘修，目光微沉。

上座齐夫人亦劝道：“今天是修与欣儿的大喜日子，不宜见血，娘娘心慈，还是放了她吧。”

刘皇后沉默半晌，方对侍卫道：“就依齐夫人的，将她轰出去，若她再敢靠近国舅府半步，杀无赦。”

花无多嘴角扬起了嘲讽的笑。

侍卫应声称是，毫不怜惜地将她拖了出去，花无多不曾有一丝反抗。仿佛这一刻，只有用身体上的痛楚和屈辱方能缓解心里那可笑又可悲的痛苦。

却在临出门时，忽听殿内齐欣道：“慢着！”

侍卫脚步一顿，转身将花无多扣在门口，跪向齐欣。

花无多望着迎面走来的女子，挣扎着欲站起身来，却被侍卫死死压制住，她反复挣扎，后来宁愿伏趴在地上，也不愿面对齐欣下跪。

齐欣站到花无多面前，垂目俯视着她，目光似在打量一个卑微的奴才，出口的声音却十分温柔，她柔声对花无多道：“你出身草莽，修却是人中龙凤，你们身份悬殊，实不相配，不要再鲁莽行事了，这里不是你该来的地方，走了就不要再回来了。”

齐欣的好言相劝，令殿内众人点头，大多以为她心慈，有意劝这女子别再固执回来送死。

花无多欲挣扎起身，却被侍卫狠狠按住匍匐在齐欣脚下，姿态卑微，此番羞辱令她愤怒，不禁大声反抗道：“你便是跪下来求我，我也再不会来。”

齐欣高高在上地看着她冷笑，继续柔声道：“你此去盘缠可还够用？若不够，我可令人为你备些赶路。”

多数人听到这句话都暗中点头，齐欣不仅美貌，而且还心地善良。均觉得花无多颇不识好歹。

花无多却看到了齐欣眼中一闪而过的厌憎，她的脸贴着冰冷的地面，恨声回道：“好啊，有多少尽管拿来，少于千两黄金万两白银就别拿出来污了我的眼。”

上座皇后冷笑道：“好大的口气。”

“你倒有几分骄傲。”齐欣似仍不动怒，淡笑道，“只是看不清自己身份的骄傲未免有些可笑。”

众人均觉齐欣说的话在理，不禁耻笑这个女子不知天高地厚，竟张口就要千两黄金，简直不知死活。

花无多自然听出她话外之意，冷笑道：“身份？对啊，身份！若没了身份，他们哪一个会喜欢你？若没了身份，你以为今日修会娶你？你不必用那双掩饰不住厌憎的眼神假意怜悯看我，我不屑你的怜悯，更厌恶你的厌憎。放开我！”花无多骤然发力，一瞬间几乎挣脱了侍卫钳制，却未能得逞再次被侍卫重重按在地上，挣扎间恰好扯到了面前齐欣的嫁衣，撕拉一声，大红的嫁衣被她撕坏，齐欣惊叫一声，羞怒交加，花无多方才一番话本就说到了她的痛处，她面色一阵红一阵白，那一刻所有伪装都被剥了个干净，此刻又见自己的嫁衣被她撕坏，一抬手便挥向了花无多，却在这时突然被人抓住了手腕。一抬头，她看到门口突然出现的锦衣公子，来人眸若晨星，举止从容，笑容优雅，此刻望向自己的目光深不见底，似笑非笑中带着看穿一切的冷静，令齐欣寒意顿生。

他放开了齐欣的手腕，浅浅挑起了嘴角，似笑非笑道：“夫人，如此佳时吉日，若错过了，岂不抱憾终生。她不过是个乡野丫头，没见过什么世面，更不懂什么礼数，夫人何必在众目睽睽之下亲自出手教训，失了自己的身份。”

众人听闻花无多一席话都有些震惊，直觉此女子并不简单，待看到齐欣突然伸手欲打花无多时，亦有些吃惊。

尤其公子语，甚至有些愤愤不平，在角落里跃跃欲出：“她若真敢打无多，我……我……”

我了半天也没下文，公子争受不了，便问道：“你究竟如何？”

公子语想了半天也没想出好方法，不禁有些泄气，这时便听公子巡接口道：“她若真敢打无多，我就再不承认她是美人，而是丑妇。”

公子语闻言一下子来了精神，道：“对，是丑妇，我也当她是丑妇。”

公子诓接口道：“看来齐欣并不似我们所想的那样温柔娴淑，是个需要保护的弱女子。”

公子紫阳道：“无多说到了她的痛处。”

公子语却不以为然道：“无多说得也没错，再说，无多为人别人不清楚，我们还不清楚吗？她又老实又好欺负，为人既重情又侠义，别忘了她曾奋不顾身救过我们所有人的性命。而今要不是真的伤心了，也不会，也不会……”公子语想起当初那一战，花无多的英勇无畏如今想起仍令他有些荡气回肠，眼见当下情景复又一叹道：“而此刻，我们却眼睁睁地看着她受尽屈辱，躲在一旁不出手相救。”

众人黯然。

公子琪淡淡道：“这也不能怪我们，以我们的身份，在这里有什么说话的余地？就算强出头去帮她，也只是适得其反，只要她没受伤就好。”

公子巡心有不平道：“无多心高气傲，齐欣此举太过侮辱无多。”

公子争忽道：“我一直很奇怪，无多什么时候喜欢上修的？”

众人闻言，均目露疑惑地望向了公子翌，只因花无多与公子翌的感情最为特殊，毕竟二人曾经同吃同住过，众人难免浮想联翩，却见此刻的公子翌正若有所思地望着突然出现在门口的宋子星。

今夜出现了太多变故，此来贺喜的多是当朝官宦，亦有当地名门望族，见此情景，均有默契地冷眼旁观。

齐欣看着宋子星，微微变了脸色，却仍嫣然笑道：“不知公子是何许人？”

来人当下一揖道：“在下，安南将军宋子星，见过夫人。”

齐欣面色闪过一丝复杂，道：“宋将军似乎来迟了些。”

宋子星笑道：“在下有些事在路上耽搁了，幸好还是赶上了国舅爷与夫人的喜宴，还望夫人海涵。”

齐欣一笑，道：“宋将军可能误会了，我不是想为难她，我只是想知道，她究竟是何人？为什么来此一而再，再而三地口出狂言？”

闻言，花无多轻轻笑了起来，似问自己也似问他人，“我是何人？”想到自己的身份，越发不屑冷笑。

齐欣道：“即便出身贫寒，也有名字姓氏，也有父母高堂，难不成你连这些都没有吗？还是有什么不为人知的苦衷，不好意思当众说？”其实，在场许多人都不认识花无多，很多人亦想知道此女子是谁，齐欣话里有话，听者有心，早有人想到了出身低微的花无多的所谓苦衷是什么。自然是见不得人的贫贱出身。

花无多挣扎着欲起身，却又被侍卫按压下去。

这时只听齐欣道：“你们暂且退下。”

侍卫望了一眼上座的刘皇后，见皇后点头方才松开了手。

花无多摇摇晃晃地站直了身子，望着齐欣，眼中的不屑更加炽烈，道：“你非要知道我是何人？那我就告诉你，我究竟是谁。”

她抬起手来，摸到耳后，将面具一点点自脸上揭开，她听到了惊叹与抽气声，她看到了刘皇后眼中的震惊，看到了齐欣的惊诧莫名，看到了在场其他人的难以置信。

她笑，痛苦和无力蔓延至四肢百骸，缓缓汇聚，变成了悲苦与略带疯狂的狂妄。

她听见自己颤抖与嘲讽的声音，一字一句响彻大殿，“我是金陵方家二女，方若兮！”

她笑着，刘修这一刻被击垮的神色尽入眼底，她想笑，却发现自己已控制不住地蜷缩起了身子，胸口的刺痛令她瑟缩。不经意间，竟与一直凝望着自己的公子翌的目光相遇，她一颤，胆怯得只想到了逃避。

在众人尚未从惊诧中恢复过来之前，她一转身，身形已到了殿外。她忍不住回头，望向一脸苍白仿佛失了魂魄的刘修，想起了那句“从此陌路”，眼泪自面颊滑落，她用衣袖挥去，身形一晃，消失在夜色苍穹。

人群中的唐夜冷眼旁观着一切，仿佛发生的这些事他都不感兴趣，唯有听到她最后那句话时，目光骤然一变。

公子翌的震惊不亚于皇后刘雅，他怔忪地注视着大殿中的女子，神色复杂。

公子琪目光瞬间变化了数次，却在看清公子翌的神色后，叹息了一声。

公子语瞠目结舌地看着花无多，完全没有听清她的话，眼中只有她惊世的容颜，这是无多？这就是无多的真面目？实在……太美太美了。

公子争、公子紫阳等其他公子亦怔在当场，不仅为花无多的真实面目震惊，也因她此番举动及她的身份而震惊。

刘修坚挺着身子，却如何也控制不住颤抖，她是方若兮？命运在捉弄自己吗？……她竟然是方若兮？她竟然骗了他这么久……

一瞬间，只见她身形几个挪移，已到了远处。倚着悬于半空的月色，回眸间，殿中人尽望得失了魂。

尚未待众侍卫回神追出去，女子身影已消失在楼宇间，渐渐成了点，直至不见。

第二十九章

棋逢对手

喜宴上，刘修一杯接着一杯地喝，不仅来者不拒，还变本加厉。直到公子紫阳抢下他的酒杯，劝他少喝些，他突然大笑起来，他一直笑，一直笑，笑得声音嘶哑，笑得悲怆泪流，笑得重咳呕吐不止。

刘顺欲上前扶住他，却被他一掌推开，恰撞倒了靠近的一张桌子，桌上的酒菜杯盘一瞬散落在地，狼藉一片。

这一变故令宴席静了下来，再没有人说话，只静静地看着这一幕。

公子紫阳暗中一指点在公子修的穴道上，公子修软倒在地，公子紫阳扶起公子修，与众宾客哈哈笑道："新郎官喝多了，我先扶他进去，各位随意随意。"众人见状面面相觑，都是有些城府的人，互相一笑，便又推杯换盏喝了起来。

公子紫阳向刘顺使了个眼色，与他一起扶着刘修退到了后殿。

而公子翌、公子琪、宋子星等人只喝了几杯便称醉相继离去了。余下公子也草草散了。

公子翌与公子琪四下打探花无多下落无果后，便连夜派了许多人手出去寻找。二人回到大名府等消息，直至等到凌晨也没有消息传来。

书房内，烛火已燃尽，四下里一片黑暗，黎明前的冷清和孤寂散落在每个角落，他二人在黑暗中静静发着呆，一时无话。

静默中，公子琪忽道："我很奇怪，无多竟自始至终都没有掉过一滴眼泪。她到底是去抢回爱情的还是去抢亲的？"

公子翌道："她的骄傲，不允许自己在那个时候流泪。"

"你倒是懂她。"公子琪嘲笑道。

公子翌却讪讽一笑，道："可我也是个傻瓜。"

公子琪闻言一怔，淡淡道："你被她耍也不是第一次了。"

公子翌淡淡道："可唯有这一次，是在我不心甘情愿的情况下。她竟然瞒了我那么久。"

公子琪一叹，道：“她此刻危险重重，不知道她自己有没有这个自觉。”

“恐怕此刻她正躲在某处伤心难过，又怎么会有危险的自觉。幸好她会易容术，只希望她已换了面具。”公子翌不抱什么希望地说道。

公子琪一时无语，复又想到一事道：“宋子星怎么突然出现在了京城？看他的样子，风尘仆仆，满身疲惫，恐怕赶了不少路，难不成是为了无多而来？”

公子翌道：“如果我们找不到无多，那很可能就是被他带走了。我发现我越来越欣赏他的行事风格。江陵之事，他也做得甚为完美。只有他想得到用士兵化装成流民，分散着带着粮食离开江陵。成功运走那么一大批粮食。你知道吗？此生，我最不希望的就是有朝一日与他为敌。”

“为什么？”公子琪明知故问道。

却听公子翌无奈叹息道：“因为他长得太美了，我对美人一向没有抵抗力。”

得到了个意外的答案，明知道他在顾左右而言他，转移自己的注意力，公子琪却也说不出话来。隔了半晌，公子琪方道：“天快亮了，一直没有无多的消息，恐怕如你所说，无多已被宋子星带走了，我们趁天还没亮先去休息下吧。”公子琪捶着自己酸麻的肩膀。

公子翌淡淡道：“你真睡得着吗？”

公子琪道：“又能怎样？若寻不到她一切都是枉然。”

公子翌一直没有回答，公子琪以为他很可能已经睡着的时候，便听他道：“琪，我的心很空，从来没这么空过。”

公子琪不知道该怎么回答公子翌的话，道：“她在洛阳参加婚礼时的异样，我们竟未怀疑过半分她的身份，你一直信任她，无可厚非，就连我也……”

公子翌道：“或许这都是天意。”

公子琪叹息了一声。

暗夜中，他们各自想着心事。

公子翌淡淡道：“我是不是失去她了？”

公子琪回道：“不会的，我们还有机会再见，到时候，你使出浑身解数死缠烂打不就好了。”说到此，复又一叹道，“只是不知道到时候还来不来得及。”

公子翌道：“你别说话了，给我希望又敲碎，还不如不说。”

公子琪果然不再说话。

寂静中，公子翌忽道：“琪，或许到了我们该离开的时候了。”

公子琪轻“嗯”了一声。

他二人来京城并就读南书书院，有两个主要目的，一是可以通过南书书院结识朝中权贵之子，二是齐欣。而今这两件事皆有定论，他们不必再冒风险在京城继续待下去了。只剩最后一件事，也是突如其来的一件事，令他们都放不下的，便是花无多。

东方显出鱼肚白，终于有个探子赶回来回报：“回公子，属下办事不力，寻了一夜，也未能寻到方姑娘。”

“那你回来干吗？！还不快给我去找！”公子琪闻言，一脚踹向了探子。连声应是的探子连滚带爬跑了出去。

公子琪此举把公子翌吓了一跳，未料到公子琪比他还急切暴躁，却见公子琪抚了下被晨风吹乱的鬓角，道：“一夜没睡，心情不太好。”

公子翌闭上了因惊诧微微张开的嘴，道：“先用早膳吧，吃完后，我们去书院看看，或许……”

“早膳在哪儿？快点儿！”公子琪大声道。

公子翌再次惊诧。

公子琪这次连借口都懒得说了。

明月被乌云遮蔽，风过，带着丝丝凉意，她早已醉了，对着月亮晃着手中瓷瓶，痴痴笑道：“只愿千杯不与醉，未曾忘却在听头。千醉啊千醉，你真是好东西，只需一口，我就能醉了。眼前一片模糊，什么都是花的，什么都是扭曲的。只是这心，只是这心，为什么还在想着他？”她捂住胸口，捶了又捶。复又仰头喝了一口千醉，她便觉得眼前天旋地转起来，躺倒在不知谁家的屋顶上，痴痴笑道：“只愿千杯不与醉，千醉啊。原来你也没用，你和我一样，一点儿用也没有，你就不能不想他？他骗了你啊，他负了你……你还想他，你真没用。你让爹爹和姐姐的脸都丢尽了，你让方家的脸都丢没了，你让自己遍体鳞伤可笑亦可怜。”她指着自己的胸口数落着自己，声音已泣不成声，“你……还痛，你还痛，你还这么没骨气地想着他，为他痛。你为什么要想他？你这个傻瓜……你果然是傻瓜。哈哈，你就是个傻瓜……”

宋子星找到她时，她就是这副模样，已经喝了半瓶千醉，仍然没有醉倒，自顾捶着自己的胸口流着泪说自己没用，说着自己想他。

宋子星将她揽入怀里，她一点儿也没挣扎，似突然寻到了温暖和依靠，抱着这个依靠痛哭失声。

他叹息一声，轻声道：“傻丫头。”却忽听她下意识不满地反驳道：“乌龟星！”

不禁哭也不是笑也不是，只将她拥在怀里，任由她哭。

她蜷缩进他怀里，紧紧抱住了他，他亦回抱住了她，给她温暖，也给了她依靠，却忽听她在自己胸口乞怜般轻声道："修，不要离开我，是我错了，我错了，错了……"

她在一声声"我错了"中不管不顾地醉死过去。

宋子星眼中闪过怜惜，亦有些怅然，抱着她的手臂却越发地紧了。

徐清站在房下黑暗处，时不时拿眼睛偷瞄着屋顶，屋顶的女子很美很美，他活了二十多年也没见过这么美的女人。受将军吩咐，今夜他一直埋伏在国舅府外，当一女子飞身而出时，便尾随其后。他一向自诩轻功不差，可一路跟下来，还是险些跟丢了，幸好这个女子跑着跑着脚步踉跄，无心再跑，坐在一个大院的屋顶哭了起来，哭得甚是伤心。幸好此处院落是一处荒废的宅子，此刻又夜黑无人，他便一边放出了信号一边躲在角落守着，终于等来了将军，却见将军抱着这个女子的怜惜神色是他从未见过的。

没过多久，花无多便再无声息，已然醉死过去。宋子星抱起她，拾起了只剩半瓶的千醉放在她怀里，趁着夜色离去，徐清紧随其后。

千醉不是普通的酒，寻常人闻了都要醉，喝一口要醉上三天三夜，何况花无多一连喝了半瓶。虽然花无多酒量一向好，可这一醉，竟也醉了七日之久。

走了一遭书院，亦未能寻到花无多的踪迹。公子翌与公子琪各怀心思，回了各自居所。

公子翌回到大名府，便唤来府中探子，问道："宋子星现下有何动静？"

探子回道："昨晚，宋将军派了数人在京城各地搜寻什么人，不过宋将军本人却一直待在京城府邸，未曾出来。"

公子翌挥退了探子，沉吟半晌，忽地起身出了门去，杜小喜与数名护卫跟在身侧。

宋子星在京城亦有府邸。

宋子星此次来京城，一方面是宋家受了刘家邀请，另一方面是听说近日皇上贵体违和，进京探望。不过皇上身体一直欠佳，能否见他还是未知。

公子翌的马车停在安南将军府邸前，车门打开，他泰然自若地自车中走出来，带着一脸笑意。

今日的阳光有些炽烈，他微微抬头眯起眼望了眼刺眼的日光，明明眼中有着厌恶，却仍笑意不减。

他带着众家仆走到将军府前，递上拜帖，门口侍卫见他举止衣饰不凡，自不敢怠慢，忙接了拜帖进去通传。片刻，二人大踏步而来，当先那人，身着便服，颇为随意，举止透着清贵，脸上挂着一贯的淡雅笑容，不热烈亦不叫人觉得被冷落。

公子翌目光一亮，笑着向那人拱手一拜，道："宋将军，小弟今日冒昧来访，不知有没有打扰到将军。"

宋子星加快脚步迎了上来，道："翌公子何出此言，翌公子亲自来府中拜访，实是贵客，宋某荣幸之至。"宋子星将公子翌迎进了府。

大厅中，唯有杜小喜跟在公子翌身边，其余侍卫都留在了外厅候着。

丫鬟将热茶奉上，而后静静退下。公子翌笑道："将军此来京城，计划留几日？"

宋子星道："家中事忙，还有许多事情待我回去处理，我在京城也留不了几日，待进宫面见了皇上，便要回江南去了。"

公子翌摇头惋惜道："将军此来京城不易，若然不弃，小弟愿尽地主之谊，带着将军在京城游玩一番如何？"

宋子星笑道："这当然甚好，便有劳翌公子费心了。"

公子翌性喜玩乐，四处招摇，在京城十分有名，宋子星自然也听说过一二。据闻，京城公子中最会享受最擅长吃喝玩乐者，公子翌称第二没人敢称第一。最近还增加了一个强项，弹琴。或是许夫子亲传之故，公子翌的琴技的确在京城首屈一指，但他的琴艺不在其他地方展露，只在杏花春雨，杏花春雨是什么地方？提起这杏花春雨，恐怕京城公子闻其名无不暧昧一笑，杏花春雨和明媚小筑是京城最有名的两家妓院。一个在城东，一个在城西，杏花春雨有京城头牌名妓杜芊芊，明媚小筑有个可与杜芊芊一争长短的名妓丁巧儿。杜芊芊擅舞，丁巧儿擅歌，杜芊芊身材高挑美艳迷人，丁巧儿细致柔美温柔入骨。她二人各有千秋也各有各的追捧者。而公子翌虽是这两家常客，却是杜芊芊的入幕之宾。

提起公子翌便有说不尽的风流桃花色。

这不，公子翌引着宋子星一路游玩瞎逛，将这京城几乎逛了个遍。

二人一路说说笑笑，倒似一见如故。

傍晚，望着头顶的金字招牌上一角篆刻着一个小小的"李"字，宋子星道："李家的酒楼不知在京城有几处？"

公子翌道："李家的酒楼在京城一共有六处，不过，唯独这一家，雅致清净。宋兄，请。"

宋子星道："请。"

二人相携进了酒楼，跑堂小厮穿得干净利落，请两位公子及其随从共十二人进了后院。公子翌早先遣人来定了位置，小厮便将二人带到后院一处幽僻的阁楼，阁楼上书“雅竹”二字，四周种满了竹子，的确如公子翌所言雅致清净。

阁楼是独立的一栋，分上下两层，下面是给这些公子带来的侍卫休息用餐的，上面才是有身份的公子们用膳的地方。

到了小楼，公子翌随行的侍卫便分列在阁楼下四角，还有一人先行上楼走了一遭，方才礼让公子翌和宋子星上去。

宋子星见他吃个饭也如此小心，也不多言，只从公子翌随身几名侍卫的身手和脚步声听辨，均是一等一的高手。宋子星身旁只带了一个武政，武政心眼一向耿直，见吃个饭也这么折腾，颇不以为然。

宋子星与公子翌先后上了二楼，便又有两名侍卫站在二楼门口，而宋子星带来的武政却已被两人叫到一楼喝酒去了。二楼屋中只剩下公子翌与宋子星。

屋内桌案上摆放着酒水菜肴，二人先后礼让了坐下，杜小喜却在这时自怀中取出一个布包，拿出一枚银针来，一一试了桌上酒菜，方才退下。

见宋子星不动声色，公子翌笑道：“让宋兄见笑了，自洛阳那一遭后，我父便如惊弓之鸟，对我处处小心。便是出外吃个饭也必须这么折腾一番。”

宋子星闻言神色不变，道：“小心谨慎是好事，我又岂会见笑。”

公子翌为二人斟满了酒，淡淡道：“我父一生只得二子，可惜我大哥年少早逝，唯今只剩下我一人，我父自然对我保护备至。”

宋子星淡笑不语。

“过些时日，我也要离开京城回京兆了。”公子翌道，“不知何年何月才能有幸再与宋兄同饮一杯。”公子翌举起酒杯相敬宋子星，宋子星亦举起酒杯回敬，二人同时将杯中酒饮尽。

宋子星道：“有缘自会再聚。”

公子翌浅浅笑道：“听闻，宋兄曾经亦就读过南书书院？”

宋子星笑道：“是啊，已经离开三年有余了。”

公子翌道：“当时，可是院长亲授你们权谋之术？”

宋子星道：“正是。”

公子翌颇为神往，道：“你们那一届甚好，现今齐院长已经不亲自授课了。翌无幸听到他老人家的权谋之论，实是憾事。”公子翌一叹，又道，“我听夫子们提及，当年，你与陈东耀均是南书书院的翘楚，二人学识武功不分上下，势同水火，可有此事？”

“没想到这许多年，夫子们还念念不忘我二人。想是当时折腾得太厉害，让他们印象深刻了。”宋子星一笑，继续道，“的确，当年我与陈东耀均属武班学生，他晚我一年入学，陈东耀天生神力，武功师承南海一脉，他初入学便将午夫子打伤，还耻笑我们一众师兄弟不堪一击。当时年轻气盛，我便强出头与他比试了一番，因他武功的确高于我，便使用了小计险胜了他，当时只争一时输赢，想来也赢得不甚光彩，更与他就此结了仇怨。”

未料想，宋子星能将当初用计胜陈东耀一事说得如此洒脱不拘泥，公子翌一笑，便道：“胜负之事本就不以武力定论，午夫子每每提及宋兄都极尽夸赞之能事，说宋兄可是他的得意门生之一。”

宋子星哂然笑道：“听翌公子一言，看来明日须得备上些厚礼去书院看望一下老师了。”

公子翌道：“我要回京兆，也要去与各位老师辞行，明日我陪宋兄同去书院。”

宋子星笑道：“好。”

二人有一杯没一杯地喝着，有一搭没一搭地聊着。阁楼外，月亮徐徐升起，月光映下，阁楼四周竹叶婆娑，无风，悄无声息。

公子翌与宋子星又对饮了一杯，方道：“我听说，当年，若论武功，你们师兄弟十数人齐上也制服不了一个陈东耀，可有其事？他当真这般厉害？”

宋子星点了点头，想起往事，笑道：“他的确厉害，当年和他打架，不下数十次。有几次他惹怒了我们几个师兄弟，便顾不得许多一齐上去和他摔打，却都被他打得鼻青脸肿。他天生神力，体力也实在是好，说起来真是汗颜。有一次，我们数十人轮番上去消耗他的体力，却仍败下阵来。后来实在生气，就将他睡觉的被褥扔到河里。他想到是我们干的，便又来找我们打了一个晚上，我们差点儿被他累死。后来我们学乖了，就不再和他硬碰硬，专用些计谋让他难受。之后因为一些事，他离开了书院，总共也不过三四个月的时间。”

说起往事，宋子星也变得兴致勃勃，公子翌似听得神采奕奕，闻言，笑道：“可惜，我们这一届没有这样的人物。听说，陈东耀好美色，只可惜了楚田秀……”

公子翌言下之意，宋子星心里明白，便道：“他确是好美色，且十分挑剔。凡是被他看中的美人，至今还没有能逃脱他手掌心的。”

公子翌一笑，接口道：“院长的女儿齐欣可算京城第一美人，陈东耀离开书院莫不是与齐欣有些干系？”

宋子星道：“当年齐师妹也不过十三四岁，却已出落得亭亭玉立，虽同处书院，我们一众人等并未见过小师妹几次，我也只见过她一两次罢了。当年她尚且年少，陈东耀和齐欣之事我们不甚了了。”

公子翌又道：“现在想来，当初在洛阳，无多扮成那个模样，却是因祸得福了，若是漏了身份和容貌，恐怕也难逃陈东耀的纠缠。”

宋子星道：“陈东耀的喜好极为病态，被他看上生不如死。”

公子翌忽而扬起嘴角，浅笑道：“若然陈东耀看上了无多，你会如何？”

宋子星一挑眉，饮下一杯酒，道：“我不会让那样的事情发生。”

公子翌眨了眨眼，道：“如果它偏就发生了呢？”

宋子星淡淡一笑，道：“不惜一切代价，除之。”

闻言，公子翌淡笑不语，只将杯中酒一饮而下。

月满西楼，二人终于酒足饭饱出了酒楼。方出酒楼，公子翌便带着宋子星直奔杏花春雨。

杏花春雨的老鸨一看见公子翌简直像看到了她的再生父母，而杏花春雨的姑娘们一看到公子翌更是全楼上下媚眼齐飞，美人手中的香帕挥得人眼花缭乱。宋子星跟在公子翌身后，见此情景也不由得退了几步，与公子翌拉开了一段距离。

公子翌在杏花春雨这种受欢迎的程度，令宋子星有些惊讶，而在惊讶过后则是惊叹。因为他看见公子翌只是举起了双手示意众姑娘及老鸨安静，吵闹的杏花春雨便静了下来，包括楼上楼下来饮酒作乐的客人们也均看着公子翌暧昧地笑着，好似这种情形他们早已见怪不怪。更有客人察觉了众人的安静而笑道：“莫不是那个花花公子来了？”声音刚出，便被一旁的姑娘捂住了嘴。

宋子星望向公子翌，却见公子翌放下了手，轻轻咳了一下，而后摆出一本正经的样子朗声道：“我此次带了一位朋友……”

公子翌的话尚未说完，便有个女子娇声道：“冤家，就让奴家来伺候这位公子吧。”说话的是一位十八九岁的女子，身穿白衣，隐约可见白衣下的粉红色兜肚，体态丰润，皮肤白皙，目光大胆地打量着宋子星。女子刚娇声言罢便立刻惹来众姑娘的斥责声，众人见宋子星这般极品公子早已垂涎欲滴，又岂能让她得了先去。

老鸨立刻出面，大声斥道：“安静，安静，听二公子说完。”

公子翌闻言笑道：“你若想伺候我这位朋友，也不是不可以，要看你有没有这个魅力。”白衣女子闻言啐了他一口，公子翌丝毫不以为意，似还颇为享受她那娇恼的模样。他继续道：“你们都看见了，我这位朋友可不是寻常人物，今晚大家可以各出奇招，只要谁有本事让我这位朋友开怀一笑，我便赏银一百两！今晚，他便是你们的财神爷了。”

公子翌方才言罢，杏花春雨所有女子的眼睛都大大地亮了一下，看着宋子星的目光很像饿了几天肚子的乞丐遇到了刚出锅的红烧肉。宋子星面对这许多如狼似虎的目光，却仍面不改色，似笑非笑地站在大厅当中，对于公子翌的有意捉弄和言下暧昧并不以为意。

这时，厅内数十个姑娘均上下仔细地打量着宋子星，绸扇掩着嘴角与旁边女子商量着什么。这时，公子翌道："宋兄，我们先不理会她们，我先带你去见一位故友。"

未免太过招摇，在进来之前，宋子星便让公子翌将"将军"二字免去。

"故友？"宋子星目露疑惑，他什么时候在杏花春雨里面有了故友？

公子翌见状笑道："宋兄难道忘了，曾赠送你我兜肚的芊芊姑娘了？"

宋子星闻言一笑，不动声色地点了点头。他怎么会忘了那个兜肚，只是一时忘了曾经用过的一个借口罢了。

当初，杜芊芊也曾到了江陵，却未参加凤舟赛。自然没有进宫成为宫中乐伶。其中缘由，有人猜测是杏花春雨怕金字招牌走了影响生意，有意不让她参加，也有人说是杜芊芊自己不乐意参加，还有人说她打算从良了，诸多说法，总之，杜芊芊还在杏花春雨，也还是京城的头牌名妓。

相传杜芊芊的后台很硬，她不愿意见的客人，便从来都没有见过，她愿意见的客人，无不为她而倾倒。而幸运的是，公子翌便是她的座上宾。这事，京城无人不知，无人不晓，而宋子星虽然曾经当着天下公子的面说杜芊芊曾送他一个兜肚，他还兴奋地在江陵城头上做成纸鸢放过，实则，他和杜芊芊从未见过。

杜芊芊长得很美，是那种令人一见便会惊艳的美人；杜芊芊煮的茶很香，喝她煮的茶比喝酒更容易神醉；杜芊芊的话不多，吐出的字句却如珠玉落盘，字字拨动心弦。

杜芊芊第一眼看到宋子星时，亦有些微微惊讶，想必亦想起了江陵那个传闻。相传这位宋公子，不，是宋将军曾思慕于她，将她的兜肚做成了纸鸢，在江陵城墙上公然放飞。这个传闻虽然不实，但杜芊芊却从未否认过，江南宋子星之名天下无人不知，他的思慕无形中更巩固了杜芊芊的第一花魁地位，更是因此把明媚小筑的丁巧儿比了下去。

借递茶之隙，杜芊芊细细地看了下宋子星。宋子星虽然知晓杜芊芊当下所想，却无心理会，只伸手接过了她手上的茶，轻抿浅尝，似笑非笑中，说不出的风流却有说不出的淡漠。

杜芊芊在一旁弹着琴，琴声舒缓，如小河淌水、情人附耳情话般扣人心弦。

阁楼的窗打开，月光映入，隐约可闻前院的喧嚣吵闹。

公子翌忽道：“芊芊，茶太淡，你还是去前面拿些美酒来吧。”

杜芊芊颔首便悄然退了出去。

公子翌歪在软榻上，一手支额，耳中听着杜芊芊的脚步声消失在楼梯口，方才带着笑意打趣道：“宋兄，你还记得江陵那个兜肚吗？”

宋子星苦笑着点了点头，看到杜芊芊哪里还有想不起的道理。

公子翌放下茶盏道：“其实宋兄在那个时候就知道我的妹妹是她假扮的吧？”

见公子翌主动说起，宋子星也无须再假装不知，便又点了点头。

公子翌悠悠道：“原来宋兄早就知道她的真实身份。”

宋子星淡笑不语。

公子翌道：“宋兄如何看她？”

宋子星道：“她活得很简单，这份简单来之不易，也极为难得，却又因为是她而颇为遗憾。”

公子翌闻言笑道：“是啊，她注定不能、不应活得如此简单。”

宋子星意味深长地看了一眼公子翌，淡淡道：“看来，你我想法一样。”

公子翌淡淡笑了起来，道：“是啊。”

初冬时节的月光尤为清凉，映在房内案几上，即便是在这笑语莺莺的烟花之地也一样带着抹不去的清冷萧瑟。宋子星的一句话令他二人各自陷入了沉默。他们一样，却又不一样，却唯有自己才能明白自己的心思。

公子翌首先打破了沉默，淡笑道：“不瞒宋兄，无多与我曾有过白纸黑字的生死契约，上面写着，我若死，她亦不能独活。时限是一辈子。”说到此，公子翌眼中尽是戏谑。

宋子星一挑眉，浅浅地“哦”了一声，似乎并不尽信。

公子翌笑道：“诚然，那是一纸戏约，她却终究按了手印在上面。”

宋子星道：“你是如何骗得她按上去的？”

公子翌闻言哈哈笑道：“知我者，宋兄也。”

宋子星亦哈哈大笑。这时，二人均听到了楼梯口传来的脚步声，不止一个人，来者数十人。

公子翌目光闪了闪，暧昧笑道：“今晚的趣事终于要开始了。”

宋子星笑了笑道：“我若今晚笑太多，翌公子岂不是破费了？”

公子翌道：“如果宋兄笑到我破产，不得已，我只好将宋兄抵押在此了。”

宋子星闻言大笑。

笑声尚未散去，便听一人推门道：“哎呀，公子们好兴致，不知在笑些什么？”那女子言罢，便露出头来，竟戴了一个木制的面具，是个大头娃娃的模样，腰间还围了个腰鼓。二人一愣，那女子见二人愣怔便跳了起来，手舞足蹈，敲着腰鼓摇着脑袋，二人看了半天，公子翌摇头失笑，却见宋子星似笑非笑。那女子跳了一会儿，见状便不依不饶地靠近了宋子星，扯住他的手臂道：“哎呀，公子怎么不笑，倚翠已经跳出汗来啦。倚翠不依，公子快笑一个，快笑一个。”

宋子星状似不经意地拂去了女子抓着他的手，一笑，公子翌瞥了一眼，二话不说便扔了一张银票出去。倚翠忙摘下头上的大头娃娃面具一福身道了谢，拿起银票笑靥如花地走了。

她方才走了出去，第二个便走了进来。

宋子星如此看了十几个女子的各种逗乐节目，喝了些酒便与公子翌相携出了杏花春雨。身后一路莺莺燕燕挥帕依依不舍相送。公子翌笑如春风。

宋子星第一次见到了公子翌的挥金如土。京城众人眼中的第一纨绔，看来确有几分样子，但好色之说，却又言过其实。公子翌看女子的目光虽然风流却不下作，即使面对杜芊芊这般绝色，也是这样。

宋子星来京城便逛了杏花春雨并见了杜芊芊，此事后来传遍京城，自然而然令人想起了江陵那个兜肚纸鸢之事。看来宋子星与杜芊芊关系果然匪浅啊。

明月偶尔被薄云遮蔽，他们一行人骑马走在大街上，宋子星身边只跟了武政一人，公子翌身后却跟着九人。

二人今日相处甚欢，分别时，二人约好，明日同去南书书院，便各自回了府中。

公子翌回了大名府，府中管家告诉公子翌，今日公子琪在府内等了数个时辰不见他回来，已先回府去了。公子翌点了点头，便回屋歇下。

第二日晨，公子翌去了将军府寻宋子星，却得知宋子星一早接了口谕进了皇宫。

公子翌直等到近午时方才等到宋子星回来，在将军府同用过午膳，便与宋子星相携去了南书书院。

午膳时，宋子星便已言明此番见过了皇上，不日便要起程回江南了。公子翌说定要亲自相送，宋子星推辞了一番推辞不过，终是应了下来。

当日去过书院见过各位恩师后，便回府准备离去事宜。

次日，宋子星一行轻车简从，离开京城折返江南，看似不急不缓。

第三十章

真情表露

宋子星一行数百人出京城时，守城以缉拿画像上的贼匪为由对宋子星一行人盘查得极为细致严格，甚至宋子星的亲随护卫亦一一检查了脖颈、手腕和手指，包括公子翌赠予宋子星的一车礼物和宋子星的两车随行物品也都一一搬下车来检查里面有没有私藏了人，马车更是从下翻到了上，检查得极为细致。

公子翌眼见宋子星十分淡定从容地接受了检查。唯手下有几个不服气地骂骂咧咧了一番，亦被宋子星制止了。

公子翌送宋子星一直到了城南十里亭方才作罢。

二人共饮了几杯水酒后，公子翌笑道："宋兄来去匆匆，连些土特产也不带回去，实在简便得很了。"

宋子星浅笑回道："想必还有机会再来京城，再说，翌公子送了我一马车的土特产，已然够了。"

公子翌抱拳施礼，道："送君千里，终有一别，将军一路走好，翌便送将军到此了。"

宋子星抱拳谢道："翌公子盛情，他日有空若来江南游玩，宋某必当一尽地主之谊。"

公子翌道："宋将军，小弟最后尚有一些话要与将军明说。"

宋子星道："有什么话，翌公子但说无妨。"

公子翌敛下以往的轻狂，道："无多生性简单、天真善良，似一枚璞玉，等待着能工巧匠的精雕细琢才能熠熠生辉，我知你对她之心与我一般无二，但若然你与她更有缘分些……还望将军如你前日所言，会不惜任何代价，护她周全。"

宋子星浅浅一笑，未答是亦未答否。

公子翌不再多言，一拱手道："再会。"

宋子星抱拳回道："再会。"言罢，便见公子翌出了十里亭，上马而去。

待花无多醒来时，早已离开京城数百里了。花无多并未在宋子星的车队当中，宋子星已于两日前派人送了花无多出城。宋子星此来京城带了约三百人，这三百人，只有一百人与宋子星一同进了京城，其余人等分散安置在了京郊各处，此番护送花无多出城的约有十人，均扮作商旅模样，已于昨日到了京城边界与其他人会合。

宋子星等人出京城后亦马不停蹄一路向南。此刻宋子星身边有近百人，他们均是宋子星的近卫军，出身军旅，能征善战，比寻常人要更为耐苦些，一行人当晚便赶到了京城边界，与护送花无多的十余人及其余两百名近卫军会合。

一行三百人寻了处僻静之地，安营扎寨休息一晚，计划明早再行。

此地是宋子星早先派人安排妥当的，四下灌木林立，又处在山顶，四下望去一目了然。易守难攻。还得行进七八日方能进入江南地界，在此之前都不能马虎大意。

宋子星与先行护送花无多的车队会合后，自马车的夹缝中抱出一名女子，将她安置在自己的营帐中。

武政和徐清见将军自出京城行进如此迅速小心，均有些惴惴不安，行李车的夹缝还安置着一名女子，这名女子的身份很是令人怀疑，直到坐下来休息的这一刻，徐清才怀着迟疑问出了口。

宋子星并未隐瞒，便将因由大致与他们说了一遍。

徐清、武政越听越心惊，徐清还好，武政则越听越迷糊。直到听宋子星讲到她擅长易容术，方才明白过来。

徐清有点儿惊讶又有点儿疑惑地问道："上次那位……"

宋子星望了一眼徐清，知道他问的是什么，徐清问的正是洛阳城外那晚他背着的那个女子，笑道："是她。"

武政突然想起了很久以前的事，问道："大闹将军府的……"

武政尚未说完，宋子星已然无奈地接口，"也是她。"

武政忙问道："与我打架……"

宋子星道："是她。"

武政面色变了又变。

宋子星笑得很是无奈，还未等徐清问出口，便道："都是她。"徐清即将出口的话当即被噎住。他咽了咽口水，方才又道："将军，我们为什么赶路赶得这么急，是有什么人要害方小姐吗？"

宋子星道："不只是她，我们此来京城本就身陷险境。以我的身份，此番若不是接到刘家邀请，想进京亦是不易，留在京城地界危机四伏，我们要尽快赶回江南。”

当晚，宋子星命徐清扮作自己的模样领百人，明日沿官道继续前行。

宋子星则与武政带其余两百人兵分两路同往江南。此番安排，宋子星俨然用了声东击西之计，奈何徐清有些为难，虽然他身高、体态与宋子星有些相似，但长相却相去甚远，如何能扮得像？未料，宋子星自怀中拿出一个面具，道：“你戴上这个。”

这个面具，正是当初花无多在江陵所做，花无多自己也没想起来面具何时丢了，因一直未曾寻回，几乎已经将这事忘了。未料却是在宋子星手里。如今花无多昏睡，自然不知，这面具如何到了宋子星手中。

说起此事，便要提及当初在江陵，花无多扮作宋子星模样，在江陵城墙上放飞牡丹红兜肚之事了。当时花无多因放纸鸢那事干得有些不光明磊落而心中慌张，事后换装束时又过于匆忙，竟将那面具遗落在了换衣服的地方。当时，宋子星正巧与武政在大街的西边一角亲眼看到了她放飞兜肚纸鸢的一幕。武政甚是气怒，便不顾宋子星阻拦，意图追堵花无多为将军讨个公道，但武政为人有些木讷，明明追上了花无多，却因花无多换了一身行头出来而未能一眼认出，待入内发现了遗落在地上的面具方才反应过来。但追将出去，早已不见了花无多的身影，后来这个面具便落到了宋子星手里。而宋子星亦一直将这个面具随身带着。今日便拿给了徐清使用。

安排好了明日行程，宋子星方才进了自己的营帐休息。

侍卫送来一碗鸡汤，宋子星抱起床上已然醉了三天的花无多，细致小心地将鸡汤一点点喂进了她的嘴里，虽然她一直没有醒来，却似乎天生对吃的东西十分敏感，只需让她尝到一点儿食物的味道，她便能自己喝进去一些。虽然少，却聊胜于无。他为她推拿过血一番。探了探她的脉息，平稳无碍，宋子星稍稍安心了些。

军中没有女子，自离开京城便一直是他亲自照顾她，但终究男女有别，这几日，他也只是简单帮她清理擦拭。

宋子星将她放平，盖了被子，便靠躺在了她身侧，望着她的睡容，这一刻竟不舍得闭上眼睛，便这么放肆地望着。

她从出现便吸引了他全部的注意，一举一动，一颦一笑，无论好坏。

忍不住，他伸出手指轻轻滑过她熟睡安静的面颊，微微潮红的脸颊令她平添了几分可爱。从什么时候开始，不只眼中，连心里也全是她了？看不到就会想，看到了又想去碰，碰到了又想更加靠近，甚至全部地拥有也似乎无法满足。从什么时候开始，对她的感情变得这般复杂？她看着别人时，便只想让她看着自己，她看着自己时，却又想让自己在她眼中有所不同。从什么时候开始，他竟会对一个女子如此牵挂思念？因自己无法成为她心里的全部而不甘，因她与其他人在一起而嫉妒。他多想将自己种进她的心里，将她的心满满占据，剔除其他所有，成为唯一，成为全部。

情不自禁，他将她拥在怀里，她的发散在他肩膀，她的鼻息呼在他胸口，他一遍遍摸着她的长发。公子翌的话言犹在耳，他们都一样，会不惜一切代价保护她，甚至会不惜一切铲除觊觎她的人，包括彼此。

只不过，他们都想知道，她心里装着的到底是谁？或许，正如公子翌所言，他不过是与她多了些缘分。

他拥着怀里的她，缓缓睡去，便是在梦中也看见了彼此相拥的样子。

为何今夜，竟如此短暂。

宋子星等人又行了一日，眼看前方便是襄阳郡了。一路行来只遇到了几个流寇，并未遇到太大阻拦。眼看进入江陵地界，入夜，一行人在一处深山安营扎寨，宋子星自车里抱出花无多便察觉她面有泪痕，便知她已醒过了。

将她放入营帐内的软垫上，细致地为她擦了擦脸，便见她睁开了眼睛看自己。酒意已然散去，她面色苍白，望着他的目光有些茫然，宋子星心中一紧，却仍是笑了笑。将她扶起，用垫子撑靠住坐着，方才自身旁拿过一碗鸡汤，舀起一勺在嘴边吹了吹，轻声道："你睡了这许多日子，身体虚弱得很，先喝点儿汤润润再吃些东西。"

他将鸡汤送至她唇边，她微微怔了怔，目光看向鸡汤又看向宋子星，双眼蓄满了泪水，一眨眼便流了下来。宋子星自怀中掏出一方布帕为她擦了擦，道："事已至此，何苦与自己为难。"

她闻言，茫然地靠躺了下去，双目无神地望着帐顶，眼泪便顺着两颊流到了耳后。宋子星目光一暗，将碗勺放置一旁，将她揽进胸口，沉声道："若然要哭，便哭个够吧。"

她靠躺在他怀里，感觉到他胸口的温暖，抚在后背的掌心热度令她觉得安心，她丝毫没有挣扎，任由宋子星抱着。不知哭了多久，许是身体太过虚弱，渐渐地便在他怀里昏睡了过去。

她身体十分虚弱，如果再不吃东西，恐有性命之忧。宋子星望着她昏睡的模样紧蹙眉头，缓缓渡了些真气给她，便将她唤醒了过来。鸡汤热了一遍又一遍，终于还是喂她吃下了一小碗，方才任她睡去。

花无多刚刚睡下，便有出外探路的探子来报，前日，徐清一行遭遇贼匪，损失惨重，两辆马车也被贼匪抢走了。徐清亦身受重伤，此时性命堪忧。

探子说，袭击徐清的这帮流寇乃是半夜偷袭，约有两百人，入营后见人就杀，很是凶狠，且训练有素，不似普通贼匪。一夜苦战后，徐清这方损伤惨重，只十余人杀出重围，其余全部丧命。

第二日，宋子星派了数十人和随行大夫去接应徐清，自己则与武政协同其余一百多人带着花无多快马加鞭赶往江南。

花无多虽然醒了过来，每日却依旧昏昏沉沉，睡的时候总比醒的时候多。宋子星便腾出一辆马车，专让她休息。

随行百人当中，并未有几人见过花无多的真面目，虽然她未再戴面具，一来，她整日躲在车中无声无息；二来，即便她下了车也会戴上面巾遮住面容。

车队依旧向南行进，又行了数日，已过了江陵，眼看便要进入江南地界。

花无多自醒来便一句话都未曾说过，总是在发呆，偶尔会不知想起了什么而流泪。每日里吃的东西也甚少，无论宋子星与她说什么，她总是神色恹恹的，很少反应，甚至有些排斥。即便遇到了拦路抢劫的贼匪，她亦连车门也不开一下。

花无多随宋子星到江南时已是深冬时节。

冬日江南也难掩萧瑟，连日来一直阴霾多雨，雨不大却总是淅淅沥沥地不停，越发阴冷，令人烦闷。

江南总督府在杭州，但宋子星的安南将军府却是在苏州。

苏州，安南将军府邸。

花无多自来此地住下便偏安一隅，很少出门，时常一个人闷在屋子里。

宋子星几次来寻她，她都躺在床上，将其拒之门外。宋子星在门外唤她时，她便说："我睡着。"宋子星只好离去。

自她离开京城，便一直不怎么搭理人，平日吃得也极少，还常常不吃饭一个人闷在屋子里，不梳洗不打扮，连面具也不再戴了。虽说近日里时常下雨，不适合出门，宋子星却也知道，她心情不佳。

宋子星自回到江南便很忙碌，平日里也鲜少在将军府，每日却都抽空来看她，与她说些话，便是问候一句，唤她一声，也从未有过间断。虽然她很少理睬，他却也不以为意。有时候他二人见了面却也没话说，便只是坐在一起发呆，宋子星看着她，她则看着屋内一角，目光动也不动。直到他走了，她还在盯着那一角不知在想着什么，满目伤心与落寞。

一日，宋子星早早地回了将军府，命人抱了三坛子陈年佳酿来到花无多的住处。据宋子星说，这酒是他在攻打穹窿山贼时藏书镇百姓为了感谢他而送的好酒。

闻到了酒香，花无多终于提起了几分精神，也不管这酒从何而来因何而来，一口气便喝了很多，却还是没怎么说话。

宋子星偶尔问她一句，她便答一句，宋子星不说话，她便一直喝，直到落日西斜，将这三坛子酒全部喝光了这才作罢。

她酒量很好，可喝了这许多烈酒，却也有些脚步虚浮。她有些狼狈地歪靠在了桌子旁，屋里静悄悄的，天色已黑，掌灯的丫鬟却没有来。

宋子星亦以手支头半闭了眼睛，显然也喝得有些多了。

没过一会儿，她突然冲出屋去，将方才吃下去喝下去的东西全都吐了出来。

宋子星闻声亦跟着出来，拍着她的背递给了她一杯茶水，本欲将她扶进屋，她却甩开了他的搀扶，脚步踉跄地自己走了回去。无意间却在门口的台阶处狼狈跌倒，她推开宋子星的搀扶，翻身爬坐起来，刚起身，却又手软脚软地跌坐了下去，忽然一笑，索性不再动了。

宋子星没有吭声，也随她席地而坐，靠在了门边。

她靠坐在台阶上，只觉夜风凉凉，吹在脸上一片冰冷，她伸手一摸竟有眼泪。什么时候开始，她竟然哭了？用袖子抹了一把脸，讥笑了一声。

夜幕低沉，天空一片晦暗，无星亦无月，只除了夜晚徐徐吹来的冷风，吹散了她些许的酒气。

她的脸埋在暗影中，过了良久，方才轻声道："你知道吗？其实是我欺骗了他，是我没有告诉他我的真实身份，是我做错了却还任性地怪他欺骗我，负了我……"说到此，她再次泪如雨下，却仍继续道，"如果当初我告诉他我的身份，或许结果就不会是现在这样了。我曾经以为，如果他因我的身份而和我在一起，那不是我想要的，可是……"她边摇头边流泪，擦去，却又流出更多，似已难以控制，"可是，我……我现在想通了，后悔了。我时常想，如果那时候他知道我的身份，就会和我在一起了。我还是我，他还是他，又有什么不好？身份就是身份，身份本来就是可以利用的，有总比没有好，我当初为什么那么傻，为什么看不清这一点？总以为他们知道了我的身份就不会对我纯粹地好了，便故意隐瞒自己的身份不说，我怎么那么傻……"她将头埋在自己的双腿间，越说越伤心，越说越想哭，"现在一切都不能挽回了，再也没有办法弥补了。为什么会这样？为什么会这样呢？一切都是我的错，我的错！"此时此刻她只想找个人诉说，不管那个人是谁。或许宋子星算不上她的朋友，可现下唯有宋子星在她身边，也只有宋子星听得懂她在说什么。

她的言语有些乱，但宋子星却听得明白。他靠在门边，半掩着眸光，轻声道："你没有错，即便你一开始就向他坦陈身份，他也不会选择你。"

花无多闻言抬起了头，不解地望向宋子星，见他此刻一反常态，有些不同以往的意兴阑珊，她其实以为他会笑话她的，可他没有，不仅没有还很古怪。她带着疑惑问道："为什么？我配不上他吗？"

宋子星摇了摇头，道："不，你配得上，只是齐家在朝堂上的影响力是方家无法比拟的，而刘皇后当下最想要的是太后这个位置，只有齐家可以让她如愿以偿。你们方家给不了刘皇后想要的。不仅如此，恐怕有件事你还不知道，唐夜是刘修的表弟，唐夜之母是刘修的亲姨娘。唐家一直与刘家往来密切，在你姐姐大婚那日，唐夜派人杀了李赦的叔父李道，假扮成他刺杀你姐夫李慷。李家对唐夜恨之入骨，李赦为报杀叔之仇，暗中招揽了许多江湖人士追杀唐夜，所以……即便刘修知道你的身份，两相比较，他还是会选择齐家，选择娶齐欣，而你……即便不被舍弃，也会处于较为尴尬的境地。"

直到此刻，她才知道假李道刺杀姐夫李慷之事。惊讶过后，她半晌不语，想起自己曾为唐夜做过一个面具，莫非那面具的本尊就是李道？她不再哭了，问道："他为什么要杀李道？破坏姐姐的婚礼？"

宋子星道："原因有二，第一，唐家与刘家有着千丝万缕的联系，唐夜是杀手组织的少主，实际上的领导人，唐家便是杀手组织的幕后支持者，而唐家背后是刘家。李家与唐家有些嫌隙，自然对刘家态度不明，刘家也感觉到了李家志不在他们，所以方、李两家此次联姻势必对他们造成威胁，对于他们来说，不如破坏。第二，你可知道当年你姐姐与杀手无音的关系？"见花无多点头，他继续道，"我想，唐夜之所以不想让你姐姐嫁给李慷，未必没有这个原因，无音的身份天下极少人知道，不过，我却是知道的。"

"无音是谁？"花无多问道。

"无音便是唐家二公子唐枫。也就是唐夜的哥哥。"宋子星答道。

宋子星没有继续说下去，花无多点了点头道："我明白了。你所说的李家与唐家有嫌隙，恐怕也是当年李慷与唐枫之间引起的。"

宋子星点了点头，淡淡道："起因便是你姐姐。"

冬夜的风令她越发清醒，酒意已然散去，留下的清醒令她只觉苦涩。她不愿多说姐姐的不是，只轻轻地哼了一声，嘲讽道："我还以为自己的身份很重要很好使呢，原来我什么都不知道，还如此可笑地高估了自己。"

宋子星坐在她身后，望着她的侧脸微微出神，此刻的她没有戴面具，头发也几日未曾梳理了，胡乱地披散在身后，多了几分落魄，更有几分慵懒。可是即便是这样的她，在这漆黑无月亦无光的夜里也一样美得动人心魄，他声音不自觉地温柔起来，轻声道："不必妄自菲薄，你的身份很重要，只不过，不是刘家当下最需要的筹码。"

花无多沉默了下来，在她心里并不尽然相信宋子星的话，虽然宋子星说的有几分道理，但她知道，宋子星之语未必没有劝慰自己的意思，避重就轻说了些与她听。虽然心中明了，她却仍愿意更多地相信宋子星的话。只有这样，她才会好过些。

宋子星又道："事已至此，多想无益，无论你现在如何后悔，如今他都已选择了齐欣。"

是啊，他选择了齐欣，思及此，她眸光一暗，只觉胸口被什么堵了，她捶了捶胸口，又捶了捶，好似这样就能将胸口的憋闷理顺一样，可她明知道做这些都是徒然。

不能再想这些了，她告诉自己，思绪转移，似忽然想到一事，回头问道："你为什么会带我走？"花无多指的是宋子星从京城带她来江南这件事。

宋子星闻言，轻轻地笑了起来，道："你不是要来江南玩吗？反正我也要回来，带你不过是顺路。"

花无多哼了一声，明知道他说的不是实话，却也没有心情去深究，又问道："你怎么知道我要来江南？"

宋子星似笑非笑道："我猜的。"

明知道他说的是假话，花无多却只是瞪了他一眼，便挪开了目光，道："你怎么会突然去京城？"

宋子星今晚也喝得很多，听她问到此处，不禁淡淡一笑，神色中多了些许迷离，似诉说又似在回忆，"当日你在洛阳与刘修掉入谷底，我一直遍寻不着，便联系了许多江湖中的朋友寻觅你们的踪迹，直至在庐州发现了你们的踪迹，可当我赶到庐州时，你和刘修已经走了。后来，我又得知你与唐夜一起赶往京城，我便动身去京城寻你，虽然不知道会遇到什么样的情形，当时却有一种预感，你会需要我。"

听到"你会需要我"这句话时，花无多目光闪了闪，却又不屑地撇了下嘴，显然不信，道："你干吗总是跟着我？哈，我知道，你也是因为我的身份，虽然刘修不需要，可你却需要，是不是？"花无多此话问得极为直接，而且不留余地，也不给宋子星丝毫颜面。花无多本就是这样直来直去的性格，尤其面对宋子星时，有着本能的抵触，也从没给过他好脸色。此刻的她嘴角带着讽刺的冷笑，看着宋子星似被说中心事般暗沉下去的眸光，心里竟有种报复的快感。以宋子星的为人，她并未期待听到什么满意的答案。

宋子星叹了口气，面前的女子虽然受了伤却浑身带刺，虽然刺到的是自己，不知为何无奈中竟带了丝喜悦，他道："你说得很对，如果你能嫁给我，并通过你、我联姻的方式缔成宋、方两家盟约，宋家势必如虎添翼，我爹、我叔父甚至我宋家上上下下都希望我能娶到你。当我猜出你身份时，这种念头便有了，甚至现在也依然留有这样的念头。"

花无多哼笑一声，道："你回答得倒干脆坦白。"

宋子星道："这也没什么，我们生活在这世上，难免要被亲情、权势、欲望所左右，不同人选择各不相同，也算情有可原。只不过，我此番带你来江南，却不是为了让你嫁给我。"

花无多才不信，冷言冷语回道："你还能为什么？"

宋子星嘴角蓦地一挑，突然凑近了些许，她急忙向后躲闪。她的闪躲看在他眼里变成了一丝戏谑，他轻声一笑，带着几许轻佻道："我想让你对我日久生情。"

这恐怕是花无多近些年听到的最好笑的笑话，花无多嘴角抽搐两下后突然大笑出声，毫不客气地指着宋子星的脸，喷笑道："这皮……哈哈，这皮怎么这么厚。"

宋子星似不以为意，将指着自己的指尖抓握在手里，不容她挣脱。

他目光灼灼似火焰，将她的笑、她的落魄和失意，以及她用满不在乎试图掩藏内心的胆怯，统统看在眼里，不让她挣脱自己的掌控，要让她听清楚自己接下来的每一句话。他带着浅笑，清晰无比地道："我这人有个毛病，对我来说可有可无的东西，我通常会不屑一顾，不过若这样的人或事物成了我心心念念的牵挂，我就会想尽一切办法得到，即便得不到，也因曾经尽过全力而不会后悔。当你掉落深谷，我得知消息惊恐交加，从途中折返回洛阳，动用一切手段四处寻你；当数日没有你的消息我便数日不能合眼；当我一获知你可能还活着的消息，我坐立不安只想第一时间看到你；当我知道刘修将要娶齐欣，而你与唐夜正在赶往京城的路上；当我抛下一切千里奔波一刻不停为了你赶往京城时，我就已打定了主意。"

"什么主意？"她讷讷问道，不知不觉手心有点儿冒汗全身有些紧绷，不知是不是因为方才宋子星说话说得太快，令她一时有点儿反应不过来，还是当时宋子星的步步紧逼令她有些呼吸困难，总之，她下意识便问出了这四个字。

他一眨不眨地凝视着她，看到她没了方才的凌厉，目光中有着紧张还有几分闪躲，却仍固执着不退缩，便继续一字一句道："我要让你爱上我！"

砰……花无多因一直向后躲，未注意自己已经到了台阶的边缘，听到最后一句话，一惊吓便从台阶上跌了下去。此刻已顾不得肢体上的疼痛，她只觉此时此刻的宋子星看起来异常惊悚……

她瞠目结舌地望着宋子星，表情惊恐非常……

宋子星轻轻咳了咳，也不去扶她，自顾起身掸了掸衣襟的灰渍，扯了扯衣角的褶皱，瞥了一眼始终未发一语、双目瞪得犹如铜铃般大的花无多，自顾拂袖而去。走过花无多面前时，他脚步一顿，突然很不客气地仰天大笑了数声，那声音吓得花无多一哆嗦，猛地惊醒过来，便见他已然扬长而去。

花无多脑海里忽然出现了三个大字：被耍了！

他娘的！乌龟星果然是天底下最令人厌憎的！

他走了，她紧绷的神经蓦地放松下来，突然觉得心情很好，这许多天的烦闷和压抑也缓解了开来，她也不起身，就这般毫不顾忌地躺在了台阶下，任由湿冷的气息沁染自己的头发和身体，很冷，可是很痛快。

半晌，她蓦地翻身一跃而起，抓了抓多日未曾清洗的散乱头发，闻了闻自己身上的味道，一瞬间险些吐出来，忙对着外面喊道："有没有人啊？！我要洗澡。"

这时就听门外有人应道："姑娘请稍等，我这就叫人去准备。"

经过那一晚后，花无多虽然偶尔还会出神发呆，却会出去瞎逛了，不再窝在屋子里不出来。

过去的事，过去的人，如果再也追不回来，留恋又有何用？虽然知道应该忘记，可是心思却不能自由控制，便在痛苦时反复告诉自己，既然忘不掉就试着去面对吧，或许时间长了便会忘记。

与刘修在一起的林林总总时常会不期然地浮现在脑海，便是偶然听到"修"这个字的同音字也会发一会儿呆，继而沉默，却在淡淡的苦笑之后，告诉自己，终究会忘的。

除了刘修，还有一个人也让她时常想起，那人便是公子翌，每当想起公子翌在听到她真实身份时那惊诧莫名的目光，她便有些难过。还记得那日他握着自己的手对她说："无论什么时候，我都会在你身边。"可转眼，她便落入了宋子星的魔爪，他是在怪她一直以来有意欺瞒吗？所以，那晚才没有派人去寻找她，而让她流落到了江南？

她看着自己的手，那一晚他握过自己很多次，每一次都带着安抚的力量，好几次她都想躲在他身后让他为自己遮风挡雨，可是她却骗了他，他会不会恨自己？不想再见到她了？她伸手入怀拿出一个锦缎，小心打开，里面放着一幅画，她细细展开。此画出自公子翌之手，画的是南书书院中，他掐着她的脖子，她拼命挣扎。指腹轻轻摸在其上，她扬起了快乐的笑意，仿佛又回到了书院，又回到了记忆中最美好、最快乐的时光。

在苏州一逛数日，她方才知晓，宋子星在江南的知名度可谓家喻户晓了。人人崇敬这个将军，女人们爱慕他，男人们敬仰他。原本以为宋子星这等人，充其量是个士族公子，就算有点儿本事也是祖上庇佑而来，未料想，他在江南竟如此受百姓爱戴。

花无多上次经过江南，匆匆而过，而今在江南留了数日，便发现街头巷尾上至有身份有地位的士族，下至商贾百姓甚至乞丐、三六九等人只要一提起宋子星都是一脸仰慕。

尤其是女人，尤其是未婚配的少女，一提起宋子星，开场白几乎都是变声尖叫。至于吗……花无多每次听到都忍不住哆嗦几下，尤其想到那晚他的话，最可恶的是，那一刻她竟然信了！愤怒！

不过在几日后，花无多提起宋子星也想尖叫，因为他娘的，他咋那么有钱……啊……

第四卷

江山如画

第三十一章

采花之贼

着都没劲儿，所以暂且还是留在江南吧，暂且吃他住他的。可几次鼓起勇气想要找他多拿些钱都在中途泄了气，平白拿他的钱总觉得手会短，花无多在认真思考过后便找了乌龟星当面讨价还价。

她带着一脸诚意，说她愿意出些许微薄绵力换取丰厚的钱财。虽然摆明了要占他些便宜，但却觉得理直气壮了许多。

乌龟星没有任何挣扎便同意了，随意问了她一句："你会干什么？"

花无多忙说："我会武功，曾经当过保镖。"这是她唯一干过的正经工作，当唐夜丫鬟那个不算。

乌龟星考虑一下给了她一份差事，当他妹妹宋子音的保镖。

宋子音原本住在杭州总督府，近日，说是来苏州游玩顺便见几个姐妹，便来了苏州她哥哥的将军府小住。

宋子音一天大门不出二门不迈，天天窝在园子里哪里需要什么保镖，只偶尔去拜个神求个佛，一出门不是轿子就是马车，奴仆前呼后拥的，尤其宋家在江南的名望，宋子音出去横着走都无人敢有异议。

当宋子音的保镖，花无多觉得自己完全是多余的，这也正是她心中想要的，可毕竟挂了个保镖之名，既然收了宋子星丰厚的钱财，总得象征性地意思意思。

她偶尔陪着宋子音去拜观音，还偶尔参加一下小姐们的茶话会。日子也便这般过了。苏州这些小姐尤为喜欢金银首饰，各个穿金戴银，翡翠珠玉满身挂，一看就知道都是有钱人家的小姐。她们谈论的话题，三分之一是宋子星，三分之一是琴棋书画，再三分之一是胭脂水粉。花无多好几次很不客气地站着睡着了。

因为有事可做，花无多发呆的时间渐渐变得少了。

这些时日与宋子音在一起，偶然间倒让花无多发现了一个秘密，宋子音的秘密。

花无多有一次无聊倒吊在宋子音的屋檐上，无意间便见宋子音自柜子的最底层拿出一幅画卷来，展开之后，神思恍惚，手指反复抚摸画上之人。花无多细瞧之下也是一惊，画上之人竟是吴琪。宋子音这份心思恐怕没人能懂，花无多回屋后唉声叹气不已，叹公子琪又用他那看似纯良貌美的外表欺骗了一颗纯洁的少女心。

宋子星自从上次事后，似乎更为忙碌，总是不见人影。经常三五日不回府，偶尔回来，也只来看他妹妹宋子音，顺便花无多也见到了他。他只是看着她，并吩咐她收了他的钱财就要照顾好他的妹妹，如果他妹妹少一根头发，他就扣她的银两。花无多当即反驳道："掉头发是正常现象，你这是欺压保镖，保镖这个职业是神圣不可侵犯的，是可以反抗的，你若欺人太甚，罢工，不干！"

宋子星认真地考虑了一下，说："你好好干，月底我叫账房给你加二十两银子作为奖励，掉头发这事暂且不提了。"

花无多横了他一眼，神情严肃，等他一转头，赶紧捂住嘴巴怕不小心笑出声来被他听见。

今年的冬天格外的寒冷。

年前，皇帝崩。

皇帝临死前，命人诏告天下，西京侯二公子吴翌是自己的儿子，也就是名副其实的皇长子，赐封成王。此事一出举国震惊。但皇帝死后，却没有遗诏立哪个儿子为帝。

当花无多得知此事时也惊怔得说不出话来，近日有听闻公子翌的一些事情，在她与宋子星刚离开京城不久后，吴翌也离开京城去了京兆郡，西京侯的封地。

她问宋子星："为什么皇帝要在临死前才认这个儿子？"

宋子星道："刘家权倾朝野，皇帝已经被架空了，如果早认了吴翌，也给不了他什么实质性的东西，只能给他带来重重杀机。"

据花无多所知，吴翌本就杀机重重，想来他的身份已不是秘密。

宋子星与她道："当今皇帝没有实权，吴翌即便是皇长子也不过是个傀儡。与其如此，倒不如让他在西京侯身边历练。虽是个公子身份，但西京侯毕竟有自己的封地和实力，在京兆一带势力盘根错节，手中更有十几万的兵马，又有梁王在太原遥相呼应，便是刘家也无可奈何，自然能保得吴翌平安。而皇帝在临死前认他，也不过是给他一个名正言顺的名分。除此之外，什么也给不了。"

直到今天花无多才发觉，自己是如何地不了解公子翌。而宋子星似乎知道得比她还要多。她张了张嘴，却不知道说些什么，便听宋子星道："想来，知道吴翌真正身份的人并不多，此前很多人提起西京侯的二公子都说他是个不学无术的纨绔，很多人都忽视了他，但后来……我发现他并不是传言那般。"

在大名府给公子翌当保镖的时候花无多就已经知道，公子翌和公子琪那个时候才到京城没多久。大名府是西京侯在京城的府邸，与他同来的还有其妹吴多多，吴多多没待几日便回了京兆郡，而吴翌便去了南书书院读书。吴翌为什么会去京城，又为什么进了南书书院，花无多并不清楚原因。

按祖制，应皇长子继位。但在皇帝驾崩后，年仅六岁的太子继位，并由皇太后刘雅辅政。

西京侯与梁王称有长子在又岂能让庶子继位，指责国丈刘呈乃奸佞权臣，立幼主实乃欲挟天子以令诸侯。故，不尊其为帝。

其他诸侯有的举棋不定，有的谋定而后动，有的干脆自立为王。

天下乱。

面对京城局势的变幻莫测，宋子星驻守江南岿然不动。

天气越发冷了下去，眼看便到了年关。

宋子音一贯待她温和，似乎还很喜欢亲近她，常常对她说些心里话，甚至她对吴琪的思念，也会隐隐提及。只是从未说明那人是吴琪，但花无多却心里有数，提起吴琪，花无多不自觉地便想起了吴翌还有……刘修。

花无多实则并不讨厌宋子音，虽然她是乌龟星的妹妹。

这许多日的相处，花无多觉得这个温婉的女子有着不为人知的坚强和韧性，她明明喜欢着吴琪，却从未表现出来，她明明出身大家，却没有娇气，性情随和。面对其他士族小姐的有意亲近也始终保持着距离，温婉中不卑不亢。

时间长了，花无多觉得自己并不讨厌她，其实最关键的是宋子音从不麻烦她，任由她偷懒，睁只眼闭只眼，这点花无多非常非常的喜欢。

年前，她伴着宋子音去苏州城东拜佛，听说城东郊外的那个寺庙很是灵验，可惜去了好几次，花无多连那个寺庙的名字都没上心记住。

这个冬天很是寒冷，苏州城在多日的小雨过后，忽然下起了大雪。雪下了一整夜，天亮时还在继续，纷纷扬扬的，路上和树上都有了积雪。江南冬日下雪并非没有，只是少见，尤其持续这么长时间的大雪更为罕见。看着满天飘洒的雪花，所有人都很兴奋，包括花无多。

这日晨，宋子音并未因这场突如其来的大雪而耽搁行程，仍旧坚持去佛寺祈福，只是自佛寺回来时也按捺不住白雪纷飞的美景而弃了轿子步行。

或许是天气寒冷又下了雪的缘故，今日来此上香的人极少，一路行去，他们只遇到了一拨人。

正行至山路转弯处，迎面来了一群人，均骑着高头大马，远远看到他们速度依旧不减，看这些人的穿着打扮似颇有来历。

山路狭窄，花无多等人便停了脚步靠向路边，为这些人让路。

那群人经过他们身边时，挥起的马鞭带着厉风，扑面而来，十分飞扬跋扈。原本也不想多事，宋子音没说什么，其他人自然也都躲让了开来。

可马队却在奔出数丈后，停了下来，当中一人策马折返，马头恰停在了宋子音面前。其余人也纷纷向此地望来。

马上那人是个年轻人，看向宋子音的目光甚是放肆，宋子音下意识向后退了一步，宋家家仆当即上前挡在宋子音身前，试图挡住男子放肆打量的目光。

岂料，那男子目光一沉，不由分说一鞭抽向那家仆，那家仆也有两下子，一纵躲开，那人却伸手抓向了其后的宋子音。

花无多正站在宋子音身旁，眼见那人手伸向宋子音，骤然出手按住那人手腕，只听咔嚓一声，那男子手腕生生被她掰断了，她轻轻一扯，那人顿时自马上跌落下来在地上疼得翻滚。此番情景发生突然，马队众人竟不理会受伤男子，只盯住了花无多，神色莫测，队形也没有乱上半分。

这时，马队自两边分开，一匹黑马自中间踱了出来。

马上男子虽然长相英挺，目光却阴戾而深沉。他一出现，宋家家仆中数人不自觉地向后退了一步，就连宋子音也露出些许惊骇。并不是此人长得一脸凶相，而是此人的气势令人惊惧，令人不自觉地便心生骇意。

花无多暗暗打量此人，见他衣着华贵，不同于其他人，后背长刀颇为厚重，一看便知此人要么力气较大，要么内功深厚，似不好应付。忽觉此人有些眼熟，好似在哪里见过，却一时未能想起此人是谁。隐隐只觉此人熟悉，心中升起了不好的预感，若然此刻只有她自己倒也不足为惧，但是还有宋子音和宋家几个家仆在。当下打定主意，就算护不住众家仆，她无论如何也得护住宋子音。

那人瞥了一眼握着断掉手腕已从地上挣扎着爬起来的手下，哼了一声，那手下似也很畏惧那人，虽然疼得难忍，却仍低下头去，牵了马匹退到了马队后面。

众家仆也察觉到了危险，将宋子音与花无多挡在后面全神戒备。

花无多低声对宋子音道："你寻个机会逃走，回去找你哥，我拖住他。"

宋子音略带慌张地看了她一眼，点了点头，低声道："你小心。"

男子目光移向花无多，花无多亦毫不退避地迎视他。这时，便听宋子音身边家仆大声道："你们是何许人？竟敢在江南一带撒野，也不打听一下，我们家小姐是谁！"

的确，江南无人不知道宋家，更不敢调戏宋家小姐宋子音。

那人听后沉了脸色，目光移向了宋子音，似想到了什么，冷冷一挑嘴角，露出不屑的笑容，突然抬手便是一鞭，挥向方才说话的家仆。那鞭带着莫大劲力，家仆触及必死，花无多一瞬掏出腰间短刀迎了上去。

在江南的这段时间，花无多有意隐匿身份，不再使用十指金环这种特殊兵器，便在身上带了一对短刀。

二人当下打了起来，短刀触及长鞭，花无多心中暗惊，此人不仅力气极大，而且功力极为深厚。常言道：山外有山，天外有天，人外有人。花无多自叹最近自己不知道走了什么运道，每次出手都遇到那山外面的、天外面的、人群外的非人类。还一个比一个强！先有暗杀唐夜的，又有暗杀公子翌的，这又来一个抢宋子音的。保镖这行真的不好干啊……

与此人一动手，花无多便知道，自己不敌。而且在兵刃上也吃了暗亏。长鞭与双刀相遇，她虎口震得发麻，险些握不住双刀，山路上亦被他留下了一道道深浅不一的鞭痕。

如果花无多用的是十指金环，或者可以借巧劲和兵器的优势以柔克刚，可现下用双刀无疑必败。而此人似乎已起了杀机，下手极狠，鞭鞭致命，花无多躲得十分狼狈。

宋子音这时已上了马车，家仆们欲赶车离去。却见男子一挥手，一群人立刻追堵宋子音的马车。

宋家家仆在后面阻拦，却均不是对方敌手，随行八人，一会儿便都被杀了。宋子音的马车也被拦下，车夫被杀，宋子音被掳下马车。

花无多见状又惊又怒！这些人是什么来历？竟然敢在江南地界，宋家眼皮底下杀了宋家人？！

与男子缠斗已然不易，此刻花无多心中更是焦急，不小心衣衫便被长鞭所带劲力抽得破烂，她若不是仗着轻功了得，恐怕早成了此人鞭下亡魂。

眼见宋子音被掳，她再顾不得其他，虚晃一招跳离男子，一纵飞到了数丈外的树梢上。男子一挑眉，并未紧逼，只眯着眼望着花无多，眸光闪过隐隐杀意。

花无多站在树梢上，衣衫因内力激荡而阵阵飞舞，点点雪花飘落，却一丝也沾染不到她的身上，若然不是她长相粗鄙了点儿，此番情景将甚是令人惊艳。她手指探入腰间，戴上了十指金环，瞥了一眼宋子音所在的位置，便又看向下方的男子，冷声道："不知阁下是谁，我们是江南总督宋家的家眷，今日到城郊礼佛，阁下如此，不怕与宋家结怨吗？"

那人森冷一笑，却不搭话，花无多心中明白，他欲杀人灭口。她深吸一口气，借机休整了一下气息，亦动了杀念。

那是宋子音第一次看到花无多使用十指金环与人拼死一搏，她不会武功，只觉得眼前眼花缭乱，那阴戾的男子也被花无多频繁逼退，肩膀、手臂、腿部都受了伤。

宋子音知道这个女子之于哥哥的重要性，哥哥常常会偷看她，一看便会忘了身边的人和事。她曾笑话哥哥，为了个女人费尽心思，把她都从杭州招了来，哥哥却只是笑而不语。

宋子音曾问哥哥："这般煞费苦心，为什么不敢直接表白？"哥哥从不是扭捏之人，为何在这时这般牵肠挂肚却又犹豫不决？

哥哥说她不懂，她其实懂的，她也有心上人，虽然……

她一直暗中观察着这个女子，觉得她很特别，可特别的另一面却也可以说成是古怪，她行为举止都不像女子，更不像一个大家闺秀。她写得一手好字，与哥哥签下契约的时候，那花无多三个字颇有风骨，难以让人想到那字会是出自一个女子之手。

她始终不太明白哥哥究竟被她什么所吸引，她的样貌不出众，出身不明，似出身江湖，喜欢飞檐走壁，总是喜欢爬到屋顶，很没有模样。

虽然如此，她浑身上下有一种别人都没有的东西，那便是恣意和自由，不受任何人、任何事的约束，随遇而安的态度令她往往在惊讶之余又有些钦羡。

而直到今时今日，她才发现，那女子还有着更为光彩夺目的一面。

她不美，可在发怒的时候，竟那般光芒万丈，尤其现下这个时候，没有丢下自己先走。她心中有些感激，也越来越喜欢这个女子了，如果花无多能成为自己的嫂嫂似乎也并不是一件坏事，虽然她的出身有些低。

现下这般情形，她其实是怕的，只不过，一直以来的教养令她咬牙坚持着不失态。她并未挣扎，知道面对这样一群人，挣扎也是徒然，她静静地等待着，心中却已打定主意，如果……如果被逼要失去贞洁，她将咬舌自尽以保清白，她绝不会给爹爹、给大哥、给宋家丢脸，打定主意，她越发安静！

面对比她强大的人，花无多并不怕，反而越战越勇。花无多使用的是软兵刃，男子的长鞭亦是，只不过绝没有花无多的霸道。花无多的十指金环平日只用两根，原本十根是应付多人的，而今全都招呼在了这个男子身上。不仅如此，花无多因数月前吃过唐夜给的雪域天丹，在伤病好后，功力更上了一层，而今与前些时日已不可同日而语了。

男子也发现了，对手是个难缠的女人。

双方都知道久战不利于自己，花无多赢在取巧和兵刃的优势，久战必不是对方对手，但这里毕竟是江南地界，发生这等事，宋子星迟早会赶来，久战亦不利于那男子。

男子也想到了这一点，弃了长鞭，取过横在马上的长刀，这似乎是他惯用的兵器，换了长刀后，男子如虎添翼。

花无多顿感吃力。

虽然银针可与敌人周旋，花无多却无心恋战，在酣斗中突然自怀中掏出一物，扔在地上，砰的一声炸开。男子正打得兴起，突然只觉眼前大亮，浓烟四起，光芒刺得他睁不开眼睛，双眼一阵刺痛，忙护住周身，急速后退。耳听八方，躲过了花无多的致命一击。

此物正是当日花无多自唐夜处要来的刺目弹。她一共要了四枚，一枚用在洛阳救公子翌的时候，一枚用在庐州郊外荒山救唐夜，此刻又用了一枚，怀里仅剩一枚了。花无多方才在树上时，便已目测了距离盘算好了这一步。

花无多并不恋战，见一击不成，于烟尘中辨明宋子音所在位置，瞬间跳跃过去，用银针连刺宋子音身旁数人，只听浓烟中一阵慌乱痛叫，花无多夺过对方一匹马，揽住宋子音上马，向苏州城方向狂奔而去。

这一切不过是眨眼间的事，待烟雾散去些许，男子目力恢复，便听手下问道："公子，要不要追？"

男子一挥手中长刀，眉间戾气尚未散去，望着花无多、宋子音离去的方向，道："此地不宜久留，处理了尸体，我们走！"

事后，男子率众反方向而去，马不停蹄，一路狂奔，出了江南。

花无多带着宋子音尚未到城门口，便见一队人马迅疾地向她们奔来，当先之人正是宋子星。

见她们没事，宋子星简单问了情况后，便派了徐清去追，自己则护送着花无多和宋子音回了将军府。

徐清追去时，只见宋家家仆的几具尸体，却不见其他人，他顺着踪迹追出了数百里方才察觉追错了路，显然那些人知道他在后面追踪，有意引他走错。待徐清察觉，已然失去了那些人的踪迹。这些人行动如此迅捷有效率，还会故布疑阵，绝不是普通人。

那天回到宋府，花无多当下便将那人样貌画在了纸上，寥寥几笔那人相貌及神态便跃然纸上，甚至他的手下几人的样貌也一并画出。宋子音见状暗暗吃惊，这些事情看似容易实则极难，她的记忆力，她作画时的速度和笔法，绝不是普通人能做到的。宋子音忽然对她的来历起了疑心，大哥从未说过她的来历，她出身江湖之说原本也只是宋子音个人的猜测。宋子音在一旁静静地观察着大哥与她，发现大哥时而看向她，目光温柔似水，她从未见过。

宋子星瞥了一眼画中人，眉间轻蹙，道："是他？！"

花无多细问之下，方才知道那人是谁，难怪她会觉得有些眼熟，那人竟是建安陈东耀。

洛阳李赦宴请众公子那晚，坐在唐夜旁边的那个人，就是陈东耀。因他始终背对着花无多，又一直不多话，当时花无多也未曾太注意那人，难怪没想起来。

对于陈东耀，花无多所知甚少，只知道他是镇远将军，其他的便一概不知了，便问道："陈东耀怎么会拦路强抢女人？他不是将军吗？怎么还缺女人？"

宋子星闻言失笑，便道："你倒问到了点子上，陈东耀此人极好美色。"

极好美色，宋子星是如此说陈东耀的，花无多瞪着眼睛望着宋子星，他竟然用了个"极"字，便知道陈东耀好色到了何种程度。

宋子星似察觉了她心中所想，悠悠一笑，道："陈东耀此人是本朝最具争议的人物，他的事若说起来恐怕要说上几个时辰，我们不妨坐下来，慢慢说。"

从下午一直到掌灯时分，花无多都留在宋子星的书房未出来。

陈东耀出生在东官郡，其父是征西大将军，也是个生来富贵的贵族子弟。陈东耀自小便力大无穷，据说他生来具有怪力，三岁时便能一脚踢翻约半人高装满水的水缸。他父亲共有二子，他是老二，因为他天生神力，其父对他寄予厚望，便请了许多师父教他，有战事时还将他带在身边亲自教授他各种打仗用兵的知识。他曾在十二岁时，连斩敌方五名将领而一举成名，人送称号"霸王"。陈东耀不仅擅长行兵打仗，还擅长水战，是个不可多得的武将。陈家有个这样的儿子，曾经极度风光。可是不知道陈家有子如此是幸还是不幸，陈东耀在十四岁弱冠后，不知道经历了什么，为人性情大变，从单纯好斗变得阴沉难以捉摸，还心狠手辣。两年间，陈家也不知出了什么变故，长子亡故，其父其母也跟着病故，有人猜测是陈东耀暗中将父亲、兄长迫害致死，不过也只是徒有猜测，并没有真凭实据。东南边疆地处海域，不能无将军镇守，陈东耀自幼跟随父亲征战，战功赫赫且熟悉东南一带战事，其父死后，便由他统帅三军，暂代其父之职，于八年前也就是陈东耀十七岁时，被皇上封为了镇远将军，镇守在东南一带。

之所以说陈东耀极好美色，这个"极"字并不是说陈东耀喜近美色，而是有其他原因，原因有二。其一，以陈东耀的身份，若然只是喜好美人也不是什么难事，便是主动送上门的恐怕就够他宠幸的了，这个“极”字体现在他的眼光极高。他喜欢的美人，不仅长相要出色，出身还要高贵。其二，正所谓绝代佳人难求，而他偏偏就喜欢绝代佳人。陈东耀为得美人，手段无所不用其极，甚至动武、发兵、用强。他府中小妾之一就是沿海其他国家的公主，是他动用武力抢夺过来的。为了绝代佳人动用武力血染沙场此人也做得出来，所以宋子星说他极好美色。

听到此处，花无多突然想起一事，便道：“我记得在洛阳李家，陈东耀见过楚田秀，楚田秀可是洛阳第一美人，又出身大家，怎么没见他出手？”

宋子星闻言笑了笑，道：“这一阵子你都安居江南，对外界事情不甚关心，你怎么知道他没出手？”

花无多原本侧歪在宋子星书房的软榻上，闻言突然坐了起来，瞪大眼睛问道：“他出手了？”

宋子星点了点头道：“不仅出手了，还得逞了。”

“啊？那楚田秀……楚……她，她怎么样了？”花无多突然有点儿结巴。

宋子星道：“自尽了。”

什么？花无多噌地跳了起来。犹自不敢相信，那样一个美丽而好强的女子就这么……“死了”？

宋子星点了点头。

花无多道：“楚家在洛阳也算有头有脸，发生这样的事，陈东耀就这样没事人一样回来了？”

宋子星“哼”了一声，道：“放眼天下敢和陈家作对的又有几人？就算不看他的身份背景，便是陈东耀本人亦极难对付，他武功极高且心狠手辣，与他单打独斗，我也未必是其对手。楚家虽然在洛阳有些根基，却终究不是朝中显贵，也不是江湖中人，楚田秀又是自尽身亡，就算找上门去也奈何不得陈东耀。尤其女儿家失了清白这等丑事如何能四处宣扬，对外也只不过声称楚田秀因病过世了。”

她一点都没质疑为什么宋子星会知道内幕，宋子星这话说得没错，生逢乱世，只有武力和强权才有说话的权利。陈东耀虽然在洛阳无甚根基，却毕竟是封疆大吏，身后有数十万陈家军听其命令，自身又武功甚高，就算做出此等丑事，也没人奈何得了他。待出了洛阳，回了南方，又有谁能动他分毫？

近日她一直留在平静富足的江南，险些忘了，这天下早已乱了。

思及此，花无多又想到一事，便喃喃道：“李赦……”

当初是李赦叫楚田秀到宴会上的，若说害得楚田秀有此遭遇，李赦难辞其咎。

宋子星明白她的意思，却道：“这件事并不怪李赦，楚田秀美人之名名震洛阳城，在楚田秀来宴会之前，陈东耀已然见过楚田秀了。李赦当天之所以有意叫楚田秀来，应是想为她解围。只不过李赦低估了陈东耀其人，陈东耀看上的美人，轻易不会罢手。即便那美人已有主，他也会不惜代价去抢夺。”

花无多突然想到了当晚楚田秀于众人中看向唐夜的目光，还有第二日与唐夜的月下合奏。难道楚田秀是想告诉陈东耀，唐夜是……不过，若然唐夜承认楚田秀和自己有关系，相信陈东耀也会顾忌几分，即便他武功再高，恐怕也高不过毒药的厉害。就算自己武功不错，还不是被唐夜控制了半个多月。想到此处，她不禁想起自己当初与唐夜的那段时光，怎么那时候她就突然觉得唐夜不可怕了呢？他明明是最可怕的啊。

宋子星见花无多一声不吭皱着眉头不知道在想着什么，便道：“今日幸好有你在，否则我妹妹必是凶多吉少。”原本只是想给她一个留下来的理由，未曾想，她竟帮了一个大忙，成了他宋家的恩人。

花无多心道你说得太对了，便拿起几案上的茶杯喝起了茶，耳中听到宋子星继续道：“今日你救了舍妹一命，就算让我以身相许，我也绝无异议。”

噗……一口茶直喷向了宋子星。

宋子星似早有防备，躲得极为及时，一点儿茶渍都未沾身。

花无多用袖子擦了擦嘴边茶水，见他眸中闪过戏谑，顿觉哭笑不得。她放下茶杯，坐了下来，想到楚田秀就这么死了，心中仍有不快。虽然楚田秀她并不怎么熟悉，可那样的美人却也曾令她觉得赏心悦目。没想到竟落得这般下场。陈东耀的作风简直就是采花贼！

若然花无多憎恶采花贼，那么陈东耀就是天底下最大的一个采花贼。因为他有权有势有钱，还有极高的武功！他娘的，他怎么什么都有！想到老天如此不公平，花无多便暗暗咬牙切齿，今日和他动手时自己应该下手更卑鄙一点儿，直击他的命根子才对！对，用针扎他命根子！废了他！

宋子星见她面目狰狞，忍住笑意，忽问道：“想去建安吗？”

为防陈东耀不死心再来纠缠宋子音，第二日，宋子音便被送回杭州总督府。

眼下便是年关了，宋子星自然也要回杭州总督府过年，是日，宋子星很难得地留在府中与花无多同吃了晚饭，吃得差不多时，宋子星忽道：“我家人想见一见你。”

花无多道：“见我干吗？”

宋子星一笑，道：“你救了舍妹，家人都想当面答谢你的恩情。眼下也快过年了，我也要回一趟杭州，打算带你一起回去。”

花无多道："不去。你去过你的年，莫要管我。"

宋子星微微挑起了嘴角，似笑非笑道："为何不去？你在怕什么？"

花无多看了他一眼，蓦地一叹，道："宋子星，我知你心中所想，我很感激你对我一直以来的照顾。我之所以一直吃你的喝你的，不离开，并不是对你有特别的情谊，而是我无处可去。天下很乱，到哪里都不得安生，我有家归不得，我很累很倦，只想在某个清净的地方休息片刻，我总归要走的。"

宋子星目光微暗，继而轻浅地笑了笑，缓缓道："我知道，我只是不想在过年这样喜庆团圆的日子将你一个人留在将军府。你易容成徐清模样与我回总督府也可以，我不会让你为难，如果你不愿去杭州，我便留下来陪你。"他顿了顿，声音越加轻缓，如清水过隙，"我对你的感情，我想，你也清楚明白，我不愿亦不想它成为你的负累。我宋子星对你的这份感情，虽昭然若揭，从未遮掩过半分，却也未对你有过丝毫强迫。"

闻言，花无多有些怔忪，未曾想宋子星会在此时当着自己的面说出这番话。这一刻，她的目光竟有些不敢直视宋子星，感觉到他望着自己的目光，忽然有些不知所措。

这或许是宋子星第一次当着她的面将自己的感情直白地摊开来。他的那份情，或许从前不明白，但当她酒醉醒来后，他将自己抱在怀里的那一刻，又怎会不明白。只是他的这份情，在她看来太过不真实，甚至不纯粹。她怀疑，甚至抵触，或许还抗拒着，打心底不想剖析触及，却又自私地一直在利用他这份情填补着心中未合的伤口。

思及此，她敛了眸光垂下头去。却听宋子星道："我所做的一切不过是想为自己争取一次机会，你……给我也给自己一次真正了解我的机会，若然你终究不喜欢我，若然……有一日你还是想离开，我亦不会阻拦。"

她沉默着，想起醒来时他眼中的那抹心疼，那一刻在他怀中，自己心中一涌而上的心安，这许多日来，每每思及都令她微感不安，她亦不清楚自己对宋子星是怎样一番心思。其实，他对她也不是不好，或许该说，实在很好……她终非草木，他既用真心待她，她又岂能一直躲躲闪闪畏首畏尾？

但心里终究有些挣扎，她缓缓道："既然……你待我……其实我都知道！"说到此，察觉自己的犹豫不决，不禁有些气闷自己的拖泥带水。一咬牙，一拍桌子，似下定了决心，她蓦地抬起头来，直视宋子星，大声道："罢了，既然惹上了你这朵烂桃花，那今日我们便将话说清楚，我不是不能给你一次机会，但如果我发现我还是无法喜欢上你，我会毫不犹豫地离开，到时候，你不要后悔，也不要来纠缠我。"

刚说完，花无多便有些悔意，不知自己如此做法是对还是不对。但话已出口，如泼出去的水，已无法收回。

烂桃花……虽如此形容他……宋子星仍莫名地喜悦着。其实他并未想到花无多会如此说，他以为她还会躲避，他以为他的真心想要换来她的正视甚至真心对待仍遥遥无期，但他没想到她竟然真的答应了。他莫名地喜悦起来，这种喜悦一瞬间竟让他有些头晕目眩，有些不知所措。他想握住她的手，却终究没有唐突，他嘴角含笑，轻声且带着隐约的颤抖，道："好。"

花无多将宋子星的模样看在眼里，微微一怔，又因这声略带颤抖的"好"，竟心生了一丝愧疚。此刻她不敢再直视他，只移了目光看向桌上剩下的酒菜，用筷子有一下没一下地戳着，漫不经心地吃了一口，吃了什么，什么滋味全都无所察觉，只觉得宋子星此刻望着自己的目光令她浑身发烫。她微微挪了挪身体，向左挪了挪，不舒服，又向右挪了挪，还是不舒服，觉得整个身子一下子都变得怪怪的，怎么坐着都不舒服。就在她坚持不下去，想要丢了筷子逃之夭夭时，忽听宋子星轻声甚至有些小心翼翼地问道："那你可愿与我同去杭州？"

宋子星何时这般低声下气过？花无多心一下子就软了，一句话随即脱口而出："过年我就以真实身份与你回杭州去吧，我想你的家人恐怕早已知道我是谁了，遮遮掩掩也无甚乐趣。"言罢，她一怔，似不敢相信自己冲动之下答应了什么，一甩筷子，向屋外跑去。刚跑了几步，便觉此番举动颇为狼狈和没面子，又停了下来。咳了咳，她按捺住心中的烦躁，偷偷在袖中握紧双拳，深呼吸，尽量以平静的步伐踱出门外。出门时，她还不忘回身将门关上，只是再怎样，也不敢再看屋内的宋子星一眼。

去杭州府的路上，花无多坐在车里，一身新衣服别扭到不行。原本，宋子星送她这套衣服时，她还惊叹这套衣服不仅精致也十分合身，似为她量身定做的一般。细想，宋子音在苏州时曾有一日量做衣服，便也拖了她去量，想来从那时起，宋子星便花了心思的。

这身衣服，以白色锦缎为内衬，外配白色长袖纱衣，纱衣的袖口上绣着红梅，肩头亦有一株红梅缓缓绽放，明媚独特，腰悬红色流苏。不知是谁费了这许多些心思想出的花样，这样独特的服饰，她甚是喜欢。不仅衣服，宋子星还送来一套首饰，亦是以红梅为题而做，显然是配这衣服穿戴的。

清晨天未亮，花无多便起床洗漱，换上了新衣，简单梳好头发，自首饰盒中选了几枚红梅形状的花钿，戴在头上，配着一头青丝，望着镜中的自己也不禁一阵怔忪。有多久没用真面目示人了？自有记忆以来，似乎便没用过真面目大方示人，也不知现下这样是好看还是不好看，心中不禁有些惴惴不安。

她打开门正欲踱出门去，便发现宋子星已然站在门外。风过，隐隐吹起他的衣襟下摆，他听到开门声，回头望了过来，她一怔，而宋子星亦是一怔。

他的衣服和她的竟颇为相似，宋子星身着白色长袍，腰系锦带，与她身上的锦缎是一个面料，袖口和领口一朵朵红梅花瓣仿佛是梅花不小心落在了他身上，和着云纹一路飘展。更显得他身姿挺拔，清贵淡雅。

一个是男装，一个是女装。花无多蓦地瞪大了眼睛，心里这个别扭……转身就想回去换下来，却被宋子星一把拖住，说再不走就来不及了，硬是拖着她，将她塞到了车里。

看着车前骑在马上的宋子星笑如春风，她咬了咬牙，很想跳出车将他踹下马去。

第三十二章

初入宋家

车轮吱嘎吱嘎地出了苏州城，花无多正在车里咬牙切齿，便听见车窗外一人道：“我们宋家过年有个习俗，凡是尚未婚嫁的小辈到了我们宋家，上上下下的长辈都会给压岁钱。你又是我妹妹的救命恩人，算一下，我宋家上至叔伯姑姑，下至舅公姨娘总也有个十几家，每家至少一百两，就是……”

花无多挑起车帘看着宋子星，深深蹙眉。

宋子星瞥了她一眼，又道：“你此番与我回去，一来是我朋友，二来也是小妹的恩人，我宋家因你救了小妹一命，上下都对你存了份感激之心，绝不会怠慢分毫。”

花无多眉头仍未舒展。

宋子星又道：“我家过年十分热闹，吃的东西也不差，比我这将军府好了十倍不止，单是年夜饭那顿便有近百道江南名菜。江南第一厨便在我宋家。”

花无多眉头展了开来又皱了起来。

宋子星道：“你不必过于紧张，我家人很好相处。”

花无多扯下车帘，恨声道：“谁紧张了！”

宋子星闻言大笑，甚是开怀。

又行了一阵子，宋子星在车外道：“我考虑再三，你还是戴上面纱为好。”

花无多正闲得无聊，掀起车帘一角道：“你若让我骑马，我就戴上面纱。”

宋子星道：“让你骑马倒也不难，只不过，我们马上要转乘水路而行了，你若喜欢在船上骑马，我也是允的。”

花无多恶狠狠地瞪了他一眼，道：“你若喜欢在船上骑马，我便奉陪。”

宋子星轻笑，摇了摇头道：“我不喜欢。”言罢，递过来一方丝巾，竟似早已准备好的。

花无多亦未推辞，伸手接过，戴在了脸上。

苏州到杭州的路并不长，期间走了一段水路，不到傍晚，他们便到了杭州城。

宋子星一路与人寒暄，杭州城认识他的人实在是多，一路行去，花无多在车里至少听见他与十人寒暄过，杭州城都如此，不知苏州城宋子星若也这么招摇过市地走过去又会是何等情形。花无多忽然想到看杀卫玠那样的场面，正想着美男子卫玠竟然被活生生看死了心中唏嘘，便听到女子细细的抽气声，她偷偷掀帘去看，便看到两个姑娘恰在她车旁望着宋子星骑在马上的背影，脸色微红双拳紧握，似乎紧张得不行。此情此景令花无多想起在苏州，一提起宋将军，一众小姐那副双眼发亮双颊发红的模样。她暗自揣测，宋子星在江南如此受欢迎，怎么至今还没有娶妻妾？在苏州，倒是曾听人说起过，到总督府为宋子星上门说亲的媒婆不下上百个，可这宋子星偏就一个都看不上，甚至有小姐欲屈居做他的侧室他也不要，都说他专情。花无多却想，莫不是宋子星有什么不可告人的隐疾？所以这么大岁数，还没娶妻，难道是……不行？！

花无多正在车里有些恶意地想着，便觉马车忽然停了，车外，宋子星下了马，行到车旁，为她掀起车帘，对她笑道："到了，若兮。"

花无多微微一怔，瞥了眼宋子星伸过来的手，一挥袖，自顾起身撩起车帘跳下了车。刚刚站稳，她便见此处明显不是正门，便道："你回家都是走后门？"

宋子星道："正门此刻人太多，不甚方便，我们还是走小门好些。"

花无多仰头望了望高墙，道："其实我更喜欢跳墙。"

宋子星轻笑。花无多正欲迈腿进门，却被宋子星拦住。

只见宋子星蹙着眉道："不行，我们还是得走正门。"

闻言，花无多颇为不耐烦，道："你今天怎么这么多事，到底走正门还是走后门？"

宋子星道："我原本想清静些，可你毕竟是第一次来我宋家，带着你从后门悄悄进入，总有些不妥。"便扯住了她的衣袖，坚定道，"先上车。"

花无多又上了车。心想，不就是见几个人吗，有什么可怕的，再说这是回宋家，宋子星也这般诸多顾忌，今天的宋子星真是奇怪。

车轮吱嘎吱嘎响着，赶车的是徐清，宋子星骑着马走在徐清身边，有些犹豫地问道："我今天看起来很麻烦吗？"

徐清一怔，亦有些犹豫地回道："将军今日，的确有些不一样。"言罢，见宋子星瞪了他一眼，马上闭紧了嘴，不再说话，看起来专心致志地赶着车。

没过多久车又停了下来。

这一次，还未等宋子星掀开车帘，花无多便自行起身撩起车帘跳下了车。一抬头，她看见眼前黑压压站着一群人，至少有上百个男男女女，所有人的目光都盯着她，见她如此跳下车先是一惊，而后便是十分有默契的鸦雀无声。诡异，十分的诡异。宋子星浅笑着走到她身边道："不用紧张，他们都太想见你了。"

原本粗心大意慢半拍一点儿都不紧张的花无多，由于宋子星的有意提点，突然觉得有些口干舌燥。她不禁低声讷讷道："我看，我们还是走后门吧。"

宋子星含笑低声道："早晚得见的，不怕，随我来。"

已走出数步的宋子星忽然听见花无多喃喃自语道："我应该先迈哪只脚？"

宋子星哑然失笑，一回身，走回尚在犹豫的花无多身边，一展臂，蓦地将她抱起，笑道："哪只脚都不用迈了。"

花无多"呀"的一声，有些慌乱地道："你干什么？快把我放下来，这么多人看着呢。"因看着的人实在多，花无多虽恼他此举却也不敢大幅度挣扎，只将头埋在宋子星肩头，咬着牙威胁着。

未料，却听宋子星道："我就是要给他们看的。"

什么？花无多愕然，一时间彻底恼羞到词穷了。愣了一会儿，她方才讷讷道："如果我终究无法喜欢上你，弃你而去，到时候，你情何以堪？"

宋子星闻言脚步一顿，轻声回道："我不悔。"

花无多闻言一怔，半晌，方道："到时候我可不管，只当你自作自受，活该！"

闻言，宋子星苦笑。活了这么大，他从未想过会有这么一天，自己会忐忑不安地担忧着一个女子不喜欢自己，可面对的是她，却又无可奈何，除了苦笑便只剩无奈。如今他已是破釜沉舟，无路可退了，若然有一天她当真弃他而去……又岂是情何以堪那般简单。

在众人惊讶、愣怔、讳莫如深等目光中，宋子星坦然抱着花无多进了总督府。

原本在门口迎接的管家直到宋子星与花无多已然进了大门，方才如梦初醒般随后追了上去。

虽然花无多戴着面纱，众人无缘看到其真面目，但在场之人无不一致认为，她定是个倾国倾城的美人，至于美到什么地步，直到宋家晚宴时，一众宋家人方才见到她的真面目。

晚宴上，花无多坐在宋子星身边，与宋子星同案而坐，席间全是宋家一众男子及长辈。女眷都在殿侧用珠帘隔着的地方用膳。俨然，花无多身份是不同的。但花无多从不多想这些细节，如此安排，便也欣然接受。

席间，每人面前的案几上均摆放着几十种糕点，便是茶水、果酒也有四五种。宋子星一一为她介绍，并每样夹一点放在她碗碟中，花无多也不客气，一一尝过去，便听宋子星道："少食一些，后面还有更为丰富的主餐。"花无多点了点头。

花无多乃学武之人，耳目本就较常人灵敏，刚吃了少许茶点入口，便听殿后珠帘内一女子轻声道："她就是方家二女方若兮？长得果真是美。"

另有一女子低声道："那是自然，否则怎么会让那般眼高于顶的小子神魂颠倒的。"

这时，宋子星往花无多碗里夹了些菜，对花无多道："这么多眼珠子盯着你，你会不会有些不自在？"

"的确有些不自在，原本我打算从今往后，以本色做人，不戴面具了。可现今看来，还不如戴着面具。"花无多回道。

"嗯，今后还是戴上吧。"宋子星附和。

宋子星之母早亡，其父宋晨有几房姬妾却均无所出，唯有宋子星和宋子音一对元配夫人所生的儿女。宋晨本与花无多之父方正阳为故交，自然对花无多颇为喜爱。又因她曾救了宋子音一命，宋家上上下下对她更是热情。

宋晨本人出身军旅，颇不拘小节。花无多与他说了几句话，见他与自家父亲性情有几分相似，便也没了拘束。

宋子星叔父宋演，花无多自然记得清楚，当初他在帐中与宋子星的那番对话，花无多记忆犹新，今日一见，却是个有些威严的老者，不过对她倒甚是亲切和蔼。

宋家上下对她如此礼遇，花无多说不出喜欢，却也不会讨厌，毕竟人家对你好，喜欢你，也不是什么坏事。只是看到宋演，思及他曾经说与宋子星有关自己的那番话，心里总有些不能释怀。

宋子星自然明白，却也不说破，只与她说些其他有的没的。

席间，有些应酬，宋子星帮她挡了，有些话，宋子星帮她答了，剩下的就只剩下吃东西了。整个晚宴下来，花无多吃得很饱，颇为满意。宋子星果然没有骗她，从茶点到正餐再到瓜果，这顿晚宴至少有五十样不同种类的江南吃食，当真让她心满意足。宋子星说，过年比这个还要丰盛，花无多双眼一亮，刚露出一些期待，眼中亮光便隐没了，过年，她还是头一次不在爹爹和姐姐身边过年，没想到自己一时之气离家出走，转眼已快一年了。

席间，宋演的七夫人毛遂自荐，欲弹奏一曲助众人酒兴，宋晨欣然应允。

琴方摆好，帘后便走出一个女子，长裙旖旎，纤腰不盈一握，神态优雅亦有些倨傲，年轻又不失风情。她迤逦走到殿前，先有礼地福身一拜，而后方才坐下弹琴。花无多不懂音律，也不知她琴弹得好还是不好，总之听着不讨人厌。

一曲方罢，众人鼓掌，女子起身方要退下，就听宋演道："你过来坐。"拍了拍自己身边，女子一挑眉，面上似乎并未十分欢喜，却仍走过去坐在了宋演身边。恰好与花无多相对。

觥筹交错间，她目光若有似无地打量着花无多，在众人停语的间歇忽道："听闻方姑娘曾一人大闹当今国舅爷的婚礼，还当众被国舅夫人打了一巴掌，拖出府去，不知此传言是真是假？”

宋子星重重地放下手中酒杯，杯中尚未饮下的酒便溅在桌上，那女子目光微微一凝，却仍注视着花无多。

一时间，大殿所有人的目光都望向了花无多，极静。

上座宋晨目光微沉，却未言语。

宋演怒视了一眼七夫人。

花无多面带浅笑，直至对面女子含笑的嘴角开始僵硬，方才道：“七夫人说得一丝不差，当日我丢尽了脸面，后来想起这事，死的心都有了。”

女子闻言，笑得含蓄而有深意，殿中更加静了。便听花无多一人继续道：“那日我去京城寻一位朋友，朋友一高兴送了我一瓶千醉，我这人自幼便喜好天下美酒，千醉天下间恐也只剩下那一瓶，得此美酒喜不自胜，小心将其放在了身上时刻随身带着。当晚去国舅府观礼，忽然想起身上美酒还未尝过，便一时兴起被美酒引诱，浅浅尝了一点儿，我自然知道千醉非普通酒水，普通人喝上一口也要醉上三日，我仗着自己酒量好，便只浅抿了一小点儿，以为没事，谁知道，当我站在殿中多时，看到国舅大人牵着新娘出现在面前时，竟一眼将国舅看成了他。”花无多目光看向宋子星，宋子星明知花无多在瞎掰，却不拆穿，只目含深意地回望着她。花无多继续道：“我当时鬼迷心窍，酒气上涌，脚步虚浮，只当新郎是他，便借着酒胆冲了出去想要当众把他抢走，说来实在羞愧，人家国舅大人哪里肯跟我走……”说到此处，她目光低垂，似在害羞悔恨，却只觉胸口竟隐隐作痛起来。

这时便听宋子星接口道：“别说了，当时是我的错，今后我绝不会再辜负你。”宋子星的手当众握紧了她的，坐实了方若兮思慕他，而他曾辜负她一片深情，令她酒后失态之事。

七夫人面上的笑容再也挂不住了，宋演却道：“是贱内多嘴，我回去自会惩戒。”

未料，七夫人并不在乎宋演的威胁，一整面容仍旧淡淡笑道：“千醉，喜酒之人皆知其名。它是一种十分有来历的酒，据说喝一口即可令人醉上三日。只可惜此酒天下间再难寻觅，凡是好酒之人得之如获至宝，有幸得之，便是醉上三日又如何？只是不知，方姑娘可曾将此酒带在身上？让我等好酒之人闻上一闻也是幸事。”

当日花无多一口气喝下半瓶千醉，事后，还是宋子星将剩下的千醉交还给她，不过因当日醉酒喝了些洒了些，已所剩不多。花无多事后很珍惜地将剩下的千醉换了个掌心大小的瓷瓶装好，带在身上，之所以常常带在身上，是想或许危急时刻拿来当蒙汗药用也不错。千醉数滴融入酒中便可醉下一群人去，比寻常蒙汗药都好用，用银针也试不出来。花无多始终存了这个心思，所以刘修结婚当日身上才会带着千醉。

闻言，花无多一笑，自怀中拿出瓷瓶，道："既然七夫人也是喜酒之人，若兮又怎能驳了夫人所求。"

当丫鬟将瓷瓶递到七夫人手里时，她微微凑在鼻端轻嗅，只一闻，便觉头晕目眩，面颊发红，竟然闻一闻也有了醉态。她道："果然是千醉。"

宋演目光微露诧异，伸手拿过瓷瓶放在鼻端闻了闻，惊道："真是千醉。不知是何人送与方姑娘的？"

花无多道："是洛阳李家三公子赠予我的。"

洛阳李家三公子——李赦。

宋演闻言目光一亮。

殿中众人闻言，面面相觑，均目露深意。

这时，上座宋晨忽道："子星，你莫要辜负了方姑娘的一番情意。"

"是，父亲。"宋子星恭敬地答道。

宋演当先举起了酒杯，对上座宋晨恭贺道："大哥，子星寻得如此佳偶良缘，小弟甚是为你、为子星开心，小弟敬你一杯。"

自宋演后，宋家人一一敬了宋晨及宋子星。

一番觥筹交错后，宋子星看着一旁若有所思似笑非笑的花无多道："我知你心思。"

花无多一怔，忽然涌起一丝愧疚。却听宋子星轻声道："若兮，你如今让所有人都以为你爱我至深，忧我负了你，给我做足了颜面，即便将来你离我而去，别人也只会认为，是我不要你，最多落个负心汉薄情郎的恶名。但是，若兮，不要总是想着离开我。"

花无多垂目，低声道："我何尝不是为了我自己……"

宋子星握紧了她的手。

宋子星与花无多窃窃私语的模样，看在他人眼中甚是恩爱。

自此以后，方若兮大闹国舅婚礼之事便有了另外一个版本的传言。传言中的主角自然由原来的国舅爷刘修，换成了安南将军宋子星。而今所有人都在传，方家与宋家的喜事近了。

第二日一早，花无多方才起身，便开始应接不暇，一件礼物接着一件，这宋家上下，待她实在盛情。直到这一刻，她才真正体会到，自己的身份会给自己带来什么。若然刘修早知道她的身份，又会是怎样一番情景？思及此，花无多心中原有的好心情荡然无存。

宋子星诚不欺她，过年时，花无多收压岁钱收到心虚。想想自己与宋家无甚关系，这般收钱实在不好意思，但宋家每个长辈送压岁钱时的理由都让她推却不掉，说这是他们宋家的规矩、习俗、必须的，不收不给面子，不收看不起他们，不收是不对的，总之不许不收。连一旁看着她拿压岁钱的宋子音都笑她，"妹妹，你还是坦然受之吧，何必这般辛苦，像受了什么折磨一样。"说起来，宋子音虽与她同年，却比她大了三个月，所以，便称花无多为妹妹。

宋子音先前并不清楚她的身份，在她力敌陈东耀救了自己一命后，方才知晓她的真实身份，心里明白她与大哥宋子星的又一层关系，对她越发亲近了。此番来到杭州，只要宋子星不在，便是宋子音相陪。

虽来杭州过年没几日，但因她初到杭州，入了宋家，名字、身份、容貌一下子就在杭州城传了开来，杭州许多名门闺阁小姐都发了请帖邀她赏曲游园，她多数回绝了，自落了个不易亲近之名。花无多原也不在乎，只是宋子星姑母宋蓝的邀约她不便回绝，毕竟是长辈，便由宋子音带着一同去了。

花无多不喜欢这些人情世故虚与委蛇，却也不惧。

她与宋子音到了宋蓝所在的范府，宋蓝所嫁之人是昔日宋晨的一个兄弟，但可惜那人早亡，留下一双儿女，宋蓝孤儿寡母一家三口便依托其兄长宋晨的照拂。宋家自来护短，宋晨、宋演两兄弟自幼对这个小妹就非常照顾，如今小妹夫君早亡，更是不曾有所亏待。

范府虽不如总督府大，却也打理得很是精致。宋家在江南名望极高，出身宋家的宋蓝自然也甚得江南这些闺阁名门小姐的喜欢，时常往来于此，办些女子间的游园会。以前，宋子星也常常来探望姑母，据说，宋子星每次出现在范府，这范府往来的美人比府里盛开的花儿还要争奇斗艳。

当宋子音偕花无多出现在范府时，还未进后院，花无多便听到了许多女子的说话声和此起彼伏的笑声。

远远地，花无多听到一人道："一会儿她来了你们这些没正经的丫头可莫要乱说，得罪了她，便也如同得罪了子星，万一他今后再不来见我这个姑母，我可愁这满院子的花花草草也要凋零了。"

这个声音……花无多蓦地想起了晚宴那日，帘后一女子叫宋子星为宋家小子。原来竟是宋子星的姑母。

另一人便道："夫人难道也怕那方二小姐不成？"

宋蓝道："怕倒谈不上，总归井水不犯河水。"

一女子又道："你们没见那晚大表哥在乎她的模样，怕是天上的月亮星星摘下来给她，也是会的。"

一人哼道："你说那女子很美，莫不是比清菲姐姐还要美？清菲姐姐是公认的江南第一美人，我就不信，她一个不知检点、醉酒闹人家婚礼的疯女人会比过琴棋书画样样精通的清菲姐姐。"

一女子温柔道："宁儿莫要乱说。"

又有一女子道："我们几番邀约她都不来，甚是高傲，我今日倒要看看她究竟是何等女人，将子星哥哥迷得神魂颠倒。"

宋蓝道："你们看归看，莫要说些不自在的话。"

不知道宋子音听到了多少，还未走过后院的第二道门槛，已有些尴尬地望向花无多。见花无多正一脸玩味地凝听着，她便轻轻咳了咳，而后一抬腿，迈过门槛，对不远处池边游廊下说话的众人笑道："我们来迟了。"

众人目光望向她们，略过宋子音恰看到她身后一个女子迈步跨过门槛，那女子一抬头，众人皆怔。

那一晚在大殿中毕竟看得不甚真切，宋蓝也只在珠帘后看到了花无多的大概面貌，而今阳光下一看，不由得也怔了怔。她似乎已美到了极致，由内而外自然而然，她的美，如阳光入心，如清泉入口，如朝露入眸。她一笑，宋蓝的心便是一紧，便听她道："夫人邀约，若兮来迟，还请夫人见谅。"

宋蓝闻言，忙收起愣怔，起身过来一手牵了她，一手牵了宋子音，笑道："你们能来就好，来这里坐。"

廊下或立或坐共五名少女，此刻仍未回过神来。宋蓝牵了花无多的手向游廊走去，花无多见宋蓝年约三十，风情万种的模样，相貌倒有几分与宋子星神似。

花无多方才坐下，便听远处一人"啊"的一声，举目望去，却见院外一棵大树枝丫上赫然站着两个男子，而今这两人不知怎么在树上摇摇晃晃，你拽我我拽你，眼看这两人便要连串掉下树来。宋蓝望见亦有些担忧地站了起来，花无多见二人似乎都不会武功，看到宋蓝着急的神情，便知道这两个爬树偷看的男子与她定然有些关系，一提气飞身而起，转眼间在他们掉下树前一个、两个都抓到树上站好。

这两人原本吓得三魂已丢了一魂，而今近距离见到花无多，竟全都瞪大了眼睛，屏住了呼吸，仅剩的两魂眼看也没了。这时就见花无多对他们嫣然一笑道："这回站好了，二位公子，莫要再掉下来了。"一拂袖，她转身飞入院内，轻飘飘地落在地上，衣裙上绣的芙蓉也随即迎风盛展开来。花无多尚未走回廊下，便听身后扑通扑通两声重响，而后就听到几个不同的声音惊叫道："少爷""公子"……一团乱。

花无多闻声回头，那棵树上哪还有半个影子，仔细想了想，方才明明将他们安置好了啊。怎么一口气全掉下来了，连双手抱着树干的那个都掉下来了？她摇了摇头，回身走回宋蓝身边，却见宋蓝和廊下几人面色均有些担忧和慌张地看着墙外，看到她走回来又不好意思表现得太明显，虽勉力坐下却都坐立不安起来。

宋蓝面色有些怪，花无多也只小坐了片刻，便与宋子音告辞走了。花无多在时，那五名少女竟怔怔地看着她一句话也没说。待她走了，出了院子，方听叫宁儿的少女道："她果然很美。"

这时，范清菲道："不知哥哥摔得怎样了，姑妈，清菲先告辞回家看看。"

宋子星的表妹郑明若亦道："夫人，明若也退下了，回家探探哥哥。"

宋蓝道："从那么高的树上摔下来不知怎样了，我也甚是担心，你们回去见了给我捎个信来。"

"是。"二人答道，忙退下了。

出了范府，坐在车上，宋子音早已忍不住捂嘴笑了起来。

花无多亦笑。

宋子音边笑边道："太好笑了，我回去要告诉大哥。"

花无多也扯起了嘴角，道："我无意的。"

宋子音笑得越发厉害，道："你可知树上那两人是谁？"

花无多一抬眉，便听宋字音道："一个是那自视清高的范清菲的大哥，另一个是我表哥。"宋子音眨了眨眼，继续道，"这个范清菲一向眼高于顶，纠缠我哥哥多年，今日见到你，怕是再不好意思纠缠我哥了。"

花无多笑道："这许多年，为何他没有娶了清菲？"

宋子音道："我也曾问过大哥，不过，他只回了我三个字。"

花无多似笑非笑道："不喜欢。"

闻言，宋子音笑得开怀，道："你连我哥说此话的神情都学了个十成十。"

花无多笑而不语，宋子星曾说，不要用眼睛去看他，要用心去感觉他，而今方知，他说这话的含义。她虽然知道宋子星会用如此神态说这三个字，却不知他缘何会说这三个字。她思忖了一会儿，终究想不明白。却听宋子音叹道："我真希望自己能像你一样会武功，可以想去哪里就去哪里。"

花无多微微一怔，想去哪里就去哪里……曾经的自己便是如此，可如今……她只想栖居在一处安稳平静的地方，哪里也不去。

一日，叔父宋演来看花无多，与宋子星三人坐在厅中闲聊时提起江陵盗粮一事，花无多一怔，不由自主想到了吴翌与吴琪，微微有些走神。

宋演走后，宋子星却有意再次向她提起了此事。

原来当日那盗粮之人不是别人，却是宋子星。宋子星言，因连年大旱颗粒无收，许多流民涌入江南，落草为寇滋扰生事，给江南宋家的政权稳固带来很大的隐忧，宋家得知晋王刘易囤积了大量救灾粮草不发放给百姓，宋父很是气怒，便派宋子星借凤舟赛之际将粮盗出分给灾民。宋子星为此计划良久，岂料在江陵却遇到了扮成吴多多的花无多，一个肚兜，一对“凤凰碧月”老夫妻，让二人结下了不解之缘。之所以于凤舟赛开场之际戏弄于她，一则是知道花无多不想登台献唱，因担忧凤舟赛不能顺利举行，从而影响了他的盗粮计划，所以才出现在阁楼中；二则，他也想趁机确认她的身份，所以在当日猜测到花无多很可能不登台献唱会私下逃跑时才为难了她一番。他当时也没想到花无多宁可踩塌高台也不愿献唱。重提此事，花无多心中仍有怨怼，不禁狠狠瞪了他一眼。

宋子星却只笑了笑，继续解释，他在顺利盗了粮之后，便用早先化装成流民的数千兵丁分散着将盗来的粮运到了江南，再发给到江南避难的流民。听到此处，花无多沉吟不语。据她所知，当时想要盗粮的不止宋子星一人。

这时便听宋子星继续说，当时盗粮的不止他一人，还有吴翌。那日，他的手下扮作流民抢劫了东边粮仓，吴翌却用了部分人煽动流民借机抢盗了西边的粮仓。

花无多又问：“他盗粮又是为何？”

宋子星道：“据我所知，吴翌将盗来的粮转卖给了李赦，李赦过了一段时间之后便在江陵一带的各大商号分销了。”

“他为什么将粮卖给李赦？他会缺钱？”花无多带着疑惑问道，据她所知吴翌可不像是缺钱的样子。

宋子星笑笑，道：“吴翌此人我十分欣赏，他卖了这些粮食给李赦，有三个用处。一方面可得一部分钱财为己所用，另一方面就地销赃，不需像我转运这般麻烦，耗时费力，风险也大，再来，此举也对江陵一带百姓有益。”

“此话怎讲？”花无多又问。

“江陵一带连年大旱，市场流通的米价非常高，吴翌将盗来的粮食低价转给李赦，自己可得一部分利，李赦也有利可图，李赦是商人，商人讲究的是利益，即便有些铤而走险也会去做。李赦此番买卖必定能赚不少，不仅如此，据我所知，他当初似对一名女子生了思慕之情，此女子与吴翌关系匪浅，所以他很乐意帮吴翌这个忙。”言及此，宋子星的目光落在花无多身上，花无多想到那晚，李赦抓着她的手腕质问她与多人相亲，不由得汗颜，宋子星了然一笑，继续道，“李家的粮号遍布江陵各州郡，想要掩藏这些官粮也非难事，正好帮吴翌就地销赃。不仅如此，因大量粮食进入市场销售，米价的价格自然会降，也算是对百姓有些益处。”

听到此处，花无多神思有些恍惚。她知道吴翌有些小聪明，但从未想过，他竟然这般善于运筹帷幄。想必在欲盗粮那一刻起，他便已想好了要走的每一步，甚至李赦。想到李赦藏在水果篮子里面的信笺以及等她起床时的情景，此时方才明白，为什么李赦进出他们所住院落会如此轻而易举，而每一次公子翌和公子琪都不在。李赦的心思，当初她并不明白，而今回想，却也知道了其中含义。

吴翌当初竟也利用了她。想到这点，她胸口便是一闷。

思及此，她便又想到宋子星，宋子星盗粮的心思定然也是计划已久，其中何尝不是利用了江陵郡主刘玉对他的思慕之情。

花无多不禁叹自己也叹刘玉，遇到的都是狼。

宋子星却笑言："我于他人是狼，于你却是鱼肉，任你宰割。"

花无多闻言，一本正经道："我虽喜欢吃鱼肉，却从不喜食人肉。"

宋子星失笑，恍惚有些出神。她笑着晃着双脚，笑着偏头恰与他注视的目光相遇，蓦地一怔。

她知道，宋子星对她的那份心思，她一直在试着接受，也在努力忘记……很努力，很努力地忘记……只是那个人，那个曾经令自己震撼令自己动情，那个曾经发誓与自己同生共死却另娶她人的人……

以为平复的伤口，却在些微的思念下，轻易被抽动，稍未控制好，便瞬间将平日的伪装统统撕裂，而后便是赤裸裸的伤口，结痂了被撕裂，再结痂再撕裂，反反复复怵目惊心，痛到无以加复，痛到再也伪装不下去。

冰凉的手指被熟悉的温暖覆盖，令她微微瑟缩，却不容拒绝地被握紧，她微抬头便见他的笑容。

夜半，烛光摇曳，桌案上铺展着一幅画，往昔快乐与美好似在眼前，她用指尖小心描绘着，不知不觉唇边溢出一声浅笑。因窗开着，风过，烛火忽灭，她微微一怔，蓦地黯然。诚如今日宋子星所言，吴翌所作所为她其实从不清楚，吴翌隐瞒她的事太多，她又何尝不是……

还清楚地记得，他曾说过，他与她会是一辈子的手足兄弟，一辈子的兄弟……指尖再次触及画卷，即便没有光，她亦能轻易地寻到他所在位置，甚至能清楚地勾勒出他的模样，暗夜中，她收起了那幅画，用绸缎小心包好，放入怀中，胸口似也暖了，她含笑地想，无论是欺瞒还是利用，他都是自己一辈子的兄弟。

她走到窗口，想要关上窗，微抬头便见天上一轮明月，似那一晚……她咬着他的手指……

不知，他如今过得好不好？……

第三十三章

天下大乱

年后，回到苏州，宋子星越发忙碌起来。不停地往返苏州、杭州、扬州等地。

同年四月，东南建安陈东耀拥兵自重，自封齐王。天下所有人都知道陈东耀这是要造反了！

同年六月，宋子星集结六万兵马，联合江陵晋王刘易，兵分两路以平叛之名共同讨伐陈东耀。

数月前，宋子星便问过花无多可要去建安，花无多原本以为宋子星去建安是想为妹妹报仇，如今方知错了。他早就知道东南有异象，而他只不过在等，在等一个名正言顺的机会将陈东耀彻底铲除。

原本陈东耀镇守建安，正所谓天高皇帝远，再加上他一贯气焰嚣张，几乎没人能管得着他，如今称王，更是借机扩张领土，让自己当一方土皇帝。陈东耀不愧是当朝第一猛将，只用了两个月便将广东一并收揽其中，一时间势力庞大，军队扩张迅速，无人能出其右。

建安在江南后方，陈家与宋家比邻，可双方一直不和，陈东耀与宋子星之间更是颇有嫌隙，几乎到了剑拔弩张的地步，平日里陈东耀便利用贼匪流寇等借口滋生混乱，经常骚扰江南，陈家早已成为宋家的心腹大患。而今他称王在先，宋家联合刘家早有灭他之心，宋家想分福建等地，刘家则想盘踞广东，进而占领广西。

此番时候，花无多在宋子星身边已留了半年有余，如今天下大乱，唯有江南尚且平静，花无多原本想混得一时是一时，却未料宋子星要去征战。宋子星问过她的意思，战争之于她是陌生的，但毕竟在茶馆里听惯了说书人讲那些英雄故事，忠肝义胆，义薄云天，张翼德一人单枪匹马喝退曹操百万雄兵等英雄行径令花无多无限神往。

花无多原本便有一颗当侠女的心，尤其仰慕英雄，而英雄又多出于战场，便想着，不妨跟去看看热闹。如若有机会，可以再会会天下第一采花贼陈东耀。

宋子星听到花无多如此称谓陈东耀时，戏说："若然陈东耀听到你如此称谓他，不知会作何感想。”

花无多却颇不以为然道：“很不错了，总也是个天下第一。”

宋子星骇然失笑，道：“我真想将你绑在身边寸步不离。”

“你当我是钱袋啊！”花无多闻言颇为不满。

宋子星笑道：“你若是钱袋，我便当银两，很容易便进了你的心里，还可与你朝朝暮暮相伴。”

望着他的目光，颊边笑容淡去，她偏过了头去，道：“我们什么时候动身？”

“半月后。”宋子星淡淡道。

临行前，苏州来了位贵客。李家三公子李赦。

距离洛阳一别，半年有余，花无多得知李赦到了苏州，与宋子星已见过数面，却一直没有机会得见李赦。

这日，花无多刚练完功，便见丫鬟递上来一个带着芙蓉甜香的精致信笺。花无多接过打开，便看到李赦的邀约：夕阳西下，苏州河畔。

虽然她从未与李赦坦明过自己的身份，但如今她身份大白于天下，李赦是姐姐的小叔，她总要给面子去的。

大军即将出征，宋子星这几日都没有回将军府，花无多与将军府管家交代了一下自己的去处，便在太阳落山前出了将军府。

自花无多从杭州回到苏州，将军府附近，各式人物便骤然增加了不止一倍，不管是贩夫走卒或是书生公子，每日将军府正门、侧门、后门都可称得上川流不息了。如此情形至今尚未有退却之态，因将军府旁长期来往人流量多，四周形成了市场。四下里店铺的房价也大有提升。商人们都言虽说自古红颜多薄命，但将军府住进的这位美人却是个福星呢，连带着他们的财运也来了。

每次，只要花无多的马车一出府，所到之处，便能看到无数摩肩接踵的男男女女像看稀有动物一样跟着她的马车，仿佛马车厚厚的木板也挡不住他们的目光。几次之后，花无多再也不坐马车出去，都是越墙而去。

一来，自己身份已然大白于天下；二来，苏州民风开放，美女如云，她又过得逍遥自在，所以花无多已然有阵子没戴面具了。出门也只是面纱覆面。

好笑的是，有一次她戴了面纱，正欲跳墙出去，便听高墙外一人叹息道：“墙内有佳人，墙外有书生，奈何一堵墙，挡住爱慕光，若然佳人出，若然书生入，便是一面缘，此生亦无憾。”

闻言，花无多起了顽劣之心，目光一转，便摘了面纱，突然越墙而出，瞬间站在书生面前，与他面对面互看了一会儿。见书生瞪着一双牛眼半晌毫无反应，花无多还对他眨了眨眼，这不眨还好，这眼睛一眨书生便双眼一翻仰面倒了下去。花无多也吓了一跳，忙探了探书生的鼻息，发现他只是晕了过去，方才戴上面纱，逍遥而去。

后来那堵墙下也总是聚满了人，花无多只好换了其他墙跃出去，有时候她刚越墙而出便听到有人喊："在这边……"可那人话音刚落便已不见了她的踪影。

再后来，宋子星加强了将军府四周的守备，墙外再也无人。花无多还是一样地跃进跃出，宋子星也不管。只告诉她，出门一定要与府里的郑管家知会一声，天黑以前必须回府，其他的由着她。宋子星的条件，她并无异议。郑管家是府中副管家之一，与他知会一声也很简单，就是每次丢石子砸他的脑袋，郑管家每次被石子丢都会迅速找到她的身影，而后一边摸着脑壳一边笑着对她说："小姐又要出去逛了？身上带的银子够不够？要不要派几个奴才跟着提重东西？……"诸如此类。

苏州河畔，微风送爽，杨柳青青，花无多刚到，便看到河畔停泊的画舫前立着一人。风过吹起他的衣衫微摆，挺拔的脊背背着光，有些寂寥有些萧瑟，她一步步走近，直到他回身望向了她，她一笑，驻足拱手以江湖之礼道："李兄，多日不见，别来无恙。"此言一出，便是承认了以前与李赦见过了。果然，未见李赦有任何异样，反而豁然一笑，他知道了。

坐在画舫上，精致的酒菜诱惑着花无多。闻了一下杯中酒，花无多眯起了眼，索性去了碍事的面纱，痛快地饮下了一杯。

看到她的真面目，李赦有一瞬的失神，虽然很快恢复了正常，眸中却仍多了一丝若有似无的怅然。

说来奇怪，李赦那日话不是一般的少，幸好酒实在是好，否则花无多是坐不住的。

临走前，花无多道："若兮得知李兄此去往北，若兮有个不情之请，不知李兄方便与否？"

李赦道："但说无妨。"

她递过一物给李赦，道："若李兄有机会去京兆之地，烦请李兄将此物带给吴翌。"

李赦未曾犹豫，接过花无多递来的东西，点了点头。

花无多笑道："谢李兄。"

李赦道："何必客气，李、方两家本是一家，你我就是一家人。"

花无多笑着点头。

天快黑了，分别前，李赦送她到了初来相约之地，她身上染了酒香，两颊略有嫣红，自画舫跃至河畔时，星光落了她满身。李赦心神有些恍惚，见她远去，对着她的背影轻声道："保重。"

未料想，她竟耳尖地听见了，回身伴着满天星光，对他挥手笑道："李兄亦保重。"言罢笑着转身而去。

李赦遥遥相望，今日一别，不知何时才能有缘再见。他低头望着手中之物，神色变得复杂。

怔忪良久后，他方才转身回到船中，提笔在纸上写道：一切安好，勿念。当信鸽放出时，飞向的是金陵方向。

三年后，李赦迎娶了洛阳金家小姐金思钗为妻。而其弟李勘，亦在一年后，在四川成亲，当年便得一子，一生鲜少踏足中原。

福建等地要比江南热上许多，更别提此时已然入夏。

花无多自从杭州回到苏州，平日里多戴面纱，极少再戴面具了。临来福建前，宋子星主动提及让她戴上面具时，她颇不以为然。

宋子星言明，此去建安去见陈东耀，以她的容貌，必定惹来许多是非。未料花无多听后根本不在乎，还十分不屑地反驳道："让他来啊，我就等他来。"

闻言，宋子星眉头紧皱。年前，花无多曾与陈东耀交过手，虽然当时她戴着面具，但以花无多独特的兵器和身份，很可能已经暴露……一想到陈东耀暗中觊觎她，宋子星心里就一阵不舒服。见宋子星反复提及面具一事，花无多终是答应了，戴上面具扮作他的近身护卫入了军营。

自从京城花无多大闹国舅爷刘修的婚礼后，天下间便对方家二女方若兮有各种版本的传闻，但无论哪个版本，方若兮貌若天仙、擅长易容术、曾就读南书书院、手使特殊兵器十指金环这几样却是不变的。想来，公子语等人的大嘴巴功不可没。

后来，宋子星带花无多回杭州，方若兮之美貌更是盛传江南，乃至天下。所以，陈东耀若因花无多的兵刃十指金环而猜测出花无多的真实身份亦是极为可能的一件事。

宋子星的担忧不无道理，陈东耀自与花无多交手未果后回到建安，便命人去调查在苏州与他交手的那名女子的身份背景，因那女子所用武器实在古怪。那武器竟能伤了他，颇令他介怀。

三日后，探子回报了一份详尽的材料。

陈东耀看后紧蹙眉头，竟然是她？宋子星竟将她留在身边，做他妹妹宋子音的保镖，原本还对宋子音有些念想的陈东耀一时间全部心思都被这名女子占据，倒将宋子音之事抛诸脑后了。听说，她擅长易容术，是个绝代佳人，不知是真是假。想起那日她站在树上的姿态，想到她的武功，想到面具后的绝色姿容，想到她的身份，陈东耀心痒难耐。

而后陈东耀一直忙于领土扩张，四处征战，但始终未曾忘记那个与他单打独斗数十招不败的女子。私下里，他辗转得来方若兮的画像，一看之下，更是惊讶，从曾经的心痒难耐变成每每思及都心烦意乱起来。他便十分留心注意起宋子星身边这个女子的动向，更派了许多人暗中去了苏州，断断续续得了些方若兮的消息。但派去的人一直接近不了方若兮，不仅接近不了，有些还有去无回。陈东耀知道宋子星在江南的实力，更明白此女子武功了得，不易接近，却仍不死心地不停派人探听她的消息。知道得越多，他越是被她吸引了心思。

陈东耀此人虽勇猛却无计，幸好身边有个谋士叫魏迁。魏迁谋略出众，人品却差，甚为贪财，他帮陈东耀扩张领土亦是为财。这点倒是与花无多有些相像，但花无多一向君子好财取之有道，可魏迁却不是这样的人，他为聚敛财富，不知害了多少条人命。但陈东耀也不是什么好人，一直颇为纵容他。陈东耀好色，魏迁贪财，这对主仆向来各取所需，也相处融洽。

此番宋子星与刘谨同时声讨陈东耀，陈东耀获悉后亦丝毫不惧，反而心心念念方若兮是否跟了宋子星同来。

宋子星率军驻扎在福建边境，当陈东耀获悉宋子星身边并没有女子出现时，竟有些失望。

魏迁知道后，便与他说，即便方若兮没来，宋子星离开苏州，将军府守备也必然松懈了，一语惊醒梦中人，陈东耀来了精神，便派了人去苏州。可数日后探回来的消息竟然是方若兮并没有在苏州将军府，陈东耀又招来魏迁商量，魏迁想了想便说："听闻方若兮擅长易容术，如果扮作男子随宋子星同来，亦未可知。"陈东耀闻言觉得有理，便催促魏迁想个办法将她引出来，魏迁便道："办法不是没有，只是……"

六月二十日，宋子星率军六万向东阳郡进发。

临行前一夜，宋子星抽空去找花无多，嘱咐了些行军要注意的事情，他告诉她，可能要受些苦累。她却道："你放心，我不会拖你后腿给你添麻烦的。"

那晚刚下过一场大雨，夜空似被洗刷过，空气清新，有些甜味。

他望着她，因近日太忙，已有两日没有见到她了，虽然他不能回来见她，却仍命人送来一些叮嘱的话儿给她，他想时时能看到她，所以这次去建安，将她带在身边也存了些私心。可他知道，不能太约束她，否则她很可能会离他而去，他怕，他真的怕，怕得有些缩手缩脚畏首畏尾，不像他自己了。

他的手指轻抚上她的面颊，她一怔，却没有躲开。他抚摸着，入手的温热令他心中微悸，手指微微缠绕上她鬓边的几缕碎发，缠绕缠绕，直到她的目光浮现了一丝迷离。他低下头去，一点点靠近，他的唇将要覆上她的，她突然回过神来，蓦地将头偏向了一侧。他一怔，目光一暗，放下了手，缓缓道："早些休息，明天还要早起。"言罢，举步而去。

第一次随军而行，数万兵士的脚步声亦令花无多觉得荡气回肠。六万兵马分三路行进，花无多自然跟在宋子星身边，忍不住不停回望，觉得队伍总也望不到边。第一次见到这样大的阵仗，花无多只觉得呼吸都是满满的豪气。骑马跟在宋子星身边越发精神奕奕。

她的变化，宋子星自然发现了，见她一身戎装，戴了面具作男子装扮，不知从哪里要来一柄轻巧长枪放在马侧，飒爽英姿的模样比之他军中将军亦是不差。他在当晚安营扎寨休息时与她围着篝火，道："你这面具做得倒好。"

"是吗？"花无多闻言眼睛一亮，道，"我是比照三国大将赵云做的，我本想着做张飞的，可是他一脸胡须实在难弄，我就比着赵云做。可是做完了又怕别人觉得太像，便又改了改，怎样？我像不像个玉面将军，比你也不差吧？"

宋子星仰头望着夜空，笑道："比我尤胜三分。"

"虚伪。"花无多闻言反倒撇起了嘴。

"怎么了？"宋子星笑道。

"我问过徐清，徐清说，是很不错，不过比起将军还差三分。"提起这事，花无多神情便更加不屑。

宋子星一笑，道："不必理他。"

花无多道："我自不会理他，他根本就是盲目崇拜，就算天神下凡在他眼里估计也比不过你，顶多打成平手。"

宋子星失笑，道："改日，我好好教导教导他。"

"别教了，浪费时间，朽木不可雕也。"花无多不以为然。

宋子星笑道："不会，我告诉他，不必等天神下凡那么麻烦了，你总是比我胜上三分的。"

花无多闻言，拍着他的肩膀笑道："现今天下除了少数瞎了眼的外，明眼人都称我是天下第一美人了，虽然我不屑这个名头，但从侧面也反映了我的价值。欣慰之余，我也想以此证明，其实我并不在乎徐清小眼睛里面那三分的。”

宋子星摇头笑道：“那多谢你相让了。”

“不谢不谢。”花无多道。

篝火映着他们的面颊，噼里啪啦的声响不停，偶尔还能看到不远处盘桓飞舞的飞蛾和蚊虫，宋子星忽道：“你发现了吗？我们坐在这里许久竟没一只蚊虫过来。”

花无多点了点头道：“我也发现了，其实不只今晚，自春季来临有了蚊虫，我身边便没有一只，往年都有的，就今年没有，不过蚊子不来骚扰我也是好事。”

宋子星闻言眼中却浮现了隐忧，问道：“你是不是吃过什么特殊的东西？还是身上带了特别的物件？”

花无多想了想道：“没有啊，我在你身边半年了，没吃过什么特别的东西啊，特殊的物件，也没有呀。不过当初受伤，唐夜倒是给我吃了……难道……与那药有关？”

“唐夜给你吃了什么药？”宋子星问道。

“唐夜给我吃的叫雪域天丹，我听琪说，此药是疗伤修复筋络的圣药，还对内功修为的提升大有助益。唐夜给我吃了五颗，我的伤好得很快，后来，我的确感觉内功修为比以前更上一层了。难不成，那东西还有趋避蚊虫的功效？”花无多道。

宋子星道：“雪域天丹？”

花无多道：“对，雪域天丹。琪说，吃上七颗，身体会有淡淡的甜香味，我只吃了五颗，不过，好像隐隐也有。尤其一出汗就更浓些，或许是这种香味驱散了蚊虫，真不错。”花无多并不知道，在她昏迷时她还曾吃过两颗，她已然吃了整整七颗。

宋子星靠近了几分，细细闻了闻，以往他都以为这是她身上香包或者衣服上熏香的味道，从没想过这竟然是她的体香。只是这种体香虽淡却因是唐夜种下的，透着莫名的诡异。

宋子星将疑虑放在心里，面上却仍是一派自然，对花无多道：“或许你是因祸得福也未可知，功力提升，还有异香可驱蚊虫。”

“是啊，我也这么想。”花无多笑言道。

宋子星见她这么看得开，便笑道：“天下间除了几个瞎了眼的，你已是公认的天下第一美人了，而今身上又带异香，虽驱了蚊虫，恐怕往后更招狂蜂浪蝶了。”

花无多闻言笑道：“那有何惧，有你在旁边，再狂的毒蜂，再浪的彩蝶，也会被你拍飞踩死，我高枕无忧得很。”

宋子星轻笑出声。

花无多忽然想起一事，便道："不过，有只叫陈东耀的毒蜂若然来了，你别擅自拍飞，留给我，我要亲自对付他。"

"你似乎很关注他。"宋子星道。

花无多道："是啊，很久未遇敌手了，想起上次和他打的那一架我就手痒痒，真想和他再打一次。"

"难怪这半年你一直勤于练功。"宋子星道。

"嗯，我有种感觉，我极有可能再遇到他，这次，绝不会逃得那么狼狈了。"花无多坚定道。

"这么说，你还是打算逃的。"宋子星咳了咳，忍住了笑意。

"他实在厉害，我心里也没……"话未说完，花无多哈了一声，轻松道，"留得青山在，不怕没柴烧，来日方长嘛。"

宋子星道："对，来日方长。"他望着她，她望着夜空。

总有那么一天，你会看到身边还有我。

陈东耀派大将军徐振迎战刘谨，而自己则驻守在东阳郡，迎战宋子星，此举摆明了未将刘谨放在眼里。

刘谨得知此消息，虽怒陈东耀将自己看轻却又暗中欣喜。

陈东耀此人极难对付，陈东耀迎战宋子星，宋子星必将陷入苦战，他只需坐山观虎斗，全力对付徐振，拿下宜春郡和淮阳郡，再取些渔翁之利拿下广东。

要入福建取建安，必先攻破锁钥东阳郡。

现下，宋子星六万兵马已驻扎在东阳郡外三十里。

东阳郡外多是茂密的山林，趁宋子星与各路将军商讨攻打陈东耀策略时，花无多跟着徐清已进了附近林子巡视，人家徐清是真的去巡视，花无多却是因闲不住跟着去玩的。

以花无多现在的装束来看，乃是宋子星近身校尉服，这身衣服可不白穿，在军中有着特殊地位，穿上这身衣服就代表是直属将军管辖，只听命于将军一人，别人管不着。有时候，将军会交办些特殊差事给这些人，其他人也是不能多问的。所以花无多当下随着徐清出去，就没人敢来多问。徐清自然知道她的身份，当她蹦跶出来说要同去时，他说不行也没用啊。也只有一个头两个大地时时瞄着她，只恨自己行动前怎么没看到她竟然就在附近。

徐清带着一小队人一路向南欲探明附近地形及情况，树林深处，各种飞禽走兽均有出没，还有些猎人留下的捕兽夹，花无多顺手捡了一个摆弄着玩。一行人专寻些僻静的小路行进，时而遇到岔路，便分兵两路做好标记继续前行，一行人向南奔出约五六里路方才停下。眼看日落，徐清打算折返回营去，这时却听身边花无多道：“有队人马正向我们靠近，大概有十五六人，速度极快，我们怎么办？”

徐清知道花无多武功要比自己高出许多，耳目也甚是灵敏，只是没想到她竟能从声音听辨出来者有多少人，心中难免暗暗吃了一惊，但马上一整神色，吩咐道：“丁老二，你先带人从原路返回军营，我随后就来。”丁老二应是，一挥手，掉转马头，带着其余众人离去。

徐清下了马来，边拴马边对花无多道：“吴多，你也请先回去吧。”花无多如今化名吴多，徐清知道她的特殊身份，自然对她十分客气。心里想着你赶紧走吧，嘴上也得说个请字。

花无多却没有走，反而下了马，道：“我知道你要干吗，我和你一起看看吧，这些人武功都不弱，真出事了，你不必管我。”

徐清还待说些什么，却被花无多制止了，“快将马拴好，他们近了。”

他们迅速将马拴在暗处，伏趴在树丛中。

这段时间，宋子星不在时便是徐清照顾她，二人早已熟悉。徐清为人很是精明，不好糊弄，只是有些拘礼，主仆上下之分甚为坚持。他还有一个花无多最不喜欢的地方，那便是最听不得有人说他们将军宋子星的不是，就算是花无多也不能说，而花无多又偏偏总说宋子星的坏话，徐清每次听到就与她生闷气不吭声，暗中还拿眼睛瞪她，却又拿她没办法。时间久了，二人也生出些战斗感情来。这段时间，徐清也对花无多多了些了解，徐清觉得花无多十分好相处，性格洒脱，武功甚高，丝毫没有小姐脾气，挺好的。只不过有时候也不太好，她长得太美，作为一个女人，其实长得太美不是什么错，只是她常常没有顾忌地对别人笑就不好了，因为她对自己笑过三次，将军已经给他安排了六次相亲……大有他不娶妻不罢休的态势，其实以他的年纪在家乡连娃娃都抱上了，只不过他一直追随将军，将军尚未成亲，他也不想那么早娶妻生子多了累赘。

躲在蒿草中，他们静静地趴了一会儿，便见一队人马骑乘过来，恰在不远处停下。

当中一人勒马停步，向北一指道：“王上，由此往北再有六里就到他们安营扎寨的地方了。”

一人沉声道：“近日你多安排些人在这附近巡视，一见到人，就动手抓了，要活的。”

来者共十六人十六骑，后背兵刃，各个精壮魁梧，以花无多和徐清所在方向，难以看清说话人的样貌。

树丛中，花无多去掰徐清的手，徐清脑门儿冒汗，死也不给她握自己的手。花无多眼睛一瞪，徐清摆出视死如归的模样，花无多方才反应过来他误会了，心里不禁一阵抽搐，试图用口型告诉他，“写字。”

徐清反应过来，噌的一下脸就红了，犹豫不决地伸出手心。

花无多抓过他的手，写了两个字，“禽兽。”

徐清的脸从红色变成了猪肝色，神情甚是激动，一时喘息便有些重了。

花无多继续写道：“陈——东——耀。”由方才那人的声音及背影，花无多已经辨别出他是谁了。花无多向来记忆力好，尤其上次与陈东耀一战，更是将陈东耀的音容笑貌记得清楚透彻。虽有半年未见，花无多还是很轻易便从他的声音和背影认出了他来。

徐清脸上的颜色惨淡退去，原来是说陈东耀是禽兽啊，还以为是说他……

花无多继续在他手上写道，“你先走，我跟去。”

徐清骤然眼睛瞪得极大，忙拽了她的衣袖摇头再摇头，表示坚决不行。

花无多见他如此模样，便拍了拍他的肩膀示意他少安毋躁，又在他手心继续写道，“不必担心。”

见陈东耀等人已走远了，花无多甩开徐清的拉扯，跃向自己拴马的地方。徐清哪肯轻易放她走，便也紧追着赶了过来，扯住她正欲解开缰绳的手，低声道：“你不能去，陈东耀不是普通人，你若有个三长两短，将军非砍了我的脑袋不可！”

“我去去就回，不会有事，你先走，我一会儿就回去。”花无多利落地解开缰绳，却被徐清抢了过去。“我不能让你一个……”徐清的话尚未说完，就听身后不远处一人冷冷道：“那就两个都别走了。”

花无多、徐清闻声蓦地转身望去，只见远处的灌木丛中，有三人三骑踱了出来，当前那人，不是别人，赫然是陈东耀。

他身材高大，目光阴戾地打量着花无多和徐清。

方才已走远的其余人也逐一出现在他们身后，显然是刚刚折返回来。

花无多目光闪了闪，扯着徐清向后退了几步，低声对徐清道：“我有百分之一百的把握从他们手中逃脱，但如果有你在就变成一半，你赶紧跑，有多快就跑多快，不要拖我后腿。”

徐清一怔，他原本心里想着今日就算拼死也要护住她，可现下一听，竟是自己拖累了她。想到她武功高出自己许多，脱身或许不难，自己的确很可能帮不上忙还拖她后腿。虽然心中担忧，但他也并不犹豫，当机立断扯过缰绳上马就跑，心想引走几人以便她能更好脱身。

对面之人见徐清欲跑，当即出来两骑随后追去，却不知为什么，两匹马刚跑过花无多不远处，便骤然嘶鸣，全部跪倒在了地上。马上二人武功不弱，就地侧翻，只受了些轻伤，再看那两匹倒地不起的马，前蹄已被齐齐割断，正吃痛地在地上嘶叫翻滚。这一切不过眨眼间发生，众人甚至没看清是什么东西割断了马腿，均惊疑不定地盯住花无多，只见她收拢手指在身侧，一丝亮色在指端若隐若现，不知是何物。

花无多瞥了眼已然跑远的徐清，神情越发泰然自若。

方才自马上掉落的二人此刻正一脸惊惧地望着花无多，二人面面相觑，同时想到此人方才出手若不是对马而是对人，他们现下已然没命了。二人虽有些惊惧，但仍拔出兵刃，正要冲上去与她厮杀，却在此刻听到陈东耀喝道："退下！"

那二人闻声一怔，忙退回陈东耀马后站定。

陈东耀上下打量起花无多，只见她从容自若地自腰间拿出一个金色指环套在一根手指上，指环上有个细致的金链子可与腕上金环相扣，扣好一个，她又再拿出一个，如此反复，直到十根手指戴满了金环。修长的手指伸展开来，金银之色在她指端若隐若现，甚是璀璨夺目，陈东耀微微眯起了眼。

他想到了十指金环，想到了苏州雪中那一战，想到了方若兮，想到了面具后的绝色姿容，见她此刻收拢双拳凝望着自己，眼角眉梢带着挑衅的笑意，心中竟是一悸。

陈东耀道："你就是方若兮？"

花无多道："你就是陈东耀？"

陈东耀身后有人呵斥道："大胆，你小子敢直呼吾王名讳！找死！"那人言罢就要冲将上来，却被陈东耀抬手制止。

陈东耀眯了眯眼道："你手上戴的可是十指金环？"

花无多眨了眨眼道："你背上所背的可是兵器谱上排名第四的魄月刀？"

他微微扬起了嘴角，眸中的光亮更胜。

她站在斑驳的树影下，与上次见到时的模样大为不同，看服饰似是宋子星的近身护卫，看来她的易容术果然出神入化，如今扮作男子，若不是十指金环泄露了她的身份，他根本认不出来。

常言道，踏破铁鞋无觅处，得来全不费工夫。没想到竟然在此遇到了她，而且还是孤身一人，这样绝佳的时间和地点，他又怎能放过。

他翻身下了马，一步步向她走去。身后众人也跟随他下了马，一纵散开形成包围之势，亦步步逼近花无多。花无多向后倒飞丈许，他怕她就这么被吓跑，急忙抬手，制止了其他人逼近的脚步，只他一人向她走去。

当下，他似手持利刃的猎人，而她就是他狩猎的目标，他双目一眨不眨地凝视着她，有些小心翼翼地靠近，心知她轻功极高，生怕她眨眼间便跑了。

她摆出攻守兼备的姿态，站在他的正前方，亦目不转睛地望向他，目光中不带一丝畏惧，甚至有些挑衅，嘴角牵起了若有似无的笑，朗声道："上次我们未分输赢，这次一较高下。"

闻言，他轻轻地牵起了嘴角。她的胆识，她的挑衅，她的毫不畏惧，令他深觉有些趣味。

他一步步走向她，既稳且轻，他们之间的距离并不长，约有三十步，可待他走到第十二步时，咔嚓一声，脚下突然传来剧痛。他看到她狡黠一笑，顺着她的目光低头一看，竟看到自己的左脚已落入一个捕兽夹中，鲜血自他脚踝处流下。他紧紧皱起了眉头，身后有人低低惊叫了一声："王上。"众人齐向他奔来。

他微一蹙眉，便听花无多笑道："真可惜，还以为今天可以与你再战一次，既然你受了伤，我就算赢了你也无甚光彩，那就下次吧。"言罢，人已飞掠而去。

陈东耀身形一动想去阻拦，奈何脚踝处却传来剧痛，他忙命身后众人："追，快去追！要抓活的！不许伤她！"

数人领命，飞身追去。

他紧蹙眉头，俯身将捕兽夹生生地掰了开来。他自幼力大无穷，掰开捕兽夹不是什么难事，可待他取下脚上的捕兽夹，花无多早已不见了踪影，其他追将出去的人最后也无功而返。

回到东阳郡的行宫，陈东耀想起下午那一幕，心神恍惚，命人取来方若兮的画像，指尖触及其上，恍若画中人就在眼前，她的目光清澈璀璨，带着动人心弦的灵性，她的神态从容洒脱张扬而挑衅，她丝毫不畏惧他，不仅不畏惧，而且可以镇定自若地诱惑着他一步步踏入陷阱踩进捕兽夹，让他狼狈受伤。他应该愤怒，却一点儿也没有，不仅没有，反而有些兴奋。此时此刻，心里好似有什么东西在挠着，令他又痒又难受可是又有些享受。

他看了看已处理完的受伤脚踝，问道："什么时候能好？"

"回王上，伤势并不严重，只是些皮肉伤，将养几日便好了。"正在收拾药箱的大夫小心翼翼地回道。

他挥了挥手，道："下去吧，去叫魏迁进来。"

"是。"一旁伺候的奴才应了，领着大夫先出了殿去。

陈东耀倒在床上闭目养神。

不一会儿，魏迁进了殿来，快步走进内殿跪拜道："臣魏迁拜见王上。"

"嗯……起来吧。"陈东耀道。

魏迁起身。

陈东耀仍闭着眼睛没有睁开，淡淡道："本王今天见到她了，果然如你所料，她戴了面具扮作男子，在宋子星的军营中。"

魏迁垂首站在一边，闻言，目光流转，摸着山羊胡一遍又一遍，半晌，笑道："王上，你是想……"

陈东耀蓦地睁开了双眼，道："她扬言要与本王一战，本王便如她所愿。不过本王不想伤她，本王要得到她！"

魏迁笑道："好，臣这就去办。"

第三十四章

情深意重

花无多回到大营，蹲在帐篷顶看着帐下一会儿进一会出一会儿跑一会儿坐折腾得满身大汗的徐清，听着他嘴里不停地嘟囔着，“怎么还不回来，怎么还不回来……要不要去禀告将军，要不要去禀告将军……”

不一会儿，一个小兵跑了过来，附耳与徐清道：“没看到。”徐清面露菜色，扑通一声坐在地上，三魂七魄丢了一半的模样把小兵吓了一跳，小兵忙道：“参将参将，你怎么了？哪里不舒服？”

花无多正看得津津有味，这时见远处一个营帐的帐帘被人掀开，当先走出一人，那人刚探出半个身子，花无多便从帐篷顶滑了下去，稳稳地站在徐清面前。徐清一见是她，一下从地上跳了起来，激动得险险扑上来抱她，却似乎忽然想到了什么，急忙顿住。他摸了一把额头上的汗水，瞥了眼还杵在一边瞪着眼睛瞟来望去的小兵，正色道：“你先下去。”

小兵忙应了声是，跑远了。

徐清收回望着小兵的目光，正要开口说话，见花无多一下子将身体立得笔直，大声对着一个方向喊道：“将军。”

徐清忙转身，亦看到向此地走来的宋子星，忙正身道：“将军。”

宋子星走了过来，望了一眼徐清，道：“怎么流了这么多汗？”

徐清突然跪下，道：“末将有一事要禀明将军。”

花无多见状，也学着其他侍卫对宋子星的模样道：“将军请进帐，末将也有一事要禀明将军。”

宋子星望了一眼花无多，目露笑意，朗声道：“好，你二人同与我进帐细说。”

宋子星先行进了营帐，花无多随后，徐清耷拉着脑袋最后走了进来，进去后，忙又跪了下去。

宋子星道：“出了什么事？”

徐清正要说，却见宋子星望着花无多，显然是在问她而非自己，便将到嘴边的话咽了回去。进到帐里来花无多立马变了个模样，先倒了杯水给自己润喉，再找了个位置舒舒服服地坐下来，方才开口回道："今天徐参将要去巡视，我就跟着去了，遇到了一伙来历不明的人，一共十六个，其中一个，他一说话我便认出来是陈东耀。"

听到此处，宋子星目光一凝，望向徐清，道："然后呢？"

徐清正要回话，便听花无多又道："我们被陈东耀察觉了，他出现时，我让徐清先骑马走了，我一人留下来对付他们。"眼见宋子星沉了脸色，徐清掷地有声地道："末将未能保护好方姑娘，请将军责罚。"

花无多忙道："你不要怪徐清先走，当时情形只能如此。单一个陈东耀就够我和徐清受的，何况还有其他十五人，我权衡利弊，以我的功夫，想要全身而退并不难，但要带着徐清一起走就有难度了，所以我只有让他骑马先跑。"

花无多话一停，帐内便悄无声息了。徐清垂头跪在地上不知在想着什么，宋子星将望向徐清的目光转移到了她的脸上，淡淡道："你是如何脱身的？"

"当徐清跑时，有两人同时去追，我便用银针射杀了他们所骑的马腿，让徐清顺利跑远。我当着陈东耀的面戴上我的十指金环，有意让他认出我是谁，上次我与他打过一架，他果然还记得。我引了他下马，一步步向我走来，刚巧我今日拾了个捕兽夹，我借后退之机暗中将它丢掷在草丛里。他只顾盯住我，怕我跑了，就没注意脚下，如我所料他一脚踩在了捕兽夹上，伤了脚踝。我便借机跑了。"

帐内一时无声。

花无多想了想，觉得自己毕竟是逃跑，总有些没面子，便道："我当时想，他们人太多，我和他打架可能会吃亏，所以我一开始就打定主意要跑的。"话刚说完，右手已被宋子星紧紧握住，花无多有些尴尬地挣了挣，却挣脱不出来，便示意宋子星徐清还在帐内跪着。却见徐清依旧直挺挺地跪在地上，不知想着什么垂首不语，花无多便有些奇怪地问道："徐清……你怎么不说话？不会是在自卑武功比我差吧？"

徐清的身体微微一颤，宋子星忍不住轻轻咳了一下，却听花无多继续道："你不必难过自己武功比我差，其实武功差可以用智谋抵消的，虽然……虽然你智谋也比我差……"

徐清的身体僵硬了，花无多意图亡羊补牢，继续道："得了，你还是这么想吧，有些事是天生的，强求不得，正所谓人外有人，天外有天，人比人气死人，要怪只怪爹娘没把自己生得更好……"宋子星打断了她的话，道："徐清，你先下去。"

徐清起身站起，面有菜色，闷闷地退出帐去。临出门前还听花无多振振有词道："怎么办呢？徐清因我嫌弃他武功太差拖我后腿，被我赶回来，自卑成这个样子……往后……”徐清大步走了。

听到徐清的脚步声远去，宋子星对花无多道：“别说了，明天他就没事了。”

花无多一叹，道：“我方才说话直白了些，光想着别让你责备他了，倒忘了他很可能会因此而觉得自己没用。”

宋子星道：“你说得对，人外有人，天外有天，他自然也明白这一点，他今日护你不住反要你来护，心里自然会不舒服，或许他只是想借我的责罚令自己好受些，偏让你全都挡了下来。你说的话他不会放在心上。”

花无多道：“我其实早就回来了，一直躲在帐子上看他在下面干着急，如今又说了这番话，他会不会因此记恨我？”

宋子星笑道：“不会。不仅不会记恨，从今往后还会对你更加尊敬。”

嗯？花无多有些疑惑不解，徐清不怪她就好，怎么还会更加尊敬她？再说他已经够尊敬了，再尊敬岂不是要把她当菩萨供起来了。

宋子星看着她，见她微微皱起了眉，虽不知道她在想些什么，却很愿意这样静静地看着她，悄然将她的手握紧了些，暗道：今日她所做之事，徐清听后震惊不已。在那样的情形之下，她不仅可护得他全身而退，还可以伤了陈东耀之后从容而去，这些均非常人所能办到。陈东耀多年来与他冲突甚多，徐清自然也知道陈东耀的厉害。陈东耀身边那十几个近身护卫皆是一等一的好手，别说伤了陈东耀，就算想要从陈东耀眼皮子底下全身而退也绝非易事。方才听花无多说起过程似乎简单，但他与徐清都心知肚明，能让陈东耀这等人物受伤需要怎样的机智和胆识，这样的她，徐清焉有不服之理。

花无多自然不知道宋子星心中所想，只觉得被他握住的手越发紧了。她忽然想起了什么，陷入了沉思，宋子星说她机智，而以前公子翌却说她只是有点儿小聪明，还说她缺心眼，还说她……

翌……

翌……

你还在怪我的欺瞒吗？你收到了我送去的锦盒吗？你现下如何了？还有琪，你们都好吗？听说你接连打退匈奴极受边城百姓拥戴，不知你穿上盔甲又是何模样……花无多不知不觉走了神，以至于宋子星后面说了些什么，再没有听见。

与此同时，吴琪将一个包装极为精美的锦盒交到了吴翌手中，吴琪道：“这是无多托李赦送给你的，她千叮咛万嘱咐李赦，务必将此物亲手交到你手中，我说代为转交，李赦起先还不愿意呢。”

“哦？”吴翌淡淡一笑，接过锦盒，却没有打开。

吴琪道：“你不打开来看看，内装何物？”

吴翌道：“不急，有空再看。”随手将锦盒放在一旁，继续凝神看着地图。

吴琪目光闪烁，未再多言。

夜色已沉，军帐中只剩吴翌一人。近乎燃尽的烛火张狂摇曳，将他的身形投影于营帐上，他倚在坐榻边，双目微闭。他并没有睡，明日与匈奴一战事关成败，对他来说，很重要，他需要休息，他必须睡。可是忽然心中很乱，如何也睡不着，手不知不觉触碰到搁置在一旁的锦盒，微微一顿，指尖轻抚其上，似触碰到了渴望已久却又畏惧的东西。睁开双眼，他望向锦盒，一瞬间，再也忍不住，将锦盒抓入掌心，拿到面前，打开……

咦？怎么又是一个锦盒，再打开！

还是，搞什么鬼？继续打开。

竟然还是盒子，除了大小不同，外观一模一样！

继续打开，再打开，不停打开……花无多！你搞什么鬼！耍我是吧！

就在吴翌面对拇指大小的盒子几乎抓狂之际，按捺住想把盒子捏扁的冲动打了开来，这一次终于没再看到盒子。见盒子中装了一张小纸条，吴翌将纸条取出，再也没什么耐心地快速展开，一看，便是一怔。静默半晌，他蓦地呵呵傻笑了起来，而后，抱着盒子，嘴边带笑，竟这般和衣睡着了。

次日晨，吴琪进帐时看到的正是这一幕，他轻手轻脚地拿走吴翌指缝中的纸条，打开来一看，见纸条上写着“呆子”二字，一怔，而后看到乱堆在一旁的一堆大小锦盒，稍一迟疑便心领神会地一笑。看着睡梦中的吴翌嘴角那丝若有似无的笑意，他小心将纸条塞回了吴翌的指缝间。

自那以后，吴琪发现，只要吴翌思考事情的时候或无聊之际，就会拿出这套奇怪的锦盒，打开来再打开来，然后再一个个装回去，如此反复，却再也没有打开最后那个锦盒中的纸条。但吴琪知道，那纸条仍在。

春去冬来，吴琪远远地看到吴翌又在把玩那套盒子，不禁暗叹。

他们是否明白？

远隔千山万水，思念已随时间的雕刻变得刻骨铭心，牵挂也已成了相思。

可惜，相识容易，相爱难，相爱容易，相守难，别离容易，相聚难，回忆容易，相忘难。

究竟，何为相思？何为牵挂？何为回忆？又何为难忘？

他们可知？

宋子星似乎并不急于夺取东阳郡，几日来只在城下叫骂却不攻城，双方将领出城拼杀了几次，各有损伤，却也无甚大冲突。

花无多也跟到了阵前，见两名将领在阵前拼杀得惨烈，想要上前一试，问及宋子星，宋子星看着她放光的眸子，问道："真的想去？"

花无多重重地点了点头。

宋子星当下准了，却把徐清惊得够呛，除当场有些目瞪口呆的武政外，没人知道这个名叫吴多之人乃何许人也，只知道此人是将军帐下一近身校尉，平日只听命于将军。此人外貌俊秀儒雅，没想到他一请兵出战，参将徐清竟跪下来哭谏不让他去，众将军正在疑惑徐清此举何为，莫不是这小将竟是个绣花枕头？未料将军一句话说得很不留情面，令他们都对这个叫吴多的小将愈加另眼相看，将军对徐清说："就算你上阵与她对敌，也不是她的对手。"

如此，还有什么理由不让她去？

当她到了阵前，面对万名将士的震天呼喝，花无多原本在底下酝酿已久、向往已久的豪气冲天不仅没喊出来，还被那震天响的声音吓得小腿肚子抽筋险些跌下马来。彼时才发现，上阵杀敌，并非自己想象中那么简单，也非茶馆说书讲的那般让人兴奋。

花无多站在阵前，学着先前的将领，在阵前举起手中长枪挥舞，鼓舞士气，身后一大片吼声喊得她直发抖，险些拿不住长枪。

她平顺着呼吸，大口大口的，额头上渗出的汗珠都不敢当众擦拭，只远远瞪着对方阵营出现了一个缺口，一人骑马自内奔出，骤然间，敌营喊杀声振聋发聩。

那人骑在马上，手握魄月长刀，在空中一展，齐国军登时吼声震天，连敲鼓的也似乎多生出一双手来。

花无多只从那柄大刀便知来者何人，心中一凛，未曾想迎战她的会是陈东耀。

花无多第一个念头就是，如果阵前逃跑，按军法处置，回去会不会掉脑袋？这该如何是好？不过她转念一想，脑袋掉了，等同于面具掉了，换一张脸就行了。还是可以逃的，如此，便镇定下来。

就在她欲纵马上前迎战时，身后骤然吼声震天，她吓了一跳，回头一看，宋子星竟然出现在了她的身后。

主将出战，她这小将本应退居二线。可她却策马走到他身边，轻声道："我来。"

宋子星道："是他，不行。"

花无多道："信我。准备弓箭。"

宋子星目光沉了沉，喃喃道："我对你的纵容，连我自己都害怕。"

花无多笑了，道："那就继续纵容下去。"

宋子星道："小心，打不过就跑。"

花无多笑道："要砍脑袋的。"

宋子星道："无碍，换个面具就行了。"

原来他也想到了，二人相视一笑。

花无多侧转马头，提枪向陈东耀奔去。奔出数丈，她回头向宋子星望去，她发现，每次她已走远，可下意识回头时，总能望到他的目光，紧紧地，不放。一如此刻。她忽然有种感觉，若这世间有他始终在自己身后，便是面前布满荆棘，她或许也不会恐惧。想到此，花无多心神为之一振，回头望向陈东耀时，已然信心满满镇定自若。

宋子星命人取来弓箭，握在手中。

陈东耀不会伤害她，却很有可能要活捉她。自陈东耀出现在战场上那一刻起，宋子星心里便已明白。

他的目光一瞬不瞬地追随着花无多，不知道自己这么做是对还是不对，战场毕竟不同于其他地方，陈东耀自年少上战场单打独斗就从无败绩，"天下第一猛将"之称绝非徒有虚名，便是自己也难以与之匹敌。他望着场中二人，胯下之马似乎也感受到了他的不安，狂躁地原地踏了几步。

他不想将她揽在自己的羽翼之下一味地护之守之，她想做的任何事，他都不想限制，不仅不限制，如果可以他还会全力支持。她有时候迷糊，却绝不任性，有时候莽撞，却绝不会不理智，此刻战场上她的自信与光芒令他扬起嘴角，她让他信她。

他握紧了手中弓箭，他信她。

冲到阵前，花无多弃了马，扔了长矛，陈东耀见状也下了马，二人将马各自驱了回去。

花无多将十指金环戴上，笑道："终于可以和你一战。"

陈东耀道："我也等得难耐了。"

花无多眨了眨眼道："打不过女人很丢脸的。"

陈东耀道："我会活捉你。"

花无多道："有件事忘了告诉你。"

陈东耀道："何事？"

花无多一抬嘴角，道：“我称你为天下第一采花贼。”

陈东耀一怔。

银针漫天而来。

若论武功，花无多不敌陈东耀，若论体力，花无多也不敌陈东耀，但若论兵器，花无多的兵器太霸道。天下间除了宋子星的凤凰软剑可以克制她的十指金环外，陈东耀的魄月刀丝毫占不到她的便宜。

苏州一战陈东耀面对十指金环会受伤，但这次却不会，陈东耀对花无多的十指金环已有了应对策略，所以花无多一时也伤不了陈东耀，而陈东耀却在寻找花无多的破绽，在耐心等待机会，形势不利于花无多。

这是徐清第一次看到花无多与人动手，她的武功和实力着实惊人。而更惊人的是她在男人的战场上迎战战无不胜的第一猛将陈东耀。徐清的内心再次为这个长得太美，行事太古怪，性格极诡异，胆子大过天的方家二小姐而惊诧不已。

除徐清外，还有一人也是一脸惊骇，那便是知道底细的武政。武政想起当初自己有眼无珠惹了这位小姐，现下想来仍会情不自禁地汗颜，想着以后见到她得尽量躲远点儿。

刚过了十几招，陈东耀已开始反守为攻，这时却听花无多突然喊道：“我打不过你，我不打了。”

陈东耀眼见花无多转身欲逃，哪里肯轻易放过，持刀去追，一个在前面飞，一个在后面追，距离一会儿拉近，一会儿又扯远。众将士见二人在两军阵前绕着圈地一个跑一个追，那情形可笑到了极点，均看得目瞪口呆。

而此时，宋子星已弯弓搭箭，弓弦已满。花无多向宋子星所在方向迎面跑去，陈东耀在后面紧追不舍，二人速度极快。眨眼间，花无多突然低头，其后追来的陈东耀只觉一物扑面而来，下意识低头去躲，头盔骤然被箭射落。

陈东耀停下脚步，散开来的头发在风中张牙舞爪地飞舞，地上滚落的头盔上明晃晃地插着一支箭，他微眯了双眼，看向不远处弯弓搭箭的宋子星。

宋子星的第二箭已发。陈东耀躲闪间，忽觉面颊、脖颈均是一凉，竟是花无多的银针银线划破了他的面颊和脖颈。陈东耀向后纵跃数步，离开花无多银针范围，血一丝丝自脸上、脖颈上渗出，形成血珠，滴滴滑落。

宋子星鸣金收兵。

花无多临回阵营前，回头对陈东耀道：“我们下次再战！”

陈东耀望着她离去的背影，目光燃烧着炽烈的火焰。

花无多走到宋子星身边，道：“可惜了，差一点儿就能将他射死。”

宋子星道："若然他就这么死了，我倒真觉得可惜了。"

"为何？"花无多问道。

宋子星望着立在两军之中，依旧没有离去的陈东耀，道："我要亲手斩下他的头颅。"

花无多一惊。

宋子星手下猛将吴多因与陈东耀一战成名天下皆知，被宋子星晋升为参将。

花无多在军中每日除了勤于练功外，便无所事事。偶尔会与宋子星说些话，但大多时候宋子星都很忙，她也不便打扰。

自上次军前一战，营中将士再见她时都对她十分恭敬。徐清也与前些时日大不相同了，天天陪在她身边，倒好像成了她的近身侍卫一样。

近日，军营有些变动，来来往往的人很多，有许多陌生面孔，花无多对这些不感兴趣，也不去乱打听，却偶然得知距离东阳郡不远的会稽郡近日要举办一场盛大的龙舟赛。

会稽郡距离东阳郡约有三日路程，会稽郡每年在这个时候，都会举办一场盛大的龙舟赛。今年天下战事频仍，但尚未波及会稽郡，也没有妨碍会稽郡的百姓举办龙舟赛的兴致，也或许越在这样剑拔弩张的时刻，百姓越想玩乐一下，因为谁也说不准，明年的此时还能否看到今年的美。

龙舟赛原本只是水上竞技项目，多年来在会稽郡形成了一定的制度和传统，比赛很是讲究，参赛队伍也是当地有名的小团体，许多富家子弟也会借机比试或是豪赌一把。

因为这场赛事历史悠久、长兴不败，会稽郡就将这日定为龙舟节。每年的这天，会稽郡都非常热闹，与过节赶集一样，卖各种商品吃食的到处都是，还有些特色表演玩乐。附近的百姓，有些也会到会稽郡观看龙舟赛凑个乐子。

花无多在无意间听说了此事，便与宋子星说了想去看看，宋子星道："如果我不让你去，你会听吗？"

花无多笑道："你说呢？"

宋子星无奈一笑道："既然如此，与其你偷偷摸摸我还要担惊受怕，不如准了你去。不过……"

"不过什么？"花无多问。

"带徐清同十二人同去。"宋子星道。

"不，我习惯了来去一人，再说人多目标大，遇事也会成拖累。"花无多转身离去。

她拒绝了宋子星本不欲带着徐清等人，可临行前，徐清还是跟在了后面。花无多瞪着眼睛对徐清道："你跟来干吗？"

徐清摸出一个沉甸甸的钱袋，道："我有银子。"

花无多望着钱袋眨了眨眼，继而斜睨着徐清道："宋子星教你说的吧。"

徐清嘿嘿一笑，道："将军说，你一个人路上闷，叫我……叫我给你解个闷，顺便在你逛街游玩时帮你付银子、提东西、赶苍蝇、轰蚊子……"

"行了，你跟着我走吧。"花无多提缰纵马而去。

徐清与花无多一路很是低调，花无多换了副面具，徐清也戴了面具与她一起乔装易容赶往会稽。

因三日后便是龙舟赛，二人一路骑马急赶，原本要三日的路程，不到两日便到了会稽郡。先找了家客栈住下，彼此比邻而住，互相有个照应，到了傍晚，二人一同喝酒吃肉，喝到兴起还划起了拳，花无多与宋子星行军多日，军中能玩的多数都已学会，此番与徐清你一口我一口划拳喝酒倒也痛快，花无多划拳虽不怎么样可一向酒量好，又因喝过千醉，普通酒水对她作用都不大了，最后徐清竟被她灌醉了，晃晃悠悠先行摸回房中休息。

这两日赶路有些劳累，因天热，花无多叫店小二备了热水在屋里。因龙舟赛之事，客栈人已住满，店小二被呼来喝去忙得晕头转向，花无多等了好久，热水和浴桶方才抬进屋内。花无多简单洗完之后，便准备上床睡觉。想来店小二忙得忘了来收浴桶，花无多也不怎么在意，便去了面具抹上药泥。因天气热，临睡前便将木窗用木椽支开通风。

许是一路奔波累了，她很快入睡，直到夜半，一蒙面黑衣人忽然悄无声息地出现在客栈，见花无多的窗户半开，想都没想便越窗而入。

扑通一声，头朝下扑进了恰放在窗口不远处的浴桶之内，水花立马四溅，黑衣人一惊之下却也反应极快，呛了一口水后，立刻翻出浴桶。黑衣人浑身湿淋淋地狼狈站在原地，恰与闻声自床上一跃而起的花无多来了个面对面。

大眼瞪小眼。

一时无语。

窗外月光映入，借着月色，二人你看着我，我瞪着你。

黑衣人发梢上的水，一滴一滴落在地上，声音清晰可闻。他瞪着眼睛看向立在眼前之人，确切地说，是看着面前这个看似像人的人。原本心里期待满满地想见一个绝色女子，未料想，这深更半夜的，竟近距离地看到一个满脸黑乎乎的怪人。此人除了眼睛尚能因为眼白分辨出一二，其余鼻子、嘴乍一看全然不见了，别说美人，面前这个是不是人都得推敲推敲。黑衣人惊怔当场，在这漆黑的夜里，青色的月光下，甫一看到这样的情景，但凡还是个人的，都要被吓一跳。可黑衣人也只是在一惊之后，已然反应过来，可毕竟反应慢了，只觉银针刺来，狼狈避开要害，却还是一阵刺痛。

二人在屋中打斗，自然惊动了旁屋的徐清。

徐清昨夜醉酒此番挣扎醒来，踉跄冲进屋来，一眼看到黑衣人，亦看到了一脸药泥的花无多，怔了一下立马自兵器认出了花无多来，虽不知她脸上涂抹了什么，却也反应过来当下是怎么回事，正欲上前帮忙，没想到却在这时，黑衣人骤然靠近了他，黑衣人武功极高，力气更是大，硬碰硬，只一招，他便被黑衣人制住。

黑衣人的手指卡在徐清的喉咙处，阴戾地对花无多道："本王等你来。"言罢，抓了徐清便去了。

闻声，花无多一怔，而后一惊，陈东耀！竟然是陈东耀！怎么会是陈东耀？！

待花无多追出屋去，已然没了人影，花无多犹豫了一下，没再继续追下去。这毕竟是陈东耀所辖地界，且事有蹊跷，她不宜穷追猛打。陈东耀此刻应该在两军阵前怎么来了会稽？他又怎么知道她来了会稽？又如何知道她住的地方？陈东耀虽然被她所伤，可他是何许人，附近必然有接应他的人，如果她贸然追去，不仅救不了徐清，还会令自己陷于险境。既然陈东耀说等她主动上门找他，便是想以徐清为诱饵引她上门，应暂时不会对徐清如何。当务之急，她应联系宋子星。但自己显然已在陈东耀监视范围，客栈已经不安全，虽然凭自己的武功和易容术有办法走脱，但徐清……而且宋子星在攻打东阳郡，现在分身乏术，这该如何是好？

花无多左思右想，也没想出万全的应对之策，一筹莫展之下，唯有见机行事。

陈东耀的谋士魏迁如此对陈东耀描述方若兮的性情与嗜好，她喜凑热闹，好美食、美酒，重情重义。几日后，会稽郡有场龙舟赛，她很可能会去，只需在东阳郡与会稽郡必经之路埋伏探子便可知她是否去了会稽，以防她换了容装，可从她的体态、特征、身边之人以及她所骑之马辨认。

花无多的马乃宋子星亲自挑选送给她的，是匹罕见的良驹，毛色为深棕色，通体油亮，十分神骏，马鬃黑中夹白，有些特别。当初在战场上与陈东耀一战，陈东耀自然还记得，当下讲给探子。花无多与徐清来会稽时，恰是这匹马泄露了她的身份。

会稽是陈东耀所辖之地，自花无多、徐清入城，便在他的监视之下。当得知花无多真的入了会稽，陈东耀只觉精神为之一振，心痒难耐，仿佛守望已久的鱼儿终于游进了他张开的网，等待他去捕捉一样，心潮澎湃。

陈东耀与魏迁商议，魏迁提了几个方法抓花无多，可陈东耀总是不满意，一怕逼得太紧伤了她，二怕万一计谋不成反而打草惊蛇将她吓跑了。

魏迁想了想进言道：“听说，她这人重情义，如果王上怕用强伤了她，不如抓住她身边的徐清，让她自己主动来找王上，王上便可以逸待劳，坐等鱼儿上钩了。”

陈东耀一听只觉此计可行，当即允了，便令魏迁下去安排一切。

这几日，他脑海里总是回想起那日战场上她的挑衅，她说：“我们下次再战！”每每想到这句话，他内心便如浪潮奔腾，无法平静，他想亲手制服她，想让她……想让她……陈东耀思及此竟一阵愕然。

思来想去，陈东耀再也等待不了魏迁的安排，浮躁难忍时，决定夜探客栈，亲手抓她。可他如何也没想到自己竟会这般运气不佳，刚一入屋就倒栽葱插进了浴桶里。

这突如其来的遭遇是他始料未及的，可接下来他才发觉，方才的意外还不算什么，当他从浴桶里挣扎起身，一眼看清面前站着一个与他大眼瞪小眼的似人非人后，他更是惊怔万分。

想当初花无多这一脸乌漆麻黑的药泥还曾吓得众公子大呼小叫，陈东耀半夜突然看到，也难免惊怔。可就是这一时的惊怔，令他再次被银针所伤，虽避开了要害，但银针入穴，内息陡滞，便知当下再难制服她，此刻恰好徐清闯入，便退而求其次想到了魏迁的建议，抓了徐清回去。

徐清被抓，花无多再无心思看龙舟赛。辗转一夜，她也没有好的计策应对。

第二日晨，她接到了一个请柬。陈东耀邀她到府上一聚。这陈东耀葫芦里卖的是什么药？花无多也是一知半解，总之不是好药。她在去与不去的选择中挣扎了一会儿，便是一叹，徐清若这么死了，她会愧疚。花无多虽然偶尔莽撞却绝不愚蠢，她绝不会傻乎乎地堂而皇之地去找陈东耀要人，看来徐清还要受点儿罪了。

花无多收拾行装离开了客栈。摆脱了陈东耀的眼线，她换了装束，将一直戴在手指上的金环取下，重新出现在会稽郡时，已变成一个卖胭脂的小商贩了。今日龙舟赛，热闹非凡。花无多背着货物在陈东耀府邸侧门附近徘徊兜售胭脂，并暗中注意里面出来的人。

从侧门出来的多是些下人，还有些妖娆的女子，有个女子的身材个头儿与她很是相似，在她出门时花无多便尾随其后，在一僻静处寻了时机上前拖住了她，向她兜售胭脂。花无多因前阵子与宋子音等人走得较近，自然知道些大家闺秀日常惯用胭脂的牌子，如今手里的都是些极品胭脂。若是正常在胭脂店中选购价格着实不菲，不是一般丫鬟能用得起的，而今她打了对折出售。女子一见便眼睛一亮，却因身上所带银两不多只能买一盒，问清花无多明日还来，便笑着去了。

第二日，花无多并未继续卖胭脂，而是等在暗处，远远地观望着陈东耀府邸的偏门，一望见那女子出来，便尾随在后。昨晚她反复走了女子走的这段路，一路情况已了如指掌。在恰当的地点将其打晕后，将她拖入附近早已寻好的僻静之处，迅速换了她的衣服，又点了睡穴将她藏在一户人家屋外的稻草堆内，戴上昨晚连夜做好的面具，向陈府走去。

从偏门入，见没人注意，正觉万幸，偏在这时一个满头流汗的嬷嬷跑了过来，拉住她大声道："哎哟！我的姑奶奶，你买个胭脂怎么去了这么久？快点儿去换衣服，王上已经在大殿等着了，王上今日心情不好，你千万得小心，快去，快去换衣服。"

那嬷嬷边走边嘱咐着，一边大力地推着她去换什么衣服，一边骂她散漫。花无多不敢回话。搞了半天花无多才搞清楚，她假冒的这个人，不是丫鬟，竟然是个舞姬。还是陈东耀家养的舞姬！据说家养舞姬都是暖床的，这是谁说的来着？对了，公子翌。

花无多面具下的脸青了。

花无多穿着暴露的衣服，和其他舞姬有所不同，手腕上戴着铃铛，衣服颜色是红色的，其他舞姬是白色的。她左顾右盼地和其他舞姬一同进了大殿，内心如有十五个水桶在打水。

如果她一心想逃也不是逃不了，只是此番心血却白费了，秉持着早跑晚跑都一样，不如等认出来再跑，便左顾右盼提心吊胆地跟了进来。她边走边安慰自己，如果此次不行，至少可以记住陈府的其他人，假扮了再混进来，也是可以的。

花无多对动作一向敏感，只要看过一遍便能记住动作，可毕竟从未看过这些舞姬跳舞，待乐音响起，自己只得硬着头皮跟着现场节奏，看其他人怎么跳自己也怎么跳，凡有空位必查缺补漏，她反应迅速，动作又快，倒也勉强跟上了。可毕竟事先未看过这些舞姬跳舞，有些动作还是慢了半拍，原本大体动作对了，可偶尔人家是手心向上她偏是手心朝下，人家左手左脚同时出去，她偏是左脚先出再是左手，很像是个蹩脚的新手，又因为扎眼的特别服饰，惹来陈东耀频频侧目。

花无多心中难免忐忑，再想到自己竟然沦落到跳舞取悦陈东耀的地步，心中便有些悲愤，可又无计可施，只得隐忍。暗暗留了心思，做好了应对突发状况的准备。

上座陈东耀面色阴沉，他年约二十二三岁，相貌虽阴戾却也十分英俊，但若与宋子星相比，却少了些夺人的风采。他沉郁的目光总让人觉得有些难以捉摸。此刻更是隐隐压抑着浮躁和怒气，殿中所有人都战战兢兢、诚惶诚恐地伺候着。偏花无多在这时候频频出错。

就在这时，舞姬们退了开来在外围环成了一个圈，花无多正欲查缺补漏，可发现根本没有她的位置，还和另外一个舞姬撞在了一起。那舞姬脸一白，似有些急切，轻轻推了她一下，道："小衣，你怎么了？"顺着舞姬的推力，花无多一个激灵，方才反应过来，自己的位置应该在中间。

陈东耀一直望着她，她一个激灵。花无多心思一转咬着牙冒着汗继续坚持下去……应该跳些什么呢?

她闭上了眼，一瞬回忆起，在李赦的宴席上，印象最深的舞蹈。那是在五子居，在喝过美人洗脚水烹出的茶后，美人即兴所跳的一段舞。

她光着脚，衣衫飘逸却简单；她抬头，目光望着指尖，温柔滴落的水滴自腕上滑到颈间；她垂首，手指在裙摆间轻荡，哗啦啦的铃铛声似小溪流淌而过的声响；她飞舞，恍若天上白云触摸不及；她停步，顾盼间，巧笑嫣然魅惑人世间。

陈东耀的目光深邃不见底。

舞姬们变了阵形，将她掩藏在了最后，她亦跟随她们的脚步，一举手一投足，已是方才一些重复动作，这次再没有错。

终于跳完了，花无多已额冒虚汗。

舞姬渐次退出。

"你留下。"花无多忽听殿中陈东耀如是说。

谁留下？花无多低着头，当没听见，继续后退。

有人拽住了她的衣袖，她偏过头去，看到一个男子向她不停地递眼色，示意她留下。她头皮一麻，只得低头退在一旁，留了下来。她摆出一张苦瓜脸，就知道自己命不太好。

陈东耀一拂袖，身边侍候的女子便悄然退下。

方才那男子示意花无多上去侍候，花无多垂了目光，手指已欲伸入腰间，正盘算着不如就近抓了陈东耀当人质去换徐清。此种想法虽然大胆，但若然出手迅速出其不意攻其不备也极有可能成功，她一步步向陈东耀挪去。

却在这时有一人大步行入大殿，是一位年约六旬的老者，看向陈东耀的眼神严厉深邃。

陈东耀看见老者，身体稍稍坐直了些，换去方才的迷离神色，挥了挥衣袖，花无多会意，心花怒放地退了下去。

那老者行过礼后，便听陈东耀问：“舅父，此来有何事？”

原来老者竟是陈东耀的舅父。

花无多退出殿去，原以为终于获得了自由，未料想，方才那个男人竟跟着她出了殿来，将她叫住，与她道：“你仔细准备准备，兴许今晚王上会叫你服侍。”

男子的目光带着轻蔑，仿佛花无多是一只拼命欲飞上枝头变凤凰的野鸡。服侍……花无多因太过震惊而呆了一下，见她没反应，男子又道：“故意跳错引王上注意，你倒是聪明得紧啊！”

花无多这才反应过来，方才自己跳舞跳错了，竟被误会是故意为之，男子以为她想借此机会吸引陈东耀的注意，野鸡飞上枝头变凤凰。花无多心中无尽唾弃着，天下第一采花贼还用得着吸引？但面上却不动声色，她还故意摆出一脸欣喜的模样，道：“奴家无意为之，还望今后总管多多提点。”那男子闻言面色稍缓，道：“你去吧。”

“是。”花无多退了下去。心里想着，既来之则安之，不如静观其变，至少迄今为止她身份尚未暴露。今天若是不行，明天扮成其他人的模样再进来，今天记下了这府里许多人的身份和样貌，暗想自己若一个个装扮过来，陈东耀府邸会不会鸡飞狗跳？

距入夜还有些时间，服侍一说与她无关，她会在天黑之前离开，让真人回府来，如今既到了陈东耀府里，便要四下探查一下徐清的消息。

她换回了衣服，戴上十指金环，以备不测，将手指藏入袖中，在府里游来荡去。以她的身份不是什么地方都能去的，想打听又怕引人怀疑，便以轻功掩藏了踪迹。她毕竟乃学武之人，耳聪目明，旁人说话十之八九难逃她的耳朵。可即便如此，几个时辰过去也无甚收获。她只听了些八卦，一个侍婢与另一个侍婢小声道：“我听说，那个叫小衣的舞姬今日故意跳错舞吸引王上，总管让她晚上准备侍寝。”

另一侍婢道：“不会吧，王上一向不喜欢身份低贱的女人，从来碰都不碰。怎么会？”

“谁知道？或许是这小衣长了个狐媚的样子，王上才看上的吧。”侍婢边说边走远了。

花无多见天已快黑，又无甚收获，正打算暗中离去，无意中听到一个行色匆匆的下人道：“西后院绑着的那人性子真是烈，自被抓来就大骂王上，像是一心求死，如今被鞭打又被暴晒了两天，看样子撑不到明天了。”

另一人道：“那不关我们的事，少说为妙。”二人匆匆离去。

花无多自角落处转出，西后院？她弯弯绕绕找到了西后院，见门口守卫四人，便躲在暗处，正思虑如何进去一探时，便听院内有人道："你说她重情重义，不会抛弃朋友，而今看来，她全不在乎这个人，探子跟丢了她的行踪，恐怕她早已出城走了。"听声音，说话之人正是陈东耀。

"此乃臣之过，是臣误信了谣言，以为她重情义不会舍弃身边之人，才出此下策，还请王上责罚。"院中另一人跪下请罪。

陈东耀道："罢了，此事暂且不提，今日舅父催本王速回东阳，说宋子星近日调兵遣将频繁，昨日还大举攻城。本王决定明日动身回东阳郡。"

"是，王上。"

而后又听陈东耀说："杀了他。"

有人应道："是。"便听抽出兵刃之声。

这时，只见墙上赫然出现一人，大喝一声道："慢着！"

"什么人！"众侍卫拔刀围在陈东耀身侧。

陈东耀向墙上之人望去，夕阳虽淡却仍有几分刺眼，她衣衫飘飘站在墙头，陈东耀忽觉血涌额际，心跳加速。

花无多目光扫视全场，最后落在院中木桩上绑着的徐清，见徐清昏迷不醒，满身鞭痕，想到他一心求死，只为不拖累自己，心中一闷。徐清虽尊她为主，她却一直待他为友。

花无多大声道："我早就来了，你莫要伤他！"

陈东耀一笑，兴奋中竟漾出一丝温柔。看在花无多眼中，着实诡异。

第三十五章

诱敌深入

那是个古怪的夜晚，花无多做梦也想不到有一天自己会和一个采花贼坐在一起，对月谈心。

说谈心实则只有陈东耀这般认为，花无多则是心情复杂被逼无奈。她怕陈东耀加害徐清，却更为担心自己当下的处境，心中不停地拉锯是走是留，最后镇定心神，终仗着艺高人胆大暂时留了下来，决定谋定而后动。原以为陈东耀会提些非分之事难为自己，未料想，陈东耀诡异温柔得出奇。

说陈东耀是采花贼，可陈东耀没采她，对于一个被定义为采花贼的人来说，很不合情理且不合常理。陈东耀还拿出好酒好菜招待她，对她甚是温柔殷勤，可他再温柔，看在花无多眼里也是个哄骗小白兔的大灰狼，自然戒备万分。对于他准备的酒菜，她更是一口也不吃一口也没喝，就连四周点燃的驱散蚊虫的熏香也被她弄灭，陈东耀明白她心中顾忌也不强求。

陈东耀自顾喝酒，此酒是藏了三十年的女儿红，酒香四溢却也度数甚高，陈东耀今夜似很高兴，一杯复一杯，终于有了醉意，话匣子便不由得打了开来。

陈东耀说的这番话花无多听得甚为心惊。

那是陈东耀弱冠时经历的事，他说，他原本以为自己有个好兄长，还有一位纯洁且善良的未婚妻与自己长相厮守。他觉得自己的人生很是圆满。可他没想到，他的未婚妻，那位郭家小姐一直以来对他只是虚情假意，接近他只是为了利用他。她一次又一次于暗中伤害他，几次他都死里逃生，原以为那些不过是些意外，却在得知是她背叛自己时，徒剩下伤心和失望。在看到她的眼泪和乞求时，他还是原谅了她。终究不忍心伤害她，总认为她是有苦衷的，可当他撞破她与自己亲哥哥缠绵床榻时，方才明白过来，自己一直真心以待，捧在掌心呵护的珍宝是如此不堪入目的荡妇。原来一切的一切都是出自自家兄长指使，是自家兄长欲加害于他。怒极之下，他亲手杀死了郭家小姐，却无论如何也无法对自己的兄长出手，他愤而离去。因郭家小姐猝死在陈家，他的父母亲得知此事后，一气之下先后卧床不起。而他的兄长则更加变本加厉，在他离家时，欲置他于死地，却终究被他杀了。不久之后，他的父母受不了此番兄弟相残的打击相继离世。这世间只留他孤独一人，他从此再不相信世人，更瞧不起什么自以为是的大家闺秀。

他知道世人子虚乌有的猜测，说是他害了父、杀了兄，他不在乎。

陈东耀说："世人眼光我不在乎，我不需要他们崇敬我，我只需要他们惧怕我。"

陈东耀说："我最喜欢看那些自以为无比高贵纯洁的小姐变成残花败柳。"

陈东耀说："我从未和任何人说过此番话，我需要的不是你的怜悯。"

花无多说："你需要什么我都不能给你，不过很不幸，我不想听也被迫听了。而且我根本就不可怜你。"

他一挑眉，忽然道："我想看看你的真面目。"

她没有吭声。

陈东耀道："来人，狠狠抽他一百鞭子。"陈东耀指着徐清。

"慢！"花无多道，"我怕你看了我的脸睡不着觉，你真的打算看？"

他醉眼迷离地望着她，道："看。"

她未曾犹豫，缓缓揭下了面具。见陈东耀看得眼睛发直，花无多心中有些厌恶，移开目光，带着轻蔑道："这张面皮即便再好，在我看来也不过是一副摘不掉的面具罢了。唯有肤浅之人才喜欢皮囊美色，不重内在。"

陈东耀闻言一怔，收回了已然痴了的目光。他无声地望着杯中酒，仰头一饮而尽，道："你说得没错，我真是喜欢你，越了解越喜欢。"他仰头大笑了一声，朗声道，"我坦言，你的美貌的确十分吸引我，但我发觉我喜欢你却不仅仅因为你的美貌，更多的是因为你的机智和勇敢，还有你今晚为了他能来见我。"他瞥了一眼院中绑着的徐清，继续道，"魏迁说你重情重义时，我心中还不以为然，而今却信了。你和我见过的所有女人都不一样。"他又斟满了酒杯，道，"我们同饮一杯如何？"

花无多说："我从不和陌生人喝酒。"

陈东耀说："你怕我。"

花无多说："我不是怕你，而是在提防你。"

陈东耀说："我很喜欢你，我不会伤害你。"

花无多说："你只会威胁我。"

陈东耀说："好，我不拿他威胁你，那你可愿与我喝一杯？"

花无多说："我生平最讨厌别人在我面前大吃大喝，而我却一点儿都吃不了。上次做这事的就是宋子星，所以我决定厌憎他一辈子。"

陈东耀说："被你厌憎一辈子也不是坏事，至少说明你一直记得他。"

花无多道："知道我来福建的主要目的是什么吗？"

陈东耀道："总不会是为了我而来。"

花无多道："你错了，我来福建的理由之一，就是为了废你而来。"

陈东耀失笑，好似看到鸡蛋在对石头说："我要撞碎你。"他兴致勃勃地问道："你如何废我？"

花无多道："你若不反抗我便演示给你看。"

陈东耀哈哈大笑，说："我已经很久没这么开心过了，可越是这般开心，我越不想放你离开。"

花无多偏头斜睨着他，道："你试试看，能不能留下我。"

陈东耀道："好。"

陈东耀说得云淡风轻，可出手却极为迅捷。可惜花无多也不是省油的灯，虽然没吃饭……

那一晚，他们打得天翻地覆，不知过了多少招，二人从月升一直打到东方渐白，竟整整打了一夜未分高下，战到酣处，花无多已然忘了此行目的，而陈东耀明显留了余地，不想伤害她，便处处受制，躲闪不及时难免受了些伤。

陈东耀的有心之举，无意中命中了花无多的弱点。花无多是这种人，你要是很厉害吧，她见打不过很可能就会跑；你要是很菜吧，她就赢得风光外加义正词严地教训你；可你要是和她旗鼓相当吧，她偏就不服输，非得和你论出个输赢来；而若然你强过她又有意相让，她就再无战意，所以，他二人打啊打，花无多越打越心浮气躁，越打越想赢，不服输的性格令她不分个高下不罢休。可陈东耀却越打越小心，越打越温和，越打越没了脾气。直到花无多察觉出他有意相让，撤了银针说："不打了！"

陈东耀还颇为恋恋不舍地追问："怎么了？"

花无多道："和你打架太累，我要休息下，再吃点儿东西。"

陈东耀问道："你肯吃我府里的东西？"

花无多头也不回地说："不吃。"

清晨，城里的薄雾刚刚散去，陈东耀随花无多来到了街头，行至一个小摊旁，刚出炉的包子又香又大，花无多一口气吃了三个，还喝了一碗豆汁，方才满足。陈东耀吃了五个，表情也甚是满意。

陈东耀说："还不错，可以再来。"

花无多诡异地瞥了他一眼。

起身离开时，一个乞丐突然迎面朝花无多撞来，花无多一侧身与他擦身而过。

花无多本也没打算理会，却见身边陈东耀突然手起刀落一刀便当街斩断了乞丐的脖颈，因速度太快，乞丐未断的脖子甚至没有喷出血来。此举吓坏了街上的所有人，花无多惊怔之下，便听陈东耀笑着对她道："他是个贼，盯着你半天了，我帮你杀了他！"言罢，拿起乞丐手中的玉佩递给花无多，这玉佩却不是她的，而是那个叫小衣的舞姬的。为了怕被人认出，花无多将她打晕之后自然将她所有的东西都带在了身上。

花无多怔怔地接过玉佩，从未有这样一个人，杀人如切豆腐，杀人好似献宝，能讨她欢心一样。她低头将玉佩系在腰上，却发现腰带间藏有一张纸条，花无多不动声色地将纸条纳入掌心，行走间，趁陈东耀没注意，摊开掌心扫了一眼，只见上写："引他到东。"是宋子星的字迹，花无多心中一紧。她握紧了拳头，纸条在手心碎成了纸屑。方才死的那人……

花无多转身便向东走，陈东耀亦步亦趋地跟了上来，问道："你打算去哪儿？"

花无多道："要你管！"

她越这般说，陈东耀越是要跟着她。

他才在众目睽睽之下杀了人，此刻却似没事人一样，大摇大摆地在街上走着。花无多一直向东走，边走边道："都是讨生活的，各有各的难处，不过一块玉佩，你何必杀了他？"

陈东耀似不以为然，道："你为人太善良，这是个极大的缺点。"

花无多毫不留情地说："你人性已经彻底泯灭了。"

陈东耀说："所以我无所畏惧。"

花无多说："也无懈可击是吗？"

陈东耀深以为然。

花无多说："你简直不是人。"

陈东耀说："背地里，很多人都这么说我，不过唯独你敢当面说。奇怪的是，我听了竟不觉生气，反而很是欣慰。这说明你懂我。"

花无多没好气，道："你脑袋肯定被驴踢过。"

陈东耀当街哈哈大笑。

花无多只觉他有些疯又有些狂，毫不客气地道："你脑袋不仅被驴踢过，还被牛顶过！"

陈东耀笑得更为大声。

花无多气得一拂袖，走得更快，陈东耀也加紧了脚步跟在她身边。

陈东耀说："你是我见过的最古怪的女子，我很感兴趣。"

花无多忽然似笑非笑地说："我对你也很感兴趣。"

"哦？"陈东耀道。

"我对废了你很感兴趣。"花无多恨声道。

陈东耀笑得呛到，咳了半天，方才说："你知道吗？我心中最为厌憎的人便是宋子星。因为我厌恶家世清白、人品高贵、自以为是的贵公子，而宋子星在这种人里独占鳌头。我最想废的是他。"

陈东耀说了这许多话，唯独这句花无多觉得有那么几分道理，忍不住点了下头。

这微微的颔首再次令陈东耀开怀大笑。

陈东耀说："刘修舍你而就齐欣，他是天字第一号的蠢人。"

提起刘修，花无多沉默了。

却听陈东耀自得其乐地道："刘修那厮倒有福气，左有齐欣右有你，若然不是我长得比他帅，我都要嫉妒他了。"

花无多心中原本的那丝沉闷瞬间烟消云散，看鬼一样回头看了他一眼。

目光立刻被陈东耀逮住，便听陈东耀道："你那是什么目光，本王虽比不上唐夜那般娘娘腔，不过，吴琪、吴翌、刘修、宋子星之类的，哪个比得上本王？"

花无多闻言脚步踉跄了一下，然后闷着头，一路向东，越走越急，后来干脆用了轻功。陈东耀以为她要跑，半刻也不松懈地跟在她后面，还好意地提醒道："徐清还在我手里。"

花无多脚步慢了下来，直至走进一片树林。

此地林木规整，荒草不高，应是有人长期打理之故，花无多冲了进去。陈东耀提声问道："你要去哪里？"

花无多头都没回，高声喊道："我要找个僻静的地方，废了你！"

陈东耀大笑，紧随而至。会稽是陈东耀所辖之地，他舅父又是当地的郡守，他自是有恃无恐。而且一般武艺高强之人，最容易犯的毛病就是过于自信，花无多如此，陈东耀亦如此。陈东耀身后跟着十几个侍卫，远远护着，他以为在自己的地盘上，花无多不过孤身一人，已然逃不出自己的掌控。他心里存了一丝温柔，不想逼迫花无多或伤害到她，所以才一直这么跟着。

可当他看到突然冲上来围住自己的数百名蒙面黑衣人时，亦是微微一怔。怎么会有这么多人混入会稽而自己未曾察觉？陈东耀恼怒之时，看到花无多身边多出一人，正是宋子星。不禁大感疑惑。据他所知，昨日宋子星还在东阳郡攻城，怎么今天就到了会稽？

宋子星并未给陈东耀说话的机会，一挥手，数百名黑衣人攻向了陈东耀。

这数百名黑衣人身手个个矫健，一看便知不是普通人，但与陈东耀相比仍显逊色，可毕竟占了人多的优势。

陈东耀所带十数人当下已被全歼在林外，如今只剩陈东耀一人。

花无多站在远处观望，见宋子星到得身边，便问："你怎会突然来此？"

宋子星道："我一直跟着你。"

花无多闻言一惊，疑惑问道："我昨儿还听说你率兵攻打东阳郡，你如何一直跟着我？"

宋子星笑道："我会分身术啊。"

花无多心念一转想起一事，道："我在江陵丢的面具原来在你手里。"

宋子星道："你留着也没用，不如送我。"

花无多正待说些什么，却见他目光一变，抽出腰中软剑刺向了不远处扑杀过来的陈东耀。

虽然花无多不待见陈东耀，可此刻眼见满地尸体，陈东耀浑身是血，也不想再出手，只静立一旁。

陈东耀被上百人围困在中央，已然插翅难飞，目光扫到宋子星，一抖手中刀便向宋子星扑来，大吼道："原来是你在此设了埋伏。"

宋子星厉声道："陈东耀，上次我一箭故意射得偏差，放你一条生路，就是为了今日亲手砍下你的头颅，受死吧！"

陈东耀呸了一声，舞起手中的长刀，震开阻挡的众人冲向了宋子星。

宋子星手使凤凰软剑与陈东耀战在一处。

陈东耀一夫当关，万夫莫开，叱咤纵横的气势便是宋子星也抵不过。眼见如此情形，花无多方才明白陈东耀为何被人称为天下第一武将，难怪即便是她靠近了也制服不了他，恐怕天下间，再没一人能有这般气势。昨晚之所以打成平手，也是他有意相让。

陈东耀武功之高便是宋子星也难敌，如果不是宋子星手中的凤凰软剑以柔克刚，恰好克制了陈东耀的刚劲勇猛，恐怕早已落败。不仅如此，此刻陈东耀手上使的也不是魄月刀，昨夜与花无多比试，陈东耀只随手抓了一把兵器架上的长刀一直拿在手中，否则宋子星更难敌他。

而今几百人将陈东耀围困，一时竟也拿他没有办法，长刀在他手中，出必见血，但宋子星这方毕竟人多，且战且退，轮番上阵，并不恋战，明显在消耗他的体力，昨晚陈东耀与花无多酣战一夜，本已受了些伤，消耗了不少体力，而今这番情形对他极为不利。

时间点滴过去，花无多在旁越看越心惊，地上尸体越来越多，宋子星此番带来的人显然都是死士，丝毫不惧生死。陈东耀已满身是血，双目刺红，嗜血般杀戮，这场面，便是花无多见了也心生敬畏。在花无多心里，一直很敬佩英勇无敌般的英杰人物，陈东耀为人虽然她不能苟同，但如此勇猛无敌的气势，当世罕见，花无多看在眼中，难免惊悸。

可再英勇也有力竭的一刻，宋子星等的就是那一刻。

宋子星此刻亦浑身是血，虽数百人围攻陈东耀，宋子星眼中亦未曾有丝毫懈怠和轻忽。

直到此时，花无多方才明白，对陈东耀这等敌人，宋子星也是敬畏的。

不知过了多久，陈东耀突然单膝跪在了地上，似乎力气已然用尽，不愿再挣扎，长刀对天横扫将四周人逼退，而后重重戳入地中，支撑住他的身体。

他重重喘息着，微微抬眸看向了花无多，血自他额头沿着眼帘滴下，可依旧难掩眼中瞬间闪耀的明亮。他忽仰天大笑道："宋子星，今生我败给你，并不是败在你剑下亦不是败在你的谋略，而是败在……"他一指指向花无多，大声道："方若兮，你听着，来生我必先他一步遇到你！"

他的声音戛然而止在宋子星的剑下，头颅滚落在地上，眼睛却依然死死盯着她，不曾闭上。

时间似乎凝结在此刻，花无多惊退数步，不是没见过死状更为凄惨的死人，却不知为何会在这时心惊胆战。

宋子星提起了陈东耀的头颅，欲将他的眼睛闭上，可试了多次，陈东耀的眼睛仍固执地睁着。宋子星一叹，道："莫非来世，我们也要为敌？"

事后，花无多与宋子星离开了会稽，想起此事仍暗暗怅然，虽然她对陈东耀无甚好感，可眼见他的死法也有些难以释怀，便不无惆怅地调侃道："天下第一的采花贼最想采的就是我，可惜没采到就死了。"

宋子星闻言笑也不是，不笑也不是。

却听花无多轻轻一叹道："有些可惜。"

宋子星忽然明白了花无多心下所想。他没想到，陈东耀与她相识的时间加起来还不到一日，彼此竟已惺惺相惜，难怪陈东耀当初竟丝毫未曾胁迫伤害她。或许就连陈东耀都知道，要想得到她的真心，唯有真心以待，而陈东耀是真的对她好。

他拉起她的手，感觉到她手指冰凉，便将两只手握在掌心揉搓，低声问道："你突然见到我似乎并不意外？"

她望着彼此相握的手，微微蹙了下眉，回道："我在昨日看到陈东耀身边那个谋士魏迁时，便已猜到了些许。"

宋子星笑道："你记性倒是好。"

花无多一偏头，道："也怪不得我记得他，我只是记住了他的山羊胡。"

宋子星失笑，便听花无多低声道："其实，在看到魏迁的那一刻起，我就知道你在利用我。"

"你怪我吗？"宋子星问道。

花无多摇了摇头，笑道："给我塞纸条的那个乞丐，我刚到会稽的时候就见过，说明你早已叫人注意了我的动向。我藏在草垛下的那个舞姬直到第二天我从陈东耀府里出来仍没回府，我当时就有些奇怪，按道理，我点的穴道并不会让她睡那么久，不过，现在我想明白了，是你在暗中帮我。"

宋子星道："我猜到了陈东耀对你的心思，会稽的龙舟赛我想你会来看，便事先提点了魏迁一句，与他合谋引陈东耀离开重兵把守的东阳郡到了会稽，并暗中安排了三百人化装成附近百姓，早在半月前便陆续混入了会稽。只是我千算万算，却漏算了陈东耀对你的心思，没想到他会那么迫不及待地想要见到你，当我听说他夜探客栈抓走徐清时也……"说到此处，宋子星顿了顿没有说下去，眼见花无多一挑眉，便道，"当我听说你安然无恙时，才彻底明白了一件事。"

"明白了什么事？"花无多问道。

宋子星讪讪道："当初我栽在你手里并不是因为我命不好，而是因为你命实在太好。"

花无多扑哧笑出声来，亦想起了自己初遇宋子星时将他踩到水里吊在树上那一幕。见宋子星蹙着眉显然也回想起了往事，不禁相视一笑，继而看到了他眸中漾着的柔情，微微一怔，偏过了头去，道："话说回来，听说陈东耀待魏迁不薄，为什么他会听你使唤？"

宋子星道："说到底，这事与你也有几分关系。"

"哦？"花无多一挑眉，便听宋子星道："魏迁素有鬼才之名，他眼见陈东耀对你的心思竟远胜过我与刘谨的大兵压境，难免有些心寒。他料我迟早会拿下整个福建，便事先为自己暗做筹谋，与我取得了联系，我们私下达成协议，他助我拿下福建，我保他一家平安。"

"你会信他？"

宋子星笑道："我对他自然是信五分忌五分，而且，我自有信他的道理。"

"什么道理？"

“魏迁贪财，我答应事成之后，允他来去自由，如果他想走可以带着钱财远走高飞。如果他想留，我自然允他荣华富贵。还有，魏迁此人不仅贪财，还有另一个致命的弱点。”

“什么弱点？”

“若这世间有什么事在他眼中比得过钱财，那便是他的夫人和儿子。不巧，他的夫人和儿子都在我手里。”宋子星道。

“你抓了他的夫人和儿子？”花无多惊道。

宋子星道：“两年前我就派了奸细混入他府中。得知他十分惧内，而且老来得子，对独子甚是疼爱。此番，我不过是赌了一把，魏迁也是个有胆色的人，他竟能把持住自己，等了许多日才来见我。”

原来他已筹谋了两年之久，花无多惊讶之余，再也说不出话来。

宋子星淡淡道：“我很可怕吗？”

花无多摇了摇头。

宋子星又道：“还是你在怪我，利用了你引陈东耀来会稽？”

花无多摇了摇头又点了点头，淡淡道：“其实，在看到魏迁的那一刻我也很震惊。为了杀陈东耀，不仅是我，就连徐清你也可以在必要的时候牺牲。虽然当了你的棋子，可我和徐清一样，都不怪你。徐清自不必提，你便是要他的命他也是肯的，而我自己，是无法怪你，虽然是你利用了我，可坚持去看龙舟赛的是我自己，惹上陈东耀也是我自己的晦气，与你何干？”她轻轻一笑，道，“或许……我明知被你利用了，也没立场怪你，也怪不起来。”

她看到宋子星眼中她的倒影，移开了目光，微微偏着头道：“还记得吗？战场上，我挑战陈东耀时你曾说过，你对我的纵容连你自己都感到害怕。我偶尔回想这句话时，竟觉得很感动。你从不让我躲在你身后，也不只是让我当个旁观者，你让我与你并肩而立，同进同退，让我感觉到你，真真实实的你。有好有坏，有优点亦有缺点，如果我早知可以帮你对付陈东耀，你不说我也会帮你。”

她蓦地站起身来，走向营帐门口，临出门前，驻足道，“宋子星，我发觉，你真的很了解我，比我自己还要了解我自己，我忽然有些害怕真的会对你日久生情。”言罢，一掀帐帘，逃也似的出了大帐。

夜半，星光洒满大地，她睡不着，总因今日那番话而有些辗转，宋子星对她再明白不过，而自己……一想到刘修，胸口便是一闷。她不知道自己对宋子星是怎样一番感情，只知道与刘修不同。忽然不知道今日那番话说得到底是对还是不对。宋子星之于自己，究竟是什么？想到此处不禁有些心烦意乱，起身想要出帐透透气，可一掀开帐帘便看到了帐外的背影。

她一怔。

是宋子星。

他背对着她的营帐仰望着夜空，不知在想些什么。

星光洒在他身上，斑驳而清冷，不知他在那里站了多久，夜风吹起他的衣襟，带着些许寂寥。

她忽心生怯意，悄然放下了帐帘，退回营帐内，坐下怔怔发起了呆。暗夜中，她轻轻按住自己的胸口，不明白为何此刻的自己会如此彷徨无措，想到帐外的他，竟不知该如何面对。

留在宋子星身边已近大半年了，自己为何还是如此彷徨？

她脱去外衣，准备歇息，一物自衣襟中掉落，她拾了起来，是那幅从不离身的画卷，摸着画卷，她浅浅笑了起来，在桌案上铺展开来，手指抚摸着上面的他，不知不觉中竟生了几许惆怅。

第三十六章

吴翌封王

近日，花无多得知了公子翌的一些消息。

吴翌自从被封为成王，仍居住在西京侯的封地。西京侯的封地地处边境，北方常有匈奴来犯，边疆百姓屡受欺凌。风闻他近日领兵数次击退匈奴，一口气击退匈奴百余里，十分受边疆百姓拥戴。

在成王吴翌名声日渐大振时，朝中有些老臣上书言当今皇帝年幼，刘家外戚干政，权倾朝野，为保吴家天下，小皇帝应退位，让成王殿下继任大统。

听闻，上书的老臣，不久便病故了。

而后京城便有流言说那老臣不是病故，而是被刘家害死了。

京城局势动荡。

梁王闻讯道："刘家外戚干政，权倾朝野，刘氏父子乃奸佞弄臣。打算学曹贼挟天子以令诸侯，诸侯应起兵诛杀之，清君侧，还吴家一个干净的天下。"

自此，梁王、西京侯等吴族王室闻风而动，纷纷召集军队，领兵攻向京城。

唯有与刘家唇亡齿寒的晋王与刘家一体，刘皇太后将梁王、西京侯等人扣上乱臣贼子犯上作乱的罪名，命飞将军刘景赶赴西边抵御西京侯，澈王刘修赴北方抵御梁王大军。

宋子星曾提及，刘家私下与匈奴等蛮夷暗中有来往。

不知道，他最近过得好不好？

想起往昔在一起的日子，那般无拘无束，而今天各一方，困难重重步履维艰，便更加思念。只是每次看到那幅画，总会心中温暖。

宋子星杀了陈东耀之后，却秘而不宣，一路势如破竹。

同年七月，宋子星六万兵马兵分两路先后攻下东阳郡、达安郡、永嘉郡与会稽郡。唯驻守会稽郡的太守、陈东耀的舅父安永南与宋子星僵持了半月，其他几郡均顺利拿下。后安永南被杀，临死前向天恸哭："是美人计亡我陈家军！"

士兵如实回报时，花无多正在宋子星身边，听到此言不禁面露疑惑，问宋子星：“说的是我？”

宋子星似笑非笑道：“不是你，说的是我。”

“呸……”

同年八月，宋子星攻入建安，拿下了整个福建。

而后，宋子星收拢整个陈家军，但凡反抗的，杀的杀，入狱的入狱，起初，建安城一日斩杀数百人，便是花无多听了也面色发白。宋子星却反问她：“战争就是如此，你还想做一夫当关，万夫莫开的英雄吗？”

花无多怔了怔，没有回答。

宋子星摇头叹道：“这种活还是适合男人来做，你这个假男人就站在我身后帮我呐喊、助威、擦汗、递水就好。”

听出他的揶揄，她斜视他，见他正幽幽望着自己，眼中的感情她看得明白，心中一悸，却瞥转了目光。

自宋家军攻入福建后，魏迁带着多年搜刮的财宝逃之夭夭，宋子星没有派人追捕他，可没过多久便有人来报，说魏迁因被人出卖，死于出海之前，财宝辗转又送回到宋子星手中。当宋子星手下抬着整整二十箱的财宝给宋子星过目时，在宋子星旁边的花无多觉得自己心跳加速头晕眼花，正盯着那些金银财宝有些晕眩时便听宋子星道：“怎么流鼻血了？”

花无多忙捂着鼻子顾左右而言他道：“你不是要放过魏迁的吗？”

宋子星道：“我的确放他走了。”

花无多血流不止，宋子星拿出一方布帕帮她擦拭，花无多抢过布帕捂住鼻子，指着他半晌，方才叹道：“我才不信，与狐谋皮，死有余辜。”

宋子星淡淡一笑，却听花无多道：“不对啊，你不是说他是什么鬼才，怎么会算不到你会杀了他？”

宋子星摇了摇头，道：“你错了，我没杀他，虽然我并不想放他离去。毕竟，以他的才智，可以扶持陈东耀这等人物称霸东南，他日出海到了比邻国家成为他人幕僚，也极有可能会对福建沿海不利。只是他对我抓了他夫人和儿子这事颇为忌讳，也心知他实乃贪财之人，他日恐我不能容他，便执意离去。不过，我说话算话，既然答应放他，便绝不会为难他。他的死，要怪，只能怪这二十箱财宝。”

花无多一撇嘴道：“恐怕你早知道他会出事。”

宋子星笑道："魏迁爱财如命，但他的夫人和儿子在他心里却早已胜过钱财和他的性命。他明知自己带着这许多财宝会凶多吉少，所以，事先派人送了夫人和儿子出海，只自己一人带着这许多钱财，死也只死他一人。"

花无多捂着流血不止的鼻子，道："不行了，我再也看不下去，我得出去……"

见她夺门而出，宋子星看着满屋子的财宝，摇头失笑。

宋子星收拢了陈东耀的军队，原本六万兵马，在短短三个月已成了十六万。宋子星自攻下福建后，便计划向西行军，而此刻的刘谨还在与陈东耀的大将军徐振对峙。

徐振原也是员猛将，但经不住宋子星与刘谨的前后夹击，数月后兵败淮阳，乱军中徐振被宋子星活捉，后被宋子星招降，拜入宋子星麾下。

宋子星连续攻下福建、广东两省。刘谨大军入广后，滋扰当地百姓，大肆搜敛财物。而宋子星却劝降了徐振，更在徐振的帮助下收拢了整个广东军，至此，平定了整个江南后方。

刘谨在大肆敛财之后，兴奋之余方才后知后觉自己丢了什么，便与宋子星撕破脸皮，割了淮阳、宜春两郡后，不欢而散。

刘谨在走前，说了一番话，其中一句花无多记得十分清楚，他说："西京侯与梁王叛军实乃大患，我此去乃奉皇太后之命要去助飞将军一臂之力。"飞将军名曰刘景，是刘修叔父之子，刘谨堂弟，亦是当今一员猛将。

听闻今年春，匈奴再次卷土重来，滋扰边境，此时西京侯封地上，北有匈奴肆虐，东南有刘景大兵压境，再加上一贯谨慎小心的刘谨埋伏南方，吴翌想必甚为吃力。虽然现今吴翌面临的形势不妙，但相比吴琪，似乎还要好上一些。吴琪如今领兵在吴翌东部牵制着东征的刘修。据上次李赦来说，公子争跟在吴翌身边，公子巡跟随吴琪去了东北，而公子紫阳、公子语、公子诓却都跟在刘修身边做了将军幕僚。想到昔日同窗吴琪、赵巡必有一日将与刘修、温语、公孙紫阳、王诓各为其主刀剑相向，花无多便觉心情沉重。吴琪、吴翌如今面对的会是怎样的情景，她想都不敢想。可只要看到宋子星派兵遣将跟随其出征，便会想到同样情境下的吴翌与吴琪，不知不觉间越发牵挂起二人。

如今消息闭塞，除当初托李赦为吴翌带去那个锦盒外，花无多已有近一年没有见到吴翌了，此刻想到他深陷重围的情景，竟有些暗暗担忧。一年来，每当想起吴翌，思念有增无减。每当回想起那一晚，他握着自己的手，告诉自己有他在身边，心都会升起一丝暖意，可一想到他也曾想娶齐欣，心底又微微泛酸，可再想到自己当众揭穿身份，他惊怔复杂的神色，又难抑愧疚。

如今他深陷重围，北有匈奴，南有刘谨，东有刘景，身份尴尬，竟感同身受他的步履维艰，不知，现如今，他过得好不好？……

战场的可怕与残酷她亲眼见识到了，人命的脆弱与消亡只不过眨眼间，勇如陈东耀，精明如魏迁也无法在这个乱世护住自己。

那么，他呢？

在重围中，困境中，又如何应对？

刘谨无意中的这些话，竟令她一连几日失眠。

几次提笔想写封信托宋子星派人送去给吴翌，可终究没有。

福建、广东两省平定后，宋子星每日忙进忙出实难见到一面，花无多这些日子也有了许多空闲可以在城中逛上一逛。

这日，刚出府门不远，便有一中年男子迎面走来，中年男子态度很是恭敬，先拱手一拜，而后方道："请问是吴多吴将军吗？"

花无多见男子儒生打扮很是斯文，便颔了颔首。

男子见左右无人，便道："我家主人有两样东西吩咐在下亲自交给将军。"

花无多见那男子自袖中拿出一个锦盒和一封书信恭敬地递了过来，当下并没有接过，问道："你家主人是谁？"

男子温和笑道："主人说，将军曾拖他转交东西与北方的故人，他已办妥，这两件东西是北方的故人拖他转交于将军的。"

北方故人？花无多猛地想起自己曾拖李赦转交一个锦盒与公子翌，目光移向书信与锦盒，不再犹豫，伸手便接过了书信和锦盒，笑道："替我多谢你家主人。"

男子颔首："将军客气，主人说，将军若有什么需要，可直接吩咐在下。在下住在城东五子居，姓魏名鉴。"男子说完，小施一礼，便即离开。

折返回府，躲在自己屋中，她迫不及待地拆开了书信，一看便知信并非公子翌所写，乃公子琪的字迹，信中有问候，也有简单交代些许自己与公子翌的近况。信中如此写道：

无多，我还是习惯叫你无多，而不是方若兮这个陌生的名字。

你还记得吗？也是在这样的季节，我们三人一同去南书书院读书，那些时光而今想来近乎奢侈。我还记得在大名府与你相遇的那一刻，细说起来，似乎我比翌更早一步遇到你。有一次我与翌提起这事，他竟然说他第一天就把你抱在了怀里，这事我断难相信，因为那天他并没有鼻青脸肿。

翌很喜欢你送他的锦盒，并回赠了你一个，神神秘秘地连我也不让看，他说他没时间写信给你，可我知道，从他四处寻人做这个东西到做成为止，足足花了三个月的时间……

花无多放下手中书信，拿起一旁密封的锦盒，在手中来回抚摸，锦盒有些重不知装了些什么，她轻轻打了开来，便见盒中放着一个精致的瓷娃娃，放在手中把玩，发现瓷娃娃后背写着“花无多”三个字，不禁微微一笑。瓷娃娃可以拆开，她拆开来，发现里面还有个缩小版一模一样的瓷娃娃，知道这些玩偶与自己送给他的锦盒有异曲同工之妙，便一个一个，小心地拆开，又一个一个工整地摆在桌案上，一眼望去极为可爱，细细看来竟然每一个都有些差别，有笑着的，有发怒的，有不屑的，有鄙视的，有无奈的，还有……每一个都是花无多的样子。

直至看到最里面藏着的小纸条，她打了开来，见上面只有两个字：想你。

胸口蓦地有什么悸动般猛然一跳，原本还在微笑的脸，顿时僵住，而后变成了说不清道不明的酸楚。

想你，想你……

只有分离才会思念，只有思念才发现会想你。

只有想你……才发现距离是多么的难以忍受。

她伏趴在桌案上，胸口似堵了什么东西一样难以呼吸。又想起刘谨临走前说的那番话，吴翌现下的处境……

这一刻，多想看到他，多想……于这乱世彼此守护。

有一种情，从未被正视，从前或许是没有看清，没能明白，可如今……远隔千山万水，分别无数日夜，思念却从未断。手中纸条，只有两字，却已胜过千言，如果这不是情，如果这不是爱，却也是他的召唤，她其实早已想，早已愿，回到他身边，与他同进退，共患难。而不是，只身一人，望着那幅他亲笔勾勒的画卷，寂寞思念。

这晚，她如何都睡不着，便索性起身，穿好衣裳，来到宋子星的营帐外，守在帐外的侍卫正欲进去通报宋子星她来了，却被她阻拦。她犹豫了半晌，还是转身回了自己的帐中。她怔怔地坐在黑暗中发呆，直到帐帘被人微微掀开。目光所触，宋子星的目光温柔似水，令她闪避不及。

她不让宋子星点燃烛火。

他笑她，“睡不着？”

静夜里，她点了点头。

他道："有什么要找我说的？"今夜，他的声音尤其温柔。

她沉默半晌，声音干涩地道："我想走了。"

她看不见他的表情，也不敢去看。只知道他沉默了好久，方道："要去哪儿？"

她说："去找吴翌。"

他沉默。

她说："对不起。"

她说："我都知道，也都明白。"

她说："我想他。"

断断续续，只说了这三句话，再也说不出什么来。宋子星的心思她懂，正因为懂，所以，在这个她执意离去的时候，越发无法面对。

不知过了多久，久到她埋在双腿间的头颈已经僵硬，久到她全身都已麻木，她方才听见宋子星起身向外走的声音。在他走出帐外的刹那，她蓦地抬头看去，帐帘放下的瞬间，身后留下了他淡薄的身影。

天未亮，她已收拾好包裹，出帐时，一抬头便看到站在帐外的他。

她停在原地，甚至掀开帐帘的手臂都忘了放下，他竟然在帐外站了一整晚？昨夜下了半夜的细雨，他已全身湿透，狼狈的模样，令她忽然想到了刘修将她留在树上离开的那一日。那是怎样一番心情，她再懂不过，心中蓦地一痛。紧咬住下唇，不知不觉间似闻到了血腥味。

他回头望向她，轻声道："我送你一程。"

她无声点头。

如此，他送了一程又一程。

直至她望向远方说："不必送了。"

他方才道："我为了要送你，又担心你会不辞而别，昨晚在你的帐外守了一夜。"

她喑哑道："你真傻。"

他道："如果你肯留在我身边，让我做再傻的事，我都会做。"

她摇了摇头，道："我无法给你承诺。"

"为什么要等上一年之久？让我感觉已经有希望了，又在一夕之间让所有的希望破灭。"宋子星问道。

"当初，也曾对他想娶齐欣心存怨怼，可是当我得知他身处困境时，忽然很想见他。不，我不只想见他，我还思念他，这种思念其实从未断过，一直也没有，而今更加令我坐卧不安，甚至夜不能寐，我恨不得马上奔到他身边，看到他安然无恙才能心安。”

“这一年，我在你身边，渐渐淡忘了刘修，却越发思念他。我知道，如果去找他，留在他身边，那条路恐怕比在你身边还要难走百倍，可我想去。”

她不敢看他，垂首道：“对不起。”

他似笑非笑，苦涩一点点自心底开始蔓延，直至眼中、手指，可仍旧无比平静地道：“我可以用非常手段留住你的人，禁锢你的身心。我昨夜淋了一夜的雨，那股愤怒与疲惫累积到了爆发的边缘，我以为我会那么做，可是当我今晨看到你出现的那一刻，那种冲动奇异地全消失了。”

他目光触及远方，声音带着些许空洞和无力，平静道：“我信守当初的承诺，做一个守诺的君子，放你走。”他忍不住扬起一抹讥讽，“我只想让你念着我的好，或许，我会后悔……”

“若兮，我明知道，如果就此放手，我们再见之时，不知会是何年何月又会是怎样的情形。若兮……”他深深一唤，掷地有声道，“这次我要说，若然下次，你再回到我身边，无论让我付出何等代价，我都不会再让你从我身边逃开！”言罢，他蓦地勒转马头，绝尘而去，自始至终未曾回过头来。

而她却怔怔地望着他的背影，一直到望不见了，还在望……

是他伴着自己走出那段最难熬的日子，不是不感激的。只是……

花了近三个月的时间，花无多方才从东南赶到了西北，此时已是深秋季节。

时隔一年多，再见吴翌，发现他变化极大。

眉间少了轻佻，多了沉稳，笑意少了轻浮，多了稳重，肤色变黑了些，却越发高壮，恍惚眨眼间，便从少年蜕变成了一个男人。

花无多望着他，千言万语卡在喉中，痴痴地、傻傻地、呆呆地望着他，直到他将自己的脸撞在胸口的铠甲上，撞得她头晕眼花鼻子发酸方才清醒过来。

她边笑边狠狠捶打他的脊背，他亦笑，笑声从胸口震到她的耳膜，便听他道：“打就打，别用内力，会疼。”

扑哧，她笑出声来，一抹脸上流下的泪水，仰头望着他道：“你变黑了，不过……”

“不过，比以前还要帅！”吴翌接口道，眼中闪着熟悉的戏谑，低声与她道，“你不说我也知道。”

她扬起了嘴角，他还是他，还是那个记忆中的他，望着他，清晰地看到自己的笑映在他瞳孔中，竟是那么的喜悦和幸福。

他放开了她，却轻佻地挑起了她的下颌，目光灼灼地望着她。粗糙的指尖划在她脸颊上，她微微一颤，本应躲开他的碰触和他此刻轻佻暧昧的举止，却不知为何，没有躲。

他的声音带着从未有过的似水温柔，轻轻道："为什么哭？不哭了，好不好？"

她笑了起来，眼中却仍有泪水，一边笑一边又忍不住流泪，感觉他粗糙的手指在她脸上游移，有些温柔又有些无奈地帮她擦着眼泪，复杂的思绪让她心思恍惚，再见他，原来竟会这般幸福，幸福得笑，幸福得哭，认识这么久，记忆中他从未这么对过自己，这是第一次，第一次这么亲近，第一次这么……

他指尖的温暖，让她贪恋，她不懂，真的不懂，感觉自己像疯了像傻了，甜甜蜜蜜的感觉从指间到发梢，都觉得清晰无比。

忍不住，她轻声与他道："翌，我很想你。"

她的模样，看在他眼中，那般可爱，他恍惚了一下，又抬起了另一只手抚摸她的面颊。

她忽觉他掐住了自己的双颊，恶劣地东扯西扯，一龇牙，亦伸出手来扯住他的，二人互不相让，你扯我的，我扯你的，都扯得对方脸颊变了形，疼得龇牙咧嘴，却都不放手。直到他目光一闪，骤然将自己拉近，鼻息相对，她怔住，脑中全然空白。

他的气息一如既往的熟悉。

他亦似一怔，眼神恍惚了一下，见她呆呆地望着自己，稍稍移开了些许，轻咳了一声，而后带着戏谑轻笑道："闭上眼睛。"

她骤然将眼睛瞪得更大，他突然大笑起来，笑得那般可恶，可恶得令她咬牙切齿。她一拳就击在他腹部，满意地看着他弯下腰抱着肚子面色发青地指着她，颤抖地道："你，你……"

她一撇嘴，转身抬手掀起帐帘走了出去。

见她的背影消失在帐帘落处，他揉着肚子，唇边扬起暖暖的笑。

公子琪原本在百里外，可在花无多赶到的第三天，公子琪便出现在了她面前。

得知公子琪将到，吴翌与她一同出了营地相迎。

天苍苍野茫茫，海阔天空中，他纵马向她奔来，风尘仆仆，灰头土脸，像是没日没夜赶了几日的样子。她起先还有些不确定，而后看清果真是他，禁不住高兴地向他挥舞起了手臂，从马上跳下来向他奔去，笑声随着草原的风传得极远，直传到他的耳中，传到他眼底。

当年一见便会令她面红耳热的美少年，如今也长高了寸许，一身铠甲在阳光下熠熠生辉，或许是军旅生涯的磨砺，让他更多了些许男子气概，越发俊美无俦。

他勒马停步，翻身下马，迎着她大踏步走来，靴子踏在地上发出闷闷的响声，铿锵有力，咫尺之间，二人均停下脚步，相对而望。

她笑了起来，上下打量他，他变了，却又好像没有变。

忽然，他跃前一步，竟将她按进怀里，鼻子和脸重重地撞在他的铠甲上，又是一阵头晕目眩，正待不满地挣扎，便听他低声呢喃道："想死我了。"

她一怔，忘了挣扎。

公子翌远远地望着他们，淡笑不语，并未上前。

夜晚，他们围着火堆在草原上烤肉吃，这次，再也不是花无多一人烤，他二人吃了，而是他们烤，她吃。

望着他们熟练的烤肉手艺，花无多笑得眯起了眼睛。三人笑着说起了许多往事，酒也喝得有些多了。醉得东倒西歪之后，花无多在中间，一只胳膊挽住一个人，三人踉跄地笑着进入了营帐。

夜半，营帐内，吴翌、吴琪、花无多三人分睡三角。

不知过了多久，暗夜中，公子翌忽问："你们睡着了吗？"

"没有。"公子琪和花无多同时回道。

三人不禁轻轻一笑，原来他们都睡不着。

公子翌道："我有个问题想要问你们。"

花无多道："你问。"

公子翌道："你们相信有来生吗？"

花无多道："相信啊。"

公子翌淡淡问道："如果真有来生，你们想生活在什么样的年代？"

花无多道："我想生活在没有战乱的和平年代。"

公子翌道："你想过怎样的日子？"

花无多道："没有任何束缚，自由自在，海阔天空。"

公子琪忽然叹息了一声。

花无多闻声有点儿疑惑，问道："琪，怎么了？为何突然叹息？"

公子琪笑了笑，道："你说出了我的愿望，只是我不想在来生实现，我希望今生就能实现。"

花无多闻言笑道："今生我也希望如此！"

公子翌却未出声。

公子琪忽然感慨道："人生本就无常，我们今朝还在把酒言欢，明日不知会不会命丧黄泉。"

公子翌忽然道："即便死，我也会死在你们后面。"

"呸，你那是祸害遗千年。"花无多很不客气地唾弃道。

公子琪轻笑。

公子翌轻轻一笑，得意扬扬地道："对，我就是祸害遗千年，而且我死的时候也一定是风流倜傥玉树临风的！哈。"

隐约传来磨牙及翻身声，而后，各自睡觉。

日子如浮光流水。

花无多留在公子翌身边，一留便是半年之久。度过了秋天以及而后的冬天。

她扮作公子翌的近身侍卫，化名：吴多。每日与公子翌形影不离进进出出。每逢战事，更是寸步不离，甚至与他同上战场杀敌。军中除少数几人外，无人知道她是女儿身及她的真实身份。只知道，她与宋子星手下一员猛将同名。据传，宋子星手下那员猛将亦叫吴多，曾在东阳郡一战中打败过陈东耀，以此扬名天下。吴翌帐下大将军胡为中第一次听见她自我介绍时，便问她："你也叫吴多？也是十八岁，难道你就是曾打败陈东耀，宋子星手下的那个吴多？"

花无多忙道："让将军见笑了，末将并非宋子星麾下的将军吴多，只是不巧同龄同名而已。"

她现下面貌与当初在宋子星身边时已然不同，所以也没人质疑。

成王吴翌与飞将军刘景在长平决战，混战中，吴翌杀红了眼，误冲入乱军中，刘景望见，立刻指挥数百人团团将他围困住。所有人眼见吴翌危急却都冲不过去，正着急间，便见一人凭空飞来，如长了翅膀一般，飞到了吴翌身边，挥舞手中长枪，衣袖翻飞，隐隐似有千万条银丝亦顺势盘旋，令人眼花缭乱，竟将所有围着吴翌的人一气斩杀。那股凌厉迫人的气势，令在场所有将士震惊，包括围住吴翌的士兵与在场的飞将军刘景。刘景一怔间没有及时指挥士兵紧追而上，花无多便解了吴翌被围之困。

至此，长平破，刘景退守东郡。

事后，花无多为吴翌包扎伤口，吴翌轻言道："多亏有你在。"

她一怔，淡淡笑道："好像你每次遇到危险时，我总会不顾生死挡在你面前，莫不是保镖当上了瘾？还是我傻了……"

他目光如水，却听她淡淡道："我这次杀了这么多人，不知死后会不会下地狱。

但是为了你，我不后悔。”

吴翌一怔，道：“你是傻了。”

她错愕地看向吴翌，而后，转身拂袖而去。

他却一直望着她离去的背影，怔怔发呆。不知过了多久，待他回过神来，低头一看自己的伤口，竟被包成了个蝴蝶结，不禁苦笑，可苦中不知不觉还带了丝他有些排斥又不舍得的甜意。

因为她救了吴翌，立下战功，理所当然地被提拔为吴翌的近身参将，专司吴翌也只听命于他。她虽是新来的，又太过年轻，可但凡见到她于乱军中救吴翌那一幕的人，无人不心服。

吴多之名再次名扬天下，有人疑惑她与打败陈东耀的是同一个人，但后来有人证实，不是同一个人，因为长得不一样，世人为了区分，便因二人侍主不同而分别叫宋吴多及吴多。

花无多留在吴翌身边，不仅机智勇敢，而且为人和善，见到谁都是笑眯眯的。众将士见她小小年纪，武功不错还为人和善，甚得军中将士喜爱称赞，军中许多年轻士兵都喜欢与她亲近，有什么苦处也找她倾诉。只不过每次都被杜小喜黑着一张脸将那些将士赶走。而花无多却与众将士说说笑笑从无拘束。一时间，花无多在吴翌的军中人缘极好。

甚至有一次，大将军胡为中还当众拍着花无多的肩膀赞许道：“吴多，你武功高强，临阵机智，又甚得成王信任，年纪轻轻，前途不可限量啊。”

花无多心虚地点着头，瞄了一眼面色如常，望着她似笑非笑的吴翌，又看了一眼一旁站着嘴角略有抽搐的公子争。她一个劲儿地用傻笑蒙混过去，暗叹：将军，你实在是看错了，我的前途永远限着量啊。

澈王刘修的大军与吴琪对峙已有一年。偶有战事，却无大仗。

而成王吴翌与飞将军刘景更是周旋已久，前些时日，又逢匈奴犯境，西京侯便调派了老将军霍威之子霍鹰与匈奴周旋，战事颇紧。

天下一时成诸侯割据状态，北有西京侯、成王与梁王之兵，中有刘皇太后、晋王之守，南有江南宋家表面逢迎暗中虎视。

这半年来，天下虽常有战事，却无大的变动。唯澈王刘修率军平定了东边诸侯之乱，在朝中势力如日中天，手握重兵，也最得皇太后器重和信任。

近几个月，南方宋家十分低调，少有战事。天下人猜测宋家是在暗藏实力坐山观虎斗，并借机休养生息整合兵力。甚至与宋家比邻驻守的刘谨都未能探到宋子星的半点儿消息，就在他有意试探以小股步兵攻打宣城时，守城迎战的也只是将军徐振。

徐振自被宋子星收服，甚得宋子星重用，徐振本就是一名悍将，当初镇守广东，刘谨便讨不得半分便宜，而今再次对阵，刘谨亦未能讨到好处。再说刘谨本意只在试探，又适逢冬季粮草不济，试探了几次后，没有更进一步的举动，直至又一年的春天。

春暖花开时，刘谨方才得知宋子星之所以未亲自来征战，竟是因其父宋晨病重，宋子星一直留在杭州照顾父亲，而宋晨并未挨过这个冬天，便病故了。至此，宋子星顺理成章接下宋家家业，成为宋家之主，手握三十万兵马，雄坐南方。

宋子星青年才俊，身家显赫，又一直未曾婚娶。当春天到来时，不知是谁首先提及了此事，一夜之间，宋子星便成了天下间怀春少女闺房中常常讨论的话题。

甚至宋子星的画像，一夕之间也在天下传遍。虽比不了当年方若兮千金难求的一张画像，却在数量上大大地取胜了。

自取下长平郡后，时值冬季，公子翌便驻守在郡中。

当长平郡的大街上也开始卖宋子星的画像时，花无多看着满大街形形色色的宋子星，不禁瞠目结舌。自然而然想起当初在江南，那些一向以矜持出名的大家闺秀，一提起宋子星时双眼冒光控制不住地尖叫甚至有晕倒迹象的模样，心情便平复了不少。她心情很好地买了一张形似神不似的画像带了回去，吴翌看到这幅画像，她便道："现在到处都在卖宋子星的画像，听闻他已是天下公认最值得一嫁的男人了！"

吴翌拿起来仔细瞧了瞧，将画丢在一旁，道："画得比本人好看太多，难怪都被骗了。"

花无多扑哧一声笑了出来，这画像顶多只画出了宋子星三分风采，哪及本人好看了？他明显是在嫉妒。

见他蹙眉沉思，似思考着很重要的问题。她靠近了问道："你在想什么呢？"

他十分疑惑道："奇怪，我明明比他帅无数倍，为什么天下不卖我的画像？"

她眼角抽搐。

"现在人的审美观，真是越来越差了。"思虑半天，他终于惋惜着得出了结论。

她连嘴角都抽搐了。

他望着她，肯定地道："看你现在的表情我就知道，我在你眼中是最帅的，所以你的审美观值得肯定。"

她整个面部都在抽搐了。

他摸小狗一样爱怜地摸了摸她的头，带着戏谑的笑意道："行了，再抽下去，我会笑的。"

闻言，她目光骤然一变，伸出手捏住他的双颊便是一顿肆虐，他左闪右躲，直至狼狈逃窜出营帐方罢。

一出帐看到迎面走来的一小队巡逻的士兵，他一整神色，大步而去，眼角眉梢却隐约带着阳光般的笑意，久久不退。

近日，有谋士为晋王刘易进言，说宋子星拥兵自重，早有野心，如今刘家北有梁王，西有成王吴翌，实不该在此时与手握重兵的宋家反目。反之，还可利用宋家的势力，牵制吴翌或吴琪，尤其先灭了吴翌这个心腹大患为妙。

晋王听后便道："你有何妙计？"

谋士道："可许郡主刘玉与宋子星结秦晋之好。"

晋王思虑后，允了。

当使者到江南提及此事时，竟被宋子星一口回绝，宋子星不仅回绝得干脆，毫无余地，其下谋士、将领更将使者羞辱了一番。使者怒气交加，回来后添油加醋地说给晋王听，晋王当即大怒，骂宋子星不过是个当街放妓女兜肚的放荡无耻小儿，并随即上书朝廷，数落宋家诸多不是，斥宋子星有谋反之心！

宋子星则借此机会公告天下，曰：如今君王年幼，刘家外戚干政，公然污蔑诸侯，他不堪受辱，欲出兵铲除外戚刘家。以清君侧之名，他竟真的反了。

花无多得知后，不禁想起当初在江陵自己因一时愤怒，扮作宋子星模样放兜肚之事。宋子星在当时那种情形下，为了她的名声依旧挺身而出，将兜肚之事默认了下来，不顾这事会成为他一生的污点，再也洗刷不去。想起当初在洛阳，有洛阳兵丁也曾以此取笑侮辱他，而今晋王又旧事重提以此羞辱他，他也不反驳。花无多又想到在江南那一年，他对自己的好，临走前，他的那一番话，不禁对他又多了几分愧疚。若说她曾负了谁，恐怕只有宋子星，她是真的负了。

午时，公子翌进屋叫她吃饭。公子翌进来时，正看着她拿着一封没有拆开的书信在床边发呆，公子翌忽没头没脑与她道："长得太出色自然是非多，以后有的是你烦恼之事。"

"什么事要我烦恼？"花无多不明白公子翌言下所指何事，便问道。

公子翌道："你知道吗？无聊的温语（公子语）兄，最近编撰了一本《江山美人志》，而你，在其中排行第一。"

"那又如何？"花无多一挑眉，竟一点儿也不为此高兴。

“你怎么看起来一点儿也不兴奋？”公子翌纳闷道。

花无多放下书信，一伸手，露出自己的武器十指金环，道：“要是我的兵器十指金环能在兵器谱排行第一，我就高兴得大醉三天。”

公子翌一撇嘴，道：“不像个女人。”

花无多一眯眼睛，道：“你说什么？”

公子翌抬头自窗口望天，道：“都午时了，难怪肚子饿了。”

花无多立刻被转移了注意力，也望了一眼，摸着肚子道：“是啊，我也有点儿饿了。”

公子翌拉起她的手道：“走，一起吃饭去。”

“好啊。”天大地大吃东西最大。

“今天我让他们准备了一锅红烧肉。很香的。”公子翌道。

花无多咽了口口水，跟着公子翌吃饭去了，把方才的事完全抛到了脑后，满脑子都是红烧肉，根本没看见公子翌转过身时挑起的嘴角。

中午，花无多边吃着红烧肉边道：“这红烧肉的味道真像京城风雅品酒居所做的。”

公子翌语不惊人死不休地道：“那是我开的。”

“啊？你开的？”花无多难掩惊讶，横看竖看公子翌都不像是会经商的人，可是据她所知，风雅品酒居不仅酒好，连菜都很好吃，在京城客似云来，生意十分好，收入自然也丰厚。

公子翌故作淡然地道：“我不仅开了一家风雅品酒居，还开了一家兵器铺。啊，对了，京城那个杏花春雨也是我的产业。”

花无多刚放进嘴里的红烧肉掉了出来，公子翌看见了，蹙了下眉，道：“你这是什么吃相。”

花无多顾不得那么多，问道：“那杜芊芊是你什么人？”

“是我安插在京城的探子。”

“不是你的姘头吗？”

闻言，公子翌又是一蹙眉，这是什么女人，出口就是这么下流的话，一撇嘴道：“你哪只眼睛看见我姘她了？”

“没有……”花无多收敛了一下惊讶，老老实实回答，“只是听说……”

“那就对了。她是我的属下，别用姘头这词，侮辱我们之间纯洁无瑕的情谊。”公子翌理所当然地道。

“哦……原来你还纯洁……”

公子翌气得放下筷子，大声道：“那是当然！”

“看不出来你哪儿纯洁了。”她转过头，小声嘀咕。

“我哪里不纯洁了？”

“你哪儿都不纯洁！”

“你说什么？！”

“呀，你别拿走红烧肉啊。我还没吃几口呢……”

“我拿去喂狗。”

“别呀别呀。”

“说，我纯不纯洁？”

“纯洁纯洁。”

“我哪里纯洁？”

“你全身上下无一不纯洁。”

“做人要说实话。”

“嗯嗯，我句句都是实话，实得不能再实了。”

“这还像话，好了，吃吧。”

等着吧，等我吃完了，你就哪儿都不纯洁了。花无多边大口吃着红烧肉边在心中愤愤然道。

公子翌偷望着她大口吃肉的模样，嘴角微微上挑。

近日，长平郡中来了一位意料之中却又是意料之外的人，花无多之父，方正阳。

花无多被支开了，屋内只剩下吴翌与方正阳。

花无多踮着脚远望着，心里疑惑爹爹为何突然来此。

事后她问爹爹此来何事，方正阳意味深长地道：“爹爹此来一方面是与成王谈些要紧事，再来就是看看你。”

“爹爹看到了我，觉得如何？”花无多笑问道。

方正阳笑道：“容光焕发，爹爹甚是放心。”

花无多笑了笑，只是这笑并不真心实意，因心知肚明爹爹此来绝没有那么简单。

事后她问公子翌，爹爹与他说了些什么，公子翌道：“谈了一笔买卖。”

“什么买卖？”她追问。

公子翌道：“战马啊。”

“没其他？”

“哦？应该还有其他吗？”

花无多一撇嘴，明知道公子翌有所隐瞒却也无可奈何。

自从春天到来，战事再次吃紧。自长平失守后，刘景心中愤懑，一直想要夺回长平，一开春便又向朝廷请命率大军兵临城下。

刘景是个极难对付的人，有勇有谋。有一次吴翌与花无多私下里提起刘景，忽道："无聊的温语兄近日又有新作，唉……"

见公子翌一副落落寡合的模样，花无多来了兴致，问道："什么新作？"

公子翌道："《江山美男志》。"

"啊？"花无多闻言双眼发亮，急忙催促道，"快说说，谁排第一，你排在第几？"

公子翌一叹道："温语这个瞎了眼的，竟然将我排在第六位，可恨的是，还将刘景、唐夜排在我前面！刘景那只狐狸，唐夜那副要死不死的样子，凭什么，凭什么！"一旁的桌子被他拍得啪啪作响，桌上的碗碟也被震得不安分地乱跳。

花无多敲着桌面，思量道："是啊，温语这厮太不够意思，投奔了刘修也就罢了，竟然连刘景都讨好，一点儿职业道德也没有，我唾弃他。"

闻言，公子翌胸口之气似平顺了些，便又听花无多问道："排在你前面的都有谁啊？"

公子翌一撇嘴，似极不情愿地回答她道："吴琪、刘修、宋子星、刘景、唐夜。"

"琪排在第一位？！"

"那是自然。"提起这个，公子翌似乎还是服的，"温语在书中说，吴琪少年时便风流倜傥、温润如玉，无论男人还是女人，第一眼看到他都会面红耳热。如今经过历练，已非昔日可比，便是称其为天下第一公子也不为过。"

花无多闻言点头道："的确，这几年，琪越发稳重有男子气概。就连宋子星也……"提及宋子星，花无多不再继续说下去。

公子翌瞥了她一眼，方道："温语评价，吴琪似一顿丰盛而华丽的晚宴，而相比之下，宋子星则显得清淡了些。"

无论怎么说，花无多都没有去提及或评价刘修，而事后，她偷偷寻来温语《江山美男志》的手抄本，翻看了一番，发现其中有这样一段话：刘修自封王后平定了东部诸侯之乱，越发沉稳有度，令人望而生畏。与宋子星相比，不胜在貌而胜在势。

而唐夜之所以排在刘修、宋子星之后，则是因其"毒王"之名无人不惧。这几年他跟在刘修身边，助刘修平定了整个东部，但因其出身，所以排在刘景之后。

温语在《江山美男志》中说，之所以将成王吴翌排在第六位，是因为吴翌品性风流，故落在众公子之后。而公子翌却因此叹息温语不懂他。花无多对此嗤之以鼻，讥讽道：“风流就风流，还装什么高深莫测。”

多事之时，好事者多，当年在南书书院，他们常厮混在一起的几人皆是有才华之人，而今逢乱世，便是他们一展风采之时。即便如公子语这般神经大条的人物，因熟识这许多杰出人物的身家背景和性格作风而著上两本书，也能被天下人追捧，甚至就以这个为基准将天下人物从各方面进行了一番比较。

听说，这《江山美男志》与先前的《江山美人志》都没有大批量印刷，均是手抄本，价格很是昂贵，一本就要百两之多。花无多暗想公子语这下子发财了。这两部书，少说也赚了个万八千两的，哪天见到他定要让他请客做东。

无意中，花无多听到公子争与公子翌道：“已有一年多没见过刘修，我听说，他似乎变化很大，在温语书中，宋子星竟也排在其后。”

花无多听到这些，正打算转身走，却听见屋中公子翌平静地道：“这些都作不得数，温语也有段时间没见过宋子星了，焉知他今日又变成了什么模样。”

公子争道：“是啊，温语将刘景排在你前面，缘由牵强，未尝没有讨好刘景的心思。在我看来，唐夜也比刘景要强。”

“刘景是个对手。这几仗下来，我们也只是小胜，并未有大的进展，有刘景在，大业难图。若然能除去此人，就好了。”公子翌难掩抑郁。

最后一句话，花无多听到了心里。

第三十七章

死里逃生

因与刘景打了数仗，其间抓了几个刘景手下的将领，吴翌与刘景二人经过协商，计划明日交换战俘。吴翌这日便带着花无多去牢中探看。

刘景那边派人送来了交换名单，一共有三人，一名副军加两名督军校尉，这三人都有些身家背景，俱有些来历。其中之一花无多记得清楚，此人名叫元白，年纪尚轻，却有些口吃，一说话便我，我……个没完，所以给花无多留下了颇为深刻的印象。

杜小喜将三人带到了公子翌面前，公子翌一个个看过去，花无多也一个个看过去。公子翌问了些话，杜小喜便将他们带了下去。望着三人离去的背影，身旁的公子争忽然道："单看背影，那个元白还真像无多。"

一句无心之语，却令花无多和公子翌均是一怔。

公子翌看向花无多，却见花无多亦正在看着他，二人相视一笑，同时想到了一计。

花无多赶制元白的面具。公子翌从众将士中挑选与元白身材相似的人。

院中，与元白身材相似的人站成了一排，公子翌一个个审视过去，看到最后一人时，蹙起了眉。

原本挑出来六个，可此时偏偏多出来一个，吴翌懒得再看，指向最后那个，道："你出列，回去。"

"啊？为什么？"多出来的那个问道。

吴翌道："你最不像。"

"我哪里不像？"多出来的那个又问。

吴翌故意看了看她的胸，直看得花无多羞愤而去。

一旁公子争与杜小喜面面相觑，憋笑憋到脸红。

于几人中选定了一人，便让他先入了地牢，暗中观察元白的举动，时间紧迫，能交代的都交代了，幸好元白是结巴，二人声音虽不像，但只要能随机应变，也应能接近刘景。成败与否但凭天意，不过假扮元白之人却是九死一生断然无回了。

晚上，花无多去找公子翌，见公子争刚从公子翌屋中出来正要离去，便拖了公子争回去，当着公子争的面，与公子翌争辩道："你明知道，只有我去才能不负此计，让我去。"

公子翌目光沉了下来，道："你不行。"

花无多道："我为什么不行？我自幼学习易容术，最是能模仿人，我与元白身材相像，我的声音也可变化，即便元白不是结巴我都不惧。我还曾在宋子星与你帐下当过校尉与参将，元白是副参将，副参将的职责我都清楚。我为人聪明机警，又有武功，无论是刺探军情或是暗杀刘景，我都是最佳人选。"见公子翌不理她，花无多对公子争道："争，你说我说的有没有道理？"

公子争道："无多的确是最适合的人选。"

公子翌道："人选已定，你要当也只能当替补。夜深了，我要歇息了。你们下去吧。"

花无多正待还要说些什么，便听公子翌道："无多，莫要让我担心。"

花无多一怔，望着公子翌进入内室的背影，讷讷不成言。

公子争在一旁摇头叹息，好像什么都懂的样子，待一抬头看见花无多斜睨着自己的目光，顿起不祥的预感，正欲逃之夭夭，却被花无多拽住了衣袖。眼见花无多一脸谄媚，公子争一点儿都没飘飘然，只觉头皮发麻。

次日，两军交换战俘。

这是两军交战一年以来，第一次交换战俘。

元白等三名战俘手脚上的镣铐相连，一步步走向刘景大军。公子翌远远望着，忽觉心口一跳，他左右扫视了一遍，对身边的杜小喜低语道："无多呢？"

杜小喜道："回王上，今晨没看到参将。"

公子翌目光一凝，道："叫孙争上来。"

杜小喜自下城去叫了。公子争负责这次交换战俘的相关事宜，此刻正在城下盯着双方战俘交换。

过了半晌，公子争奔上了城墙。见吴翌沉着脸暗呼不妙，硬着头皮参拜之后，便听吴翌道："无多人呢？"

公子争闻言已汗流浃背，道："禀王上，无多已经走了。"

公子争之语，令城墙上所有人都一头雾水，什么叫已经走了？去哪儿了？众人正在疑惑，便见吴翌冷冷地望着一直跪在地上未曾起身的公子争，很长时间都没有说一句话。一时间，城墙上所有将士大气都不敢喘一声。良久，吴翌将目光移向城下已经走到刘景军前的三名俘虏，道：“无多擅自离军，你知情不报，拖下去，重打一百军棍。”

公子争被拖下去时未吭一声，昨晚他帮花无多时就已想到了最坏的结果。不过他能想到的最坏的也就八十军棍吧，没想到，竟然是一百，一百啊，还是重打。虽然他是以大局为重，他心里也认为花无多是完成此计的最佳人选才帮她这个忙的。不过，现在他却觉得，花无多，你欠我一个天大的人情，日后一定要讨回来。公子争一边咬牙挺着屁股开花的惨痛，一边想着。唔……真他奶奶个熊地疼，翌真他娘的够狠。

三名战俘回营后并未能立刻见到刘景，而是被安排在一处帐篷中暂行休息。三人在地牢中就很少说话，如今回来，也因战俘身份，各自躲在角落。

吃了些东西，换过一身衣服，花无多便也靠在一处角落，于暗处观察着帐内二人。这二人一人叫范抵，一人叫蒋明。范抵是三人中年纪最大的，花无多假扮的元白则是年龄最小的。三人当中，属蒋明身材最高大魁梧，也最沉稳。

第二日，刘景才招了他们前去问话。

这并不是花无多第一次见到刘景，不过以前多是两军阵前远远看过，这还是第一次近距离地看他。

刘景身材高大，肤色古铜，鼻梁高挺，目光炯炯，虽与刘修是堂兄弟，却与他大为不同。花无多一瞬想起了温语《江山美男志》中对刘景的评价：武将翘楚，丰神俊朗。却也并未言过其实。

三人同时拱手拜道：“参见将军。”花无多的声音被旁边二人淹没。

刘景起身扶起三人，温和道：“你三人受苦了。”

一句话，说得三人鼻子发酸。范抵、蒋明更是眼眶发红，花无多红了半天没红起来，只得半敛眸光，假装微颤看似十分感动。

“你们三人在吴翌军中半年，可有什么有益的消息？”刘景旁边一人问道。花无多识得那人，是刘景的谋士徐士昌。

见徐士昌正望着她，本能地觉得应该说点儿什么，“我们……我……我……”花无多学着元白的结巴样子，声音也一般无二，可她我了半天，下个字愣是没我出来。刘景等得不耐，一挥手，道：“不必说了。范抵，你说。”花无多赶忙闭嘴，她正不知道我什么呢，乐得不说。

徐士昌一笑，并未在意她的结巴。元白结巴众所周知，元白不仅结巴，据花无多与牢中狱吏喝酒磕牙得知，元白自尊心极强，平日不喜言辞，但最受不了别人瞧不起自己，尤其笑话他结巴，更是忍都不能忍的。为此，她刚来刘景大营时，还打了一个笑话她结巴的小兵一巴掌。元白是副参将出身，打小兵一巴掌算得了什么，范抵、蒋明看到也似司空见惯。花无多记得狱吏还说，元白是个读过书的人，字写得好着呢。狱吏拿了元白写的字给她看，虽只有名字和一些简略字句，花无多一看便知确是好字。元白也曾在南书书院读过书，显然出身不错。不仅如此，元白也有些武功底子，能混到副参将之职自然不会太差。

范抵说了一些吴翌日常作息训练兵士的事情，想来他们一直被关押着，所知也甚少，见没什么有用的消息，刘景便吩咐道："既然回来了，你三人就官复原职。先下去休息吧。"

三人都未料到如此轻易就官复原职，自然感激涕零，其余二人更是当场举手发誓，今后要肝脑涂地誓死效命刘景等感人话语。花无多见状也举起了手当众发誓，可她的嘴张了又张还是闭上了，不过仍信誓旦旦，目光真挚地望着刘景，千言万语尽在不言中。最重要的是，结巴也只能这样了。

帐中人多，刘景除了一开始扶他们起身靠近了一次外，再未靠近，花无多一时无从下手，只得作罢。想着如今官复原职，以后应该还有机会，不用操之过急。

自官复原职后，花无多便自己一人独帐。还有士兵听任调遣，不过她也得随时听凭参将王珉的调遣。王珉为人豪放性急，有些不耐烦她的结巴，便较少指使她做事。

花无多这几日细心观察并仔细思虑，若想靠近刘景并不太难，但若想要一击命中杀了他并安全离开，却着实有些困难。刘景武功不错，自不可小觑，且必须一击命中，否则便不会再有下手的机会，又不能在人多密集的地方公然刺杀他。即便自己武功好、轻功高，也敌不过这一眼望不到边的士兵，这便需要等待恰当的时机。

因是军中将士穿着，衣袖都收在手腕处，她的十指金环又惹人眼，日常便不敢戴了，刺杀刘景就只能用暗藏的匕首，没了十指金环这等武器的助益，想要一击命中更不容易。

至于逃跑……倒也不难，她摸了摸身上几日来所做的各种各样的面具，她爱扮成谁就扮成谁，凭她的武功并不难逃跑。

想到来时，公子争曾与她说，刘景近日大举调兵，似有大动作，他围困长平近一个月亦没有攻下，此番动作很可能有什么预谋。

她想，自己如今是细作身份混入刘景军中，已然官复原职，大小也是个官。倒不如借此机会刺探下军情。

军政大事，她因是副参将之职没有发言的机会却有旁听的机会。几次旁听下来，她暗暗心惊。得知此次朝廷竟增派了两倍的兵力帮助刘景夺取长平，并计划一举除掉吴翌免除后患。如今刘景如虎添翼，几日来与众将商议谋划攻长平之事，并言在平定西北吴翌后便挥兵东北，一举消灭吴琪残余，言下竟是再未将吴翌放在眼里。

三日后，清晨。

一阵急促的战鼓声中众将士全部被召集到了点将台下。如此突然召集，不知出了什么大事。当花无多昂首挺胸地站在自己该站的位置上时，一抬头，怔在当场。

她做梦都没想到，会看到刘修。

她躲在一众士兵当中，想不去看他，却偏偏在看。幸好所有人都在看，便也不显得她突兀。

他变化极大。与记忆中的他，简直判若两人。原本以为她不想再面对他，可如今他就在眼前，本以为自己会痛不欲生，却发觉，此时此刻心境已然不同。

往事已矣，以前害怕再见他的胆怯已淡了许多。她下意识地摸了摸胸口，似乎连自己都在奇怪，曾经他带给她的屈辱和悔恨，怎么这般轻易地就不怨了……不牵挂了，只除了一丝说不清道不明的怅然。

点将台上，刘景站在他身边也显得儒雅了许多。难怪温语会说，刘修自东征归来，沙场磨砺，气势越发沉敛，令人望而生畏。

他立在点将台上，高高在上，垂眸扫视场中将士，所有人大气都不敢喘一声。点将台下上万将士因澈王的突然到来鸦雀无声。上万人站在一处，竟然连自己的呼吸都隐约可辨。众将士均挺直了身板，似乎若能被澈王看一眼也是荣耀。

花无多仰望着点将台上的他，一夕之间，仿佛他离自己已越来越远，远到再也触及不到。

与刘修同来的还有公孙紫阳与温语。可花无多自看到刘修那一刻起，眼中便只有刘修，其他人再未留意，甚至点将台下的角落立着的另一位故人她也未曾发觉。此人便是唐夜。

这一年来，唐夜一直跟在刘修身边，唐家亦与刘家往来密切。

唐夜站在台下暗处，身着一袭黑衣。

他目光淡然地向众将士扫去，忽然停在一处，似有些不敢相信，露出一丝怀疑。他目光所停之处，正是仰头怔怔望着刘修的花无多。

自点将台回来，花无多神思恍惚，一个人躲在营帐里，从清晨坐到天暗，直到刘修召集众将军同帐议事，她在去与不去间挣扎，去便可见到他，可去了极有可能会被他认出，不去，又难寻托词，有机会见到澈王刘修并与之同帐议事，所有将领无不视为荣耀，没有人会推辞不去，如果推辞反而落了痕迹，更引人注意。可若是去……

这几年，刘修变化极大，而她自己又何尝不是，如果小心行事他未必能将她认出。

计算好时间，她有意在帐外等到参将王珉，随他一同进帐。

恰如其分地站在王珉身后与他一同拜见过刘修，“末将元白”四字说得清淡顺畅，起身时在他的打量下，表面镇定自若，可心早已乱了，幸好其他将领也陆续进帐，她跟王珉方才去了一旁，垂首立在王珉身后，再未引起刘修注意。

一个个将领入帐拜见澈王刘修，她微微抬眼瞧向上座的他，见他端坐其上，神色冷凝，威严沉稳，不怒自威，她收回目光，心中怅然更胜，他们都变了，再回不到从前。

众将齐聚一堂，上首正中坐着刘修，他左手边是刘景，几名参将按职位轮流坐在下首，副参将则垂首立在众参将之后。

见众人到齐，刘修道：“我们将与吴翌决战在长平，各位将军可准备好迎敌了？”

众将齐声喝道：“准备好了！”

刘修点了点头，又道：“我听说，吴翌军中，有一名小将名为吴多，于乱军中来去自如，一连斩杀我方将士数十人，无人可敌？”

众将沉默。

花无多心中一惊，微微抬眼再次看向刘修，只见他目光深邃，说此话时眼中波澜不惊。

吴多即无多，同样的名字，是自己当初偷懒用了同样的名字，公子翌知她懒惰才反复用同样的名字，还曾笑她，不过，公子争却说，每次喊她此名都觉得甚是亲切，和在书院里唤她一般，即便她当初在宋子星身边，化名吴多战败陈东耀名扬天下时，他们听到这个名字也自然而然想到了她。而此时此刻，刘修却提及了她的名字。

长平一战虽然她大出风头，可还不至于被他如此重视，也并非他所说的无人可敌，至少她自到吴翌军中，从未在阵前与在座将军单打独斗，没有真正交过手，又何来无人可敌一说？那日乱军中救吴翌，也只斩杀了些士兵，并无将领，他为何忽然提及此事？他是否已经有所察觉？思及此，心头微微一紧。

想到长平一战时，她情急之下带上十指金环于乱军中救下吴翌，事后怕她被人认出身份，吴翌有意将此事淡化，从未与人提及她同时斩杀数十人并非神勇，而是用了一种特殊的兵器，战场上本就混乱，许多人惊鸿一瞥又无人识得十指金环这样的特殊武器，便多以为是她神勇。

听刘修提及长平失守一事，刘景激动地站了起来，大声道："上次长平一战，是末将指挥失误，未曾料到吴翌军中竟有这等人物，此次再遇，必取其首级以雪长平之耻！"刘景转身对众将军道："各位将军追随我多年，上次丢了长平郡，此番定当取回，以雪败耻！"

众将皆起，同声道："誓死追随澈王！夺回长平！"

这几日，总觉得有人在暗中看着自己，可任由她怎么小心也没发现有人监视她。晚上她睡在毡垫上还在疑惑是不是自己过于敏感多心了。其实并非她敏感，暗中确有一双眼睛盯着她，不过不是人，而是一条白色的小蛇。那条小蛇直至她睡着仍在帐外徘徊不去，仿佛寻到了好闻的气味，直至被人抓起收入竹管之中。

夜色暗沉，澈王刘修等人悄悄离开营地赶往上党。刘修走后，花无多一直提着的心方才放下。

夜半，刘景军帐中，唐夜忽然出现，刘景起身相迎，唐夜淡漠道："你军中混进了细作。你此番行军计划，可能已经泄露给了吴翌。"

刘景惊道："你说我军中有奸细？！是何人？"

唐夜并未回答，转身离去。

刘景追出几步欲唤回他终又作罢，唐夜此人，无人敢招惹，就算澈王也只在必要时方才用他，想到唐夜的本事，心下畏惧，如果唐夜不想说，便是问了也等于白问。

犹豫半晌，刘景招来谋士徐士昌道："军中混入细作，此番，我们唯有将计就计……"

吴翌接到花无多传回来的消息，得知刘修已到刘景军中，刘景近几日频繁调动军队，原意并不在攻打长平，而是想声东击西，与刘修合谋大举攻打上党郡后再图谋长平。

此事非同小可，上党在长平上风，若上党被攻破，长平难保。

这几日，一直站着不敢坐、怕屁股疼的公子争得知了花无多传回来的消息，无比感慨道："亏得是无多去啊。"

公子翌闻言，未发一语，心中隐隐有丝不安。

吴翌星夜派人联系了驻守上党郡的吴琪，二人往来书信，均认为刘修、刘景攻打上党极为可能。

消息传回的第二日，刘景便举兵在长平城外叫嚣，吴翌亲自率兵迎战，想看看刘景葫芦里究竟卖的是什么药。

刘景手下大将王珉率先请兵出战。

王珉来到两军阵前，赫赫威武，可一张口却是指名道姓要挑战吴多。

花无多站在王珉身后，听到王珉向对面道出自己的名字，不禁暗忖，如果她此刻举起手大喊一声：我在这里！不知道王珉会是怎样一副精彩的表情，可这种想法也只能在心里想想。

迎战王珉的自然不可能是吴多，却是吴翌帐下小将尉迟宁。

尉迟宁虽称小将，但论年龄却比花无多要大个一两岁。尉迟宁与花无多认识，但不太熟，此刻对战王珉不过三招，便显吃力。最终败于王珉枪下。

王珉杀了一人后，士气更旺，于两军间，再次道出吴多之名，似乎今日势必要在这片战场与上次救成王而一举扬名天下的吴多一分高下。

王珉如此执着，花无多知道是刘修那句话的缘故。

刘修是暗中来此，自然不能让吴翌知晓，此番两军对垒，自没有跟来，王珉在阵前一番叫嚣，前来迎战的仍不是吴多，乃是老将军霍威。霍威追随西京侯多年，是一名经验丰富的老将军，年前因吴翌率兵攻取长平，而守在北方以防匈奴进犯。最近听闻是他儿子霍鹰替了他守在边关，原本打算让老将军回家颐养天年，可老将军在家待不住，一而再，再而三地向西京侯请命，西京侯便准了他来成王吴翌处。此时见王珉张狂，老将军一怒之下请兵出战，迎战王珉。

最终，王珉死于霍威刀下。

王珉在军前阵亡，长平战鼓阵阵雷响庆贺老将军胜，花无多高兴之余，没想到喜上加喜，竟被刘景当场升为参将。从副的一举变成了正的。花无多一激动，“谢将军”这三个字也成了“谢……啊就谢……将……将……啊就将……”直听得四下众将面有内急之色，那个“军”字才吐出来。

众将呼出一口污浊之气，刘景皱着眉挥了挥衣袖，她便识时务地站到了原该王珉所站的位置上。

刘景道：“哪位将军愿意出战？”

一人闻言，颇为激动地上前道：“末将愿去。”

不一会儿，这个末将死在了阵前。

老将军霍威被吴翌召回。

刘景这方又一个末将自告奋勇地冲上阵前，一开口便大骂吴多是缩头乌龟，胆小如鼠，不敢出来迎战他这个老子。

这时的花无多正在双眼望鼻无聊地练着对眼，闻言暗道，你喊破嗓子我也不出来。

吴翌却在这时鸣金收兵了。

阵前那人又叫喊了一阵，刘景也觉无趣，便也鸣金收兵。

大军回营时，花无多竟看到一辆马车随军而行，马车有车帘隔断看不到当中坐着何人，直到刘景骑马过去，撩起帘子上车，那一瞬间，花无多竟看到了刘修。

他昨晚不是走了吗？怎么竟然还在？

回去的路上，她惊疑不定以为自己方才只是眼花看错了，待回了营地，偷偷躲在暗处，果然看到刘景与刘修先后自马车上下来，车中坐着的竟然真的是他，他昨夜竟然没有走，今日还去了阵前观战。

回到营地，刘景与刘修直接进入营帐再无出来。花无多有意在帐外转了一圈，却因帐外有重兵把守而不敢靠得太近，什么都听不到，只能作罢。

刘景把围攻长平的意图显示得十足十，但吴翌连番收到探子暗报，近来夜里刘景军中已有几拨人马自长平暗移向了上党。上党在长平的上风，若上党被攻下，长平危矣。吴翌再不犹豫，命大将军胡为中、孙争固守长平，自己则点兵数万夜移上党增援吴琪。

半月后，号角齐鸣，刘修果然开始大举攻打上党，战事激烈，在打退刘修的几轮猛烈攻势后，吴翌忽闻长平急报。刘景的主力军亦同时在攻打长平，因吴翌带走了一半的守城兵力，此时长平已岌岌可危。

吴翌、吴琪大惊之下，方才发觉中计。吴翌忙率兵折返长平，欲绕行后方攻打刘景，但他没想到的是，刘景似早已料到他会如此计谋，竟在半途的下枫谷中埋伏了数千兵士，吴翌大军遭遇突袭。当看清伏击他的是刘景时，吴翌方才明白自己中计，刘景没有亲自督军去攻打长平，而是在此候他，显然刘景、刘修此计主要意图是要杀他。上党、长平若能借此机会打下来自然好，不过都没有杀他来得重要。

吴翌被团团围住，拼杀许久也杀不出一条血路。还有无数的敌兵海水一样围了上来，显然刘景部下精锐都在此，今日他已凶多吉少。

但刘景没想到，在他以为已掌控大局，崖下谷中被围困的吴翌插翅难飞必死无疑时，近身突有一人发难刺杀自己。而此人却是刚升为参将不久的元白。

元白目光中的杀意令他惊骇，他想不明白，元白是他的同窗，他们曾一起就读南书书院，虽不情同手足却也有同窗情谊，在他还不是飞将军的时候，元白便已追随自己，多年来从无二心。他一直信任元白，很信任，平日里，因他是结巴极少说话，也颇为照顾他。他想不明白，为什么只被俘短短半年，元白便会变心归顺了吴翌？

花无多本可一击得中，却被刘景的贴身护卫以血肉之躯拼死阻挡了一下，但她仍重创刘景，众将见状纷纷拔刀围攻她。面对蜂拥而上的将士，花无多不见一丝慌乱。她纵身跃起，眨眼间，众人便看到了当初战场上吴多曾用过的那一招，一瞬间，她周遭将士便死了一片。慌乱间有人大叫出“吴多”的名字，将她认出，她趁乱用轻功跃入谷中，谷内正在混战，早已分不清彼此。她在混乱中寻到吴翌位置，飞了过去，猛地掷出一颗刺目弹。烟尘过后，她已连杀数人，抢过一个士兵的手中长矛与战马，来到吴翌身边。

四下很多人都被烟尘呛得流泪、咳个不止。吴翌等人也已睁不开眼，花无多靠近吴翌低语几句，吴翌已知是她，一瞬间抓住了她的胳膊，很紧很紧。

花无多忙将身边带着的水壶翻出，淋了些水擦在吴翌眼皮上。吴翌睁开眼，看着她，虽然狼狈，却露出了笑意，却在这时，听到崖顶刘景哑声道：“杀，不要管我的伤，杀了吴翌，杀。”

得令，刘景帐下将军随即整顿军队，继续围攻山谷下的吴翌。

花无多因穿着元白的服饰，谷中刘景的士兵哪里知晓方才崖顶之变，自然没有提防她。她混在其中，趁乱砍杀了无数刘景士兵。一步步护着吴翌杀开一条血路，向谷口移去。

眼看走了一段路，已接近谷口，可蓦地前方又围上来无数士兵，再次将他们逼退回谷中。杜小喜眼睛都已杀红，浑身上下都是血，花无多肩头亦受了伤。

又是一群人围了上来，花无多大喝一声，纵身飞起，十指金环射出，密密麻麻的银线飞过，割断了无数血肉之躯。刘景军中顿时大乱，竟生生杀出了一条尸体铺成的血路，她回身大喊道：“翌，跟着我，快走。”

花无多护着吴翌冲出了山谷。

山上，刘景喃喃道：“易容术，我怎么没想到，原来是你！难怪，难怪，修会……”刘景蓦地指着吴翌所在的方向大声道，“杀了他，谁能杀了吴翌，赏黄金万两，封万户侯。”

众将闻言，更为疯狂地杀向吴翌。

杜小喜回身率众护在谷口处，欲拼死争取时间，让吴翌退离。

花无多与吴翌且战且退。谷中道路狭长，谷口在上峰，花无多眼见校尉范抵率一众士兵追来，杜小喜显然不敌，已然支撑不了多久。

她展开手中长矛，十指金环在阳光下熠熠生辉。

她回身对吴翌一笑，肩上的伤在流血却也不以为意，对他坚定道：“他们要杀的是你不是我，你先走，刘景已被我重伤，撑不了多久，范抵不是我的对手。他们虽然人多，但我寻到机会定会一举擒下范抵，兵法云：擒贼先擒王。我就不信，我擒了他们的头头，他们还敢不听我的！”见吴翌踯躅，她又道，“形势对我们不利，翌，不要再犹豫了，这是唯一的机会。翌，相信我，我会让你有足够的时间离开的！”

他没有听她的，自马上跃下，不顾身边将士催促，一步步走向她。

他们浑身都是血，血腥味直冲鼻端，令人作呕，他和她都受了伤，身上的血早已分不清是自己的还是敌人的。

他们如此贴近，凝望中的目光丝丝纠缠，他的隐忍与不舍，她的片刻迷失与其后的坚定不移，均倒映在对方眼中。

他掌心的热度，令她轻颤贪恋。他抬手来回抚摸着她的面容，反反复复，帮她擦净了所有血迹。这是第四次，她挡在自己面前。

他说：“这是最后一次。”

她望着他，不知不觉竟有些痴了，喃喃道：“士为知己者死。”

他心一悸，从未想过，这世间会有一个女子，令他真心爱上，全然地以真心换真心。这世间若除了江山还有什么令他企及渴望，令他想要不顾一切得到，那便是面前的她。甚至比江山，还要……思及此，他一惊，蓦地收回了自己的手，放开了她，转身跃上马背，只生硬地留下一句，“小心。”便率余下众人策马而去，只留下一小队人马给她。

在奔出数丈时，他忽停了下来，回身望去，发现她仍站在原地望着自己，目光一紧，便见她举起手中长矛，向他挥舞着喊道：“你看我像不像三国长坂坡吓退曹操百万雄兵的张翼德！”

他浅浅笑了起来，隐约间甚至能看到她面上的眉飞色舞。他掩了眸光，勒转马头，率兵绝尘而去。

夜很深了，公子巡进得帐来，帐帘落下时，挡住了满天星光。

公子巡面带倦色，公子琪见他进来，上前一步道：“如何，可有无多的消息？”

公子巡摇了摇头，黯然道：“末将连夜搜寻了山谷四周方圆数里都没有寻到，只找到了这个。”言罢，自怀中掏出一物递给公子琪。公子琪尚未接过，一旁的公子翌已伸手拿了过去，那是一幅画，用柔软的丝绢包住，想必主人十分珍惜，而此刻丝绢上浸染了大片血迹，还有污泥。

公子翌缓缓打开了丝绢，血迹已浸染到了画卷上，画卷在油光下展开，公子翌、公子琪都看清了那幅画。公子翌踉跄后退数步，暗沉的眸光起了变化，他道：“活要见人，死要见尸，我亲自去找！”

他抓起桌上头盔就要出帐，却被公子巡拦下，道：“成王，末将带兵到的时候，地上血迹散乱，无多似与他们缠斗许久，敌人的尸身已多被就地掩埋，无多又被当作细作，即便死了，尸体也可能被他们……”

“你说什么？”公子翌的目光倏然看向公子巡，公子巡突兀地停下了将要出口的话，闪过一抹痛惜和忧虑，一字一顿道：“成王，无多很可能已经死了。”

那样的情况，几乎没有人能活下来，即便武功高强也抵不过千军万马。

公子翌的目光冰冷如刃，冷冷道：“不可能，她不可能死。”

公子巡惊怔。

这时，一校尉在帐外大声道：“北王，敌营有消息传来。”

“快说！”公子琪道。

校尉进帐一拜，便道：“方才接到探子回报。刘景军中，于亥时斩首一名细作，说是戴了面具的假元白。”

闻言，公子翌倒退数步，直至撞到身后桌子方才停下。

公子琪神色恍惚，身子亦晃了晃。

公子巡的目光暗了下去。

良久，公子琪干涩地对入内禀报的校尉挥了挥手，示意他出去。校尉退到帐外。

公子琪转头又对公子巡道：“辛苦你了。”

公子巡看了一眼公子翌，黯然道：“末将告退。”

公子琪点了点头。

公子翌紧紧地抓着手中带血的丝绢和画，暗沉的目光透着从未有过的悔恨和阴霾。

公子琪唤了他几声，他都没有回应。半晌，方见公子翌抬手示意他出去。

公子琪退出了营帐，却在将要放下帐帘的刹那担忧地回头望向了他，却看见公子翌已经转过身去，将手中的画放在了桌上。

油灯下，公子翌缓缓将画卷在桌面上展开，展开的画卷上，他正掐着她的脖子。

微颤的指尖轻轻滑过画上那再熟悉不过的容颜……

其实一直都知道她随身带着这幅画……并且私心地希望她一直都带着这幅画……

指尖移处，碰到画卷上那抹触目的血迹……指尖蓦地一颤似被针扎到猛地蜷缩。

帐外，吴琪依旧站在掀起帐帘的门口，望着帐内凝视着画卷的吴翌，眸光尽暗。

放下帐帘，吴琪走出营帐，抬头望向夜空，只见天上一轮弯月，好似她的笑脸……忽听帐内公子翌哑声唤道：“无多……”吴琪猛地一颤，抬手捂住胸口，竟软在了帐外。

当他得知吴翌被困在下枫谷时，他方打退了刘修又一次的猛烈攻城，眼见刘修退去，他再也顾不得其他，急忙带着公子巡赶往下枫谷，正巧遇到向上党方向奔来的吴翌。待得知无多身陷重围时，当即派了公子巡去营救，可公子巡去时，只剩一地的尸首，公子巡带回了受伤颇重昏迷不醒的杜小喜，花无多却没能找到。

此后，公子巡又连番带人去附近搜寻，直至天方见白，探子来报元白已被斩首。

斩首……身首异处，死无全尸。思及此，吴琪胸口似少了什么，推开门口兵士的搀扶，踉跄站稳。

她又一次在自己最危急的时刻挺身而出，毫不犹豫。

在书院，她曾三次救他性命。

在洛阳，她义无反顾地挡在自己身前，坠落深谷生死不明。

在长平，她再次挡在自己身前，那般坚定。

分别了一年多，再见她时，她说：“翌，我很想你。”那是她第一次说出这样的话，他却什么都未说，其实，他的思念又何曾淡过？

她曾说：“好像你每次遇到危险时，我总会不顾生死挡在你面前，莫不是保镖当上了瘾？还是我傻了……”那一刻的她在他眼中如此之美。他目光如水，却因想到她一心向往自由而自己给不起时，违心地对她道：“你是傻了。”她一拍桌案，拂袖而去，他却一直望着她离去的背影，怔怔发呆。其实，他才是最傻的那个。

她说：“士为知己者死。”

帐内，他颓然坐下，烛光摇曳，人单影薄。

在他心里，能有什么比江山更加重要的？没有！他无牵无挂，即便是她，也不行。他不会有弱点，不会。

临别时，她回头对他灿烂一笑，肩上的伤在流血，她却似不以为意，仍对他坚定地道：“他们要抓的是你又不是我，你先走，我寻到机会一举擒下他们的将领。兵法云：擒贼先擒王。我就不信，我擒了他们的头头他们还敢不听我的！”

见他踯躅，她又道：“翌，相信我，我会让你有足够时间离开的！”

他又再次说了那句，“小心。”与在洛阳时一样，再一次狠心地留下了她。可是，他策马奔出去数步，却终究停下，转头望向了她。

却见她眉飞色舞地向他挥舞着手中长矛，朗声笑道：“你看我像不像三国长坂坡吓退曹操百万雄兵的张翼德！”

你不像……一点儿都不像……

心在抽搐，他用手按住，却控制不住。

他不应该留下她一个人，他明知道那时候留下她必定凶多吉少，却还是在那个时候选择留下她，他的自私，他的无情，他的狠，已到了可以舍弃她的地步吗？如果是，为什么会那么痛，为什么好似失去了此生最重要的东西？他捂住胸口，控制不住地颤抖。最重要的……是江山！可是……她死了……不，她没死，她不会死！他猛地站起身，抓起头盔，快步走出帐外，却看到了面有泪痕的公子琪。

看到他突然出帐，公子琪先是一怔，而后看到他手上抓着头盔，身披铠甲，便挡在他面前急声道：“你不能去。”

公子翌执意离去。

公子琪挡在他身前，劝道：“翌，任何情况下都不能失去理智。无多不会轻易舍我们而去，她武功高强，心思灵活，即便打不过也不会硬拼，她或许是不小心丢失了那幅画。或许与别人换了衣服面具走脱了，死了的人不一定是她。翌，不要乱了方寸。方才，我已派了细作去探听消息，另派了人去搜寻。翌，唯今我们只有等。”

乱了方寸？是啊，他已乱了方寸。

他颓然怔忪。

残阳如血，草原上风吹来，草啸鹰鸣。

吴翌退守长平郡内，刘景几次在城前叫嚣，他都无心理会，只闭城不出。长平郡城墙坚固，刘景亦不敢轻易攻城，虽每日派人在城外叫骂，吴翌固守，若然硬攻，死伤必定惨重。刘景无计可施。

吴翌坐在屋中发呆，神思恍惚，茶不思夜不寐，这样已有三日。这三日他仿佛过了三十年，期盼着的消息，一直没有。公子琪因刘修整兵再次攻打上党，正军备战十分忙碌，却仍频繁来信劝说他，说无多定然无事，并提醒他不要失了理智，因无多暂时失踪，坏了他们围歼刘景的计划。

他自回长平便疯狂地忙了两日两夜，与众将布置好所有事情，原本还要忙下去，却被公子争等力劝回屋休息，他一回屋便坐在屋里整整三天。吃不下，睡不着……闭上眼，就看到她被斩首，身首异处。她或许已经真的死了，斩首，竟连死了也不能留个全尸……

每当想到那般景象，心如刀割，屋门被人推开，烈日自厚重的门外照射进来，一人急匆匆地步入屋中，对他一拜，忙道："王上，守城的将士说，城外来了个极古怪的人，那人骑在马上一直向城门走，他们正欲开弓射杀时，那人好像支撑不住昏倒在了马上，一直没有回应，只不过手中举着个木牌，木牌上写'投降'二字，末将已命人……"

他的话尚未说完，吴翌的身影已消失在他眼前。

那匹马依旧停在城外，没有向前亦没有退后，吃着护城河边的草。夕阳西下，金黄色的光晕染遍草原，风过，吹得荒草向一个方向摇摆，似在呼唤和招手。

马上的人一直趴着没有动静，吴翌不顾任何人的阻拦劝阻，命人打开了城门，冲了出去，杜小喜、公子争等人随后跟着追出了城外。

杜小喜伤刚好些，追在公子翌身边，道："王上，恐防有诈，末将先……"

吴翌红着眼打断了他："不必，她是无多。"

杜小喜一怔，一来惊疑那人是否是无多，二来他恍惚看到吴翌眼眶发红隐有泪水，公子争亦瞪大了眼睛不敢相信公子翌的话。

吴翌当先纵马奔到了花无多的马前，望着昏迷在马上、手举投降牌子的她，不知该哭还是该笑。小心翼翼地将她从马上抱了下来，见她面具已无，面无血色的模样，心微微刺痛。

公子争牵过马来，道："王上，将她放在马背上……"

"不必。"公子翌打断了公子争的话，自马上将她抱起，轻抚她鬓边散发，似怕打扰她般轻声对公子争道，"你帮我一下，将她轻放在我的背上。"

公子争一怔，便照做了。

许多年后，已成封疆大吏的公子争每当望见天边夕阳，便会想起这一幕。

金色夕阳下，成王吴翌背着参将吴多，一步步走向城门。

无数的守城士兵望着他们的王上，背着一名受伤的将士走进城内，那将士身着敌营衣服，已然昏迷不醒，手中却仍举着一个"投降"的小木牌，恰遮住了脸，明明极为可笑的一幕，却因为成王的神情而让人笑不出来，全都怔然无声。

事后知道此乃成王近身参将吴多将军，奉命潜入敌营刺探消息，被刘景发现后死里逃生而归，众将士便觉成王待将士亲如手足，竟然亲自出城去背。众将士感激涕零，均觉得能追随体恤将士的成王，实为平生幸事。

当时，唯有杜小喜、公子争等少数熟悉吴翌与花无多之事的人或能猜出几分吴翌当时的心情。

吴翌执意背着她，每踏一步，嘴角笑意便深一分。

忆起，当年她曾三次这般背过自己。

忆起，她曾四次奋不顾身地挡在自己身前。

京城一别，他以为他失去了她，可在一年后，她回来了。

五日前，他以为他又一次失去了她，并以为再也找不回来，可是，她又奇迹般地回来了，回到他身边。

他又一次失而复得，老天待他果然不薄。

他要背着她，一步步，背着她回到自己的身边。

从此以后，守住她，再也不放。

公子争、杜小喜等一众将士牵着马，跟在吴翌身后。

公子争怔怔地望着吴翌的背影，心口堵着一股说不出的复杂情绪。千丝万缕，丝丝密密，感慨中又有说不清的悸动与惆怅。翌与无多，在他眼中是普天下最般配的一对，这种感觉极强烈地充斥在脑海中，久久不散。

第三十八章 最美时光

花无多醒来后，一睁开眼，首先看到的是一名大眼睛的陌生女子。而后，便听到一阵慌乱的脚步声和迭声的叫嚷“醒了醒了”。还有门开门关，有人摔倒等一系列令她迷惑而奇怪的声音后，她便看到了一双再熟悉不过的眼睛。吴翌的眼睛。

她轻轻地牵起嘴角，笑了起来，便听吴翌道：“想喝水吗？”

她摇了摇头，又听吴翌道：“你感觉怎么样？想要什么？伤口还疼不疼？”

见他如此紧张，她红了红脸，看了看屋内，见没有人，唯有他一人，本欲挣扎起身，却使不上力气。吴翌会意，扶她坐了起来，靠着自己，轻声在她耳畔道：“你已经昏迷了三天多，想要什么和我说。”

她犹豫踌躇半天，终于道：“出恭……”昏迷了多日，她全身无力，声音也十分嘶哑，但无论声音再如何嘶哑，也比不过这两个字的意思所带来的反应。

吴翌的脸登时红了。很不自然地叫了方才那个丫鬟进来，出去关上门时，手脚僵硬面色古怪。

花无多听到门外公子争的声音，“王上，无多醒了？”

“嗯。”

“她没什么大碍吧？”

吴翌咳了咳，道：“无碍。”

“王上怎么出来了？”杜小喜很不识相地问道。

吴翌瞥了他一眼，没回答杜小喜的问题，反而问道：“那个木牌呢？”

杜小喜道：“在无多房里。”

吴翌一叹道：“真是绝妙。”

闻言，杜小喜与公子争面面相觑，一头雾水。

在花无多回来的第二天。

是夜，刘景大军后方粮草突然失火，刘景得知是吴琪派人自后偷袭，烧了他的粮草后勃然大怒，因自己重伤未愈，便命人追击吴琪。吴翌与此同时派出公子争、胡为中两员猛将各率兵士三千，左右协助吴琪围歼刘景。

刘景本就重伤，闻讯一急竟当场昏厥过去，刘景兵败，一日便退兵百里，直至狼狈回到东郡，长平之围得解。

阳光明媚，晒得人懒洋洋的，可院中一人却在打拳，另一人则闲来无事，坐在树下摆弄着一个小木牌，道："你为什么偏偏写了这两个字？"

那人边打拳边道："你想啊，我那天穿着敌方士兵的衣服，要是贸然过来，还不被城墙的箭射成刺猬。我当时头晕眼花的，又没什么力气大喊大叫我是谁，若然在木板上直接写上名字，我当时那副模样谁见了能信？便捡了枯枝烧成木炭，写了这两个字，全当投城来的。或许还能活着不是。"

他不置可否，半晌道："这两个字很妙。"

"妙在何处？"一套拳，她已打到结尾处。

"妙在它实在够妙。"吴翌道。

花无多完全没听懂，收了拳，问道："听说，你那天远远便认出我来，你是怎么认出来的？"

吴翌竖起三根手指，道："理由有三。"

花无多惊道："竟然有那么多理由？快说说，哪三点？"

"第一，你的字迹。你写的这两个字，用的是我的笔迹，我岂会认不出。"

花无多怔了怔，仔细看了看，竟然真的用了他的笔迹。想当初在书院，她为了帮他写夫子留的习作，模仿他的笔迹已经驾轻就熟。近数月来，她时而也模仿他的笔迹，没想到，这两个字竟然用的是他的笔迹。想了想，她忽而一笑，道："这两个字果然很妙，竟然像是你写的。"

吴翌颇为无奈地一叹，道："我也越看越像是我写的。"投降，真是不吉利。

花无多捂嘴偷笑了一会儿，道："那第二点缘由呢？"

"你的背影。你当时伏在马背上，我只能看到你的背影，有种强烈的感觉告诉我，那很可能是你。"

花无多闻言，偏过头去，而后，窃喜道："没想到，你竟对我这般有感觉。"

吴翌知道她在暗中偷笑，横了她一眼，继续道："至于第三点，就是你的十指金环。你当时手握缰绳，露出的手指和手腕上戴着一直不离身的十指金环。与夕阳一个颜色……我看到这里，已经断定是你无疑了。"

吴翌言罢，本想喝口水润润喉，未料，花无多突然跳了过来，道："翌，你真是太厉害了。"啪的一掌打在他肩头，他刚喝进嘴里的水便被打了出来。她似打上了瘾，又是一掌向他肩头拍来，他急忙躲闪。一个追，一个跑，花无多脚下被一物一绊，一抬头便看不见他的身影了。正在院中四下里翻找，便看到一物自门后伸了出来，小木牌晃啊晃，投降，投降。

她扑哧一笑，原来他蹿进了屋子，躲在了门后，便道："出来吧，不打你了。"

吴翌自门后笑着走了出来，重又坐回桌边，问道："救你的人你还有印象吗？"

花无多目光闪烁，道："没有。"

吴翌望着她，眸中闪过怀疑，似还有话要问她，却见她已步出院外，只留下一句，"我有事要忙，晚上见。"身影便消失了。

吴翌无奈一叹，暗道：究竟是何人救了她？她为何要有意隐瞒不说。他曾疑是刘修救了她，可当时刘修明明与公子巡在上党对峙，不可能出现在长平。究竟是谁救了她？此人他必定认识，否则无多不会一直讳莫如深，不愿提及。

刘景攻打长平不成，便退守东郡，因重伤，朝廷担心吴翌、吴琪联手攻打东郡，便调来刘修守在与东郡相隔不远的魏郡，与吴翌、吴琪驻守的长平、上党成犄角之势对峙。

彼时入秋，百姓开始忙着收今年的粮食，吴翌亦着手屯粮备战。

京兆等地地处山区，粮产自没有江南丰富，虽连年征战，但西京侯与吴翌一向最顾百姓疾苦，不曾因连年战争让百姓挨冻受饿，反而甚是保护当地百姓。现下，吴翌驻守长平，长平虽动荡不安，但长平以西百姓均安居乐业。亦因此，京兆百姓都称吴翌的军队是固守家园的一道城墙，全都盼着成王打胜仗。此番，吴翌再次打败刘景，消息传回京兆,百姓敲锣打鼓，如过节一般庆贺。

以前刘景军队驻守长平时，时常滋扰百姓，公然强抢百姓东西之事时有发生。不仅如此，刘景还以朝廷名义对长平百姓收取各种苛捐杂税，长平百姓苦不堪言，时有挨饿。而自从吴翌打下长平，一年来从未有这种事发生。今年庄稼更是丰收，长平百姓家家点灯，庆贺今年的五谷丰登，更传唱出一则童谣，大意是：成王称王，百姓安定，五谷丰登，天下太平。

这日，花无多刚起床不久，便被吴翌叫了去，吴翌神神秘秘地说要给她一个惊喜。花无多用十分怀疑的眼神盯着他看了半晌，道："好吧，姑且去看看是什么惊喜。"

吴翌对她的反应老大不乐意，不过还是高高兴兴地带她出了门去。

原本杜小喜一队人马要跟着他们同去，却被吴翌拒绝，这下换杜小喜冷着一张脸阴沉沉地看着花无多，好像花无多诱拐了他的王上一样。花无多望天，根本不理杜小喜幽怨的眼神。

吴翌与她二人骑马跑向了城郊一处山坡上，再往前便是山崖边，吴翌下马，示意花无多也下马。

他牵了她的手一步步走向山崖，山边风有些大，吹起他与她的发，无意中丝丝缕缕纠缠。

鹰在山边低旋，时而发出啸音，他牵着她的手，唇边扬着笑意，让她先闭上眼睛。她瞥了他一眼，不知道他葫芦里卖的什么药，但仍旧闭上了眼睛，任由他牵着，一步步走到崖边。而后，在他的示意下，睁开了双眼，随着他的手指向山下望去，蓦地一怔，而后便是目瞪口呆的惊艳。

举目望去，山对面，入眼的，是一层层连绵不断黄绿相间的梯田。

黄澄澄的麦穗仿佛海洋般，风过，一层叠着一层，似此起彼伏的波浪。眼前展现的，是一幅天然的绝美画卷，其中，还有牧童骑在牛上在田间穿梭，亦有戴着草帽的农家人在其中忙碌。

吴翌指着脚下一切，对她道："这便是丰收的情景，这也是我一直梦想要实现的天下。"他顿了顿，沉声道，"总有一天，我会成为这天下的帝王，俯瞰这山河，我要我的百姓安居乐业，丰衣足食，我要我的江山海天山河成一画。"

花无多怔怔地看着眼前情景，听着吴翌的话，一时感慨万千。在她决定离开宋子星来京兆寻吴翌时，她还尚未确定自己的心思，可这半年多来，她已确定自己未来将要走的路。吴翌胸怀天下，与宋子星的野心异曲同工，她若要伴着吴翌，便要接受这个现实，坦然面对今后自己可能走上的路。虽有些忧虑，甚至有些排斥，却因为有他在身边而变得无所畏惧。

半晌，听到吴翌低声问她："美吗？"

花无多点头道："美。"

吴翌说："我昨天来看时，也觉得很美，但今天与你同来看，竟发觉比昨天还要美。或许这就是独乐乐不如众乐乐吧。"

花无多摇了摇头，道："这不是独乐乐不如众乐乐，只因，与你同看这天下的人是我！"说到此，还肯定地点了点头。

望着她自鸣得意的样子，明知她故意如此说，他却目光闪动，竟配合她点了点头道："的确，这样的江山，我只愿与你分享。"

他握紧了她的手。

而后，听她大言不惭道："有我在，江山才如画啊。哈哈……"

她张扬的笑声被风吹散，却沉淀到了他眼中，他心底。

适逢冬季，战事暂歇。吴翌接到吴琪的邀约，约他上党一会。吴翌自然带着花无多同去了。

这是半年来公子琪第二次见到花无多，再次看到摘下面具的花无多，公子琪感慨万千地说："无多近日气色真是红润，还有长胖的趋势，真是越发美艳了。我忽心生一计，或许我们可以不费一兵一卒便能拿下澈王大军。"

花无多一挑眉，道："凡是用美人计的都是窝囊废。"

公子琪不知从哪里摸出一把扇子，扇啊扇的，摇头晃脑道："你别忘了，宋子星可就是用美人计拿下了福建与广东两省，近二十万大军，如今方可肆无忌惮地坐拥南方之地。我可不觉得他是窝囊废。"

花无多闻言目光一敛。这半年来，她断断续续收到了些书信，均是宋子星写给她的。她只回了一封，上面只写了三个字：对不起。

公子翌喝了口茶道："别废话了，快说什么美人计？"

公子琪摇头晃脑地道："让无多站在澈王的十万大军前跳脱衣舞。"

噗……公子翌刚喝下去的茶毫不客气地喷了出来。

花无多柳眉倒竖杏眼圆睁，一巴掌拍向公子琪背后，公子琪似后背长了眼睛，瞬间移到大帐门口，咳了咳，敛了衣襟，摇着折扇，正欲风度翩翩坦然潇洒地走出营帐，便听身后花无多道："翌，你发觉了没？琪越长越难看了，皮肤变粗糙了，没以前光泽不说，还越发看着像个乡下粗野汉子，唉……和以前的翩翩佳公子相比真是一个天上一个地下。我看温语再见他时，定然后悔曾经编著的《江山美男志》将他排在第一位。"

公子翌张了张嘴，不知道怎么接口，目光看向门口踯躅不前的公子琪，一叹，口气和蔼地安慰道："是越发像乡下的粗野汉子了，不过也没什么不好，琪即便现在变得土了些，也还是村里面汉子的翘楚。"

公子琪低低咳了咳，仿佛并不在意他们二人的言语，脚步不迟不缓地踱出帐去。看似十分淡定从容，可花无多和公子翌却耳尖地听到，他刚出了大帐没多远，便脚步迅疾地走向了自己的营帐。

花无多与公子翌相视一笑，也随后跟去。

暗夜中，二人无声无息地来到公子琪帐外，一上一下悄悄地掀起了公子琪营帐的帐帘，二人自掀开的缝隙处向内瞧去，只见营帐内，公子琪正手拿铜镜就着烛光左照右照。

二人回帐时，无意中注意到了暗夜中有条白色的东西蹿入附近草丛不见，似蛇。

草中本就多蛇虫鼠蚁，二人并不以为意。

吴翌此来上党本为机密，只有近身几人知道。所带之人也不过三四十个，轻车简从行动迅疾秘密，往返长平与上党原不过百里路，本无大碍，可在从上党返回长平时，竟意外遭到伏击。他们事先虽有警觉，却因所带之人与伏击他们的人数相差甚远，不得不选择走小路暗逃。

花无多、杜小喜一路护着吴翌，寻山间小路逃向长平。因山间林中岔路多，他们一路故布疑阵原以为敌人没那么快追来，却未想到他们只是中途休息片刻，便有数名高手追上了他们。

厮杀时，杜小喜、花无多均受了伤。危急关头，杜小喜将吴翌托付给了花无多，让他二人先跑，自己则率众拼死挡住追杀他们的人。

花无多带着吴翌躲进了深山，吴翌则沿路弄些假踪迹迷惑敌人。

深山中路非常难行，他们几番下马步行，速度便慢了许多。又逢山雨，二人全身淋透，均十分狼狈，却也不敢停歇休息，只得一路向前。路上遇到水源，花无多去弄了些水，回来时，却看到吴翌昏倒在了马旁。她惊恐交加将他扶起，却怎么唤都唤不醒他，正心急之时突然发现不远处有一条小白蛇一闪而过，急忙查看，方才发现他的手被蛇咬了，这才反应过来他是因身中蛇毒而昏迷不醒。

她急忙四处张望，寻到一处勉强能避雨的大树，将他扶靠在树旁。

拿起他受伤的手，只犹豫了一下，便低头一口口将蛇毒吸出，即便已全身颤抖心口发悸，明知这样接触无论多小心都会沾染蛇毒，她也在所不惜。

她只知道，就算付出自己的性命，她也不能看着吴翌死在自己眼前。有一瞬，她忽然明白了刘修当初会随自己跳下悬崖的心态。

将毒血吸净，她只觉得头晕目眩，想起自己曾经吃过雪域天丹这等灵丹妙药，也不管有没有用，毫不犹豫地划破了自己的手腕，强撑着，喂了他一些自己的血，而后又喂了他一些水，方才将他放置在马上，继续赶路。

傍晚，她寻到一处隐蔽的山洞，将他背下马背，放在较干净的地方，而后出去寻了些干草、干木，还弄了些水回来。一切安置妥当，已然天黑。

她燃起火堆，用随身匕首将寻来的木头一刀一刀削成木碗，不一会儿，望着自己的成品，她摇头失笑。想起当初唐夜照顾自己时所制木碗比她的强了不止一倍，她烧了些水，正要喂他，便见他悠悠转醒过来。

他在她怀中，睁开了双眼。望着他醒来，她笑了起来，眼中忽然有泪，一咧嘴却笑得有些心满意足的傻气。

吴翌醒转后，喝了许多水，有了些精神。还好这蛇毒不烈，毒血吸出来也十分及时，吴翌有了几分精神。

现下，杜小喜等人生死未卜，幸好，深山老林昨夜又下了雨，他们的踪迹被雨水掩盖，刘景一时半会儿应不会追来。再说，他的身体状态已不适合继续赶路，必须休息一夜。

他虽全身无力，头晕目眩，却不愿意就此睡去。每当听到一点儿小动静，都要睁开眼来看她。望着她进进出出忙碌的身影，一会儿烧水喂他，一会儿用小刀剔出一双筷子，虽然那双筷子他怎么看都不像一双，只能勉强称为两根小棍子。

望着他嘴边略带揶揄的笑意，她知道自己做的筷子有些粗糙，便笑着对他说："虽然筷子应该长得一样，但你想啊，就像人一样，一男一女方为一双，这根高的粗的就像你，这根细的矮的就像我……"话刚说到这里，便发觉不对，难掩羞赧，再不看吴翌，偏头道，"我出去寻些吃的。"

望着她微红的耳后，他浅浅无声地笑着。想起吴琪曾对他说："情之一字，即便是一层薄薄的纸，之于无多，也不会轻易捅破。但若换成你，这层纸，则更加难。"而今他二人在一起，便是难上加难。但即便再难，他们终究走到了一起。

她出去寻食物，他望着她离去的背影，笑着说："小心。"

声音虽弱，她却听得清楚，点了点头，走了出去。

他闭上了双眼，有些睡不着，脑海中都是她的身影，她是极美的，无论穿什么，无论什么模样。就算此刻在荒郊野外，发髻松散，衣服脏乱，她在他眼中还是出奇的美。这种美，无关她的容貌，只在举手投足间，只在一颦一笑的回眸间，便是一个背影也令他望而着迷。

他原本是风流的，天下女子之于他，无外乎皮相与家世的区别。他一直这么认为。

可为何天下竟会有这么一个女子，令他觉得，无论她是什么样，她是什么身份，都是那么的美，美得令他心悸。竟似一辈子也看不够，竟似全天下的女人也不如她。他笑问自己，这便是情吗？情又是何物？

难道这便是面对方正阳许他的万匹战马、数万兵器竟也不愿放弃的真正原因吗？还是，他确如方正阳所说，不愿因小失大，想要放长线钓大鱼。是啊，那才是他啊，方正阳竟能一眼看穿他。

他再笑。

待花无多回来时，他听见她在洞后惊奇道："怎么又是小白蛇？"

公子翌闻言一笑，昏昏睡去。

第二日，吴翌醒来时，闻到了很香的味道。花无多端了一碗蛇汤说要给他大补。

喝下蛇汤后吴翌气力果然恢复了几分，可以自行骑马了。他们再次赶路，并一路布下许多假踪迹，混淆可能追来的刘景和唐夜的视线。

如此急赶，又到夜幕之时，身后仍没有追兵跟来。吴翌的体力却已用尽。他二人寻了一处大树坐靠休息，今晚没有昨晚幸运，再没有山洞可以一宿，只有以天为被以地为床露宿野外了。

花无多归置好一切，与吴翌吃了些果腹的食物后，便伸直了双腿，碰了碰靠在树上休息的吴翌道："靠在我腿上，这样你会舒服些。"

吴翌摇了摇头，面色苍白，却含笑道："我没那么娇气。"

花无多道："我自从吃了唐夜给的雪域天丹，蚊虫一般不会靠近我，你躺在我腿上，会休息得比较好。"

吴翌闻言蓦地睁开眼睛，问道："雪域天丹竟有这等功效？"

"是啊，我自从吃了就开始不招蚊虫了。现在露宿荒郊尤其受用。"她笑道。

"雪域天丹……"吴翌喃喃道，微闭了双眼，靠在了她的肩头，半晌，无声。就在花无多以为他已睡着时，却听他轻声道："没有蚊虫滋扰果然很好。"

"嗯。"她应道，"睡吧。明日还要赶路。"

他缓缓伸出手来，摸到了她的……不小心碰到了她手腕上的布条，他蓦地反应过来，扯起她的袖子一看，她本欲遮掩，却被他阻止，布条拆开，是一道刀痕。他怔怔地望着那道伤痕，难怪，自己昨天醒来时口中都是血腥之气。他望向她，看到她目光闪躲，用力抽回手腕，再次用布缠上伤口不给他看。

他心中一恫，低声问道："为什么？"

她道："不过是一点儿血罢了。"

他笑了笑，道："我记得，你看待自己的性命比什么都重要，为什么每次你都挡在我面前，不顾生死？为什么你不离开我？"

望着他探索的目光，她道："或许，就像你说的，我傻吧。"言及此，似有些不满地撇了撇嘴，有些固执地道，"就算你看上的是我的身份，我也不离开你。"

他一怔，月光下，望着她，难掩动容。

这时却听花无多惊声道："不好，他们追来了！怎么会这么快！"

吴翌闻言坐起，正欲起身上马，却发现刚起身的花无多突然晕靠在了树干旁。她已有三天没有睡觉，她身上有伤未曾处理，她喂过吴翌许多血，还染了蛇毒。即便武功再高，此刻一心急，毒气竟控制不住开始蔓延，她险些晕倒，咬破了嘴唇，意识才清醒了几分。

吴翌扶住她，问道："你怎么了？"

她笑了笑道："我没事，赶紧上马走。"

吴翌点头，正欲转身上马，却发现她再次跌倒，心中一惊，蓦地将她抱起，放在自己马前，随后翻身上马，道："我带你一起走。"

她强撑着不晕过去，可眼前已经发黑，靠在他的怀里，享受着他的守护，忽觉这一刻是多么的奢侈。

刘景来得极快，似有人在前面带路一般，丝毫不差地追上了他们。两人一骑速度自然慢了许多，不消片刻，她便感觉到了越来越近的危险，吴翌自然也知道，催促马儿的力道也越发急切。

她靠在怀里平静地对他说："放我下去吧，翌。"

吴翌没有吭声，依旧策马疾驰。

她仰起了头，望着他笑，对他说："我求你。"在吴翌愣怔的片刻，她一使巧劲，自他的臂弯下滑落下马，踉跄几步竟奇迹般地站住了，没有摔倒。

吴翌扯住缰绳，厉声对她道："不许胡闹，快些上马跟我走。"

"若带着我，你逃不了的。"她笑望着他，道，"翌，你忘了你的梦想了吗？俯瞰江山成一画，百姓安居无饿殍。"

吴翌面色一紧，明显在挣扎。

她道："近几日我发现总有一条小白蛇跟着我们，或许正是循着我身体的气味而来，唐夜当初给我吃雪域天丹，我就知道不会那么简单。翌，我们二人兵分两路，或许能引开他们不再追你。"

吴翌没有动，目光看向远方，毫无焦距。

"实话告诉你，上次救我的就是唐夜。如果追来的是唐夜，他不会杀我的。"她又道。

他神色已然有些动摇。

她故作轻松地笑道："你快走，再不走就来不及了，我不会有事的。多少次了，我不都活得好好的。我一向福大命大，你忘了吗？你快走吧！"

或许缰绳被他抓得过紧，他身下的坐骑烦躁地在原地打转。他心知花无多说的不无道理，那蛇他几番见到，的确透着古怪，在上党，他还曾在花无多的帐外见到过一次，如果真是她引来的杀机……若然真如她所说，唐夜会追来，或许，唐夜会看在往昔情分上不为难她。权衡利弊，吴翌终究沉下目光，低声道："小心。"便不再犹豫，扬鞭策马疾驰而去。

她咬紧牙关一直望着他的背影，看到他跑出一段后又停步回首望来，她还是直挺挺地站着，在笑，明知他听不见，仍轻轻地对他说道："翌，若有来生，我们还要相遇。"

直至公子翌离去，完全消失在视线中，她再也无力支撑，闭上了眼睛，身体触地的痛楚并不明显，只因她已失去了知觉。这一次，她再无力为他拦住追兵挡住杀意，她只能用自己去作赌注。

公子翌策马狂奔，不停地鞭打马匹，想要逃离，想要跑得更快！可不知是风太大将沙粒吹到了眼中，还是胸口窒息的感觉令他痛苦难当，他双目泛红，脑中纷乱，身体在马上亦摇摇欲坠。

他机械似的跑着，不知道跑了多久，跑了多远，只知道心底有一个洞，一开始只是个小口子，后来却越来越大，撕裂开的痛楚令他犹如被千刀万剐，痛楚难当。许多个念头在压抑太久之后一涌而出，如火山爆发般在脑海里炸开来，如果唐夜不会来，如果那蛇只是巧合，如果她死了，如果这次她真的死了……

他突然狠狠地勒住缰绳，马儿吃痛，仰天长啸。

天空中刺眼炽烈的太阳令他晕眩，他怔怔地望向前方，前方是他的生路，只要他逃出这片树林，便可死里逃生。他缓缓回头望去，身后是他的死路，他若回去，极有可能有去无回，九死一生。可是，那里有她，他怎能再一次忍心将她丢下，再一次为了自己的性命而弃她于不顾？如果她死了，如果她真的死了……

马儿在他身下狂躁不安，他汗流浃背，生生将干裂的嘴唇咬出更多的血来，竟也不觉得痛。他蓦地摇头失笑，不知不觉竟笑出泪来，他再次扬鞭策马疾驰狂奔。

眼前除了路，竟有她的身影。

她傻笑着对他说："我们是出生入死的兄弟。"

她曾对他说："就算你看上的是我的身份，我也不离开你。"

她坚定地对他说："因为是你，我不悔。"

她挣扎着对他说："放手吧，翌，我求你。"

她望着他，从她的唇形他辨识出的话："翌，若有来生，我们还要相遇。"

他突然狠狠一勒缰绳，将马头掉转了方向……

来生，来生太缥缈，他如何等得到？

第三十九章

摒弃天下

唐夜与刘景大军追来时，刘景并未多看一眼倒在地上的花无多，只以为是吴翌的近身侍卫，显然身受重伤已被吴翌弃了，士兵上前探了探，发现还有气息，回报给刘景。刘景刚想命人将花无多拘了，便听身后唐夜道："把她交给我。"

刘景瞥了他一眼，问道："他是何人？"

唐夜道："故人。"

刘景微一蹙眉，便大声道："继续追。"

刘景急于率军继续追赶吴翌，自始至终因地上那人身形不似吴翌，一眼也未曾多看。

唐夜下马扶起了花无多，探了探她的脉息，将她抱起放在马上，未再跟随刘景去追吴翌，而是掉转马头与方圆一同将她带走了。

唐夜与方圆未带花无多折返刘景军中，只在山中扎了帐篷为花无多解毒治伤。由于中了蛇毒连日来又太过疲惫，花无多身体十分虚弱，两日后方才悠悠转醒，睁开眼见身边之人竟是唐夜，当下大吃一惊，挣扎起身，想说些什么却见他神色平静，淡淡看着自己，心中惊悸顿时淡去，环顾帐中不见其他人，她问道："你救了我？"

唐夜"嗯"了一声。

花无多垂下眸光，道："谢谢。"

唐夜又"嗯"了一声，再无下文。

夜晚山中微寒，他生了火堆，静静地为她煎着药，火光映在他脸上忽明忽暗，她坐在他旁边，看着他煎药，静默无声。他们原本是指腹为婚的夫妻，却因后来种种成了今日这番模样。她与他在一起，从来都是她多话他少话，而今她也少了话，便成了没话。这已是唐夜第二次救她，上次在下枫谷，也是唐夜暗中救她，刘景当时身负重伤无暇他顾，事情便交由他全权处置，也是他暗中替换他人戴了元白的面具被当众处死，并派了方圆暗中将她送回长平。

药煎好了，唐夜倒入碗中递给了她，她接过药一口一口喝着。唐夜望着她，她察觉到他在看自己，却不敢抬眼去看他。

喝完了药，她忽道："有一件事，我一直想问你。"

"你说。"他淡淡道。

"你当初既然不是为了许倾城，又缘何退婚？"曾经不敢问的事情，如今也能心平气和地问出口了。

静默了一会儿，唐夜道："你既然逃婚，便是不想嫁给我，既然如此，我便如你心愿。"

"你竟如此善解人意。"她嗤之以鼻。

唐夜忽道："难道你想嫁给我？"明明是反问，却因他平静的语气而让人感觉不到半分的揶揄，花无多心中竟起波澜，抬眸看向他，发现他亦在看着自己，似在等着她的答案，敛下心中波动，道："你我当初并不相识，你不想娶我，我亦不想嫁给你，而今亦然。其实，你当初也不打算娶我的，对吗？"

烧断的木枝咔嚓一声轻响，在暗夜中显得很是清晰。他面色随着火光忽明忽暗，似蒙了层薄雾，令人辨识不清，半晌方道："对。"

花无多面上微笑，心中却是一紧，又问道："这次我们去上党，是不是你发现了我的踪迹，猜到翌也在，所以联合刘景在中途设伏？"

"是。"他平静地答道。

"是雪域天丹，是你给我吃的药引来了小白蛇，对吗？"花无多试图平静地去问，可手已成拳，身体亦轻轻颤抖起来。

"是。"他再次承认。

"果然是你……"她不可置信地摇头道，"你怎么会在我身上下这种药，难道当初你救我只不过是为了将来利用我？！……"

唐夜沉默不语。

她忽然想起一事，神情激动道："当初我和刘修在庐州被皇后找到，也是你……？！"

唐夜道："是。"

见他答得如此干脆，她反而一怔，想起自己与刘修当初的点滴，苦涩填堵在胸口，原本苍白的脸色越发无色。

唐夜忽道："不仅如此，我当初还想杀了你姐夫李慷，破坏方、李两家联姻，将你打落山崖的黑衣蒙面人也是我派去杀吴翌的杀手。"

她一怔，因他的坦然而惊愕，亦因他的理所当然而薄怒，不禁道："既然如此，你今日虽救我一命，我却也不欠你什么了。"

唐夜淡淡道："你本就不欠我。"

她忽觉身心俱疲，疲惫地闭上了双眸，将头伏在双腿上不再言语。

夜晚，林间。

星光洒满大地，篝火炽烈燃烧，火光映在彼此脸上，闪闪烁烁，仿佛诉说着彼此的心事。

唐夜拿出长箫吹奏起来，又是那首再熟悉不过的曲子。

曲毕，花无多叹道："又是这首曲子，转眼已有两年没听过了，可惜没有名字。"

唐夜道："当时没有，而今我将它取名为《思念》。"

花无多闻言一怔，便听唐夜又道："这首曲子是我娘亲生前所作。"

花无多道："你娘亲倒是个才女。"

他微微颔首，似忆起自己的母亲，目光变得柔和："我娘亲出身高贵，与澈王之母是亲姊妹，她不仅会谱曲更擅长书画，她看似温婉实则性情刚烈，当初我姑姑背着她与父亲私下定下你与我的亲事，我娘便极力反对。"

花无多问道："她为什么反对？"

唐夜平静道："因为我姑姑所爱之人是你的至亲。"

其实早在他说起忘忧来历之时，她便隐约猜到了几分，这一刻得到唐夜亲口证实，也不知该说什么好。唐夜姑姑唐倩为了配忘忧不惜性命，她的爱极端而惨烈，为她与唐夜定下娃娃亲原因想来也不会简单。思及此，她忽然明白了唐夜此言的另一层含义。他自幼便也是不喜她的，所以才有后来的悔婚。

她幽幽望着火堆，想起她与唐夜的恩恩怨怨不由得苦笑，人生似乎总是活在一个个环中，解开了这环却被另一环套住。想到这些，心下微感怅然，不由得想到了公子翌，一股说不出的柔情填在胸口，不知他现下是否已然平安，他可又欠了自己一条命呢，他欠自己的，这辈子恐怕都还不清了，既然还不清，就让他用下辈子一并来抵债好了，她唇边露出微笑，思忖着等见到吴翌该如何叫他补偿自己。

夜色寂寥，她唇角若有似无的笑，他看在眼中，这笑，他知道是为了谁。

忽听远处传来踢踢踏踏的马蹄声。

花无多闻声抬头，看到一人由远及近而来，待到近处方才看清，竟是公子语。温语当年虽与吴翌亲近，但因其父，终究投靠了刘修。

如此深夜又是荒郊野地，忽见温语一人而行，花无多甚感疑惑。

温语迎着火光而来，待到近处一眼便看到了未戴面具的花无多。他先是一惊，而后一怔，神思有片刻恍惚。

他骑马奔到近前，翻身下马。望着花无多，一时似有千言万语要说，却终究只低唤了一声，“无多。”他还是喜欢叫她花无多，而不是方若兮这么陌生的名字。

花无多自然听出其中含义，公子语还当她是同窗，一时有些感慨，却心中温暖，笑问道：“语，你怎么会出现在这里？”

温语闻言，目光一暗。看了一眼她身边的唐夜，他躬身一揖。当初在南书书院读书时，众人便对唐夜十分崇拜，即便均是同龄人，对他也存了几分恭敬之意。而今温语对唐夜亦是这般想法，“毒王”唐夜，在他们看来是个传奇般的人物。

唐夜只点了点头。

几人围坐在火堆旁取暖，沉默不知不觉蔓延，令人觉得有几分压抑。花无多心神恍惚，竟也没有吭声。

良久，温语忽然道：“翌死了。”

原本拢着柴火的花无多忽然一怔，仿佛觉得自己幻听了。

温语继续道：“翌临死前，他对我说……”

花无多麻木地坐在火堆边，她茫然地望着温语，仿佛开口说话的不是他，而是她的错觉。

温语眼中似有水光，咽下一抹痛楚，他平静缓声道：“翌说，记忆中，最美好的时光就是和你在一起。”

“你说什么？”花无多在笑。

温语一哽，大声道：“我说翌死了！”

花无多全身一震，继而摇头失笑，道：“语，即使你讨厌翌，追随修，也不能骗我说他死了。”她冷下脸来，微怒道：“语，我们同窗时间虽然不长，你也不能拿翌的生死骗我！”

“我不是，我没有！翌的确死了，他真的死了！我亲眼看到，他死了！”温语激动地站起身来。

“语！”花无多猛地站起身来，大吼一声，温语一惊。

她僵硬着脸色，凌厉地望着温语，见温语色变，方才收回怒色，她平静地坐了下来，似怕自己再次吓到温语，温言劝道：“语，我知道你是在开玩笑，语，别开玩笑了。只要你说实话，我不会怪你骗我。以前的同窗，我最喜欢你的直言快语了。语，只要现在你说自己在开玩笑，骗我玩的，我不会怪你，真的。”

温语一怔，目光闪过悲痛，缓缓道：“无多，他死了，他真的死了，他的尸身此刻就挂在魏城的城墙上，已经挂了两天。”他边说边流下了眼泪，用衣袖拭去。

“不可能，那日他明明已经走远了。”花无多坚定地摇头否认。

“他又回来了，他回来是为了你，他怕你死，他害怕失去你。他说，他不能言而无信，他再不能丢下你，他说，他宁愿和你一起死。”说到此处，温语似能感同身受般哭了起来。他边哭边道：“那日他回来寻你，便遇到了刘景的军队，他被团团包围，刘景当即下令命弓箭手射杀他，死活不管。事后，他被运到魏郡交给澈王处置，我看到他时，他已经奄奄一息了。他对我说，他此生最快乐的日子就是和你在一起的那段时光。他说，今生不能与你白头到老，来生定要与你携手不弃。他死的时候面带微笑，口中喃喃说着，这江山有你才如画。他临死前手中紧紧抓着这幅画。”温语自怀中掏出一物递给花无多，是一幅染了血的画。温语道：“我看了一下，这画画的是你和他在书院，我怕狱吏收走，就偷偷收了起来，原本打算留作纪念，没想到竟在此遇到你，还是还给你吧。”

空气似在此刻凝结，暗夜变得寂静，只除了火堆燃烧的噼啪声。时间悄悄流逝，温语擦了擦颊边泪水，见花无多始终不接画，便抬头向花无多看去，只见她此刻目光呆滞，毫无焦距，似看着他手中的画，又似没有。他轻轻唤了声，没有反应，他大声喊也没有反应，她就这样呆呆的，双目无神地望着他手中的画，任凭温语如何呼唤都没有了反应。

就在温语束手无策彷徨担忧时，却忽然看见花无多微微一笑，鲜血自嘴角缓缓溢出，竟闭上了双眼，无声地软倒在了地上。

唐夜将她抱起，探向她的脉搏，不理一旁公子语的焦急询问，抱着她走进帐内。

远处，方圆静静望着一切，神色复杂。

暗夜中，昏迷的花无多突然惊醒过来，她全身颤抖，踉跄起身，冲出帐外跃上了马背，拍马绝尘而去。

随后追出的方圆看向唐夜，问道：“少主，我们……”

唐夜道：“我们跟去。”

听着越来越远的马蹄声，根本没睡着的温语痛楚地闭上了眼睛，轻声道：“翌，你我同窗一场，我能为你做的就只有这些了。”

两日前，他得知刘景抓了吴翌入魏城，便偷偷寻了机会去牢中探望，没想到竟守着吴翌在他面前闭眼微笑着死去。

他心情十分低落地将此事禀奏了澈王。刘修听闻吴翌死讯时亦微微一颤，这时，一旁的谋士张轩却兴奋地建议将吴翌的尸身挂在魏城城墙上一振三军、二慑吴琪之军、三溃西京侯之势。

听到这个建议，他极力反对，言吴翌毕竟是皇族，虽已身死，澈王也不能做侮辱皇族的不仁不孝之事。却被张轩以极为怀疑的目光讥讽，说他是吴翌临死前最后一个见到的人。

他闻言惊怒，言及吴翌是自己同窗，临死前见一面有何不妥。

张轩却抓住了他话中的把柄，有意道："听说你在书院时，便与吴翌极为亲近。"

张轩所说是不争的事实，若不是自己父亲的缘故，他必定追随吴翌。就在他口不成言时，他看到了刘修质疑的目光，他忽觉任何辩驳都没有了意义。刘修的这种目光，已不是第一次。

那是两个月前，他忽然收到家书，得知家父病重，心急之下便急急与澈王告了假回家探望老父，并衣不解带地日夜侍奉在父亲床前。没过几日，父亲病逝，他又忙着父亲的丧葬之事，在父亲的灵堂前守了整整七日。在安葬了父亲后，他与朋友饮酒时，酒醉无意中言及自己若不是为了老父，也不会一直郁郁不得志。

这句话，让有心人听了去，辗转被刘修知道，那时刘修就是用这种目光望着他。

而张轩，如此一而再，再而三地当面令他难堪，背地里还腹诽他，不过是因为他在编撰《江山美男志》时，被张轩知晓，张轩又是请客又是送礼，百般讨好他，想将自己的名字也收录在内。张轩其貌不扬，他不愿做违心之事，让自己花了许多心血写的著作失了权威性，便没有应之，张轩自此便开始嫉恨他。

他深深一叹，蓦地睁开双眼，起身收拾行装，毫无留恋地上马而去。

他已看清，也已明白，他终究不适合这乱世之争，还是寻一僻静处安度终老吧。

公子翌的尸身在大风中如断线的木偶无力摇晃，枯白的脸色，紧闭的双眸，再不见往昔风采。

魏城下，寒风萧瑟，风过，沙粒吹打在人脸上，生疼生疼的。

城墙上的刘军挺立于风下，驻守魏城坚若磐石。

而今成王尸身就在城墙上，更增强了他们取胜的信心。

却在这时，士兵们同时在风中听到一声凄厉的哭喊，那撕心裂肺的声音，即便白日听来也令他们悚然而惊。

他们举目而望，只见一个披散着头发的白衣女子弃了座下马疯了一般由远及近迅速奔来，眨眼间已到城下，却在靠近城墙的那一刻倏然停步。她高昂着头，痴望着城墙上的尸身，半晌都未动一分。

她面色苍白，神色凄厉，发髻散乱，衣衫随风张狂飞扬，大风吹开了她的头发，露出一张脸来，美得惊人！

这一刻，所有城墙上的士兵均看得怔住。

风中，她站得笔直，眼中只有被吊在城头随风无力摆荡的那具尸身，是他吗？为什么看不真切？她不相信。他说过，祸害遗千年；他说过，要死也定要死在她后面，因为要先看着她死；他说过，即便是死也要死得玉树临风风流倜傥。又怎会这般凄惨？她不相信，她要上前看个真切。

呆滞半晌的守城参将李为，忽然发现那女子一纵跃起已飞过了护城河，正如箭一般向城墙飞来，脑袋轰的一声，仓皇指着女子，大喊："放箭！"

弓箭手被这声大喊震醒过来，慌忙举箭射向女子，一阵乱箭，生生将女子逼落到了城下。

城下，女子仰望着城墙上的尸身，身子晃了晃，虽未中箭却似已站立不稳。

她看清了，真的是他，真的是他。一瞬间，她胸口似破了个洞，空荡荡的，再也补不全。

她再次不顾一切地飞身而上，却又是一排密密麻麻的箭挡住了她的去路，将她逼退。手臂被箭头擦伤流出血来，她似毫无所觉，一抬头，再次冲向城墙。

守城参将被城下女子的疯狂模样惊住，调派了更多的弓箭手上了城墙。片刻，已有上百支箭羽同时对准了城下女子。

她再次跌下城墙，一支箭插在她的肩头，她却不管不顾，望着城墙上的尸身和无数瞄准自己的刺目箭头，忽然仰天嘶喊："刘——修——"

恰在这时，得到奏报的澈王刘修大步登上了城墙，他的脚步有些凌乱，守城参将李为看到他刚要躬身行礼，却已被推倒在一旁。他一眼看清城下女子，似猛地一震，一挥手大声道："全都住手！"

城墙上的弓箭手听令，均放下了手中指向女子的箭。

城下女子伫立在风中，单薄的身子踉跄摇晃，似已站立不稳，肩头和手臂的鲜血染红了白衣，刺目鲜明。她似控诉似埋怨似痛恨，指着城墙上的刘修，一字一句道："他已死了，为什么还要这样折辱他？他虽是你的敌人，却也是我们的同窗啊！他是一个多么骄傲的人，纵然死了，纵然死了……"说到此处，已嘶哑不成言。纵然死了……他死了……他真的死了……

她忽然跪了下来，向刘修磕下头去，他听到她嘶哑的声音一字一句道："刘修，把他的尸身给我！刘修，我求你，我求你！"每说一个"求"字便磕一次头，每磕一次头便说一个"求"字。

隐约间似有什么在这一刻崩塌，她从未求过自己，也从未这般求过任何人，她的骄傲让她即便面对他另娶旁人时也未曾掉过一滴眼泪，他知道她有多骄傲，可如今却为了吴翌这般恳求着他。原来，她心里最在意的是吴翌，是吴翌啊！想到此，嫉妒啃噬着他的心，一寸一寸，令他失去理智几近疯狂。

刘顺已认出了城下之人，见刘修此刻神色彷徨，目光瞬间冷了下去。

城下女子一声声哀求，求的是敌军成王的尸身，毁的却是一直以来因她而痛苦，不停折磨自己的王上。这一刻，刘顺的恨意达到极致，转身便对城下女子大声道："城下妖妇，成王已死在我王上手中，你此来不过是自寻死路，想要成王尸身……"他的话尚未说完，已被刘修一掌打飞出去，撞在身后城墙之上，口吐鲜血不止。

城墙上一阵慌乱，刘修狠戾地看向刘顺，却见刘顺在笑。刘顺挣扎着爬起身来，似笑似哭道："王上，为了刘家，为了这些与你出生入死的兄弟，此刻断不能心软。请王上三思！就算此刻你将刘顺打死，刘顺也断不能让王上因她而一时心软，毁了王上大业！"刘顺匍匐在地，因身受重伤而口吐鲜血抽搐不已，却仍坚持着一寸一寸爬到了刘修脚下，死死地抱住，早已将自己的生死置之度外。

守城参将李为亦跪下，重重道："王上英明，成王尸身断不能在此时归还。"

城墙上的士兵一瞬间也跪下齐声道："王上英明。"

这时，澈王妃齐欣与其他闻讯赶来的众位将军也上了城墙，齐欣看了一眼城下女子，便俯身跪拜下来，掷地有声道："王上，吴翌尸身是打击吴家军最有利的一招，吴翌一死，吴琪丧失斗志，先失上党后丢长平，吴家军一路退败已溃不成军，王上大业指日可待，断不可在此时心软，王上！为刘氏一族，为众位为王上拼战沙场的将士，望王上以大局为重，断不能将尸身给了那人！"

其余众将也纷纷跪下请命，当中亦包括公子紫阳与公子诓等人的身影。

齐欣又道："这一年来，她与吴翌朝夕共处，二人想必早已两心相许盟定三生，她如今不顾生死也想要回吴翌尸身，心里早没当年对王上的情分了，王上断不可为了昔日旧情，不顾大局，请王上三思！"

刘修眼中的疯狂一寸寸暗了下去，直至沉寂为一潭死水，已因齐欣那句两心相许盟定三生打了死结。

城下，一声妖妇，早已喊醒了花无多。

她缓缓抬起头来，站直了身子，挺立于风中，却仍显得那般单薄而无助。

听清了城墙上所有人的话，她蓦地狂笑起来，声声道："刘修，还记得吗？大明湖畔，我们曾一同承诺过，要记得那日的日出，若谁死了，那么活着的人就要替死了的人记住。刘修，刘修！你听着，翌死了，我死了，你就要替我们记得，那是誓言，终生不能悔改！"言罢，她再次冲向了城墙上的尸身，义无反顾不死不罢休。

望向再次飞向城墙的她，刘修目光痛得瑟缩，一把取过自己的黑白羽翎箭，断了箭头，搭在弓上，拉满，三支无头箭同时朝她的方向射出。第一箭、第二箭、第三箭，她一箭都没有躲，三支箭带着莫大的劲力毫不留情地射入她体内。

还记得在庐州竹海他们亲手盖的小屋前，他能同时射三箭时的兴奋与她的手舞足蹈。彼时，他在她眼中是天下间独一无二的修。她为他骄傲，为他而觉得幸福。他说：当初在书院的比试，若再来一次他必然能赢。她听后不仅不生气还替他开心，内心还暗自藏了几分得意自豪，因为他是她的修。因为他说，他是为了她而苦练，因为那样才能保护她。

眼见她一箭都不躲避，生生受了他三箭，重重跌落出去，在地上拖出数丈血迹，直至撞到巨石上方才止住去势，再无飞上城墙之力。他闭上了眼睛，生生折断了手中的弓和箭筒中所有的黑白羽翎箭，箭尖刺破了手掌，满手的鲜血也察觉不到疼痛，直至全部断了，弃于地上。

从此，他再不用箭。

她仰躺在巨石上，鲜血从嘴角溢出，身上的箭伤是那么的痛，痛得她只看到满眼刺目的红。

她想要坐直身体，却一次次力不从心地倒下，她想笑，出口却变成了咳。她抬起手臂，握住了那支黑白羽翎箭的箭尾猛地拔出，喷涌而出的鲜血染尽了衣衫，绘成了忘不去的恨。

他闭上了眼，压下口中的血腥之气，转身踉跄地下了城墙。

若不是你心中最爱，那便恨吧。他如此告诉自己，却只觉眼前一黑，一脚踏空，跌撞在城墙下。有人过来搀扶，却被他狠狠推开，却再也压不住口中的血腥之气，生生吐出口血来。

旁边有人惊恐地叫了声，“王上。”

他抬眼看向公子紫阳，道：“无碍。”推开他，正欲起步。

却在这时，突听城墙上齐欣大声道：“弓箭手准备！”他一怔，一股从未有过的恐惧骤然袭来，他还来不及做出反应，便听齐欣似用了全身力气凄厉喊道：“放箭！”

一瞬间，他停了心跳，“不要”二字惊颤地脱口而出，无力又惶恐，轻易便被离弦的箭声淹没吞噬。

他疯了一样跃上城墙推开众人向城下望去，却看到了一个永远身着黑衣的人护在了她身前。

是唐夜。

恍惚间看见无数支亮晃晃的箭头全都飞向了自己，她躲不开，也不愿再躲。箭声破空而来，划出铮然之声，她丝毫也不觉得害怕，望着城墙上那不复往昔飞扬风采的尸身，往事一幕幕浮现在眼前。她闭上了眼睛，扬起一抹笑意，仿佛回到了那一日，满园盛放的菊花中，他闲适地坐在亭下看着书，听到脚步声，回眸望向了她。

她伸出手去，动情地唤道："翌。"

唐夜和方圆几乎与花无多同时赶到。

唐夜以为刘修并不会伤她，可他错了。

他看到她跪下向刘修卑微地乞求，他听到她说起大明湖畔往事时的凄厉，他亦看到刘修向她射出的三支箭，她不仅没躲还迎了上去，当上百支箭头同时射向她时，他甚至看清了她满足的笑容。他想都没想便飞身扑了上去，方圆伸出的手也只抓住了他衣衫的一角。

面对她难以置信、惊呆的面容，他轻轻地扬起了嘴角，眸中闪过一抹柔光，那是一抹从未对世间任何人展现过的柔和，却仅仅在这一刹那面对着她，绽放。

他闭上了眼睛，松懈下来的身体依靠在她僵直的肩头。这是他第三次救她，也是最后一次。

曾经……

每晚，他都会跃上房顶吹箫，他的箫声是一种指示，让棠棣的人知道他的位置。自从第一次开始，陪伴他、听他吹箫便像是成了一种习惯，每晚他都吹箫，每晚她都会坐在他身后，听他吹箫，而后睡着。

可惜那晚对面来了个不请自来的人，即便如此，她还是没撑多久。听到身后浅浅的吐气声，他放下嘴边长箫，转头，望了她一眼，只一眼，便转过头去，微一沉吟，便无声无息地起身，自行回屋歇息去了。

那夜，月亮就在眼前，出奇的明亮和美，他睡不着，便坐在屋内擦拭着长箫。忽然听到院中有异响，听声音是屋顶的她醒来了，顺着虚掩的窗缝，看到她在院中玩起了他有意不曾让人打扫的落叶。

一个秋天的落叶，已累积得很厚。夜色下，一袭红衣的她，脚踏鹿皮短靴，在地上施展着轻功，旋转，移步，落叶在她脚下凝聚而后散开，铺展于地，似形成了图字。而她却站在中央，头顶月亮，月光下叉起了腰，仰天大笑，样子竟是那般张狂得意，却诡异地没有发出任何声音……那模样……让他顿生一种说不出的感觉。

不一会儿，见她走进了房里，四周也没了声响。沉吟半晌，他终于推门走了出去，站在方才她无声大笑时所站的地方，向地上看去，只见地上有序铺展的落叶已被秋风吹散了些，但仍可辨落叶铺散开来所写的字。

幸福。

那一刻，他心中升起了一种异样，伫立在原地，不知不觉竟直至晨曦。

而此刻，风早已将“幸福”二字吹散。

那是他此生从未抓住，也再不能抓住的东西。

曾经……

当他自黑暗中睁开双眼，第一眼看到的就是她苍白无生气的脸，紧紧环抱住他的手臂，有着他从未感受过的执着和守护，弱弱渡过来的内力，是她临死前也不放弃的坚持。他心中微微悸动，因从未有过，异常明显而无法令他忽略的悸动。

她说：“我还不想死……”

他其实知道他们不会死，却不告诉她。

她说：“昨天我背过你，今天换你背我。”

他试图甩她下去，她却死扒着他不放，被逼无奈，他只好背着她走，心底却泛起了不熟悉的欢喜，那是他第一次背着一个女人。

她背对着他偷偷流泪，那是他从未在她眼中见过的伤心，心忽然沉了下去，因为知道，那悲伤是为了谁。而让他们分离的人却是自己，他矛盾着，复杂着，到了京城，当她说要走时，他毫不犹豫地先行离去，他以为事情可以到此为止，从今往后再不会与她有交集，可她的身影总会不期然浮现在脑海，挥之不去，他终于明白自己其实是在逃避。

明明可以不去刘修的喜宴，可一种莫名的牵念让他出现在了那里。她的伤心，他全看在眼里，在她揭穿身份的那一刻，令他震惊的不是她的欺骗，而是，她竟是他指腹为婚的妻。

那是，他此生有机会拥有，却失之交臂的遗憾。

错过了开始亦错过了结局，靠在她的肩头，他浅浅笑了起来，闭上了眼睛。

他从未笑过，从未。

方圆跌跌撞撞地走了过来，重重地跪在地上，望着唐夜的尸身，眼中空洞无泪，似看不惯他身上的一根根刺，麻木地伸出手去，握住唐夜背后的箭羽，猛地一拔，而后又握住另外一支……

直至拔完所有的箭。满身满手的鲜血，他方才站起身来，挟起昏死过去的花无多及少主唐夜瞬间远去，天边破空传来绝厉的誓言，“我方圆对天发誓，棠棣必为少主唐夜报此血海深仇，至死方休！”

唐夜猝死的消息传回唐家，唐家之主唐卓山看到唐夜千疮百孔的尸首，悲痛欲绝。唐夜是他一直引以为傲的儿子，这个儿子不仅长相出众，对他孝敬，还博学聪颖，每当有人提起唐家、提起唐夜，他都甚感骄傲。这个儿子仿佛一则传奇，在江湖中有着不败的地位，也标榜着唐家在江湖中不可动摇的尊荣。想起自己为了妹妹一意孤行给他定下方家这门婚事，才导致他今日为了方家那个祸水女儿不顾性命，死得如此凄惨，他越想越是内疚。那一夜他喝得酩酊大醉，却在酒后，无意中看到自己的妻妾因唐夜猝死不仅不悲还偷偷暗喜的神情，悲怒之下他杀尽了自己所有妻妾，而后绝迹江湖，从此不知所踪。

自唐夜死、唐卓山消失后，唐枫接管了唐家，成为唐门之主。天下只有极少数人知道唐枫就是曾经血洗江湖的杀手无音，唐家才是杀手组织棠棣真正的幕后主使。此时，接管棠棣的却不是唐枫，而是方圆。原本与唐家有亲戚关系的刘家，也因唐夜之死而变成了仇家。

城墙上的齐欣听到了方圆破空而来的恐吓，她不仅面无惧色，还微微地笑了起来。想起半年前，她入宫面见皇太后刘雅，太后拉住她的手道："修对女子一向淡漠甚至有些排斥，这与他小时候的一段经历有关，你也不必挂怀。他毕竟是个男人，还正值年少，你可以试些其他办法，刘家的香火便靠你了。"

齐欣道："是。"

太后点了点头，招了招手，一个婢女递过来一包东西，皇太后取过来，递给齐欣，"修最近勤于政务，我听宫中御医说他近来睡眠不太好，偶尔还会做梦头疼。这是迷迭香，对他睡眠有益，你可以点在他屋里。"

齐欣垂下了眸光，道："多谢太后赏赐。"

太后道："今日哀家有些累了，你下去吧。"

齐欣行退礼，道："是。"

当晚，刘修被太后唤去，留在宫中用了晚膳，回来时已近子时，已然有些醉了。太后灌了他不少酒，刘顺扶他下车时，他神色虽看着清冷，脚步却有些虚浮，了解他的刘顺便知道他已经醉了。

回了自己的寝房，刘顺伺候他梳洗更衣，他挥退了刘顺，倒在床上睡下。

屋里飘着一股淡淡的暗香，很好闻，他缓缓欲睡去，可越发觉得口干燥热。他扯开了里衣，可仍嫌不够，干脆脱了，丢在一旁，可燥热仍在且越发厉害，身体里流窜着不知名的情愫，让他难受。这时门被打开，复又悄然关上，有一人脚步很轻地走了进来。他微微睁开眼，夜明珠被轻纱覆盖，幽幽的暗光映出一个女子的身形，他有些看不清，微微晃了晃头，复又看向那人。她身着白色薄缎，头发披散在肩后，低垂着头，玲珑的曲线令他脑袋轰的一声，好似有什么热流在体内奔腾起来，心神愈加恍惚。那女子缓步走了过来，一步一步，他挣扎着起身，似看到了竹屋外，那个刚刚泡完温泉向他笑着走来的女子……

他看不真切，再也等不及她一步步走向自己，一把将她拖过来，昏暗的夜明珠映在她的脸上，他颤抖地抚摸她的脸，似遥远而痛苦的思念。每晚他都会梦到她，而今晚的梦尤其真切，尤其难耐。

女子轻轻一颤，手指抚摸到他裸露的胸前，他闷闷哼了一声，似有些疼痛难忍般，突然将她抱住，压在床上。

他炽烈的唇压在她的唇上，辗转吸吮。房里淡淡的暗香，似有若无，令他燥热难忍，身下的女子似一缕清甜甘露，让他狂躁不安。这是梦吗？他已弄不清楚，他扯掉了她身上的衣物，火热的身躯覆在身下有些颤抖的娇躯上。

齐欣有些害怕，又有些企盼，这是刘修第一次这般主动亲近她，她颤抖着，任由他狂乱地吻着自己，感受到了他的急切和焦躁。身体的贴近，炙热的气息纠缠，交叠的双唇，游移的双手，令她忍不住轻轻低吟。她听到刘修克制又狂乱的喑哑声音，“我要你，你是我的！”

她轻轻一颤，难掩心中战栗。这一刻她觉得自己的世界天旋地转无比美好。从拿到这香时，她便知道这不是普通的迷迭香，但当刘修抱住她时，她内心是何其的喜悦。她的夫，她的天，她爱刘修，从第一次在大明湖畔见到他起，她便被他吸引。吴翌的纠缠令她的虚荣心得到满足，她知道自己的身份、地位，还有美貌，她值得获得世间所有男儿的倾心爱慕。

刘修在进入她身体的刹那，令她疼痛，她微微挣扎，却也同时感觉到了刘修的安抚，一瞬，她放松了下来。因为他的爱怜，当他完全占有自己时，她早已迷乱，正有些不知所措，便听到刘修嘶声轻喃，“无多……”

他终于放开了她，翻身沉沉睡去，迷迭香缓缓燃尽，只留一缕香尘，在屋中缭绕不散，凝成了她刻骨铭心的恨。

她怎能放过她？她一定要杀了她！

公子翌死后，年迈的西京侯得知消息后便一病不起。西京侯一生只有两子，大儿子早亡，二子吴翌虽非自己亲生却等同亲生。吴翌寄托了他一生的希望，吴翌之死如利刃入喉，他痛苦难当，虽病重却还欲披挂上阵报杀子之仇，可惜，却在未出征前病故于府中。临死前，他将爱女吴多多与兵权托付于吴琪。

在此之前，四月。

宋家军大败刘谨，晋王一蹶不振，宋家军借势挥兵北上，长驱直入，拿下江陵等地。

六月，宋家军在洛阳李家的帮助下攻入洛阳，直逼东郡。

一日，宋子星收到密报，成王吴翌死，尸身悬于魏城之上。

宋子星大惊，暗领数十骑马不停蹄夜奔魏城。

自成王吴翌死后，北王吴琪接连战败，连丢三城，却在与宋子星私下见了一面后，重新振作起来，整合了因吴翌身亡西京侯病故而士气低落的吴家军，倾全力与刘景决战于东郡。大战后，东郡几乎被夷为平地，满目疮痍。刘景惨败，死于吴琪之手。

刘景战亡的消息传回京城，原本因吴翌身死而沉浸于胜利在望喜悦中的刘家全然震惊，皇太后与刘国丈甚至夜不能寐，寝食难安。

自晋王大败，刘景又亡，洛阳、东郡连续失守，刘家雪上加霜，俨然大势已去。

自棠棣少主唐夜身亡后，唐家与刘家决裂，棠棣杀手倾巢而出，没日没夜地袭击魏城澈王刘修府邸，不仅暗杀澈王和澈王妃，还暗杀刘修手下得力的几员猛将，甚至一些杀人不眨眼的死士连府中无辜的丫鬟和仆役也不放过。如此，日夜不停。整个王府所有人整日提心吊胆人心惶惶，许多人受不了偷偷自府中跑了。

皇太后闻讯，急从京城调派了数名江湖高手到魏城，保护澈王与王妃安全。但即便如此，数名高手也疲于奔命，焦头烂额。

而今，魏城外三十里，除北王吴琪的军队外，东南方向宋家亦来，将魏城团团围困。

刘家大势已去，一连数日，刘修神思恍惚已无心政务，自从吴琪与宋子星暗中联手，晋王败，刘景亡，他孤掌难鸣，便知刘家已到了强弩之末，他终究守不住了。

三日前，有探子回报，方若兮已经亡故。据探子说，她的尸骨埋在了一处名曰竹海的陌生之地。探子说，竹海在哪里，他从未听说过。

他听到这个消息，久久没有反应，而后万念俱灰般将自己关在屋里，不管什么杀手，不管一切。

他沉浸在思念中，思念着她，痛苦并刻骨铭心地思念着。

门窗紧闭，刘修手中拿着一束断发，反复地摸着，望着透过窗棂射入屋内的光线一点点出现，再一点点消失，如此反复。

她死了，死在他的手里。那三支箭，她一箭都没躲，不仅没躲还刻意迎了上去。她是故意的，她早已不想活。她想死在自己手中，她的尸骨埋在了竹海，并未和吴翌埋在一起。她为什么要埋在竹海？那个只有他们两个人知道的地方，那个有着他此生最美好回忆的地方。他想，她心里终究是有他的，她是爱他的。而她死在了自己手里，竟死在了自己的箭下。

他反反复复地想，不停地想。

日复一日，他回忆着他们在一起的点点滴滴，时而微笑，时而失神。他沉浸在回忆中，不可自拔。

直到吴琪挥军攻入魏城，他都未曾走出房门一步。

吴琪大军攻打魏城时，齐欣再也忍不住，命人撞开了他的房门，房内的他已憔悴得不成模样。

齐欣站在门口，震惊得连迈入屋中的力气都消失殆尽。

当日她下令射杀方若兮，他怒极想要杀她，被众将士阻拦，自此，他便恨她。可她终究是他的结发之妻，即便刘家大势已去，即便眼睁睁看着他如此而心痛如绞，她也从未想过要离他而去。

自得知刘景亡、晋王大败，他便一日比一日憔悴，直至获悉方若兮的死讯。

短短三日，他竟憔悴成这般模样，方若兮在他心里竟那么重要，比什么都重要。她早已心知肚明，却一直难以接受。

她缓缓迈入屋中，她不愿相信，她哭倒在他脚下，逼问他："方若兮在你心里就那么重要吗？那我算什么？我算什么？"

他喃喃道："她的命，比我自己的也重要，我为了能让她自由自在地活着，屈服于姐姐，娶你为妻。但她死了，她死了，她死在我的箭下，我亲手杀了她，我曾经所做的一切都失去了意义。"他缓缓拿起桌上的酒壶为自己倒了杯酒，而后毫不犹豫地一饮而尽，齐欣知道那是什么，正惊呆时，听他道："你走吧。"

齐欣闻言，不怒反笑道："不，我不走，我既然嫁给了你，生是你的人，死是你的鬼，你不苟活于世，我又岂能独活，我一直知道你心里有她……我一直知道……"说到此，齐欣眼中已有泪光，似千般委屈却又万般无奈，均化作一声叹息。她亦拿起桌上的酒壶颤抖着为自己倒了一杯酒，仰头，饮下。喝下酒虽苦笑，可眉间却隐有万丈光芒，她带着些许自豪地轻轻笑了起来，轻声与他道："但与你并肩打天下的是我，站在你身旁默默支持你的是我，与你结发为妻的也是我，就算黄泉路上……伴你左右的也只会是我！”

刘修敛眸轻叹：“你又何苦。”

火光越发逼近了月华殿，殿中烛火几乎燃尽，夜如此沉，却又如此亮，亮得刺眼，亮得悲凉。

齐欣淡然笑道：“修，这一世我们不能偕老，盼来生我们早些相遇相识。你不做王侯将相，我不做世家美人，不再生逢乱世，只做一对平凡夫妻，平安一世，白头到老，好吗？”千般期许，万般哀求，她哀怜地望着刘修，心中渴望着期盼着……

可得来的终究只是沉默。

她痛楚万分，想起一事，苦笑道：“吴翌临死前曾说了些话，并托温语转告方若兮，此事我一直瞒着你。”

刘修微微一怔。

“吴翌临死前的话，我也听到了。”齐欣叹息一声，继续道，“他说，直到临死这一刻，他才发觉，记忆中，最美好的时光就是和她在一起。他说，今生不能白头到老，来生定要与她携手不弃。”察觉到刘修的身体一瞬变得僵硬，她依偎得更近更紧。怜惜着他的痴情，痛苦着他对自己的无情。

吴翌的话如一支箭狠狠地刺进了刘修的心，直到此刻，他仍嫉妒着吴翌，便是死，他也没资格对无多说出同样的话，终究，没资格。

火已烧进大殿，灼热令他闭上了双眼，似看到吴翌临死前对无多说此番话的心情和姿态，历历在目，痛不欲生。

毒已入心，痛彻心扉，齐欣忍不住微微颤抖，却仍努力坚持，尽力忍耐，颤抖着轻声道：“修，而今，我想与你说同样的话。此生此世，我从未后悔嫁给你，在我的记忆里，最美好的时光，也是能和你在一起。”

身边女子紧紧依偎着自己，即便是死也不离不弃，即便明知心中无她也只存着微薄的念想，只盼着许下来生，而他……嘴几张几合，始终难以成言。

大火已烧近，身边所有事物均燃烧起来，炽热的张狂，吞噬着一切。濒临死亡的这一刻，陪在自己身边的是他的王妃，而他牵挂思念的……却是另一人。

恍惚中，似看到了城墙下，她奋力拔出身上的箭，喷涌而出的鲜血染遍衣襟，怨恨地望着自己。

他嘴角溢出了鲜血，缓缓流淌入脖颈，他轻轻地笑了起来，便是来生……来生……他悲痛到了极致，缓缓闭上了双眼，从此再未睁开。

泪流满面的齐欣，已然在他身边不动。

澈王及其王妃死后，杀手组织棠棣便在江湖中销声匿迹。

当吴琪面对滚滚大火的魏城刘修府邸，听士兵说澈王及澈王妃在里面饮鸩自尽时，他淡淡地不知说给自己听，还是说给已经听不见的刘修听："无多并未死，那不过是我与宋子星故意放出来的假消息。修，虽然我恨你，恨你将翌的尸身挂在城墙上，恨你狠心伤了无多，令她在生死之间徘徊，但如今我方才明白，你爱她之心，不比任何人少。"

不过短短一个月，公子琪已然变了模样，消瘦而憔悴，却多了从未有过的刚毅与凌厉。

魏城破。

当日，探子回来报，吴翌身死，花无多被刘修射杀，连中三箭，身负重伤，后城墙上数箭齐射，唐夜挡在她身前，二人均当场身亡，尸身被唐夜的手下带走。

听到这个消息，他脑中嗡嗡作响。他们都死了，他一时不知该如何自处。一个是他的挚友，一个是他深埋在心底从不曾……

可就在某一天的深夜……

宋子星突然带着昏迷的花无多来到他面前，求他为花无多医治。

当宋子星抱着花无多出现在他面前时，他脑中一片空白，竟不知自己眼前看到的女子是真的还是假的，生怕伸手一触便凭空消失了。那种幻象，欺骗过他太多次。直到触手的温润……她竟然还活着。

刘修死，魏城破的三日后，一女子骑马奔入宋军营地，手中抓着一封书信，神情愤怒而紧张。

她奔入军中，寻到主帐位置，不顾士兵阻拦，直直冲入帐中。直到看见其内坐在床边的男子，她先是一怔，而后急声道："哥，你真打算带着她远赴天山求医？你若是走了，宋家怎么办？我怎么办？帐外这些为你出生入死的将士又怎么办？你为了她丢下我们全然不顾了吗？哥，你明知道她心中最在意的不是你，你为何还要……"

来者是宋家大小姐宋子音。

那日，得知成王吴翌身死尸身挂于魏城，她顿时心乱如麻，并非因吴翌而实是因吴琪，吴琪与吴翌的兄弟情义，天下间无人不知无人不钦羡，如今吴翌暴毙曝尸城墙，吴琪该是怎样的心伤？她忧心如焚，竟想不顾一切去见他一面，哪怕远远地看上一眼。

得知北王吴琪率军马正赶往魏城，而兄长宋子星也连夜调配军马欲赶往魏城，便去求兄长带她同去。没想到，在她支支吾吾尚未说明要去的理由时，兄长出乎意料地同意她随行。

两年了，她拒绝了所有门当户对的求亲者，只因，她一直想，一直想，想亲口问他一句……

当日一行数十人轻车简从，没日没夜地奔波了一天两夜，刚到魏城外，便看到了十分惊人的一幕。

方若兮，这个哥哥放在掌心疼宠也日夜忧心害怕失去的女子，为要回成王吴翌的尸身，一次次冲到魏城下，那凄厉悲凉的一幕，让她与哥哥都刹那明白，方若兮对吴翌，岂止同窗之情，就算刘修，也比不上吴翌在她心中的特殊地位，而哥哥宋子星更是……她望向失了神的大哥，忽然明白，哥哥为什么会在得知成王死讯后不顾一切地跑来魏城，他心里早就知道……

只是片刻的怔忪，方若兮已被刘修三箭射中，满身是血地躺在魏城下，哥哥纵马扬鞭发了疯一样冲过去救她，可澈王妃齐欣的一声令下，毒王唐夜已挡在了方若兮的身前，背部插满了箭，一切都发生得太快，大哥的马还在数丈外，唐夜却已惨死在方若兮的怀中。

宋子星听到她的质问，未置一词，目光触及床榻一角露出的长箫。

那日，他没来得及从箭雨中将她救回，是唐夜以命换命挡在了她的身前。当他自方圆手中要回方若兮时，她已气息微弱，手却始终紧紧地抓着唐夜腰间的长箫，如何都分不开，无奈之下，只得将那柄长箫一同随她带走。

大夫诊断她已无救，可他不信。

无论她心里有谁，他都不在乎，可她要死了，他无论如何也接受不了。

为了她，他可以低声下气地去求精通医道的吴琪及梁王吴鼎，为了她，他什么都可以放弃，即便是这片——江山。

叔父对他失望至极，斥责他竟为了个女人放弃所有男人可望而不可即的权势、地位、天下！叔父说这天下什么女人没有，要找出比她漂亮的又有何难？

他只笑不驳。

叔父不是他，江山、权势、地位的确是每个男人一生乐此不疲的追求渴望，能达到最高点，的确令他血脉偾张。可这一切终究抵不上失去她的痛苦，因为在他心里，她是最重要的，他一向知道自己要什么，也从来都把最重要的东西紧紧抓在手里，他已放过她一次，那一次令他其后的每一夜都睡不安稳，他再不想放过她第二次，他甚至想过将来一统江山，杀了吴翌，将她夺回！

后世或许会有人笑他宋子星爱美人不爱江山，是个胸无大志的窝囊废，但他只有这短暂的一生，若然少了她相伴左右，若然此生最重要的东西都丢了，他还剩下什么？

权势、地位、江山与她之间，他选择她！

宋子星对宋子音道："如今局势，四川唐家虽支持我们，但刘修残余多为吴翌、吴琪同窗，多有降靠吴琪。若宋家与吴兵对峙，胜负难测。多年来，百姓饱受流离战乱之苦，早已民不聊生，苦不堪言。江南本为富庶之地，也因我们宋家征战多年富庶不在，百姓生活难以持续，我们都不想再打了，一切都该结束了。"

"哥，你不要骗我，虽然我是一介女流，也看得清天下形势，吴琪自吴翌身亡便无意争霸天下，刘修、刘景已亡，刘谨等已不足为惧，而今皇位对你来说可谓唾手可得。"宋子音有些气恼地指着床上昏迷的方若兮，道，"你却甘愿为她放弃这一切，哥，我真的不明白，她真的值得你这么做吗？尤其……尤其我听大夫说，她就算被救活，也因腹中中箭，今后再不能生育，你是家中唯一男丁，你难道……"

"别说了，我意已决！"宋子星面色一沉，打断了她的话。

"哥，为什么？这到底是为什么？"宋子音犹自逼问，可她究竟要问什么或许连她自己也不清楚。

宋子星看着昏迷不醒的方若兮，轻轻抚了抚她的发丝，道："放弃这一切，的确不容易，可我意已决，你多说无益。我做这些，不尽然只为她，也是为了宋家，为了你。"

"为了我？"宋子音有些惊讶。

宋子星道："你将嫁给吴琪，成为未来的宋皇后。"

闻言，宋子音惊怔当地，半晌，方才讷讷道："吴琪不会……"

"他已同意。"

闻言，宋子音先是一惊，不敢相信这一切，可大哥绝不会骗她，一想到吴琪答应要娶她，便难以自持，可转念之间却又摇头，道："但是，叔父？！"

"他也同意了。"宋子星道。

"他怎么会同意？"宋子音再次惊讶。

宋子星道："我无意称帝，这天下终究是吴家的，只有他最合适。"

"可是……"宋子音一时说不出话来，怔怔地望着宋子星。

半晌，听宋子星道："我知吴琪，他心思缜密，心胸宽广，是个君子。他已亲口答应将来会真心待你，娶你为妻，将来登基，必立你为后。妹妹，宋家军三十万我已有安排，从今往后只听你一人调遣，若你愿将其交给吴琪，哥哥也不反对，但五年之内，叔父……”麻木地接过哥哥塞在她手里的兵符，后面的她再没听进耳去。因为她突然想起了昨日在魏城湖畔无意中听到的声音。

那人立在水边，高高的芦苇阻碍了她望过去的目光，她隐约听到那人说：“你若活着必定最想看到她幸福。”那声音有些嘶哑，染尽悲伤，“如果他真能给她幸福，我坐上那个位置又如何？”当时她只觉那人声音有些耳熟，可当她一层层拨开芦苇走过去时，那人已然离去。

而今却在这一刻恍然大悟，昨日说话的竟是北王吴琪。

宋子音不知道自己是怎么走出那间屋子的，直到坐在自己的绣床上，紧握手中兵符，将指甲生生咯断了方才痛醒过来。

就这么，泪如雨下，哽咽不已，她扑倒在床上，不停质问：“为什么……为什么，为什么？”

次日，宋子星带着花无多远赴天山寻梁王求医。梁王一生淡泊名利，只喜钻研医道，其子吴琪也深受其父影响，酷爱医术。只是又因自幼认识了西京侯二公子吴翌，二人不知怎的，一见如故，自此狼狈为奸成为狐朋狗友一连十数载。吴琪深受吴翌影响，温文尔雅中又有几分纨绔公子的习气。吴琪医术习自其父，梁王医术举世无双，吴琪因吴翌之死，有些心灰意冷。只对宋子星道，这天下若然还有人能救活她，非他父王无二。只是他父王长居天山，此去数百里，虽有吴琪所开药方为方若兮暂且续命，但以方若兮目前的状况，路途遥远颠簸，恐怕还未到天山便已……她能活下来的希望实在渺茫。

宋子星临走前，吴琪问他：“她若未能撑到天山，你有何打算？”

宋子星浅浅笑道：“你将再见不到我宋子星。”

两个月后，宋子音嫁给了吴琪，宋家军归至吴琪麾下。半个月后，北王吴琪攻入京城，小皇帝乱中猝死，权倾朝野数十载的刘家全族被灭。

又一个月后，吴琪顺利登基称帝，宋子音被册封为皇后。

转眼两年已过。

已怀有五个月身孕的宋皇后在午后端着膳房刚煲好的补汤走入了皇上的书房，见皇上不在，便放下手中汤碗，一抬眼又看见挂在墙上那幅古怪的画。

她一直很好奇这是一幅什么画，一直挂在皇上的书房，却始终是卷起的，皇上更是不许任何人看，甚至打扫灰尘都是自己亲自动手，看画卷翻动的程度，想必是经常打开来看的。

她还记得，有一日她来到书房，正看到皇上凝望着那幅画，眼中的温暖笑意，是她从不曾见过的。

忍不住，趁皇上不在，偷偷将其展开，竟看到一幅极为古怪的画像，画中有两人，两个书生模样打扮的男人，一个掐着另外一个的脖子。她认出了其中一个，正是已故的成王吴翌，而另外一个虽不认识，却下意识地让她想起了一人……

三年内，宋皇后相继生了两子，母凭子贵，稳坐中宫。

叔父宋演被皇帝封为一等江南侯，六年后，病故于江南，自此，宋皇后将手中兵权悉数交给了当今皇上，宋家仍盘踞江南，富贵至极，可惜却因后辈中再无宋子星那般英杰人物，又因宋皇后的压制，宋家子孙尽数远离朝堂，虽富贵却无荣华，从此成为真正的江南世家。

而宋子星与方若兮已消失了七年。

第四十章 江山有你

七年后。

转眼，又是一年春暖花开，自战火平息后，新皇新政，免赋税三年，百姓渐渐富裕起来。此时，正值江南花开时节，有一五六岁的小女孩，扎着羊角髻，大眼睛一转鬼精灵般牵着一位女子的衣襟，奶声奶气还略带着点儿神神秘秘地道："小姨，你什么时候教我易容术？"

女子一撇嘴，道："让你娘省了这份心思吧，想偷学我的易容术可没那么容易。"

小女孩道："不是啦。小姨，我娘说，我和你一样，长得太漂亮了，长大了肯定是祸水。为了减免一些人间灾难，所以娘叫我求你教我易容术。"

女子目光一转，道："祸水？祸水好啊，这世间有多少女人想当祸水还当不了呢，小姨支持你当祸水。"

小女孩一看此计不成，马上道："小姨，我长得太漂亮总受人欺负，学了易容术可以保护自己啊！"

女子一笑道："保护自己还不容易，叫你爹教你武功。"

"那小姨教我什么？"

女子微一沉吟道："教你喝酒。"

"不要，小姨，教我易容术啦。"

"不教。"

"小姨。"

"不……"

"小姨……"

"你为什么总是想学易容术？"

小女孩义正词严毫不扭捏地大声说道："因为我也想偷一个像姨夫那样帅的男人。"

"你爹不帅吗？"

"没姨夫帅。"

"你三叔呢？"

"没！"

"你四叔呢？"

小女孩终于犹豫了一下，然后继续坚定不移地道："没！姨夫是我见过的最漂亮的男人！"

漂亮吗？女子怔了一下，忽然想到一人，一个如今高高在上，只能仰望、远望却再也触及不到的人。他才真正是漂亮的吧。想起他便想到了另外一个人……

"小姨？"

"嗯？"

"教我易容术吧。"

"不教。"

"小姨……"

"天底下谁最美？"

"小姨！"

"嗯！"很满意。

"小姨……"

"嗯？"

"我想尿尿。"

"我抱你去草丛里。"

"不要。"

"为啥？"

"娘说，阿蕊长大了，不可以随地大小便。"

"这……那你要在哪里解决？"

"回家。"

看着憋得脸都绿了的小丫头，女子不屑道："一点儿都不像我！"

"那小姨会在哪里解决？"小丫头面色痛苦地问道。

只见女子手指向上一指，小丫头一抬眼便看见面前的一棵参天大树，而后道："小姨，我也去。"

女子一笑道："抱好了，我带你上去。"

解决完毕，重又上路。

走着走着，女子问小女孩道："为什么刚才说去草丛里，你不去，树上你倒去？"

小女孩迟疑半晌，方才回答道：“草丛里有虫子……”

女子想了想，点了点头道：“这倒是。”

“小姨，这几天姨夫去哪儿了啊？”

“京城。”

“去京城干吗？”

“见他妹妹。”

“他妹妹是谁啊？”

“当今皇后。”

“哇……皇后长得啥样？”

“呃……这个……人样。”

“小姨为什么不和姨夫一起去？”

“你姨夫说，皇宫礼节约束太多，见了他妹妹还得下跪磕头，他自己都不乐意去，要不是他妹妹知道他从塞外回来三请四催的，他也懒得去。”

“姨夫对小姨真好。”

“有吗？”

“嗯，小姨你好幸福。”

“谁说的？”

“我娘说的。啊，我爹也说过，还有我三叔、二姑姑、奶奶、爷爷、外公、小池，还有阿米。”小池是她的小伙伴还说得通，而阿米是只鹦鹉……这个……

“他们都说过？”

小女孩点了点头道：“我娘说，只要你幸福，一切都是值得的。”

女子蹙了蹙眉，道：“什么叫一切都是值得的？”

小女孩道：“不知道，姨夫也这么说的。”

“哦？真的？”

小女孩点了点头道：“我什么时候骗过小姨。”

女子一撇嘴，道：“你没少骗。”

小女孩道：“我哪有……”

女子道：“算了，我大人不计小人过。”

小女孩怔了怔，一想，小姨是大人，自己相对来说就是小人，就欣然接受了。

“小姨？”

“嗯？又什么事？”

“我肚子疼。”

女子眼角微微抽搐道："你又要干吗？"

"我想拉屎。"

闻言，女子面色大变，一把将小女孩夹在腋下，向家狂奔起来。倒不是不可以在外面解决，而是她不想闻别人的味道，记忆中，她曾经受过这样的折磨。而那人却已不在。

解决了大问题的小丫头不知道从哪里摸出来一个苹果，咔嚓咔嚓边吃边又靠了过来，道："小姨，我听说还有一人挺帅的。"

"谁啊？"

"毒王唐夜。"

"他不是……"说此话时，她心中猛地一痛，摸了摸一直带在身边未曾离身的长箫。直到去年，她无意中拔出了长箫中的软剑，被夫君看到，才知道，这长箫中所藏软剑竟然就是凤凰碧月中的碧月剑。凤凰碧月一世姻缘，或许冥冥之中早已注定。

小丫头点了点头道："是啊，可惜在我有生之年看不到了。"

有生之年这句成语恐怕不是这么用的吧，女子淡淡问道："这你又是听谁说的？"

小丫头道："听我四叔说的。他说，唐夜是蜀中唐门最具天赋的用毒高手，普天之下再无人能出其右，而且他长得也很帅。不比姨夫差。"

"你四叔那是盲目崇拜。"女子不屑道。

小丫头忽然"哎呀"一声，女子吓了一跳，赶忙问道："怎么了？"

小丫头指着苹果道："苹果有虫子。"

女子道："赶紧扔了。"

小丫头刚想扔了苹果，微一迟疑却道："我去拿给阿米吃。"然后屁颠屁颠地跑到后堂去了。

方若兮怔了怔，而后一笑置之。

今夜月明星稀，她独自一人坐在屋顶仰望星空，一种熟悉的感觉扑面而来。

很多年前，也是这样的夜色，也是这样的风，甚至连空气中泥土的味道都极为相似，洛阳青麟客栈的屋顶，坐在她身前的他，最喜欢在这样的月夜吹箫。

她摸出腰间长箫，轻轻抚摸，这是他生前之物。听宋子星说，他死时，她死死地抓着这箫不放，甚至其后昏迷的数日里也不肯放手，后来便一直留在了她的身边。

几年前，她无意中抽出箫中软剑，才知道这箫中藏了碧月剑。

凤凰碧月，一世美好姻缘。宋子星说这是天意，他持凤凰，她持碧月，上天注定了她要嫁给他。

可这碧月的主人，却是他。

将箫放在唇边，她缓缓吹奏起来。

原本，她对乐音一窍不通，可这许多年，也慢慢学会了一首曲子，那首他常常吹奏的曲子。他说，这首曲子叫：思念。

思念，只有活着的人才能奢侈地去思念，可思念其实是把无形的利刃，每一次拿起都会无形地刺向自己，经年累月，遍体鳞伤。

夜静无声，唯有箫音绵绵如诉如泣，或因吹箫之人不擅乐理，箫音略显得有些不流畅和走调。

这时，房下出现了一位极美的夫人，她抬头对屋顶的女子道："大半夜的吹什么箫，还吹得这么难听，快下来吧。"

方若兮笑道："一时性起，忘了这是李府，扰了姐姐和姐夫的清梦了，妹妹真是该死。"

"少贫嘴，快下来，睡不着就陪姐姐说会儿话。"方若薇笑道。

方若兮自房顶跃下，将长箫收入腰间，道："姐姐，今儿做的新衣服还合身吗？"

方若薇坐到了院中石凳上，道："还不错，只是袖口的纹路稍改了些。"刚说及此，便道："你眼角怎会有泪？"

往事已经过去了，总不能用一辈子去掩饰，该接受的、该面对的还是要接受和面对，他们已经不在了，而她要继续活下去，不仅要活下去还要幸福地活下去，不负他们的期望，也不负他们用命换来的这一切。听到姐姐担忧的询问，她笑道："没什么，一时想起了一位故人，蕊儿睡了吗？"

方若薇还当她是当年的小妹妹一样，心疼地摸了摸她的头，道："已经睡下了。原说要来和你一起睡，我不许，折腾了好一会儿才睡了。我看蕊儿黏你更胜于黏我，真想把她丢给你带算了。"

方若兮笑道："姐姐，我知道你的心意。"

"妹妹……"方若薇脸上的笑意变得有些牵强，声音充满怜惜。

方若兮笑道："姐姐，你不是说，只要我幸福就好吗？其实，我也曾问过子星，当初，他明知我不能生育，甚至很可能救不活，为什么还放弃了唾手可得的江山不要，带我这个将死之人去寻医。他告诉我，有一次他独自一人站在高处，向下俯视，只觉脚下山川河流纵横如画，那般美丽的风景他甚是想与人分享，可四下张望却无一人，当他发现那里独有他一个人时，便觉得凄凉寂寥，眼前的美景也不再那么美了。”

“那为什么当初还要去争去夺？”方若薇淡淡问道。

“他说，男儿当有凌云志，争霸江山那是他身为男儿的豪情壮志，他想向天下证明，他可以做到。”

“可是……”方若薇欲言又止。

“是啊，无论他多么爱我，无论我们多么幸福，没有孩子就不能算一个完美的……”

“人生的不完美才是真正的完美。”方若兮尚未说完的话被一个声音打断。一人从门外大步走了进来，月光柔和地落在他身上，更映得他长身玉立，面容清雅。

她惊喜交加地迎了上去：“你怎么这么快就回来了？”

宋子星驻足在方若兮面前，完全不顾还有方若薇在，便将她拥入怀里，不顾她的挣扎，用胡碴儿蹭了下她的脸，被她躲开，低低一笑，轻声道：“好些天没见你了，太过想念，便昼夜不歇地赶了回来。”刚说到这里，他又轻声道：“别挣扎。”

知道姐姐就在不远处看着，她一下子红了脸，却不再挣扎。

宋子星眼见一旁站着的方若薇眼角正在抽搐，笑道：“有了小孩子其实很麻烦的，你看看你姐，去哪儿都得带着个尾巴。咱们不要也罢，我们这般想去哪儿就去哪儿，自由自在了无牵挂多好。”

“你真的不觉得遗憾吗？”她轻声问。

“和你比起来，什么都不重要。”他道。

他说的是真心话，她明白，却听一旁的姐姐跺脚道：“我实在受不了了。”

看着姐姐离去的背影，二人相拥而笑。

他忽然将她抱起，大步向屋内走去。她脸一红。

推开房门，他将她放坐在床上。自己则坐在她的身边，让她舒服地倚着自己。

鼻端闻到他熟悉的味道，她深觉心安，已经整整七年，从起初的自我封闭一心求死到后来被他数年如一日地照顾感动唤起了求生的欲望，直到半年前，以天为媒，以心为聘，他们缔结连理，她终于将自己连同心一并给了他，从此，有他相伴左右，染尽思念的岁月亦有了一双臂膀可以相扶相持。

在他肩头磨蹭了几下，却被他按住。他有一下没一下地揉捏着她的一个耳垂，弄得痒了，也被她按住。

他轻声道：“我们要离开这里了。”

“去哪儿？”

“京城。”

“怎么突然要去京城？你不是刚从……”

“他要见你。”

“谁？”

“当今皇上。”

这一日是宋皇后三子吴乾抓周之日，那日皇上下了早朝换过衣服后便赶往了宋皇后的凤鸣殿。

甫一入内，他便见宋皇后正抱着小儿子逗着乐子，屋里早已摆好了各种小东西，有书亦有小木剑。

宋皇后见皇上神色淡淡，便道：“皇上，臣妾兄长回来了，这几日可能就到京城了，他说想来皇宫觐见皇上并探望臣妾，不知皇上意下如何？”

皇上似乎没有听到皇后的话，自顾走到窗边，望向窗外，窗外有两株挺拔的红莲桤木开得正艳，风吹过，峥嵘迤逦，满室花香。

宋皇后目光沉了下去，脸上笑容已有些牵强，兄长此次来京乃暗中收到了皇上传召，说来见她不过是个幌子，可这出戏她依旧要唱，还要开心地唱，隔了许久，方听皇上问道：“什么时候到？”

宋皇后回道：“确切时间臣妾也不知，恐就在这两日。”

他点了点头，转身出了凤鸣殿，头也未回。

宋皇后看向尚未抓周的小儿子，轻轻一叹。

书房内，他久久伫立在一幅染血的画前，指腹反反复复摸着画中之人，仍旧不敢相信，她回来了。

这么多年来，每当他想起大明湖畔的那一晚，想起他们一起看日出时的情景与誓言，都不禁黯然神伤。彼时的他一心只想助吴翌夺得皇位，而后自己再逍遥自在游山玩水，成为一名天下人景仰的神医，何曾想过，造化如此弄人，大明湖畔的誓言最终竟会落在自己身上。

自从得知宋子星带着她去寻医中途坠崖遇难，便再没有她和宋子星的消息。原以为她终究也死了，随吴翌而去，想到自己每次宴席上看到长绫舞就心绪烦躁，索性就此禁了那个舞，想到自己这些年来每次想起他们都越发觉得孤寂，不禁怅然泪下。

时过境迁，世事无情，而今早已物是人非，可记忆中的他们却越发清晰，越发让他思念。他真希望时光能够倒流，回到当初大明湖畔的那一晚，让一切全部重新来过。

江山如画，如画江山，到底要来何用？全比不过他们中的任何一人还在自己身边。

不过，还好，她回来了。

赶往京城途经庐州，方若兮与宋子星夫妻二人夜宿庐州客栈。

天未亮，方若兮却已醒了，昨夜，她竟梦到了刘修，伸手抹向眼角，残留的泪渍尚未干去。

庐州明月，山中竹屋，在这里他们有太多的回忆。

未惊动宋子星，她悄悄起了床，披上了外衣，将长发随意束了束便出了门，一路疾驰，向城外奔去。

天方发白，她已来到竹海。

记忆中的路依旧那么熟悉，仿佛昨日刚刚来过。

那个他们搭建的竹屋还在，而今历经数年风霜，虽已破败却仍未倒塌。

屋前的荒草已高过四周的篱笆桩，她一步步走进，稍一碰触，篱笆就倒在了地上，她停下脚步，伸手试图扶起来，可一放开却又倒了下去。

往事一幕幕重现在眼前，这篱笆桩是他亲手一点点围起来的，她曾笑这篱笆桩做得太粗糙，看到他几次手被划伤却又说不出地心疼。

院内的竹椅染满风尘，她试图将上面的灰尘擦去，可如何擦都擦不掉岁月留下的斑驳。

想起了他亲手做竹椅的模样，那般小心翼翼，还几次伤到了手指，待竹椅做好了，她还笑话他，调侃这竹椅坐上去会不会倒……

伸手推开门，微一用力，竹门便倒在了地上，震起满屋尘土。

屋内的陈设一如当初，只除了岁月的痕迹。

这里有太多他的记忆，他的面容仿佛就在眼前，可微微一碰，却又破碎。

时光荏苒，终究物是人非。

她深吸一口气，回头看向初升的太阳。

她转身，缓缓离去。

刚一下山，便看见了站在山下的宋子星，还来不及擦干脸上的泪，他已转过身来。

他似没看到她在哭，只轻轻一笑，便已到了她身前，展臂将她揽在怀里，笑道："我等你有一会儿了。"

"你跟踪我？"她略显薄怒。

"非也。"他笑得恣意，道，"我是来保护我的夫人。"

明知他说的是谎话，却因他说得理直气壮反而觉得好笑，再气不下去，忍不住笑了起来，转身不去看他。

他忽然将她抱起，惹得她惊叫连连，气恼地捶了他一下，便听他笑道："夫人奔波了一早上，肯定累了，为夫我就辛苦些，抱夫人回去吧。"

她将脸埋在他颈间，温暖透过相触的肌肤融入四肢百脉，她懒散地挥袖道："起驾吧。"

"是，夫人。"宋子星笑道，骤然将她高高抛向空中，在她的惊叫声中大笑着飞身将她稳稳接住，而后跃向了远方。

她气得捶他，他却笑，身影越来越远，越来越远，直至再也看不见。

初升的太阳闪耀着灼目的金色。

竹屋前的荒草上那不曾被人记得的眼泪早已被初升的旭日蒸发不见。

山中，竹屋依旧在，只是主人却不会再来。

"皇上下了圣旨为我们接风洗尘，这可是天大的荣宠。"京城大街上，宋子星牵着方若兮的手，引得路人纷纷侧目，有老者指着二人道："世风日下啊！"他二人却旁若无人地不管不顾，依旧手牵着手坦然走在大街上。

宋子星笑问方若兮道："你去不去？"

方若兮一笑道："想到要进皇宫吃饭，我还真有些紧张，可以不去吗？"

"皇上把圣旨都送到我们面前了，不去恐怕不行，除非我们连夜冒着欺君之罪逃出京城，或许还有一线生机。"宋子星笑道。

"琪不会杀我的。"方若兮想都没想便脱口而出。

宋子星闻言摇了摇头道："不要叫他琪，要改口叫他皇上。"

方若兮撇了下嘴。

宋子星似笑非笑道："你不用紧张，最紧张的恐怕不是你。"

"是吗？"方若兮笑了笑。眨眼间，相别已有七年，或许她不是紧张，她只是怕……

宋子星握紧了她的手，想起半个月前他来京见到吴琪。

来到京城，按规矩他先去后宫觐见了妹妹宋皇后，出来的时候，由一个小太监带到了后花园，后花园一个人都没有，他走了好一段路，才看到立在树下的吴琪。吴琪只着便服，在受了他的大礼后，便转过身去不再看他。他们说的话不超过三句，直到提起了她，她的名字从他口中说出来，极轻极淡，轻得几乎让他以为不过是呢喃之语，可他却深刻地体会出，他费尽心机将他叫到面前真正要听的，不过是他最后说的那句："她很好。"

离开皇宫时他一直在想，为什么吴琪不直接见她，反而要先召他入宫让他代为转告他想见她呢？直到此刻看着身边的方若兮，他才体会出，原来他们都在怕，怕相见，又想相见……

华灯初上，京城帝王家的繁华的确无可比拟。

立在殿外，望着夜色下巍峨的楼宇，虽灯火通明却空旷压抑。这就是他住的地方，她怅然地想。

太监尖细的嗓子忽然叫起了宋子星的名字，吓了方若兮一跳，宋子星见她这般模样不禁一笑，牵起她的手走进了殿去。

一路行去，四周喘气的人很多，可都鸦雀无声，不知是不是因为进去的路太长，四周注视的眼睛又太多，还是太久没经历过这种大场面，她几次险些后脚踩到前脚跟将自己绊倒。

宋子星牵着她的手，一路不顾旁人注视，细心地叮嘱她小心。

见皇上，不能戴面具，她去掉了。见皇上，衣着打扮不能马虎，所以不得已穿得有点儿麻烦了，就是这个麻烦的穿着，让她走不好路，她将当下的所有不安和畏怯都归罪于宋子星让她穿的这身衣服。

直到她抬头，看见了端坐在最上方的，那个高高在上俯视着她的人。

她怔在当地，连如何被宋子星点了穴道当众跪下，如何又被他搀扶起来入席而坐，都已茫然无知觉。

终于明白为什么来时会如此紧张，紧张得什么都做不好。不是怕什么皇宫设宴，更不是怕别人复杂揣摩的目光，她只是……只是害怕见到他，那种害怕不是恐惧，而是既想见又怕见，因为只要一见，便会想到……

她失了神，也失了魂。

吴琪坐在最上面，远远便望见了她。

她一步步缓缓而来，身影迤逦，一身白色丝质长裙由上至下绣着盛放的莲花，腰间落英随步轻摇，明眸灵动如昔。他紧紧抓住龙椅，忍耐控制着。

宋子音，当今的宋皇后望着哥哥宋子星牵着嫂嫂方若兮的手一步步走进大殿，殿中所有人的目光都凝聚在了嫂嫂身上，宋皇后忍不住看向了身边的皇上。他神情淡漠，一如往常，可手背上青筋暴起，太过复杂而炽烈的情绪在他眼底涌动，这一切，她都看得清楚明白。

神色一暗，她早已不是当年待嫁闺中的稚子，嫁给他多年，身处深宫最高位，皇上的心思和一举一动多年来早已成为她暗暗揣摩的习惯，她熟知他每一个小动作所泄露的喜怒哀乐，可唯有这一刻，她不想弄懂他的心思，可她还是懂了，或许早已就在心底里懂了，她不知道自己应该是悲伤还是怨恨，是怜惜他的压抑或是心痛自己的痴。这么多年，他喜欢的，他要守护的，他会心痛的，他最在乎的……依旧只是那一个人。

那一晚寒暄客套不停，可没有人与方若兮说上一句话，她始终恍恍惚惚，不吃也不喝，只怔怔地看着眼前的一杯酒，可始终也没有拿起酒杯将酒饮尽。而宋子星却八面玲珑，没有让宴会因此而冷场。

当她回过神来，夜已沉了。她悄然起身去了殿外，正欲起身相随的宋子星却被赵真拦住，赵真以前是吴琪的书童，而今却已身居高位。赵真与宋子星也曾有过数面之缘，多年不见，言谈之中竟也有几分亲切。

方若兮独自一人走出大殿，夜空如洗，喧闹声抛在背后，忽有一人唤了一声："无多。"她浑身一震，迅速转头，便看到了孙争（公子争）。

当年书院的同窗，走的走，散的散，死的死。如今还身在朝堂的只剩下孙争与驻守边关的赵巡（公子巡）两人了。

他们早已成亲，儿子都已绕膝承欢。尤其公子巡，现今已娶了七房小妾，当真是三妻四妾，享尽了齐人之福。

提起了温语（公子语），公子争说与他还有些书信往来，如今他成了位乡下的教书夫子，皇上得知后还曾笑话温语很可能越来越像当年的季夫子了，原本他想求皇上把温语调入京城掌管现今的南书书院，可温语死活不干，皇上知道后反而认可了温语的选择，叹他过得逍遥自在，可公子争却不这么想，他觉得，以温语的才识留在乡野未免太过可惜，可温语无心仕途，他也无可奈何，便也由得温语去当个乡下夫子。

或许他已喝多了，不知不觉与她说了很多话，只是停下来的时候，忽然一叹，便泪湿满襟。

寂静的游廊之上，灯笼被风吹得忽明忽暗，她一直静静地伫立在那里，听孙争断断续续地说……

公子争说，成王的墓已被皇上移到了皇陵。

公子争说，刘修尸骨无存，只在魏城与齐欣有个分葬的衣冠冢。

公子争说，公孙紫阳当年力竭战死，墓也在魏城，就在刘修的墓旁。王讴至今下落不明，不知是死是活。

公子争说着说着声音哽咽泪流满面。

方若兮静静地低着头，眼泪早已控制不住，一滴滴落在地上。

公子争忽然跪拜于地，哽咽地唤了声："皇上。"

她全身一僵，便那样怔怔地立着那里，不敢动，也忘了去动。

公子争已躬身退下，寂静的游廊之上只剩下她和他。

他们的相见，必然会想起一个人，从前都是三人行，而今只有两个。

他来到她身前，她看到了他。近在咫尺，伸手可触，忍不住全身发抖，她捂住了自己的嘴深怕自己痛哭失声，可眼泪却如何也忍不住。

他将她揽入怀中，紧紧抱住，亦红了眼眶。

他已极力控制却仍微微颤抖着，轻声与她道："宋子星果然救回了你，你还活着，还活着，真好。"

她重重点头。

他笑着放开了她，抹去了她脸上的泪，略带几分戏谑道："从今往后，你还有我，宋子星若敢欺负你，你就来找我，我为你报仇。"

她再次重重地点头。

他笑了笑，道："别哭了，再哭一会儿进去宋子星看到你的核桃眼，还以为你被谁打了两拳呢。万一当众发起飙来，朕的面子往哪儿放。"

她终于破涕为笑，看着近在咫尺的他的笑脸，感觉是那么的熟悉和温暖，好像回到了很久以前……

看着他的笑容，方知这世上并非只有自己在努力，努力让自己活得幸福，努力让自己的幸福给予爱自己、关心自己的人以幸福。

她笑问道："当皇帝好玩吗？"

他失笑摇头，道："不好玩。"

她笑道："皇帝不是很厉害，很有钱的吗？"

他笑了笑，道："还行吧。"

"那是不是应该给我点儿什么好处啊？"她笑道。

他考虑了一下，自腰间掏出一物，递给她道："这是免死金牌，有了它，你便什么都不用怕了。以后你也可以将此物传给你的子嗣，保你家人世世代代平安。"

她伸手接了过来，心知这金牌的贵重，却因吴琪提及了“子嗣”二字，神色黯淡了几分，轻声道：“琪，当初修那三箭将我伤得不轻，我恐怕不会再有子嗣……”

吴琪闻言一怔，伸手抓起了她的手腕，探向她的脉搏，半晌放下手来，紧蹙眉头。

她却在这时笑了起来，晃着手中的金牌道：“你给我的东西，好像还不错。”

他点头道：“朕怎么会亏待你？”

她却道：“没钱的时候还能当了。”用牙咬了咬，喜道，“纯金的哎。”

他气结，一挥袖，道：“下次换男装来见朕，不许再穿女装。朕再赐你个御前行走之职。”

“为什么？”她有些奇怪，没事让她当什么官。

“朕后宫佳丽无数，看腻了各色女人，你下次就换男装来见朕吧，朕觉得新鲜。”他嘴角不自然地上挑，已有多少年没有说过这样的玩笑话了，已有多少年没有人令他有这种欲望再开玩笑了，他已不愿记起。

“听说皇帝都是后宫佳丽三千。你忙得过来吗？”她果然被转移了注意力。

“还好吧，其实没那么多，也就几十个。”其实上至皇后，下至才人总共也不到十个，他并不是好色之徒。

“挺辛苦的吧？”她面露关怀，不耻下问。

“你指哪方面？”他反问。

她斜睨着他。

他突然笑了起来，唤道：“无多？”

“嗯？”

“你回来真好。”

她笑。

他亦笑。

“还有什么好处没啊？你都当皇帝的人了。”她笑道，“不如把风雅品酒居还有那间兵器铺都给我吧。啊，对了，还有明媚小筑也一同给我。”

风雅品酒居还有兵器铺是当初她离开南书书院时，公子翌在京城开设的。明媚小筑则是当年西京侯安插在京城的暗哨，后来也给了公子翌，公子翌死后便由公子琪接手，如今这几家店历经数载，在京城已颇有名气。即便公子琪当了皇帝，也没有关门，还在继续经营着，而且听说利润十分可观。她一到京城便逛过了，对这几家店很是垂涎。这几家店幕后大老板是当今皇上之事，极少有人知道，方若兮却是那极少人中的之一。

“做人不要太贪心，小心出门被雷劈。”他望着她，却发现无论怎么看，她都很美，如果今天是翌而不是他，翌是否会……

“……抠门。”她不屑道。

“你敢说朕！”他佯怒。

“就说了。”她嘴硬。

“朕可以诛你九族，你不怕吗？”他威胁。

“我夫君的妹妹是你的皇后，你也在九族之内了。”

“朕可以让你立刻变为乞丐。”

“……我怕了。”此生最怕的就是没钱。

“当真怕了？”

“嗯嗯，可怕了。”她立刻伏低做小。

“无多？”他轻唤。

“嗯？”她回应。

“朕很想你。”他望着地。

“我也是。”她望着天。

“虚伪。”他瞥了她一眼。

“嘿嘿，嘿嘿……”

他抬手撩起她鬓边的青丝，指尖若有似无地触摸着她的面颊，再次轻唤：“无多？”

“嗯？”她轻轻回应，看到他眼中自己的倒影。

“下次有外人，不得在朕面前称我，不过没外人时随你意。”他忽然笑道。

“万一忘了怎么办？”她亦笑道。

“打板子。”他回答得很干脆。

“啊？太严重了吧。”她依旧在笑。

“你别用内力将板子震断了就好。”

“……”

“无多？”他轻唤。

“嗯？”她回应。

“朕该进去了。”他放下了触摸着她鬓边的手。

“恭请圣驾。”她装模作样比画了一下。

"是恭送……"他无奈笑道，却看到她目光流转，戏谑一笑，好似多年前……

他眼波流转，光华如玉，笑着转身离去，满天星斗落在他身后。

她静静地奢侈地望着他的背影。

他已走出数步，却忽然停住，轻轻唤了声："无多？"

"嗯？"她依旧凝望着他的背影，回应了一声。

清冷的月光在他身后投射出了一个长长的影子，孤单而寂寞。

半晌，他依旧伫立在原地，始终未曾转身，她正有些疑惑，就听到异常清晰而温柔的声音传来："朕坐上了这孤寡之位，掌握了天下人的命运和生死。万万人之上，这是所有男人梦寐以求的东西，朕拥有了它，便等于拥有了这天下间最可望而不可即的一切，可朕……朕的心……很空，朕再没有真正的朋友。"

她一怔，待明白过来，忽觉一阵心酸，便听他继续道，"但朕有个奢望，希望我们不会变，朕会用全部去守护住这份不变。"

她无声地流下泪来，重重点头，重重应道："嗯。"

而后便听远去的他轻声道："此生还有你陪我一同记住大明湖畔的旭日初升，足矣。"

方若兮回去告诉夫君宋子星，皇上封了个御前行走给自己，宋子星微微蹙眉道："难道你打算一直留在京城？"

方若兮这才发觉哪里不对，不禁也学宋子星的样子紧蹙着个眉。

可当圣旨真的颁下，方若兮才发现自己错怪了吴琪。

这个御前行走，不过是个闲职，干领俸禄，不必干活不说，主要问题是，吴琪将这个御前行走的官职封给了宋子星当年的下属徐清，而不是方若兮本人。徐清忽然得了个这么得宠的官职，不禁一头雾水。

这许多年来，徐清一直留在苏州前安南将军府打理事务，前些时日得知宋子星回来了，便快马加鞭一路风尘仆仆地赶往京城相见。

七年后，初见宋子星，徐清扑跪在地，鼻涕一把眼泪一把，那副激动的模样着实令人看了头疼。方若兮原本在旁边睁一只眼闭一只眼不理会他，没想到他为了留在宋子星身边当个跟班，天天夫人前夫人后，夫人要什么夫人喜欢什么地围着她转悠。后来眼见赶不走他了，方若兮便与宋子星说："留下他吧，他烤的羊腿还挺好吃的。"

宋子星便留下了徐清。

结果有半个月的时间，方若兮发现饭桌上顿顿有羊腿。终于在半个月后，她找来徐清，道："如果你想当厨子，我会在夫君面前替你美言几句。"

徐清摆明了不想，而后饭桌上才不见烤羊腿。

宋子星因其妹宋皇后之故，成了当今国舅爷。想起前朝刘修，这身份对宋子星来说很是有些不喜。

宋子星不愿留在京城，便欲携爱妻离开。却因为一事，在京城留了一年有余。原因无他，只因当今圣上汇集天下名医为方若兮治病，并请来一向行踪飘忽的前梁王，当今的太上皇，亲自下天山为她诊治病情。

当初宋子星带着方若兮本欲去寻梁王医治，可途中因故坠崖，机缘巧合之下遇到了隐居深山中的医者顾秦，顾秦医术高明，尤其擅长针灸之术，不出三日便令一直昏迷不醒的方若兮醒了过来。

但方若兮因伤势过重，下半身瘫痪。

她本就无求生之欲，醒来后，更因得知自己瘫痪而万念俱灰，虽然宋子星说她会慢慢康复，可这残破的身躯，不能动也不能自理，全要靠宋子星照顾，她完全无法接受。

她整日不吃不喝，一心求死。可宋子星却强硬地想尽办法不让她死。

那是一段难挨、不堪回首的岁月。

时常一闭眼就看见吴翌的尸身挂在城墙上，看到刘修向她张弓射箭，看到唐夜浑身是箭是血，她的精神全面崩溃，无论是身体的痛苦还是精神的折磨，都让她日渐憔悴。甚至，她还惧怕见到宋子星。

她疯了似的以各种方式发泄，把他的怜惜当作可憎的同情，把他的照顾看作阻碍她一心求死的障碍，那样日复一日，折磨自己也折磨着他。

她以为他终究有一天会放弃她，可她终究低估了他。

山中岁月清苦，不是有钱便什么都有的。

起初他二人借住在医者顾秦的木屋之中，他拜顾秦为师，学习针灸之术。不久之后，他便自己入山伐木，在不远的地方建盖起两座木屋，每日趁她睡熟时入山采药、打猎，而后回来一边洗衣、劈柴、做饭、熬药，一边将她抱到看得到的地方，和她讲些当天发生的琐碎事情，每日不管她怎么发脾气，他都会哄她吃饭，帮她梳洗，还会背着她四处看风景或出山到最近的集镇用药材或猎物换取日常所需。

每日深夜，他都伏案苦读医书，研习医术，守着她入睡，每日自噩梦中惊醒时，睁开眼都能看到他和感觉到他抚摸在额头上温热的手掌。

直到有一天她自噩梦中惊醒时，扫了一眼空荡荡的木屋，察觉他不在，便伸手触到了不远处桌案上的药碗，将碗摔碎，划入手腕。

醒来时浑浑噩噩，恍惚间听他在耳边喃喃地说："如今我什么都没了，只剩下你，如果你要寻死，那么我也会陪着你，上天入地，与君随。"手掌间有温热的液体滴落，是他的泪。

从此之后，他更是与她寸步不离，她也再没有寻死。

整整花了四年时间，她才渐渐恢复了健康。

起初能走路的那一刻，最开心的竟不是自己，被他抱住抛至半空欢呼雀跃的时候，他看起来像个没长大的孩子，可这个男人早已满手粗茧，满脸胡碴儿，一身粗布衣衫，往昔风采不复见。

那一刻她摸着他的鬓角，想到的却是当初他曾说过的一句话："从今往后我就是你的双脚，你要去哪儿我都带你去。"

从能走路自理到武功恢复可以提气纵跃，又过了两载。

那段岁月，她永远都不会忘记，与宋子星朝夕相处，是宋子星一点点让她燃起了对未来的憧憬和活下去的希望。也让她再次敞开心扉走出阴霾，全心全意依靠他信赖他，让她觉得仿佛天下间只要有他在，便是没了双手双脚也不会畏惧。

伤病养好后，他要娶她，她一口允诺。速度之快令他惊喜交加之后，不禁有些忐忑和不确定。

他问她为什么。

她故意不说。

他就开始胡猜乱想。先说难不成她是怕他反悔才答得那么急切。见她对这种猜测嗤之以鼻。他又猜是她终于开窍了，知道他是个十分抢手的男人，怕被其他女人抢了。她笑得有些毛骨悚然。

他不再猜了，神思飘忽地道："你答应得太干脆，太快，我心中有些不踏实，不过，无论如何你都休想离开我……休想，我说过，你再落到我手里便别想再离开，便是死也要死在我手里。"

闻言，她心为之一紧，方才觉得这个男人是如此地害怕失去她，这一刻既心痛又愧疚，她这一生辜负的人太多，宋子星这么多年的付出她看在眼里记在心中，这个男人值得她倾其所有去爱去在乎。她偎进他怀里，伸指在他胸口戳了戳，调侃道："天下间有这样一个男人对我这般好，如果我不珍惜，我岂不是傻子。"

他轻笑一声，似想到了什么，揶揄道："我懂了，原来你是嫌我求婚求得太迟了。"

心事被他说穿了，顿时有些赧然，便不讲理地揪住他胸口衣襟道："是啊，那又怎样，你是我的，你这辈子都是我的，你里里外外都是我的。"

他轻笑，紧紧地抱住她，让她伏在自己胸口，听着自己幸福而愉悦的心跳，也让她看不到自己此时眼中的那层薄雾，他一忍再忍，却仍未能忍住，一滴泪便那么不受控制地滑落。

他爱她，一直爱。

得知吴琪招揽名医，求父出山为她医治不孕之症，方若兮知道宋子星不想留在京城，便说不治了，反正她早就看开了，也不对治愈抱任何希望，而宋子星这次却意外地不听她的，并几番规劝她留下来治病。面对宋子星的突然转变，方若兮很是疑惑，问了几次，宋子星都说想要试一试，并不告知她真正缘由。其中缘由只有吴琪和宋子星知道。

那日，吴琪私下见了宋子星。

吴琪对宋子星说："你是可以不介意，但这已成为她的心病，难道你不想为她去了这块心病？当初有一线希望救活她你都愿意冒险一试，而今不过是医治调养她的身体，你为何拒绝？"

宋子星没有回答。

吴琪却看得明白，道："难道你没看到朕赐给她的免死金牌吗？朕要保她一生一世的平安与幸福。"

"为什么？"宋子星忽然问道。

吴琪目视远方，坦然道："爱有很多种，我想要看着无多幸福。"

宋子星心中一悸。他未用朕，他唤她无多，他说爱……他竟在他面前如此坦白。

徐清被留在了京城，当个闲散的御前行走。一年到头也见不到皇上一面。太监宣他的名字入宫觐见时，他只能躲在屋内不出来，去见圣颜的自然不是他，而是装扮成他模样的夫人。

不仅如此，徐清还发现，每月都会有三张可观的银票送到夫人手里，除了公子与夫人再没人知道那三张银票是谁送来的，只知道夫人每次看到都宝贝得不得了。偶然间他远远地看见夫人边手舞足蹈边显摆给公子道：“红利。你看看，这是今年的红利，真可观啊，那三家店真赚钱啊。”

却听公子道：“幸好他没给你经营，否则恐怕不仅拿不到这些红利，还要倒贴进去许多银子也说不定。”

夫人不以为意，只知道抱着银票痴痴地笑。那模样令谁看了都要皱眉，唯公子见怪不怪。

这段时间，方家长辈方正阳亦从金陵来到了京城，并受了皇上召见。

回来后，尽数将方家经营的兵器铺与战马生意上交给了朝廷，以前为方家效力的兵器师和牧场杂役尽数归朝廷管辖发放粮饷。从此兵器只有官府能够大量锻造，战马也只有官家才能大量饲养和经营。方正阳交代好这一切后，便独自一人逍遥自在、游山玩水去了。

方若兮理解爹爹的心思，经营兵器和战马历来为朝廷所忌，以前爹爹因是先皇的好兄弟，又是乱世，自然可以发展经营。而今天下太平，方家财势令人嫉妒眼红。李家虽然也招人嫉，但因李家在当朝根深蒂固，各种关系盘根错节，又多经营酒楼、客栈还有当朝经济命脉的钱庄，朝廷亦不敢妄动。唯有方家经营的兵器与战马，很招人口实，吴琪是个明主，虽然表面没有要回方家的这一切，但私下里已有大臣不断上书要没收方家锻造兵器与经营战马的权力。

自她消失这些年，爹爹也几乎不管方家的经营了，早有隐退之意，后来见她与宋子星平安回来，原本想把一些生意交给宋子星，但深知宋子星志不在此也不会接受，便索性主动都给了吴琪，唯一的要求便是善待为方家工作多年的一众人等。

吴琪因方若兮之故，对方家颇多照顾，如今方家主动上交锻造兵器与经营战马的生意，对方正阳所提要求一口允诺，并暗地里每年都偷偷给方若兮从中分红。

在送走爹爹后，方若兮与宋子星回屋，竟发现桌上一个方盒内摆放着大量的房屋地契，竟都是爹爹留给她的。看着这些地契，她忽然发觉，自己如今也真的好有钱……

留在京城转眼已一年，又是春暖花开时节。

宋子星携爱妻方若兮来到大明湖畔，乘船上了明月岛，方若兮想起多年前几人同看旭日初升的那一幕，不禁红了眼眶。

宋子星忽然问道：“如果当初，挂在城墙上的尸身是我呢？”

方若兮闻言一怔，淡淡道："如果在当时，我……"

她看到宋子星因等待而越来越暗沉的眸光，终究无法骗他，那个时候的自己对宋子星并无爱意，只有惺惺相惜的知己之情，可如今，他已是她生命唯一的支撑。

她道，"如果是现在，若城墙上挂着你的尸身，我会毫不犹豫地去抢，只是……"

"只是什么？"

"只是……城墙上射下来的每一支箭我都不会躲。"她望住他，含笑道，"同生共死。"

他笑了起来，用手臂圈住她，她偎进他怀里，感受着彼此的温暖相依。却突然听她问道："如果城墙上挂的尸身是我呢？你会如何？"

他会意一笑，心知她在无理取闹。见她抬头望着自己似在等答案，他故意目露茫然，望天想了半天，眼见她的目光从期盼变成阴森，方才咳了咳道："我……"她早已等得不耐烦甚至开始咬牙切齿，便听他轻言笑道："若在当时，我想我会屠城，让他们给你陪葬，若在现在……"他又停住。

"现在如何？快说！"她一口咬在了他的肩膀上，他"哎呀"痛叫一声道："若在现在，我会先屠城，为你报仇，然后抱着你的尸身离开，将你葬在天下最美的地方，而我就葬在你身旁。只求生不同时，死亦同穴。"

她静静品味他的话嘴角轻扬，却忽然一张嘴又咬了他。他龇牙咧嘴了半晌，风度已然尽失，揉捏着被咬得青紫的肩头，实在想不通地道："你最近是怎么了，怎么总咬我……"

她撇嘴道："因为你最近晚上……我这是报复！"

"我那是……"

"是什么？"她瞪圆了眼睛等着他说下去。

"好吧，今晚我让你咬回来，你爱咬哪里就咬哪里。我绝不反抗。"他似笑非笑，此番话说得无尽暧昧。

"切，谁稀罕……"

"我稀罕。"

"那现在让我咬。"

"不行，晚上。"

"我就要现在。"

"好吧，如果你强烈要求，我可以勉为其难……就在现在。"他笑得极为暧昧，更摆出一副视死如归的表情。

她噴笑，嗔道："不要脸，去死！"

他一本正经地道："脸可以不要，人却不能死。"

"果然不要脸。"她嗤之以鼻。

"嗯，与脸相比，命更重要，因为，若我死了谁陪在你身边呢？我此生不求长命百岁，只求比你多活一天。"

"为什么要多活一天？"

"我要先把你打扮得漂漂亮亮的，亲手埋葬了，然后再把自己打扮得英俊潇洒葬在你身边。"

"如果你还没寿终正寝怎么办？活埋自己吗？"

"那又如何？！"他笑得云淡风轻。

"你……"她知道他不是在开玩笑，心中说不出是喜悦还是酸楚，只道，"傻子。"

他轻笑，道："为了你，再傻的事我也会去做。"

"你好肉麻。"

"我觉得我还可以更肉麻一点儿。"

"……"

看着她无语的模样，他轻笑。

她斜了他一眼，忽然想到一事，道："哎？！不如等我的病治好了，我们去寻找天下间最美的地方吧。"

"好啊。"他牵起她的手，欣然同意。

半年后，宋子星携爱妻方若兮离开了京城，从此不知去向。彼时，方若兮已身怀有孕。

每年吴翌的忌辰，皇陵成王墓前都会出现一束白色的菊花。起初，看守皇陵的侍卫看到这束凭空出现的菊花都会大乱一场，加强戒备四处搜查疑有盗墓贼潜入，皇上得知此事后，却只是一笑，并未多问。

几年后，守灵的侍卫再看见有同样的菊花在同样的时间凭空出现时，都神秘兮兮地告诉新来的侍卫，这是成王的魂回来了，千万别去打扰，也别拿走那束菊花。以至于整个皇陵上千人，无人敢拿走那束清艳耀眼的白菊。

每到这天，皇帝都会驾临皇陵，看着那束菊花神思飘远一站半日。世人都言，皇上与成王兄弟情深，每年的这天，皇上都在思念成王。

多年前，公主吴多多下嫁时，京城大名府便改成了公主府，听说这些年，里面一个无人居住的院落中，种满了各种各样的菊花。

那一年的那一天，有一位公子曾坐在这个院落中，于盛放的菊花中，边品酒边看着书，神情悠闲自在。忽闻身后有脚步声传来，他转头看去，便见一女子翩然而来。

清风拂过……

芬芳袭人。

图书在版编目（CIP）数据

江山如画 / 四叶铃兰著 . -- 南昌 : 百花洲文艺出版社 , 2019.3
ISBN 978-7-5500-2762-6

Ⅰ . ①江… Ⅱ . ①四… Ⅲ . ①长篇小说 - 中国 - 当代
Ⅳ . ① I247.5

中国版本图书馆 CIP 数据核字（2019）第 035393 号

江山如画 JIANGSHAN RU HUA
四叶铃兰　著

出 版 人　姚雪雪
出 品 人　柯利明　吴　铭
特约监制　戚兆磊
特约策划　郑心心
责任编辑　袁　蓉　刘玉芳
特约编辑　郑心心
封面设计　辰星书装
出版发行　百花洲文艺出版社
社　　址　南昌市红谷滩世贸路 898 号博能中心 I 期 A 座 20 楼　邮编 330038
经　　销　全国新华书店
印　　刷　三河市航远印刷有限公司
开　　本　670mm × 980mm　1/16
印　　张　35.5
字　　数　436 千字
版　　次　2019 年 3 月第 1 版第 1 次印刷
书　　号　ISBN 978-7-5500-2762-6
定　　价　75.00 元（全二册）

赣版权登字　05-2019-43
版权所有，侵权必究
发行电话　0791-86895108　　网址　http://www.bhzwy.com
图书若有印装错误，影响阅读，可向承印厂联系调换。